Anne

BASTEI
LÜBBE
TASCHENBUCH

Weitere Titel der Autorin:

Die Henkerin
Die Tränen der Henkerin
Die Reliquienjägerin

Sabine Martin

DIE KÖNIGIN DER DIEBE

Historischer Roman

BASTEI LÜBBE
TASCHENBUCH

BASTEI LÜBBE TASCHENBUCH
Band 17 402

Dieser Titel ist auch als E-Book erschienen.

FSC
www.fsc.org
MIX
Papier aus verantwortungsvollen Quellen
FSC® C014496

Originalausgabe

Textredaktion: Heike Rosbach, Nürnberg
Titelillustration: © Trevillion Images/Jitka Saniova; FinePic; © FinePic
Karte: Martin Conrath und Sabine Klewe
Umschlaggestaltung: ZERO, Werbeagentur
Satz: Urban SatzKonzept, Düsseldorf
Gesetzt aus der Garamond
Druck und Verarbeitung: GGP Media GmbH, Pößneck
Printed in Germany
ISBN 978-3-404-17402-7

5 4 3 2 1

Sie finden uns im Internet unter
www.luebbe.de
Bitte beachten Sie auch: www.lesejury.de

Prolog

April 1314

Marijana trat dem Pony in die Flanken und beugte sich nach vorn. Das Tier preschte den schmalen Pfad entlang, Zweige peitschten ihr ins Gesicht, doch sie presste die Zähne zusammen und ließ das Pony weitergaloppieren.

Nur fort! Fort von der Burg, fort von den grässlichen Übungsstunden, fort von dem Hofmeister und seiner näselnden Stimme, von der sie Albträume bekam.

Trotz der zugekniffenen Augen flossen Tränen über Marijanas Wangen. Und wenn schon! Hier im Wald war sie allein. Niemand sah, dass sie weinte, niemand konnte sie für ihre Schwäche schelten.

Obwohl die Sonne warm und hell vom Himmel strahlte, lag ein düsterer, grauer Schleier über dem Tag. So wie über allen Tagen seit Mutters Tod. Nichts war geblieben von jener Zeit, die angefüllt gewesen war mit Gesang und Spielen und den spannenden Geschichten, die Mutter erzählt hatte, während die glühenden Scheite im Kamin langsam in sich zusammengefallen waren. Nichts außer einer süßen Erinnerung, die von Tag zu Tag blasser wurde.

An einem sonnigen Morgen im vergangenen Winter, an dem der Schnee auf den Gipfeln der Alpen geblinkt und gefunkelt hatte wie tausend Brillanten, war Mutter die steile steinerne Treppe im Palas hinuntergestürzt. Erst schien es, als hätte sie nur das Kind verloren, den kleinen Jungen, den sie unter dem Herzen trug und der wegen des Sturzes viel zu früh zur Welt kam. Doch drei Tage nach dem Unglück folgte Mutter ihm ins Grab.

Vater hatte sich daraufhin in seine Kemenate eingeschlossen und war tagelang nicht herausgekommen. Marijana hatte vor der Tür gehockt und seinen Schritten gelauscht, die sich ohne Unterlass hin und her bewegten; seinem Fluchen und Jammern und dem Poltern, als er in seiner Verzweiflung den Weinkrug gegen die Wand schleuderte. Nicht ein Teil Geschirr, nicht ein Stück Möbel war heil geblieben.

Meister Gallus hatte sie schließlich dort weggeholt und in sein Laboratorium gebracht. Er hatte sie auf einen Schemel gesetzt und ihr erzählt, dass sie für Großes bestimmt sei, und dass Menschen, die für Großes bestimmt seien, oft besonders schwere Prüfungen zu bestehen hätten. Dann hatte er sie aufgemuntert, indem er geisterhaft dampfende Flüssigkeiten zusammengemischt und kleine Kügelchen gerollt hatte, die wie ein Gewitter blitzten und knallten, wenn man einen Kienspan daranhielt. Bei Meister Gallus hatte sie Trost gefunden.

Einige Tage später hatte Vater die Tür geöffnet und Marijana zu sich gerufen. Er hatte ihr erklärt, dass sie nun sieben Jahre alt sei und ihre Ausbildung beginnen würde. Anders als es der

Brauch verlangte, würde er sie jedoch nicht auf eine andere Burg schicken, sondern ihre Erziehung selbst in die Hand nehmen. Denn er wollte, dass sie mehr lernte als die Fertigkeiten, die man junge Edelfrauen gewöhnlich lehrte.

Er hatte seine Worte noch am gleichen Tag in die Tat umgesetzt. Seither musste sie nicht nur Lesen, Schreiben, Sticken und Französisch lernen, sondern auch Bogenschießen, Reiten und Schwertkampf. Zwar übte sie nur mit dem Holzschwert, doch Vater war bei jeder Übungsstunde zugegen und hielt den Hofmeister an, keine Milde walten zu lassen und sie so hart heranzunehmen, als wäre sie ein Knappe.

Oft scheuchte Vater den Hofmeister fort und erteilte ihr höchstselbst eine Lektion. Letzte Woche hatte er auf einen Zapfen in einer Fichte in zweihundert Fuß Entfernung gedeutet und sie aufgefordert, ihn mit dem Pfeil herunterzuholen. Sie hatte Pfeil um Pfeil abgeschossen, bis das Fingerleder gerissen war und sie ihre Hände blutig gescheuert hatte. Irgendwann hatte Regen eingesetzt, so dicht, dass Marijana das Ziel kaum noch hatte erkennen können.

Doch Vater hatte unerbittlich auf den Zapfen gezeigt. »Du darfst dich erst ausruhen, wenn du getroffen hast.«

Als ihre Knie schon nachzugeben drohten und ihre Arme schwer wie Blei waren, streifte endlich ein Pfeil den Zapfen, er fiel zu Boden. Vater hatte sie nicht gelobt, er hatte nur wortlos genickt und war vor ihr her zur Burg gestapft. Leise hatte sie geweint und sich gefragt, warum sie all diese Dinge lernen musste, obwohl sie doch nie wie ein Ritter in den Kampf ziehen würde.

Heute hatte Vater Gäste, und so konnte er ihre Übungsstunde nicht wie sonst überwachen. In einem günstigen Augenblick hatte Marijana sich davongestohlen. Sie wusste, dass der Hofmeister sie nicht verraten würde, denn ihn hätte Vater mit zwanzig Peitschenhieben bestraft, sie nur mit einigen noch härteren Übungen. Jeder in der Burg war angehalten, ein Auge auf Marijana zu haben. Sie wurde auf Schritt und Tritt überwacht und durfte das Gelände nur in Begleitung ihres Vaters verlassen. Manchmal jedoch gelang es ihr, auszubüxen und allein im Wald umherzustreifen. So wie heute.

Das Unterholz wurde lichter, der Pfad breiter, das Pony fiel in einen gemächlichen Trab. Marijana wischte die Tränen von den Wangen und schaute sich um. Eine knorrige Eiche, ein schiefes Wegkreuz, das sie noch nie gesehen hatte. Sie hatte nicht gemerkt, wie weit sie sich von der Burg entfernt hatte. Wo um alles in der Welt war sie?

Sie schaute zurück und erschrak. Der Pfad, der sich aus dem Wald schlängelte, war kaum zu erkennen. Sie musste schleunigst umkehren, bevor sie den Rückweg nicht mehr fand. Ein Ast knackte. Sie zuckte zusammen, wandte den Blick wieder nach vorn. Dort! Ein Haus! Und noch eines. Nach und nach tauchten Gebäude vor ihr auf, doch sie wirkten merkwürdig verlassen. Keine Stimmen, kein Klappern, kein Rauch, der aus einem der Schornsteine aufstieg.

Entsetzt schlug sie die Hand vor den Mund. Sie war im Dorf der toten Seelen! Niemand, der bei Trost war, wagte sich hierher, denn ein Fluch lag über den verwaisten Häusern. Vor einigen Jahren waren in einem besonders strengen Winter alle Bewohner des Dorfs verhungert. Seither waren die Gebäude unbewohnt. Unerbittlich holte sich der Wald den Ort zurück, Sträucher wuchsen in den ehemaligen Wohnstuben, Efeu und Gestrüpp überwucherten die toten Fensteröffnungen, drückten Mauern und Schindeln auseinander. In den Nischen nisteten Vögel, Eichhörnchen versteckten ihre Vorräte unter Steinen und hinter vermoderten Balken. Marijana sah sich schaudernd um. Lauerte der Teufel irgendwo zwischen den verfallenen Häusern? Sollte sie umkehren und fliehen?

Ihr Pony schien keine Gefahr zu spüren. Ruhig stand es da, sein Atem dampfte. Marijana saß ab und bewegte sich vorsichtig auf die Häuser zu, das Pony am Zügel, das brav hinter ihr her trottete. Bis auf das Klappern der Hufe war es vollkommen still, selbst der Gesang der Vögel war verstummt. Vor dem ersten Haus lag ein dicker Stock im hohen Gras. Marijana hob ihn auf. Mit dem Knüppel in der Hand fühlte sie sich sicherer.

Sie tastete sich weiter vor. Ein Schritt. Stehen bleiben. Lauschen. Das Pony beobachten. Langsam ging es voran, aber sie wusste, dass man vorsichtig sein musste, dass man nichts übereilen durfte, wenn man keine böse Überraschung erleben wollte. Sie gelangte zum ehemaligen Dorfplatz, blieb vor einem großen Gebäude stehen, dessen Dach völlig eingestürzt war. Noch immer war das Pony ganz ruhig. Sie waren allein, kein Zweifel. Und die Geister, die es hier geben sollte, waren entweder nicht mehr da oder störten sich nicht an den Besuchern. Neugierig spähte Marijana durch das Fenster des großen Hauses. Im hinteren Raum lag etwas auf dem Boden, das wie eine aus Holz geschnitzte Figur eines Mädchens aussah.

Marijana berührte ihren Schutzstein, der in einer silbernen Fassung an einem Lederband um ihren Hals hing. Der Amethyst fühlte sich warm an, er schien zu pulsieren. Meister Gallus hatte ihr den Anhänger eines Tages gegeben und ihr erklärt, dass sie ihn ab jetzt immer bei sich tragen müsse, denn dieser Stein würde sie auf allen Wegen beschützen und ihr in den richtigen Momenten Kraft geben. Sie fasste sich ein Herz und trat über einen Haufen Ziegel hinweg in das Haus. Ein Salamander huschte davon. Das Pony folgte ihr schnaubend.

Nicht nur das Dach war zerstört. Auch aus den Wänden waren Steine herausgebrochen. Marijana stieg über Schutthaufen und Balken in das hintere Zimmer. Sie legte den Knüppel weg und hob die kleine Figur auf. Tatsächlich, sie sah aus wie ein Mädchen. An ihrem Kopf klebten Reste von Hanf, die wohl die Haare hatten sein sollen, und jemand hatte ihr ein Gesicht aufgemalt. Ein Fetzen Stoff, der an ihrem Bauch haftete, bildete den Überrest eines Kleides.

Marijana pustete die Dreckkrumen vom Gesicht der Figur. Nach Mutters Tod hatte Vater ihr alle Spielsachen weggenommen. »Du bist nun kein Kind mehr und zu alt für Murmeln und Steckenpferd«, hatte er gesagt.

Marijana hatte ihn angefleht: »Bitte, Vater, lass mir wenigstens meine Puppe.«

Doch er hatte nur verächtlich geschnaubt und das Spielzeug ins Feuer geworfen.

Behutsam strich Marijana über das spärliche Haar der kleinen Puppe. »Ich nehme dich mit«, flüsterte sie. »Du musst nicht allein an diesem grässlichen Ort bleiben. Ich werde dich Ida nennen, und ich werde dich gut verstecken, sodass Vater dich nicht findet. Du brauchst keine Angst zu haben, ich passe gut auf dich auf.«

Sie stopfte das Holzpüppchen in die Tasche an ihrem Gürtel und hob den Knüppel wieder auf. Gerade als sie das Haus verlassen wollte, vernahm sie ein lautes Knacken und zugleich den krächzenden Warnschrei eines Eichelhähers.

Wie versteinert blieb sie stehen.

Wieder knackte es. Das regelmäßige dumpfe Schlagen von Hufen näherte sich. Dann schnaubte ein Pferd. Der Hufschlag verstummte unmittelbar vor dem Haus.

»Was ist los?«, fragte ein Mann mit herrischer Stimme. »Ich habe nicht viel Zeit. Dieses Treffen ist ohnehin ein großes Wagnis für mich. Man darf uns nicht zusammen sehen.« Die Stimme klang jung, aber befehlsgewohnt.

»Ich habe Nachricht von meinem Herrn. Er sagt, der bayerischen Schlange muss der Kopf abgehauen werden, bevor sie ihren Giftzahn in uns schlägt. Nur so werden wir sie ein für alle Mal los.« Dieser Mann schien älter zu sein, und seine Aussprache hatte einen fremden singenden Klang.

»Und wie soll das vonstattengehen?«, fragte der Jüngere.

»Da habt Ihr freie Hand. Solange es nicht auf unseren Herrn zurückfällt.«

Plötzlich schüttelte Marijanas Pony den Kopf, das Zaumzeug knarzte. Etwas knirschte unter seinem Huf, als es von einem Bein auf das andere trat.

»Was war das?«, zischte der junge Mann.

Marijana hielt die Luft an. In dem verfallenen Haus gab es kein Versteck. Den einzigen Fluchtweg versperrten die beiden Fremden.

»Ein Tier vermutlich«, sagte der Ältere beschwichtigend.

»Und wenn nicht?« Schritte näherten sich.

Marijana schlug das Kreuz und schloss die Augen. Die beiden waren bestimmt Räuber. Oder Ketzer. Oder noch etwas Schlimmeres. Jedenfalls führten sie Böses im Schilde. Sie wollte gar nicht daran denken, was sie mit einem kleinen Mädchen anstellen würden, das ihre Pläne belauscht hatte.

Einer der Männer war jetzt im vorderen Raum. In dem Augenblick schrie draußen erneut der Eichelhäher.

»Dieser Ort macht mich nervös«, brummte der Mann ärgerlich und trat wieder nach draußen. »Es heißt, sie hätten ihre Kinder gegessen und dann sei der Teufel gekommen und habe sie allesamt mit in die Hölle geschleppt.«

Marijana öffnete langsam die Augen, sie zitterte am ganzen Leib.

Die Männer wechselten noch ein paar unverständliche Worte und verabschiedeten sich voneinander. Kurz darauf verhallte der Hufschlag ihrer Pferde.

Noch eine ganze Weile stand Marijana wie gelähmt vor

Schreck in dem verfallenen Haus. Erst als der Eichelhäher ein drittes Mal schrie, löste sie sich aus ihrer Erstarrung und machte sich schleunigst auf den Heimweg.

In den Fängen des Marders

Zehn Jahre später
April 1324

»Ihr zwei versteckt euch hinter diesem Felsvorsprung!« Robert zeigte auf Jeronimus und Urban, zwei seiner schlagkräftigsten, wenn auch nicht unbedingt klügsten Männer. »Und rührt euch erst wieder, wenn ich es sage!«

Dann wandte er sich an Hasso, den blonden Hünen mit der Narbe am Kinn. »Und du läufst mit Ewalt dem Handelszug entgegen. Wenn er die verlassene Mühle hinter dem Dorf Sachrang erreicht, gebt ihr das vereinbarte Zeichen. Danach folgt ihr unbemerkt den Wagen und schneidet ihnen von hinten den Fluchtweg ab.«

Hasso und Ewalt nickten stumm und liefen davon. Jeronimus und Urban verschwanden hinter dem Felsen. Robert wies den übrigen Männern Verstecke zu, schaute sich noch einmal gründlich um und kletterte auf einen Baum, von wo er den Zug sofort sehen würde, wenn er sich durch das Priental näherte.

Von einer Astgabel aus beobachtete er die Straße. Hoffentlich traf zu, was sie in Erfahrung gebracht hatten! Einer der ersten Züge über die Alpen seit dem Ende des Winters. Der Schnee hatte so hoch gelegen, dass die Pässe lange unpassierbar gewesen waren. Vor zwei Wochen hatte endlich Tauwetter eingesetzt. Und nun kamen sie. Drei reiche Tuchhändler aus Venedig, die nur von ihren Fuhrknechten und einem halben Dutzend Söldnern begleitet wurden. Mit zwölf Kämpfern waren Robert und seine Männer sogar in der Überzahl. Fast zu einfach, um wahr zu sein. Robert hätte gern noch weitere Erkundigungen eingeholt, doch dazu war keine Zeit geblieben. Und die fette Beute einfach ziehen zu lassen, konnte er sich nicht leisten. Der lange Winter hatte die Disziplin der Männer aufgeweicht. Ständig musste er Streit schlichten, einmal hatte er sogar handgreiflich werden müssen. Ihr Winterquartier in den Höhlen unter der Ratzlburg, einer seit hundert Jahren vergessenen Ruine, war zu eng und zu dunkel. Außerdem waren die ohnehin knappen Vorräte fast zur Neige gegangen.

Gedankenverloren berührte Robert das Amulett, das Ursula ihm vor dem Aufbruch umgehängt hatte. Er wusste, was die junge Frau von ihm erwartete. Ihre Augen sprachen deutlicher, als Worte es jemals konnten. Und auch Hasso hatte wiederholt die eine oder andere Andeutung gemacht. Er musste endlich Klarheit schaffen. Und warum auch nicht? Ursula war edler Abstammung und wunderschön anzusehen. Ihre langen blonden Haare waren wie Seide, ihre Augen von klarem tiefem Blau, ihre Haut zart wie Samt. Zudem war sie klug und konnte zupacken, wenn ein weiteres Paar Hände im Räuberlager gebraucht wurde. Sie wäre ihm eine treue, ergebene Gefährtin. Nichts sprach dagegen, sie zu ehelichen. Wäre da nicht dieser tiefe Schmerz, diese nagende Sehnsucht nach dem Leben, das ihm geraubt worden war.

Ein Knacken im Unterholz riss Robert aus seinen Grübeleien. Verflucht! Wo war er nur mit seinen Gedanken! Seine ganze Aufmerksamkeit musste der Landstraße gelten, kein Laut, keine Bewegung durfte ihm entgehen. Ihrer aller Leben hing davon ab, dass sie im richtigen Moment zuschlugen. Er kniff die Augen zusammen. Keine Spur von dem Handelszug. Natürlich nicht. Sonst hätte Hasso Laut gegeben. Auf ihn war Verlass. Er war nicht nur der einzige ausgebildete Ritter der Bande außer Robert selbst, sondern auch ein erfahrener Krieger. Er hatte viele Schlachten geschlagen, bevor er zum Straßenräuber geworden war. Vor zwei Jahren noch, als König Ludwig bei Mühldorf den Habsburger Gegenkönig Friedrich besiegte, hatte Hasso an Ludwigs Seite gekämpft. Nicht jedoch Robert. Denn am Vorabend jener Schicksalsschlacht hatte Roberts Leben eine ungeahnte Wendung genommen.

Da! Wieder ein Knacken. Im gleichen Augenblick entdeckte Robert hinter einer Buche ein Reh, das sich verschreckt umsah, witterte und dann mit ein paar Sprüngen im Unterholz verschwand.

Robert wechselte die Position, bewegte Arme und Beine, damit sie nicht steif wurden. Ohne dass er es wollte, wanderten seine Gedanken wieder zu jenem Septemberabend vor zwei Jahren. Er hatte auf der Sonnenseite des Lebens gestanden, war ein Günstling des Königs gewesen, Herr von Burg Megling, die majestätisch über dem Inntal thronte, verlobt mit Mechthild, Ludwigs ältester Tochter, die er schon bald heiraten sollte. Nach der Katastrophe hatte der König seine Tochter dem Markgrafen von Meißen versprochen und die Reichsacht über Robert verhängt. So machte es keinen großen Unterschied mehr, dass er seinen Lebensunterhalt seither mit Diebstahl und

Raub bestritt. Sein Leben war verwirkt. Wer ihn ergriff, durfte ihn nicht nur ungestraft erschlagen, er konnte für diese Tat sogar noch auf eine königliche Belohnung hoffen.

Ein Fuchs stieß einen heiser bellenden Schrei aus. Einmal, zweimal. Hassos Zeichen! Aus seinem Versteck hinter dem Felsen beantwortete Jeronimus den Schrei.

Robert lockerte alle Muskeln und richtete seinen Blick auf das Tal. Die Prien war nicht mehr als ein Bach, doch so kurz nach dem Winter führte sie reichlich Schmelzwasser aus den Bergen und bildete ein unüberwindliches Hindernis. Sie würde ihren Opfern den Fluchtweg nach Osten abschneiden. Allmählich waren leise Geräusche zu hören, die sich von denen des Waldes unterschieden. Hufschlag. Schnauben. Das Klirren von Waffen.

Wenige Herzschläge später kam der erste Wagen in Sicht. Das Gefährt wankte unter der Last der Ladung, das Fell der Ochsen dampfte, so schwitzten sie. Flankiert wurde der Wagen von zwei Söldnern, die schwer an ihren Waffen trugen. Allerdings schienen sie nicht mit einem Überfall zu rechnen. Das Schwert steckte in der Scheide, die Armbrust war mit einem Gurt auf dem Rücken befestigt. Es folgte ein zweiter Wagen, der nicht minder voll beladen war. Tief sanken die Räder in den schlammigen Weg ein. Dann kamen die Kaufleute zu Pferde, hinter ihnen drei weitere Reiter in leichter Reiserüstung und schließlich ein dritter Wagen. Robert runzelte die Stirn. Die drei Reiter in Rüstung, ein Ritter und seine zwei ebenfalls gut bewaffneten Knappen, wie es aussah, passten nicht in seinen Plan. Etwas stimmte nicht. Verflucht! Hätte er doch weitere Erkundigungen eingezogen!

Der Zug kam näher, Robert nahm den Ritter genauer in Augenschein und erkannte das Wappen an dessen Wams. Herr im Himmel! Seine Männer durften keinesfalls ihr Versteck verlassen, sonst würde die Falle zuschnappen und sie alle würden als Futter für die Raben am Galgen enden.

***

Veit von Amerang ließ seinen Blick über die Hänge gleiten. Eben hatte er verdächtige Geräusche gehört. Das Bellen eines Fuchses, das jedoch genauso gut das geheime Signal irgendwelcher Straßenräuber gewesen sein konnte.

Immerhin hatten sie die verfallene Mühle bei Sachrang ohne Zwischenfälle passiert. Sie war berüchtigt dafür, dass sich dort allerlei Gesindel herumtrieb. Merkwürdigerweise beruhigte ihn das nicht. Etwas lag in der Luft, eine Spannung, so als würde der Wald den Atem anhalten.

Er fluchte lautlos. Was für eine blödsinnige Idee, sich dem Händlerzug anzuschließen! Die Ochsenkarren waren viel zu langsam, und Schutz boten die paar abgehalfterten Söldner auch nicht. Er hätte sich schon vor Stunden mit seinen Knappen absetzen sollen. Jetzt war es vielleicht zu spät.

Andererseits bot der Kaufmannszug Tarnung. Schließlich war er in geheimer Mission unterwegs, und niemand sollte wissen, wo er die letzten drei Tage verbracht hatte. Wenn ihnen andere Reisende begegneten, verbarg er sein Wappen und ging als Söldner durch, der den Zug begleitete. Und nun war es ja beinahe geschafft. Bis Hohenaschau war es nur noch eine gute Meile. In einem Waldstück unterhalb der Burg wartete sein Gefolge auf ihn. Von dort konnten sie offiziell aus nordöstlicher Richtung nach Falkenstein reiten, ganz so, als kämen sie geradewegs von der Burg Stein. Bei dem sonnig warmen Wetter waren die meisten Straßen gut passierbar, und sie würden die verlorene Zeit rasch aufholen.

Veit hoffte, noch heute auf Falkenstein einzutreffen. In drei

Tagen begannen die Hochzeitsfeierlichkeiten, bis dahin musste er seine Braut wohlbehalten heimgeholt haben. Erst wenn er das Mädchen in seinem Schlafgemach hatte, würde er sicher sein, dass der störrische alte Gero von Falkenstein nicht im letzten Moment einen Rückzieher machte.

Veit zuckte zusammen, als ein schriller Pfiff ertönte und kurz darauf wenige Fuß vor dem ersten Wagen Steine den Hang herunterkollerten. Blitzschnell zog er sein Schwert. Seine Knappen taten es ihm gleich. Auch die Söldner rissen ihre Eisen aus der Scheide. Der Zugführer brüllte: »Halt!«

Eine Weile verharrten alle reglos, die Augen auf den dicht bewaldeten Berghang gerichtet. Alles blieb still, bis auf das Rauschen und Gluckern der Prien. Plötzlich gerieten erneut weiter oben Steine ins Rutschen, und ein Ast knackte laut.

***

»Au, das zwickt!« Marijana stieß die Hand der Kammerzofe weg.

»Verzeihung, Herrin.« Das Mädchen senkte den Kopf.

»Schon gut, Agnes.« Marijana seufzte. Sie war ungeduldig, und wer wollte es ihr verdenken? In drei Tagen würde sie heiraten! Und schon heute würde ihr Verlobter, Veit von Amerang, auf Falkenstein eintreffen, um sie am Hochzeitstag in einem feierlichen Zug auf seine eigene Burg zu geleiten. Den ganzen Tag würden sie brauchen, um die Burg über dem Tal der Traun zu erreichen, die sich zehn Meilen nordöstlich von Falkenstein auf der anderen Seite des großen Chiemsees erhob.

»Kann ich fortfahren?«, fragte die Kammerzofe leise.

»Ja, aber spute dich!«

Agnes steckte einige weitere Nadeln in den Saum des Kleides. »Ihr werdet wunderschön aussehen, Jungfrau Marijana.«

»Danke, Agnes. Bist du fertig?«

»Ihr könnt das Kleid jetzt ausziehen. Hebt die Arme ein wenig an, dann löse ich die Bänder.«

Als das Hochzeitskleid auf dem Bett lag, schlüpfte Marijana wieder in das waldgrüne, weit geschlitzte Kleid, das sie gewöhnlich beim Reiten trug.

»Solltet Ihr nicht ...«, begann die Kammerzofe vorsichtig.

»... das Festtagsgewand anziehen, in dem ich meinen zukünftigen Gemahl empfangen werde?« Marijana lächelte. »Keine Sorge. Das werde ich tun, aber zuerst muss ich noch einmal zu Meister Gallus.«

»Oh.«

Marijana sah die Kammerzofe scharf an. »Du verrätst mich doch nicht, oder?«

Agnes senkte den Kopf. »Natürlich nicht, Herrin.«

Marijana trat auf sie zu. »Ich bin froh, dass du mich auf Burg Stein begleitest, liebe Agnes. So bleibt mir wenigstens ein vertrautes Gesicht in meinem neuen Heim.«

Die Kammerzofe nickte stumm, ohne den Blick zu heben.

»Du gehst nicht gern fort?«

»Falkenstein ist mein Zuhause, Herrin. Ich bin am Fuß der Burg geboren, und ich arbeite hier, seit ich sieben Jahre alt war. Ich kann mir nicht vorstellen, woanders zu sein.« Sie seufzte tief.

Marijana trat ans Fenster und blickte über das Inntal nach Norden. Direkt unter ihr lag das Dorf Flintsbach, dahinter erstreckten sich undurchdringliche Wälder, nur unterbrochen von den vielen Armen des Inn und der breiten Landstraße, die jenseits des Überschwemmungsgebiets des Flusses von Norden nach Süden führte. Am anderen Ufer erhob sich in einigen Meilen Entfernung oberhalb der bewaldeten Ausläufer der

Alpen die Burg Hohenaschau. Aus dieser Richtung würde Veit anreisen. »Und ich kann es kaum erwarten, hier wegzukommen«, murmelte Marijana.

»Verzeiht, Herrin?«

»Nichts.« Marijana wandte sich vom Fenster ab. »Sieh zu, dass du das Kleid fertigbekommst.«

Hastig verließ Marijana die Kemenate und eilte über die Hintertreppe zum Bergfried. Hier hatte der Alchemist in einem Kellergewölbe sein Laboratorium. Sie klopfte und trat ein.

»Mein liebes Kind«, begrüßte Meister Gallus sie lächelnd. »Seid Ihr auf der Flucht vor den letzten Übungen zum Hochzeitszeremoniell?«

»So in etwa, Meister Gallus. Was macht unsere Überraschung?«

»Alles ist bestens vorbereitet. Die Hochzeitsgäste werden aus dem Staunen nicht herauskommen. Über Eure Vermählung wird man noch in Jahrzehnten sprechen.«

»Ich danke Euch, Meister.« Sie drückte dem alten Mann einen Kuss auf die Wange.

»Aber nicht doch, Herrin.«

Marijana ließ sich auf einen Schemel sinken. »Ich werde Euch vermissen, Meister Gallus. Ihr seid das Einzige hier, das ich schweren Herzens verlasse.«

Die Miene des Alchemisten verfinsterte sich. »Sagt so etwas nicht, Marijana. Euer Vater liebt Euch. Es bricht ihm beinahe das Herz, Euch ziehen zu lassen.«

»Aber er hat mich seine Liebe nur mit Strenge und Unerbittlichkeit spüren lassen.«

»Ein guter Vater ist ein strenger Vater.«

»Aber er sperrt seine Tochter nicht ein.«

»Er will Euch beschützen. Er hat den Tod Eurer Mutter nie verwunden.«

»Er hätte neu heiraten sollen, dann hätte er ein Weib und einen Erben und wäre nicht so verbittert!« Trotzig verschränkte Marijana die Arme.

Meister Gallus ließ sich schwer ächzend auf einem zweiten Schemel ihr gegenüber nieder. Er war schon weit über fünfzig Lenze alt, und seine Glieder waren steif. »Mein Kind, Euer Vater wird seine Gründe haben, warum er nie wieder die Ehe einging. Es steht Euch nicht an, seine Entscheidungen zu missbilligen. Ihr schuldet ihm Respekt und Gehorsam. Und wer weiß, wofür Euch seine strenge Erziehung eines Tages nützlich sein wird.«

Marijana blickte in das Feuer, das in dem Athanor prasselte, dem Ofen des Alchemisten, dessen Klappe offen stand. Sie wusste, dass man sich in Ritterkreisen hinter vorgehaltener Hand das Maul über ihren Vater zerriss, über den verbitterten alten Mann, der allein mit seiner Tochter auf seiner Burg hauste. Dabei wussten die Schandmäuler noch nicht einmal, dass er diese Tochter zu allem Überfluss wie einen Sohn erziehen ließ. Ganz allein lebten Marijana und ihr Vater natürlich nicht auf Falkenstein. Vater hatte drei Knappen unter seine Fittiche genommen, Söhne von angesehenen Grafen, die aus ihren Sprösslingen durch die Hand Gero von Falkensteins echte Ritter machen wollten. Außerdem gab es zwei Dutzend Ritter, den Hofmeister und seine Frau, Meister Gallus, den Kaplan und das Gesinde. Aber keine Hofdamen. Und Feste wurden auf Falkenstein nie gefeiert. Trotzdem wagte es niemand, Gero von Falkenstein von Angesicht zu Angesicht zu sagen, was er über ihn dachte. Denn Marijanas Vater war mächtig, er nannte große Ländereien und zwei weitere Burgen sein Eigen, und er war ein Vertrauter des Königs. Seine Härte war sprichwörtlich, und trotz seiner über vierzig Lebensjahre stieß er auf Turnieren noch immer die meisten Gegner vom Pferd.

»Was bedrückt Euch, mein Kind?«, fragte Meister Gallus.

»Ich muss noch einmal fort.«

»Fort? Was meint Ihr?«

»Ins Gasthaus ›Zum Roten Falken‹.«

»Aber nicht heute!« Eine steile Falte bildete sich auf des Meisters Stirn. »Das Gasthaus liegt am anderen Ufer des Inn. Vermutlich ist die Furt noch gar nicht passierbar. Außerdem ist es bis oben auf den Saumpfad mehr als eine Meile. Und Euer Verlobter trifft am Nachmittag ein.«

»Es ist meine letzte Gelegenheit.«

»Ihr wollt mit dieser Frau reden.« Meister Gallus ergriff ihre Hände. »Was versprecht Ihr Euch davon?«

Marijana machte sich los und stand auf. »Ich muss es einfach tun. Es lässt mir sonst keine Ruhe. Wenn ich auf Burg Stein lebe, ist es zu spät.«

Der Alchemist erhob sich ebenfalls. »Euer Vater wird mich mit Schimpf und Schande davonjagen, wenn er erfährt, dass ich nicht alles getan habe, um Euch von Eurem Vorhaben abzuhalten.«

»Er wird es nicht erfahren. Und wenn doch, sage ich ihm, dass ich in der Sankt-Anna-Kapelle eine Kerze stiften wollte, um Gott um eine gute, mit vielen Kindern gesegnete Ehe zu bitten.«

»Ihr könntet Eurem Verlobten begegnen. Er kommt aus dieser Richtung.«

»Das glaube ich nicht. Er nimmt bestimmt die große Landstraße, die weiter im Norden verläuft. Und wenn doch, dann sage ich, dass ich es nicht mehr erwarten konnte und ihm entgegengeritten bin. Ich beeile mich. Wenn die Glocke der Burgkapelle zur Vesper läutet, bin ich zurück.«

Marijana wollte aus dem Laboratorium stürmen, doch Meister Gallus hielt sie auf.

»Vielleicht ist das der letzte ruhige Augenblick, der uns bleibt. Es gibt etwas, das ich Euch sagen muss.«

»Ja, Meister?«

»Ich habe Euch in den letzten Jahren in die Geheimnisse der Alchemie eingeweiht«, sagte er ernst, »denn ich hatte erkannt, dass Ihr auserwählt seid. Ihr wart eine fleißige und gelehrige Adeptin, Ihr habt viel gelernt. Mit dem Wissen, das ich Euch vermittelt habe, geht eine große Verantwortung einher.«

»Das weiß ich, Meister.«

»Setzt Eure Kenntnisse mit Bedacht ein. Und vor allem: Lasst nicht jeden wissen, welch mächtiges Werkzeug Ihr in Euren Händen haltet. Es ist eine Waffe, die sich auch gegen Euch verwenden lässt.«

»Wie meint Ihr das?« Marijana sah ihn beunruhigt an.

»Ihr seid eine Frau. Und Ihr habt Fertigkeiten erlernt, die in den Augen Unwissender als Hexenwerk erscheinen könnten. Das ist eine gefährliche Kombination.«

»Warum habt Ihr mich als Eure Schülerin ausgewählt, Meister, wenn dieses Wissen bei einer Frau so unsicher ist?«

»Die Alchemie sucht sich aus, wem sie sich anvertraut. Und sie unterscheidet nicht zwischen Mann und Weib. Nur die Menschen tun das.«

»Ich habe keine Angst vor den Menschen, Meister Gallus.«

Er sah sie lange an. »Wisst Ihr, Marijana, dass Ihr genauso stur seid wie Euer Vater?« Er ließ sie los. »Nun lauft schon, Kind! Tut, was Ihr nicht lassen könnt!«

* * *

Robert stieß einen schrillen Pfiff aus, das Warnsignal, das höchste Gefahr ankündigte. Er sah, wie der Ritter unten auf der Straße den Kopf in seine Richtung drehte und an seinen Schwertknauf griff.

In dem Moment kollerten Steine den Abhang hinunter. Sie hatten sich unterhalb des Felsvorsprungs gelöst, wo Jeronimus und Urban auf der Lauer lagen. Verfluchte Hohlköpfe!

Robert schaute wieder auf die Straße. Der Zug war stehen geblieben, der Ritter und die Knappen hatten ihre Schwerter gezogen. Und auch die Söldner hatten sich in Kampfposition begeben.

Aus den Augenwinkeln sah Robert, wie Urban hinter dem Fels hervorkletterte. Wieder gerieten Steine ins Rollen. Was hatte dieser Hornochse vor? Wollte er sie alle umbringen?

Wieselflink kletterte Robert vom Baum. Hier oben bot er ein zu gutes Ziel. Wenn einer der Kämpfer im Tal ihn entdeckte, konnte er ihn abschießen wie eine Taube. Außerdem könnten die Reiter innerhalb weniger Augenblicke den Hang hinaufkommen, der hier nur spärlich bewachsen war. Und geschickt genug im Umgang mit Pfeil und Bogen, um bewegliche Ziele sicher zu treffen, waren allein Robert selbst, Hasso, der irgendwo hinter der nächsten Flussbiegung auf das Signal zum Angriff wartete, und Mathes. Die anderen Männer der Bande waren zwar furchtlose Kämpfer, aber keiner von ihnen hatte das Kriegshandwerk erlernt.

Inzwischen waren auch Jeronimus und die übrigen Männer aus ihren Verstecken gekrochen.

»Warum hast du gepfiffen?«, fragte Urban und schwang sein Schwert. »Die sitzen da unten wie die Hasen in der Falle. Lasst uns angreifen. Ich rieche schon die fette Beute!«

»Du riechst gar nichts, du Hornochse!«, zischte Robert. »Und jetzt halt endlich still.« Er schlich an den Rand des Abhangs und schielte nach unten.

Niemand schien sich gerührt zu haben. Die Männer standen

immer noch kampfbereit neben den Wagen. Der Ritter sprach zu ihnen, anscheinend hatte er das Kommando übernommen.

»Du hast doch wohl nicht etwa Angst vor einem einzigen Ritter, Robert?«, stichelte Urban.

»Halt dein Maul!«

»Hasso hätte längst den Angriff befohlen.«

Robert legte die Hand an den Schwertknauf und drehte sich zu den Männern um. Sie hatten sich um Urban geschart. Auch wenn keiner der anderen Räuber offen meuterte, schienen sie doch alle das Gleiche zu denken. Lediglich Jeronimus stand etwas abseits. Sein Blick war unergründlich. »Ich bin euer Anführer. Und ihr tut, was ich sage!«

Urban spuckte auf den Boden.

»Wir ziehen uns zurück«, befahl Robert mühsam beherrscht. »Jeronimus, du wartest hier auf Hasso und Ewalt. Treffpunkt ist die Sankt-Anna-Kapelle am Saumpfad.«

»Hasso hätte nicht vor einem einzelnen Ritter den Schwanz eingezogen«, knurrte Urban verstockt.

Robert trat zu ihm, die Hand noch immer an seinem Schwert. Er näherte sein Gesicht dem des Räubers, bis er dessen struppige Bartstoppeln fast auf seiner Haut spürte. »Woher willst du wissen, dass es nur ein einzelner Ritter ist? Kannst du von hier oben in die Wagen sehen?«

»Blödsinn«, stieß Urban hervor, doch er wirkte verunsichert.

»Blödsinn«, knurrte nun auch einer der anderen Männer. Wer, konnte Robert nicht sagen, denn seine ganze Aufmerksamkeit wurde von den Geräuschen beansprucht, die aus dem Tal heraufdrangen. Klirren und Schnauben zeigten an, dass sich dort unten etwas tat.

»Rückzug! Auf der Stelle!« Robert sah seine Männer an. Wenn es jetzt zu einer Meuterei kam, war er ein toter Mann.

Mit dem Häuflein zusammengewürfelter Räuber wurde er als ausgebildeter Ritter vielleicht noch fertig. Aber der Reiter unten im Tal würde ihn nicht lebend davonkommen lassen. Denn es war Veit von Amerang, einer der besten Krieger, die er kannte, und sein Todfeind, der ihn seit zwei Jahren jagte.

***

Der Stallbursche wartete schon hinter der Mannpforte. Er hielt Marijanas weiße Stute Eldrid am Zügel und kaute nervös auf seiner Unterlippe.

»Danke, du kannst gehen«, sagte Marijana und nahm ihm den Zügel ab.

Der Bursche flitzte davon.

Marijana saß auf und schaute in den Himmel. Noch war er blau, doch am Horizont braute sich etwas zusammen. Es konnte noch bis zum Abend dauern, bis der Regen kam. Oder eine halbe Stunde. Hier am Fuß der Alpen schlug das Wetter oft schnell um. So oder so musste Marijana sich sputen. Sie wollte zurück auf der Burg sein, bevor Vater ihr Verschwinden bemerkte. Er war heute ohnehin noch gereizter als sonst. Marijana ahnte, warum: Er überließ sie ungern ihrem zukünftigen Gemahl, nicht weil Veit kein anständiger, ehrenhafter Ritter von untadligem Ruf wäre. Ganz im Gegenteil. Veit von Amerang war eine sehr gute Partie, und Marijana durfte sich glücklich schätzen, seine Gemahlin zu werden. Veit sah schneidig aus wie Parzival, war genauso galant und mutig wie dieser, ein treuer Diener König Ludwigs, ein unerschrockener Krieger und vorausschauender Verwalter seiner Lehen. Nein, an ihrem Verlobten lag es nicht.

Gero von Falkenstein würde seine Tochter am liebsten niemals weggeben. Natürlich hatte er nie etwas Derartiges geäußert, aber die Art, wie er in den letzten Jahren potentielle Freier brüskiert, wie er Marijana vor der Welt abgeschirmt hatte, ließ daran keinen Zweifel.

Marijana schnalzte mit der Zunge, und Eldrid setzte sich in Bewegung. Erst ging es steil den Hang hinunter, dann erreichten sie den sumpfigen Pfad durch das Inntal, der zwischen den Flussarmen hindurch zur Furt führte.

Es duftete nach feuchter Erde und frischen Gräsern. Marijana atmete tief ein und wieder aus. Heute war der letzte Tag ihres alten Lebens. Mit dem Eintreffen ihres zukünftigen Gemahls setzten die Feierlichkeiten ein, die in drei Tagen auf Burg Stein mit der Vermählung ihren Höhepunkt erreichen würden. Hier auf Falkenstein wurden nur wenige Gäste erwartet, erst in Marijanas zukünftigem Heim würden die Ritter und Edeldamen herbeiströmen, die sie fast alle nur dem Namen nach kannte.

Marijana klopfte der Stute auf den Hals. Ein wenig mulmig war ihr bei dem Gedanken an ihr neues Leben schon. Die Hofmeisterin hatte ihr zwar einiges über die Pflichten einer Burgherrin beigebracht, trotzdem war sie unsicher, ob sie die Aufgabe zu Veits Zufriedenheit meistern würde. Immerhin kannten sie sich seit Jahren, denn er war einer der wenigen Ritter, der auf Falkenstein regelmäßig zu Gast war. Sie hoffte, dass er nachsichtig mit ihr sein würde, wenn anfangs nicht alles reibungslos lief.

Marijana erinnerte sich gut an den Abend vor einem Jahr, der ihr Leben verändert hatte. Auf dem Rückweg aus dem Laboratorium des Meister Gallus hatte sie unter der Treppe Stimmen gehört. Der Hofmeister hatte sich leise mit seiner Frau unterhalten. Marijana lauschte gewöhnlich nicht, doch da sie ihren Namen aufschnappte, hielt sie inne und spitzte die Ohren.

»Es ist eine Schande, dass der Herr die arme Marijana nicht endlich jemandem zur Frau gibt«, hatte die Hofmeisterin gesagt.

»Schscht, Weib! Das geht uns nichts an.«

»Eine Schande ist es dennoch! Sie wird bald siebzehn, und noch immer ist kein Gemahl in Sicht. Dabei gäbe es viele ehrenwerte Ritter, die sie mit Kusshand nehmen würden.«

Der Hofmeister knurrte eine Erwiderung, die Marijana nicht verstand.

»Schau dir nur den edlen Ritter Veit von Amerang an: Hast du die bewundernden Blicke bemerkt, die er der jungen Herrin zuwirft? Wäre er nicht eine treffliche Wahl?«

»Wenn er sie freien will, soll er beim Vater um ihre Hand anhalten«, sagte der Hofmeister. »Was ist daran so kompliziert?«

»Er weiß genau, dass der Herr sein Kind nur ungern hergeben will. Wahrscheinlich will Veit es sich nicht mit einem seiner ältesten Freunde verderben. Wenn ihm Marijana allerdings beispringen würde ...«

In dem Augenblick war irgendwo eine Tür krachend zugefallen, und die beiden hatten ihr Gespräch abgebrochen und waren davongeeilt. Doch Marijana hatte genug gehört. Mit klopfendem Herzen hatte sie sich auf der Treppe niedergelassen und sich ausgemalt, wie es wäre, ein Leben als Gemahlin des Ritters Veit von Amerang zu führen. Und sie hatte beschlossen, nicht auf ihr Glück zu warten, sondern das Schicksal selbst in die Hand zu nehmen. Fortan hatte sie den Ritter behutsam in seinem Werben ermutigt, wann immer er auf der Burg war. Schon nach wenigen Wochen hatte er sich ein Herz gefasst und um ihre Hand angehalten.

Marijana erreichte die Furt. Sie kniff die Augen zusammen und suchte das andere Ufer ab. Hinter Nussdorf schlängelte sich der Saumpfad den Berg hinauf. Vereinzelte Reisende waren unterwegs, eine Frau mit einem Bündel Reisig auf dem Rücken, ein Mann mit seinem Sohn, der einen mit schweren Säcken bepackten Esel an der Leine führte, doch kein Ritter mit Gefolge, der aussah wie ihr Verlobter.

Marijana drehte den Kopf in Richtung Norden. Die Wolken waren kaum näher gekommen, ihr blieb also noch etwas Zeit. Sie trieb Eldrid ins Wasser. Gewöhnlich gefiel es der Stute dort so gut, dass Marijana achtgeben musste, dass sie sich nicht samt ihrer Reiterin auf die Seite warf, um das Bad richtig auszukosten. Heute jedoch war es anders. Eldrid sträubte sich. Die Stute spürte, wie gefährlich reißend die Strömung war, und es dauerte, bis sie ihre Angst überwand. Mit jedem Schritt wurde das Wasser tiefer, in der Mitte des Flusses musste Marijana die Knie anziehen, um keine nassen Füße zu bekommen. Sie hatte nicht damit gerechnet, dass der Inn noch so viel Wasser führte. Ihr wurde mulmig. Vielleicht war es wirklich noch zu früh im Jahr, um den Fluss an dieser Stelle zu durchqueren. Doch Eldrid kämpfte unerschrocken gegen die eisige Strömung und stapfte unbeirrt vorwärts.

Endlich hatten sie wieder festen Boden unter den Füßen. Marijana atmete erleichtert auf. Die Stute schüttelte ihre Mähne und schnaubte. Marijana strich ihr über das weiche, warme Fell. »Gut gemacht, Eldrid! Ich wusste, dass ich mich auf dich verlassen kann.«

Sie passierte die wenigen Häuser von Nussdorf und machte sich an den Aufstieg. Nicht mehr lange, und sie würde das Gasthaus »Zum roten Falken« erreichen und endlich mit Gretlin sprechen, der alten Frau, die dort als Magd arbeitete und die Marijana seit Jahren aufsuchen wollte. Vater hatte es streng verboten, und Vaters Verbot war Gesetz. Doch schon in drei Tagen wäre Veit ihr Gemahl und ihr Herr, und fortan wäre sie ihm Gehorsam schuldig, nicht ihrem Vater. Da durfte sie heute eine Ausnahme machen. Außerdem fiel diese kleine Übertretung kaum ins Gewicht im Vergleich zu den unzähligen Stunden, die sie in den vergangenen Jahren verbotenerweise im Wald umhergestreift war.

***

»Holt die Bänke aus dem Schuppen und stellt die Tische zusammen! Los, macht schon, schlaft nicht ein!« Gero von Falkenstein scheuchte die Knechte in den Palas. »Und schürt das Feuer im Kamin! Die Tage sind warm, aber die Nächte noch kalt. Sollen unsere Gäste etwa frieren?«

Die Burschen stoben davon.

Gero rieb sich die Hände und sah sich auf dem Hof um. Hatte er an alles gedacht? Um die Schlafkammern für die Gäste kümmerte sich die Hofmeisterin, die meisten Ritter würden ohnehin im großen Saal auf dem Boden nächtigen. In der Küche sorgte der Koch dafür, dass alle Köstlichkeiten rechtzeitig fertig wurden. Die Mägde hatten bereits die Räume ausgefegt, und nun hängten sie Blumengirlanden auf. Meister Gallus hatte für den Abend noch eine besondere Überraschung vorbereitet. Gero hoffte, dass das Spektakel, das der Alte zusammen mit seiner Tochter ausgeheckt hatte, so aufsehenerregend war, wie die beiden versprochen hatten. Schließlich sollte niemand ihm, Gero von Falkenstein, nachsagen, er hätte am Hochzeitsfest seiner einzigen Tochter gespart. Auch wenn die eigentliche Feier auf Burg Stein stattfinden würde.

Gero wandte sich wieder dem Palas zu. Er versuchte, nicht daran zu denken, wie das Leben auf Falkenstein ohne Marijana sein würde. Wie war sie nur so schnell erwachsen geworden? Noch gestern, so schien es ihm, hatte sie im Hof mit Steinen und Stöcken gespielt, und schon heute übergab er sie ihrem Gemahl!

Gero stieg die steile steinerne Treppe hinauf zu den Wohnräumen der Burg. Er versuchte, die finsteren Gedanken zu verdrängen, die sich ihm jedes Mal aufdrängten, wenn er die ausgetretenen Stufen betrat. Nicht heute, sagte er sich. Nicht heute.

In Marijanas Kemenate saß nur Agnes, die Kammerzofe, die sich eilig erhob und knickste, als Gero eintrat. Eine Rolle Garn fiel ihr dabei vom Schoß und kullerte unter das Bett.

»Wo ist meine Tochter?«, fragte Gero.

»Bei Meister Gallus, Herr.«

»Dachte ich mir«, brummte Gero und stapfte aus dem Raum. Seit der Alchemist vor Jahren verkündet hatte, dass Marijana eine Auserwählte sei, die als seine Adeptin in die Künste der Alchemie eingeführt werden müsse, hatte seine Tochter jeden freien Augenblick in dem Laboratorium verbracht. Gero hatte es geduldet, unter der Bedingung, dass sie darüber ihre übrigen Pflichten nicht vernachlässigte. Und solange auch der Alchemist sich nicht von seiner wichtigsten Aufgabe ablenken ließ und unermüdlich seine Forschungen fortsetzte. Meister Gallus suchte nach dem Rezept für Panacea, dem Allheilmittel, mit dem Gero das Leiden zu kurieren hoffte, das ihn seit mehr als einem Jahrzehnt quälte. Manchmal glaubte er nicht daran, dass Meister Gallus je erfolgreich sein würde. Doch dann berichtete der Alte ihm von vielversprechenden Erfolgen, und seine Hoffnung auf Linderung wurde aufs Neue geweckt.

Gero marschierte zum Bergfried und klopfte an die Tür des Laboratoriums.

»Nur herein!«, rief Meister Gallus von innen.

Gero stieß die Tür auf. Der Alchemist stand vor dem Athanor, schob etwas hinein und schloss die Klappe. Dann drehte er sich um.

»Oh, Ihr seid es, mein Herr.«

Gero hob eine Braue. »Habt Ihr jemand anderen erwartet, Meister Gallus?«

»Nun, ich dachte nicht, dass Ihr an einem Tag wie heute Zeit fändet, mich in meinem bescheidenen Laboratorium aufzusuchen.« Meister Gallus wischte sich die Finger an der ledernen Schürze ab. »Wie kann ich Euch zu Diensten sein, Herr? Geht es um das Spektakel heute Abend? Seid versichert, es ist alles bestens vorbereitet.«

»Davon gehe ich aus.« Gero ließ seinen Blick über den schweren Holztisch wandern, wo ein Mörser samt Stößel und ein Destilliergefäß aus feinstem Glas neben einer Kiste standen, die mit einem Tuch abgedeckt war. Ein Schemel stand vor dem Tisch. Oft hatte Gero in der Vergangenheit seine Tochter darauf sitzend angetroffen, den Kopf über ein dickes, ledergebundenes Buch voller Texte in lateinischer Sprache gebeugt. Doch heute war der Schemel leer. »Marijana ist nicht hier?«

»Nein, Herr. Sicherlich hat sie heute Besseres zu tun, als ihrem alten Meister zur Hand zu gehen.«

»Ihre Kammerzofe sagt, sie habe Euch aufsuchen wollen.«

Der Alchemist breitete die Arme aus und hob die Schultern. »Hier ist sie nicht.«

Gero kniff die Augen zusammen. Er hatte das Gefühl, dass der Alte ihm etwas verschwieg. Doch was um alles in der Welt könnte Meister Gallus über seine Tochter wissen, das er ihrem Vater vorenthalten würde?

* * *

Pferde preschten den Hang hinauf. Robert konnte sie nicht sehen, doch der Hufschlag und das Brechen von Ästen und Zweigen waren nicht zu überhören. Unmöglich zu sagen, wie viele Reiter es waren: nur der Ritter und seine Knappen oder auch die drei Händler? Nicht auszuschließen, dass auch diese Männer kampferprobt waren. Robert und seine Männer führten keine Pferde mit sich. Zu Fuß waren sie den Reitern hilflos unterlegen.

»Rückzug! Auf der Stelle!«, befahl Robert erneut.

Diesmal gehorchten seine Männer sofort. Wieselflink verschwanden sie im Wald, alle in verschiedene Richtungen. Die Reiter konnten unmöglich jedem Einzelnen folgen, außerdem war das Unterholz hier so dicht, dass sie schon nach wenigen Schritten absitzen und die Verfolgung zu Fuß würden aufnehmen müssen.

Auch Robert rannte ohne weitere Verzögerung los, die Hände schützend vor dem Gesicht ausgestreckt, um die niedrig hängenden Äste und Zweige abzuwehren. Nach etwa fünfhundert Schritten stolperte er über eine Wurzel und stürzte der Länge nach auf den Boden. Sein Knie schlug auf einem Stein auf, er stöhnte fast unhörbar. Rasch versuchte er, sich aufzurappeln, doch sein Bein war gelähmt vor Schmerz.

Hinter sich vernahm Robert das Knacken von Zweigen. Hatte einer seiner Männer den gleichen Fluchtweg genommen wie er? Oder war es einer der Verfolger? Womöglich Veit von Amerang selbst?

Heiße Angst durchflutete Robert. Verzweifelt versuchte er, das Bein anzuziehen. Nichts. Panisch schaute er sich um. Sein Blick fiel auf ein Loch im Wurzelbereich einer Buche, das von den tief hängenden Zweigen einer kleinen Tanne halb verdeckt wurde. Vermutlich war es der Eingang zu einem Fuchsbau. Unter großen Schmerzen robbte Robert darauf zu. Kurz vor dem Loch hielt er inne und lauschte. Alles war still. Lauschte sein Verfolger ebenfalls?

Robert kroch die letzten Ellen auf den Fuchsbau zu und rollte sich, so gut es ging, im Eingang zusammen. Ganz hinein passte er nicht, zumal er es trotz größter Anstrengung noch immer nicht schaffte, das verletzte Knie vollständig zu beugen.

Wieder knackte es. Diesmal waren es eindeutig Schritte. Viel zu langsam für jemanden auf der Flucht. Veit. Oder einer seiner Männer.

Robert hielt die Luft an. Plötzlich sah er einen Stiefel, nur wenige Handbreit von seinem Gesicht entfernt. Hätte er sich auf sein Knie verlassen können, wäre Robert aus seinem Versteck gesprungen und hätte den Gegner angegriffen. Auch auf die Gefahr hin, dass weitere Männer in der Nähe waren. Das Überraschungsmoment wäre auf seiner Seite gewesen. Doch so war er dazu verdammt, darauf zu hoffen, nicht entdeckt zu werden. Er fühlte sich wie ein Tier in der Falle.

Der Stiefel bewegte sich, eine Schwertklinge blitzte auf.

Dann wieder ein Knacken.

Und eine Stimme. »Habt Ihr einen von den Galgenschwengeln erwischt?«

»Noch nicht«, antwortete es unmittelbar über Robert. »Aber einer hat sich irgendwo hier versteckt. Er ist so nah, dass ich ihn riechen kann.«

***

Unruhe ergriff von Marijana Besitz, während sie sich der Sankt-Anna-Kapelle näherte. In der Ferne war schon das Gasthaus zu sehen, allerdings nur ein Stück des Dachs mit dem Schornstein, aus dem sich Rauch schlängelte, der Wärme und Behaglichkeit versprach. Ängstlich schaute Marijana sich um. Nichts. War sie nervös wegen der bevorstehenden Begegnung mit Gretlin? Hatte sie Angst, etwas zu erfahren, was sie gar nicht wissen wollte? Oder etwas, das sie ins Unglück stürzen würde?

Marijana zog an den Zügeln, Eldrid blieb sofort stehen. Noch war Zeit umzukehren. Sie musste an die Worte des Kaplans denken. »Vergesst niemals, welche Lehre wir aus dem Ungehorsam Evas ziehen müssen: Das Streben nach Wissen ist eine Einflüsterung des Teufels. Der Herr der Finsternis ist es, der die schwachen Sünder dazu verführt, Dinge zu schauen, die nicht für ihre Augen, und Worten zu lauschen, die nicht für ihre Ohren bestimmt sind.«

Der Kaplan hatte Meister Gallus und seine Forschungen gemeint. Er missbilligte, dass Marijana so viel Zeit im Laboratorium des Alchemisten verbrachte. Aber trafen seine Worte nicht auch in diesem Fall zu?

Marijana sah zur Sankt-Anna-Kapelle, die sich nur noch einen Bogenschuss entfernt vor ihr erhob, und schlug das Kreuz. Ich strebe nicht nach verbotenem Wissen, sagte sie sich, ich möchte lediglich das Andenken meiner Mutter ehren. Daran ist nichts Frevelhaftes.

Beherzt ließ sie Eldrid antraben.

Doch sie kam nur etwa dreißig Fuß weit. Wie aus dem Boden gewachsen sprangen plötzlich Männer hinter Baumstämmen und Sträuchern hervor. Verdreckte, finster aussehende Kerle. Einer packte die Stute am Zügel. Zwei weitere streckten ihre schmutzigen Hände nach Marijana aus und zogen sie aus dem Sattel.

Marijana schrie entsetzt auf. »Nein! Lasst mich!« Sie strampelte und schlug um sich.

Einer der Männer packte ihre Arme und drehte sie auf den Rücken.

»Zu Hilfe!«, brüllte Marijana aus Leibeskräften. »Helft mir! Hilfe!«

Als einer der Kerle ihr den Mund zuhalten wollte, biss sie ihn in den Finger. Fluchend zog er die Hand weg.

»Ihr wisst wohl nicht, wer ich bin?«, keuchte Marijana. »Mein Vater, Gero von Falkenstein, wird euch allen bei lebendigem Leib die Haut abziehen, wenn ihr mir auch nur ein Haar krümmt!«

»Haha!« Der Kerl, den sie gebissen hatte, verpasste ihr eine Ohrfeige. »Mir schlottern schon die Knie vor Angst!« Er lachte schallend.

Marijanas Gesicht brannte. Sie presste die Zähne aufeinander, um den Schmerz und die Angst zu unterdrücken. So wie sie es während der endlosen Übungsstunden mit ihrem Vater oft getan hatte.

Der Mann, der ihr die Arme auf den Rücken gedreht hatte, packte ihren Zopf und zog so fest daran, dass ihr die Tränen in die Augen schossen. Sie bekam einen Tritt in die Waden und sank auf die Knie.

»Ja, bete nur, dummes Weib!«, scherzte einer. »Es wird dir nichts nützen.«

Eine Messerklinge wurde gegen ihre Kehle gedrückt. »Rühr dich nicht von der Stelle, Weib, oder ich schlitz dir die Gurgel auf. Und kein Wort!«

Marijana bewegte nicht einen Muskel, starr vor Schreck. Einer der Männer hielt ihre Haare noch immer so fest, dass es sich anfühlte, als würden sich tausend Nadeln in ihren Kopf bohren.

Das Messer fuhr über ihren nackten Hals, dann über den Ausschnitt ihres Kleides. »Was für ein appetitlicher Happen.« Der Mann leckte sich die aufgesprungenen Lippen.

Marijana schloss entsetzt die Augen. Stumm begann sie, das Vaterunser zu sprechen. Gott musste ihr helfen, er konnte doch nicht zulassen, dass ihr von diesen Höllenwesen Gewalt angetan wurde. Oder war das die Strafe für ihre Neugier?

»Nicht hier, Urban«, zischte eine Stimme. »Wir sollten machen, dass wir wegkommen. Womöglich hat irgendwer ihre Schreie gehört.«

»Feigling!«

»Halt's Maul!«

»Streitet euch nicht! Dafür ist keine Zeit. Die anderen werden jeden Augenblick eintreffen, und dann müssen wir schleunigst aus dieser Gegend verschwinden.«

»Und die Metze?« Wieder eine andere Stimme.

»Die nehmen wir mit«, sagte der Kerl mit dem Messer. »Als kleine Entschädigung für die entgangene Beute.«

Zustimmendes Gebrumm war zu hören.

Marijana wurde auf die Füße gezogen. Sie fasste sich ein Herz und öffnete die Augen. Sie war noch immer wie gelähmt vor Angst, doch sie musste versuchen, die Männer von ihrem Vorhaben abzubringen. Sie musste ihnen Geld bieten. Viel Geld. Dann ließen sie vielleicht von ihr ab.

Hektisch schaute sie sich um. Bis auf den Kerl, der sie festhielt, standen nun alle Männer vor ihr. Es waren sieben. Einer stand etwas abseits und hielt Eldrid am Zügel. Die Übrigen gafften sie schamlos an. Verschiedene Messer im Gürtel, zerschlissene Kleidung, zahllose Narben, fehlende Zähne und Finger zeigten, dass sie ihrem gottlosen Treiben schon längere Zeit nachgingen. Marijana suchte nach einem Gesicht, das nicht nur blanke Gier, sondern einen Rest gesunden Menschenverstand ausstrahlte.

Doch in dem Moment trat einer der Kerle vor, sperrte ihr den Mund auf und stopfte einen stinkenden Fetzen Stoff hinein. Marijana würgte entsetzt. Sie versuchte, etwas zu sagen, doch nur unverständliche Laute entrangen sich ihrer Kehle. Ein zweiter Mann stülpte ihr einen Leinensack über den Kopf.

Marijana wurde es schwindelig vor Angst. Sie wankte. Dann umfing sie Dunkelheit.

***

Robert schleppte sich durch den Wald. Er war beinahe am Ende seiner Kräfte. Immerhin gehorchte ihm sein Bein wieder, auch wenn sein Knie bei jedem Schritt so heftig stach, als hätte es jemand mit dem Schwert durchbohrt.

Er war noch einmal davongekommen. Aber es war knapp gewesen. Die beiden Verfolger hatten noch eine ganze Weile unmittelbar neben Roberts Versteck gestanden und den Geräuschen des Waldes gelauscht.

Bis der Kerl mit dem Schwert sich unvermittelt abgewandt hatte. »Mir reicht's«, hatte er geknurrt. »Diesmal sind die Galgenvögel davongekommen. Aber nur, weil ich heute noch etwas Besseres vorhabe. Beim nächsten Mal geht es ihnen an den Kragen.«

Robert hatte noch lange gewartet, auch nachdem die Schritte der Männer längst verklungen waren.

Als er schließlich aus dem Loch gekrochen war, hatte ihn nicht nur das verletzte Knie geschmerzt, sondern jeder Knochen in seinem Körper. Er hatte die Zähne zusammengebissen und war losgehumpelt, ohne sich zu schonen. Die anderen waren sicher längst bei der Kapelle angekommen. Er durfte sie nicht zu lange warten lassen.

Im Laufschritt humpelte Robert durch das Unterholz, etwa hundert Ellen neben dem Saumpfad, an dem die Kapelle lag. Er gönnte sich nur wenige Verschnaufpausen, nutzte nur die Momente, in denen er sich orientieren musste, um etwas zu Atem zu kommen. Endlich kam das Gotteshaus in Sicht.

Ein Mann sprang unvermittelt hinter einer Eiche hervor und

stellte sich ihm in den Weg. Es war Hasso Bergh. »Da bist du ja endlich! Was hat dich aufgehalten, Robert?«

»Ich wurde verfolgt und beinahe geschnappt.«

»Hat man dich erkannt?«

Robert fuhr sich über die nassgeschwitzte Stirn. »Ich bin nicht sicher. Aber ich glaube nicht.«

»Bockmist!« Hassos Blick fiel auf Roberts Bein. Das blutig aufgescheuerte Knie ragte aus dem zerschlissenen Beinling. »Bist du verletzt?«

»Nicht der Rede wert.«

»Kannst du laufen? Wir haben noch mehr als drei Meilen vor uns bis zum Lager.«

»Mach dir um mich keine Sorgen.« Robert schaute sich um. »Wir sollten uns nicht länger hier in der Gegend aufhalten. Wo sind die anderen?«

»In der Kapelle. Alle vollzählig.«

»Gut.« Robert setzte sich in Bewegung.

Doch Hasso hielt ihn zurück. »Auf ein Wort noch.«

»Was denn?« Robert musste nach oben schauen. Dabei war er mit gut sechs Fuß ein groß gewachsener Mann. Doch Hasso überragte ihn um einen halben Kopf.

»Was war vorhin los?«, fragte Hasso zurück. »Warum hast du den Rückzug befohlen? Du weißt, wie dringend wir Geld und Vorräte brauchen. Urban behauptet, du hättest vor einem einzelnen Ritter gekniffen.«

»Urban ist ein Strohkopf!«

»Ach, ist er das?« Hasso kniff die Augen zusammen.

Robert wandte den Blick ab. Es half nichts, er musste seinem besten Mann reinen Wein einschenken. »Es war nicht irgend ein Ritter. Es war Veit von Amerang.«

»Verflucht!« Hasso ballte die Faust. »Dieses Natterngezücht soll zur Hölle fahren! Glaubst du, es war eine Falle?«

Robert sah Hasso an. »Aus welchem anderen Grund sollte ein mächtiger Ritter wie Veit von Amerang mit einem schlecht bewachten Händlerzug durch die Alpen reisen?«

»Gute Frage.« Hasso zog ein Stöckchen aus dem Ärmel, schob es in den Mund und kaute nachdenklich darauf herum. »Wissen die anderen Bescheid?«

»Natürlich nicht!«

Hasso nickte. »Da ist noch ein Problem.« Er schob das Stöckchen mit der Zunge in die andere Backe. »Oder auch nicht.«

»Raus mit der Sprache!«

»Die Männer haben auf dem Weg hierher eine fette Beute ganz anderer Art gemacht. Könnte nützlich sein. Oder ein tödlicher Fehler.«

Robert sah ihn alarmiert an. »Was denn für eine Beute?«

»Schau sie dir an.«

Hasso marschierte ohne ein weiteres Wort voran zur Kapelle. Er klopfte dreimal kurz an die Holzpforte. Die Tür wurde geöffnet, Robert und Hasso schlüpften hinein, die Tür knallte wieder zu.

Im Inneren des Gotteshauses war es dämmrig. Die wenigen schmalen Fenster, drei auf jeder Seite, ließen kaum Tageslicht herein, das zudem durch den dichten Wald gedämpft wurde. Die Männer waren vollzählig versammelt. Sie standen um ein Bündel herum, das auf dem nackten Steinboden lag. Robert trat näher und erkannte, dass es sich um einen Menschen handelte. Der Kleidung nach eine Frau, der man einen Sack über den Kopf gestülpt hatte. Ihre Hände waren mit einem Strick auf dem Rücken zusammengebunden. Ihr Kleid sah teuer aus, grüner Samt mit aufwändigen Stickereien. Und die Stiefel waren aus feinstem Hirschleder.

Robert schloss für einen Moment die Augen. Verfluchter

Bockmist! Hoffentlich wussten diese Tölpel wenigstens, wen sie da entführt hatten.

Er hob den Blick. »Wer ist das?«, herrschte er die Männer an.

»Marijana, die einzige Tochter des Gero von Falkenstein«, erklärte Urban grinsend.

Robert schluckte. Gero von Falkenstein! Ein harter und unerbittlicher Mann. Niemand, mit dem man sich anlegen sollte. Und zu allem Überfluss ein Vertrauter von Veit von Amerang. »Und was habt ihr Hornochsen mit ihr vor?«, knurrte er.

»Ein bisschen spielen. So wie eine Katze das mit einem Mäuslein tut, bevor sie es mit Haut und Haaren verschlingt.« Urban bedachte ihn mit einem fast zahnlosen Grinsen.

»Und wie, glaubst du, wird Gero von Falkenstein mit dir spielen, wenn er dich zu fassen kriegt?«

Urban verschränkte die Arme. »Warum sollte er?«

»Du nimmst doch nicht ernsthaft an, dass ein Edelmann wie er sich einfach so seine Tochter rauben lässt? Er wird Himmel und Hölle in Bewegung setzen, er wird eine Streitmacht aufstellen und alle Wälder zwischen Alpen, Chiemsee und Bodensee durchkämmen lassen. Und jeder Ritter landauf und landab wird ihm zur Seite stehen. Sie werden uns jagen wie die Hasen.«

»Wir könnten Lösegeld fordern«, schlug Jeronimus vor.

»Aber erst, wenn wir mit ihr fertig sind.«

»Halt dein gieriges Schandmaul, Urban!«, fuhr Hasso dazwischen. »Wenn wir für die Metze Lösegeld haben wollen, muss sie unversehrt bleiben.«

»Warum das denn? Der Alte kann froh sein, wenn er sie überhaupt wiedersieht!«

»Schluss jetzt!«, fuhr Robert dazwischen. Er musste versuchen, einen klaren Gedanken zu fassen. Am liebsten hätte er das Mädchen einfach hier liegen gelassen. Bis irgendwer es fand, wären sie längst über alle Berge. Die Reichsacht war über ihn verhängt, Veit von Amerang wollte ihn um jeden Preis zur Strecke bringen. Er brauchte keinen weiteren Todfeind, erst recht keinen vom Schlage Gero von Falkensteins.

Doch seine Männer zweifelten ohnehin schon an seiner Entschlossenheit. Er durfte keine Schwäche zeigen. Wenn die Räuber ihn nicht mehr als Anführer respektierten, wäre das mindestens genauso gefährlich wie eine Begegnung mit Veit von Amerang. Trotz aller Loyalität wartete Hasso nur auf eine Gelegenheit, ihm die Zügel zu entreißen. Schließlich hatte Hasso die Männer rekrutiert und bei den ersten Raubzügen angeführt.

Außerdem musste er seinen Leuten ein Stück entgegenkommen. Er hatte ihnen reiche Beute versprochen und stand mit leeren Händen da.

»Was ist nun?«, grummelte Urban.

»Meinetwegen«, sagte Robert. »Ich will euch den Spaß nicht verderben. Ihr werdet auf eure Kosten kommen.« Er bemühte sich, die Männer anerkennend anzusehen. »Das habt ihr euch redlich verdient.«

* * *

»Ihr lasst keine Gelegenheit aus, mir vor Augen zu führen, in welcher Lage ich mich befinde.« Friedrich von Habsburg verzog das Gesicht und starrte auf Ludwig herab.

Ludwig betrachtete Friedrich und schmunzelte. »Säße ich nicht hier im Zuber, sondern in Nerz und Seide gehüllt auf dem Thron, und würdet Ihr nicht vor mir stehen, sondern knien, lieber Vetter, so würde ich mich Eurer Meinung anschließen. Da ich mich Euch aber so zeige, wie der Herr mich schuf, und wir uns schon so oft als Kinder in diesem Gewand im Badezuber vergnügt haben, meine ich, es ist eher ein Beweis meiner Zuneigung für Euch. Auch wenn Ihr mein Gefangener seid, was ich sehr bedaure. Und genau deswegen bin ich hier. Wir könnten diesen Zustand bald beenden.«

Ludwig zeigte auf den zweiten Badezuber neben seinem, den die Mägde mit heißem Wasser und duftenden Kräutern gefüllt hatten. Friedrich seufzte, ließ seinen Umhang zu Boden gleiten und stieg hinein.

Der Habsburger war mager geworden, das gefiel Ludwig gar nicht. »Ist das Essen, das ich Euch servieren lasse, nicht nach Eurem Geschmack? Soll ich einen anderen Koch herschicken? Wollt Ihr einen der Euren rufen lassen? Werdet Ihr schlecht behandelt? Sind die Mägde nicht willig, das Bier zu kalt, der Wein zu sauer? Sagt es mir, Vetter, und ich werde alles so richten, dass es Euch zusagt.«

»Öffnet die Türen dieses Kerkers, das wird meine Gesundheit wiederherstellen, und ich werde mich fühlen wie ein junger Hengst. Als Vogel im Käfig aber empfinde ich weder Appetit noch Lust.«

Ludwig schenkte edlen Falerner in zwei Silberpokale und reichte Friedrich einen davon. »Freiheit ist das Salz des Lebens. Ohne sie schmeckt alles fad, ich weiß. Umso mehr bitte ich Euch, mein Angebot zu überdenken.« Ludwig achtete sorgfältig darauf, nicht in der ersten Person Plural von sich zu reden. Er wollte Friedrich das Gefühl geben, dass sie auf Augenhöhe miteinander sprachen, obwohl das seit der Schlacht bei Mühldorf vor zwei Jahren nicht mehr zutraf.

Friedrich nippte an dem Wein, ließ jedoch Ludwig nicht aus den Augen, der einen tiefen Zug nahm. Glaubte Friedrich, der Wein sei vergiftet? Das konnte nicht sein, denn hätte Ludwig seinen Tod gewünscht, hätte er ihn auf dem

Schlachtfeld niedermetzeln lassen, das wusste Friedrich nur zu gut.

Der Wein lief Ludwigs Kehle hinab. Was für ein Geschenk Gottes dieser Falerner war! Vollmundig, ein vollendeter Geschmack nach Beeren, süß wie ein schönes Weib und genauso gefährlich: Nach vier oder fünf Bechern vernebelte er den Kopf. Ludwig setzte den Pokal auf dem Brett ab, das quer über den Zuber gelegt war, und leckte sich die Lippen.

Lebend war Friedrich für ihn viel wertvoller. Zum einen hätte man ihn der Grausamkeit bezichtigt, wenn er einen Verwandten umgebracht hätte, noch dazu einen, den einige Kurfürsten gern auf dem deutschen Thron sehen wollten. Zum anderen brauchte Ludwig Friedrichs Unterstützung im Kampf gegen Papst Johannes XXII. und vielleicht auch bald gegen die Mächte, die sich im Süden und Osten gegen das Reich formierten. Friedrich und Ludwig konnten sich ihren Streit eigentlich nicht leisten.

Ludwig dachte an das Jahr 1314 zurück, als alles seinen Anfang genommen hatte. Vier Kurfürsten hatten ihn zum König gewählt, weil seine Hausmacht schwach war. Sie hatten eine Marionette gewollt. Hinter vorgehaltener Hand spottete man noch immer über ihn, er sei ein »Königohneland«. Aber sie hatten Ludwig unterschätzt. Vier andere Kurfürsten hatten Friedrich gewählt. Papst Johannes hatte Ludwig nicht als König anerkannt, natürlich nicht, der Pontifex war ein Büttel der Habsburger und der Franzosen. Also hatten die Waffen sprechen müssen.

Es gab jedoch einen noch gewichtigeren Grund, warum Ludwig Friedrich kein Haar krümmen würde: Friedrichs Bruder Leopold wäre für Ludwig der weitaus unangenehmere Feind. Leopold ging über Leichen. Ludwig war sich sicher, dass Leopold hinter den Anschlägen auf sein Leben steckte, und nicht Friedrich. Vor allem hinter dem am Vorabend der Schlacht bei Mühldorf. Damals wäre es um ein Haar mit ihm zu Ende gewesen, weil sein Widersacher einen Mörder gedungen hatte, den Ludwig für einen Freund gehalten hatte.

Leopold war besessen davon, Ludwig zur Strecke zu bringen, er hatte überall seine Spione. Mit großer Wahrscheinlichkeit auch an Ludwigs Hof, vielleicht sogar in seinem direkten Umfeld.

Bisher hatte Ludwig nicht herausgefunden, wer das sein könnte. Aber er hatte Vorsichtsmaßnahmen getroffen. Manchmal änderte er am Tag der Abreise das Ziel und die Reiseroute, um einem Anschlag vorzubeugen. Doch es gab zu viele feste Termine an lange vorher bestimmten Orten. Die Gastgeber mussten sich vorbereiten können, und wenn Ludwig mit dem Hofstaat unterwegs war, konnte er nicht im Verborgenen reisen. Vielleicht gelang es ihm, Friedrich einen Hinweis zu entlocken?

»Erinnert Ihr Euch noch an Helene, die Tochter des Schmieds?« Ludwig packte sich ein halbes Hähnchen. Er musste eine Grundlage für den Falerner schaffen.

Tatsächlich trat ein Lächeln auf Friedrichs Gesicht. »Wie könnte ich sie je vergessen? Sie hat uns beide gelehrt, wie man Frauen wirklich glücklich macht.«

»Aber davon bekommen die Weiber keine Kinder, und deswegen ist es Teufelswerk.« Ludwig ließ seine Stimme klingen wie die seines Beichtvaters, ein frommer und vor allem strenger Mann Gottes, der inzwischen in die Ewigkeit eingegangen war.

»Aber es hat uns nicht geschert, denn die Belohnung der Weiber war mehr als königlich.« Friedrich seufzte. »Damals habe *ich Euch* besiegt, mehr als einmal.«

»Das ist wahr! Gott hat Euch mit dem Gesicht eines Engels

versehen, das jedes Frauenherz erweichen kann. Meines ist eher das eines ehrbaren Bauern.«

»Und doch bin *ich* gefangen.«

»Ach, Friedrich, mein Freund, gebt ein wenig nach, und Ihr könnt noch heute diese Mauern verlassen. Wir gehen gemeinsam auf die Jagd, zeigen uns den Fürsten und dem Volk als zwei Brüder, die sich versöhnt haben auf alle Zeit. Alle würden uns dafür bewundern und ehren.«

»Der Preis wäre zu hoch.« Friedrich sprach mit gleichmäßiger Melodie, wie ein Priester bei der Liturgie klang er. »Ihr verlangt, dass ich auf alle Königswürden und alle Rechte verzichten soll, und ganz nebenbei soll ich die Hälfte meines Reiches unter Eure Herrschaft stellen. Bevor ich diesen Handel eingehe, sterbe ich lieber.«

Ludwig nahm eine Wurzelbürste und schrubbte sich den Schmutz von der Haut. Seit er von Frankfurt aufgebrochen war, hatte er kein Bad nehmen können, der Dreck saß tief in jeder Falte, so wie die Spione seiner Feinde in jedem Winkel des Reiches lauerten.

Ludwig hatte angeordnet, alles, was Friedrich in die Hände bekam, peinlichst genau nach versteckten Botschaften zu untersuchen. Jeder Apfel wurde aufgeschnitten, jeder Brief wurde auf seinen Inhalt geprüft und Friedrich in anderen Worten als denen, die im Dokument standen, vorgelesen. Denn je weniger Friedrich wusste, desto eher konnte Ludwig ihm seine Bedingungen schmackhaft machen.

Eigentlich dürfte Friedrich also auch nichts über den Kirchenbann wissen, den der Papst gegen ihn ausgesprochen hatte. Aber war es wirklich so? Hatte er keine Ahnung, dass Johannes seine furchtbarste Waffe auf Ludwig abgefeuert hatte?

Oder wusste Friedrich ganz genau, dass er das Bad mit

einem Ketzer teilte, mit einem Mann, den der Papst samt all seiner Untertanen exkommuniziert hatte? Dem er die Sakramente vorenthalten wollte?

Alle Welt sprach von nichts anderem. Überall schwirrten die Boten des Papstes wie die Schmeißfliegen herum und verbreiteten die schmutzigen Pamphlete ihres obersten Hirten, der völlig ungeniert in Avignon ein Leben in Sünde führte. Zeugen hatten Ludwig berichtet, dass Johannes junge Knaben bevorzugte.

Ludwig musste also gegensteuern und seinerseits in jedem Winkel seines Reiches verkünden, dass jeder, der sich an das Verbot des Papstes hielt, in Ungnade fiel. Einigen Klöstern hatte Ludwig bereits die Auflösung und die Beschlagnahme ihrer Güter angedroht, sollten sie das Interdikt durchsetzen und Messen entweder gar nicht oder nur hinter verschlossenen Türen abhalten. Niemand durfte seinem Volk die heiligen Sakramente verweigern!

Wenn Ludwig es recht bedachte, *musste* Friedrich über das Interdikt Bescheid wissen. Und wenn nicht, würde er bald davon erfahren, so oder so. Also konnte Ludwig die Situation auch für sich nutzen.

Er legte die Bürste zurück und biss in einen halben Apfel. Friedrich hatte noch nichts gegessen, nur ein paar kleine Schlucke Wein genommen. »Der Papst, dieser Ketzer, hat mich gebannt«, sagte er, ohne Friedrich aus den Augen zu lassen. »Vor genau einem Monat.«

Friedrich zuckte nicht einmal mit der Wimper. So kannte Ludwig seinen Vetter: Er hatte sich unter Kontrolle. Handelte nie vorschnell. Nur bei der Schlacht vor zwei Jahren hatte er sich nicht an dieses Prinzip gehalten. Er hatte angegriffen, bevor sein Bruder Leopold mit der Verstärkung eingetroffen war. Er hätte nur drei Tage länger ausharren müssen. Zwar war es treuen Gefolgsleuten Ludwigs unter Einsatz ihres Lebens gelungen, das Heer Leopolds ein wenig aufzuhalten, aber die Verzögerung war nicht groß gewesen. Hätte Friedrich gewartet, hätte Ludwig sich zurückziehen müssen und damit seinen Anspruch auf die Krone verwirkt. Bis heute verstand Ludwig nicht, warum Friedrich damals so übereilt gehandelt hatte.

Friedrich zeigte nach oben. »Der Herr lässt sich manchmal Zeit, die Sünder zu strafen. Gott hat die Ewigkeit auf seiner Seite.«

Ludwig zuckte irritiert zusammen. Das war nicht die Reaktion, die er erwartet hatte. Und Friedrich hatte damit einen wunden Punkt getroffen. Ludwig war überzeugt, dass er das Richtige tat und dass der Papst der Ketzer war, der den Willen Gottes verhöhnte. Aber wenn er sich irrte? Wenn nun doch die Hölle auf ihn wartete? Wenn Gott ihm am Tag des Jüngsten Gerichts seinen Zorn entgegenschleuderte und ihm einen Platz im Paradies verweigerte? Nein, das konnte nicht sein. Ludwig erfüllte seine Christenpflicht in allen Belangen: Er betete, er verteilte milde Gaben, er ließ Hospitäler errichten und verlieh den Klöstern Land und Rechte im Überfluss. Er war streng, aber gerecht. Er war ein Mann Gottes, und Gott wusste es.

»Ihr habt nichts von Eurem Scharfsinn verloren, lieber Vetter«, räumte er ein. »Dennoch: Der Papst setzt sich ins Unrecht, weil er seine Befugnisse missbraucht, ganz abgesehen von seinem gotteslästerlichen Lebenswandel. Ihr wisst so gut wie ich, dass ich ein frommer Christ bin. Ich vertraue auf Gottes Gnade und Gerechtigkeit und bin bereit, Euch ein wahrhaft königliches Angebot zu unterbreiten.« Ludwig zerdrückte eine Weintraube zwischen Zunge und Gaumen. Sie war sauer, aber sie erfrischte ihn.

Friedrich ließ Wasser durch seine Hände laufen, als wolle er sie in Unschuld waschen, sein Gesicht war grau und ein wenig eingefallen. »Und?«

»Ein Doppelkönigtum. Was haltet Ihr davon? Wir herrschen gemeinsam, wie in guten alten Zeiten. So wie wir den Hof Eures Vaters beherrscht haben, während er versucht hat, uns zu erziehen.« Ludwig lachte schallend. Was für derbe Streiche hatten sie ausgeheckt!

»Er hat uns gewähren lassen, das ist ein Unterschied.«

Verflucht noch eins! Warum biss Friedrich nicht an? »Sei's drum, was sagt Ihr zu meinem Vorschlag?«, drängte Ludwig.

»Ich bin kein dummer Bauer. Akzeptiere ich, falle ich mit unter den Bann und bin zwangsläufig Euer Verbündeter im Kampf gegen das Oberhaupt der Kirche. Wie gesagt, die Ewigkeit ist lang.«

»Aber der Arm des Papstes nicht. Seine Macht beschränkt sich auf das Bekritzeln von Schweinehaut. Wenn ich nicht ständig auf die Kurfürsten aufpassen müsste …«, Ludwig schüttete sich Wasser über den Kopf, zeigte auf Friedrich, »… und auf Euch, würde ich ihm einen Besuch abstatten und ihn ein wenig mit meinem Schwert kitzeln. Seid ehrlich, Friedrich. Geht Euch seine Anmaßung nicht auch auf die Nerven? Glaubt mir, wenn Ihr König wärt, würde er sich auch in Eure Angelegenheiten einmischen.«

Friedrichs rechte Augenbraue zuckte.

»Die Macht des Papstes muss gebrochen werden.« Ludwig richtete sich in seinem Zuber auf, Wasser schwappte über den Rand. »Wir dürfen nicht zulassen, dass er uns nach seiner Pfeife tanzen lässt! Wir sind die Herrscher des Volkes von Gottes Gnaden, und nicht von des Papstes Gnaden!«

Ludwig spürte Zorn aufsteigen. Er wusste, dass er in eine gefährliche Stimmung geriet. Es gab einen Punkt, da kannte seine Wut keine Grenzen mehr und überflutete ihn. Immer wenn ihn in der Vergangenheit diese Welle überrollt hatte, hatte er Schaden angerichtet. Das durfte nicht geschehen. Nicht jetzt. Nicht bei Friedrich. Er klatschte in die Hände.

Sofort trat ein Diener ein und fragte nach dem Wunsch des Königs.

»Das Wasser wird kalt. Lass heißes bringen.«

Der Diener verbeugte sich und eilte davon.

Ludwig setzte sich wieder, verzog die Mundwinkel zu einem Lächeln. Seine Wut wurde schwächer, versiegte schließlich. Hoffentlich hatte er Friedrich nicht verschreckt.

»Nein«, sagte Friedrich. »Ich werde dieses Angebot nicht annehmen.«

Ludwig ließ eine Hand ins Wasser gleiten und zwickte sich in den Oberschenkel. Nicht wieder wütend werden, mahnte er sich. Er musste Geduld haben. Friedrich war fast so weit. Wenn er merkte, dass der Papst Ludwig nicht in die Knie zwingen konnte, würde er einschlagen. Das würde vielleicht noch einige Monate dauern, womöglich sogar ein ganzes Jahr. Aber es würde geschehen. »Dann werdet Ihr weiter hier in Eurem Kerker schmoren müssen, während mich meine Pflichten als König in die Welt hinausrufen.«

Es klopfte, Mägde mit Eimern flogen über die Schwelle, zwitscherten wie die Spatzen, kicherten, gossen vorsichtig heißes Wasser zwischen die Beine des Königs, der wohlig erschauerte.

Friedrich lehnte frisches Wasser ab. Er lächelte. »Wo geht Eure Reise hin?«

»Eine gute Frage, Vetter! Die Frage, die ich mir jeden Tag stelle. Wo geht die Reise eines Königs hin? Wer weiß das schon? Überallhin und nirgendwohin. Und ständig wechseln Freund und Feind. Gerade habe ich Herzog Heinrich mit Breslau belehnt, den Heinrich, der mir vor zehn Jahren in Gammelsdorf ans Leder wollte. Aber was sollte ich tun? Er hat mir die Treue geschworen, und ich brauche das Gold. Ihr wisst ja, wie es ist.«

Ludwig konnte Friedrichs Nicken kaum erkennen. Irgendetwas hielt er zurück. Oder plagte ihn das Gewissen? War es doch Friedrich gewesen und nicht dessen Bruder, der vor zwei Jahren den Anschlag auf sein Leben befohlen hatte?

»Und morgen schon breche ich auf nach Stein an der Traun«, fuhr Ludwig fort, als hätte er nichts bemerkt. »Eine Hochzeit. Mein getreuer Vasall Veit von Amerang nimmt die schöne Marijana von Falkenstein zum Weibe. Eine gute Verbindung. Zwei verbündete Geschlechter vereinigen sich zu einer starken Familie.«

Ein Funkeln trat in Friedrichs Augen, nur für einen kurzen Moment. Dachte er an seine Frau Elisabeth und seine beiden Töchter? Ludwig hörte immer wieder, dass Friedrich ein treuer und liebender Gatte sei. Es musste eine rechte Qual für ihn sein, getrennt von seiner Familie zu leben. Besuch war strikt verboten.

»Treue oder Gold – was ist stärker?«, fragte Friedrich. »Was bringt mich eher ins Grab? Mein treuester Freund oder das fehlende Gold, um Soldaten zu bezahlen?«

Ludwig musste an den Freund denken, den er in seine Familie hatte aufnehmen wollen und der ihn aufs Schändlichste verraten hatte. Die Narben auf seinem Rücken fingen an zu jucken, Bilder vom Tod seines Vaters schoben sich vor sein inneres Auge. Auch er war hinterrücks mit dem Schwert gemeuchelt worden. Doch Ludwig wollte nicht glauben, dass das Schicksal sich wiederholte. Schnell verdrängte er die hässlichen Erinnerungen.

Friedrich war jedenfalls weder über einen untreuen Freund noch über fehlendes Gold gestolpert, sondern einzig und allein über seinen eigenen Fehler. Und er hatte nichts dazugelernt. Noch immer schob er die Gründe für sein Versagen auf andere. Es betrübte Ludwig, seinen Freund so schwach zu sehen, aber dadurch wurde er zum idealen Kandidaten für das Doppelkönigtum. Nahm Friedrich an, mussten all seine Unterstützer kuschen, sein kampflustiger Bruder Leopold ebenso wie die abgefallenen Kurfürsten.

»Quält Euch nicht mit unnützen Fragen, wann und wie Ihr sterben werdet, Friedrich. Überlasst das Eurem Schöpfer. Er wird es Euch rechtzeitig wissen lassen.«

Friedrich nahm ein Stück Brot, tunkte es in das Hühnerfett und schob es in den Mund. »Ausgezeichnet.«

Ludwig wusste nicht, was Friedrich damit meinte. Das Hühnerfett oder ihren Disput? Er griff nach dem Pokal, hob ihn und prostete Friedrich zu. »Auf das gute Leben, mein Freund, und darauf, dass Ihr bald wieder frei seid.«

Friedrich hob ebenfalls seinen Pokal, lächelte schmallippig. »Auf das Leben und meine baldige Freiheit.«

Ludwig verschluckte sich, hustete und würgte. Misstrauisch beäugte er seinen Vetter. Er wurde das Gefühl nicht los, dass Friedrich so gelassen blieb, weil er etwas im Schilde führte.

* * *

Gero von Falkenstein betrachtete den Himmel und legte die Stirn in Falten. Die dunkle Wand, die vor Stunden am Horizont aufgetaucht war, hatte Falkenstein fast erreicht. Schwarze Wolken ballten sich am Himmel, ein scharfer Wind fuhr durch die Bäume und Sträucher und ließ Schlehenblüten auf den Burghof regnen.

Ächzend erklomm Gero den Bergfried. Seit einigen Monaten wollten seine Beine nicht mehr so, wie er wollte. Noch gelang es ihm, dies vor den anderen zu verbergen. Zumal er auf dem Pferderücken noch immer so beweglich war wie als Knappe kurz vor der Schwertleite. Doch wenn demnächst wieder Turniere begannen, bei denen Schwertkämpfe Mann gegen Mann anstanden, musste er sich etwas einfallen lassen.

Mit schmerzverzerrtem Gesicht erreichte er die Plattform. Von hier oben hatte er die beste Sicht. Er beschattete seine Augen mit der Hand und schaute in alle Richtungen, doch von Marijana und ihrer Stute Eldrid war nichts zu sehen. Er wusste, dass seine Tochter manchmal heimlich ausritt. Wenn er rechtzeitig davon Wind bekam, was meistens der Fall war, schickte er einen der Knappen hinterher, manchmal auch zwei, um sie im Auge zu behalten. Selten gelang es ihr, unbemerkt zu entwischen. Doch auch das machte nichts. Er kannte all ihre Lieblingswege und ihre heimlichen Verstecke, und er wusste fast immer, wo sie war. Dass sie sich auch heute davonstehlen würde, hatte er allerdings nicht erwartet. Er hatte angenommen, dass sie den Tag damit verbringen würde, sich für den Verlobten hübsch zu machen, den sie um jeden Preis hatte haben wollen. Er hätte seine Tochter besser kennen müssen.

Gero wandte sich ab und machte sich auf den Weg nach unten. Es blieb ihm wohl nichts anderes übrig, als ein letztes Mal einen der Knappen mit der Aufgabe zu betrauen, Marijanas Lieblingsplätze abzuklappern.

Als er auf den Hof trat, hörte er lautes Geschrei aus Richtung des Burgtores. Hastig rannte er darauf zu, den Schmerz in seinem Bein ignorierte er. Wenige Schritte vor dem Tor hielt er entsetzt inne. Ein Stallbursche stand dort und hielt Eldrid am Zügel. Die Stute war schweißnass und tänzelte unruhig hin und her. Eine Magd presste sich schluchzend einen Schürzenzipfel vor die Augen, der Hofmeister beschimpfte den Burschen, der mit jedem Wort zu schrumpfen schien. Nur Marijana war nirgendwo zu sehen.

»Was ist geschehen?«, rief Gero. »Wo ist Marijana? Was ist mit meiner Tochter?«

»Ich weiß es nicht, Herr«, antwortete der Hofmeister. »Dieser Taugenichts hat ihr das Pferd gesattelt und vor das Tor gebracht. Um das Mittagsläuten herum war das. Und eben kam Eldrid allein zurück.«

Gero fasste sich an die Brust. »Dann ist sie seit mehr als drei Stunden weg!«

Die Magd schluchzte noch lauter.

»Verdammtes Weib!«, herrschte Gero sie an. »Hast du nichts zu tun? Scher dich fort!«

Die Magd eilte unter Gejammer davon.

Gero beachtete sie nicht weiter. Er überlegte. Marijana war vom Pferd gestürzt. Eine andere Erklärung gab es nicht. Vermutlich lag sie irgendwo verletzt im Wald und brauchte dringend Hilfe. »Über deine Strafe sprechen wir später«, sagte er zu dem Stallburschen, der blass wurde. »Jetzt hat anderes Vorrang. Sattel mir meinen Wallach, Junge! Und mach schnell.«

Der Bursche rannte los.

»Ich begleite Euch, Herr«, sagte der Hofmeister. »Vier Augen sehen mehr als zwei.«

Gero nickte. »Lasst die Knappen rufen. Sie sollen ebenfalls helfen.«

Der Hofmeister erteilte Anweisungen, dann kehrte er zu Gero zurück und griff nach Eldrids Zügeln. »Schade, dass das Tier nicht sprechen kann.«

»Wir werden Marijana finden und sicher zurück auf die Burg bringen«, sagte Gero nachdrücklich. An eine andere Möglichkeit wollte er gar nicht erst denken. »Wir teilen uns in Gruppen auf. Ihr reitet mit einem meiner Knappen nach Süden in Richtung der Auerburg. Am besten nehmt Ihr Siebert mit, er ist ein aufgeweckter Bursche. Die beiden anderen Knappen folgen der Landstraße in nördlicher Richtung. Ich selbst übernehme das Inntal.«

»Ihr glaubt doch nicht, dass sie versucht hat, die Furt zu passieren?«, fragte der Hofmeister entsetzt.

»Ich will es nicht hoffen.« Gero presste die Lippen zusammen. Er hatte eine Ahnung, was Marijana an diesem Tag dazu bewegt haben mochte, den Inn zu durchqueren. Doch er würde seine Vermutung nicht mit einem Untergebenen teilen.

In dem Augenblick kam der Stallbursche mit dem gesattelten Wallach herbeigeeilt.

Augenblicklich saß Gero auf. »Ich mache mich auf den Weg. Ihr sagt den anderen, was zu tun ist«, befahl er dem Hofmeister.

Die drei jungen Männer kamen soeben aus dem Palas gerannt.

Er winkte ihnen zu und gab dem Pferd die Sporen. Als er schon durch das Tor war, hörte er den Hofmeister rufen.

Widerwillig zog er die Zügel an und wendete sein Pferd. »Was ist denn noch?«

Der Hofmeister schwenkte ein Stück Pergament. »Das war mit einem Lederband an Eldrids Zaumzeug festgemacht. Ich habe es gerade entdeckt.«

»Was ist das?«

»Seht selbst, Herr.« Der Hofmeister reichte ihm das Pergament und trat drei Schritte zurück. Es war zweimal gefaltet und versiegelt. Das Siegel zeigte ein Tier. Einen Marder. Geros Magen verwandelte sich in einen Stein, sein Herz wollte ihm aus der Brust springen.

* * *

Als Marijana erwachte, glaubte sie zuerst, sie hätte einen schrecklichen Albtraum gehabt. Sie wollte die Augen öffnen und aus dem Bett springen. Doch dann wurde ihr bewusst, dass sie gar nicht in ihrem Bett lag. Sie lag überhaupt nicht. Sie hing bäuchlings über etwas warmem Weichem, das sich unaufhörlich hin- und herbewegte.

Langsam öffnete sie die Augen. Keine Konturen. Nur fahles Dämmerlicht. Aber irgendwas kitzelte sie in der Nase. Sie musste niesen.

»Hoppla!«, rief eine ihr unbekannte Stimme. »Die Metze wird wach.«

Da fiel ihr wieder ein, was geschehen war. Die Männer, die sie vom Pferd gerissen und gefesselt hatten! Sie war noch immer in ihrer Gewalt. Und nun begriff sie auch, worauf sie lag. Irgendein Lasttier, vermutlich ein Esel, über dessen Rücken man sie geworfen hatte.

Herr im Himmel! Wohin brachten die Männer sie? Immerhin hatten die Kerle sie nicht sofort geschändet und halbtot am Wegesrand liegen gelassen. Aber war das wirklich ein gutes Zeichen? Eiskalte Angst kroch Marijana in alle Glieder. Und die Ahnung, dass der Moment kommen würde, in dem sie wünschte, die Männer hätten sie umgebracht.

Jemand schlug ihr auf den Hintern. »Na, Metze, bald sind wir im Lager. Dann feiern wir ein Freudenfest. Sicherlich kannst du es kaum erwarten.«

Marijana wurde übel. Dann schwanden ihr erneut die Sinne.

Als sie das nächste Mal erwachte, stand der Esel still. Stimmengewirr, Klappern und das Knistern eines Feuers zeigten an, dass sie im Lager angekommen sein mussten. Marijana musste an Veit denken, der bestimmt schon auf Falkenstein eingetroffen war. Würde er der Spur der Räuber folgen und sie rechtzeitig retten? Würde er sie überhaupt noch zur Frau wollen, nachdem die Männer sie wie ein Stück Schlachtvieh angegrapscht hatten?

Marijana presste die Augen zusammen, doch sie konnte die Tränen nicht aufhalten. Sie war verloren. Selbst wenn Veit und ihr Vater ihre Spur aufnahmen, die Räuber hatten mehrere Stunden Vorsprung. Und das alles war ganz allein ihre Schuld. Warum hatte sie sich über Vaters Verbot hinweggesetzt und das Schicksal herausgefordert? Der Kaplan hatte ihr immer wieder gepredigt, dass Gott streng strafte, aber gerecht.

»So, und jetzt zu dir, meine Süße«, hauchte eine raue Stimme plötzlich dicht an ihrem Ohr.

Marijana war so in ihre Selbstvorwürfe versunken gewesen, dass sie keine Schritte gehört hatte.

»Holt sie runter, und bindet sie an den Baum dort!«, befahl eine andere Stimme aus einiger Entfernung.

Jemand hantierte an den Fesseln und zog Marijana vom Eselsrücken. Als ihre Füße den Boden berührten, knickte sie ein.

»Aber nicht doch!« Zwei Hände griffen nach ihr. Fassten sie so unter den Armen, dass die Finger ihre Brüste berührten. »Ich krieg dich zuerst«, raunte die Stimme. »Meine Schwertklinge ist bereits poliert!«

Marijana schluchzte auf.

»Was ist denn?«, rief die Stimme von eben. »Los, Jeronimus, hilf ihm! Macht! Bewegt euch!«

Jemand näherte sich. Marijana wurde bei den Armen gepackt und vorwärtsgezogen. Unsicher stolperte sie über unebenen Boden. Schon nach wenigen Schritten wurde sie gedreht und zurückgeschoben. Sie prallte mit dem Rücken gegen etwas Hartes. Der Baum. Ihre Handfesseln wurden gelöst, doch nur für einen Augenblick. Jemand bog ihre Arme rückwärts um den Baumstamm und band sie wieder zusammen.

»Und jetzt nehmt ihr den Sack vom Kopf!«

Eine Hand griff nach dem Leinensack und zog. Sie erwischte dabei eine Haarsträhne, Marijana musste vor Schmerz aufschreien.

»Was macht ihr denn da, ihr Tölpel!« Wieder die gleiche Stimme. Diesmal deutlich näher. Es musste der Anführer sein.

Der Sack verschwand. Marijana musste die Augen zukneifen, weil das Licht sie blendete. Als sie die Augen wieder aufschlug, erkannte sie, dass es bereits dämmerte. Oder hatte das nahende Unwetter den Himmel verdunkelt? Ängstlich schaute sie sich um. Eine kleine Lichtung. Von zwei Seiten umgab sie undurchdringlicher Wald, zu den beiden anderen Seiten ragte eine fast senkrechte Felswand auf. Drei fadenscheinige Zelte, gruppiert um ein Feuer. Der Baum, an den sie angebunden war, stand etwas abseits nahe der Felswand. Alle Männer hatten ihre Augen auf sie gerichtet. Einer stand direkt vor ihr und musterte sie mit undurchdringlicher Miene. Sie konnte sich nicht erinnern, ihn bei dem Überfall gesehen zu haben. Doch alles war so schnell gegangen, und ein Teil ihrer Peiniger hatte hinter ihr gestanden. Vielleicht war er der Kerl, der sie so brutal an den Haaren gezogen hatte.

»Du bist also die Tochter von Gero von Falkenstein«, sagte der Unbekannte. Er machte eine Handbewegung, und die beiden Männer, die sie an den Baum gebunden hatten, zogen sich ein Stück zurück.

»Und wer seid Ihr?«, fragte sie zurück. Es sollte forsch klingen, doch ihre Stimme zitterte.

Der Mann deutete eine Verbeugung an. »Robert, genannt der Marder. Ehemals Ritter und Graf von Megling.«

Marijana durchflutete eine Welle des Entsetzens. Der Marder! Sie hatte von ihm gehört. Einer der am meisten gefürchteten Raubritter Bayerns. Der ehemalige Graf hatte eines der schändlichsten Verbrechen überhaupt begangen: Er hatte versucht, den König zu ermorden, während dieser als Gast auf seiner Burg weilte. Glücklicherweise war er entdeckt worden, bevor er seine feige Tat zu Ende bringen konnte. Dennoch gelang ihm die Flucht. Auf seinen Kopf war eine Belohnung ausgesetzt. Marijanas Verlobter Veit hatte mehrfach davon gesprochen, dass der Marder und seine Bande die schlimmste Heimsuchung Bayerns seien seit dem letzten Hungerwinter vor zwei Jahrzehnten. Deshalb müsse er ihn und seine Männer unschädlich machen, koste es, was es wolle.

»Aus deinem entsetzten Gesichtsausdruck schließe ich, dass du schon von mir gehört hast. Umso besser.« Der Mann näherte sich. Er war noch recht jung, kaum mehr als ein halbes Dutzend Jahre älter als Marijana. Seine Statur war schlank, aber muskulös und ließ auf eine gründliche Ausbildung zum Ritter schließen. Die feinen Gesichtszüge mit den eindringlichen braunen Augen verrieten seine adlige Herkunft. Auch wirkten die Frisur und der Stoppelbart nicht so ungepflegt wie bei seinen Männern.

»Was wollt Ihr von mir?«, fragte Marijana.

Die Männer im Hintergrund grölten los und machten obszöne Gesten. »Was glaubst du wohl?«, rief einer von ihnen.

Der Marder gebot ihnen, zu schweigen. Er trat noch näher und senkte die Stimme, sodass keiner sonst seine Worte verstehen konnte. »Wir werden Lösegeld für Eure Rückgabe fordern. Was meint Ihr, wird Euer Vater zahlen?«

Marijana bemerkte, dass er vom »Du« zum respektvollen »Ihr« gewechselt hatte, jetzt, wo seine Männer nicht mehr mithörten. »Ganz bestimmt«, sagte sie hoffnungsvoll.

»Ich werde versuchen, die Rüpel bis zur Übergabe von Euch fernzuhalten. Aber ich kann nichts versprechen. Sie sind wie ausgehungerte Wölfe.«

»Danke.«

»Nichts zu danken.« Er sah sie scharf an. »Ich bin einzig und allein daran interessiert, dass die Ware unbeschädigt bleibt. So ist sie mehr wert.«

Marijana schluckte.

»Sicherlich seid Ihr hungrig und durstig. Ich werde Euch etwas bringen lassen.«

Marijana hatte keinen Hunger, aber ihre Kehle brannte vor Durst. Ein Schluck Wasser erschien ihr wie der köstlichste Wein. Noch lieber allerdings hätte sie sich hingelegt und ihre Glieder ausgestreckt. Sie fühlte sich unendlich müde.

Der Marder wandte sich ab.

Ihr kam ein Gedanke. »Wartet! Mein Verlobter! Er würde bestimmt auch zahlen.« Es konnte nicht schaden, wenn der Marder wusste, dass mehr als einem unerschrockenen Ritter daran gelegen war, sie heil zurückzubekommen. So würden die Männer sie vielleicht wirklich in Ruhe lassen.

»Ihr seid verlobt?« Der Anführer der Räuber drehte sich zu ihr um, die Augen argwöhnisch zusammengekniffen. »Und wer ist der Glückliche?«

»Sein Name ist Veit. Veit von Amerang. Er residiert auf Burg Stein.«

Die Augen des Marders verengten sich noch mehr, sein Blick wurde hart. »Ach ja?«

»Kennt Ihr ihn? Dann wisst Ihr, dass er ein Ehrenmann ist. Sicherlich könnt Ihr etwas mit ihm aushandeln.«

Der Marder spuckte auf den Boden. »Ein Scheißdreck ist er.« Er wandte sich den Zelten zu. »Ursula!«

Eine Plane wurde zurückgeschlagen, eine blonde Frau erschien.

Überrascht starrte Marijana sie an. Sie war so erstaunt, eine weitere Frau hier im Lager zu sehen, dass sie ihre Verwunderung über die harsche Reaktion des Marders auf den Namen ihres Verlobten völlig vergaß. War die Blonde auch eine Gefangene? Oder lebte sie freiwillig bei den Gesetzlosen? War sie vielleicht eine Dirne?

Die Frau kam näher. Sie war hübsch. Das lange blonde Haar, das sie offen trug, umrahmte ein schmales hochwangiges Gesicht. Ihr Kleid war mehrfach geflickt, doch von teurem Stoff. Selbstbewusst stellte die Frau sich neben den Marder und sah ihn fragend an.

Er legte ihr den Arm um die Schultern. »Kümmerst du dich um unseren Gast, meine Liebe? Gib ihr Essen und Trinken. Und einen Eimer für ihre Notdurft.«

Marijana mochte nicht daran denken, wie sie im Stehen und gefesselt an einen Baum ihre Notdurft in einen Eimer verrichten sollte. Noch dazu vor den gierigen Augen der Räuber. Sie nahm sich vor, so wenig wie möglich zu trinken, trotz des Durstes, der ihr den Hals verklebte.

Die Frau, Ursula, nickte und lächelte den ehemaligen Ritter an. Ihre Augen strahlten. Sie verehrte ihn. Liebte ihn. Das war nicht zu übersehen. War sie sein Weib?

Der Marder ließ sie los und marschierte davon. Nach ein paar Schritten drehte er sich noch einmal um. »Es nützt nichts, sie auszufragen«, sagte er zu Marijana. »Sie spricht nicht.« Dann trat er zu seinen Männern.

Neugierig sah Marijana die Frau an. Hatte man ihr die Zunge herausgerissen? War sie eine Verbrecherin und lebte deshalb bei den Räubern? Immerhin war sie eine Frau. Marijana musste versuchen, sie für sich zu gewinnen. Sie zu ihrer Verbündeten zu machen. Vielleicht konnte Ursula ihr helfen.

Sie bemühte sich um ein herzliches Lächeln. »Uns hat es also beide an diesen seltsamen Ort verschlagen.«

Ursula beachtete sie gar nicht. Sie stemmte die Hände in die

Hüften und betrachtete sie von oben bis unten. Ihr Blick fiel auf den Beutel, der an Marijanas Gürtel hing. Geld befand sich keines darin, nur die zwei Dinge, die Marijana besonders am Herzen lagen. Ein Stück Samt von einem Kleid ihrer Mutter, das Marijana nach deren Tod heimlich aus dem Ärmel geschnitten hatte. Und Ida, die kleine Puppe, die sie als Kind im Dorf der toten Seelen gefunden hatte. Sie hatte ihr ein neues Kleid genäht und frischen Hanf als Haare angeklebt, den sie zu zwei Zöpfen gebunden hatte.

Ursula packte den Beutel und löste die Bänder, mit denen er verschlossen war.

»Nein«, wisperte Marijana. »Bitte! Es ist nichts Wertvolles darin. Nur Erinnerungsstücke.«

Ursula zog das Stück Samt heraus. Sie betrachtete es von allen Seiten, roch daran und warf es dann achtlos auf den Boden.

Marijanas Herz krampfte sich zusammen.

Als Nächstes nahm die fremde Frau Ida aus dem Beutel. Ein gluckernder Laut entfuhr ihrer Kehle, der nichts Menschliches hatte. Marijana schauderte. Ursula hielt die Puppe erst weit von sich weg, dann ganz nah. Schließlich sah sie Marijana an. Ihre Mundwinkel verzogen sich zu einem verschlagenen Grinsen.

Entsetzt erkannte Marijana, dass sie in dieser Frau niemals eine Verbündete haben würde. Ganz im Gegenteil. Vor Ursula musste sie auf der Hut sein. Sie konnte ihr gefährlicher werden als eine ganze Horde Räuber.

***

Es war bereits dunkel, als Veit von Amerang mit seinem Gefolge durch das große Nordtor auf Falkenstein einritt. Ein schweres Gewitter hatte sie gezwungen, in einer Scheune zu rasten. Während sie unter dem schützenden Dach standen, war ein Blitz in einen einsamen Baum auf dem Feld vor ihnen eingeschlagen und hatte ihn in Brand gesetzt. Viele der Männer waren auf die Knie gefallen und hatten sich bekreuzigt ob des schlechten Vorzeichens. Veit hatte nur Verachtung für solchen Aberglauben.

Auch auf Falkenstein musste ein starker Regen niedergegangen sein. Blumengirlanden schmückten den Burghof, doch sie ließen ihre tropfnassen Köpfe hängen. Und von den Fackeln, die im Boden steckten, brannte nur etwa die Hälfte. Auch sonst strahlte die Burg nicht die festliche Erwartung aus, die dem Anlass angemessen gewesen wäre. Im Gegenteil, eine beunruhigende Hektik herrschte allenthalben, Mägde und Knechte eilten mit zusammengepressten Lippen hin und her, hielten den Blick gesenkt. Niemand bemühte sich, Veit und seine Männer willkommen zu heißen. Es war fast so, als gingen sie ihm aus dem Weg.

Was hatte das zu bedeuten?

Veit saß ab und gab seinem Knappen ein Zeichen, die Zügel zu übernehmen. Er hielt Ausschau nach dem Burgherrn, entdeckte ihn schließlich in der Nähe der Ställe, wo der Hofmeister einen Stallburschen auspeitschte.

»Wollt Ihr Euren Schwiegersohn nicht begrüßen, Falkenstein?«, fragte Veit über das Knallen der Peitsche und die Schreie des Burschen hinweg.

Gero von Falkenstein fuhr herum. Seine Augen waren blutunterlaufen, sein Gesicht bleich. »Ach, Veit, da seid Ihr ja. Hat die Kunde Euch noch nicht erreicht?«

Alarmiert trat Veit näher. »Was für eine Kunde? Was ist geschehen?«

»Ich habe Boten losgeschickt, die meisten Hochzeitsgäste

sind inzwischen sicherlich längst wieder auf ihrer Burg. Es waren ja nur einige Grafen aus der Nachbarschaft geladen.«

Veits Herz krampfte sich zusammen. »Herr im Himmel, Gero, wovon sprecht Ihr?«

»Marijana …«

Veit spürte, wie seine Knie nachgaben. So nah war er am Ziel seiner Wünsche. Es konnte einfach nicht sein, dass im letzten Augenblick etwas dazwischenkam. »Was ist mit Marijana?« Er beherrschte sich, den Alten nicht zu packen und zu schütteln. »So sprecht schon!«

»Sie ist am Vormittag ausgeritten.« Gero trat von den Bediensteten weg und senkte die Stimme. »Ohne meine Erlaubnis. Dieser Bursche hier …«, er deutete auf den Jungen, dessen Schreien in leises Wimmern übergegangen war. »Dieser Bursche hat ihr geholfen. Am Nachmittag kam ihre Stute allein zurück.«

»Oh mein Gott, wir müssen sie suchen!«

»Ja, das dachte ich auch. Ich nahm an, sie hätte es sich in den Kopf gesetzt, Euch entgegenzureiten, über den Saumpfad auf der anderen Seite des Inn nach Reichenhall.«

»Herr im Himmel!« Ein Bild blitzte vor Veits innerem Auge auf: Der leblose Körper seiner Verlobten, der von der Strömung des Flusses nordwärts gezerrt wurde, bis er sich schließlich irgendwo in der Uferböschung verfing. »Um diese Jahreszeit die Furt zu durchqueren ist lebensgefährlich!«

Gero von Falkenstein winkte ab. »Die Gefahr lauerte ganz woanders.«

Veit trat näher. Seine Beine gehorchten ihm kaum. Sein Herz raste. »Und wo?«, fragte er heiser.

»Räuber. Sie haben mein Kind entführt! Und nun fordern sie Lösegeld!«

»Dieses gottlose Dreckspack!« Veits Angst schlug augenblicklich in Wut um. Er ballte die Fäuste. Dann wurde ihm plötzlich schwindelig. »Räuber, sagt Ihr? Am Saumpfad nach Reichenhall?« Gütiger Himmel! Genau in diese Richtung hatten sie die Wegelagerer verfolgt, die ihnen oberhalb des Prientals aufgelauert hatten. Wie die Krähe fliegt, war es von dem misslungenen Hinterhalt bis zu dem Pfad weniger als eine halbe Meile. Er hatte die Räuber geradewegs in Marijanas Arme getrieben!

»Sie fordern hundert Pfund Silbergroschen«, sagte Gero.

»Wann und wo soll die Übergabe stattfinden?«, fragte Veit mit belegter Stimme.

»Das weiß ich noch nicht. Ich soll auf eine zweite Botschaft warten. Die erste war am Zaumzeug von Marijanas Stute befestigt.«

Veit blickte auf. »Dann sind sie noch in der Nähe!«

Gero hob die Hand. »Ich werde trotzdem nicht nach ihnen suchen lassen. Ich will das Leben meiner Tochter nicht gefährden.«

»Diese Männer müssen gefasst und zur Strecke gebracht werden! Überlasst mir die Übergabe des Lösegeldes, wenn es so weit ist. Ich verspreche Euch, dass ich alles tun werde, um Eure Tochter heil und unversehrt heimzuholen. Sie liegt mir ebenso am Herzen wie Euch.«

Gero sah ihn lange an. »Warten wir ab, bis sich der Hurensohn wieder meldet.«

»Der Hurensohn? Ihr kennt ihn?«

»Nicht so gut wie Ihr, Veit. Das Schreiben war mit dem Abbild eines Marders versiegelt.«

»Robert Megling?«

Gero nickte.

Veit wandte sich ab und rieb sich die Stirn. Er hatte es geahnt. Schon in dem Tal. Er hatte die Anwesenheit seines ärgsten Feindes gespürt. Wie ein Vibrieren in der Luft. Wie einen Pesthauch. Er hatte die Gefahr gewittert, aber er war seinen Instinkten nicht gefolgt. Nicht weit genug jedenfalls. Er hatte zu früh abgebrochen.

»Herr?« Der Hofmeister gesellte sich zu ihnen. »Auf ein Wort?«

Veit hob die Hand. »Erledigt Ihr, was Ihr zu erledigen habt. Ich werde das ebenfalls tun.« Er ließ den verdutzten Gero von Falkenstein stehen und lief zu seinem Knappen. Mit geübten Bewegungen löste er den Schwertgurt und überreichte dem Jungen die Waffe. Dann schritt er über den Burghof in Richtung Kapelle.

In dem dunklen Gotteshaus brannte nur eine einzelne Kerze. Veit warf sich auf den nackten Steinboden und breitete die Arme aus. »Herr im Himmel«, begann er. »Verzeih mir, dass ich heute so schändlich versagt habe. Du hast mir den Verbrecher, den ich schon so lange suche, auf einem Silbertablett gereicht, doch in meiner Selbstsucht dachte ich nur daran, meine Verlobte so schnell wie möglich in die Arme zu schließen. Und so habe ich meine Pflichten als guter Christ vernachlässigt. Ich schwöre, dass ich fortan nicht mehr in meinem Ansinnen wanken werde, dass ich meinem König und meinem Gott bedingungslos dienen werde bis zum letzten Tropfen meines Blutes. Ich schwöre, dass ich nicht eher ruhen werde, bis Robert Megling und seine Männer zur Strecke gebracht sind, bis jeder Einzelne von ihnen seine gerechte Strafe erhalten hat und bis alle Spuren von ihnen restlos vom Erdboden getilgt sind.«

* * *

Das Gewitter war vorüber, das Feuer neu entfacht. Das nasse Holz zischte und qualmte, doch nach dieser Sintflut und dazu noch bei Nacht konnten sie sicher sein, dass niemand in der Nähe war, dem der Rauch auffallen könnte. Robert sah zu dem Baum, wo Gero von Falkensteins Tochter mit gesenktem Kopf stand. Sie war völlig durchnässt. Während Robert und seine Männer in den Zelten Schutz gesucht hatten, war sie allein draußen geblieben, unter dem noch jungen Laubdach der Birke hilflos dem peitschenden Regen ausgesetzt. Vor dem Unwetter hatte Robert beobachtet, wie Ursula ihr etwas weggenommen und im Ausschnitt ihres Kleides versteckt hatte, bevor sie ihr Wasser eingeflößt und einen Kanten Brot Stück für Stück in den Mund geschoben hatte. Marijana hatte tapfer gekaut und geschluckt und sich nicht anmerken lassen, wie groß ihre Angst war.

Als Jeronimus der Gefangenen vorhin den Sack vom Kopf gezogen hatte, hatte Robert der Atem gestockt. Er war auf den Anblick einer hübschen jungen Frau gefasst gewesen, und er hatte sich nicht getäuscht. Marijana hatte langes Haar von der Farbe von Kastanien, und in ihrem ebenmäßigen Gesicht leuchteten zwei Augen, die blauer waren als der Himmel an einem Sommertag. Doch Marijana war mehr als hübsch, sie strahlte etwas aus, eine Art innere Stärke, die nicht ihrem Alter und ihrer Stellung entsprach. Er vermochte nicht genau zu sagen, was es war. Und er wollte auch gar nicht darüber nachdenken. Er würde das Lösegeld für sie kassieren und vergessen, dass er sie jemals getroffen hatte.

Er wandte sich ab und rief die Männer zusammen. Sie versammelten sich um die Feuerstelle und sahen ihn erwartungsvoll an.

»Wir haben heute fette Beute gemacht«, begann er.

»Hört, hört!«, rief einer der Männer.

»Aber sie ist nicht ungefährlich«, fuhr er unbeirrt fort. »Bei der Übergabe dürfen wir uns keinen Fehler erlauben. Sonst bezahlen wir diesen Fang mit unserem Leben. Ursula?« Er blickte zu Hassos Schwester, die etwas abseits stand. »Traust du dir zu, den Brief mit den Übergabebedingungen zu überbringen?«

Ein Raunen ging um das Feuer.

»Warum sie?«, fuhr Hasso ihn an. »Das ist viel zu gefährlich!«

»Niemand wird eine Frau erwarten. Wenn sie begreifen, von wem das Schreiben ist, wird Ursula längst über alle Berge sein.«

»Aber –«

Ursula klopfte ihrem Bruder auf die Schulter. Dann legte sie den Finger auf die Lippen, um ihn zum Schweigen zu bringen. Mit einer unmissverständlichen Geste machte sie klar, dass sie tun wollte, was Robert von ihr verlangte.

Robert lächelte erleichtert. Genau das hatte er erwartet. »Ich danke dir, Ursula. Ich weiß, dass du deine Sache gut machen wirst.«

»Und wir haben in der Zeit unseren Spaß mit der kleinen Metze«, knurrte Urban und leckte sich die Lippen. »Das wird ein Fest!«

»Ihr werdet euren Spaß haben, keine Sorge«, sagte Robert. »Ihr werdet auf eure Kosten kommen wie schon lange nicht mehr. Das habe ich euch versprochen.«

Eine erwartungsvolle Unruhe machte sich unter den Männern breit. Wulf, ein ehemaliger Söldner, dem Robert nicht über den Weg traute, kratzte sich zwischen den Beinen. Einige Köpfe drehten sich in Richtung Marijana. Die junge Frau hielt noch immer den Kopf gesenkt, doch Robert erkannte daran, wie sich ihr Körper anspannte, dass sie jedes Wort gehört hatte.

»Ihr werdet Gelegenheit haben, eure Messer gründlich zu

wetzen«, fuhr er fort. »Aber übertreibt es nicht! Denn morgen brechen wir noch vor dem ersten Licht auf. Ein langer Tag steht uns bevor. Da wir heute nichts erbeutet haben, das wir sofort in Speis und Trank umsetzen können, werden wir uns morgen auf einigen der umliegenden Höfe Vorräte besorgen müssen.«

»Ja! Auf geht's!« Die Männer stießen die Fäuste in die Luft.

»Dann lasst uns gleich mit dem vergnüglichen Teil anfangen! Der Morgen kommt schneller, als man denkt.« Urban sah zu Marijana und machte Anstalten, sich zu erheben. »Als Ältestem gebührt mir der erste Stoß.«

»Halt! Nicht so schnell!« Robert brach der Schweiß aus. Jetzt kam es darauf an.

»Was denn noch?«, fauchte Wulf. »Hast du uns nicht lange genug hingehalten?«

»Ich bin euer Anführer. Ich halte euch so lange hin, wie ich will. Oder sieht jemand das anders?« Robert bewegte seine Hand in Richtung Schwertknauf.

Niemand sagte etwas, Wulf starrte trotzig in die Glut. Hasso lehnte sich zurück und verschränkte die Arme. Robert wusste, sein Rivale wartete nur darauf, dass er einen Fehler machte.

»Die Kleine gehört mir«, sagte Robert mit fester Stimme.

»He, das könnte dir so passen!« Alle riefen wütend durcheinander. »Was ist mit uns? Du hast sie uns versprochen!«

Robert hob die Arme. »So hört doch zu!« Er zog einen kleinen Beutel aus der Tasche. Münzen, die er von dem Geld abgezweigt hatte, das er heimlich gespart hatte. Die Summe, mit der er eigentlich den Informanten bezahlen wollte, der angeblich wusste, wer ihn vor zwei Jahren hintergangen hatte. Robert wog die Münzen in der Hand. Es tat ihm weh, sie herzugeben, doch ihm blieb keine Wahl. Er warf Urban den Beutel zu, der ihn trotz seiner Körperfülle geschickt auffing.

»Darin ist genug, damit ihr euch alle eine Nacht lang im Hurenhaus vergnügen könnt. Lasst euch von Weibern bedienen, die wissen, wie sie euch erfreuen können. Die Hübschlerinnen werden euch mit Sicherheit mehr Spaß bereiten als eine magere, vor Angst quietschende Jungfrau.«

Die Männer brachen in Jubel aus.

Urban grinste zahnlos. »Klingt nach einem guten Handel. Da überlass ich dir gern das keusche Mäuschen. Willst du sie gleich haben?«

Robert sah zu dem Baum. »Ja. Bringt mir die Metze. Ich werde ihr zeigen, woran sie einen richtigen Mann erkennt.«

Die Männer lachten übermütig, Urban und Lentz liefen los.

Aus den Augenwinkeln fing Robert einen Blick von Ursula auf, ihre Miene war versteinert. Er musste unter vier Augen mit ihr reden. Aber nicht jetzt.

Er sah zu Hasso, der ihn misstrauisch beäugte. Hatte der Hüne seinen Plan durchschaut? Und wenn schon. Im Augenblick hatte Robert die Männer sicher auf seiner Seite. Nur das zählte.

Urban und Lentz brachten Marijana. Lachend und grölend stießen sie die Gefangene vor sich her.

»Sollen wir ihre Arme zusammengebunden lassen?«, fragte Lentz grinsend. »Oder wirst du auch ohne Fesseln Herr über sie?«

»Was glaubst du wohl?« Robert funkelte ihn an.

Urban zog sein Messer und schnitt die Fesseln durch. Dann schubste er Marijana in Roberts Richtung. Sie stolperte in seine Arme.

Er packte sie grob und schob sie auf sein Zelt zu.

»He, willst du dich etwa vor uns verstecken?«, rief Lentz.

»Lass ihm seinen Spaß.« Jeronimus feixte.

Robert schlug die Plane zur Seite und stieß Marijana in das Zelt. Er legte den Umhang ab und warf ihn zu Boden. »Dann wollen wir doch mal sehen, was die Tochter von Gero von Falkenstein zu bieten hat!«, rief er und zog die Plane zurück an ihren Platz.

***

Marijana schaffte es gerade noch, sich zu fangen. Beinahe wäre sie der Länge nach auf den harten Boden gestürzt. Ihre Beine zitterten, sie wusste nicht, ob vor Kälte oder vom langen Stehen, ihr Herz schlug wild. Kaum hörte sie, was Robert Megling zu seinen Männern sagte, dann verschwand der Lichtschein des Lagerfeuers, und es wurde dunkel im Zelt.

Sie schrie auf, als der Räuber sie am Arm packte und ihr eine schallende Ohrfeige verpasste. Tränen schossen ihr in die Augen. Eben hatte sie noch Hoffnung gehabt, der ehemalige Ritter würde sie mit mehr Anstand behandeln als die anderen Männer. Wie dumm von ihr!

Noch einmal schlug er ihr ins Gesicht. Sie schrie und schluchzte auf. »Hört auf! Fasst mich nicht an!«

Er lachte laut. »Ich soll aufhören? Ich habe doch gerade erst angefangen!«

»Nein! Bitte! Bitte tut das nicht!«, wimmerte sie.

Doch er ließ sich nicht erweichen. »Oh doch«, knurrte er, fasste sie an den Schultern und drückte sie hinunter, bis sie ausgestreckt auf dem Boden lag. Zweige und kleine Steine stachen sie durch die Plane in den Rücken, doch die spürte sie kaum.

Breitbeinig stand Robert über ihr. Sie versuchte, nach ihm zu treten, doch flink wie ein Wiesel warf er sich auf sie und legte sich mit seinem ganzen Gewicht auf ihren Körper. Er ergriff ihre Arme, zog sie über ihren Kopf und presste sie mit einer Hand auf den Boden. Er hatte ungeheure Kräfte. Sie hatte ihm nichts entgegenzusetzen.

In einem letzten verzweifelten Versuch, sich zu wehren, spuckte sie ihm ins Gesicht. »Mein Vater wird dich finden, du erbärmlicher Feigling!«, schrie sie. »Und er wird dafür sorgen, dass du einen langen, qualvollen Tod stirbst!«

Draußen grölten die Männer.

Der Marder griff in ihr Haar. »Soll er kommen!«, rief er so laut, dass seine Leute ihn hören konnten. »Aber vorher habe ich meinen Spaß. Das kann er nicht verhindern!« Er zog sie an den Haaren, dass ihr Kopf zur Seite schoss.

Marijana brüllte vor Schmerz. Tränen liefen ihr über die Wangen. Sie zuckte und zappelte, doch Robert Megling hatte sie fest im Griff.

Eine Weile noch versuchte sie, ihn wegzustoßen, doch allmählich ließen ihre Kräfte nach. Das stundenlange Stehen, die Kälte, der Hunger und die Angst forderten ihren Tribut. Sie hielt still, schloss die Augen, bereit, sich in ihr Schicksal zu fügen.

Plötzlich legte sich die Hand, die eben noch an ihrem Haar gezogen hatte, auf ihren Mund. Der Marder beugte sich vor, bis seine Lippen dicht an ihrem Ohr waren. »Verzeiht mir meine Grobheit«, raunte er. »Aber es musste sich echt anhören.«

Marijana sah ihn verständnislos an.

»Ich habe Euch für mich beansprucht, aber das allein genügt nicht. Meine Männer mussten mitkriegen, dass ich Euch wirklich in Besitz genommen habe. Nur so kann ich sichergehen, dass sie Euch in Ruhe lassen. Sie respektieren, dass sie das, was ihrem Anführer gehört, nicht anrühren dürfen.«

Marijana konnte es kaum glauben. Tränen der Erleichterung

liefen ihr über die Wangen. Sie konnte nichts erwidern, da er ihr noch immer den Mund zuhielt.

»Versprecht Ihr, Euch ruhig zu verhalten, wenn ich Euch loslasse?«

Sie nickte.

Er nahm die Hand von ihrem Mund und ließ ihre Arme los. Dann erhob er sich vorsichtig. Schweigend sah er einen Augenblick auf sie hinunter. Dann zog er sein Wams aus und nestelte an seinen Beinlingen.

Marijana fasste sich an die Brust. War das alles Teil einer List, um sie zu quälen? Würde er sie nun doch schänden?

Er legte den Finger an die Lippen und wandte sich dem Zelteingang zu. Die Hand demonstrativ im Schritt, so als würde er sich gerade wieder ankleiden, schlug er die Plane zurück und trat nach draußen.

»Hat sich gewehrt wie eine Wildkatze«, erklärte er. »Wird ein hartes Stück Arbeit, ihr beizubringen, wie sie es richtig anstellen muss, um mir zu Willen zu sein.«

Die Männer lachten und lärmten. Dann hörte Marijana, wie sie sich zum Aufbruch fertig machten. Es wurde still.

Robert kehrte ins Zelt zurück. »Ihr könnt Euch aufsetzen«, sagte er. »Nur Ursula und ihr Bruder sind noch im Lager, sie haben sich in ihr Zelt zurückgezogen.« Er warf ihr ein Leinentuch hin. »Damit könnt Ihr Euch notdürftig abtrocknen.«

»Und nun?«, fragte Marijana und rieb sich die schmerzende Wange.

»Ich muss Euch wieder fesseln, damit Ihr nicht auf dumme Gedanken kommt. Schließlich seid Ihr einen Haufen Geld wert.«

Marijana senkte den Blick. »Mein Vater wird zahlen.«

»Das will ich doch hoffen.« Er erhob sich, zögerte. »Ihr kennt meinen Namen. Sicherlich habt Ihr auch gehört, was man mir vorwirft.«

»Ihr führt eine Bande von Unholden an, die anderen ihr Hab und Gut rauben.«

»Das meine ich nicht.«

»Es heißt, Ihr hättet einen Anschlag auf das Leben des Königs verübt, während dieser als Gast in Eurer Burg weilte.«

»Ja, so heißt es.« Er ballte die Faust. »Aber es ist nicht wahr. Jemand hat einen feigen Anschlag verübt und mir die Tat angehängt.«

»Behaupten das nicht alle feigen Mörder?«

»Ich bin weder ein Feigling noch ein Mörder. Und ich bin meinem König treu ergeben. Nur deshalb bin ich nicht längst außer Landes geflohen. Aber eine wie Ihr versteht das natürlich nicht.« Er wandte sich ab, verschwand aus dem Zelt, kehrte jedoch schon wenige Augenblicke später wieder, eine Eisenkette in der Hand. »Die hat uns einmal gute Dienste erwiesen, als wir von einem königlichen Gesandten etwas erfahren mussten und er nicht freiwillig mit der Sprache herausrücken wollte.« Er kniete sich vor sie und machte sich an ihrem Fußgelenk zu schaffen. »Ich denke, was für einen Gesandten des Königs tauglich ist, ist auch gut genug für Euch.«

Tod am Teufelsfelsen

Robert betrachtete Marijana, die neben ihm lag und ruhig atmete. Er hatte am Abend zuvor noch das Schreiben an ihren Vater aufgesetzt, zusammengefaltet und gesiegelt. Als er ins Zelt zurückgekehrt war, hatte ihr gleichmäßiger Atem ihm verraten, dass sie eingeschlafen war. Erleichtert hatte er sich neben ihr ausgestreckt. Keine vorwurfsvollen Blicke mehr, keine anklagenden Worte.

Marijana hatte ihm klargemacht, wie sehr er mit dem Leben, das er führte, haderte. Wie sehr er sich sein altes Leben zurückwünschte. Es waren nicht die Macht und der Reichtum, die er schmerzlich vermisste, sondern der Respekt anderer Menschen, die Möglichkeit, so zu handeln, wie es seiner Erziehung als Ritter entsprach. Er verabscheute es, Unschuldigen ihre Habe zu rauben, sie zu verletzen, vielleicht sogar zu töten.

Aber das Schicksal hatte ihm keine Wahl gelassen. Nicht, solange er seine Unschuld nicht beweisen konnte.

Aber es war nicht nur das. Sein König brauchte ihn. Ludwig wiegte sich in Sicherheit, weil er glaubte, die Gefahr zu kennen. Aber er täuschte sich. Wäre die Bedrohung für den König nicht gewesen, hätte Robert vielleicht seinen falschen Stolz hinuntergeschluckt und irgendwo anders in der Welt sein Glück versucht. Aber sein ritterlicher Eid, die Treue, die er seinem König geschworen hatte, band ihn an das Land, verlangte von ihm, die Wahrheit herauszufinden. Ihm blieb nur, auf dem Weg dorthin ehrlichen und aufrechten Menschen möglichst wenig Schaden zuzufügen. Immerhin gab es genug Raffsäcke, die viel mehr besaßen, als sie zum Leben brauchten, die ihre Habe aus den Menschen, die ihnen dienten, herauspressten, bis diese nichts mehr hatten.

Robert hatte bisher versucht, nur solche Geizknochen und Schinder um ihr Hab und Gut zu erleichtern. Das hatte sich herumgesprochen, und es gab Bauern, die den Marder und seine Bande heimlich unterstützten, die ihnen Essen zukommen ließen oder die Beamten des Königs auf falsche Fährten lockten, selbst wenn das lebensgefährlich sein konnte.

In letzter Zeit allerdings waren ihnen immer häufiger Hass und Misstrauen entgegengeschlagen. Plötzlich hieß es allenthalben, der Marder sei eine blutdürstige Bestie. Robert wusste nicht, warum die einfachen Leute nicht mehr auf seiner Seite waren. Er wusste nur, dass er nun noch mehr in Gefahr schwebte, verraten und ergriffen zu werden.

So lautlos wie möglich erhob sich Robert. Er vermied es, Marijana noch einmal anzusehen, und trat vors Zelt. Es dämmerte, im Lager war es noch still. Nur Hasso saß vor dem niedergebrannten Feuer, er hatte die letzte Wache übernommen.

Robert gesellte sich zu ihm. »Ich hoffe, die Männer haben sich reichlich ausgetobt vergangene Nacht. Heute darf nichts schiefgehen, unsere Vorräte sind fast aufgebraucht.«

»Jedenfalls haben sie ordentlich Lärm gemacht bei ihrer Rückkehr«, brummte Hasso. »Du hast ihnen ja ein wahrhaft fürstliches Geschenk gemacht.«

»Ich hatte keine Wahl.«

»Ach ja?« Hasso starrte in die Glut.

Robert fiel auf, dass er noch immer nicht aus diesem Mann schlau wurde. Hasso war Ritter wie er selbst, und doch verhielt er sich ganz anders. Er hätte nicht sagen können, was mit Marijana geschehen wäre, würde Hasso noch die Bande anführen. Seine Schwester beschützte er wie einen kostbaren Schatz. Jeder im Lager wusste, dass er sie nicht einmal schräg anschauen durfte, ohne sein Leben zu riskieren. Und alle Männer hielten sich daran. Doch wie viel war dem ehemaligen Ritter die Ehre einer fremden Frau wert?

»Mach dir keine falschen Hoffnungen, Marder, zwischen uns gibt es nur eine einzige Gemeinsamkeit«, sagte Hasso, als hätte er seine Gedanken erraten.

»Ursula.«

Hasso deutete ein Kopfnicken an. »Wirst du sie heiraten?«

»Ich habe ihr nichts zu bieten außer einem Leben in Armut.«

»Du solltest Ursula besser kennen. Sie braucht kein Geschmeide oder Gesinde oder teure Gewänder.«

»Ja, ich weiß. Das macht sie zu einer verehrungswürdigen Frau.«

»Gib ihr, was du ihr geben kannst. Aber wage es nicht, sie zu verspotten oder zu betrügen oder ihr etwas vorzumachen.« Hasso fasste Robert vorsichtig an der Schulter. »Ich würde für meine Schwester sterben. Und ich werde jeden töten, der ihr

Schmerzen zufügt, sei es an ihrem Körper oder an ihrer Seele. Du weißt, dass ich tue, was ich sage.«

Das wusste Robert nur zu gut. Ein Mann, den zu allem Überdruss Hasso selbst ausgesucht hatte, war Ursula zu nahe getreten. Hasso hatte ihn nicht getötet, er hatte ihn kastriert und dafür gesorgt, dass er es überlebte. Der Tod wäre gnädiger gewesen. Glücklich, wer Hasso zum Freund hatte, verflucht waren seine Feinde.

»Wo ist Ursula überhaupt? Ist sie schon wach? Ich muss mit ihr reden.«

»Sie ist am Bach, sich waschen. Das mit der Metze hat ihr nicht gefallen. Sie weiß, dass wir Männer so etwas brauchen, und sie weiß auch, dass du sie niemals mit Gewalt nehmen würdest. Aber schockiert hat es sie dennoch. Es hat sie an etwas erinnert …«

»Ich werde mit ihr reden.« Robert erhob sich.

Hasso hielt ihn am Arm fest. »Spiel nicht mit ihr. Hier im Lager ist nur Platz für eine Frau an der Seite des Anführers.«

Robert starrte ihn an. »Ich danke dir für deinen Rat, Hasso, aber ich weiß selbst, was ich tue. Ruf die Männer zusammen. Wenn ich vom Bach zurückkomme, will ich, dass alle bereit sind zum Aufbruch.«

Er schritt davon, schlug sich ins Unterholz und folgte dem kleinen Trampelpfad, der zum Bach führte. Abrupt blieb er stehen, als er Ursula entdeckte. Sie hatte sich entkleidet, um sich zu waschen. Ihr Körper war wunderschön, ihre Haut rein und weiß, ihre Brüste rund und fest. Dennoch blieb sein Herz bei ihrem Anblick kalt.

Ein Zweig knackte, erschrocken fuhr Ursula herum. Beschämt wandte Robert sich ab. Glücklicherweise hatte nicht er das Geräusch verursacht, sondern eine Krähe, die nun unter lautem Geschrei davonflog.

Robert wartete, bis Ursula sich angezogen hatte, dann zerbrach er einen Ast und bewegte sich geräuschvoll auf den Bach zu. »Hier bist du, Ursula. Ich habe dich gesucht. Bist du bereit für deine Aufgabe?«

Sie schnürte die Bänder an ihrem Ausschnitt zu, dann nickte sie.

»Wegen gestern Abend …«, begann er zögernd. Er hatte vorgehabt, ihr die Wahrheit zu sagen, doch nun war er nicht mehr sicher, ob das eine gute Idee war. Sie würde es ihrem Bruder erzählen, und wer weiß, wer ihnen dabei zusah. Mindestens zwei der Männer, Ewalt und Mathes, verstanden Ursulas Zeichensprache. Und bei dem undurchsichtigen Jeronimus war er nicht sicher. Wenn seine Männer erfuhren, dass er Marijana nicht angerührt hatte, wäre das eine Katastrophe. Sie würden sich betrogen fühlen, ihn für schwach halten und zu Hasso überlaufen.

Ursula fuhr sich mit der Hand über die Kehle. Sie wollte nichts davon hören. Umso besser.

Er zog das Schreiben an Gero von Falkenstein aus seinem Ärmel und reichte es ihr.

Sie ließ es in ihrem Ausschnitt verschwinden. »Ich werde dich nicht enttäuschen«, signalisierte sie ihm.

»Ich weiß.« Er lächelte.

Sie sah ihn erwartungsvoll an.

Was wollte sie noch? Robert wurde es heiß, als er begriff. Sie erwartete irgendein Bekenntnis, eine Versicherung, dass er ihr gehörte. »Wir sollten ins Lager zurückkehren«, sagte er mit belegter Stimme.

Sie rührte sich nicht.

Er trat auf sie zu.

Sie schlang die Arme um seinen Körper und presste ihre Lippen auf seinen Mund.

Ihm blieb nichts anderes übrig, als den Kuss zu erwidern. Nach einer Weile löste er sich aus ihrer Umarmung und strich ihr sanft über das Haar. »Pass gut auf dich auf, Ursula«, sagte er.

Sie lächelte. »Pass du gut auf dich auf«, gab sie ihm zu verstehen. »Ich brauche dich noch.«

* * *

Bereits im Morgengrauen hatten sie das Lager in einem Gasthof in Kelheim verlassen und waren aufgebrochen. Sie waren gut vorangekommen, viel besser als erwartet. Da Ludwig ohne Hofstaat reiste, nur seinen Schreiber und engsten Berater Rohard von Metz sowie dreißig Ritter seiner Leibgarde mitgenommen hatte, erreichten sie noch am Vormittag die Isarfurt bei Landshut. Ludwig hatte sich für den Weg über Geisenhausen und Ampfing entschieden. So wären sie noch vor Sonnenuntergang auf Burg Stein.

Friedrich hatte sich am Vortag förmlich und steif von Ludwig verabschiedet und sich Bedenkzeit ausgebeten. Worauf wartete er? Bestimmt nicht darauf, dass er gewaltsam aus der Burg befreit wurde. Eine solche Hoffnung wäre abwegig. Um etwaige Versuche, Friedrich zu befreien, im Keim zu ersticken, hatte Ludwig achtzig Ritter und hundertfünfzig Lanzenträger auf Trausnitz zusammengezogen. Da die Burg allein viel zu eng war, diese Masse an Soldaten zu beherbergen, hatte er um die Burgmauer eine hölzerne Palisade bauen lassen, zwölf Fuß hoch, ausgestattet mit Wehrgängen, gespickt mit Armbrustschützen. Trausnitz selbst war eine Trutzburg, die Mauern achtzehn Fuß dick. Daran schlug sich jeder den Schädel ein. Friedrichs Gefängnis war uneinnehmbar.

Nachdem sie die Furt hinter sich gelassen hatten, ließ Ludwig seine Leibgarde hinter sich und preschte an die Spitze des Zuges. Nur noch ein Fahnenträger und drei Ritter waren vor ihm, sie machten keine Anstalten, ihm den Weg freizugeben. Gute Männer. Nur wenn er es ausdrücklich befohlen hätte, wären sie unter Protest zur Seite gewichen und hätten ihn in die Mitte genommen. Ihre Aufgabe war es, ihn zu schützen, koste es, was es wolle. Und das war auch nötig.

Die Lage spitzte sich zu, Papst Johannes hatte die Daumenschrauben angezogen. Nicht öffentlich, sondern im Verborgenen. Wer Ludwig in die Hölle schickte, dem winkte nicht nur weltliche Belohnung in Form von Gold, sondern auch ein sicherer Platz an der Seite Gottes – so zumindest verbreitete es dieser Nichtsnutz von einem Papst angeblich unter seinen Anhängern. Ludwig zweifelte keinen Moment daran, dass die Gerüchte stimmten. Er wusste, dass Johannes schon einige Widersacher hatte verschwinden lassen, darunter Franziskaner, denn die Mitglieder dieses Ordens erinnerten ihn ohne Unterlass an das Armutsgebot. Ein Gräuel für Johannes, der, wie man sich erzählte, sein Gold in einer unterirdischen Kammer seines Palastes in Avignon hortete, deren Zugang nur er und sein oberster Kämmerer kannten. Johannes war angeblich der reichste Mann zwischen dem Meer im Westen und der Oder. Das musste er auch sein, denn er finanzierte das halbe französische Heer.

So mancher würde der Versuchung nicht widerstehen können und aus Geldgier wagen, Ludwig zu ermorden. Bisher hatte er mit Gottes Hilfe jeden Anschlag überlebt. Gott stand auf Ludwigs Seite, wollte, dass er herrschte und gegen den Papst kämpfte. Hätte er ihm sonst den Sieg geschenkt, indem er Friedrich davon abgehalten hatte, auf Verstärkung durch seinen Bruder Leopold zu warten? Hätte Gott sonst die feigen Mordanschläge gegen Ludwig vereitelt?

Donnernder Hufschlag kam näher. Ludwig fasste seinen Schwertknauf, sein Herzschlag beschleunigte sich. Von hinten drängte die Leibgarde nach. Ludwig hasste es, sich hinter seinen Männern zu verstecken, mit seinen zweiundvierzig Lenzen konnte er noch immer kämpfen wie ein Löwe.

Der Fahnenträger gab Entwarnung. Es waren die Späher. Sie wurden zu Ludwig durchgelassen, beugten ihre Häupter und berichteten, der Weg sei frei. In dem kleinen Dorf Helmsberg, keine Viertelmeile von hier, sei alles für einen Morgenimbiss gerichtet.

»Ausgezeichnet, Männer. Wir danken Euch, und unser Magen gleichfalls!« Ludwig lachte und schlug sich auf die Schenkel, die Männer fielen nach kurzem Zögern ein.

Ludwig nutzte die Gelegenheit, gab seinem Pferd die Sporen und ließ den verdutzten Fahnenträger und die Garde hinter sich. Das Leben als König war oft langweilig, da musste von Zeit zu Zeit ein kleines Abenteuer her. Das war leichtsinnig, das wusste er, aber es machte Spaß, und was half es, König zu sein, wenn man nicht sein eigener Herr war?

Der Weg machte einige enge Kurven, sein Ross meisterte sie leichtfüßig, Ludwig ließ die Zügel locker, hielt sich an der Mähne fest. Der Wind peitschte ihm ins Gesicht, er duckte sich unter armdicken Ästen hinweg. Da er leichter gerüstet war als seine Männer, gewann er schnell an Vorsprung.

Nach der letzten Biegung wurde der Weg gerade wie eine Schnur, das Pferd spürte, dass es rennen durfte, so schnell es wollte, und fiel in einen gestreckten Galopp. Hinter sich hörte Ludwig die Rufe seiner Männer leiser werden. Ha! Er war noch immer der beste Reiter von allen!

Eine weitere Kurve kam in Sicht, Ludwig presste sich an den muskelbepackten Hals seines Pferdes, es legte sich nach rechts, Ludwig wurde eins mit dem Ross, spürte, wie seine Hufe einige Male den Halt verloren, aber dann schossen sie hinaus aus dem Wald. Helmsberg kam in Sicht, ein Flecken nur, doch seine Untertanen hatten die Fahnen des rechtmäßigen Königs gehisst und standen entlang der Straße Spalier.

Arme winkten, aufgeregte Rufe schallten ihm entgegen. »Der König! Er ist allein! Was mag geschehen sein?«

Kurz vor dem Menschenspalier parierte Ludwig durch und ritt im Schritt weiter, seine Untertanen fielen auf die Knie, er genoss es. Auf dem Dorfanger waren Tische aufgestellt worden, auf denen Körbe mit Früchten, Weinkrüge und Becher bereitstanden. Es duftete nach frischem Brot und Geräuchertem.

Ludwig zog die Zügel an und rief: »Erhebt euch und habt Dank für die freundliche Begrüßung.« In dem Moment schoss ihm durch den Kopf, dass er genau jetzt leichte Beute wäre für seine Feinde. Selbst diese Bauern hätten ihn vom Pferd zerren und mit Dreschflegeln erschlagen können. Er dachte an seine eigenen Worte: *Quält Euch nicht mit unnützen Fragen, wann und wie Ihr sterben werdet, Friedrich. Überlasst das Eurem Schöpfer. Er wird es Euch rechtzeitig wissen lassen.*

Der Dorfälteste trat zu ihm hin, überreichte ihm einen Laib frisches Brot und ein Stück gelben Hartkäse. Ludwig nahm die Gabe an, brach das Brot und schnitt ein Stück Käse ab, reichte es dem Mann, der beides in den Mund steckte. Jetzt aß auch Ludwig. Ein anderer Mann hob einen Becher, setzte ihn an, nahm einen tiefen Zug und hielt ihn Ludwig hin, der sofort zugriff. Der verdünnte Wein schmeckte köstlich nach dem langen Ritt.

»Wein, Brot und Käse! Was braucht ein guter Mann mehr als das?«, fragte Ludwig in die Runde.

Der Dorfälteste senkte den Kopf und flüsterte. »Sicherheit.«

»Sprich! Was hast du auf dem Herzen?«, fragte Ludwig.

»Wie können wir uns gegen den schrecklichen Raubritter schützen? Erst vor einer Woche hat er uns überfallen. Den armen Georg, den Bauern vom Wiesenhof, hat es erwischt.« Der Alte warf einen Blick hinter sich, wo ein paar Schritte entfernt ein kräftig gebauter Mann stand. Er hatte eine kaum verheilte Platzwunde auf der Stirn. »Der Georg wurde verletzt, seinen Knecht hat es noch ärger erwischt, er liegt darnieder und kann nicht arbeiten. Und sie haben alles mitgenommen. Drei Schafe, vier Ziegen, zwanzig Hühner und jedes Körnchen Emmer. Wie soll der Georg über das Jahr kommen?«

Und vor allem: Wie sollte er seine Abgaben leisten? Ludwig musste sich beherrschen, um nicht zu brüllen. Obwohl er nur zu gut wusste, von wem die Rede war, rief er: »Raubritter? In unserem Land! Kennst du seinen Namen?«

»Es war der Marder, Herr. Er hat sein Zeichen hinterlassen.«

Die Menschen wurden unruhig, allein der Name schien Angst und Schrecken auszulösen, aber auch Wut. Einige ballten die Fäuste und reckten sie in den Himmel.

In dem Augenblick teilten Reiter die Menschenmenge, Ludwigs Garde, die blanke Furcht stand den Männern in den Augen. Der König war ihnen entwischt, inmitten einer johlenden Menge fanden sie ihn wieder.

Ludwig hob die Hand zum Zeichen, dass alles in Ordnung war. Er wandte sich wieder dem Ältesten zu. In seinem Rücken zwickte es. Der Marder war niemand anderes als Robert Megling, der Mann, der ihm diese verfluchten Narben beigebracht hatte. Der Mann, dem er seine Tochter Mechthild zur Frau hatte geben wollen und der ihn so schändlich hintergangen hatte. Er hätte Megling zu einem der mächtigsten Männer in seinem Reich gemacht, hatte ihm blind vertraut. Megling hätte das Format gehabt, Ludwigs Herrschaftsgebiet bedeutend zu vergrößern, er war der geborene Führer und ein selten kluger Mann – und er hatte Luxemburger Blut in den Adern. Das hatte wichtige Allianzen versprochen. Ludwig konnte noch immer nicht begreifen, wie er sich so hatte täuschen können.

Er erhob die Stimme. »Diesem verdammten Hurenknecht muss das Handwerk gelegt werden! Wir werden unsere besten Leute auf diesen Blutsauger ansetzen! Er wird dafür büßen, hier und im ewigen Feuer der Hölle! Und den Bauer Georg vom Wiesenhof werden wir entschädigen.« Ludwig reckte die Faust in die Luft. Eine solche Wohltat würde sich schnell herumsprechen und seinen Ruf beim Volk als gütiger und gerechter König stärken.

Die Menschen brachen in Jubel aus. »Hoch lebe der König!«, riefen sie. »Gott schütze unseren König!«

In dem Augenblick preschten drei Reiter auf den Dorfanger, Ludwigs Leibgarde hielt sie zurück. »Ich bin der Herr von Fraunhofen!«, rief einer von ihnen atemlos. »Ich habe gehört, dass der König auf der Durchreise ist, und ich möchte seine Majestät untertänigst einladen, mein Gast zu sein. Die Burg liegt nur eine halbe Meile von hier.«

Das hatte Ludwig gerade noch gefehlt. Seit Jahr und Tag wollte der Herr von Fraunhofen Marktrecht für sein Burgdorf Geisenhausen, aber noch war Ludwig nicht bereit, es zu gewähren. Vielleicht konnte er aus dem Besuch dennoch Profit schlagen. Der Fraunhofer war für den Landfrieden zuständig. Er würde ihm die Entschädigung des Bauern aufbrummen, das geschah ihm nur recht. Vielleicht würde er dann in Zukunft etwas aufmerksamer sein.

Er rief seinen Schreiber Rohard von Metz zu sich und erteilte ihm den Auftrag, ein Dokument aufzusetzen, in dem er festlegte, dass alle Bauern, die durch Raubritter geschädigt wurden, von ihren unmittelbaren Grundherren zu entschädigen waren. Das würde die Hatz auf den Marder verstärken. Zwar würden ihn einige niedere Adlige dafür hassen, aber das konnte er sich leisten. Er durfte die großen Herren nicht verprellen, das war entscheidend. Und er musste dafür sorgen, dass die Straßen sicher waren, damit der Handel blühte, der die Städte, und damit auch ihn, reich machte.

Er beschloss, die Einladung anzunehmen. Die Nacht würde er auf der Burg verbringen und erst morgen gen Stein weiterreisen; es genügte, wenn er einen Tag vor den Hochzeitsfeierlichkeiten eintraf. Das Fest auf Burg Stein würde er nutzen, um Politik zu machen. Edle aus dem ganzen Reich würden zugegen sein, einigen würde Ludwig gut zureden müssen, anderen Grenzen setzen und von manchen erwartete er wichtige Informationen.

Ludwig wandte sich an den Burgherrn. »Habt Dank für Eure Einladung, die Wir gerne annehmen.« Er zeigte auf die Leute. »Diese braven Menschen haben Uns einen wahrhaft königlichen Empfang bereitet. Wir mahnen Euch: Sorgt gut für sie!« Der Fraunhofer schaute sich verwirrt um. »Lasst Uns auf Eurer Burg einkehren, dann werden Wir Euch erhellen.«

Ludwig wendete sein Pferd und trabte unter dem Jubel der Menschen aus dem Dorf. Die Garde nahm ihn in die Mitte, der Fraunhofer und seine zwei Begleiter hetzten hinterher.

Adebrandt, der Hauptmann der Garde, lenkte sein Pferd nah an Ludwig heran und klappte das Visier hoch. »Herr, wie sollen wir Euch schützen, wenn Ihr handelt wie …« Er brach ab, sichtlich erschrocken über seine eigenen Worte.

»… ein trotziges Kind?«, ergänzte Ludwig.

»Verzeiht, aber …«

»Ihr habt ja recht, Adebrandt, mein Freund. Ich war leichtsinnig, aber auch Ihr habt gefehlt. Ihr wart zu langsam. Das gleicht sich aus. Und es ist ja niemand zu Schaden gekommen. Allerdings lerne ich etwas daraus. Ab morgen werden vier Männer meiner Leibgarde ohne Rüstung reiten. Dann sind sie schneller und können mich einholen, wenn es darauf ankommt.«

Der Hauptmann nickte. »Ich werde es anordnen.«

Ludwig schickte ihn mit einem Nicken fort. Im Zweifelsfall würde ihn auch das nicht schützen, das wusste er. Wenn es jemand ernsthaft auf sein Leben abgesehen hatte, würde er eine Gelegenheit finden.

***

Robert sah Ursula hinterher, wie sie über den schmalen Pfad davonritt. Er hatte ein schlechtes Gewissen, nicht, weil er sie in Gefahr brachte, sondern weil er ihr Hoffnung gemacht hatte. Eine Hoffnung, von der er sicher war, dass er sie nie würde erfüllen können. Noch gestern war er selbst davon überzeugt gewesen, dass er sie eines Tages heiraten würde. Doch nun wusste er, dass es dazu nie kommen würde.

Er wandte sich ab und betrachtete seine Männer. »Seid ihr bereit, ein paar fette Schinken zu erbeuten?«

Sie grölten und reckten die Fäuste in die Luft. Nur Wulf stand abseits und hielt den rechten Fuß seltsam vom Körper abgespreizt.

»Was ist mit dir, Wulf?«, rief Robert ihm zu. »Haben die Weiber dir die Manneskraft geraubt?«

»Nicht die Weiber«, grollte Wulf. »Mit denen werde ich allemal fertig. Ein Fuchsbau war es. Ich bin reingetreten und umgeknickt.«

»Kannst du laufen?«

Er schüttelte den Kopf.

»Verflucht!« Der Plan, den Robert beim Einschlafen ausgeheckt hatte, zählte auf jeden Mann. Nur einen wollte er im Lager zurücklassen, um auf Marijana aufzupassen. Dafür hatte er Roderich im Auge gehabt. Der Junge hatte zwar seinen brutalen Stiefvater erschlagen, war aber dennoch eine Seele von Mensch. Bei ihm wäre Marijana in guten Händen. Und auf Roderich konnte Robert im Kampf am ehesten verzichten.

»Ich bleibe hier und habe ein Auge auf die Metze«, schlug Wulf vor.

Ausgerechnet! Wulf hatte die Gefangene gestern nicht aus den Augen gelassen. Es war nicht zu übersehen gewesen, wie gern er über sie hergefallen wäre. Doch nun gehörte Marijana Robert. Wulf würde es nicht wagen, sie anzurühren. Darauf würde Robert sich verlassen müssen. »Also gut. Sieh zu, dass sie genug zu essen und zu trinken bekommt. Und nimm sie nicht von der Kette.«

»Keine Sorge. Bei mir ist sie in besten Händen.« Wulf grinste.

Robert sah zu seinem Zelt. Marijana schien noch immer zu schlafen. Sicherlich war sie von den Strapazen der Entführung vollkommen erschöpft. Der dicke Stein, an den die Kette geschmiedet war, lag vor dem Zelt. Er wog so viel, dass zwei starke Männer vonnöten waren, um ihn zu bewegen. Das andere Ende der Kette hatte er mit einem schweren Schloss an Marijanas Fußgelenk festgemacht. So konnte sie sich in einem Radius von etwa zehn Fuß frei bewegen. Aus dem Zelt hatte er alles entfernt, das die Gefangene als Waffe benutzen konnte.

»Dann brechen wir jetzt auf«, sagte Robert. Er warf Wulf einen letzten warnenden Blick zu, dann griff er nach den Zügeln seines Wallachs.

Außer ihm besaßen Hasso, Mathes und Ewalt ein Pferd. Mit dem fünften Pferd war Ursula nach Flintsbach aufgebrochen.

Den Packesel ließen sie im Lager zurück, das störrische Tier würde sie nur unnötig aufhalten, wenn sie vielleicht überstürzt fliehen mussten.

Schweigend stapften sie über den schmalen, kaum erkennbaren Trampelpfad, der nach etwa einer halben Meile in die Landstraße nach Obing mündete. Robert wagte nicht, sich noch einmal zum Lager umzudrehen. Keinesfalls sollten seine Männer merken, dass er sich Sorgen um die Gefangene machte. Er verbot sich, an sie zu denken. Jetzt galt es, beim Ausrauben der Höfe keinen Fehler zu machen. Wenn sie heil und mit reicher Beute beladen zurückkehrten, wollte er sich wieder mit Marijana beschäftigen. Bis dahin war sie aus seinen Gedanken verbannt.

***

Ohne Zwischenfälle gelangte Ursula auf die Landstraße, die zur Innbrücke bei Pfraundorf führte. Der Vormittag war weit fortgeschritten und viel Volk unterwegs. Ursula konnten es gar nicht genug Reisende sein. In der Menge ging eine einzelne Reiterin unter, niemand beachtete sie, niemand würde sich an ihr Gesicht erinnern. Da sie das Kleid einer wohlhabenden Bürgersfrau trug, das Robert von einem seiner Beutezüge mitgebracht hatte, und zudem zu Pferd unterwegs war, kam sie gut voran. Fußgänger machten ihr Platz, Ochsenkarren ließen sie passieren.

Ursula versuchte, nicht an die bevorstehende Aufgabe zu denken und den Ausritt zu genießen. Viel zu selten sah sie andere Menschen als die Mitglieder der Bande. Behutsam fuhr sie mit dem Finger über ihren Ärmel. Die Cotte war aus feinstem Leinen, darüber trug sie einen Surcot aus dunkelblauem Samt, die Ärmel und der weite Ausschnitt waren mit Hamsterfellen besetzt. Ein schwarzes Witwentuch bedeckte Schultern und Kopf, eine Tassel aus Bronze hielt das Tuch zusammen. Dass sie als Witwe unterwegs war, verschaffte ihr zusätzlich Ruhe. Niemand sprach sie an.

Behutsam fasste sie sich an den Ausschnitt, wo der Brief sie kitzelte. Sie zwang sich, nicht auch ihre Lippen zu berühren. Die Erinnerung an den Kuss ließ sie vor Glück schaudern. Ja, Robert liebte sie. Und wenn er sie bisher nicht genommen hatte, war das nur ein weiterer Beweis seiner Zuneigung. Er wollte ihr etwas bieten. Sicherheit. Ein Zuhause. Ach, wenn es doch nur endlich so weit wäre! Sie hatte genug vom Leben auf der Straße, von den Räubern und ihren rauen Umgangsformen. Der vergangene Abend fiel ihr wieder ein, und ein Schatten legte sich über ihr Gemüt. Als Robert die Metze so grob behandelt hatte, hatte das eine Erinnerung in ihr wachgerufen. An eine dunkle Kapelle. An einen Mann Gottes, der dort über sie hergefallen war, noch viel grausamer und brutaler als Robert über die Gefangene. Sie hatte sich gewehrt. Ihn getötet. Und damit ihr Schicksal besiegelt.

Die Menschen hatten sie ohnehin schon für sonderlich gehalten, weil sie nicht sprach. Ihre Eltern, ihre Geschwister, alle hielten sich von ihr fern, behandelten sie wie ein Tier. Aber nachdem sie einen Geistlichen abgeschlachtet hatte, glaubten sie sicher zu wissen, dass Ursula vom Teufel besessen sein musste. Hasso, der Einzige, dem sie hätte erklären können, was wirklich geschehen war, der Einzige, der ihre Sprache verstand, war nicht da. Sie sperrten sie in einen Käfig, wollten sie töten. Hasso kam rechtzeitig, um sie zu retten. Ihretwegen hatte er sich mit der Familie überworfen und führte ein Leben als Gesetzloser.

Natürlich war Robert nicht so wie dieser grausame Gottesmann. Im Gegenteil. Ursula war sicher, dass er die Metze vor allem deshalb so grob angefasst hatte, weil seine Männer das von ihm erwarteten. Sie war eine Gefangene. Eine Ware, die man austauschte, und somit nicht besser als die Huren in den Frauenhäusern. Mit ihr, Ursula, würde Robert niemals so umspringen. Zu ihr wäre er sanft und liebevoll, so wie bei dem Kuss heute Morgen. Er hatte ihn so zurückhaltend erwidert, als hätte er Angst, sie könne Schaden nehmen. Vielleicht wurde es Zeit, ihm zu zeigen, dass sie gar nicht so zerbrechlich war.

Schon von Weitem sah Ursula den Bergfried von Falkenstein. Er thronte auf einem Felssporn und überragte alle anderen Mauern und Türme und kontrollierte das Inntal über viele Meilen.

Unterhalb der Burg kamen die ersten Häuser der Ortschaft Flintsbach in Sicht. Rauch kräuselte sich aus den Kaminen, aus allen Richtungen strömten die Leute herbei, denn es war Markttag. Ursula band ihr Pferd an einen Baum am Dorfrand, warf einem Jungen, der sich in der Nähe herumdrückte, eine Münze zu und deutete erst auf ihre Augen und dann auf das Pferd. Er würde gut darauf achtgeben, denn er wusste, dass ihn eine weitere Münze erwartete, wenn sie zurückkehrte.

Ursula schlenderte durch die Straßen, als hätte sie lediglich einen kleinen Spaziergang im Sinn. Auf dem Dorfplatz mischte sie sich unter die Menschenmenge. Langsam schlenderte sie zwischen den Ständen umher und dachte nach. Wie sollte sie die Botschaft auf die Burg schaffen? Konnte sie das Pergament einfach am Tor abgeben? Aber was, wenn sofort jemand nachsah, von wem die Nachricht kam? Man würde sie nicht wieder fortlassen.

Im Vorbeigehen betrachtete sie die Auslagen der Händler. Der Schlachter pries sein Lammfleisch und sein Geflügel an, ein Töpfer fluchte, weil ein Krug zu Bruch gegangen war, Bäuerinnen schichteten Zwiebeln und Rüben auf. Noch gab es nicht viel frisches Gemüse, dafür aber einen Gewürz- und Kräuterstand, an dem Garben und Leinenbeutel mit Alant, Bockshornklee, Eberraute, Kalmus und Rainfarn hingen. Ursula saugte den Duft ein, ihr Herz wurde schwer. Sie hatte das Leben im Wald gründlich satt. Sie wollte unbeschwert auf dem Markt herumlaufen können, einkaufen, was sie benötigte, um wohlschmeckende Speisen anzurichten.

Plötzlich hörte Ursula donnernde Hufe. Sie trat schnell zur Seite, denn Ritter bahnten sich meist rücksichtslos den Weg durch die Menschenmenge, ohne darauf zu achten, ob sie jemanden verletzten. Sie senkte den Kopf so weit, dass sie sehen konnte, wer da angeprescht kam, hoch vom Ross aus aber nicht erkannt werden konnte. Es waren drei Ritter, auf deren Wams das gleiche Wappen prangte wie auf der Fahne, die auf dem Bergfried von Falkenstein wehte. Also gehörten sie zur Besatzung der Burg. Das konnte die Gelegenheit sein, auf die Ursula gehofft hatte. Vor der Kirche parierten die Reiter ihre Pferde durch und sprangen aus den Sätteln. Einer zog ein Pergament aus dem Wams, ein anderer Nägel, der Dritte reichte ihm einen Hammer. Die Menschen drängten nach, schoben Ursula bis vor die Stufen, die zum Portal der Kirche führten. Die Ritter schlugen das Pergament an, einer drehte sich zu den Menschen um und hob die Hände.

»Hört, hört!« Seine Stimme schallte über den ganzen Platz. »Unser aller Herr und gnädigster König Ludwig lässt hiermit verkünden, dass es jeder höre und alle sich daran halten mögen und niemand sagen könne, er habe es nicht gewusst. Von heute an wird jeder des Landes verwiesen und seiner Güter enteignet, der dem Interdikt des falschen Papstes Johannes folgt. Unser aller Herr König Ludwig kann nicht hinnehmen, dass Johannes das Seelenheil seiner gottesfürchtigen Untertanen preisgibt, nur weil er selbst ein Ketzer ist.«

Ursula schob sich Stück für Stück in die Nähe der Pferde. Die Menschen waren so gebannt von den Worten, dass sie sich nicht um sie kümmerten. Einer der Ritter hielt die drei Pferde an den Zügeln, seine ganze Aufmerksamkeit galt jedoch dem Ausrufer.

Ursula kam an der Seite eines schwarzen Hengstes zu stehen, der nervös mit den Hufen scharrte. Sie legte vorsichtig eine Hand an den Bauch des Pferdes, es schnaubte und wurde ruhig. Der Ritter bemerkte von alledem nichts, er folgte weiterhin den Worten des Ausrufers, ebenso aufmerksam wie die Umstehenden. Ursula griff in ihren Ausschnitt, zog das gefaltete Pergament hervor und schob es unter den Sattel. Verstohlen sah sie sich nach allen Seiten um. Niemand schien etwas gesehen zu haben. Schnell, aber nicht zu hastig, zog sie sich zurück. Der Ausrufer hatte inzwischen die letzten Worte gesprochen, die Menge geriet in Bewegung.

Ursula musste sich beherrschen, um nicht loszurennen. So langsam und unauffällig, wie es ihr möglich war, bewegte sie sich vom Marktplatz weg. Sie wagte nicht, sich umzudrehen und nach den Reitern zu sehen.

Sie hatte die Landstraße schon im Blick, als sie mit einem Mal grob zu Boden gestoßen wurde. Ein Pferd kam neben ihr zum Stehen. Ihr Herz setzte aus. Sie war entdeckt! Irgendjemand musste sie beobachtet und den Rittern einen Hinweis gegeben haben. Starke Arme rissen sie hoch, wankend blieb sie stehen. Ihre Muskeln versagten den Dienst, die Angst fraß sich in ihren Bauch.

***

Als Marijana erwachte, wusste sie zuerst nicht, wo sie war. Sie fühlte sich zerschlagen, alle Glieder schmerzten, und ihr Bett drückte ungewohnt hart in ihren Rücken. Sie versuchte, sich zu erinnern. Gestern sollte Veit, ihr Verlobter, auf der Burg eintreffen. Es sollte ein großes Fest veranstaltet werden mit einem Höhepunkt der besonderen Art. Aber es hatte kein Fest gegeben. Oder doch?

Marijana richtete sich auf. An ihrem rechten Fuß zerrte etwas Kaltes, Schweres, die Luft war eisig, und um sie herum waren Wände aus verblichenem Leinen. Oh, gütiger Gott! Jetzt wusste sie wieder, wo sie war.

Die Erinnerung trieb ihr die Tränen in die Augen. Sie sah sich in dem Zelt um. Robert lag nicht mehr neben ihr. Irgendwann in der Nacht war sie von einem Geräusch wachgeworden und hatte die Wärme seines Körpers neben sich gespürt. Zu ihrer Überraschung hatte sie das getröstet. Ihr neue Zuversicht geschenkt. Robert würde sie beschützen.

Marijana hob den Kopf und horchte. Draußen war ein unregelmäßiges Knacken zu hören, doch ansonsten war alles still. Wo waren die Männer?

So lautlos wie möglich schob sie sich zum Zelteingang. Die Kette an ihrem Fußgelenk klirrte leise. Sie hielt erschrocken inne. Nichts geschah. Draußen knackte es noch immer. Vorsichtig krabbelte sie weiter. Sie schob die Plane ein Stück zur Seite und spähte nach draußen. Die Felswand, der Wald, die beiden anderen Zelte. Und ein einzelner Mann, der bei der Feuerstelle stand und mit seinen riesigen Pranken Äste zerbrach. Es war der Räuber, der sie so schamlos angefasst hatte, als er sie vom Esel gehoben hatte. Wulf nannten ihn die anderen. Er war groß und massig, sah aus, als könne er einen Bären mit bloßen Händen erschlagen. Sein braunes, kinnlanges Haar stand in alle Richtungen vom Kopf ab, sein Gesicht war nicht nur vom Bartschatten dunkel, Erde und Dreck klebten auf seiner Haut. Marijana erinnerte sich schaudernd an den beißenden säuerlichen Geruch, den der Mann ausströmte.

Ihr Herz schlug schneller. War Robert mit seinen Männern aufgebrochen und hatte Wulf als ihren Bewacher zurückgelassen? War diese Frau, Ursula, auch im Lager? Wie lange würden die Männer fortbleiben?

Wulf warf ein paar Ästchen auf die Feuerstelle und bückte sich schnaufend nach mehr. Dieser Mann hatte sie gestern, während sie an den Baum gebunden war, unaufhörlich angestarrt. Blanke Gier hatte in seinen Augen gestanden. Marijana beschloss, im Zelt zu bleiben. Zwar drückte ihre Blase, und Hunger und Durst hatte sie auch. Aber sie wollte keinesfalls das Zelt verlassen und Wulf auf sich aufmerksam machen. Vielleicht ließ er sie in Ruhe, solange er sie schlafend wähnte.

Gerade als Marijana die Plane zurückgleiten lassen wollte, drehte Wulf sich zu ihr um. Ein Grinsen breitete sich auf seinem Gesicht aus.

»Na, mein Täubchen«, sagte er mit rauer Stimme. »Ausgeschlafen?«

* * *

Ursula wagte kaum, dem Mann in die Augen zu sehen. Wie hatte sie nur so jämmerlich versagen können? Nun war nicht nur sie selbst verloren, auch Robert, ihr Bruder und der Rest der Bande schwebten in höchster Gefahr.

»Habt Ihr Euch verletzt?«, fragte er unerwartet sanft.

Ursula schüttelte benommen den Kopf. Warum war der Mann so freundlich? Sie riskierte einen Blick. Es war einer der Ritter, derjenige, der den Inhalt der königlichen Nachricht verkündet hatte. Sie hatte kaum zugehört, erinnerte sich dunkel, dass es um den Streit mit dem Papst ging.

»Es hat Euch die Sprache verschlagen, das glaube ich gerne«, sagte der Ritter. Er griff an seine Hüfte, hielt ihr etwas vor den Mund.

Ursula zuckte zurück. Doch es war kein Messer – sondern ein Weinbeutel. »Trinkt, das wird helfen.«

Gehorsam nahm sie einen Schluck. Der Würzwein schmeckte köstlich, trotzdem bekam sie ihn kaum herunter. Warum spielte der Ritter Katz und Maus mit ihr?

»Wir haben ihn!«, ertönte nun eine weitere Stimme. Die beiden anderen Ritter tauchten auf. Einer von ihnen zerrte einen in Lumpen gehüllten Jungen hinter sich her, der am Kopf und im Gesicht blutete. »Es ist nicht die erste Geldkatze, die der Schurke heute erbeutet hat.« Der Ritter warf seinem Genossen einen Beutel zu, der ihn geschickt auffing und Ursula hinhielt.

»Ist das Eurer?«

Sie nickte und nahm den Beutel an sich. Dann knickste sie und setzte ein dankbares Lächeln auf.

Der Ritter erwiderte ihr Lächeln und verneigte sich. »Gebt in Zukunft besser darauf acht!«

Er wandte sich ab. Zusammen mit seinen Kumpanen fesselte er den Dieb an sein Pferd. Dann sprangen die Ritter in die Sättel und trabten an. Der Bursche stolperte, fiel, rappelte sich hoch und hastete hinter den Reitern her. Ursula wusste, was ihm bevorstand. Man würde ihm die rechte Hand abschlagen, die Wunde notdürftig versorgen und ihn dann in der Wildnis aussetzen, was einem Todesurteil gleichkam. Jeronimus war nur knapp diesem Schicksal entronnen. Er war auch derjenige, der Ursula gezeigt hatte, wie Beutelschneider arbeiteten. Wie sie ihre Opfer mit der einen Hand ablenkten und mit der anderen ausraubten. Umso ärgerlicher, dass sie sich hatte bestehlen lassen. Ihre ganze Aufmerksamkeit hatte ihrem Auftrag gegolten. Nicht einen Wimpernschlag lang hatte sie daran gedacht, dass es jemand auf sie abgesehen haben könnte. Wie knapp sie davongekommen war!

Ursula klopfte den Staub von ihrem Gewand und setzte sich in Bewegung. Doch schon nach wenigen Schritten blieb sie erschrocken stehen. Vor ihr auf dem von unzähligen Füßen festgetretenen Boden lag ein gefaltetes Stück Pergament. Sie bückte sich, griff danach, und ihre Befürchtung wurde zur Gewissheit. Es war Roberts Brief. Er musste unter dem Sattel des Ritters herausgerutscht sein.

Entsetzt presste Ursula das Schreiben an ihre Brust. Um ein Haar wäre es durch ihre Schuld verloren gegangen! Sie überlegte, doch ihr blieb keine Wahl. Sie musste das Pergament in der Burg abgeben und hoffen, dass sie genug Vorsprung hatte, wenn Gero von Falkenstein es öffnete.

Sie kehrte zu ihrem Pferd zurück, drückte dem Jungen eine weitere Münze in die Hand und saß auf. Schon von Weitem sah sie, dass das Burgtor offen stand. Die Ritter waren kurz zuvor mit dem Beutelschneider eingetroffen. Bestimmt machte Gero von Falkenstein ihm auf der Stelle den Prozess. Als Herr der Burg samt der umliegenden Höfe und Dörfer war es sein Recht und seine Pflicht, für die Einhaltung der Gesetze zu sorgen.

Dreihundert Schritte von der Burgmauer entfernt band Ursula das Pferd an einen Baum. Mit pochendem Herzen trat sie aus dem Wald heraus und bewegte sich auf das Tor zu. Niemand hielt sie auf, auch nicht, als sie den großen Hof betrat und sich suchend umschaute. Vom unteren Burghof her hörte sie laute Stimmen. Sie glaubte, die des Ritters zu erkennen, der sich um sie gekümmert hatte. Gut, dass der gefangene Dieb die Männer ablenkte.

In der Nähe der Stallungen entdeckte sie eine Magd, die

Felle ausklopfte. Das Mädchen ließ vor Schreck den Klopfer fallen, als Ursula plötzlich vor ihr stand.

»Wer seid Ihr? Was wollt Ihr?« Die Magd musterte sie von oben bis unten. »Wollt Ihr zu meinem Herrn?«

Ursula nickte. Wie gut, dass sie die teuren Kleider trug, das verschaffte ihr Respekt.

Das Mädchen wischte sich die Hände an der Schürze ab. »Ich kann Euch hineinführen.«

Ursula schüttelte den Kopf und reichte der Magd das Schreiben.

»Oh. Wollt Ihr ihm das nicht selbst geben?«

Ursula schüttelte wieder den Kopf und machte eine Bewegung mit der Hand, als würde sie ein Tier verscheuchen.

Hastig knickste die Magd und rannte los.

Kaum war sie außer Sichtweite, setzte sich Ursula in Bewegung. Sie lief gerade so schnell, dass es von den Zinnen der Burg nicht aussah, als würde sie fliehen. Sobald sie das schützende Laubdach des Waldes erreicht hatte, beschleunigte sie ihre Schritte. Atemlos erreichte sie das Pferd. Ihre Hände zitterten so sehr, dass sie drei Anläufe brauchte, bis sie es losgebunden hatte.

Ursula hatte das Dorf noch nicht ganz erreicht, als von der Burg her die Alarmglocke erschallte. Sie drehte sich nicht um. Sie wusste auch so, was es bedeutete. Der Hausherr hatte den Brief gelesen und Alarm geschlagen.

* * *

Es war schon nach Mittag, als sie das Gehöft erreichten. Robert hatte den Landsitz eines reichen Patriziers aus Wasserburg ausgesucht, der weit genug von ihrem Lagerplatz entfernt lag. Denn es war zu erwarten, dass der Besitzer nach dem

Überfall die Wälder rund um das Anwesen durchsuchen lassen würde. Glücklicherweise befand sich im Umkreis von mehr als zehn Meilen keine Burg, deren Besatzung sich an einer Suche beteiligen könnte.

Robert kannte das Problem zu gut aus seiner eigenen Zeit als Burgherr. Auch er hatte nicht vermocht, alle Höfe und Dörfer zu bewachen, die zur Burg Megling gehörten. Und für einen Patrizier, der in der Stadt wohnte, war es sogar noch schwerer, seine auf dem Land verstreuten Güter zu schützen, denn ihm standen keine bewaffneten Ritter zur Verfügung.

Am Waldrand legten sie sich auf die Lauer. Das Gehöft, ein Haupthaus, eine Scheune sowie Schuppen und Stallungen, lag einsam zwischen Weiden und Feldern am Ufer eines Baches. Die Landstraße führte in einiger Entfernung vorbei, doch auf der rührte sich nichts. Auch auf dem Hofgelände war aus dieser Entfernung keine Menschenseele zu sehen. Nur das Muhen einer Kuh verriet Leben. Robert hatte in Erfahrung gebracht, dass die Felder vom Verwalter und seiner Familie bewirtschaftet wurden. Außer dem Ehepaar und seinen fünf Kindern lebten etwa ein Dutzend Mägde, Knechte und Landarbeiter auf dem Gut. Robert wollte sicher sein, dass auf dem Hof alles seinen normalen Gang ging, bevor er losschlug. Die Mittagszeit war gut für einen Überfall. Alle waren in ihre Arbeit versunken, niemand witterte Gefahr, wenn ein Fremder sich näherte. Und die Flucht war bei Tageslicht nur halb so gefährlich wie in finsterer Nacht.

Robert gab Jeronimus und Ansgar ein Zeichen. Die beiden wussten, was er von ihnen erwartete. Jeronimus, der ehemalige Beutelschneider, war ein Meister im Anschleichen, und Ansgar, der Kleinste und Wendigste von ihnen, stand ihm in nichts nach. Ihre Aufgabe war es, sich an den Hof heranzupirschen und auszukundschaften, wer sich wo aufhielt. Denn Robert wollte so wenig Blut vergießen wie nur möglich. Nicht alle seine Männer waren mit dieser Regel einverstanden, das wusste er. Wulf und Urban, die Raufbolde, schlugen gern zu. Und Lentz, der hagere Kämpfer mit den unsteten Augen, schien es eine heimliche Freude zu bereiten, Blut fließen zu sehen. Das war einer der Gründe, warum nicht alle mit Robert als Anführer zufrieden waren und sich Hasso als Kopf der Bande wünschten. Auch Hasso war Ritter, auch er hatte den Eid der Ehre geschworen, doch die vielen Jahre im Krieg hatten ihn verroht. Er hatte wenig Skrupel, einen Unschuldigen zu töten, wenn es ihm von Nutzen war.

Robert sah Jeronimus und Ansgar im Gestrüpp am Wegesrand verschwinden. Nicht einmal ein leichtes Zittern der Zweige zeigte an, wie sich die Männer langsam vorarbeiteten. Auf ein Zeichen Roberts griffen die übrigen Räuber nach ihren Waffen. Sobald das Signal der Späher kam, würden sie losschlagen: die Bewohner des Hofes festsetzen, den Vorratsschuppen plündern und zurück in die Wälder verschwinden.

Mit zusammengekniffenen Augen starrte Robert in Richtung Hof. Noch immer nichts zu sehen. Nur die Kuh brüllte. Vielleicht kalbte sie, und das Gesinde war im Stall versammelt.

Plötzlich ertönte ein durchdringender Pfiff. Der Alarmruf! Was war geschehen?

Im gleichen Augenblick tauchte Ansgars schmale Gestalt vor dem Hoftor auf. Er schwenkte die Arme, gab ihnen Zeichen herbeizueilen. Robert stieß die Faust nach vorne, alle sprangen auf und rannten los.

Als sie den Hof erreichten, standen Ansgar und Jeronimus im Hof, die Waffen gesenkt, die Arme hingen an den Seiten herunter.

»Was ist los?«, rief Robert. »Wo sind die Leute?«

Stumm deutete Jeronimus auf die Tür des Wohnhauses. »Schau selbst nach. Ich bleibe draußen. Ich habe genug gesehen.«

Mit einem Kloß im Hals trat Robert über die Schwelle. In der Stube lagen vier Körper übereinander, abgeschlachtet wie Vieh. Der Verwalter, seine Frau und seine beiden Töchter. Blut klebte an ihrer Kleidung und in ihren Haaren. Man hatte sie brutal erschlagen. Robert schaute sich um und entdeckte unter dem Tisch einen Jungen von vielleicht drei oder vier Jahren. Sein Mörder hatte ihm den Schädel gespalten.

Robert drehte sich zu Hasso um, der ihm gefolgt war. »Sag den Männern, sie sollen nachsehen, ob es Überlebende gibt.«

Sie fanden nur weitere Tote. Zwei Mägde im Stall. Einen Knecht im Schuppen. Hinter dem Hof bei den Hühnern lagen die beiden älteren Söhne des Verwalters, die hier offenbar eine Leiter reparieren wollten, in ihrem Blut. Die übrigen Bediensteten fanden sie auf einem der Felder. Niemand hatte überlebt.

Robert ließ die Männer die brüllende Kuh melken und einige Vorräte zusammensuchen. Sie mussten so schnell wie möglich weg, aber sie brauchten Essen, und hier lag reichlich davon auf einem Silbertablett für sie bereit. Es wäre dumm, sich nicht zu bedienen. Schließlich rief Robert die Männer im Hof zusammen, und sie sprachen ein Vaterunser für die Ermordeten. Robert hoffte, dass die Familie und das Gesinde bald gefunden und auf dem Friedhof des nahen Dorfes beigesetzt würden.

Bevor sie das Gut verließen, ging Robert noch einmal zurück ins Haus. Er wollte nachschauen, ob er nicht doch eine Erklärung dafür fand, was hier geschehen war. Tatsächlich entdeckte er etwas, das er beim ersten Mal übersehen hatte. Etwas, das ihn vor Entsetzen aufstöhnen ließ. In einen Balken hatte jemand ein blutiges Messer gestoßen. Und mit dem Messer die Pfote eines Marders.

* * *

Marijana ließ die Plane fallen und kroch rückwärts zurück ins Zelt. Wo blieb Robert nur? Warum ließ er sie mit diesem Grobian allein?

Erschrocken bemerkte sie, dass sie sich den Anführer der Räuber sehnlicher herbeiwünschte als ihren Verlobten. An Veit hatte sie seit dem Aufwachen noch gar nicht gedacht.

Aber das war nicht verwunderlich. Veit war meilenweit weg und hatte keine Ahnung, wo sie steckte. Er konnte ihr nicht helfen, obwohl er sich bestimmt verzweifelt danach sehnte.

Schritte näherten sich, die Plane wurde angehoben. »Was hat mein Täubchen denn? Etwa Angst vor mir?«

Unwillkürlich griff Marijana an ihren Schutzstein. »Ich bin müde«, stammelte sie. »Bitte lasst mich ausruhen.«

»Du hast lange genug geschlafen!«, herrschte er sie mit völlig veränderter Stimme an. »Es gibt Arbeit. Beweg dich!«

Marijana sah ihn ungläubig an. »Was denn für Arbeit?«

»Wirst du schon sehen. Komm raus!«

Marijana beschlich das ungute Gefühl, dass es besser wäre, im Zelt zu bleiben, dass hier drinnen Roberts Reich war, das Wulf nicht zu betreten wagte. Aber als der Räuber sich drohend vorbeugte, gehorchte sie.

Er ging voran, winkte sie ans Feuer. Der eiserne Ring um ihre Fessel scheuerte bei jedem Schritt über ihre Haut, die Kette zog schwer an ihr. Kurz vor der Feuerstelle endete ihre Bewegungsfreiheit. Die Kette spannte sich, hielt sie fest.

Wulf sah sie an und leckte sich die Lippen. »Da muss ich dir wohl ein Stück entgegenkommen.« Er trat breitbeinig vor sie.

»Der Marder hat uns verboten, dich anzufassen, weil du ihm gehörst. Aber er hat nichts davon gesagt, dass *du uns* nicht anfassen darfst.« Er packte ihre Hand und drückte sie in seinen Schritt, wo Marijana durch den groben Stoff seiner Bruche etwas Hartes spürte.

Sie schrie entsetzt auf.

Im selben Moment grunzte Wulf wie ein Schwein. »Na los, mach schon, nur ein bisschen reiben, das bricht dir schon keinen Zacken aus der Krone.«

Marijana war starr vor Entsetzen. Was sollte sie tun?

Wulf schien ihr Zögern als Einverständnis zu deuten. »Siehst du? Kein Grund zu schreien. Ganz ruhig bleiben, dann ist alles in Ordnung. Du willst das doch auch. Und jetzt beweg die Hand langsam rauf und runter.«

Marijana würgte vor Ekel. Wulf führte ihre Hand. Rauf und runter. Immer wieder. Sein Atem ging schneller und schneller. Marijana betete, dass es bald vorbei sein möge.

»Warte!«, keuchte Wulf plötzlich und nestelte an seinen Beinkleidern herum, bis er entblößt vor ihr stand. »Ich weiß etwas Besseres.« Er drückte sie zu Boden, sodass sie vor ihm kniete. »Sperr deinen Schnabel auf, Täubchen!«

Marijana presste entsetzt die Lippen zusammen und drehte den Kopf weg.

»Was? Du willst nicht?« Wütend riss er ihren Kopf an den Haaren zu sich heran. Mit der anderen Hand zog er sein Messer. »Du miese kleine Hure, dir werd ich's zeigen. Und es ist mir scheißegal, was dieser eitle Geck von einem Möchtegern-Ritter davon hält.« Er fuhr mit dem Messer über ihre Wange. »Du wirst genau das tun, was ich dir sage. Und das Andenken –« Er drückte die Klinge in ihre Haut, sodass die Wange brannte. »Das Andenken an unser Beisammensein gibt es kostenlos dazu. Jeder Mann wird einen Bogen um dich machen.

Dein Verlobter wird sich eine andere suchen, weil er so eine hässliche Kröte wie dich nicht mehr haben will. Und jetzt sperr dein Maul auf, sonst setze ich das Messer zwischen deinen Beinen an!«

* * *

Sie nutzten die Landstraße, um besser voranzukommen. Robert und Mathes ritten ein Dutzend Steinwürfe voran, um die Strecke auszukundschaften. Keinesfalls wollten sie unfreiwillig einem Trupp Söldner oder Ritter in die Arme laufen. Nach hinten sicherten Drago und Lentz die Bande ab. Die übrigen Männer führten unter dem Kommando von Hasso die schwer beladenen Pferde.

Bevor sie sich getrennt hatten, hatte Robert Hasso die Marderpfote gezeigt. »Die steckte mit einem Messer in einem Balken in der Stube.«

»Teufelsarsch! Da will dir jemand was anhängen.«

»Aber wer?« Robert wollte die Tierpfote wegschleudern, besann sich jedoch und verstaute sie in seinem Wams. »Ich bin bereits ein Geächteter, mein Leben ist keinen Pfifferling wert. Warum also das Risiko eingehen?«

»Vielleicht bist du der Wahrheit näher, als du denkst«, meinte Hasso und schob sich ein Stöckchen in den Mundwinkel. »Und irgendwer will, dass du dir das Wohlwollen der einfachen Leute verscherzt. Damit sie dich ans Messer liefern.«

»Dann würde Veit von Amerang hinter all dem stecken.« Robert schüttelte den Kopf. »Seine Verlobte ist in meiner Gewalt. Warum sollte er gerade jetzt so etwas tun?«

»Was schätzt du, wie lange die Leute auf dem Hof schon tot sind?«, fragte Hasso kauend.

»Nicht länger als einen Tag.«

»Das sehe ich genauso.« Hasso kratzte sich am Kopf. »Aber den Befehl zu dem Überfall könnte Veit schon vor einiger Zeit gegeben haben.«

»Stimmt. Wenn ich doch nur wüsste, was er mit der Sache damals zu tun hatte!« Robert ballte die Faust.

»Vielleicht hat die Stimme, die dir das geflüstert hat, nicht die Wahrheit gesagt. Ich glaube, Veit jagt dich so verbissen, weil er sich beim König einschleimen will. Er war schon immer ein widerlicher Speichellecker.«

»Nein, das glaube ich nicht«, entgegnete Robert. Seine Nachforschungen stockten, er glaubte kaum noch daran, jemals seine Unschuld beweisen zu können. Aber er wollte nicht aufgeben. »Es muss mehr dahinterstecken.«

Hasso hatte ihm auf die Schulter geklopft. »Lass uns machen, dass wir hier wegkommen.«

»Du hast recht.« Robert hatte Befehle erteilt und sich mit Mathes auf den Weg gemacht. Bisher waren sie keiner Menschenseele begegnet. Das Unwetter am Abend zuvor hatte einen Wetterumschwung mitgebracht. Es war kalt und windig geworden, so als wolle sich der Winter noch nicht geschlagen geben.

Mathes schwieg die ganze Zeit. Robert konnte es ihm nicht verdenken, die ermordete Familie hatte alte Wunden aufgerissen. Eine Horde Raubritter hatte Mathes' Hof überfallen, als er in der Stadt gewesen war, um Einkäufe zu erledigen. Das hatte ihm das Leben gerettet, aber seine Seele verdunkelt. Er lachte nie, und nur die Hoffnung, vielleicht eines Tages den Schuldigen zu finden und sich zu rächen, hielt ihn davon ab, sich zu Tode zu trinken oder sich leichtfertig in einen tödlichen Kampf zu werfen.

Mathes war ein guter Mann. Nur die Verzweiflung hatte ihn dazu gebracht, sich den Räubern anzuschließen. Robert war froh, ihn an seiner Seite zu haben. Er war besonnen und zudem ein vortrefflicher Bogenschütze. Obwohl Robert selbst ein gutes Auge und eine schnelle Hand hatte, reichte er nicht an Mathes heran. Falls sie auf Söldner stießen, hätte Mathes bereits zwei Männer ausgeschaltet, während Robert noch sein erstes Ziel anvisierte.

Vor einer Wegbiegung hielten sie abrupt inne. Beide hatten dasselbe Geräusch gehört. Das Knirschen von Rädern und das Schnaufen eines Ochsen. Nur ein einzelnes Gefährt oder ein ganzer Wagenzug?

Lautlos schlugen sie sich ins Unterholz. Mathes machte seinen Bogen schussbereit, Robert zog sein Schwert. Das Klappern des Wagens wurde lauter. Kein Waffenklirren. Ein Ochse bewegte sich langsam um die Biegung. Dahinter ein zweirädriger Karren, voll beladen mit Fässern und Bündeln. Auf dem Kutschbock saß ein Augustinermönch, wohlgenährt, aber nicht dick. Gerade hob er den Blick und schaute sich um, so als spürte er, dass etwas nicht stimmte.

Robert schob sein Schwert wieder in die Scheide. Manchmal war Gott doch auf seiner Seite. Er bedeutete Mathes, in Deckung zu bleiben. Als der Karren auf seiner Höhe war, sprang Robert auf den Weg.

»Bei allen Teufeln der Hölle!«, stieß der Mönch aus.

Der Ochse schüttelte seinen massigen Kopf, scheute, der Mann Gottes hatte einige Mühe, ihn zu beruhigen.

Als der Karren stillstand, verneigte Robert sich, ohne den Mönch aus den Augen zu lassen. »Welch eine angenehme Überraschung! Ich grüße Euch, Bruder Bartholomäus. Wie ich sehe, seid Ihr fleißig wie eine Biene. Wo soll es denn hingehen?«

»Das geht dich gar nichts an, Megling! Und jetzt verzieh dich, damit ein aufrechter Mann Gottes seinen Weg fortsetzen kann.«

»Aber, aber, werter Bruder Bartholomäus. Ihr müsstet doch wissen, dass ich das nicht tun werde. Denn Gott im Himmel hat beschlossen, Euch mir als Geschenk zu übergeben. Sozusagen als Wiedergutmachung dafür, dass Ihr vor dem König ausgesagt habt, ich sei schlimmer als alle Ungläubigen auf einmal. Wo Ihr doch so lange unter meiner Herrschaft gut gelebt habt und mich eigentlich besser kennen müsstet.«

»Woher weißt du …« Der Mönch war blass geworden und blickte sich hektisch um. Vermutlich versuchte er abzuschätzen, ob Robert allein war. Er war kein schlechter Kämpfer, dieser Bartholomäus von Craiburg, denn bevor er das Kreuz genommen hatte, war er ein Ritter gewesen. Aber er hatte Fett angesetzt, und Robert würde kurzen Prozess mit ihm machen, wenn er es wagen sollte, ihn anzugreifen. »Töte mich nur«, stammelte er. »Mein ist das Reich des Himmels.«

»Ach ja? Ihr seid ein Betrüger und Schleimlecker. Ihr habt mich verraten. Dabei kennt Ihr mich, seit ich ein kleiner Junge war. Ich hätte alles Recht der Welt, Euch zu töten, aber das wäre der Gnade zu viel. Kommt herunter vom Wagen!«

»Was hast du vor?«

»Ich werde Euch Demut lehren, indem ich Euch windelweich prügele.«

»Aber …«

Robert sprang auf den Karren zu.

»Schon gut, schon gut.« Der Mönch band die Zügel fest, erhob sich und stieg vom Bock.

»Was habt Ihr geladen?«

»Salz, Tuch und Birkenpech.«

Robert gab Mathes das Zeichen hervorzukommen. Der Mönch zuckte zusammen, als der Räuber seinen Bogen auf ihn anlegte.

»Keine Sorge. Wenn Ihr brav seid, geschieht Euch kein Leid,

Bartholomäus. Ihr dürft meinen Mann nur nicht ärgern, seine Finger sitzen recht locker.«

Robert stieg auf den Wagen und inspizierte die Ladung. Der Mönch hatte die Wahrheit gesprochen. Ausgezeichnet. Ein Glückstreffer. Das würde ihm eine Menge Sorgen nehmen. Zwei Fässer Salz! Nicht in Gold aufzuwiegen. Pech, um Fackeln herzustellen, die Zeltplanen abzudichten und das Winterlager wasserfest zu machen. Auch die Tuche kamen gelegen. Unter einer Plane entdeckte Robert eine schwere Truhe. Er versuchte, sie zu öffnen, doch sie war mit einem schweren Schloss gesichert.

»Mönch, was ist in der Truhe?«, rief Robert über die Schulter.

»Nichts von Bedeutung.«

Robert lachte auf. »Dann kann ich sie ja aufbrechen und nachschauen.«

»Wage es nicht …«

Robert zog sein Schwert, schob es unter den Riegel und brach ihn auf. Holz splitterte krachend, der Riegel und das Schloss fielen polternd zu Boden.

»Das gehört dem Grafen von Amerang. Er wird dich …«

Robert horchte auf. Der Mann, der ihn so schändlich hintergangen hatte, transportierte etwas Wertvolles für den Mann, der ihn um jeden Preis tot sehen wollte. Und das ohne Begleitschutz. Sehr interessant.

Robert lehnte sich aus dem Karren. »Was wird er?«

Der Mönch schwieg stur.

Robert zuckte mit den Schultern und wandte sich wieder der Truhe zu, klappte den Deckel auf. »Verflucht noch eins!«, rief er, schlug den Deckel wieder zu und sprang vom Wagen. Er baute sich vor dem Mönch auf. »Sieh da. Unser werter Bartholomäus ist in geheimer Mission unterwegs. Alles im Dienste unseres himmlischen Herrn, nehme ich an? Was soll ich nur mit Euch machen?«

»Tu, was du nicht lassen kannst.« Der Mönch starrte ihn trotzig an.

»Ihr könntet Euch freikaufen«, sagte Robert so leise, dass Mathes es nicht hören konnte.

»Ich habe nur das, was auf dem Karren ist.«

»Ich spreche von den Reichtümern da oben.« Robert tippte sich an die Stirn. »Was wisst Ihr über die Verschwörung? Über den Anschlag auf den König?«

»Nichts.«

»Falsche Antwort.« Robert trat näher. »Es gibt sehr qualvolle Arten zu sterben, Bartholomäus. Und ich habe nichts zu verlieren, wie Ihr nur allzu gut wisst.«

Der Mönch schluckte hart. »Hast du vergessen, Junge, dass ich einmal dein Beichtvater war?«

»Ich habe nichts vergessen.«

»Im Kloster«, wisperte Bartholomäus. »Im Kloster St. Mauritius. Dort findest du, was du suchst. Ein Dokument, einen Brief mit einem purpurnen Siegel. Der Abt hält es mit dem Österreicher. Er verabscheut Ludwig, weil er sich gegen den Papst stellt.«

»Was ist mit Veit von Amerang? Was hat er damit zu schaffen?«

Bartholomäus schwieg.

»Ist das alles?«

»Mehr weiß ich wirklich nicht, ich schwöre es, bei den Namen aller Heiligen.«

»Schwört lieber nicht!« Robert hob sein Schwert und machte einen Schritt auf den Mönch zu.

Bartholomäus hob die Hände und wich erschrocken zurück.

»Schon gut. Ich töte keinen Gottesmann. Nicht einmal, wenn er dem Teufel dient. Zieht Euch aus, Bartholomäus!«

»Aber ...«

»Los, macht schon! Bevor ich es mir anders überlege!«

Fluchend streifte sich der Gottesmann den Mantel ab.

»Schneller! Bewegt Euch! Wir haben nicht ewig Zeit!« Robert nickte Mathes zu, der näher trat und dem Mönch den gespannten Bogen vors Gesicht hielt.

Rasch streifte Bartholomäus die anderen Kleider ab, bis er nackt vor ihnen stand.

In dem Moment waren Schritte und Hufschlag zu hören. Die übrigen Männer tauchten auf. Sie grölten und lachten, als sie den nackten Mönch sahen.

»Lasst ihn laufen!«, befahl Robert. »Er hat uns lange genug aufgehalten.« Er machte Bartholomäus ein Zeichen, in die Richtung zu verschwinden, aus der er gekommen war. Jammernd und fluchend verschwand der Gottesmann um die Biegung.

Das bedeutete allerdings, dass sie nicht länger auf der Straße bleiben konnten. Das wäre zu gefährlich. Ab hier würden sie sich ins Unterholz schlagen.

Robert wandte sich an seine Männer. »Schlachtet den Ochsen, und ladet so viel wie möglich von dem, was auf dem Karren ist, auf die Pferde. Den Rest versteckt ihr, den holen wir später. Die Truhe muss auf jeden Fall sofort mit.«

In Windeseile war der Ochse zerlegt. Auch ein Versteck für die verbleibende Beute war rasch gefunden. Eine kleine Höhle oberhalb der Straße fasste die Stoffballen und einen Teil des Pechs. Salz und Fleisch passten noch auf die Pferderücken. Die Truhe nahmen Urban und Ewalt zwischen sich. Gerade als alles verstaut war, stießen auch Drago und Lentz zu ihnen.

»Teufel!«, rief Drago, als er die reiche Beute sah. »Das gibt ein Festessen!«

»Aber erst müssen wir alles sicher ins Lager bringen«, sagte Robert. »Also setzt euch in Bewegung. Wir haben uns schon viel zu lange hier aufgehalten. Ich will bei Anbruch der Nacht zurück sein!«

Die Männer grölten. Gut so. Die Vorfreude hielt sie bei Laune.

Sie kamen nur langsam voran. Die Bäume standen so dicht, dass sie oft nicht zwischen ihnen hindurchpassten. Manchmal mussten sie mit Schwert und Axt Äste abschlagen, um überhaupt weiterzukommen. Robert lief an der Spitze, führte sein Pferd, das mit Ochsenfleisch bepackt war, am Zügel. Er atmete das frische Blut. Dachte an die armen Menschen auf dem Hof. An die Marderpfote in seinem Wams. Ein Uhu schrie. Roberts Gedanken wanderten zu dem Inhalt der Truhe. So wie der Uhu war auch das, was der Mönch für Veit von Amerang transportiert hatte, von teuflischer Natur.

***

Als die Alarmglocke durch die Burg gellte, sprang Gero von Falkenstein auf. Schmerz zuckte durch sein Bein, fast wäre er eingeknickt, aber er ließ sich nichts anmerken. Auch Veit erhob sich und stürzte zum Fenster des Palas. Gero wollte ihm hinterherhinken, doch in dem Moment stolperte Siebert in den Saal.

Schwer atmend fiel der Knappe vor Gero auf die Knie. »Herr.«

Gero von Falkenstein ließ sich zurück auf den Scherenstuhl sinken. »Was gibt es, Siebert, das so eilig ist, dass du mehr fliegst als läufst?«

Siebert hielt ihm ein Pergament hin. Gero nahm es entgegen, brach das Siegel und überflog die Zeilen.

Falkenstein! Eure Tochter bekommt Ihr, wenn Ihr in zwei Tagen zur Mittagsstunde bei der Mühle hinter dem Dorf Sachrang mit dem Lösegeld erscheint. Nur vier Männer dürfen Euch begleiten. Wenn Ihr Euch nicht an die Anweisungen haltet, wird Marijana sterben.

Das Schreiben war mit dem Abdruck einer Marderpfote unterzeichnet. Gero reichte es wortlos an Veit weiter, der neben ihn getreten war. Die Angst um Marijana lag wie ein Felsbrocken auf seinem Herzen. Er sah den Knappen mit strengem Blick an. »Wie kommst du zu diesem Schriftstück? Ist der Überbringer noch auf der Burg?«

Siebert schüttelte den Kopf und senkte sein Haupt noch tiefer.

»Wer hat das abgegeben? Nun sprich schon!«

»Eine Frau hat es am Tor einer Magd in die Hand gedrückt. Als ich das Siegel sah, habe ich sofort Alarm geschlagen und zwei Knechte losgeschickt, die Frau zu suchen.«

»Die werden nichts ausrichten. Die Frau weiß vermutlich gar nicht, was sie überbracht hat.« Gero unterdrückte seinen Zorn, dessen Ursache nicht sein Knappe war. »Schon gut. Du kannst gehen.«

Der Knappe erhob sich, doch er kam nicht weit.

Veit von Amerang warf die Botschaft auf den Tisch und packte Siebert am Hals. »Wie konnte das passieren? Die Frau hätte uns zu der Bande führen können!«, zischte er. »Wie konntest du dich so übertölpeln lassen?«

»Lasst ihn los, Veit. Ihr habt den Falschen am Wickel«,

grollte Gero durch den Saal. Er hatte Veit noch nie so ungehalten erlebt. Der Ritter war gewöhnlich ein besonnener Mann, der genau durchdachte, was er tat. Ihm schien wirklich viel an Marijana zu liegen, so viel, dass er all seine Tugenden vergaß. Aber seine Leidenschaft machte ihn gefährlich. Bei der Übergabe des Lösegeldes war ein kühler Kopf vonnöten.

Veit ließ Siebert los, der sich verneigte und eilig den Saal verließ.

»Verzeiht mir, Gero. Aber die Sorge um Marijana raubt mir den Verstand.« Veit deutete auf den Brief. »Jetzt können wir endlich handeln. Ich werde eine Falle vorbereiten, aus der sich der Marder nicht herauswinden kann.«

»Ihr werdet nichts dergleichen tun. Wir werden uns genau an die Bedingungen halten. Ich persönlich werde das Lösegeld überbringen und meine Tochter gesund heimführen. Ihr seid mir zu ungestüm, mein Freund.«

Veit ließ sich in einen Scherensessel fallen. »Verzeiht. Natürlich steht Eure Tochter an erster Stelle.« Er kratzte sich am Kinn. »Aber Ihr müsst auch an die Zukunft denken. Der Marder ist kein Mann von Ehre. Er schlachtet wahllos Bauern und ihre Familien ab, raubt alles, was sie besitzen, auch in Eurem Herrschaftsgebiet.«

»Das ist nichts Neues, Veit. Was wollt Ihr damit sagen?«

»Er wird es wieder versuchen.«

»Entführung gegen Lösegeld?«

»Davon bin ich überzeugt. Entführung ist ein viel einträglicheres Geschäft als das Ausrauben von Händlerzügen oder einsamen Höfen. Natürlich ist das Risiko groß, bei der Übergabe gefasst zu werden, der Gewinn ist jedoch entsprechend hoch. Einer wie Robert Megling fürchtet weder Tod noch Teufel. Er hört erst auf, wenn er am Galgen baumelt.«

»Das ist nicht mein Problem.« Gero schlug mit der Faust auf

den Tisch. »Mir geht es allein um Marijana. Sie ist mein einziges Kind. Ihr könnt den Marder jagen, wenn sie wohlbehalten nach Falkenstein zurückgekehrt ist.«

Veit nickte bedächtig. »Ihr wollt Euch der Bande mit nur vier Rittern entgegenstellen? Ihr wisst, dass das ein Wagnis ist.«

»Vier meiner Ritter und ich nehmen es ohne Probleme mit zwanzig dahergelaufenen Räubern auf. Außerdem wird der Marder sich an die Bedingungen halten. Schließlich will er das Geld.«

»Wie könnt Ihr einem Ehrlosen glauben? Aus dem Hinterhalt wird er Euch angreifen, was denn sonst?«

»Soll er, dann wird er sterben! Genug der Worte! Mein Entschluss steht fest!« Gero erhob sich ächzend, ignorierte die Schmerzen und schob sich nahe an Veit heran. »Und wenn Ihr mir in die Quere kommt, dann gnade Euch Gott.«

Er wandte sich ab, biss die Zähne zusammen, um die Tür ohne Humpeln zu erreichen. Auf dem Treppenabsatz stieß er die Luft aus. In seinem Bein stachen tausend Nadeln. Er setzte das gesunde Bein auf die erste Stufe, zog das schmerzende nach, verfehlte jedoch die zweite Stufe. Der Boden sackte ihm unter den Füßen weg. Er verlor den Halt, sein Bein knickte ein, kopfüber stürzte er in die Tiefe.

* * *

Erst als die Burg außer Sichtweite war, drosselte Ursula das Tempo. Auf der Landstraße war nicht mehr ganz so viel Volk unterwegs wie am Vormittag, doch es reichte, um sich unauffällig darunterzumischen.

Unruhe trieb Ursula voran. Es war nicht mehr die Angst, von den Rittern von Falkenstein eingeholt zu werden, sondern das unbestimmte Gefühl, dass im Lager etwas nicht mit rechten Dingen zuging. Ob es an der Metze lag? Eine zweite Frau im Lager, noch dazu eine junge und schöne, brachte alles durcheinander. Die Männer schlichen um sie herum wie Rüden um eine läufige Hündin. Was, wenn es ihr gelang, einen von ihnen um den Finger zu wickeln? Einen Keil zwischen die Männer zu treiben?

Ursula trieb ihre Stute zur Eile an. Sie wollte nicht, dass der Machtkampf zwischen Robert und ihrem Bruder neu aufflammte. Die zwei Männer, die sie liebte, sollten sich nicht bekriegen. Robert hatte seine Stellung als Anführer rechtmäßig erlangt, warum konnte Hasso das nicht akzeptieren? Mehr noch: Wenn Robert nicht wäre, wären sie beide einen qualvollen Tod gestorben.

Und es wäre ihre Schuld gewesen. Nach mehr als einem Jahr unter den Räubern hatte Ursula sich nichts sehnlicher gewünscht, als einen Tag unter normalen Menschen zu verbringen, andere Frauen zu sehen, auf dem Markt Seife und Stoff für ein neues Kleid zu erwerben. Hasso hatte ihr diesen Wunsch erfüllt. Sie hatten sich in unauffällige Gewänder gehüllt und waren am Markttag nach Wasserburg geritten. Hasso hatte den Korb getragen, der sich mehr und mehr mit feinen Dingen gefüllt hatte: mit süßen Feigen, einem Fläschchen Rosenöl, zwei Haarspangen.

Bis eine Bäuerin, die auf dem Markt Äpfel und Birnen feilbot, laut geschrien und mit dem Finger auf sie gezeigt hatte. Die alte Frau kam von einem Hof in der Nähe ihrer väterlichen Burg. Sie hatte Ursula und Hasso erkannt. Wieder und wieder brüllte sie »Mörderin« und »Teufelsbraut« und deutete dabei auf Ursula.

Ein Ring aus Schaulustigen bildete sich. Büttel kamen herbei und setzten sie beide fest, noch bevor Hasso sein Schwert ziehen konnte. Die Büttel banden ihnen die Arme auf den Rücken und brachten sie aus der Stadt. Sie sollten sie zurück nach Hause bringen, damit die Todesstrafe an Ursula vollstreckt werden konnte. Doch sie hielten sich nicht an ihren Auftrag.

Auf einer einsamen Lichtung schlugen sie Hasso nieder und fielen über Ursula her. Und dann brach plötzlich ein Reiter aus dem Unterholz. Er erschlug die vier Männer und befreite Ursula. Den schwerverletzten Hasso band er auf sein Pferd. Dann ließ er sich von Ursula in das Lager der Räuber führen. Während der Wochen, in denen Hasso zwischen Leben und Tod schwebte, führte Robert die Männer an. Keiner lehnte sich dagegen auf, denn er war ein Ritter von edler Abkunft und hatte zudem ihrem Anführer das Leben gerettet. Als Hasso endlich wieder gesund war, forderte er seine Stellung zurück, doch Robert verweigerte sie ihm. Es kam zum Zweikampf, den Robert gewann, ohne Hasso zu verletzen. Eine zusätzliche Schmach, die Hasso nicht vergessen konnte. Das war im letzten Herbst gewesen. Seither nannte sich Robert »der Marder« und führte die Männer an.

Endlich erreichte Ursula die Stelle, wo der geheime Pfad zum Lager von der Landstraße abzweigte. Sie hielt die Stute an und sah sich um. Niemand war in der Nähe. Rasch saß sie ab und führte das Pferd ins Unterholz. Die ersten hundert Fuß des Pfades waren zu dicht bewachsen, um zu reiten, nur so war sicher, dass niemand ihn entdeckte. Danach konnte Ursula wieder aufsitzen. Sie trieb das Tier zur Eile an. Ihre Unruhe hatte sich noch verstärkt.

Schon von Weitem hörte sie die Gefangene schreien.

Verflucht! Warum brachte ihr Bewacher sie nicht zum Schweigen?

Wenig später brach das Geschrei unvermittelt ab, doch die Stille, die folgte, war unheimlich.

Ursula saß ab und rannte los. Zu Fuß gab es eine Abkürzung. Als sie das Lager erreichte, sah sie Marijana sofort. Sie lag rücklings auf dem Boden, ihre Hände waren unter ihrem Körper zusammengebunden. In ihrem Mund steckte ein alter Lappen. Ihre Augen waren weit aufgerissen. Offenbar hatte sie sich heftig gewehrt, denn ihre Stirn blutete, ihr Kleid war dreckig und zerrissen. Jemand hatte es hochgeschoben, sodass sie halb nackt dalag. Mit entblößtem Unterleib kniete Wulf vor ihr, ein Messer in der Hand, dessen Spitze zwischen ihre Beine gerichtet war.

»Du hast es nicht anders gewollt, Drecksfotze«, knurrte er und holte aus.

Ursula rannte los. Als sie an der Feuerstelle vorbeikam, griff sie nach einem dicken Knüppel. Sie schlug Wulf damit auf den Kopf, gerade als er das Messer nach vorn stieß. Der Schlag verhinderte nicht, dass die Klinge ihr Ziel traf, doch der Stoß wurde abgemildert.

Marijana schrie vor Schmerz auf, trotz des Knebels ging Ursula der Schrei durch Mark und Bein. Wulf sank wie ein nasser Sack zu Boden. Rasch besorgte Ursula ein langes Seil und fesselte den Räuber damit an Armen und Beinen. Zur Sicherheit band sie ihm auch noch Mund und Augen zu. Der ohnmächtige Körper war zu schwer, um ihn irgendwohin zu schleifen, also ließ sie ihn an Ort und Stelle liegen.

Erst als Wulf gut verschnürt war, wandte sie sich Marijana zu. Gero von Falkensteins Tochter wimmerte leise, Tränen liefen ihr über die Wangen. Ursula zog den Lappen aus ihrem Mund. Das Wimmern wurde lauter.

In dem Moment knackte es laut von der anderen Seite der Lichtung her.

Erschrocken fuhr Ursula herum, doch es war nur die Stute, die den Rest des Weges allein gefunden hatte. Erleichtert erhob sich Ursula. Sie stemmte die Hände in die Hüften und sah sich um. Bisher hatte sie gehandelt, ohne nachzudenken. Doch jetzt kamen ihr Zweifel. Was ging es sie an, was die Männer mit der Gefangenen anstellten? Wulf würde sie hassen und auf Rache sinnen, selbst auf die Gefahr hin, Hassos Wut auf sich zu ziehen. War es das wert gewesen?

Ursula sah hinunter zu der verletzten jungen Frau. Zwischen ihren Schenkeln sickerte Blut hervor, Wulfs Klinge hatte ganze Arbeit geleistet. Auch die Stirn blutete noch immer. Und ein weiterer, weniger tiefer Schnitt zog sich über ihre Wange.

Unwillkürlich griff Ursula nach ihrem Beutel. Hier hatte sie die kleine Puppe verstaut, die sie der Gefangenen abgenommen hatte. Hasso hatte ihr auch so eine geschnitzt, als sie noch klein war. Doch ihre großen Schwestern hatten sie ihr weggenommen. Ursula ließ den Beutel los und wandte sich ab, um Wasser zu holen. Sie musste die Verletzungen säubern. Sie hatte wenig Lust, sich um die Gefangene zu kümmern. Aber Robert würde es wollen. Und für ihn würde sie alles tun.

***

Der Medicus runzelte die Stirn. »Er hat großes Glück gehabt. So Gott will, überlebt er den Sturz. Er hat zwar Fieber, aber sein Atem und sein Herz gehen ruhig und gleichmäßig. Wann er wieder zu sich kommen wird, weiß Gott allein. Es kann in einer Stunde sein oder in einer Woche. Sollte er aufwachen, darf er auf keinen Fall aufstehen. Absolute Bettruhe ist unerlässlich, bis die Verletzung am Kopf ausgeheilt ist.«

»Gott beschütze ihn!«, sagte Veit und schlug das Kreuz. Er nickte dem Knappen zu, der seinem Herrn die ganze Nacht nicht von der Seite gewichen war.

Siebert erwiderte furchtlos seinen Blick. Der Bursche war Gero von Falkenstein treu ergeben. Also musste Veit achtgeben, was er in seiner Gegenwart sagte.

In Gedanken versunken machte er sich auf den Weg zurück in die Kemenate, die er während seines Aufenthalts bewohnte. Eigentlich wäre er längst auf dem Weg zurück nach Burg Stein. Mit seiner Braut an seiner Seite. Morgen hätte sie seine Gemahlin werden sollen. Und nach Geros Tod wäre er Herr über Falkenstein und alle Besitzungen des Grafen geworden.

Nun, mit etwas Glück würde sich doch noch alles zum Guten wenden. Er würde morgen mit vier seiner besten Ritter zum Treffpunkt reiten. Er würde das Geld übergeben und seine Braut in Empfang nehmen. Sobald Marijana in Sicherheit war, würden die Männer, die sich vorher im Wald verborgen hatten, zuschlagen. Die Mühle war ein guter Ort für einen Hinterhalt. Zuerst hatte Veit sich gewundert, dass Megling ausgerechnet das Priental als Treffpunkt ausgewählt hatte. Der Fluchtweg war von zwei Seiten durch steile Hänge abgeschnitten. Aber das galt natürlich auch für die gegnerische Partei. Der Marder würde seine Männer oberhalb der Mühle positionieren.

Veit grinste. Seine Männer würden früher vor Ort sein und die Räuber noch vor der Übergabe wie reife Pflaumen aus den Bäumen schießen. Robert würde sich von seinen Leuten gedeckt wähnen. Doch wenn die Falle zuschnappte, würde sein Hilferuf ungehört verhallen.

Veit erreichte die Kemenate und schloss sich ein. Um sicherzugehen, würde er seine Männer schon heute Abend losschicken. Er durfte nicht vergessen, ihnen einzuschärfen, dass er den Marder lebend wollte.

Ein freudiger Schauer überlief ihn, als er sich ans Fenster stellte und nach Osten blickte, wo das Tal der Prien versteckt hinter einem Bergrücken lag. Der Marder würde langsam sterben. Sehr langsam.

* * *

Ludwig gähnte, die Nacht war kurz gewesen. Schon vor dem Morgengrauen waren sie aufgestanden, um weiterzureiten. Im Licht der Morgensonne hatten sie den Inn überquert, ganz in der Nähe von Burg Megling. Ludwig hatten sich die Härchen im Nacken aufgestellt, als er ihre Mauern auf dem Felsen über dem Fluss erspäht hatte.

Beim Fraunhofer war alles glattgelaufen. Als Ludwig ihm befohlen hatte, den Bauern zu entschädigen und es auch mit anderen so zu halten, wann immer sie vom Marder überfallen und beraubt wurden, war er zuerst in Wehklagen ausgebrochen. Dann aber hatte er einen Handel vorgeschlagen, genau wie Ludwig vorhergesehen hatte: Geisenhausen sollte das Marktrecht erhalten, dann könne man aus den Einnahmen auch die Entschädigungen zahlen. Ludwig hatte eine Frist von drei Jahren festgelegt; sollte Fraunhofer in dieser Zeit seinen Pflichten ordnungsgemäß nachkommen, so würde er ihm mit Freuden das Marktrecht verleihen.

Rohard hatte die Urkunden ausgestellt, Ludwig hatte sie an Ort und Stelle mit seinem Siegel versehen. Alle waren zufrieden gewesen, und Ludwig hatte sich gefragt, wie viele Bauern einen Überfall vortäuschen würden, um sich zu bereichern.

Jetzt näherten sie sich der Traun, schon war Burg Stein zu sehen, die sich auf einem Felsen oberhalb des Flussufers in den Himmel reckte, umgeben von Dutzenden von Zelten, in denen die Hochzeitsgäste logierten. Die Burg selbst und auch das Dorf unten am Flussufer waren viel zu klein, um auch nur einen Bruchteil von ihnen aufzunehmen.

Ludwig beschattete die Augen und betrachtete die Wimpel und Fahnen, die im Wind flatterten. Wie ein Heerlager sah es aus, hier und da wirbelte Staub auf, Ritter übten für das Turnier, das sich an die Hochzeit anschließen würde. Ruhm und Ehre waren zu gewinnen, und ein ansehnlicher Batzen Silber.

Alle wichtigen Edelleute des Reiches waren angereist sowie eine stattliche Anzahl Bischöfe und andere kirchliche Würdenträger.

Die Burg lag an der Grenze zum Herzogtum Österreich. Habsburger Land. Friedrichs Land. Mehr noch: Eigentlich lag sie jenseits der Grenze, die entlang der Felskante verlief. Doch als Ludwig nach der Schlacht von Gammelsdorf die plündernden Truppen der Habsburger aus Bayern vertrieben hatte, war ihm Burg Stein an der Traun als Beute in die Hände gefallen, und er hatte seinen treuen Vasallen Gottfried von Amerang dort hingesetzt. Seit dessen Tod bewachte sein Sohn Veit die Grenze, sorgte für Recht und Ordnung, und er leistete gute Arbeit. Nur der verfluchte Marder war ihm bisher nicht ins Netz gegangen.

Nachdem sie die Brücke über die Traun passiert hatten, schickte Ludwig den Fahnenträger voraus, um dem Burgherrn die Gelegenheit zu geben, seinen König gebührend zu empfangen. Doch noch bevor sie den Aufstieg richtig begonnen hatten, kehrte der Fahnenträger zurück und erklärte, Veit von Amerang sei noch unterwegs, er sei losgezogen, um seine Braut auf Burg Falkenstein abzuholen, und werde jeden Augenblick zurückerwartet. Anstelle des Hausherrn wolle der Vogt den König demütigst in Empfang nehmen.

Ludwig wunderte sich über die knappe Zeitplanung. Schon ein Gewitter konnte ausreichen, um die Reisepläne des Bräutigams zu durchkreuzen und das Hochzeitsfest zu verzögern. Eigentlich kannte er Veit als besonnenen Mann. Das passte nicht zu ihm.

Ludwig beschloss, die Zeit zu nutzen und sich seinen Untertanen zu zeigen. Er richtete sich im Sattel auf. »Männer!« Seine Stimme donnerte über den Hang. »Wir werden unsere Vasallen begrüßen. Auf geht's!«

Ludwig gab seinem Pferd die Sporen, doch diesmal konnte er seiner Garde nicht entkommen. Die vier leicht gerüsteten Reiter hielten spielend mit, gaben ihm Spalier.

So zimmere ich mir mein eigenes Gefängnis, dachte Ludwig, drosselte das Tempo und nahm die Wappen an den Zelten in Augenschein. Er erspähte die gekreuzten Heugabeln der Gabelthovener und ließ halten. Ein junger Mann stand vor dem Zelt, beugte das Knie und schlug die Faust an seine Brust. »In ewiger Treue mein Leben für den König!«

»Erhebt Euch!« Ludwig versuchte, sich zu erinnern, wie der Name des jungen Mannes lautete. Sein Vater, ein treuer Vasall, war vor Kurzem gestorben, das wusste Ludwig, sein ältester Sohn, der jetzt vor ihm stand, hatte das Erbe angetreten. Edelhart! Das war sein Name. »Edelhart, Wir danken Euch für Eure braven Worte, und Wir sind Uns sicher, Ihr werdet Uns ebenso treu und tapfer dienen wie Euer Vater.« Es war wichtig, die Edlen mit ihrem Namen anzusprechen. Das gab ihnen das Gefühl, bedeutend zu sein, und verstärkte gleichzeitig ihre Treue zu ihm.

»Das will ich, Herr. Gestattet Ihr mir eine Frage?«

»Nur frisch drauflos!«

»Ein Gesandter des Papstes ...«

»... hat Euch ein Pamphlet überbracht und mich einen Ketzer geschimpft.« Ludwig hatte Mühe, das Pferd ruhig zu halten, das seine Wut spürte.

»Ich habe den Boten festgesetzt, Herr.«

Ludwig glaubte, sich verhört zu haben. »Festgesetzt? Im Karzer?«

»Bei Wasser und Brot.«

Ludwig lachte erleichtert auf. Ein Mann, der wusste, wie man mit den Handlangern des Ketzer-Papstes umgehen musste. »Edelhart, Ihr seid ein Mann nach meinem Geschmack.«

Inzwischen hatten sich wohl fünfzig Grafen, Herzöge, Burgmannen und Kleriker um sie geschart.

»Hört!«, rief Ludwig. »So wie Unser treuer Ritter Edelhart von Gabelthoven mit den Speichelleckern des Papstes umgesprungen ist, so sollt Ihr es ebenfalls machen. Setzt sie fest, aber tut ihnen kein Leid an. Bezichtigt sie der Ketzerei, und wenn ein paar Monate vergangen sind, schickt sie nach Avignon zurück. Der Papst soll spüren, wer in unserem Land die Macht hat!«

Jubel brandete auf, aber Ludwig erspähte auch einige, die mit verkniffenen Gesichtern dastanden, die Faust hinter dem Rücken geballt.

Von der Burg her läuteten die Sturmglocken. Ein Raunen wogte durch die Männer, Metallrasseln wurde laut, Schwerter flogen aus den Scheiden. Ludwig wendete sein Pferd und preschte, von seiner Garde flankiert, die letzten fünfhundert Fuß zur Burg hinauf. Er flog an den Zelten vorbei, aus denen die Männer stürzten, die meisten ungerüstet, das blanke Schwert in der Hand. Einige sprangen auf die Rücken ihrer Rösser, ohne sie zu satteln, und folgten Ludwig.

War Leopold so vermessen, jetzt anzugreifen, da fast der gesamte bayerische Adel an diesem Ort versammelt war? Wollte er alle auf einen Streich erlegen?

Die Zugbrücke lag noch über dem Graben, der Lärm der Hufe auf dem Eichenholz donnerte in Ludwigs Ohren. Im Hof angekommen, sprang er vom Pferd, alle Männer beugten das Knie, aber Ludwig herrschte sie an, sie sollten sich erheben, jetzt, da der Feind vor den Toren stehe, dürfe man keine Zeit verlieren.

Ein älterer Mann eilte auf Ludwig zu und schüttelte den Kopf. »Herr, ich bin Hartat von Selb, Vogt der Burg. Es ist kein Feind in Sicht.«

»Warum, zum Teufel, läuten dann die Sturmglocken, als hätte unser letztes Stündlein geschlagen?«

Der Vogt senkte den Blick. »Herr, ein Bote kam soeben, und er brachte schlechte Nachrichten.«

»Redet schon!« Ludwig ballte die Faust.

Der Vogt verschluckte sich fast. »Es hat einen Unglücksfall gegeben, die Hochzeit kann nicht stattfinden.«

»Was für einen Unglücksfall?«, herrschte Ludwig den Vogt an. »Muss ich Euch jedes Wort einzeln aus der Nase ziehen?«

»Mehr weiß ich nicht.«

»Wo ist der Bote?« Ludwigs Stimme überschlug sich beinahe. Bleib ruhig, sagte er sich.

Der Vogt zeigte auf den Stall. »Bei seinem Pferd.«

Ludwig eilte los, wer nicht rechtzeitig auswich, den stieß er zur Seite.

Der Bote war unschwer an seinem Wams zu erkennen. Er trug das Wappen derer von Amerang, pfiff ein Liedchen und rieb sein Pferd mit Stroh ab.

»Du da!«

Der Mann fuhr herum, erkannte seinen König und sank auf die Knie.

»Was für ein Unglücksfall?«, donnerte Ludwig und zog den Mann vom Boden hoch, als wöge er nicht mehr als ein Sack mit Daunen.

Der Bote wurde leichenblass und schwitzte. »Marijana von Falkenstein, die Braut, sie ist ...« Der Bote schluckte. »Sie ist entführt worden.«

Ludwig ließ den Mann los, trat einen Schritt zurück. »Wer wagt es, ein Edelfräulein zu rauben, und das einen Tag vor ihrer Hochzeit?«

Der Bote schloss die Augen. »Es gibt nur einen, der das wagen würde. Der Ritter, der nicht einmal davor zurückschreckte, unserem König nach dem Leben zu trachten. Robert Megling. Der Marder.«

Ludwig zog sein Schwert, ließ es durch die Luft zischen, spaltete einen Holzklotz, der neben dem Boten stand, und wünschte sich, es wäre der Kopf des Marders gewesen. Schwer atmend schob er die Klinge zurück in die Scheide und klopfte dem Boten auf die Schulter. »Keine Angst, Mann, du trägst keine Verantwortung für dieses ungeheure Verbrechen.«

Der Bote atmete aus, sein Gesicht gewann ein wenig Farbe zurück.

Ludwig straffte die Schultern, trat aus dem Stall in den Hof und erhob seine Stimme. »Wer mir den Kopf des Robert Megling, genannt der Marder, bringt, der soll fünfhundert Pfund Silber erhalten.«

* * *

Marijana erwachte mit hämmernden Kopfschmerzen. Ihre Wange brannte, und zwischen ihren Schenkeln schien ein Höllenfeuer zu lodern. Nur halb bei Bewusstsein, hatte sie gestern mitbekommen, wie Ursula sie ins Zelt bugsiert, gewaschen und die Wunden verbunden hatte, soweit dies möglich war. Um den Kopf hatte Hassos Schwester ihr ein Leinentuch geschlungen, dessen Zipfel sie vorsichtig auf den Schnitt auf der Wange gelegt hatte. Auch die blutverschmierten Oberschenkel hatte Ursula gereinigt und Marijana dann ein Tuch zwischen die Beine geklemmt.

Marijana hatte gespürt, dass Ursula das alles nicht aus Mitgefühl oder gar Zuneigung getan hatte. Dennoch war sie Hassos Schwester unendlich dankbar. Sie hatte sie gerettet.

Wulf war durchgedreht, als Marijana sich geweigert hatte, seine Lust mit dem Mund zu befriedigen. Sie hatte es nicht über sich gebracht, der Ekel war zu groß gewesen. Da hatte er ihr das Messer durchs Gesicht gezogen, ganz leicht, doch der Schmerz war unbeschreiblich gewesen. Als sie sich schreiend nach hinten geworfen hatte, hatte er ihr mit einem Stock auf den Kopf geschlagen. Der Schlag hatte sie benommen gemacht, nicht so sehr, dass sie das Bewusstsein verloren hatte, aber doch genug, dass sie sich nicht zu wehren vermochte, als er ihr die Hände auf dem Rücken zusammenband. Danach hatte er sie zu Boden geworfen, ihr Kleid hochgeschoben und sein Messer erneut gezückt. Marijana war sicher gewesen, dass ihre letzte Stunde geschlagen hatte. Stumm hatte sie gebetet. Da war ein Blitz in ihren Unterleib gefahren, und im gleichen Augenblick war Wulf in sich zusammengesackt, und Ursula stand über ihr, einen dicken Knüppel in der Hand.

Nachdem Ursula sie versorgt hatte, war Marijana sofort eingeschlafen. Einmal war ihr gewesen, als hätte sie Stimmen gehört. Und als wäre ein Licht über ihr gewesen. Doch sie war viel zu erschöpft gewesen, um auch nur die Augen zu öffnen.

Marijana sah sich um. Sie war allein im Zelt. Ob Robert und die anderen Männer schon zurückgekehrt waren?

Schritte näherten sich, die Plane wurde angehoben. Der junge Räuber mit dem sanften Gesicht und dem leuchtend roten Haar, der von den anderen Roderich genannt wurde, spähte ins Innere.

»Mitkommen!«, brummte er.

Unter großen Schmerzen erhob Marijana sich und krabbelte zum Eingang. Roderich half ihr auf und stützte sie. Die Kette scheuerte, das Tageslicht blendete, sodass sie eine Weile brauchte, bis sie richtig sehen konnte. Die Männer hatten sich um das große Lagerfeuer versammelt. Auch Ursula saß bei ihnen. Wulf stand zwischen Lentz und Mathes, die ihn mit gezogenen Schwertern argwöhnisch beäugten.

Beklommen ließ sich Marijana ans Feuer führen. Wulf hatte den Ehrenkodex der Bande gebrochen, weil er sich nicht an Roberts Anweisungen gehalten hatte. Das stand fest. Doch was würde nun geschehen?

Der Marder warf ihr einen schwer zu ergründenden Blick zu, hob ein abgegriffenes Stück Holz vom Boden auf und hielt es hoch. »Wir sind heute zusammengekommen, um Gericht zu halten über Wulf, der sich meinen Befehlen und damit den Regeln unseres Bundes widersetzt hat. Zudem hat er die Gefangene schwer verletzt. Wäre Ursula nicht rechtzeitig zurückgekehrt, wäre sie womöglich tot. Die Übergabe wäre nicht mehr möglich gewesen, das Lösegeld verloren. Wir hätten nicht nur einen Haufen Geld verloren, sondern uns den unstillbaren Rachedurst des Gero von Falkenstein zugezogen. Wulf hat unser aller Leben aufs Spiel gesetzt. Wie es Brauch ist, wird er Gelegenheit haben, sich zu verteidigen, und danach werden wir alle über sein Schicksal entscheiden.«

Er warf Wulf das Holz zu. Offenbar diente es dazu anzuzeigen, wer sprechen durfte. Wulf rührte sich nicht, das Holzstück fiel auf den Boden. Hätte Hasso nicht schnell reagiert, wäre es ins Feuer gekollert.

»Du willst nichts sagen?«, fragte er und wog das Sprechholz in der Hand. »Überleg es dir gut. Das Strafmaß hängt davon ab, wie du dich uns gegenüber verantwortest. Ob du Reue zeigst oder verstockt bleibst. Bedenke, dass wir für das Verbrechen, das du begangen hast, die Todesstrafe verhängen können.«

Wulf spuckte auf den Boden.

Urban ergriff das Holz. »Er hat nichts Unrechtes getan. Der Befehl lautete, sie nicht zu verletzen. Das hatte er auch nicht vor. Wir füttern sie durch, dafür könnte sie sich ruhig erkenntlich zeigen. Aber stattdessen hat dieses Miststück sich so gewehrt, dass sie ihn fast umgebracht hätte. Er musste sich doch verteidigen.« Urban blickte sich nach Verbündeten um, aber die Gesichter der anderen blieben verschlossen.

Mit einem Grunzen warf er Mathes das Holz zu, der die Hand gehoben hatte. »Hätte er nicht das Messer gezogen und versucht, es ihr in den Leib zu rammen, wäre ich deiner Meinung, Urban. Vorausgesetzt, es stimmt, dass sie sich auf ihn gestürzt hat wie eine Wildkatze. Aber so hat er sich ins Unrecht gesetzt. Wir alle kennen ihn. Er hätte sie kaltgemacht. Wenn er einmal Blut sieht, dann ist es vorbei mit seiner Beherrschung. Auch ich habe schon Streit mit ihm gehabt, und wenn Lentz nicht dazwischengegangen wäre, hätte es blutig geendet.«

Marijana hörte erstaunt zu. Die Männer tauschten tatsächlich Argumente und Meinungen aus, so wie sie es in der Rhetorik gelernt hatte. Sie ließen sich gegenseitig ausreden und brachen ihr Urteil nicht übers Knie. Auf Falkenstein ging es anders zu. Ihr Vater hatte das Recht, alle zu strafen, wie es ihm beliebte. Er hätte jeden Tag einen Knecht oder eine Magd totschlagen können, niemand hätte Rechenschaft von ihm gefordert.

Hasso nahm das Sprechholz. »Gibt es noch etwas zu sagen?«

Marijana hob die Hand. Hasso gab ihr ohne ein Wort den Stab. Er fühlte sich glatt an und strahlte etwas aus, das Marijana nicht beschreiben konnte, eine Art Würde oder Macht.

»Was Wulf mir angetan hat, ist eine schwere Sünde. Er muss dafür bestraft werden. Aber bitte verschont sein Leben. Ich will nicht der Grund für seinen Tod sein. Gott wird über ihn richten.«

Der Marder hob die Hand, Marijana warf, er fing das Holz, ohne hinzusehen. »Auch ich meine, dass wir Wulf am Leben lassen sollten. Es ist Strafe genug für ihn, wenn wir ihn auspeitschen, ihm all seine Habe nehmen und ihn aus der Bande verstoßen. Denn er ist ein Bruder unseres Bundes, und er hat uns in der Schlacht nie im Stich gelassen. Wer will noch etwas sagen?«

Niemand hob die Hand.

»Gut. Wir stimmen ab. Wer hält Wulf für schuldig der Befehlsverweigerung und der Gefährdung unserer Sicherheit durch leichtfertiges Handeln?«

Schlagartig ruckten alle Arme nach oben.

Robert wandte sich Wulf zu. »Du wirst für schuldig befunden, dem Bund schweren Schaden zugefügt und dich den Befehlen des Anführers widersetzt zu haben. Du hast das letzte Wort.«

»Der Teufel soll euch alle holen!«, brüllte Wulf. »Ihr seid ebensolche Schisser wie die kleine Fotze da.« Er spuckte in Marijanas Richtung.

Unwillkürlich zuckte sie zurück.

Robert seufzte. »Wer ist für die Todesstrafe?«

Außer Hasso, Robert und Mathes hoben alle die Hände.

»Das Urteil lautet auf Tod durch das Schwert«, verkündete Robert. »Hasso?«

Hasso trat nach vorne, gab Lentz und Mathes ein Zeichen. Die sprangen vor, zwangen Wulf auf die Knie, der sich zu wehren versuchte, doch Mathes hieb ihm so die Faust in den Magen, dass er gurgelnd einknickte.

Marijana wich noch weiter zurück. Sosehr sie sich gewünscht hatte, dass Wulf für alle Zeiten unschädlich gemacht würde, so sehr erschreckte sie das schnelle Urteil der Männer. Am liebsten wäre sie ins Zelt zurückgekehrt, bevor die Strafe vollstreckt wurde, doch sie wagte nicht, sich von der Stelle zu rühren.

»Möge der Herr im Himmel deiner sündigen Seele gnädig

sein.« Hasso zog seine Klinge und erhob sie über seinen Kopf.

Lentz und Mathes traten zurück.

Wie ein Blitz zuckte der Stahl durch die Luft. Mit einem schmatzenden Laut glitt er durch Wulfs Hals und trennte den Kopf vom Rumpf.

Marijana schloss die Augen. »Gott, ich bitte dich, nimm dich dieser verirrten Seele an«, betete sie stumm. Dann wurden ihr plötzlich die Knie weich. Sie wankte. Noch bevor sie auf dem Boden aufschlug, hatte sie das Bewusstsein verloren.

* * *

Veit von Amerang ließ seinen Blick über den Burgplatz schweifen, bevor er seinem Hengst die Sporen gab. Ein Dutzend seiner besten Männer begleitete ihn, alle im leichten waidgrünen Wams. Kein Metall, das lärmte, schwer war und unter Umständen Lichtblitze warf. Alle hatten ihren Sattel und ihr Zaumzeug gründlich eingefettet, damit es nicht im falschen Moment knarrte. Für die Hufe der Pferde hatten sie Filzschuhe dabei, mit denen sie lautlos über jeden Untergrund reiten konnten.

Gero war kein Feigling, das wusste Veit, aber sein zukünftiger Schwiegervater täuschte sich, wenn er glaubte, dass die Räuber ihr Versprechen halten würden, Marijana freizulassen, wenn sie erst das Silber in den Händen hielten.

Er tätschelte die zwei Beutel, die rechts und links an seinem Sattel festgezurrt waren. Jeweils fünfzig Pfund Groschen. Ein Vermögen, aber doch nicht so viel, als dass Geros Schatzmeister es nicht ohne Probleme in kurzer Zeit hatte aufbringen können. Wie gut, dass Gero noch immer ohne Bewusstsein war, so hatte er keine Möglichkeit gehabt, Veits Pläne zu durchkreuzen. Und wenn Veit erst mit Marijana, dem Geld und einem in Eisen gelegten Robert Megling zurückkehrte, würde Gero nichts anderes übrig bleiben, als das Vorgehen seines Schwiegersohns im Nachhinein gutzuheißen. Sein Plan musste funktionieren, und er wollte es rasch hinter sich bringen. Denn der Marder war zwar eine Gefahr und ein Dorn in seinem Fleisch, aber es gab Dinge, die noch wichtiger waren, Dinge, die über das Wohl und Wehe des Reiches entschieden – und über seine Zukunft. Er musste bald handeln, die Zeit arbeitete gegen ihn.

Veit ließ den Hengst über die Landstraße traben. Der Marder war schlau, aber Veit wusste, wie man mit Ungeziefer umgehen musste, selbst wenn es einen wachen Verstand hatte. Sie würden in mehreren Gruppen reiten. Er mit vier Rittern voraus wie vereinbart zum Treffpunkt an der verlassenen Mühle. Die anderen würden ihnen breit gefächert mit ausreichend Abstand folgen. Die Krönung aber waren die zwei Dutzend Männer, die bereits seit gestern Abend in den Wäldern oberhalb des Prientals auf der Lauer lagen.

Die Furt durch den Inn mussten sie in großem Abstand durchqueren, die Fluten waren noch immer stark, sie zerrten an den Pferden, wollten Ross und Ritter verschlingen, doch alle kamen unversehrt am anderen Ufer an.

Hinter Nussdorf ritten sie in südlicher Richtung am Ufer entlang. Nach einer halben Meile bogen sie nach links ab auf einen Pfad, der auf den Bergkamm führte. Oben angekommen, teilten sie sich auf. Die Fünfergruppe mit Veit folgte dem Pfad in Richtung Sachrang, die anderen verschwanden im Wald. Ab jetzt mussten die Männer eigenständig entscheiden, ob und wann sie in das Geschehen eingriffen.

Nach einer Stunde erreichten sie die Mühle. Veit ließ einen Mann vorausreiten, der nach kurzer Zeit signalisierte, dass niemand dort war. In Veits Nacken kribbelte es, dennoch ritt er mit den anderen drei Männern bis vor das Gebäude und sah sich um. Außer dem Wind, der durch die Kronen der Bäume fuhr, und dem Plätschern der Prien war nichts zu hören.

Sie warteten, doch nichts geschah. Veit fluchte lautlos. Gern hätte er die Männer gefragt, die im Wald auf der Lauer lagen, ob sie etwas beobachtet hatten, doch zum einen wusste er nicht, wo genau sie sich verbargen, und zum anderen wäre in dem Moment ihre Deckung aufgeflogen. Das konnte er nicht riskieren, solange die Möglichkeit bestand, dass sie beobachtet wurden.

»Der Hurensohn verarscht uns!«, stieß Thorin hervor. Er war einer von Veits besten Männern, allerdings leicht reizbar.

»Seht in der Mühle nach!«, befahl Veit.

Thorin glitt aus dem Sattel. Mit wenigen Schritten hatte er die Ruine erreicht. »Hölle und Satansarsch!«, ertönte es dumpf von drinnen.

Veit sprang von seinem Hengst und folgte Thorin. Der deutete auf einen Armbrustbolzen, der in einem hölzernen Verschlag steckte. Der Bolzen spießte zwei Dinge auf. Ein Pergament und ein Ohr. Das Ohr wies eine Tätowierung auf, die bewies, dass es einem der Männer gehörte, die sich am Abend zuvor im Wald versteckt hatten.

Veit trat gegen den Verschlag, die Bretter splitterten krachend. Ein weiterer Ritter erschien besorgt im Eingang der Mühle. Veit deutete auf das Pergament. »Abmachen!«

Thorin zog den Bolzen aus dem Holz, warf das Ohr auf den Boden und reichte Veit das Pergament.

Zitternd vor Wut trat Veit ans Fenster und entzifferte die Zeilen.

Veit von Amerang! Falkenstein hat einen tödlichen Fehler begangen, indem er Euch losgeschickt hat! Die Bäume des Waldes sprechen zu mir von Eitelkeit, die Vögel singen ein Lied des Verrats. Eures Verrats. Ihr habt noch genau eine Möglichkeit, den Tod von Marijana von Falkenstein zu verhindern. Schickt die überzähligen Männer nach Hause und folgt meinen Befehlen. Der neue Treffpunkt ist die Sankt-Anna-Kapelle am Saumpfad. Keine Winkelzüge mehr, sonst bringt Ihr nichts als den Kopf Eurer Verlobten zurück nach Falkenstein.

***

Ursula tauchte den Ledereimer ins Wasser und füllte ihn. Es war bereits der dritte. Sie schleppte ihn den schmalen Pfad hinauf zurück ins Lager und füllte das Wasser in den großen Eisentopf, der in der Glut des Lagerfeuers stand. Sie wollte einige Wäschestücke waschen, seit Wochen hatte sie zum ersten Mal Muße dazu.

Keiner der Männer war im Lager, und sie konnte schalten und walten, wie sie wollte. Wenn Robert am Abend zurückkam, wenn die Metze endlich weg war und sie ein kleines Vermögen unter sich aufteilen konnten, wollte sie so hübsch zurechtgemacht sein, wie es möglich war. Sie hatte bereits ein Bad im eiskalten Bach genommen, sich ausgiebig die Haare gekämmt und Zöpfe geflochten. Mit dem Rest Rosenöl, dessen Kauf vor einem und einem halben Jahr sie beinahe mit ihrem Leben bezahlt hätte, hatte sie ihre Brust und ihren Hals eingerieben. Robert trug noch immer ihr Amulett. Deutlicher konnte er nicht zeigen, wie sehr er ihr zugeneigt war.

Mit einem freudigen Lächeln auf den Lippen warf Ursula die Wäschestücke in den Topf und rührte sie mit einem dicken

Stock darin herum. Heute würde Robert um ihre Hand anhalten, da war sie ganz sicher. Er würde endlich die dumme Idee aufgeben, seine Ehre wiederherzustellen und seine Burg und sein Vermögen zurückzuerhalten. Und irgendeine Metze zu heiraten, die zwar seinem Stand angehörte, aber die er nicht liebte. Stattdessen würde er mit ihr nach Frankreich gehen, wo sie sich mit dem Lösegeld eine neue Existenz als Händler aufbauen konnten. Vielleicht würde Hasso sie begleiten, wahrscheinlicher war jedoch, dass er als Anführer bei der Bande bleiben würde. Bei Robert wüsste er seine Schwester ja in guten Händen.

Ursula blickte zu Roberts Zelt, wo Falkensteins Tochter auch die vergangene Nacht verbracht hatte. Als sie nach Wulfs Hinrichtung einfach umgefallen war, war Robert mit besorgtem Gesicht zu ihr gestürmt.

»Das war alles zu viel für sie«, hatte er zu Ursula gesagt. »Ich trage sie in mein Zelt.«

Es hatte lange gedauert, bis er wieder herausgekommen war. Hasso und die anderen Männer hatten in der Zwischenzeit ein Grab für Wulf ausgehoben und seinen Leichnam hineingelegt. Schon in der Nacht davor, als die Männer von ihrem Raubzug zurückgekehrt waren und Ursula ihnen erzählt hatte, was geschehen war, hatte Robert sich mehr für Marijana als für Wulf interessiert. Kein Wunder. Sie war hübsch, und sie erinnerte Robert an das Leben, für das er einmal bestimmt gewesen war. Aber damit war jetzt Schluss.

Robert war noch am Nachmittag mit den Männern aufgebrochen, um den Übergabeort zu präparieren. Nur Roderich war bei den Frauen im Lager geblieben. Am Morgen war er dann mit Marijana losgeritten. Die Gefangene hatte sich kaum auf dem Rücken des Pferdes halten können. Ursula hatte in ihrem Gesicht gesehen, wie stark die Schmerzen waren, die ihr das Reiten bereitete, doch die Aussicht auf Freiheit schien ihr Kraft zu verleihen.

Ursula hob den schweren Topf aus der Glut und begann, die Kleidungsstücke mit dem Ast herauszufischen. Einzeln wrang sie sie aus und legte sie auf die Wiese. Die Vormittagssonne lugte über die Baumwipfel. Sie würde sich noch weiter hochschieben und die Wäsche rasch trocknen. Ursula setzte sich auf einen Stein und nahm ihren Beutel vom Gürtel. Unter den Schätzen, die sie darin verwahrte, war auch eine Strähne von Roberts Haaren, die sie mit einem Lederband zusammengebunden hatte. Sanft strich sie darüber, dann hielt sie sich die Strähne unter die Nase. Die Haare dufteten nach Robert. Ursula seufzte tief.

Als sie ihren Schatz zurück in den Beutel stecken wollte, hielt sie entsetzt inne. Sie wühlte, hob alle Gegenstände an, schließlich schüttete sie den Inhalt des Beutels ins Gras. Nichts. Irgendwer hatte das Püppchen, das sie Marijana fortgenommen hatte, aus ihrem Beutel gestohlen.

***

Veit hatte Gernot, einen seiner Begleiter, auf den er sich blind verlassen konnte, losgeschickt, so viele Männer wie möglich zusammenzutrommeln und unauffällig auf verschiedenen Wegen zur Kapelle zu führen. So leicht würde er sich nicht vom Marder ins Bockshorn jagen lassen. Dass der Dreckskerl einen Mann erwischt hatte, bedeutete nicht, dass die Übrigen ebenfalls aufgeflogen waren. Außerdem waren da noch die Ritter, die erst heute Morgen mit Veit aufgebrochen waren. Ein Dutzend Ritter gegen einen Haufen zusammengewürfelter Räuber bedeutete noch immer einen einfachen Sieg.

Veit selbst hatte sich mit Thorin und den beiden anderen

Rittern auf einem Umweg zur Kapelle aufgemacht. Falls sie beobachtet wurden, sah es nicht danach aus, als würden sie Zeit schinden, sondern eher, als würden sie das Gelände nicht kennen. Kurz bevor das Gotteshaus in Sicht kam, ließ Veit die Männer anhalten. Er horchte. Nichts. Keine Möglichkeit herauszufinden, ob die Verstärkung bereits eingetroffen war und am Waldsaum wartete. Er musste sich darauf verlassen.

Er winkte, sie ritten weiter. Um die Kapelle herum sah alles friedlich und still aus. Ein einsamer Bauer mit einem Handkarren kam ihnen entgegen und beäugte sie misstrauisch.

»Geh deiner Wege!«, herrschte Veit ihn ungeduldig an. »Oder willst du deinen Kopf verlieren?«

Der Bauer senkte den Blick und machte, dass er wegkam. Sein Karren holperte über den Untergrund. Als das Gefährt nicht mehr zu hören war, gab Veit den Befehl, sich der Kapelle weiter zu nähern. Schließlich erreichten sie das Gebäude.

»Komm raus, Megling!«, rief Veit. »Oder bist du zu feige, mir in die Augen zu blicken?«

Nichts rührte sich.

Thorin deutete auf die Kapelle. »Soll ich drinnen nachsehen? Vielleicht hat das Stinktier uns wieder eine Botschaft hinterlassen.«

»Teufel! Ja, schaut nach, Thorin.«

Thorin schwang sich aus dem Sattel und verschwand in der Kapelle. Wenige Augenblicke später kehrte er zurück und schwenkte ein Pergament. »Die widerliche kleine Ratte spielt mit uns.«

Eine Welle ohnmächtiger Wut überrollte Veit. Er ballte mehrmals die Fäuste und öffnete sie wieder. »Lest vor«, befahl er mit gepresster Stimme.

Thorin räusperte sich, bevor er deklamierte:

»Die Lichtung am Teufelsfelsen im Murner Filz. Und sputet Euch, ich warte nur bis Sonnenuntergang.«

»Dieser verfluchte Bastard! Bis dorthin sind es fast zehn Meilen. Das schaffen wir nur, wenn wir die ganze Strecke durchgaloppieren.« Veit wandte sich dem Waldsaum zu. »Gernot? Seid Ihr da irgendwo?«

Keine Antwort. Nun waren sie also endgültig auf sich allein gestellt.

***

Robert hob die Hand. Sofort schwiegen die Männer. Tatsächlich, er hatte richtig gehört. Ein Fuchsbellen. Das bedeutete, dass Veit und seine Männer an der Landstraße angekommen waren. Jetzt wurde es ernst. Wenn Robert richtig kalkuliert hatte, hatte Veit keine Zeit gehabt, die Ritter, die er im Wald positioniert hatte, zusammenzutrommeln. Er würde also nur mit seinen vier Begleitern kommen, genau so, wie es sein sollte.

Vielleicht hatte Veit nicht einmal versucht, seine Leute zu alarmieren, weil er glaubte, sie wären alle tot. Dabei hatte Robert ihnen kein Haar gekrümmt. Von dem Ohr abgesehen, das er einem der Männer hatte abschneiden lassen, um seiner Botschaft Nachdruck zu verleihen.

Sie hatten beobachtet, wie die Ritter sich bei Einbruch der Dunkelheit im Wald verteilt hatten. Sie waren so dumm gewesen, sich nur daran zu orientieren, dass sie die Mühle im Tal im Blick hatten, nicht aber sich untereinander. So war es ein Leichtes gewesen, einen nach dem anderen mit einem gezielten Schlag auszuschalten. Sie hatten die Männer gefesselt und in einem Heuschober eingesperrt. Bis es ihnen gelang, sich zu befreien, wäre die Übergabe der Geisel längst erledigt, und Robert und seine Männer wären über alle Berge.

* * *

Veit erhob sich aus dem Sattel und blickte zurück. Keine Spur von Gernot und den anderen Rittern. Er hatte die Nachricht des Marders bei der Kapelle zurückgelassen, in der Hoffnung, dass seine Männer sie finden und ihnen folgen würden. Nun, er würde Robert Megling notfalls auch im Alleingang zur Strecke bringen.

»Hier müssen wir abbiegen«, sagte er zu seinen drei Begleitern und deutete auf einen Pfad. »Hier geht es hinauf zum Teufelsfelsen.«

Er trieb sein Pferd an und ritt voran. Der Platz war gut gewählt. Die Menschen mieden diesen Ort, sie würden ungestört sein. Dabei trug der Fels seinen Namen einzig aus dem Grund, weil er, wenn die Abendsonne auf ihn fiel, mit etwas Fantasie wie die Fratze des Satans aussah. Viele glaubten deshalb, dass der Fels verflucht sei. Veit hielt nichts von solch dummem Aberglauben.

Wenig später erreichten sie die Lichtung. Der Felsen wurde blutrot angestrahlt, und unwillkürlich lief Veit ein Schauer über den Rücken. Allerdings mehr, weil sie es so knapp geschafft hatten, als weil er den Gehörnten in dem toten Stein sah.

Da brachen von der anderen Seite her sechs Reiter durch das Unterholz. Robert Megling, vier seiner Männer und Marijana. Sie trug einen Leinensack über den Kopf gestülpt, ihre Hände waren auf dem Rücken gefesselt. Ihr Kleid war schmutzig und an mehreren Stellen zerrissen. Veit versuchte, nicht daran zu denken, was sie in der Gewalt der Räuber alles hatte erleiden müssen. Seine ganze Aufmerksamkeit musste dem Marder und dessen Männern gelten. Jeder Fehler konnte seinen Tod bedeuten.

Sie ritten aufeinander zu, bis sich die Pferde mit einem Abstand von etwa zehn Fuß gegenüberstanden. Die Stute, auf der Marijana saß, wurde von einem der Räuber am Zügel geführt.

»Ihr habt es tatsächlich rechtzeitig geschafft, edler Veit von Amerang. Es liegt Euch also doch etwas an Eurer Braut. Ich hatte bereits Zweifel.« Robert Megling verzog verächtlich die Mundwinkel.

Dem Bastard würde das Grinsen noch vergehen. »Gebt sie heraus, dann bekommt Ihr das Geld«, erwiderte Veit, ohne auf die Provokation einzugehen.

Robert schnalzte mit der Zunge und schüttelte den Kopf, als würde er ein ungezogenes Kind zurechtweisen. »Aber nicht doch, Veit! Ihr habt gar nichts zu fordern. Her mit dem Geld, sonst nehmen wir Eure Braut wieder mit.«

Veit ließ seinen Blick hin und her schnellen. Seine Leute waren um einen Mann in der Minderzahl, doch das Adlergesicht, das Marijanas Reittier festhielt, hatte nur eine Hand frei. Die anderen drei Männer, ein blonder Recke mit einer Narbe am Kinn und einem Stöckchen im Mundwinkel, ein finster blickender Kerl mit braunem Bart, dessen Hand unruhig über seiner im Schoß liegenden Armbrust zuckte, und ein hagerer Geselle mit zu eng stehenden Augen, waren schwer einzuschätzen. Fest stand nur, dass es sich nicht um ausgebildete Ritter handelte. Und das war Veits Vorteil.

»Ich will sehen, ob sie unverletzt ist«, sagte er, um Zeit zu gewinnen.

»Nichts da. Hier wird nicht gefeilscht.« Der Marder deutete auf die Geldsäcke, die an Veits Sattel befestigt waren. »Die

Ware gibt es gegen den vereinbarten Preis. Keine weiteren Verhandlungen!«

Thorin stieß ein ärgerliches Schnauben aus und bewegte die Hand, in der er seinen Bogen hielt.

Der Braunbart hob daraufhin seine Armbrust.

Thorin legte ebenfalls an.

Robert Megling streckte die Hand in die Luft und rief: »Nicht schießen! Um Gottes willen!«

Thorins Pferd tänzelte erschrocken zur Seite, ihm rutschte die Sehne aus der Hand, der Pfeil verfehlte sein Ziel. Statt den Räuber mit der Armbrust außer Gefecht zu setzen, schlug er mitten in Marijanas Brust ein. Ihr Körper zuckte, bäumte sich auf, dann glitt sie mit einem ächzenden Laut vom Pferd und blieb leblos im Gras liegen.

Marijanas Leichnam hatte noch nicht den Boden berührt, als ein Pfeilhagel auf Veit und seine Männer niederging. Nicht nur die vier Reiter zielten auf sie, sondern auch aus den Bäumen rund um die Lichtung prasselten Geschosse auf sie ein. Längst nicht alle trafen ihr Ziel. Doch sie flogen in solchen Mengen, dass auch die niedrige Trefferquote genügte, um großen Schaden anzurichten. Veit sah erst einen seiner Männer fallen, dann den zweiten.

Thorin und er erwiderten das Feuer, so gut es ging, doch gegen diese Übermacht konnten sie nicht viel ausrichten. Thorin erwischte einen der Gegner an der Schulter, einen anderen verletzte er am Bein. Veit selbst schoss einen Räuber aus dem Baum.

Doch dann erwischte Braunbart Thorin im linken Auge. Tödlich getroffen rutschte er aus dem Sattel. Im gleichen Augenblick wurde Veit an der Schulter verletzt. Ein heißer Schmerz durchzuckte ihn.

Veit hatte keine Angst vor dem Tod. Aber von einer Horde

Räuber ins Jenseits geschickt zu werden, ließ seine Ehre nicht zu. Ein solcher Tod wäre eine Schmach für einen stolzen Ritter wie ihn. Er wusste, dass er nur eine Möglichkeit hatte, zu überleben. Blitzschnell wendete er sein Pferd und gab ihm die Sporen.

Im Wegreiten warf er einen letzten Blick auf Marijana. In ihrer Brust steckte noch immer Thorins Pfeil. Um die Wunde herum hatte sich ein großer roter Fleck ausgebreitet. Immerhin war sie schnell gestorben, hatte nicht lange leiden müssen.

»Gott sei ihrer Seele gnädig«, murmelte er und stieß seinem Pferd die Sporen in die Flanken. Während er durch das Moor hetzte, stellte er sich vor, wie Gero von Falkenstein reagieren würde.

O Herr. Und sei auch meiner Seele gnädig.

* * *

Gero von Falkenstein hob das Schwert und wollte losrennen, doch seine Beine versagten den Dienst. Nicht einen Schritt kam er von der Stelle.

Marijana schrie und streckte die Hand nach ihm aus. »Vater! Hilf mir!«

»Marijana! Kind! Harre aus, ich komme! Ich rette dich!« Noch einmal versuchte er, einen Schritt zu machen. Hoffnungslos. Seine Beine klebten am Boden fest.

Tatenlos musste Gero mit ansehen, wie der Teufel seine geliebte Tochter packte und hochhob. Der Herr der Finsternis grinste Gero triumphierend an. Seine hässliche Fratze glühte rot. »Deine Tochter gehört mir, Falkenstein. Und das schon seit Jahren. Du hast das Recht auf eine Familie verwirkt. Oder erinnerst du dich nicht mehr, was du damals getan hast?«

»Oh doch«, schluchzte Gero. »Ich erinnere mich nur zu gut.

Kein Tag vergeht, an dem ich nicht daran denke. Aber mein armes Kind kann nichts dafür. Lass sie nicht für meine Schuld bezahlen!«

»Zu spät.« Der Teufel wandte sich ab, und im nächsten Augenblick waren er und Marijana verschwunden.

Gero schrie so laut, dass er aufwachte. Schweißgebadet und zitternd blickte er sich in seiner Kemenate um. Eine einzelne Talglampe brannte auf der Truhe. Die Läden waren geschlossen, nicht ein winziger Schimmer Tageslicht drang durch die Schlitze. Er war allein im Raum. Kein Teufel stand lachend vor seinem Bett, auch Marijana war nicht da. Schwer atmend ließ er sich zurück ins Kissen sinken, nur um sofort wieder hochzuschrecken. Der Marder! Die Lösegeldübergabe!

Siebert kam ins Zimmer gestürzt. »Ihr seid wach! Geht es Euch gut?«

Gero kämpfte sich aus dem Bett. »Welcher Tag ist heute? Ich muss dem Marder das Geld bringen.«

»Beruhigt Euch. Es ist für alles gesorgt. Veit von Amerang ist rechtzeitig zur Übergabe aufgebrochen. Wir erwarten ihn jeden Augenblick zurück.«

»Veit?« Gero wurde es kalt. »Wer ist bei ihm?«

»Er hat darauf bestanden, nur seine eigenen Männer mitzunehmen.« Der Knappe senkte den Kopf. »Ich hatte vor, ihn zu begleiten, doch er wollte nichts davon hören.«

Gero rieb sich die Stirn. »Und sie sind noch nicht zurück? Die Übergabe sollte doch zur Mittagsstunde sein.«

Siebert presste die Lippen zusammen. »Vielleicht ist es zum Kampf gekommen. Ich glaube, Veit wollte dem Marder eine Falle stellen.«

»Dieser verfluchte Schwachkopf!«

Vom Burgtor her drangen Geräusche in die Kemenate. Hufschlag und Rufe. Gero humpelte zum Fenster. Siebert stützte ihn und öffnete den Laden. Draußen waren Diener mit Fackeln herbeigeeilt, um einem einzelnen Reiter zu helfen, der offenbar schwer verwundet war und sich kaum im Sattel halten konnte. Bevor ihm hilfreiche Hände beistanden, hob er den Blick und sah zu Gero. Es war Veit. Sein Gesicht war blutverschmiert, in seiner Schulter steckte ein Pfeil. Er schüttelte stumm den Kopf. Das genügte. Worte waren nicht vonnöten. Gero wusste auch so, was geschehen war. Seine Marijana, seine geliebte Tochter war tot. Der Teufel hatte seine Schulden eingefordert und sie geholt. Der Boden öffnete sich unter Geros Füßen und verschlang ihn.

***

In der Höhle war es feucht und kalt. Weiter hinten, da, wo die Dunkelheit undurchdringlich wurde, raschelte es unaufhörlich. Marijana zog die Knie ans Kinn und bettete ihren Kopf darauf. Obwohl Robert ihr eine grobe Decke aus Ziegenhaar umgelegt hatte, fror sie erbärmlich. Denn das dünne Unterkleid, das sie darunter trug, wärmte kaum. Das Kleid und den Mantel hatte sie ausziehen müssen, sogar die Stiefel hatten die Männer ihr weggenommen. Sie hatte noch immer große Schmerzen, doch es war schon besser geworden, dank Ursula, die sie mit frischen Verbänden und einer Salbe versorgt hatte.

Ursula hatte sie vor dem Schlimmsten bewahrt, indem sie sich genau in dem Augenblick auf Wulf gestürzt hatte, als er ihr das Messer in den Unterleib rammen wollte. Durch den Aufprall war seine Hand abgerutscht und an ihrem Oberschenkel entlanggeschabt, bevor sie ihr Ziel erreichte. Deshalb war das Messer nicht tief eingedrungen. Hätte Wulf den Stoß mit der Wucht ausgeführt, mit der er angesetzt hatte, wäre sie verblutet.

Marijana zog die Decke fester um die Schultern. Zuerst hatte sie gedacht, das Ganze sei ein grausames Spiel, um sie zu demütigen. Erst als der schmächtige kleine Ansgar in ihre Sachen geschlüpft war und sich zusammengeknüllte Stofffetzen in den Ausschnitt gestopft hatte, war ihr klar geworden, was die Männer vorhatten.

Sie hatte heftig protestiert, bis Robert ihr versichert hatte, dass sie frei wäre, sobald das Geld den Besitzer gewechselt hätte. Robert wollte einen Trumpf in der Hinterhand haben und zudem ihr Leben schützen.

Seit vielen Stunden kauerte sie nun in dem dunklen Loch und wartete darauf, dass die Männer zurückkehrten und sie freiließen. Inzwischen war die Nacht hereingebrochen. Was, wenn die Räuber sie einfach hier verrecken ließen? Wenn sie erst einmal das Geld hatten, dann konnte es ihnen egal sein, was mit ihr geschah. Oder waren sie tot? War irgendetwas bei der Übergabe schiefgegangen? Bei dem Gedanken begann Marijana zu zittern. Niemand wusste, wo sie war.

Marijana hatte versucht, sich zu befreien. Und völlig entkräftet aufgegeben. Roderich, der junge Bursche, der im Lager zurückgeblieben war, um sie zu bewachen, war am Morgen gekommen, hatte ihr etwas zu essen und zu trinken gebracht. Er hatte sich geduldet, bis sie fertig gewesen war, und dann die Kette, die an ihrem Fußgelenk festgemacht war, von dem Stein abgeschlagen.

Danach hatte er sie zu einem Pferd geführt und sie aufsitzen lassen. Die Schmerzen hatten ihr erneut fast den Unterleib zerrissen, aber sie hatte die Zähne zusammengebissen, voller Hoffnung, bald frei zu sein.

Nachdem sie bei der Höhle zu den anderen gestoßen waren und Marijana die Kleider hatte ausziehen müssen, hatten die Männer das Ende der Kette unter einen Felsklotz gelegt, der so schwer war, dass sie ihn zu dritt kaum anheben konnten. Eine Flucht wäre unmöglich gewesen.

Draußen knackte ein Ast. Marijana horchte, doch dann flatterte ein Vogel auf. Sie nahm Ida, ihre Puppe, und presste sie an ihre Wange. Robert hatte ihr die kleine Holzfigur in die Hand gedrückt, bevor die Männer aufgebrochen waren.

»Ihr haltet mich für einen Verbrecher«, hatte er gesagt. »Aber meine Leute und ich stehlen nur, was wir zum Leben brauchen. Nehmt das zurück, es gehört Euch, sicherlich hängt Ihr daran.«

Bevor sie hatte antworten können, war er aus der Höhle verschwunden.

Wieder knackte es draußen. Diesmal war es kein Tier, sondern Schritte und das dumpfe Schlagen von Hufen auf weichem Waldboden. Nichts sonst. Keine Stimmen. Nicht einmal ein Räuspern. Müssten die Männer nicht aufgeregt durcheinanderreden, lachen und lärmen, wenn sie mit so reicher Beute zurückkehrten?

Marijana fröstelte. Etwas musste entsetzlich schiefgegangen sein. Mit einem Mal sah sie Licht. Wenig später wurde die Höhle von einer Fackel erhellt. Roderich leuchtete, Drago, Urban und Mathes kamen herein und hoben den Felsbrocken an. Marijana wagte nicht zu fragen, was geschehen war. Wortlos zog sie das Ende der Kette unter dem Fels hervor und folgte den Männern nach draußen. Im flackernden Licht der Fackel sah sie, dass einige verletzt waren. Jeronimus' Beinkleider waren blutdurchtränkt, Lentz trug einen Verband um die rechte Schulter. Utz war ebenfalls verbunden, er schien am Bauch verwundet zu sein. Außerdem lag sein linker Arm in einer Schlinge, die aus einem Stück Seil geknotet war. Mit hängendem Kopf saß er auf einem der Pferde, auf Roberts Hengst, soweit Marijana erkennen konnte. Er konnte sich offenbar nur mit Mühe aufrecht halten.

Roderich führte Marijana zu einem der anderen Pferde. Robert erwartete sie dort und hielt ihr ihren Mantel und ihre Stiefel hin.

»Ich schulde Euch ein Kleid«, sagte er mit gepresster Stimme.

Erschrocken sah Marijana sich um. Tatsächlich. Ansgar fehlte. »Ist er – ist er tot?«

»Einer der Begleiter Eures Verlobten hatte einen nervösen Finger.«

Marijana schlug die Hand vor den Mund.

»Immerhin war es nicht Veit selbst, der seine Braut erschossen hat«, sagte Robert bitter. »Ich fürchte allerdings, auch das hätte er getan, wenn es nötig gewesen wäre, um mich zur Strecke zu bringen. Er lebt übrigens noch. Falls es Euch interessiert. Er ist mit dem Silber getürmt, als er merkte, dass es eng wird.«

»Und mein Vater?«, fragte Marijana benommen.

»Er ist nicht gekommen.«

Marijana starrte ihn fassungslos an.

Robert reichte ihr den Mantel. »Zieht ihn an. Und die Stiefel auch. Es war ein langer Tag. Einige von uns sind verletzt. Wir müssen zurück ins Lager.«

Zögernd griff Marijana nach dem Mantel und betrachtete ihn.

»Nun macht schon! Die Nacht ist kalt!«

Marijana gehorchte. Ihre Gedanken rasten. Ihr Vater war nicht zur Übergabe erschienen, stattdessen hatte er Veit geschickt, dem offenbar mehr daran lag, die Übeltäter dingfest zu machen, als daran, ihr Leben zu retten. Hatte ihr Vater das gewusst? Teilte er Veits Ansichten?

Marijana versuchte, den Mantel zu schließen, doch ihre Finger gehorchten ihr nicht, so steifgefroren waren sie. Wenn sie ihn heute selbst getragen hätte, wäre sie jetzt tot.

»Habt Ihr ihn beerdigt?«, fragte sie Robert.

Robert nickte. »Weit genug vom Übergabeort entfernt, sodass Veit ihn nicht finden wird, falls er auf die Idee kommt, nach dem Leichnam seiner Verlobten zu suchen.«

Erst als Marijana bereits auf dem Pferd saß und zwischen den schweigenden Männern durch den nächtlichen Wald ritt, fiel ihr ein, dass Robert gar nicht erwähnt hatte, wie es für sie weitergehen sollte. Die Bande hatte kein Lösegeld bekommen. Einen zweiten Übergabeversuch würde es unter diesen Umständen nicht geben. Für die Räuber bestand kein Grund mehr, sie am Leben zu lassen.

Die Feuerprobe

Robert wachte noch vor dem Morgengrauen auf. Er hatte nicht in seinem Zelt geschlafen, sondern neben der Feuerstelle. Nach dem Desaster hätte er Marijanas Nähe nicht ertragen. Außerdem wollte er seine Ruhe haben. Es gab viel zu entscheiden.

Lautlos erhob sich Robert und streckte seine kampfmüden Glieder. So wie die Dinge standen, konnte er froh sein, dass sie gestern nur einen Mann verloren hatten. Von den anderen war keiner lebensgefährlich verletzt. Selbst der Pfeil, der Utz aus dem Baum befördert hatte, war letztlich harmlos gewesen. Er hatte den Bauch nur gestreift, die Wunde war nicht tief. Schlimmer war der gebrochene Arm, der Utz für Wochen kampfunfähig machte. Rechnete man Jeronimus' verletztes Bein und Lentz' Schulter hinzu, blieben nur sieben einsatzfähige Kämpfer übrig, ihn selbst eingeschlossen. Zu wenige für das, was er vorhatte. Aber er musste es trotzdem riskieren.

Robert ging zum Bach, um sich den Dreck und das Blut abzuwaschen. Als er zurückkehrte, waren die anderen ebenfalls wach. Ursula hatte einen großen Topf auf die Glut gestellt und rührte darin. Hasso war dabei, Brot und Käse zu verteilen. Ein Weinschlauch ging herum.

Robert räusperte sich. »Männer, ich danke euch dafür, dass ihr gestern so hervorragend gekämpft habt. Ihr habt es diesem falschen Hund Veit von Amerang und seinen feigen Rittern gezeigt.« Er verneigte sich, um ihren Respekt zu zollen.

Die Räuber murmelten zustimmend.

Drago, der gerade den Schlauch bekommen hatte, reckte den Arm in die Luft. »Auf uns!«

»Auf uns!«, stimmten die anderen ein.

Robert fing einen Blick von Ursula auf, die die Freude der Männer nicht zu teilen schien. Rasch wandte er sich ab und nahm den Weinschlauch von Drago entgegen. »Ich möchte auf das Wohl unseres Kameraden Ansgar trinken. Möge der Herr im Himmel sich seiner annehmen.«

»Amen«, brummte Urban.

Robert trank und gab Hasso den Schlauch. »Ich habe einiges zu verkünden, also spitzt die Ohren: Langt zu beim Essen, denn ich möchte noch heute dieses Lager aufgeben. Die Gegend ist unsicher geworden. Außerdem müssen die Vorräte, die wir erbeutet haben, ins Winterlager gebracht werden.«

»Was ist mit der Metze?«, rief Urban dazwischen.

Robert hob die Hand. »Alles zu seiner Zeit. Ich will, dass ihr jetzt gleich damit anfangt, alles zusammenzupacken. Heute Abend im Schutz der Dunkelheit brechen wir auf. Wir laufen bis zu unserem Versteck in der alten Köhlerhütte. Das schaffen wir in einer Nacht. Dort lassen wir einen Teil der Vorräte zurück, damit wir den Rest der Strecke schneller bewältigen können.«

Hasso lehnte sich zurück und fuhr mit der Fingerspitze über seine Narbe am Kinn. »Und wie soll es weitergehen? Hast du vor, etwas gegen den falschen Marder zu unternehmen? Den Dreckskerl, der in deinem Namen raubt und mordet?«

Nach dem Prozess gegen Wulf hatte Robert den Männern erzählt, was er bei der ermordeten Familie gefunden hatte. Wenn jemand in ihrem Namen Menschen abschlachtete, ging das jeden von ihnen etwas an.

»Das habe ich in der Tat«, sagte er. »Ich werde zwei Fliegen mit einer Klappe schlagen, denn ich glaube, dass Veit von Amerang dahintersteckt. Mit den brutalen Überfällen will er mich in Verruf bringen. Ich werde den Informanten aufsuchen, den ich schon vor dem Winter treffen wollte. Ich wette, dass Veit nicht nur mehr über den Anschlag auf den König weiß, als er wissen sollte, sondern auch über den falschen Marder.«

»Der König interessiert mich nicht!« Lentz spuckte auf den Boden.

Zustimmendes Gemurmel war zu hören.

»Mich schon«, gab Robert zurück. »Schließlich hat man mir einen Anschlag auf sein Leben angehängt.«

»Das ist doch Schnee von gestern«, brummte Ewalt.

Robert biss sich auf die Zunge. Er durfte nicht mehr dazu sagen. Wenn die Männer wüssten, dass er das Dasein unter ihnen verabscheute, dass er alles dafür tun würde, sein altes Leben zurückzubekommen, mehr noch, dass er insgeheim Dinge tat, die ihn diesem Ziel näherbringen sollten, würden sie ihn nicht mehr als Anführer akzeptieren und würden ihn, im besten Falle, ohne Waffen und Essensvorräte davonjagen.

»Ich will jetzt endlich wissen, was mit der Metze passieren

soll«, forderte Urban. »Die hat uns nichts als Ärger gebracht.« Er ließ die Finger knacken. »Eigentlich müsste sie tot sein, und nicht Ansgar.«

Robert hatte Mühe, die Männer zu beschwichtigen, die plötzlich alle durcheinanderredeten. »He, gebt Ruhe! Keine Sorge. Die Gefangene wird verschwinden. Ich selbst werde sie gleich bis zur Landstraße geleiten. Dort wird sie schnell auf Reisende treffen, die ihr weiterhelfen.«

»Du willst sie laufen lassen?« Utz starrte ihn mit offenem Mund an.

»Das will ich, ja. Wir töten keine Frauen.«

»Wir können sie nicht einfach so nach Hause spazieren lassen. Sie weiß viel zu viel über uns«, wandte Drago ein.

»Außerdem wäre es schlecht fürs Geschäft«, ergänzte Jeronimus und zupfte an seinem Verband. »Wenn sich herumspricht, dass wir unsere Geiseln auch ohne Lösegeld laufenlassen, wird keiner mehr zahlen.«

»Also ich hab eh die Schnauze voll von Geiseln und Lösegeld.« Roderich sah zu Ursula, die näher getreten war und aufmerksam zuhörte.

Robert öffnete den Mund, doch Hasso legte ihm die Hand auf den Arm. »Überleg dir gut, was du tust«, raunte er.

»Ich brauche deinen Rat nicht«, zischte Robert.

Hasso spuckte sein Stöckchen aus und erhob die Stimme. »Ich finde, das ist eine so wichtige Angelegenheit, dass wir darüber abstimmen sollten.«

Mathes erhob sich. »Ich schließe mich an.«

Robert rieb sich die Stirn.

Plötzlich hörte er ein Geräusch hinter sich. Das Klirren einer Kette. Marijana stand im Zelteingang. Sie trug noch immer kein Kleid, nur den offenen Mantel über dem dünnen Untergewand. Langsam kam sie näher.

»Da es um mein Leben geht, ist es mein Recht, mich zu verteidigen.« Sie verschränkte die Arme.

Robert bewunderte ihren Mut. Er hatte das Zittern in ihrer Stimme gehört, aber auch die Entschlossenheit.

»Du hast hier überhaupt nichts zu sagen, Metze!«, fuhr Urban sie an.

»Auch Wulf durfte für sich sprechen«, erinnerte Marijana ihn. »Oder habt ihr Angst vor einer Frau?«

Robert hob die Hand, als Urban etwas erwidern wollte. »Sprich, Gefangene!«

»Ich möchte bei euch bleiben. Zumindest für eine Weile. Ich kann euch dienen. Ich kann Kleidung flicken, ich kann lesen und schreiben. Und ich kann Ursula beim Kochen zur Hand gehen.«

Ursula stieß einen Laut aus, der wie ein Knurren klang. Ihre Finger bewegten sich so schnell, dass Robert Mühe hatte, ihren Worten zu folgen.

»Sie sagt, dass sie keine Hilfe braucht und auch keine will«, übersetzte Hasso.

»Also ich wüsste etwas, womit sie uns zu Diensten sein könnte.« Urban kratzte sich im Schritt.

»Niemals!« Marijana funkelte ihn an. »Dann sterbe ich lieber.«

»Im Augenblick sehe ich den Nutzen nicht, den du uns bringen könntest.« Hasso schaute Marijana abschätzend an.

»Es gibt da etwas. Eine besondere Kunst, die ich beherrsche.«

»Ach ja?« Utz lachte auf. »Kannst du Purzelbäume schlagen? Oder Dreck in Gold verwandeln?«

Marijana hörte ihm gar nicht zu. »Es hat etwas mit dem zu tun, was sich in der Truhe befindet, die ihr von eurem Beutezug mitgebracht habt.«

Robert riss die Augen auf. Er wusste, was sich damit herstellen ließ. Und er wusste auch, dass nur wenige Eingeweihte diese Kunst beherrschten.

Doch bevor er etwas sagen konnte, fuhr Hasso dazwischen. »Was hat das zu bedeuten, Weib?«

»Gebt mir ein wenig Zeit, und ich demonstriere es euch.«

»Wie viel Zeit?«, fragte Hasso.

Robert war nicht sicher, ob auch er begriffen hatte, wovon Marijana sprach. Seine Miene war unergründlich.

»Einen Tag oder zwei. Mehr nicht. Wenn wir bei der Köhlerhütte lagern, kann ich es euch zeigen.«

»Zwei Tage? Meinetwegen. Was sind schon zwei Tage! Und wenn du uns nicht überzeugst, bist du des Todes. Aber bevor du deinem Herrn gegenübertrittst, musst du den Schaden wiedergutmachen, den du angerichtet hast.« Hasso blickte vielsagend in die Runde. »Einverstanden?«

»Moment!«, unterbrach ihn Robert. Er bezweifelte, dass Marijana irgendetwas mit dem Inhalt der Kiste anfangen konnte. Nichts, was sie tat, würde die Männer so beeindrucken, dass sie damit ihr Leben rettete. Sie wollte Zeit schinden, mehr nicht. »Wir sollten ordentlich abstimmen. Wir haben zwei Optionen. Entweder wir lassen die Gefangene laufen oder sie beweist, dass sie uns nützlich ist, und bleibt.«

Ursula zupfte ihn am Ärmel und hielt drei Finger hoch. Dann fuhr sie sich mit der Hand über die Kehle.

»Drei Möglichkeiten also«, räumte Robert ein. »Fangen wir mit der ersten an: Wer ist dafür, dass Marijana sofort getötet wird?«

Urbans Hand schoss hoch. Auch Ursula hob die Hand, ließ sie jedoch wieder sinken. Robert sah sie fragend an, sie schüttelte den Kopf.

»Nur einer«, stellte Robert erleichtert fest.

»Wer ist dafür, dass sie freigelassen wird?« Er reckte seine Hand in die Luft. Nur Mathes und Roderich folgten seinem Beispiel.

»Und wer will, dass sie uns vorführt, wie sie uns nützlich sein kann, bevor wir ein Urteil fällen?«

Alle anderen Hände schossen in die Höhe.

»Dann ist es entschieden«, verkündete Robert. »Fangt an zu packen.« Er wandte sich an Marijana. »Morgen wirst du Gelegenheit haben, uns zu überzeugen. Wir werden im Morgengrauen bei der Köhlerhütte ankommen und den ganzen Tag rasten. Du hast bis zum Abend Zeit. Dann stimmen wir erneut über dein Schicksal ab.«

***

»Er ist nicht zu sprechen.« Siebert baute sich vor Veit auf, rechts und links der Tür standen zwei Lanzenträger mit steinerner Miene.

Veit hätte alle drei erschlagen können, wenn sein Arm brauchbar gewesen wäre. Doch der war mit einer Schlinge fixiert, und der pochende Schmerz in der Wunde an der Schulter erinnerte ihn daran, dass er um Haaresbreite dem Tod entronnen war.

Veit bleckte die Zähne. Es kam ihm sogar entgegen, dass der alte Falkenstein sich in seine Trauer vergrub und nichts mehr von der Welt wissen wollte. Gero war nicht handlungsfähig, Siebert war zu schwach, um wichtige Entscheidungen zu treffen, zumal Gero es versäumt hatte, einen Stellvertreter für solche Fälle zu ernennen. Also konnte Veit schalten und walten, wie er wollte.

Und er hatte keine Zeit zu verlieren. Robert Megling musste verschwinden. Schrecklich genug, dass Marijana seinetwegen gestorben war. Doch der Marder konnte noch viel schlimmeren Schaden anrichten. Bislang hatte Veit davon geträumt, Robert Megling vor Gericht zu sehen. Er hatte sich auf das Schauspiel gefreut, hatte sich ausgemalt, dabei zuzusehen, wie dieses Stück Dreck einen langsamen, qualvollen Tod starb. Erst auspeitschen, dann rädern, dann vierteilen. Er hatte sich sogar vorgestellt, selbst Hand anzulegen.

Doch seit Veit dem Marder leibhaftig begegnet war, hatte sich etwas verändert. Er hatte Megling unterschätzt. Der verfluchte Kerl war schlau. Und stur. Auf einen Schlag war Veit klar geworden, dass der Marder ihm auf mehr als eine Art gefährlich werden konnte. Kein langsamer Tod also für diese Ausgeburt der Hölle. Keine Möglichkeit, dass er das Maul aufsperren und Dinge sagen konnte, die sich bei irgendjemandem im Kopf festsetzten und dort ihr fauliges Gift verbreiteten. Megling musste sterben, egal wie. Solange es nur bald geschah. Erst wenn er tot war, war die Gefahr gebannt.

»Wie Ihr meint«, sagte Veit zu Siebert. »Wenn Euer Herr sich jemals wieder zeigen sollte, sagt ihm, dass ich seine Arbeit erledigen und den Marder fangen werde.«

Siebert deutete eine Verbeugung an. »Ich werde es ausrichten, Graf.«

Veit marschierte zurück auf den Hof. Sein Pferd war bereits gesattelt, drei Ritter der Burg würden ihn begleiten. Er würde zuerst seine Leute einsammeln und dann den Marder ohne Gnade aus seinem Bau jagen.

Veit schwang sich aus dem Stand mit einer Hand auf sein Ross. Er trug keine Rüstung, das wäre mit der Armschlinge auch gar nicht möglich gewesen. Jetzt ging es ohnehin um Schnelligkeit und Wendigkeit. Er musste zu den vereinbarten Sammelpunkten. Danach konnte er die Ritter von Burg Falkenstein, denen er nicht über den Weg traute, nach Hause schicken.

»Vorwärts!«, brüllte er, gab seinem Pferd die Sporen und donnerte in vollem Galopp über die Zugbrücke. Seine Eskorte folgte ihm ohne Mühe. Das musste man Falkensteins Männern lassen: Sie waren erstklassige Krieger. Wenn Veit erst Herr über Falkenstein war, würden sie für ihn kämpfen, eine willkommene Verstärkung. Denn eines war klar: Obwohl Marijana tot war, würde er Ansprüche auf Falkenstein anmelden, sobald ihr Vater ihr ins Grab gefolgt war. Er hatte den Ehevertrag in der Tasche, es gab keinerlei nahe Verwandte, keinen Erben – Falkenstein war eine leichte Beute. Er würde dafür sorgen, dass die Ehe im Nachhinein für gültig erklärt wurde.

Schade um Marijana, sie war eine wirklich gute Partie gewesen, aber auch andere Väter hatten schöne Töchter, und so konnte er mit einer weiteren Ehe seinen Einflussbereich noch vergrößern. Damit würde er jedoch warten müssen, bis der alte Falkenstein tot war. Allzu lange würde das nicht mehr dauern, denn Gero wäre nicht der Erste, den die Trauer schneller dahinraffte als eine Kampfverletzung. Der große Gero von Falkenstein hatte seinen Lebensmut verloren. Alles entwickelte sich bestens. Jetzt fehlte Veit nur noch eine Marderpfote als Trophäe.

Bereits an der ersten Sammelstelle warteten vier Ritter auf Veit, der sich bei seiner Eskorte bedankte und sie nach Hause schickte. An der nächsten Sammelstelle fand Veit die übrigen Männer, die ihn am Vortag zum Übergabepunkt begleitet hatten. Es fehlten die Späher, die sich schon in der Nacht zuvor versteckt hatten. Zwei Dutzend Männer. Hatte der Marder sie alle umgebracht? Sie durchkämmten den ganzen Vormittag lang die Hänge über der Prien, doch sie fanden keine einzige Leiche. Es dauerte bis zum Mittag, die gefesselten Ritter in einem leeren Heuschober aufzuspüren. Alle waren unverletzt. Bis auf einen Mann, dem ein Ohr fehlte.

Der Marder hatte die Gelegenheit versäumt, Veit erheblich zu schwächen. Sein Fehler. Jetzt konnte Veit seinen Plan unverzüglich in die Tat umsetzen.

Mit einem Stock zeichnete er Weiler, Dörfer und Städte auf den Boden, die in der Umgebung der Burg Megling lagen. Dort, das wusste Veit, genoss der Marder bei vielen Menschen noch immer großes Ansehen. Das würde sich ändern. Er deutete auf einen Weiler südlich der Burg. »Hier wird es beginnen, und es wird nicht enden, bevor wir dem Marder das Fell über die Ohren gezogen haben.«

***

Flankiert von seiner Garde trabte Ludwig über die Brücke. Unter ihm rauschte die Traun. Wie alle anderen Hochzeitsgäste hatte er Burg Stein verlassen, ohne von Braut oder Bräutigam neue Nachrichten erhalten zu haben. So etwas hatte er wahrlich noch nicht erlebt. Es war schon vorgekommen, dass ein echter Unglücksfall eine Hochzeit verhindert hatte: ein Sturz vom Pferd, eine Krankheit oder der plötzlich Tod des Bräutigams oder der Braut. Aber eine Entführung!

Trotz der trüben Stimmung hatte Ludwig den gestrigen Tag genutzt. Um die Edlen bei Laune zu halten, hatte er das Turnier, das eigentlich für den Tag nach den Hochzeitsfeierlichkeiten angesetzt war, noch am Nachmittag abhalten lassen und einen Königspreis für den geschicktesten Reiter ausgelobt. Zusätzlich zum Ringstechen und Tjosten mussten die Ritter gegen die besten Reiter seiner Garde in einem Parcours antreten und zeigen, ob sie ihre Rösser wirklich beherrschten. Zu seiner großen Freude hatte Adebrandt, sein eigener Hauptmann, ohne Mühe gewonnen. Der Wein war reichlich geflossen, die Speisen waren exquisit gewesen, und die meisten Gäste freuten sich darauf, dass die Hochzeit bald nachgeholt und es das gleiche Spektakel noch einmal geben würde.

Ludwig hatte viele Gespräche geführt, und sehr zu seiner Zufriedenheit standen die Noblen des Reiches bis auf wenige Ausnahmen auf seiner Seite. Nur mit den Kirchenmännern hatte er seine liebe Not. Sie verweigerten ihm nicht direkt die Gefolgschaft, aber dennoch waren sie entsetzt über den Bann und hatten Ludwig inständig gebeten, mit Johannes zu verhandeln, damit das Interdikt möglichst bald wieder aufgehoben würde.

Doch an Verhandlungen war nicht zu denken. Johannes musste den ersten Schritt tun und den Bann aufheben, dann konnte man darüber nachdenken. Trotzdem überlegte Ludwig, ob er eine weitere Appellation verfassen sollte.

In den frühen Morgenstunden, während sich alle zur Abreise bereit gemacht hatten, hatte Ludwig eine Botschaft von Götz von der Au erreicht: Der Ritter, der erstaunlicherweise nicht unter den Hochzeitsgästen war, wollte den König dringend unter vier Augen sprechen. Angeblich hatte er Nachrichten von großer Bedeutung, die er nicht einmal einem Boten anvertrauen konnte. Ludwig hatte gezögert, nicht weil ihm von der Au unwichtig war oder weil er auf dem Rückweg nach Frankfurt keine Zeit für den Abstecher hatte, sondern weil ihm vor dem Ort grauste. Götz von der Au war niemand anderes als der neue Herr von Burg Megling.

Ludwig hatte sich mit Rohard besprochen, der ihm zunächst davon abgeraten hatte, persönlich auf der Burg zu erscheinen. Der Schreiber befürchtete einen erneuten Anschlag. Ludwig hatte die Gefahr nicht von der Hand weisen können, dennoch hatte er anders entschieden. Er durfte weder Schwäche noch Angst zeigen.

Mit jeder Meile, die sich Ludwig der Burg Megling näherte, wurde ihm unbehaglicher zumute. Er begann zu schwitzen, ein Zittern bemächtigte sich seiner Hände. Vielleicht sollte er Götz von der Au zu sich bestellen, an einen Ort weit außerhalb der Burg? Er verwarf die Idee. Er war kein Feigling, er würde sich seiner Angst stellen. Gerade gegenüber Götz von der Au wollte er sich keine Blöße geben. Götz war ein Mann, dem Feigheit ein Gräuel war. In der Schlacht bei Mühldorf war er unerschrocken in die feindlichen Linien gestürmt, um den verzagten Männern seines Haufens neuen Mut einzuflößen, und hatte mit dem Verlust eines Auges dafür bezahlt. Ein zusätzlicher zweifelhafter Schmuck für sein von Gott gezeichnetes Gesicht. Ludwig gab nichts auf Äußerlichkeiten. Nur die unsterbliche Seele zählte, die Treue zum König und der Glaube an den Schöpfer. Deshalb hatte er Götz von der Au mit der Verwaltung von Burg Megling betraut.

Kaum hatten sie das Knie des Inn umrundet, als von der Burg her Trompeten und Fanfaren durchs Tal schallten. Dem Burgherrn entging nichts. Gut so.

Ritter preschten den Hang hinab, wirbelten Staub auf, die Garde schob sich nach vorne, schirmte Ludwig ab. Erst als sie Götz von der Au erkannten, öffneten sie den Schutzschild. Der Burgherr trug wie immer eine Maske, die sein halbes Gesicht samt dem zerstörten Auge überdeckte. Er sprang vom Pferd, beugte das Knie. Ludwig reichte ihm die Hand, Götz nahm sie und küsste sie. Damit war der Lehnseid bekräftigt.

Ludwig stieg vom Pferd. »Seid gegrüßt, Götz von der Au, Unser treuer Freund. Wir danken Euch für die beeindruckende Begrüßung. Die Fanfaren hat man sicherlich bis Avignon gehört. Mögen sie dem Papst den Mittagsschlaf verderben.«

Götz zeigte ein breites Grinsen. »Ginge es nach mir, so würden wir noch heute aufbrechen und den anmaßenden Hurensohn verjagen.« Seine Stimme rasselte rau.

»Wäre da nur nicht der französische König, der dem Papst

die Stiefel leckt! Es lohnt nicht. Und nun lasst uns lieber in sicheren Mauern weiterreden.«

»Selbstverständlich, mein König. Alles ist vorbereitet. Ich habe für Euren Besuch eine ... nun ... äh ... andere Kammer richten lassen.«

Wie ein Raubtier sprang Ludwig die Wut an. »Glaubt Ihr, Wir sind ein Feigling, von der Au?«, zischte er.

Der Ritter zuckte zusammen. »Herr, nein, ich wollte nur ...«

Ludwig schnitt ihm das Wort ab. »Wir werden dort nächtigen, wo Wir immer genächtigt haben, wenn Wir der Burg Megling die Ehre Unserer Anwesenheit erwiesen. Genug palavert. Auf zur Burg, Wir haben nicht ewig Zeit!«

Ludwig sprang auf sein Pferd, gab ihm die Sporen, die Garde war bereit und nahm ihn sogleich in die Mitte. Götz von der Au musste hinter ihnen reiten. Nur langsam verrauchte Ludwigs Wut. Der Burgherr hatte es sicherlich gut gemeint, aber er hatte nicht nachgedacht, er war kein Kopf, der das Ganze im Blick hatte, der die Winkelzüge und Feinheiten der Politik kannte und der vor allem verstand, wie sein König dachte und fühlte.

Anders als sein Vorgänger.

Wenig später saß Ludwig mit Rohard von Metz und Götz von der Au im großen Saal am Tisch. Ludwigs Laune besserte sich erheblich, als er erfuhr, dass die Einnahmen aus Zöllen, Leibzinsen und Judensteuer deutlich höher ausgefallen waren als erwartet. Der neue Herr von Megling machte seine Sache hervorragend, es war eine gute Entscheidung gewesen, ihm die Burg anzuvertrauen.

Mit Freude erneuerte Ludwig alle Privilegien und den Lehnsvertrag für die Vogtei der Burg Megling und fügte noch einigen Landbesitz an der Nordgrenze hinzu: Dorfen, Landeck, St. Petersbach und Edenhofen. Rohard erledigte die

Schreibarbeit, während sich Ludwig, Götz und Adebrandt auf den Bergfried begaben.

»Nun, Götz. Weshalb wolltet Ihr Uns so dringend sprechen?« Ludwig lehnte sich mit dem Rücken gegen einen Quaderbuckel. Einen Moment glaubte er, der Stein würde nachgeben, ein Schwindel erfasste ihn. Erschrocken ruderte er mit den Armen. Aber nichts geschah. Es war eine Einbildung gewesen.

Götz kam nicht dazu zu antworten. Vom Hof polterten die Schläge einer tiefen Trommel zum Bergfried hinauf.

Der Hausherr streckte sich. »Ein Bote, Herr.«

»Worauf wartet Ihr? Lasst ihn heraufkommen.«

Götz beugte sich über die Zinnen. »Hier herauf, rasch, der König ist hier oben!«

Das schnelle Klacken der Nagelsohlen verriet Ludwig, dass der Bote nicht säumte. Schon stand er vor Adebrandt, der ihn nach Waffen durchsuchte und durchließ, als er nichts fand.

Der Bote kniete nieder, atmete schwer. »Herr! Großes Unglück ist über uns gekommen. Marijana von Falkenstein ...« Er musste Luft holen.

Ludwig kniete sich ebenfalls hin, nahm den Kopf des Boten in beide Hände. »Sie ist entführt worden, das wissen Wir bereits.«

»Herr, verzeiht. Es ist weitaus schlimmer. Sie wurde ermordet.«

Ludwig sprang auf und schlug mit der Faust gegen die Mauer. Schmerz schoss ihm durch den Arm. »Weiter, Bote! Was ist vorgefallen?«

»Der edle Veit von Amerang hatte das vereinbarte Lösegeld zum Treffpunkt gebracht, doch darum ging es dem Marder gar nicht. Er lauerte in einem Hinterhalt, schlachtete Veits Begleiter ab. Und dann ermordete er unter Hohngelächter die Braut vor den Augen des Bräutigams und ließ ihn schwerverletzt zurück.« Der Bote senkte den Kopf bis auf den Boden.

Ludwig atmete tief ein und aus. Robert Megling hatte Marijana von Falkenstein ermordet. Unfassbar. Warum tat er das? Ging es ihm um etwas Persönliches? Wollte er sich an Veit rächen, weil der ihn so unerbittlich jagte?

Eines war klar: Durch diese Schandtat würde Ludwigs Ruf über die Landesgrenzen hinaus schweren Schaden nehmen. Was für ein Hanswurst von einem König war nicht einmal in der Lage, die Bräute seiner Fürsten vor marodierenden Räubern zu schützen? Die Botschaft des Marders war deutlich: Er wollte Ludwig vernichten, mit allen Mitteln.

Ludwig winkte den Boten fort und wandte sich wieder an Götz. »Wir haben bereits beschlossen, die Maßnahmen gegen den Marder zu verschärfen. Auf seinen Kopf sind fünfhundert Pfund Silber ausgesetzt.«

»Eine stolze Summe«, murmelte Götz.

»Und Wir haben angeordnet, dass Bauern, die vom Marder überfallen wurden, von ihren Grundherren entschädigt werden müssen«, ergänzte er in bemüht beherrschtem Tonfall.

Götz hustete kurz. »Der Winter war lang und hart«, sagte er und wischte sich mit der Hand über den Mund. »Die Bauern entschädigen – eine ausgezeichnete Idee.«

»Das betrifft auch Euch.« Ludwig war sich nicht sicher, ob der Burggraf wirklich so begeistert war.

»Zweifelsfrei. Und es wird meine Bestrebungen, den Marder zu fangen, verdoppeln. So wie Ihr es sicherlich wünscht.«

Ludwig nickte zerstreut, ihm war ein Gedanke gekommen, doch so schnell, wie er aufgetaucht war, war er wieder verschwunden. »Ihr wolltet Uns etwas mitteilen, bevor wir unterbrochen wurden.«

»Richtig.« Götz senkte die Stimme. »Verlässliche Kundschafter haben mir gesagt, dass Leopold etwas plant. Etwas Großes. Man munkelt, dass er seinen Bruder befreien will.«

Ludwig winkte ab. Das waren keine Neuigkeiten, das war Geschwätz. »Das kann nicht sein. Dafür bräuchte er ein mächtiges Heer, das nicht unbemerkt durchs Land ziehen könnte.«

»Meine Kundschafter sprachen von einem Heer, das nicht von dieser Welt ist.«

»Will er den Teufel in seine Dienste nehmen?« Das wurde ja immer lachhafter.

»Leopold ist alles zuzutrauen, oder?«

»Zweifellos«, erwiderte Ludwig. »Aber das macht Uns keine Angst. Wenn das der Anlass war, weswegen Ihr Uns hier hergebeten habt …«

»Nein. Es gibt noch etwas. Ihr werdet bald in Regensburg logieren?«

»Nachdem Wir einige Geschäfte in Frankfurt erledigt haben. So haben Wir es geplant.«

»Dann nehmt Euch in Acht. Meine Männer –« Er unterbrach sich kurz. »Genau genommen war es in diesem Fall eine Frau. Sie hat herausgefunden, dass Euch bei einer der Familien, bei denen Ihr häufig in Regensburg logiert, Gefahr droht. Durch einen der Bediensteten, der auf eigene Faust handelt. An der Treue des Hausherrn ist nicht zu zweifeln.«

Ludwig legte Götz eine Hand auf die Schulter. »Wir danken Euch! Wir werden die nötigen Maßnahmen ergreifen. Und es war richtig, dass Ihr niemandem davon erzählt habt.«

* * *

Die Räuber hatten darauf verzichtet, Marijana die Augen zu verbinden. Urban hatte seine fauligen Zähne gebleckt und sich einen Finger quer über den Hals gezogen. »Du kannst eh nichts mehr verraten, Metze«, hatte er gesagt. »Du lebst nämlich nicht mehr lang genug.« Sein Gelächter hatte ihr noch eine ganze Weile in den Ohren geklingelt und ihr einen Schauer nach dem anderen über den Rücken gejagt.

Im nächtlichen Wald konnte sie auch ohne Augenbinde fast nichts sehen. Hin und wieder blinzelte der Mond hinter einer Wolke hervor, aber die meiste Zeit war Marijana froh, wenn sie den Rücken des Mannes vor sich erkennen konnte. Sie musste zu Fuß gehen, bei jedem Schritt scheuerte die Wunde dort, wo das Messer über ihren Schenkel geschabt war, aber sie biss die Zähne zusammen. Die Pferde und der Esel wurden für das Gepäck gebraucht. Und für Jeronimus, der mit seinem verletzten Bein nicht laufen konnte.

Später stießen sie auf eine Landstraße, wo das Laufen leichter fiel. Zwei Männer gingen voran, zwei blieben zurück, um die Gruppe zu sichern. Niemand sprach, nur das Knirschen der Schritte und das dumpfe Schlagen der Hufe waren zu hören.

Irgendwann bemerkte Marijana, dass das Licht sich verändert hatte. Es wurde heller, die Nacht war nicht mehr völlig schwarz. Inzwischen schmerzten ihre Füße bei jedem Schritt, ihre Beine waren lahm und schwer.

Einen solchen Gewaltmarsch war sie nicht gewohnt, zudem hatte sie sich im Räuberlager kaum bewegen können. Der Hofmeister hatte sie gelehrt, dass die Muskeln schnell an Kraft verloren, wenn man sie nicht benutzte, weshalb man jeden Tag trainieren müsse. Was aber viel wichtiger war: Er hatte ihr beigebracht, den Körper ihrem Willen zu unterwerfen. Selbst wenn ihre Füße nicht mehr weiterwollten, ihr Wille trieb sie voran.

Marijanas Gedanken waren die ganze Nacht um ihren Vater gekreist. Warum war er nicht gekommen, um das Lösegeld zu übergeben? Hatte er sie schon aufgegeben? Wollte er sie gar nicht zurück? Und Veit? War es ihrem Verlobten überhaupt um sie gegangen oder nur darum, den Marder zu ergreifen, hinter dem er schon so lange her war?

Sosehr sie versuchte, nicht zu grübeln, sondern sich auf die bevorstehende Aufgabe zu konzentrieren, die Gedanken ließen sie nicht los. Doch wenn sie Antworten wollte, musste sie erst einmal überleben. Und das bedeutete, sie musste den Räubern beweisen, dass sie ihnen nützlich sein konnte. Niemals würde Robert sich damit durchsetzen, sie einfach laufenzulassen, das hatte Marijana schnell begriffen. Also musste sie dafür sorgen, dass die Räuber ihren Nutzen erkannten und sie so respektierten, dass sie sie nicht anrührten. Alles hing davon ab, dass die Vorführung klappte, dass sie keinen Fehler machte. Ein Tag war knapp für die Vorbereitungen. Sie musste besser sein als je zuvor.

Marijana war so in Gedanken versunken, dass sie über eine Wurzel stolperte. Schon vor einer Weile hatten sie die Straße verlassen. Der Pfad, auf dem sie gingen, war holprig und wand sich einen steilen Berg hinauf. Zwei Arme griffen zu; es war Roderich, der sie vor einem Sturz bewahrte.

»Danke«, murmelte Marijana.

Sie versuchte, im Dämmerlicht seinen Gesichtsausdruck auszumachen, doch seine blauen Augen waren unergründlich. Marijana hatte ihn erst einmal lächeln sehen: Er hatte von der Jagd ein Kaninchen mitgebracht und es Ursula gegeben. Sie hatte gestrahlt und einige Zeichen gemacht, die wohl etwas Freundliches bedeuten sollten. Roderich hatte zuerst die Stirn gerunzelt, Ursula hatte die Zeichen ganz langsam wiederholt, dann hatte er anscheinend verstanden und zaghaft gelächelt.

Nur wenig später erreichten sie die Köhlerhütte. Inzwischen war es fast hell. Marijana ließ sich auf einem Baumstumpf nieder, rieb sich die Augen, zog die Stiefel aus und knetete ihre gequälten Füße. Sie hatte sich einige Blasen gelaufen, und selbst wenn sie gewollt hätte – sie konnte nicht mehr weiter.

Die Hütte lag auf einer Lichtung, umgeben von riesigen Fichten. Die Männer bauten in Windeseile zwei Zelte auf und entfachten ein rauchloses Feuer.

Marijana schaute sich um. Als sie gehört hatte, dass die Männer bei einer Köhlerhütte lagern wollten, war ihr die Idee gekommen, ihnen dort ihre Künste vorzuführen, denn nicht alles, was sie dafür brauchte, befand sich in der Truhe, die Robert erbeutet hatte. Von dem, was sie noch benötigte, gab es meistens in der Nähe einer Köhlerhütte genug. Hoffentlich auch hier!

Plötzlich entdeckte sie etwas, das ihr Herz höher schlagen ließ: kleine Hügel. Müdigkeit und Schmerzen waren wie weggeblasen. Sie sprang auf und lief los, kniete sich vor einem der Hügel hin und riss mit der bloßen Hand die Grassoden herunter. Zum Vorschein kam Holzkohle.

Da hörte sie eine Stimme hinter sich. »Mach das nie wieder! Ich hätte dich fast abgeschossen.«

Marijana fuhr herum. Ihr Herz raste.

Es war Mathes, der vor ihr stand und seinen Bogen sinken ließ, den Pfeil noch immer auf der Sehne. »Es ist meine Aufgabe, dafür zu sorgen, dass du nicht abhaust oder uns irgendwie austrickst. Also sieh dich vor.«

Wie dumm von ihr! Nur weil die Männer ihr für den Marsch die Kette abgenommen hatten, hieß das noch lange nicht, dass sie sich frei bewegen durfte. Sie musste sich vorsehen, immer genau überlegen, was sie tat. Sie erhob sich und streckte Mathes ihre Hände entgegen, die voll mit dem schwarzen Gold waren. »Das hier ist mein Lebensretter.«

»Ich verstehe kein Wort«, sagte Mathes und steckte den Pfeil wieder in den Köcher. »Ich weiß nur eins: Wenn du noch einmal so einen Blödsinn machst, bist du tot, da nützt dir auch der schwarze Dreck da nichts. Komm jetzt.«

Marijana senkte den Kopf zum Zeichen, dass sie verstanden hatte. Obwohl ihr der Schrecken noch in den Gliedern saß, war sie voller Zuversicht. Sie hatte damit gerechnet, hier Holzkohle zu finden. Dass es solche Mengen waren, hatte sie nicht zu hoffen gewagt. Niemand ließ wertvolle Holzkohle einfach herumliegen. Warum sich nicht längst jemand das schwarze Gold unter den Nagel gerissen hatte, war ein Rätsel. Doch sie hatte keine Muße, sich darüber zu wundern.

Begleitet von Mathes ging Marijana zu der Hütte und begutachtete sie. Nicht gerade ein gut ausgestattetes Laboratorium. Aber immerhin gab es einen Tisch.

Robert trat zu ihnen. »Willst du nicht etwas ausruhen?«

»Keine Zeit. Bitte lasst die Truhe des Mönchs herbringen. Und dreißig Pfund von der Holzkohle dort drüben.«

Robert kniff die Augen zusammen. »Holzkohle?«

»Außerdem brauche ich verschließbare Tongefäße. Habt Ihr so etwas? Und Bienenwachs. Und von dem Pech. Und ein Büschel Schweifhaare vom Pferd. Vier Finger dick. Und Leinenstreifen, so lang, wie es eben geht, zwei Zoll breit.«

Robert wollte etwas sagen, aber Marijana war noch nicht fertig.

»Außerdem brauche ich einen Mörser oder etwas Vergleichbares mit einem harten Stößel.« Sie sah sich nachdenklich im Lager um. Einige Männer waren bereits in den Zelten verschwunden, um sich auszuruhen. Ursula war damit beschäftigt, unter Hassos misstrauischen Augen Lentz' Schulter zu versorgen. »Roderich soll mein Gehilfe sein. Er soll als Erstes die Hütte gründlich auskehren.«

»Das sind eine Menge Wünsche. Ich hoffe, du hast nicht vergessen, dass dein Leben davon abhängt, dass uns gefällt, was du hier machst. Und keine Kniffe! Mathes wird dich nicht eine Sekunde aus den Augen lassen.« Er senkte die Stimme. »Euer Leben hängt an einem dünnen Faden, Marijana.«

***

Veit verwünschte seine Verletzung. Auf der Flucht, nach der gescheiterten Übergabe, hatte er keine Schmerzen gespürt, und auch gestern beim Zusammentrommeln seiner Männer hatte die Wut alle anderen Empfindungen verdrängt. Doch jetzt brannte die Wunde wie Feuer, trotz all der Salben, die der Bader daraufgeschmiert hatte. Hoffentlich entzündete sie sich nicht! Einen Arm zu verlieren hieß, seine Ehre zu verlieren.

Gestern hatten sie mit Einbruch der Dunkelheit ein Lager aufgeschlagen. Die Gefahr, Opfer eines Hinterhalts zu werden, war Veit zu groß gewesen. Außerdem wollte er, dass seine Männer ausgeruht waren für die Jagd. Der Marder würde ihm nicht entwischen. Er würde ihn zur Strecke bringen, und wenn es das Letzte war, was er tat. An einem Baum schlug er Wasser ab, mit einer Hand gar nicht so einfach.

Danach gesellte Veit sich zu seinen Leuten, die ihn mit einer Verbeugung begrüßten. Er klopfte jedem auf die Schulter, bedankte sich für ihre Aufmerksamkeit und Treue und nahm einen Schluck verdünnten Weins. Eigentlich hätte er sich jetzt aus dem warmen Ehebett erheben müssen, nach einer leidenschaftlichen Nacht, der zweiten nach der Hochzeit. Stattdessen hatte er einen Baum angepinkelt und lag im Feld. Grundsätzlich hatte er nichts gegen einen ehrenhaften Feldzug einzuwenden, aber ein ehrenhafter Feldzug erforderte einen ehrenhaften Gegner, keine dreckige Ratte, die es aus dem Loch zu zerren galt.

Von seinen Gewährsmännern hatte er auch noch nichts

gehört, die Sache des Königs ging nicht voran, alles schien sich gegen ihn verschworen zu haben. Hoffentlich war wenigstens Bartholomäus von Craiburg heil auf Burg Stein eingetroffen. Von seiner delikaten Fracht hing viel ab.

Veit ballte die Faust. Er hatte Megling vor der Armbrust gehabt und nicht geschossen. Ein fataler Fehler. Der Bastard war gefährlich. Wenn Megling die Wahrheit herausfand, würde Veit nicht nur einen Arm verlieren, sondern obendrein den Kopf gleich mit.

Sie brachen das Lager ab, saßen auf und machten sich auf den Weg. Eigentlich hätte Veit nicht schneller als Schritt reiten dürfen, die Schmerzen in seinem Arm waren zu stark. Aber er wollte sich keine Blöße geben, also biss er die Zähne zusammen. Er hatte sechs Mann vorgeschickt, die dafür sorgen sollten, dass die Bewohner des Weilers sich auf dem Dorfplatz versammelten. Niemand durfte fehlen.

Es war noch nicht Mittag, als die ersten Hütten vor ihnen auftauchten. Je näher sie dem Dorfplatz kamen, desto lauter wurde das Klagen der Leute, doch die Ritter hatten alles im Griff.

Als Veit eintraf, öffneten sie den Kreis, den sie um die Leute gebildet hatten. Das Klagen und Murren erstarb. Veit ritt in die Mitte und schaute sich einen nach dem anderen an. Es waren armselige Bauern in grauen Lumpen, die weder ein Schwert noch einen Bogen halten konnten und die den ganzen Tag im Dreck wühlten.

Ein Mann trat vor und fiel auf die Knie. »Herr!« Seine Stimme zitterte. »Seit Stunden stehen wir hier, das Vieh brüllt, die …«

»Schweig!«, wetterte Veit. »Du wagst es, mich anzusprechen, du Wurm, ohne dass ich dir die Erlaubnis dazu erteilt habe?«

Jetzt zitterte der Mann am ganzen Körper. Er öffnete den Mund, schloss ihn wieder, senkte den Kopf. Immerhin war er nicht ganz blöde.

»Ich bin Veit von Amerang, Vertrauter und Bevollmächtigter des Königs.« Veits Stimme donnerte über die verschreckten Kreaturen hinweg wie eine Naturgewalt, der man sich besser nicht entgegenstellte.

Die grauen Gestalten sanken auf die Knie.

»Ich bin hier, um ein ungeheuerliches Verbrechen zu sühnen. Ein Verbrechen, das dieses Land noch nicht gesehen hat.« Veit legte eine Pause ein, ließ die Worte wirken, beobachtete jede Regung der Menschen, die vor ihm knieten. »Robert Megling, genannt ›der Marder‹, hat Marijana von Falkenstein, Tochter des edlen Gero von Falkenstein und meine Verlobte, am Tag ihrer Hochzeit geraubt und ermordet!« Das stimmte zwar nicht ganz, aber es klang besser. »Heimtückisch und ohne Grund, nur um sich an mir zu rächen, weil ich ihn jage, weil ich das Land von diesem stinkenden Räuber und Verräter befreien will, der unseren geliebten König Ludwig ermorden wollte.«

Der Mann vor ihm hatte kurz den Kopf gehoben und ihn feindselig angeschaut. Treffer. Er wusste etwas.

»Wer immer etwas über den Verbleib des Marders oder einer seiner Leute mitteilen kann, der spreche jetzt. Wer böswillig etwas verschweigt, ist des Todes, und mit ihm seine ganze Familie!«

Die Leute stöhnten auf, einige Frauen weinten. Der Mann, der vor Veit kniete, senkte seinen Kopf noch tiefer. Veit brachte sein Pferd ganz nah an ihn heran. »Wie heißt du?«

»Edgar Hofer«, raunte der Mann.

Veit konnte ihn kaum verstehen. »Soll ich dir dein Maul aufsperren? Red so, dass wir dich hören können!«

»Edgar Hofer«, sagte der Mann laut und deutlich und hob den Kopf.

Veit erkannte sofort, dass er eine harte Nuss würde knacken müssen. Er empfand kein Vergnügen dabei, aber was sein musste, musste sein. Je schneller, desto besser.

»Edgar Hofer! Wenn du ein aufrichtiger Mann bist, dann sag mir, was du über den Marder weißt, und ich verschone dich und deine Leute. Sprich jetzt!«

Doch Edgar Hofer schwieg.

»Bringt mir das Mädchen da.« Veit zeigte auf ein Kind von vielleicht acht Jahren. Seine Männer drängten sich mit gezogenen Schwertern durch die Menge. Nur wenige Augenblicke später stand das dürre Ding vor seinem Pferd, gotterbärmlich schluchzend. Urin tropfte auf die durchnässten Lederfetzen, die so etwas wie Schuhe sein sollten.

Veit setzte ein freundliches Gesicht auf. »Keine Angst, Mädchen. Dir wird nichts geschehen, denn Edgar wird dich nicht ans Messer liefern. Er wird mir jetzt alles erzählen, was er weiß.« Er zeigte auf Edgar Hofer. »Bist du ein Mann oder eine Maus? Willst du ein unschuldiges Mädchen für dich leiden lassen?«

Edgar Hofer erhob sich. »Das will ich nicht, Herr. Fahrt zur Hölle!« Der Mann zog einen langen Dolch.

Ohne nachzudenken, riss Veit die Zügel herum, sein Pferd stieg, Geschrei hob an, der Dolch sauste nieder, doch er ritzte nur den Hals des Pferdes, Blut quoll hervor, das Pferd preschte sofort in Panik los.

»Lasst ihn am Leben!«, rief Veit seinen Leuten zu, aber es war bereits zu spät. Edgar Hofer lag tot in seinem Blut, gespalten von der Schulter bis zur Hüfte. Das Geschrei wurde lauter, das Mädchen rannte weg. Veit brachte sein Pferd unter Kontrolle. Verflucht nochmal! Wie stellte dieser Megling es an, dass Menschen bereit waren, für ihn in den Tod zu gehen?

Gemächlich ritt er zurück auf den Platz. Nun gut, die Leute wollten es so. Seine Botschaft musste überbracht werden, und niemand sollte sie anzweifeln. Veit reckte die Faust in die Luft: »Lasst nur das Mädchen am Leben!«

* * *

Marijana schreckte hoch, als Mathes sie wachrüttelte. Robert hatte vorgeschlagen, dass sie etwas ruhte, während Roderich und Ewalt alles vorbereiteten. Sie hatte nicht geglaubt, dass sie es schaffen würde, ihre rasenden Gedanken anzuhalten, doch kaum hatte sie den Kopf auf ihren Mantel gebettet, war sie auch schon eingeschlafen. Erschrocken sah sie sich um. Hoffentlich hatte sie nicht zu lange geschlafen! Erleichtert stellte sie fest, dass die Sonne, die durch die Baumstämme blinzelte, noch nicht im Zenit stand.

Sie richtete sich auf, zupfte das Kleid, eine Leihgabe von Ursula, zurecht und eilte zur Hütte. Im Türrahmen blieb sie stehen und hielt die Luft an. Die Köhlerhütte war blitzsauber, der Tisch blank poliert. Die Truhe stand auf dem Boden, daneben die Säcke mit der Holzkohle. Auf dem Tisch lagen all die anderen Dinge, die sie bestellt hatte. Roderich stand neben dem Tisch und sah sie erwartungsvoll an. Von Ewalt und Robert war nichts zu sehen. Auch sonst wirkte das Lager verlassen.

Marijana krempelte die Ärmel hoch. Sie musste sich sputen. Sie wollte die Räuber mit ihren Künsten beeindrucken. Mit einem magischen Zauber, so wie Meister Gallus und sie es für ihre Hochzeit geplant hatten. Die Erinnerung spülte eine Woge aus Wut und Trauer über sie hinweg. Doch sie gestattete sich nicht, darin zu versinken.

Für den Zauber musste sie eine größere Menge Sprengpulver herstellen. Keine ungefährliche Arbeit, und vor allem eine, die Zeit kostete, Zeit, die sie nicht hatte. Die Herstellung des Pulvers dauerte mindestens zwei bis drei Stunden. Dann musste sie das Pulver anfeuchten und zu dicken Talern pressen. Bis die Taler trocken und damit einsatzbereit waren, dauerte es noch einmal einige Stunden.

Marijana kniete sich vor die Truhe. Sie hatte den Inhalt bereits einmal flüchtig gesehen. Jetzt nahm sie ihn gründlicher in Augenschein. Die Truhe enthielt eine üppige Grundausstattung für ein alchemistisches Laboratorium. Darunter war auch ein Büchlein mit einigen Rezepten für Tinkturen und einer Anleitung für die Umwandlung von Steinen in Gold.

Doch Marijana interessierte sich nicht für das Büchlein. Das Rezept, das sie brauchte, hatte sie im Kopf. Sie würde ein ganz besonderes Pulver herstellen: den fliegenden Feuerzauber!

Meister Gallus hatte ihr den Unterschied erklärt: »Wenn Ihr Mauern sprengen wollt, dann muss es schnell und heiß brennen. Wenn Ihr aber den Feuerzauber machen wollt, soll es etwas langsamer brennen, damit sich die Farben schön entfalten können. Wollt Ihr eine Zündschnur machen, die Ihr für jeden Zweck verwenden könnt, für das Sprengen und den Feuerzauber, muss sie ganz langsam brennen und vor allem gleichmäßig, damit Ihr die Zeit einschätzen könnt, bis die Zündschnur das Pulver erreicht.«

Meister Gallus hatte ihr gezeigt, wie man Sprengpulver mischte und presste. Und was man hinzufügen musste, um farbiges Feuer zu erzeugen. Es war wie ein Spiel gewesen, und Marijana hatte es nicht erwarten können, eine neue Farbe auszuprobieren.

Schließlich hatte Meister Gallus ihr verkündet, sie sei nun so weit, zu beweisen, dass sie die große Kunst des Feuerzaubers beherrschte: Sie hatten gemeinsam eine Zündschnur gerollt und weit weg von der Burg angezündet. Marijana hatte die Mischung hergestellt, Meister Gallus hatte nicht eingegriffen. Sie durfte die Zündschnur selbst in Brand setzen. Dann suchten sie rasch Deckung. Das erste halbe Zoll brannte gleichmäßig und langsam, dann gab es einen Knall: Die Zündschnur war explodiert und hatte sich dadurch selbst gelöscht. Marijana war den Tränen nah gewesen, aber Meister Gallus hatte ihr den Fehler erklärt: »Ihr müsst für die Zündschnur etwas gröbere Holzkohle nehmen. Und weniger Steinsalz und Schwefel. Beim nächsten Mal klappt es.«

Aber zum nächsten Mal war es nicht gekommen. Als Vater erfahren hatte, dass Marijana mit Sprengpulver hantierte, hatte er Meister Gallus am Kragen gepackt und ihm geschworen, ihn mit seinem eigenen Pulver in Fetzen zu sprengen, wenn er Marijana noch einmal auch nur in die Nähe des Pulvers lassen würde. Meister Gallus hatte sich daran gehalten, auch die Vorbereitungen für Marijanas Hochzeit hatte er allein getroffen. Und jetzt hatte Marijana genau einen Versuch, eine perfekte Zündschnur herzustellen, um ihr Leben zu retten.

Marijana riss sich zusammen. Erinnere dich, was Meister Gallus dich gelehrt hat: »Nehmt ein Pfund Schwefel, zwei Pfund Holzkohle aus Linden- oder Weidenholz und sechs Pfund Salpeter. Diese werden fein gerieben und so lange gemischt, bis das Pulver eine graue Farbe hat und man die einzelnen Stoffe nicht mehr unterscheiden kann. Danach füllt man dieses Pulver nach Belieben in eine geeignete Hülle, entweder zum Fliegen oder zum Donnermachen.«

Für das fliegende Feuer fehlte ihr das Schilfrohr. Also musste sie es anders machen. Sie würde die Feuertaler nicht zerreiben, sondern in Leinen einwickeln und in einem toten Baum aufhängen. Dadurch brauchte sie auch weniger Zündschnur. Fünfzehn Fuß sollten ausreichen. Die Tongefäße würde sie mit Sprengpulver füllen und damit den Baum fällen, wenn der Feuerzauber abgebrannt war.

Einen Mörser hatten die Räuber nicht, aber sie hatten eine Steinplatte in die Köhlerhütte geschafft, die eine Vertiefung in der Mitte hatte. Eine Waage fehlte noch, aber das war nicht so wichtig. Sie kannte die Mengenverhältnisse: neun Teile Steinsalz, drei Teile Kohle und ein Teil Schwefel. Sie überlegte. Oder waren es sieben Teile Steinsalz, fünf Teile Holzkohle und fünf Teile Schwefel? Es kam darauf an, welche Wirkung sie erzielen wollte. Mehr Steinsalz erhöhte die Sprengkraft, aber das Verhältnis musste stimmen.

»Roderich, zermahle bitte die Holzkohle so fein, wie du nur kannst. Sie soll wie Mehl sein. Nimm ein wenig Wasser dazu, damit es nicht so staubt. Aber nicht so viel, dass die Masse zäh wird.«

Roderich machte sich an die Arbeit, schon bald stand ihm der Schweiß auf der Stirn. Er zog sein Wams aus und legte sich richtig ins Zeug.

Marijana begutachtete das Steinsalz. Es war von erlesener Güte, gereinigt, gewaschen, schneeweiß. Auch der Schwefel übertraf ihre Erwartungen. Das war kein billiges Zeug für einen armen Burggrafen. Diese Zutaten waren für den Alchemisten eines hohen Herrn gedacht, vielleicht sogar für den des Königs.

Die Rezepte für das Pulver stammten aus dem *Liber ignum per comburandum hostes* des Marcus Graecus. Mit der entsprechenden Rezeptur wurde es zu einer furchtbaren Waffe. Gemischt mit den richtigen Ölen und Harzen war es ein wahres Teufelszeug, das sich nicht mit Wasser löschen ließ, im Gegenteil, Wasser fachte den Brand nur noch mehr an. So etwas wollte Marijana nicht herstellen. Und sie wollte auch nicht, dass die Räuber eine solche Waffe in die Hand bekamen. Wer konnte wissen, was für ein Unheil sie damit anrichteten?

Robert schien auf seine Art ein Mann von Ehre zu sein, aber sicher war Marijana nicht. Vielleicht war er nur besonders verschlagen. Und seinen Männern traute sie noch weniger. Einige wirkten wie anständige Kerle, denen das Leben übel mitgespielt hatte. Aber andere schienen Freude am Rauben und Morden zu haben.

Marijana trat zu Roderich. Er hatte bereits ein Pfund Holzkohle fein zermahlen. Marijana prüfte die schwarze Masse zwischen Daumen und Zeigefinger. Wenn sie sich anfühlte wie Honig, war sie genau richtig.

Sie nickte Roderich zu. »So ist es gut. Ich danke dir.«

Sofort wandte er sich wieder seiner Arbeit zu, schabte das feine Mehl in eine Schale und schaufelte mit den Händen den nächsten Haufen aus dem Sack. Die Holzkohle knirschte unter dem Stößel, das Geräusch wurde immer leiser, je feiner Roderich sie zerstieß.

Die erste Portion des fertigen Kohlepulvers trocknete Marijana über einem kleinen Kohlebecken. Unter Mathes' wachsamen Augen trug Marijana die Feuerpfanne mit dem Pulver nach draußen, wo sie das Steinsalz und den Schwefel zur Holzkohle hinzufügte. Erst wenn das Pulver fertig gemischt war, durfte sie die Stoffe zugeben, die für die Farbe des fliegenden Feuers sorgten.

Schweigend arbeitete Marijana, mischte immer mehr Pulver, bis sie sich vor Müdigkeit und Erschöpfung hinsetzen musste. Das Pulver war fertig, einen Teil davon hatte sie in die Tonkrüge gegeben, einen weiteren Teil für die Zündschnüre beiseitegeschafft, den Rest mit Wasser befeuchtet und zu Talern gepresst. Vier Taler für vier Farben. Erfreut hatte sie festgestellt, dass die nötigen Stoffe ebenfalls in der Truhe lagen: weißer Kalk für die Farbe des Sonnenuntergangs, Eisenspäne für Funken, die glitzerten wie goldene Sterne. Besonders selten waren das Rotpulver und das Grünpulver, das im fliegenden Feuer wunderbar blau leuchtete, wenn man es im richtigen Verhältnis mischte.

Eine winzige Menge Pulver hatte Marijana abgezweigt. Ihr Leben hing davon ab, dass sie keinen Fehler machte. Also wollte sie wenigstens einmal die Zündschnur testen.

Mathes trat zu ihr. »Ich weiß, was du da treibst.«

Sie blickte auf. »Ach ja?«

»Du stellst eine Waffe her. Nicht irgendeine Waffe, sondern die gefährlichste Waffe, die die Menschheit kennt.« Er beugte sich vor, fasste sie grob am Kinn, sodass sie ihm in die Augen sehen musste. »Woher weiß ich, dass du diese Waffe nicht gegen uns einsetzen wirst?«

***

Veits Männer hatten ganze Arbeit geleistet. Bis auf das Mädchen hatten sie alle Bewohner des Weilers umgebracht und waren dabei ruhig, konzentriert und schnell vorgegangen.

Und damit sich die Nachricht noch schneller verbreitete, nahmen sie sich gleich darauf ein weiteres Dorf vor.

Die Ritter zerrten die Leute aus den Hütten und von den Feldern und trieben sie auf dem Dorfplatz zusammen. Veit stellte seine Frage. Ein Mann trat vor, beugte sein Knie, bat um Erlaubnis zu sprechen. Die Leute hier waren offenbar besser erzogen. Oder die Kunde von dem Blutbad war schneller gewesen als Veit und seine Ritter. Mit einer Handbewegung forderte er den Mann auf zu erzählen.

»Herr, der Marder hat mir meine Familie genommen. Der neue Herr von Megling hat bis jetzt nichts unternommen, um ihm das Handwerk zu legen. Endlich seid Ihr gekommen.«

Veit wurde unruhig. Dieser Bauer schien sich für einen Barden zu halten, so viel plapperte er. »Weißt du, wo er seinen Bau hat?«

»Herr, ich habe mich im vergangenen Herbst bei Nebel verirrt, oben im Wald bei Obing. Zur verfluchten Köhlerhütte hatte es mich verschlagen. Ich bin zwar weder dem Teufel noch dem Marder dort begegnet, sonst wäre ich sicherlich tot, aber jemand hat dort gelagert. Jemand, der im Bund mit dem Gehörnten stehen muss. Denn niemand verweilt ohne Not an diesem verfluchten Ort, wo der Köhler seine Frau und seine Kinder ermordet, gekocht und gegessen hat.«

Nicht nur die Dorfbewohner, auch die Ritter bekreuzigten sich mehrmals. Veit überlegte. Ein verfluchter Ort wäre ein gutes Versteck für Meglings Bande. Dort wären sie ungestört. Hatte der Marder nicht auch für die Übergabe des Lösegelds einen Treffpunkt gewählt, an dem angeblich der Teufel herrschte?

Veit betrachtete den Mann. Sein Hass auf den Marder schien echt zu sein. Er erhob die Stimme. »Wer von euch weiß noch etwas?«

Eine alte Frau reckte den Arm in die Luft. Veit winkte sie zu sich. »Sprich, Alte, aber fass dich kurz.«

»Ich habe den Marder gesehen, als er von Kircheidach herkam, nachdem er auf dem Hensslerhof alle umgebracht hatte. Es war ein grauenhafter Anblick. Zuerst hatte er seine Gugel tief ins Gesicht gezogen, dann aber machte er sich das Gesicht frei, und ich erstarrte. Er ist nicht nur mit dem Teufel im Bunde, er ist der Leibhaftige selbst. Rot wie das Feuer der Hölle ist sein Gesicht und Hörner wachsen ihm auf der Stirn. Die hat er gestutzt, damit ihn niemand erkennt, doch ich habe die Stümpfe deutlich gesehen.«

Die Menschen stöhnten auf, die Alte bekreuzigte sich mehrmals, alle taten es ihr nach.

»Er ist mit seiner Höllenbrut fortgeritten Richtung Süden und im Obinger Wald verschwunden«, erzählte sie weiter. »Bestimmt ist er zur Köhlerhütte, um die Seelen zu fressen, die er genommen hat.«

Veit überlief es kalt. Es konnte durchaus sein, dass sich Megling dem Teufel verschrieben hatte. Wie sonst war es möglich, dass der Marder ihn besiegt hatte? Dass er immer wieder fliehen konnte? Aber Robert Megling hatte weder Hörner, noch war sein Gesicht feuerrot. Da musste die Fantasie mit der Alten durchgegangen sein.

Jedenfalls schien dieses Dorf tatsächlich auf seiner Seite zu stehen. Es bestand also kein Grund, die Menschen umzubringen. Im Gegenteil. Es sollte sich herumsprechen, dass die Gerechten verschont wurden.

Veit befahl den Aufbruch. Bevor er dem Pferd die Sporen gab, drehte er sich noch einmal zu den Leuten um. »Wer mir den Kopf des Marders bringt, erhält zehn Pfund Silber.«

Ein Raunen ging durch die Menge. Zehn Pfund Silber war mehr, als sie alle zusammen in einem Jahr verdienten.

Veit ließ sein Pferd antraben. Der Schmerz in seinem Arm war so gut wie verschwunden. Das Jagdfieber hatte ihn gepackt. Wo sollte er weitermachen? Noch ein Dorf heimsuchen? Den Obinger Wald durchkämmen und der Köhlerhütte einen Besuch abstatten?

Gott würde ihn leiten. Veit parierte sein Pferd durch, zupfte ein Haar aus der Mähne und ließ es fallen. Eine Windböe trieb das Haar nach Süden in Richtung Obing.

* * *

Ursula spähte aus dem Zelt. Im Lager war alles ruhig, auch die Köhlerhütte wirkte verlassen. Wo steckte die dumme Metze? Wickelte sie gerade Roderich um den Finger? Oder Mathes, der sie eigentlich bewachen sollte? Irgendwas musste sie ja tun, um ihr Leben zu retten. Ihr blieben schließlich nur noch wenige Stunden.

Mehr als einmal hatte Ursula darüber nachgedacht, was passiert wäre, wenn sie an dem Nachmittag zu spät ins Lager zurückgekehrt wäre, um Marijana zu retten. Wenn Marijana tot wäre. Ansgar würde noch leben. Robert wäre nicht mehr abgelenkt, hätte ihr endlich einen Heiratsantrag gemacht.

Hätte er?

Ursula war nicht mehr sicher, ob er das je vorgehabt hatte. In den letzten Tagen hatte sich ihr Verdacht verstärkt, dass Robert eigentlich nur eines wollte: seine Ehre wiederherstellen und sein altes Leben zurück. Sie war sicher, dass auch Hasso das glaubte, doch sie hatte nicht mit ihm darüber gesprochen. Hasso wartete nur auf eine Gelegenheit, Robert bei den Männern anzuschwärzen und die Macht wiederzuerlangen. Doch das wollte Ursula nicht. Seit Robert ihr Anführer war, hatte sich viel verändert. Unter den Männern herrschte eine Art Ehrenkodex. Ursula wollte auf keinen Fall die alte Bande zurück, in der nichts als Gewalt und die Macht des Stärkeren gegolten hatten.

Im Augenblick ging die größte Gefahr jedoch nicht von Hasso aus, sondern von Marijana. Dieses Weib hatte Robert weich gemacht. Sie musste verschwinden.

Ursula trat aus dem Zelt und bemerkte, dass sich in der Hütte etwas bewegte. Vorsichtig schlich sie näher und entdeckte Roderich, der einige Gegenstände in ein Tuch schlug.

In dem Moment drehte er sich um und erblickte sie. Ein Lächeln breitete sich auf seinem Gesicht aus.

Sie reckte das Kinn, machte eine abfällige Geste. Dieser Tölpel hielt sich vermutlich für einen tollen Kerl, weil er den Handlanger für diese Metze spielen durfte.

Roderich runzelte die Stirn, machte eine fragende Geste.

»Du bist ein Schlappschwanz!«, gab sie ihm zu verstehen. »Hängst am Rockzipfel dieses verwöhnten Burgfräuleins.«

Roderich senkte den Kopf. Trotzdem sah Ursula seine hochroten Ohren. Hatte er sie etwa verstanden? Sie wusste, dass er einige ihrer Gesten beherrschte. Aber so viele?

»Marijana bringt nichts als Ärger«, gestikulierte sie. »Erst wenn sie weg ist, kehrt wieder Frieden ein.«

Er sah sie an. »Ihr glaubt, dass sie Robert den Kopf verdreht.« Seine Gesten waren unbeholfen, doch sie verstand, was er sagen wollte.

»Sie verdreht euch allen den Kopf!«, gab sie wütend zurück.

Roderich trat näher. »Ich würde niemals etwas tun, das Euch schadet.«

Ursula betrachtete ihn. Sein rotes Haar leuchtete im Sonnenlicht, seine blauen Augen strahlten wie der Himmel an einem Sommernachmittag. Er war kaum älter als sie selbst, wirkte schmächtig, doch sie wusste, dass der Eindruck täuschte. Sie hatte gesehen, wie er mit bloßen Händen einen ausgehungerten Wolf erwürgt hatte, als dieser die Räuber anfallen wollte.

Roderich sah sie an. »Ich würde alles für Euch tun, Ursula.«

Sie spitzte die Lippen. »Beweise es mir.«

* * *

Ungeduldig hielt Marijana nach Roderich Ausschau. Wo blieb er bloß? Sie hatte ihn zurück in die Hütte geschickt, um die Feuersteine zu holen, die in der Truhe lagen. Mathes lehnte in der Nähe an einem Baum und beobachtete, wie sie die Schnur auslegte.

Während die Taler trockneten, hatte Marijana sich darangemacht, die Zündschnüre zu rollen. Dafür hatte sie gröbere Holzkohle genommen. »Wie feiner Kies muss sie sein«, hatte Meister Gallus ihr eingeschärft. »Ist die Körnung zu fein, explodiert die Schnur, ist sie zu grob, verbrennt sie sich selbst.«

Sie hatte Leinenstreifen als Hülle verwendet, Rosshaar als Seele, um die Schnur zu stabilisieren, und Leim, um alles zusammenzufügen. Auf dem Leim hatte sie das Pulver gleichmäßig verteilt und dann die Schnur in den Leinenstreifen eingeschlagen. Ein Stück Schnur hatte sie vom Lager weg in den Wald gebracht. Sie wischte sich über das Gesicht. Es war schweißnass. Der Schnitt auf ihrer Wange brannte. Marijana starrte in Richtung Köhlerhütte. Noch immer keine Spur von Roderich. Hatte er die Steine nicht gefunden? Aber sie hatte sie doch in der Truhe gesehen!

»Dein Adlatus trödelt.« Mathes verlagerte sein Gewicht.

»Ich werde nach ihm sehen.«

»Du bleibst schön hier!« Blitzschnell lag der Pfeil auf der Sehne.

Marijana schluckte.

In dem Moment knackten Zweige. Roderich trat zwischen den Stämmen hervor. Er wirkte gehetzt, hatte rote Flecken im Gesicht.

»Warum hast du so lange gebraucht?«, fragte Marijana.

»Ich habe die Steine nicht sofort gefunden.« Das Rot wurde tiefer. Er log.

Marijana unterdrückte einen Seufzer. Was auch immer im Lager vorgefallen war, sie hatte drängendere Probleme. »Willst du sehen, wie es funktioniert?«

Roderichs Lider flatterten kurz. »Wenn es kein Hexenwerk ist.«

»Sehe ich aus wie eine Hexe?«

Er senkte den Blick. »Man sieht es ihnen nicht an …« Er verstummte.

Marijana wurde ernst. »Es ist Menschenwerk, auch wenn es stinkt, als komme es geradewegs aus der Hölle, und ebenso ungeheuerlich ist.«

Marijana ließ sich die Feuersteine reichen. Die Zündschnur lag auf nacktem felsigem Untergrund. Sie schlug die Steine aneinander, gleißende Funken flogen. Roderich trat einen Schritt zurück. Viermal schlug Marijana, dann endlich sprang ein Funke auf die Zündschnur. Das Pulver entzündete sich, weißer Rauch brodelte empor, es zischte, rotglühend verbrannte das Leinen, es roch nach verbranntem Horn und Schwefel.

Aus den Augenwinkeln sah Marijana, dass Roderich zur Seite taumelte, sich bekreuzigte und seinen Schwertknauf ergriff. Mathes hatte sich vorgebeugt, den Bogen im Anschlag.

Marijana versuchte, die beiden nicht zu beachten. Langsam zählte sie, ließ dabei die Zündschnur nicht aus den Augen, die zischend abbrannte, gleichmäßig und heiß. Als sie bei zehn angekommen war, erlosch das Feuer. Sie wandte sich Roderich zu, der zur Salzsäule erstarrt schien.

Sie tippte ihm mit ausgestrecktem Arm auf die Schulter. Roderich zuckte zusammen und sah sie mit großen Augen an.

»Hältst du mich jetzt für eine Hexe?«

»Ne-nein«, stammelte er und zeigte auf die verkohlten Reste. »So etwas habe ich noch nie gesehen. Ihr könnt das Feuer tanzen lassen.«

»Das war noch gar nichts. Heute Abend wird es noch viel schöner werden.« Marijana sah rasch zu Mathes. Ihr Bewacher lehnte wieder entspannt am Baum, sein Gesicht verriet nicht, was er dachte.

»Nachher brauche ich Hilfe«, sagte sie zu Roderich. »Wirst du mir weiter zur Seite stehen?«

Er schien zu zögern. Hinter seiner Stirn arbeitete es. »Das werde ich«, meinte er schließlich. Noch bevor sie mehr sagen konnte, wandte er sich ab.

Marijana biss sich auf die Lippe. Selbst wenn später alles glatt verlief, war sie noch längst nicht außer Gefahr. Sie musste an die Warnung des Ambrosius Gallus denken. Was, wenn die Räuber ihre Vorführung als Teufelswerk betrachteten und sie als Hexe dem Flammentod übergaben?

* * *

Veits Unruhe verstärkte sich mit jeder Meile, die sie vorankamen. Er roch den Marder. Sein fauliger, ätzender Gestank lag in der Luft wie der Hauch der Pestilenz. Gott hatte ihm den Weg gewiesen, aber sie mussten sich beeilen.

Die Sonne stand bereits tief, sie mussten das letzte Licht des Tages nutzen, um so nah wie möglich an die Köhlerhütte heranzugelangen und dann in der Dunkelheit zuzuschlagen.

Veit hatte Männer vorausgeschickt, die das Gelände auskundschaften sollten. Sie müssten längst zurück sein. Hoffentlich waren sie nicht dem Marder in die Hände gefallen! Erinnerungen an die gescheiterte Lösegeldübergabe stiegen in Veit auf. Das abgeschnittene Ohr in der Mühle, seine Männer, hilflos in der Scheune eingesperrt wie Vieh. Wieder brandete Wut in ihm hoch. Mühsam kämpfte er sie nieder. Wut war keine gute Verbündete im Kampf. Sie verlieh zwar Kraft und Furchtlosigkeit, aber sie führte zu Unbesonnenheit. Und wer unbesonnen war, machte Fehler.

An der nächsten Weggabelung stießen sie endlich auf die Kundschafter. Sie waren bis zum Fuß des Berges geritten, auf dem die Hütte lag.

»Der Weg nach oben ist mit Bäumen verlegt«, berichtete einer der Männer. »Wir müssen einen Umweg machen oder die Bäume zur Seite räumen.«

»Verfluchte Höllenhunde!« Veit spuckte auf den Boden. »Wir suchen uns einen Weg durch das Unterholz.«

»Herr?« Einer seiner Knappen ritt heran. Er hatte seine Ausbildung fast beendet, ein aufgeweckter, furchtloser Jüngling mit dunklem lockigem Haar und stechenden blauen Augen.

»Was gibt es?«

»Ich kenne die Gegend. Die Burg meines Vaters liegt ganz in der Nähe. Es gibt einen zweiten Pfad nach oben. Der Zugang ist gut verborgen, aber ich kann ihn finden. Auf diesem Weg gelangen wir sogar noch schneller auf die Kuppe.«

Veits Mund verzog sich zu einem breiten Grinsen. »Alsdann, Junge. Reite voran!« Er erhob die Stimme. »Auf, Männer! Es geht weiter! Noch vor Mitternacht werden wir dem Marder das Fell abziehen!«

* * *

Die Sonne war längst untergegangen und hatte einer kalten Nacht Platz gemacht. Die Stunde der Bewährung war gekommen. Marijana hatte alles mehrfach überprüft, hatte die Zündschnüre sorgfältig ausgelegt, sodass sie auf keinen Fall brechen oder sich selbst löschen konnten. Dennoch bestand die Gefahr, dass die Mischung einen Fehler aufwies und es zur gefürchteten Explosion kam, die die Zündschnur zerstören konnte. Ohne Zündschnur konnte sie das Sprengpulver nicht entzünden, ohne sich in Lebensgefahr zu bringen.

Marijana rieb sich zum hundertsten Mal die Hände an Ursulas Kleid trocken. Roderich war genauso nervös wie sie, doch sie war sicher, dass er einen anderen Grund hatte. Sie hatte einige behutsame Fragen gestellt, doch nur schroffe Antworten erhalten.

Ein letztes Mal begutachtete Marijana die Schnüre. Meister Gallus hatte ihr von einem Unglück erzählt, bei dem das gesamte fliegende Feuer auf einmal explodiert war. Niemand wusste, warum. Alle Zuschauer in einem Umkreis von sechzig Fuß waren tot umgefallen. Einige waren zu Tode gekommen, ohne eine Verletzung davongetragen zu haben. Meister Gallus meinte, sie seien vor Schreck gestorben.

Die ersten Sterne tauchten auf, glitzerten wie die Funken der Feuersteine. Die Männer und Ursula versammelten sich in sicherem Abstand vor dem alten Baum, in den Marijana die Taler gehängt hatte. Sie hatte einen Ast an der Stelle in den Boden gerammt, wo sie warten sollten. Mathes stand ein wenig abseits, einen Pfeil auf der Sehne.

Robert nickte ihr zu, sie hob das Tuch vom Ende der Zündschnur und betrachtete die Feuersteine. »Dir, lieber Gott, bin ich anempfohlen«, murmelte sie und schlug die Steine aneinander. Ein Funke, groß wie eine Silbermünze, gleißend wie die Sonne, schlug in das Pulver der Zündschnur und setzte es in Brand. Zischend stieg der weiße Rauch auf. Bis auf Roderich, Mathes und Marijana zuckten alle zusammen und stöhnten überrascht auf.

Marijana zählte. Eins, zwei, drei, vier, fünf, sechs. Jetzt musste die zweite Zündschnur von der ersten in Brand gesetzt werden.

Ein dumpfer Knall ließ Marijanas Herz stillstehen. Es war geschehen, was sie am meisten gefürchtet hatte: Die Zündschnur war explodiert, hatte sich selbst gelöscht. Was sollte sie tun?

Urban sprang nach vorne, wedelte mit den Händen, sein Gesicht war aschfahl. »Eine Hexe!«, kreischte er. »Ich habe es immer gewusst. Sie ist mit dem Teufel im Bunde! Riecht ihr nicht den Schwefel? Direkt aus der Hölle kommt sie, und dahin zurück müssen wir sie schicken. Sofort.« Er zog sein Messer, wollte sich auf Marijana stürzen, doch ein ohrenbetäubender Knall ließ ihn erstarren. Marijana warf den Kopf herum. Die Zündschnur hatte unsichtbar weitergebrannt!

Urban schrie laut auf, rollte sich auf dem Boden zusammen wie ein Säugling und wimmerte leise. Die anderen starrten auf den Baum.

Eine blaue Feuerblume blühte von dem toten Holz herab. Nur einen Wimpernschlag danach schossen goldene Fontänen in den Nachthimmel, aus denen weißglühende Kugeln zu Boden fielen.

Stille kehrte ein, weißer Rauch zog über die Lichtung, es roch nach Schwefel und Kohle. Marijana atmete schwer, als habe sie gerade einen Berg erklommen. Zwei Feuer fehlten noch. Mit einem weiteren Knall öffnete sich über dem Baum eine kleine Sonne, orangerot und gelb gleißend zugleich, die durch den Rauch hindurch nach allen Seiten grüne Sterne ausspie.

Als sie verglüht waren, blieb es eine Weile still. Robert trat einen Schritt vor, auf seinem Gesicht sah Marijana ein zufriedenes, wissendes Lächeln. Hasso öffnete den Mund und schloss ihn wieder. Utz hielt sich eine Hand vors Gesicht, lugte zwischen den gespreizten Fingern hindurch. Ursula stand mit offenem Mund da, die Augen verzückt aufgerissen.

Marijana zählte bis zehn, dann hielt sie sich die Ohren zu. Die Explosion ließ die Lichtung erzittern wie bei einem mächtigen Donnerschlag. Einige Männer stolperten rückwärts und taumelten zu Boden. Sogar Roderich, der in etwa wusste, was ihn erwartete, erschrak und riss schützend die Arme hoch.

Robert aber rührte sich nicht von der Stelle. In seinen Augen glomm ein Feuer, ähnlich wie das der kleinen Sonne, die Marijana erschaffen hatte. Sie schaute sich um. Noch ein Mann hatte sich nicht beirren lassen: Mathes zielte auf sie, und sie zweifelte nicht eine Sekunde daran, dass er mit seinem Pfeil ihr Herz durchbohrt hätte, wenn sie auch nur versucht hätte, das Durcheinander zu nutzen, um zu fliehen.

Marijana fasste sich ins Gesicht. Sie blutete. Sie hatte viel näher an der Explosion gestanden als die anderen. Ein Splitter musste sie getroffen haben. Von dem Baum war nicht mehr viel übrig. Sie hatte das Pulver so angebracht, dass er nach hinten gefallen war. Der Stumpf glühte und rauchte.

Robert kam auf sie zu, hob die Hand, tupfte ihr mit seinem Ärmel das Blut vom Gesicht. »Marijana von Falkenstein, ich muss zugeben, ich habe Euch mehr als unterschätzt. Eine wirklich beeindruckende Vorstellung.« Er verbeugte sich tief.

Einige der Männer rappelten sich auf und taten es ihm nach. Selbst Mathes verneigte sich, ohne jedoch den Pfeil von der Sehne zu lösen.

Marijana lächelte. Ihr Herz schien davonfliegen zu wollen, sie fühlte sich leicht wie eine Feder und stark wie ein Bär. Das erste Mal in ihrem Leben wurde ihr Anerkennung entgegengebracht, weil sie etwas Besonderes vollbracht hatte.

Robert richtete sich auf. »Männer! Das Schicksal hat uns Marijana von Falkenstein gesandt. Ich habe schon vom fliegenden Feuer gehört. Und von der Kraft dieses Feuers, sogar Mauern zu brechen. Doch ich hatte es noch nie gesehen. Bis heute habe ich nicht daran geglaubt.«

Hasso ergriff das Wort. »Was sollen wir damit anfangen? Willst du Festungen angreifen? Burgen plündern? Dazu braucht es mehr als einen zweifelhaften Feuertrick. Wie soll uns das nützen?«

Marijanas Hochgefühl löste sich in nichts auf. Wie hatte sie glauben können, dass diese Barbaren weiter dachten als bis zu ihrer eigenen Nasenspitze?

»Wie immer willst du gleich mit dem Kopf durch die Wand, Hasso, mein Freund.« Robert schlug ihm mit der Hand auf die Schulter. Hasso drehte sich weg. Robert achtete nicht darauf. »Zum einen können wir uns hervorragend damit verteidigen.« Er zeigte auf Urban, der noch immer wie ein Häuflein Elend auf dem Boden kauerte. »Seht ihn euch an! Er hat geglaubt, der Leibhaftige steige aus der Hölle. Selbst Hasso ist blass geworden, und ich gebe zu, ich hab ein Stoßgebet zum Himmel gesandt. Die Söldner, die uns jagen, werden laufen wie die Hasen. Niemand legt sich mit dem Teufel an!«

»Wenn sie das Feuer der Hölle beschwören kann, dann kann sie doch sicher auch Gold machen, so wie die Alchemisten!«, rief Utz und schwang seine Faust.

»Ich kann kein Gold herstellen.« Marijana hatte befürchtet, dass jemand auf diese Idee kam. »Wenn irgendwer das könnte, wüssten wir es, oder?«

»Warum?«, fragte Utz. »Der würde das doch nicht verraten.«

Einige Männer lachten auf.

Hasso machte eine wegwerfende Handbewegung. »Mein Gott, Utz! Dein Kopf taugt nur, um Türen damit einzurennen. Wer Gold machen kann, kann sich so viele Söldner kaufen, wie er will. Er würde die ganze Welt beherrschen!«

Utz schwieg beleidigt.

Robert räusperte sich. »Ich habe da vielleicht eine Idee, wie wir dieses Feuer in Gold verwandeln können.«

»Und wie?« Hasso legte den Kopf schief.

»Das verrate ich euch später.« Er hob die Hand. »Jetzt müssen wir abstimmen. Wer ist dafür, Marijana in unsere Gemeinschaft aufzunehmen?«

Einige Hände schossen hoch.

»Und warum sollten wir ihr vertrauen?«, fragte Urban, der sich inzwischen erhoben hatte. »Sie könnte uns alle in die Hölle schicken mit diesem Teufelszauber!«

»Da hat er recht.« Jeronimus trat in die Mitte. »Sie muss beweisen, dass sie zu uns gehört, dass wir ihr vertrauen können.«

Die Arme wurden gesenkt.

Marijanas Herz hämmerte wild. Die Stimmung war im Begriff zu kippen.

»Und wie stellst du dir das vor?«, fragte Robert.

»Sie muss etwas tun, das sie zu einer von uns macht, etwas, wofür sie am Galgen baumeln würde, wenn man sie erwischt.« Jeronimus grinste verschlagen.

Marijana wurde es kalt. Würden die Männer von ihr verlangen, einen Menschen zu töten? Sie presste die Hände vor den Mund und blickte hilfesuchend zu Robert.

Er sah sie an, dann richtete er das Wort an seine Leute. »Also gut, wer ist dafür, dass Marijana sofort in unsere Gemeinschaft aufgenommen wird?« Er hob die Hand.

Niemand folgte seinem Beispiel. Roderichs Hand zuckte kurz, doch nach einem Blick zu Ursula blieb sie unten.

»Und wer ist dafür, dass sie erst beweisen muss, dass wir ihr trauen können?«

Alle Hände schossen hoch.

»Dann ist es beschlossen. Marijana muss beweisen, dass sie treu zu uns steht. Bis dahin bleibt sie unsere Gefangene.«

* * *

Die Nacht war kalt und finster. Veit und seine Männer mussten sich jeden Fuß vorantasten. Einige schienen es gar nicht eilig zu haben, obwohl Veit sie unermüdlich antrieb. Er kannte den Grund für ihre Verzagtheit: Eben hatte es auf dem Berg ein Gewitter gegeben. Obwohl es gar nicht schwül war. Und es hatte auch nicht geregnet. Inzwischen war alles wieder dunkel und still, doch ein strenger Geruch nach Schwefel hing in der Luft.

Veit wagte nicht, sich vorzustellen, dass der Marder tatsächlich mit dem Teufel im Bunde stehen könnte. Es würde ihm übermenschliche Kräfte verleihen. Kräfte, gegen die weder Schwert noch Bolzen etwas ausrichten konnten, sondern nur Weihwasser und die Worte eines Geistlichen. Weder das eine noch das andere führten sie mit sich. Die Kruzifixe, die sie alle um den Hals trugen, würden in diesem Fall nicht ausreichen. Sie waren zu schwach gegen den mächtigen Zauber, den eine verkaufte Seele entfachen konnte.

Seine Männer zeigten es nicht offen, aber Veit spürte, wie ängstlich sie waren. »Herr, verzeih mir meine eitlen Gedanken«, murmelte Veit lautlos in die Nacht. »Ich war töricht, als ich behauptete, dass ich den Teufel nicht fürchte. Lenke uns weiter mit Deinem Rat und Deiner Weisheit. Ich will mich Dir anvertrauen. Denn wenn Du an meiner Seite bist, muss ich nichts fürchten.« Veit schlug das Kreuz und schwor, ein Kloster zu stiften, wenn Gott ihn dieses Mal vor dem Teufel beschützte.

Dann hielt er sein Pferd an und stellte sich in die Steigbügel, obwohl die Ritter ihn kaum sehen konnten. »Männer! Was immer uns an der Köhlerhütte erwartet, Gott wird mit uns sein. Ich habe zu ihm gebetet, und er hat meine Worte erhört. Fürchtet euch nicht!«

Die Männer schlugen ihre Fäuste an die Rüstungen und riefen: »Gott will es! Gott ist mit uns!«

Veit gab seinem Pferd die Sporen und setzte sich an die Spitze seiner Männer. Der Anstieg war steil, aber die Tiere waren es gewohnt, große Lasten zu tragen, ohne ins Rutschen zu geraten.

Schon bald sah er durch die Bäume hindurch die rötlichen Flammen eines Lagerfeuers schimmern. Diese Narren fühlten sich sicher. Umso größer würde die Überraschung werden. Er zog die Zügel an und hob die Hand. Ab hier mussten sie absitzen und sich zu Fuß anschleichen.

Lautlos bewegten sie sich bergan. Veit schwitzte, sein Arm meldete sich mit leichtem Schmerz. Er würde sowieso nur in den Kampf eingreifen, wenn es eng werden sollte. Aber davon ging er nicht aus. Mehr als zwei Dutzend kampferprobte Ritter gegen ein zusammengewürfeltes Häuflein Räuber, die um ein Lagerfeuer hockten und nichts Böses ahnten. Es würde nicht lange dauern.

Zumindest solange sich der Teufel heraushielt.

Sie waren jetzt so nah, dass Veit einzelne Gestalten ausmachen konnte. Ein blonder Mann, der seinen Arm um eine Frau gelegt hatte, daneben ein magerer Bursche, der damit beschäftigt war, sein Messer an einem Stein zu wetzen.

Veit gab das Zeichen. Unter lautem Kampfgeheul stürmten die Ritter auf die Lichtung und metzelten alles nieder, was sich ihnen in den Weg stellte.

* * *

Lärm drang an Marijanas Ohren. Kein Streit, sondern Kampfgetöse. Männer schrien, Pferde wieherten, Metall klirrte. Die Tür zur Köhlerhütte schlug krachend auf. Ein Ritter trat über die Schwelle. Marijana wich zurück. Wo war Roderich? Wo Mathes? Waren sie nach draußen geeilt, als der Kampf begonnen hatte?

Der Ritter war gegen das grelle Licht des Mondes nicht zu

erkennen. Langsam kam er näher. Als er das Visier hochklappte, erkannte Marijana ihn. Veit! Wie hatte er sie gefunden? Er grinste breit und hielt ihr etwas hin. Sie schrie.

Es war Roberts Kopf.

»Marijana!«, rief Veit. »Was ist los? Freust du dich nicht? Der Verbrecher ist tot und wird dir nie wieder ein Leid antun.«

Marijana schlug die Hände vors Gesicht und drehte sich schluchzend weg. Veit rüttelte an ihrer Schulter, rief ihren Namen.

»Geh fort! Lass mich in Ruhe!«, stieß sie unter Tränen hervor.

Doch er ließ sie nicht los. »Marijana! Marijana! Wach auf!«

Sie öffnete die Augen. Robert kniete vor ihr, schaute sie besorgt an.

Ein Traum! Nichts als ein dummer Albtraum! Aber wo war die Hütte? Sie war verschwunden, Marijana lag unter einer Plane, mitten im Wald.

»Wie ... wo ...«, stammelte sie.

»Ihr seid in eine tiefe Ohnmacht gefallen, noch bevor wir gestern Abend aufgebrochen sind. Wir haben Euch auf einem Pferd festgebunden, das wir nicht mehr fürs Gepäck brauchten, weil wir einen Teil der Beute bei der Köhlerhütte gelassen haben.«

Plötzlich fiel Marijana wieder ein, wie der Abend zuvor geendet hatte. Mit einem Ruck richtete sie sich auf. »Was werdet Ihr von mir verlangen? Muss ich einen Hof überfallen? Jemanden ausrauben und ermorden?«

Robert senkte den Blick. »Ihr habt die Männer erlebt, ich konnte nichts tun, ohne zu riskieren, dass sie sich gegen mich wendeten.«

»Wie geht es jetzt weiter?«

»Ich werde dafür sorgen, dass Euer Loyalitätsbeweis nicht allzu schwer zu bewältigen sein wird. Schließlich liegt allen daran, dass Ihr es schafft und uns mit Eurem Feuerzauber beisteht. Aber irgendetwas Ungesetzliches müsst Ihr tun, das kann ich nicht verhindern.«

»Ich kann die Männer sogar verstehen«, gab Marijana zu. »Mit dem Sprengpulver besitze ich eine Macht, die ich nicht nur gegen ihre Feinde, sondern auch gegen sie selbst richten kann.« Ihr kamen Zweifel. Vielleicht hätte sie den Räubern nicht zeigen dürfen, über welches Wissen sie verfügte. Andererseits hätten die Männer sie niemals einfach so laufen lassen. Ohne den Feuerzauber wäre sie längst tot. »Warum ist mein Vater nicht gekommen, um das Lösegeld zu zahlen? Warum hat er mich im Stich gelassen?« Sie schlug die Hände vors Gesicht.

»Ich glaube nicht, dass er Euch einfach so Eurem Schicksal überlassen hat.« Robert berührte sanft ihre Schulter. »Ich habe einen Plan. Wenn er aufgeht, werdet Ihr die Gelegenheit bekommen, die Wahrheit herauszufinden.«

»Was für einen Plan?«

»Nicht jetzt. Wir müssen uns beeilen. Wir haben nur eine kurze Rast eingelegt, weil wir so überstürzt aufbrechen mussten. Eine Gruppe Dorfbewohner war im Anmarsch auf die Köhlerhütte, wohl angelockt durch Euren Feuerzauber, dicht gefolgt von Rittern, einem kleinen Heer. Sie werden unsere Spuren finden und uns verfolgen.« Er zögerte einen Moment. »Es sind die Männer Eures Verlobten.«

»Veit ist auf dem Weg hierher?« Marijanas Herz schlug schneller. Sie wagte nicht zu ergründen, ob aus Freude oder Furcht.

»Ich hoffe nicht.« Robert blickte unter der Plane hindurch in die Dunkelheit des Waldes. »Ich habe Roderich und Drago losgeschickt, eine falsche Spur zu legen. Wenn alles glattgegangen ist, stoßen die beiden im Morgengrauen zu uns. Wenn nicht ...«

***

Irgendetwas stimmte nicht. Veit hörte Frauen und Kinder schreien. Zu viele Frauen und Kinder. Dass Meglings Bande eine oder zwei Huren angehörten, mochte noch angehen. Aber Kinder? Und dazu so viele?

Veit stürmte auf die Lichtung. Männer lagen in ihrem Blut, Frauen knieten über ihnen und klagten. Die Ritter metzelten jeden, der ihnen vor die Klinge kam, widerspruchslos gehorchten sie Veits Befehlen. Doch diesmal hätten sie besser nachgedacht. Veit rammte die Faust in die Luft und brüllte aus Leibeskräften. »Aufhören! Stellt den Kampf ein! Das sind die Falschen!«

Es dauerte eine Weile, bis jeder Ritter den Befehl verstanden hatte und befolgte. Nach und nach versammelten sie sich um das Feuer, zogen die Helme vom Kopf, Blut und Schweiß klebten ihnen im Gesicht.

Veit zählte mit versteinerter Miene die Toten. Neun Männer, zwei Frauen, zwei Kinder und – verdammt sei der Marder! – ein Priester. Ein zweiter Gottesmann kniete neben seinem Bruder und sprach ein Gebet. Diese Menschen mochten in Lumpen gekleidet sein, aber sie waren keine Gesetzlosen, keine Handlanger des Teufels. Und einen Priester umzubringen war beileibe keine Heldentat. Er würde diesem Alten in dem Weiler die Zunge herausreißen lassen! Er hatte gelogen, ihn in die Irre geführt. Dennoch musste er wissen, was die Leute an diesem verfluchten Ort trieben.

»Hochwürden!«, rief Veit. »Was geht hier vor? Was macht ihr hier oben?«

Der Priester richtete sich auf, er war hager und blass, aber seine Körperhaltung verriet, dass er keine Angst hatte. »Wer seid Ihr, dass Ihr es wagt, Männer Gottes anzugreifen und sogar einen von ihnen zu töten?«

Veits Blut kochte. Was erlaubte sich dieser selbstgefällige … Er riss sich zusammen. Er hatte heute bereits ein ganzes Dorf niedermetzeln lassen. Und nun das hier. Wenn der König von seinem eigenmächtigen Handeln erführe, wäre er nicht angetan. Zumal er sich weit außerhalb des Machtbereichs der Burg Stein aufhielt. Dort durfte er schalten und walten, wie er wollte. Nicht jedoch auf fremdem Gebiet. Die Jagd nach dem Marder rechtfertigte vieles. Aber er durfte den Bogen nicht überspannen.

Er holte tief Luft. »Ich bin Veit von Amerang, Vertrauter des Königs und in seinem Auftrag unterwegs, um Robert Megling zu fangen, der allgemein als ›Der Marder‹ bekannt ist. Angeblich sollte er hier oben sein Versteck haben. Ich wurde arglistig getäuscht.« Veit griff unter seinen Surcot, zog einen Beutel Münzen hervor und warf ihn dem Priester zu. »Ich hoffe, das genügt, um meine Schuld zu tilgen.«

Der Priester fing den Beutel geschickt, öffnete ihn und pfiff durch die Zähne. »Seid gewiss, Gott wird Euch verzeihen, mein Sohn. Der Marder, sagt Ihr, Herr?«

»An der verfluchten Köhlerhütte sollte er lagern. So sagte man mir.«

»Heißt es nicht, der Marder sei mit dem Teufel im Bunde? Das könnte passen. Womöglich seid Ihr doch am richtigen Ort. Diese tapferen Leute hier …« Er schwenkte seinen Arm im Kreis, ohne den Satz zu beenden.

Wie auf ein Zeichen ging das Wimmern und Heulen wieder los, doch die hoch erhobene Hand des Geistlichen ließ die Leute verstummen.

»Sie kamen mit mir hierher, um den Teufel zu verjagen. Wir hörten den Donner, sahen die Blitze. Ohne Zweifel hat der Gehörnte hier seine abscheulichen Rituale abgehalten. Riecht Ihr nicht den Schwefel? Seht Ihr nicht den Baum, den der Teufel mit seinem Atem verbrannt und mit seiner Klaue gefällt hat? Bestimmt ist ihm der Marder dabei zur Hand gegangen.«

Veit roch nicht nur den Schwefel. Das Aroma von verbranntem Steinsalz lag schwer in der Luft. Veit betrachtete den gefällten Baum. Von wegen Teufel. Der Marder musste in den Besitz von Sprengpulver gelangt sein. Aber wie? Nur wenige kannten das Rezept, und die Zutaten waren teuer und schwer zu beschaffen.

Veits Gedanken schossen zu Craiburg. Der Mönch war mit einer Fuhre mit genau diesen Ingredienzen auf dem Weg zur Burg Stein. Veit fasste sich an die Brust. Hatte der Marder etwa … Nein! Unmöglich! Und doch, hier sah es genau so aus, als hätte Robert Meglings Bande sich an der Herstellung von Sprengpulver versucht. Wenn sie doch nur allesamt dabei zur Hölle gefahren wären!

Veit trat näher an den Geistlichen heran. »Habt ihr gesehen, in welche Richtung der Marder geflohen ist?«

»Wir haben nichts gesehen. Als wir hier oben ankamen, war alles still und dunkel, nur das Feuer glomm noch. Aber in der Hütte lagern Waren und Vorräte. Vor allem Salz und Pech in größeren Mengen. Und es gibt einen Pfad, der auf der entgegengesetzten Seite den Berg hinabführt.« Der Priester wies mit dem Kopf nach Südosten. »Er beginnt da vorn und stößt bei Altenmarkt auf die Alz. Dort gibt es eine Brücke.«

Altenmarkt! Der Marktflecken am Zusammenfluss von Alz und Traun lag gleichsam vor Veits eigener Haustür, beinahe in Sichtweite der Burg Stein. Würde Megling das wagen? Warum nicht? Er fühlte sich sicher, gerade jetzt, wo er sich einbildete, das Feuerpulver zu beherrschen.

Veit sprang auf sein Pferd. »Männer! Kein Zaudern! Der Marder war hier, daran besteht kein Zweifel. Wir müssen die Bande vor der Brücke erwischen.«

In Windeseile führten die Männer ihre Pferde herbei, saßen auf und preschten los. Der Marder hatte weniger als zwei Stunden Vorsprung. Diesmal würde er nicht entkommen.

Das purpurne Siegel

Roderich und Drago tauchten im Morgengrauen an der vereinbarten Stelle auf, einer vom Blitz gefällten Eiche oberhalb der Furt bei Trostberg. Sie waren schweißnass und mussten zu Atem kommen, bevor sie Bericht erstatten konnten.

Robert ließ ihnen den Weinschlauch reichen. Ihm fiel auf, dass Ursula Roderich einen fragenden Blick zuwarf, bevor sie ihm ein Stück Trockenfleisch reichte.

»Es hat geklappt, Robert«, schnaufte Drago. Wein lief ihm über das Kinn. »Sie sind dem Pfad, der zur Altenmarkter Brücke führt, nach Süden gefolgt.«

»Habt ihr gehört, Männer?«, rief Robert. »Der große Veit von Amerang ist uns ein weiteres Mal auf den Leim gegangen wie ein dummer Bub. Wir müssen ihn nicht fürchten. Ruht euch aus, esst, trinkt!«

Ursula verteilte an alle Brot, Käse und verdünnten Wein, Marijana wollte ihr zur Hand gehen, und zu Roberts Überraschung drehte Ursula sich nicht weg, sondern gab Marijana einen Weinschlauch und Becher, damit sie helfen konnte. War es Marijanas Hartnäckigkeit, die Ursulas Panzer geknackt hatte, oder steckte etwas anderes dahinter? Der Feuerzauber vielleicht?

Robert reichte Marijana einen Kanten Brot und ließ sich neben ihr nieder, außer Hörweite der anderen.

»Dieses Leben muss schwer für Euch sein«, sagte er. »Kein warmes Bett. Keine festen Mahlzeiten. Keine Diener, die einem die harten Verrichtungen des Alltags abnehmen.«

»Ihr habt es auch geschafft, Euch umzustellen.«

»In der Tat. Doch Ritter werden für ein hartes Leben im Kampf erzogen. Für eine Frau muss es viel schwerer sein.«

Marijana ließ die Hand sinken, in der sie das Stück Brot hielt. »Ich bin wie ein Ritter erzogen worden. Mein Vater hat mir den Schwertkampf und das Bogenschießen beigebracht. Er war ein unerbittlicher Lehrmeister. Wäre ich ein Sohn gewesen, hätte er nicht strenger sein können. Ich habe mich oft in den Schlaf geweint, weil ich seine Härte als Mangel an Zuneigung verstanden habe. Jetzt bin ich ihm dankbar. Ohne das, was ich von ihm gelernt habe, würde ich es hier nicht aushalten.« Marijana biss in den harten Kanten und starrte vor sich hin.

Robert betrachtete sie erstaunt. Der mächtige Graf von Falkenstein hatte keinen männlichen Erben, das war allgemein bekannt. Hatte er aus seiner Tochter einen Sohn machen wollen? »Ihr seid nicht das verwöhnte Burgfräulein, für das ich Euch anfangs hielt. Das habe ich bereits bemerkt.«

Marijana nickte und tastete nach ihrem Beutel.

Robert wusste, dass sie die Puppe darin aufbewahrte. Er

begann zu ahnen, welche Bedeutung dieses kleine Spielzeug für sie haben musste.

»Wir haben beide ohne Schuld alles verloren.«

Robert sah sie an. »Ihr wisst, dass ich einst ein geachteter und mächtiger Burggraf war?«

Marijana nickte, eine Strähne fiel ihr ins Gesicht. »Ich habe gehört, dass Ihr Eure Eltern verlort, als Ihr gerade vierzehn wart, und dass Ihr alle Geschäfte übernahmt und nicht schlecht darin wart, bis ...« Sie strich die Haare mit einer fließenden Bewegung zurück.

»... bis der Vorabend der Schlacht von Mühldorf anbrach. Es war zwei Tage vor Michaelis im Jahre des Herrn 1322. Verflucht sei dieser Tag! Der König kam auf meine Burg, um dort zu übernachten, denn er hatte allen Grund, sich unter meinem Dach sicher zu fühlen. Ich war sein zukünftiger Schwiegersohn, ich sollte schon bald seine Tochter Mechthild heiraten. Am nächsten Tag wollten wir gemeinsam in die Schlacht ziehen, um es diesem Möchtegern-König Friedrich endgültig zu zeigen.«

»Der König wollte Euch seine Tochter zur Frau geben?«

»Ihr habt richtig gehört. In meinen Adern fließt, wenn auch etwas verdünnt, das Blut der Luxemburger. Genug, um Johann von Luxemburg fest als Verbündeten zu sichern.«

Marijana schwieg, also fuhr er fort.

»Wir saßen zu Tisch, besprachen die Schlachtordnung und die Gefahr, die uns von Leopold drohte, Friedrichs Bruder, der mit einem mächtigen Heer anrückte, das Friedrichs Kräfte verdoppelt und uns zum Rückzug gezwungen hätte. Unser aller Leben hing an einem seidenen Faden.« Robert seufzte. »Er war fast wie ein Vater für mich. Er förderte mich, vertraute mir, wollte mich zu seinem Schwiegersohn machen und zu seinem Vitztum, zu seinem Stellvertreter im gesamten Süden Bayerns.«

Robert stocherte mit einem Ast im Boden herum. »Ihr müsst wissen, Marijana, Ludwig ist ein weiser und guter König.«

Robert drückte so fest auf den Ast, dass er brach. Er hielt Marijana beide Teile hin. »Aber unsere Freundschaft war ebenso zerbrechlich wie dieses Stück Holz. Sie endete wenige Stunden später.«

Robert rieb sich die Schläfen. Hundertmal hatte er diese Nacht in Gedanken durchlebt und sich immer wieder gefragt, ob er die Geschehnisse hätte verhindern können. »Der König hob beizeiten die Tafel auf und schickte alle zu Bett, denn der nächste Tag würde über das Schicksal des Reiches entscheiden. Dass meines bereits in der Nacht entschieden würde, ahnte ich nicht. Der König schlief selbstverständlich in meinen Gemächern, ich bettete mich im Nebenzimmer zur Ruhe, das durch eine Verbindungstür mit dem Schlafgemach verbunden war. Draußen im Gang sorgte die Leibwache des Königs für Sicherheit. Ich konnte nicht schlafen, legte mich auf mein Lager und malte mir meine Zukunft in den rosigsten Farben aus. Ich sah mich an der Seite des Königs. Als seine rechte Hand. Wie naiv von mir! Immerhin rettete meine schwärmerische Natur dem König das Leben. Hätte ich geschlafen, ich säße jetzt nicht hier, und Ludwig wäre tot.« Roberts Kehle wurde eng.

Marijana berührte ihn sacht am Arm. »Was ist geschehen?«

Ihre Stimme löste seine Starre. »Es war um die Zeit, wenn die Menschen im tiefsten Schlaf liegen, wenn man sie überrumpeln kann und sie sich nicht wehren können. Ich hörte gedämpfte Geräusche aus meinem Schlafgemach. Die Mauern sind dick, die Tür ist aus Eichenholz. Umso mehr war ich beunruhigt. Wie laut musste es in meinem Schlafgemach zugehen, wenn ich es durch die Tür hören konnte? Ludwig hatte keine Frau mit aufs Zimmer genommen, niemand war bei ihm.

Sollte ich den König stören? Die Leibwache verständigen? Was, wenn ich nur die Pferde scheu machte? Wenn Ludwig einfach nur im Schlaf laut redete?

Ich beschloss nachzusehen. Behutsam öffnete ich die Verbindungstür, und sofort war mir klar, dass hier ein Kampf auf Leben und Tod stattfand. Allmächtiger! Diesen Anblick werde ich nie vergessen. Der König lag bäuchlings auf dem Bett, ein Mann kniete auf seinem Rücken, ein Messer hoch erhoben, das Nachthemd des Königs glänzte vom Blut. Ich stürzte in den Raum. Vergeblich griff ich nach meinem Schwert. Ich war ja unbewaffnet, also schrie ich, so laut ich konnte. Der Angreifer ließ vom König ab, wandte sich mir zu. Ich kannte den Mann nicht, aber als er mich sah, wurde er kreidebleich, stürzte sich auf mich und schlug mich so schnell nieder, dass ich nicht reagieren konnte. Es muss so etwas wie eine Bleikugel an einer Schnur gewesen sein, die er nach mir schleuderte, jedenfalls sah ich sie nicht kommen.

Ich verlor für einen kurzen Moment das Bewusstsein. Als ich zu mir kam, war der Mann verschwunden und die steinerne Tür zu dem Geheimgang, die sonst hinter einem Wandvorhang verborgen war, stand offen. Woher kannte der Verräter diesen Zugang? Ich schaute mich um. Das blutige Messer lag neben mir. Ich nahm es, wollte sehen, ob es ein besonderes Kennzeichen besaß, die den Besitzer verriet. Mir gefror das Blut in den Adern: Mein Name war in den Griff eingraviert. Ich verstand nichts, war überzeugt davon, dass sich das aufklären würde. Doch wichtiger war jetzt der König. Ich stürzte zu ihm. Noch immer lag er auf dem Bauch, ich beugte mich über ihn, er blutete, doch das Messer hatte ihn nicht lebensgefährlich verletzt. Gott sei Dank! Ich hatte das Leben des Königs gerettet!«

»Und Eures verwirkt?«

»Ja, Marijana, Ihr habt es erraten. Endlich hatten auch die Wachen draußen bemerkt, dass etwas nicht stimmte. Ein Mann stürzte ins Gemach. Als er den König sah, rief er: ›Zu Hilfe! Schützt den König! Mord! Mord!‹ Er zog sein Schwert. ›Sterbt, Verräter‹, zischte er und drang auf mich ein. Ohne Schwert und Rüstung hatte ich diesem Kämpfer nichts entgegenzusetzen. Die Leibwache des Königs besteht nur aus den Besten der Besten. Ich warf das Messer nach ihm, er wehrte es mit dem Schwert ab und war für einige Augenblicke abgelenkt.

Ich nutzte die Zeit, um mich in den Geheimgang zu werfen, zog den Hebel, der die Tür zuschlagen ließ, und rannte los. Niemand außer mir kannte den Mechanismus. Die Tür aufzubrechen würde Stunden dauern. Erst als ich im Wald unterhalb der Burg in Sicherheit war, wurde mir bewusst, dass im gesamten Gang alle Fackeln gebrannt hatten. Der Mordgeselle war durch den Geheimgang in die Burg eingedrungen, und er hatte sie auf dem gleichen Weg wieder verlassen. Er muss in Panik geraten sein. Deshalb hat er sein grausames Werk am König nicht vollendet und die Geheimtür nicht hinter sich verschlossen. Hätte die Tür nicht offen gestanden, hätte ich nicht genug Zeit gehabt zu fliehen und die Wachen hätten mich in Stücke geschlagen. Sein Fehler hat mir das Leben gerettet.

Zwei Tage und zwei Nächte irrte ich umher, verzweifelt und unfähig, einen klaren Gedanken zu fassen. Immer auf der Hut vor den Häschern des Königs. Bestimmt hätten sie mich gefasst, wenn sie ihre ganze Kraft darauf verwendet hätten, mich zu finden. Doch Ludwig ist am nächsten Tag in die Schlacht geritten, er konnte nicht viele Leute für die Hatz abstellen. Sonst wäre ich vor Gericht gestellt und beschuldigt worden, den König angegriffen und verletzt zu haben, mit der Absicht, ihn zu töten. Der Anschlag wurde in meiner Burg ausgeführt, mit einem Messer, in das mein Name eingraviert war. Und ich floh durch einen Geheimgang, von dem außer mir, so hatte ich geglaubt, niemand wusste. Niemals hätte ich den König von meiner Unschuld überzeugen können. Irgendwann war ich so erschöpft, dass mir alles gleichgültig war, ich brach ohnmächtig zusammen.

Als ich aufwachte, fürchtete ich das Schlimmste, doch ich hatte Glück. Treue Bauern hatten mich gefunden. Sie glaubten kein Wort von dem, was überall erzählt wurde, päppelten mich auf, gaben mir ihr Erspartes, damit ich fliehen konnte. Als Erstes überfiel ich einen reisenden Ritter, nahm seine Waffen und sein Pferd, verschonte aber sein Leben.«

»Warum seid Ihr nicht geflohen? Nach Frankreich gegangen oder nach Italien?«

»Weil ich nie die Hoffnung aufgegeben habe, dass ich eines Tages meine Unschuld beweisen kann. Weil ich den König schützen muss. Die Verschwörung, die damals in dem Mordanschlag gipfelte, ist nicht aufgedeckt, die Verräter laufen frei herum, vielleicht sogar in nächster Nähe des Königs! Er schwebt in höchster Gefahr, und es ist nur der schützenden Hand Gottes zu verdanken, dass er noch lebt.«

»Deshalb habt Ihr Euch den Räubern angeschlossen?«

»Es war ein Wink des Herrn. Ich rettete Hasso und Ursula das Leben, übernahm die Führung der Bande, da Hasso schwer verletzt war. Ich brauchte Männer, ich brauchte Geld. Spione sind teuer. Immerhin habe ich noch erfahren, dass mein Vogt etwas mit der Verschwörung zu tun gehabt haben muss: Kurz nach dem Anschlag kam er ums Leben. Er stürzte vom höchsten Turm der Burg. Es hieß, er sei betrunken gewesen. Ich weiß es besser. Mein Vogt war Benediktinermönch, bevor er zu mir kam. Die Kutte hatte er abgelegt, nicht aber dem Gelübde entsagt, der Trunksucht zu widerstehen. Und er war der einzige Mensch außer mir, der von dem Geheimgang wusste.«

»Der Anschlag auf den König ist fast zwei Jahre her. Wie wollt Ihr nach all der Zeit Eure Unschuld beweisen? Wie den König überzeugen?«

»Habe ich Euch überzeugt?«

Marijana zog ihre Hand zurück. »Spielt das eine Rolle?«

»Aber ja. Ich möchte, dass Ihr mich so seht, wie ich bin: Ich stehe treu zum König, und könnte ich ihn damit schützen, würde ich jederzeit in den Tod gehen.«

»Ich möchte Euch glauben, Robert, aber das ist alles so ...« Marijana berührte die Narbe in ihrem Gesicht.

»Es fällt Euch schwer, mir zu vertrauen, nach allem, was Euch bei uns geschehen ist. Das verstehe ich.« Er fasste sie bei den Schultern. »Es gibt einen Beweis für meine Unschuld. Ein Dokument. Einen Brief. Bisher hielt ich es für ein Gerücht, doch nun bin ich sicher, dass er existiert. Und seit Kurzem weiß ich sogar, wo dieser Brief zu finden ist. Helft mir, an den Brief zu kommen, dann erhalten wir beide unsere Freiheit zurück.«

* * *

Marijana biss sich auf die Unterlippe. Ihr Herz schlug bis zum Hals, ihre Kehle war staubtrocken. Obwohl sie geahnt hatte, dass die Räuber nicht lange warten würden, hätte sie niemals gedacht, dass sie schon so bald den Beweis für ihre Loyalität würde antreten müssen.

Vorsichtig beugte sie sich vor und kniff die Augen zusammen. Unter ihnen lag eine Landstraße. Es war später Nachmittag. Nachdem sie bis zur Mittagsstunde gerastet hatten, waren sie eine Zeit lang quer durch den Wald weitergezogen. Sie bewegten sich in nordöstlicher Richtung, wohin genau, wusste Marijana nicht. Auch jetzt hatte sie keine Ahnung, wohin die Landstraße führte, die unter ihnen aufgetaucht war.

»Hier«, hatte Robert ihr verkündet, nachdem sich alle um ihn versammelt hatten. Er sprach mit kühler, herrischer Stimme, in der nichts mehr zu spüren war von der Vertrautheit des Morgens, als er ihr seine Geschichte erzählt hatte. Vielleicht bereute er, so viel von sich preisgegeben zu haben. »Hier wirst du uns beweisen, dass du eine von uns bist.« Er hatte ihr erklärt, was sie tun sollte, dann hatten sie sich auf die Lauer gelegt.

Vor einer Weile hatte Lentz, der etwas weiter die Straße aufwärts Position bezogen hatte, das Zeichen gegeben. Ein geeignetes Opfer war im Anmarsch. Reisende Mönche. Oder Pilger. Robert hatte erklärt, dass sie vor allem die Kleider brauchten. Und Marijana sollte sie besorgen.

Ein Karren bog um die Ecke, gezogen von einem Gaul. Auf dem Karren saß eine junge, vornehm gekleidete Frau, der Mann an ihrer Seite war mindestens zwei Jahrzehnte älter. Auch er trug feinste Stoffe, ein dicker Siegelring glänzte an seinem Finger.

Rechts und links des Karrens liefen zwei bewaffnete Knechte, dahinter schritten zwei Männer, die an ihrem Wanderstab und an der Muschel an ihrem Hut als Pilger zu erkennen waren. Wahrscheinlich hatten sie sich den Reisenden angeschlossen, um deren Schutz zu genießen. Auf dem Karren befand sich keinerlei Ladung, vermutlich handelte es sich bei dem Mann um einen reichen Bürger aus der Stadt, der sein Landgut besucht hatte und vor Einbruch der Dunkelheit wieder zu Hause sein wollte.

Marijana spürte eine Faust im Nacken.

»Auf geht's«, raunte Hasso und versetzte ihr einen Stoß.

Sie stolperte den Hang hinunter und zog im Laufen das Messer, das Robert ihr gegeben hatte. Gleichzeitig mit Drago und Roderich erreichte sie den Weg. Im Gegensatz zu ihr hatten beide ein Tuch vors Gesicht gebunden. Irgendwo im Unterholz kauerte Mathes, einen Pfeil schussbereit auf der Sehne. Wenn er auch nur den leisesten Verdacht hatte, dass etwas nicht mit rechten Dingen zuging, würde er schießen. Nicht auf die Fremden. Auf Marijana.

Das Pferd scheute, als die drei auf den Weg sprangen. Drago und Roderich stürzten sofort zu den beiden Knechten und entwaffneten sie.

Marijana schwang das Messer. »Runter vom Wagen!«

»Ich bin vom Geschlecht derer von Hagenberg!«, protestierte der Mann. »Wie kannst du es wagen, du dreckige ...«

»Runter vom Wagen, habe ich gesagt!« Marijana registrierte erstaunt, dass ihre Stimme nicht mehr zitterte.

Der Mann und die Frau gehorchten. Hagenberg stellte sich etwas abseits, ein kleines Kästchen an sich gepresst. Der Inhalt war ihm offenbar wichtiger als seine Frau.

»Was hast du da?«

»Ni–nichts.«

»Zeig her!«

»Nur Schreibutensilien. Siegelwachs, Feder und Tinte. Damit könnt ihr nichts anfangen.«

Marijana gab Drago ein Zeichen. Roderich und er hatten die Knechte aneinandergefesselt.

Drago schnappte sich das Kästchen und öffnete es. Seine Augen wurden groß, er hielt eine goldene Kette hoch, an der ein großer grüner Stein baumelte. »Nettes Schreibzeug.«

Marijana wandte sich ab. »Und ihr da! Vortreten!« Sie deutete auf die Pilger. »Ausziehen!«

»Wir sind arme Pilger. Wir führen nichts von Wert mit uns.«

»Ausziehen, habe ich gesagt!«

Jammernd gehorchten die beiden. Roderich nahm ihre Kleider samt Hüten und Stäben entgegen.

Marijana drehte sich wieder zu dem Paar um. »Du auch!«, sagte sie zu der jungen Frau.

»Nein!« Sie sah hilfesuchend zu ihrem Mann.

Doch der rührte sich nicht, starrte nur auf das Kästchen in Dragos Händen.

Marijana spürte Verachtung in sich aufsteigen. »Mach schon, zieh dich aus«, sagte sie in sanfterem Tonfall zu der Frau. »Dir wird nichts geschehen, ich brauche nur die Kleider.«

Ohne dass ihr Gemahl Anstalten machte, ihr beizustehen, schlüpfte die Frau aus ihren Gewändern.

Marijana ließ auch die Pilger und das Ehepaar fesseln. Sie wollte das Zeichen zum Aufbruch geben, doch Roderich deutete stumm auf den Siegelring an der Hand des Mannes. Marijana packte die Hand und zog an dem Ring. Er bewegte sich nicht.

Ein Pfiff ertönte. Das Warnsignal. Jemand näherte sich auf der Landstraße.

»Wir müssen weg!«, zischte Marijana.

»Erst der Ring!«

Marijana sah Roderich an. In seinen Augen blitzte etwas. Wut? Hass? Misstrauen? Er deutete stumm auf das Messer.

Marijana wurde übel.

Wieder ertönte der Pfiff. Höchste Zeit.

Sie ergriff Hagenbergs Hand.

Der Mann begann zu wimmern.

Marijana musste daran denken, wie er seine Frau im Stich gelassen hatte. Sie setzte das Messer an, säbelte den Finger samt Ring ab und drückte ihn Roderich in die Hand.

Der Mann brüllte und hielt sich die verletzte Hand.

Marijana wandte sich hastig ab. Bevor sie den Räubern in den Wald folgte, drehte sie sich noch einmal zu der Frau um. »Es tut mir leid«, formte sie lautlos mit den Lippen.

Die Frau lächelte matt. »Mir nicht.«

Marijana taumelte den Abhang hinauf. Nach wenigen Schritten musste sie sich übergeben. Sie stützte sich an einem Baum ab, bis das Zittern in ihren Knien nachließ.

Als sie aufblickte, stand Mathes vor ihr, den Bogen im Anschlag. »Los, weiter. Gleich wimmelt es da unten vor Leuten.«

Sie stolperte vor ihm her, bis sie die anderen erreicht hatten. Doch es blieb keine Zeit zu verschnaufen. Sie hetzten durch den Wald, bis die Sonne tief über dem Horizont stand. Erst dann befahl Robert eine kurze Rast.

Sie stellten sich im Kreis auf.

»Ich glaube, Marijana hat uns eindringlich bewiesen, dass sie eine von uns ist und dass wir ihr vertrauen können«, sagte Robert. »Seid ihr bereit abzustimmen?«

Bestätigende Rufe ertönten.

»Wer ist einverstanden, dass Marijana von Falkenstein in unsere Gemeinschaft aufgenommen wird?« Robert hob den Arm.

Weitere Arme schossen in die Luft. Mathes', Dragos, Utz', Jeronimus'.

Als einer der Letzten hob Hasso die Hand. Ursula folgte seinem Beispiel und schließlich als Letzter auch Roderich. Nur Urban und Lentz standen mit versteinerten Mienen da, die Arme gesenkt.

»Dann ist es beschlossen«, sagte Robert. Er wirkte erleichtert. Feierlich trat er vor Marijana. »Sprich mir nach! Ich, Marijana von Falkenstein, bin nun Teil der Gemeinschaft des Marders. Ich werde nichts tun, was der Gemeinschaft schadet, und die Gemeinschaft wird mich schützen, solange ich mich daran halte. Das schwöre ich bei Gott, dem Allmächtigen.«

Betäubt von dem Glücksgefühl, dem Tode entronnen zu sein, reckte Marijana die Hand, die noch mit Hagenbergs Blut beschmiert war, zum Schwur in die Höhe und sprach die Worte nach. Erst als sie geendet hatte, begriff sie die Bedeutung dessen, was sie gesagt hatte: Jetzt war sie selbst eine Gesetzlose, eine Räuberin. Vor Gott hatte sie es geschworen. Und einen Eid vor Gott durfte man nicht brechen, selbst wenn es den Tod bedeutete.

***

Die Sonne war noch nicht untergegangen, als Veit über die Zugbrücke in den Hof ritt. Der Marder war ihm ein weiteres Mal durch die Lappen gegangen. Als sie in der Morgendämmerung am Fuße des Berges auf die ersten Bauern gestoßen waren, hatten sie sich umgehört, doch niemand hatte etwas Ungewöhnliches gesehen. Schon gar keine Räuberbande.

Auch die Zöllner an der Altenmarkter Brücke hatten nur die Köpfe geschüttelt und breit gegrinst. Der Marder würde sicherlich nicht die Brücke überqueren wie ein Eber, der mit seiner Rotte durchs Unterholz brach. Wenn er das Wagnis einging, würde er sich verkleiden, und niemand würde ihn erkennen.

Veit hatte umkehren und nach einer Spur der Bande suchen wollen, aber Gernot hatte ihn zurückgehalten. »Herr, es hat keinen Sinn. Wir können noch Monate die Wälder durchkämmen, wir werden ihn nicht finden. Ohne List werden wir ihn nicht fassen.«

Veit hatte seinen Vertrauten böse angestarrt. Fast hätte er ihn einen Feigling geschimpft, sich aber dann doch eines Besseren besonnen. Gernot war einer der tapfersten Männer, die er kannte. Das hatte er im Kampf Dutzende Male bewiesen. Veit war vielmehr wütend auf sich selbst. Wie ein Anfänger hatte er sich vom Marder an der Nase herumführen lassen. Aber Gernot hatte zu Recht Besonnenheit angemahnt. Er musste einige Tage aussetzen. Die Fährte war ohnehin inzwischen kalt. Und Veit durfte seine anderen Verpflichtungen nicht völlig vernachlässigen. Robert Megling war ein Stachel in seinem Fleisch und musste verschwinden. Aber solange er sich in den Wäldern herumtrieb, bedeutete er keine unmittelbare Gefahr.

Veit hatte sich geräuspert. »Ich bin diesem Teufelsknecht auf den Leim gegangen, mein Freund«, hatte er zugegeben und die Erleichterung in Gernots Gesicht gesehen. »In der Tat gibt es noch andere wichtige Dinge zu tun. Wir reiten zurück zur Burg Stein.«

Nun war er also wieder daheim. Ohne Braut und ohne Beute. Müde saß er ab. Er trug noch immer die Schlinge um den Arm, doch er verspürte kaum noch Schmerzen. Der Vogt, Hartat von Selb, und das Gesinde begrüßten ihn, wie es sich gehörte. Ehrerbietig verbeugten sie sich. Veit schaute sich um. Alles war in bester Ordnung. Der Hof gefegt, die Pferde gestriegelt, die Ställe sauber, die Mägde gewaschen. Sie würden heute mehr als nur das Essen auftragen müssen. Die Männer waren hungrig nach gebratenem und nach lebendem Fleisch.

Veit bestellte Hartat von Selb und Abt Benedikt Hornum, seinen Schreiber, zu sich in eine Kemenate und stellte sicher, dass niemand mithören konnte.

»Ich hoffe, beim Abblasen der Hochzeitsfeierlichkeiten ist alles ohne allzu große Schwierigkeiten vonstattengegangen?«

Der Vogt schaute auf Veits bandagierten Arm. »Alle Gäste haben es mit Fassung und großer Anteilnahme aufgenommen.

Der König selbst hat fünfhundert Pfund Silber für die Ergreifung des Marders ausgelobt.«

Veit presste die Lippen zusammen. Der Marder in der Gewalt des Königs, wo er fleißig plappern und Unheil stiften konnte. Das würde er zu verhindern wissen. »Ludwig ist ein weiser Herrscher.«

»Verzeiht, Herr ...« Hartat räusperte sich. »Das Fräulein von Falkenstein, Eure Braut ... die Hochzeit ist doch sicherlich nur verschoben? Sie ist wohlauf? Zurück bei ihrem Vater?«

»Sie ist tot.« Veit schlug mit der Faust auf den Tisch.

Der Vogt riss entsetzt den Mund auf, der Abt schlug das Kreuz. »Der Herr sei ihrer Seele gnädig.«

»Amen«, murmelte Veit. Er straffte die Schultern. »Gibt es Neuigkeiten von Bartholomäus von Craiburg? Ist er eingetroffen? Hat er die Ware dabei?«

Wortlos zog Hartat von Selb eine Urkunde aus dem Ärmel. Veit rollte das Pergament auf, es war ein Gerichtsurteil.

Von Gott befohlen, vom König erhoben und von den Grafen zu Wasserburg eingesetzt, wird vom Stadtrichter der Stadt Wasserburg das Urteil gesprochen über den Landstreicher mit dem Namen Sepp. Erschienen vor dem Halsgericht, hat er vor Zeugen gestanden, dass er den ehrenwerten Bartholomäus von Craiburg beraubt und ermordet hat ...

Veit warf das Urteil auf den Boden und trampelte mit den Füßen darauf herum. »Hundsarsch und Teufelsbrut!«, brüllte er. »Das kann nicht wahr sein! Von Craiburg tot? Was ist mit der Ladung, die er bei sich hatte?«

Hartat von Selb gab sich unbeeindruckt von Veits Wutausbruch. »Von Craiburg wurde völlig unbekleidet in einer engen Schlucht gefunden, den Schädel eingeschlagen. Er hatte nichts sonst bei sich.«

»Und was hat dieser Sepp mit seinen Sachen getan? Craiburg war mit einem Ochsenwagen unterwegs, beladen mit Gütern – mit wertvollen Gütern!«

»Dieses Rätsel haben sie selbst bei der peinlichen Befragung nicht gelöst.«

»Das ist doch nichts als ein Hundsfurz! Warum erschlägt ein Landstreicher einen nackten Menschen, der nichts bei sich trägt, außer seiner Haut?«

»Das haben sich die Richter auch gefragt. Sie haben sich darauf geeinigt, dass der Sepp vom Teufel besessen war, der ihm verraten hat, dass Craiburg ein Gottesmann war. Er hat das gestanden, als man es ihm auf den Kopf zu sagte.«

Veit raufte sich die Haare. Wie dumm waren die Leute denn? Er zweifelte nicht daran, dass es den Teufel gab. Aber er zeigte sich nicht auf solch plumpe Art und Weise. Sepp war ein Sündenbock, nichts weiter. Von Craiburg war ausgeraubt und nackt zurückgelassen worden. Wahrscheinlich war er entkräftet in die Schlucht gestürzt. Oder hatte sich selbst hinabgestürzt, weil er die Schande nicht ertragen konnte. Aber wer hatte die Ladung gestohlen?

Dann stimmte es also: Bartholomäus von Craiburg war dem Marder über den Weg gelaufen, und diese fette Beute hatte sich der Schweinehund nicht entgehen lassen. Veit nahm einen tiefen Zug aus dem Weinbecher. Craiburg unauffällig alleine reisen zu lassen, war seine Idee gewesen. Er hatte verhindern wollen, dass ein Spion Wind von der brisanten Ladung bekam. Wie hätte er ahnen können, dass der Mönch ausgerechnet Robert Megling in die Arme stolperte!

Veit klaubte die Urkunde vom Boden auf und las weiter. Immerhin war der Zustand des Leichnams genau beschrieben. Er hatte zahlreiche Prellungen und Schürfwunden aufgewiesen, aber die hatten alle von dem Sturz hergerührt. Craiburg war nicht gefoltert worden. Aber das hieß nichts. Wahrscheinlich hatte er, um vom Marder verschont zu werden, wie ein Marktweib geplaudert.

Veit wurde übel. Er überlegte, was Bartholomäus von Craiburg gewusst hatte. Viel. Zu viel. Er hatte zwar den genauen Plan nicht gekannt, aber er hatte gewusst, dass das Sprengpulver irgendwie gegen Ludwig verwendet werden sollte. Und natürlich hatte er gewusst, für wen die Lieferung bestimmt war. Robert Megling war nicht dumm. Er musste nur eins und eins zusammenzählen. Veit presste die Hand auf den Magen. Er musste den Marder zur Strecke bringen, das war jetzt wichtiger denn je. Aber er musste auch seinen Auftrag erfüllen. Er durfte nicht noch einmal versagen. Ein zweites Mal würde sein Auftraggeber ihm nicht verzeihen.

Veit schwirrte der Kopf. Das Sprengpulver. Er musste für Ersatz sorgen, und zwar unverzüglich.

»Wird der König seine Reisepläne einhalten, Abt?«, fragte er Benedikt Hornum.

»Er wollte sich von hier aus zur Burg Megling begeben und dann weiter nach Frankfurt reisen. Ende der ersten Maiwoche hat er vor, nach Regensburg zu kommen.«

Veit rechnete. Weniger als vierzehn Tage. In Regensburg war alles vorbereitet. Die Falle stand bereit. Diesmal würde Ludwig dem Tod nicht entgehen, denn er würde aus einer Richtung kommen, aus der er mit Sicherheit keine Gefahr erwartete.

Aber die zweite Hälfte des Plans stand auf der Kippe. Das Sprengpulver brauchte Veit, um die Mauern einzureißen, hinter denen der rechtmäßige König Friedrich gefangen saß. Burg

Trausnitz war so gut wie uneinnehmbar und mit wenigen Rittern zu verteidigen. Aber nur, solange es keine Bresche in der Mauer gab. Es war die Idee Leopolds gewesen, die Kraft des Pulvers zu nutzen. Sie mussten zeitgleich zuschlagen. Ludwig töten und Friedrich befreien, damit dieser sogleich offiziell die Nachfolge antreten konnte. Wenn die Nachricht von Ludwigs gewaltsamem Tod die Runde machte, während Friedrich noch in der Gewalt von dessen Anhängern war, konnte niemand für die Sicherheit des Habsburgers garantieren. Dann wäre Friedrichs Leben in höchster Gefahr.

* * *

Drei Nächte vergingen, in denen Marijana mit den Räubern durch die Wälder wanderte. Manchmal passierten sie Ortschaften oder überquerten Flüsse, deren Namen sie schon gehört hatte, doch die meiste Zeit war sie völlig ohne Gefühl für Raum und Zeit.

Endlich, als der dritte Morgen dämmerte, gab Robert das Zeichen zum Halten. Vor ihnen erstreckte sich ein breiter Fluss, die Salzach, die nicht weit von hier in den Inn mündete.

Sie traten ans Ufer. Drago und Hasso zogen zwei Boote aus dem Schilf, die sie mit einem Teil der Beute beluden. Robert, Ursula und Marijana stiegen in eines der Boote, die drei Verletzten, Utz, Lentz und Jeronimus, in das andere. Die restlichen Männer würden mit den Pferden einen Umweg bis zur nächsten Furt laufen.

Während Robert schweigend ruderte, starrte Marijana neugierig auf das andere Ufer. Ein steiler Hang erhob sich hier in den Himmel, gekrönt von der Ruine einer Burg. Die Mauern waren eingefallen und mit wildem Grün überwuchert. War die Ruine das Winterlager der Räuber?

Am anderen Ufer angekommen, entluden sie die Boote, versteckten sie und machten sich daran, den steilen Hang hinaufzuklettern. Jeder trug so viel, wie er konnte. Erst dachte Marijana, dass sie sich einfach einen Weg durchs Unterholz bahnten, doch nach einer Weile erkannte sie, dass sie einem verborgenen Pfad folgten.

Als sie noch etwa hundert Schritte von der Kuppe entfernt waren, blieb Robert stehen. Es raschelte, dann war er verschwunden. Jeronimus hielt Marijana eine Hand hin, sie nahm sie, spürte die Schwielen und die Kraft, die sie unvermittelt in eine Höhle zog, deren Eingang von außen nicht zu sehen war. Tageslicht sickerte herein, aber schon nach wenigen Fuß wurde es stockdunkel. Ein Funke sprühte, Robert entzündete eine Fackel, der Qualm zog sofort nach oben ab und verschwand. Marijana sah hoch und erkannte Schlitze im Fels.

Robert zeigte darauf. »Die Baumeister haben ein geniales System von Lüftungsschächten angelegt. Die schlechte Luft versickert im Felsen, frische Luft fließt nach. Von außen ist nichts zu erkennen. Der Rauch verschwindet im Berg. Im Winter bleibt der Frost draußen, im Sommer ist es allerdings fast genauso eisig. Deswegen lagern wir in der kalten Jahreszeit hier, in der warmen streifen wir umher und ziehen uns nur hierher zurück, wenn große Gefahr droht.«

»Diese Höhlen gehören zu der Burgruine?«

»Vermutlich waren sie Teil eines Tunnelsystems, das zur Flucht dienen sollte.« Er verzog das Gesicht. Bestimmt dachte er an den geheimen Tunnel in seiner eigenen Burg. Der hatte ihm nicht nur zur Flucht verholfen, sondern es einem gedungenen Mörder ermöglicht, ungesehen einzudringen.

Marijana drehte sich um. Ursula, Lentz und Utz waren ebenfalls in der Höhle angekommen. Utz hielt sich den Bauch. Die Verletzung schien ihm Schmerzen zu bereiten.

Robert ging voran, tiefer in das Tunnelsystem hinein. Der Gang führte in einen riesigen Raum, hoch wie eine Kathedrale. Robert entzündete weitere Fackeln. Marijana war beeindruckt. Es war Platz genug, sie alle aufzunehmen, für die Pferde und den Esel gab es Verschläge. Ein Teil der Höhle war mit Tüchern abgehängt.

»Sicherlich möchtet Ihr Euch ausruhen«, sagte Robert zu Marijana. Obwohl sie nun zur Gemeinschaft gehörte, sprach er sie noch immer so respektvoll an, wenn niemand mithörte.

»Ich bin sehr müde.«

»Dann schlaft ein paar Stunden. Sobald Ihr erfrischt seid, brauche ich Eure Dienste.«

Marijana runzelte die Stirn.

»Ihr müsst Sprengpulver herstellen. Ich habe Euch von dem Brief erzählt. Ich weiß von Bartholomäus von Craiburg, dem Mönch, den wir überfallen haben, wo er sich befindet. Doch wir müssen schnell sein. Craiburg weiß, dass ich versuchen werde, an den Brief zu gelangen. Er wird die Verschwörer warnen. Oder sie werden von selbst darauf kommen, wenn sich herumspricht, was ihm widerfahren ist. Der Brief könnte an einen anderen Ort geschafft werden. Oder vernichtet. Dann war alles umsonst.«

»Warum habt Ihr den Mönch laufen lassen?«

Robert schaute zur Decke, dann in Marijanas Augen. »Ich kannte ihn einmal gut. Er war mein Beichtvater.«

»Ich verstehe.« Marijana rieb sich die müden Augen. »Ich muss nur kurz ruhen, dann kann ich beginnen. Roderich kann mit den Vorbereitungen anfangen, sobald er hier ist. Er weiß, was ich benötige.«

»Wie lange werdet Ihr brauchen?«

»Wie viel von dem Pulver braucht Ihr?«

»Genug, um eine Mauer zu sprengen.«

»Eineinhalb Tage. Schneller geht es nicht.«

»Danke.« Er zögerte, als wollte er noch etwas hinzufügen. Doch dann deutete er auf eines der Tücher. »Dahinter findet Ihr einen Strohsack und eine Decke. Macht es Euch bequem. Ich lasse Euch wecken, wenn Roderich mit den Vorbereitungen fertig ist.«

***

Veit warf dem Narren eine Münze zu, der sie geschickt auffing und blitzschnell in einer der vielen Taschen an seinem bunten Kostüm verschwinden ließ. Der Mann war klug genug gewesen, heute alle außer Veit aufs Korn zu nehmen. Selbst Zacharias von Trient hatte er nicht verschont, und man musste dem Mann zugutehalten, dass er für derbe Späße einen Sinn hatte und über sich selber lachen konnte.

Mit der untergehenden Sonne war Zacharias eingetroffen. Sie hatten vereinbart, dass er sich als Gelehrter ausgab, auf dem Weg nach Italien, um in Bologna zu unterrichten. Sein Haar hatte sich noch weiter von der Stirn zurückgezogen, die nackte Haut glänzte speckig.

Veit mochte Zacharias nicht. Er war nicht zu durchschauen, wusste jedoch fast alles, denn er verfügte über ein fein gewobenes Netz an Spionen, das er für Friedrich und seinen Bruder Leopold über ganz Europa geworfen hatte. Es hätte Veit nicht gewundert, wenn Zacharias auch gewusst hätte, was wirklich am Teufelsfelsen geschehen war. Doch wenn das zutraf, ließ er sich nichts anmerken.

Jedenfalls kostete sein Spionagenetz Unsummen, und nicht immer lieferten die Quellen brauchbare Informationen. Außerdem war Zacharias fast ein Asket, der ausschließlich stark verdünnten Wein trank, sich nie mit Frauen einließ und Geld nur als Mittel zum Zweck betrachtete. Es anzuhäufen war für ihn die größte Dummheit, die ein Mensch begehen konnte. Da er in den Diensten Friedrichs stand, hatte er keinen Mangel an Gold. Ihn zu bestechen schien nicht möglich. Selbst an Macht konnte man ihm nicht mehr bieten, als er bereits besaß. Weiter nach oben ging es für ihn nicht, er entstammte keiner Familie, die Ansprüche auf den Thron anmelden konnte. Davon abgesehen, war er Friedrich und seinem Bruder Leopold treu ergeben.

Genau wie Veit. Dieses gemeinsame Interesse hatte sie zusammengebracht. Nachdem der erste Anschlag am Vorabend der Schlacht bei Mühldorf so katastrophal gescheitert war, hätte Veit beinahe Leopolds Vertrauen verloren. Der Bruder des legitimen Königs hatte ihn kaltstellen wollen, und Veit war sicher gewesen, dass Zacharias ihn in dieser Absicht bestärkt hatte. Doch Friedrich hatte anders entschieden.

Veit hob die Tafel auf, Zacharias nickte ihm zu, und sie begaben sich in die Kemenate, die Veit gewöhnlich zur Besprechung von Geschäften nutzte. Seine Knechte hatten einen Tisch und zwei Stühle aufgestellt, im Kamin loderte ein Feuer.

Zacharias setzte sich ohne Aufforderung und strich sich mit der dürren Hand übers Kinn. »Es ist gar nicht so einfach, einen König umzubringen, nicht wahr?«

Veit verkniff sich eine Antwort.

Zacharias zeigte auf ihn. »Ich hörte, Ihr habt einen Ausflug gemacht, der unglücklich mit dem Tod Eurer Braut endete.«

Veit knirschte mit den Zähnen. »Es war ein Hinterhalt. Eine Übermacht. Der Teufel hatte die Hand im Spiel …«

Zacharias unterbrach ihn. »Man berichtete mir, es sei eine kleine pelzige Pfote gewesen, über die Ihr gestolpert seid. Der Marder hat Euch genarrt, Veit, ein ums andere Mal, ist es nicht so?« Er ließ Veit nicht zu Wort kommen. »Noch einmal: Es ist nicht einfach, einen König umzubringen. Seid Ihr wirklich in der Lage dazu?«

»Ohne jeden Zweifel. Die Vorbereitungen sind abgeschlossen. Unser Mann«, Veit unterdrückte ein Grinsen, denn es handelte sich um eine Frau, »wird dem König so nahe sein, dass er ihn nicht sieht. Allerdings brauchen wir ...«

»... mehr Geld«, ergänzte Zacharias. »Das dachte ich mir schon. Aber ich muss Euch enttäuschen. Ihr habt bereits das Doppelte von dem bekommen, was wir vereinbart hatten. Leopold lässt Euch ausrichten, dass er ...«

Veit winkte ab. »Schon gut, schon gut!« Sollte Zacharias sein Gold doch auffressen! Vielleicht war es besser, wenn er nicht erfuhr, dass es den Mönch erwischt hatte. Oder besser: Wenn er nicht erfuhr, dass der Tod des Mönchs den Plan gefährdete. Dass Veit dringend von irgendwoher neue Ware bekommen musste. Er hatte schon alles in die Wege geleitet. Eine Fuhre war unterwegs. Der Händler kam aus Prag und sollte die Zutaten in einem Versteck in der Nähe der Burg Trausnitz abliefern. Ein dubioser Geselle. Doch er konnte liefern. Und Veit hatte keine Zeit, wählerisch zu sein. »Schon gut. Richtet Leopold aus, dass sein Bruder bereits in einem Monat König sein wird. Habsburg wird obsiegen.«

»Ihr werdet unter seiner Regentschaft Reichskämmerer sein. Ist das nicht ein angemessener Lohn für Eure Anstrengungen?«

Veit lächelte ehrerbietig, neigte den Kopf und sagte: »Zweifellos, mein lieber Zacharias, zweifellos.«

Dass der schönste Lohn für ihn wäre, Zacharias' Kopf neben dem des Marders auf eine Lanze vor den Toren von Burg Stein zu stecken, behielt er für sich.

* * *

Robert sah zu, wie Marijana die Gefäße vorsichtig in die Satteltaschen lud. Sie hatte ihm erklärt, dass das Sprengpulver nicht durch Druck explodieren konnte. Ein Funke musste es sein, eine offene Flamme oder große Hitze.

Robert durfte gar nicht daran denken, wie groß die Gefahr war, in die er Marijana brachte. Und dabei hatte er nicht das Sprengpulver im Kopf. Sie wollten ein Kloster überfallen. Es konnte sein, dass dort eine größere Gruppe Pilger zu Gast war. Oder gar Kreuzritter. Und von der nahen Burg würden in Windeseile Wachen herbeikommen, sobald im Kloster Alarm geschlagen wurde.

Nur dieses eine Mal, schwor er sich, dann würde er Marijana nie wieder für seine Zwecke missbrauchen. Er hatte ihr schon genug angetan. Das Beste wäre, sie nach Hause zu bringen, auch gegen den Willen der Bande. Sie gehörte nicht hierher. Aber dann würde sie Veit zur Frau gegeben, und eines Tages würden sie sich wieder begegnen. Er wäre entweder ein Gefangener und zum Tode verurteilt, oder er würde vor ihr stehen, mit dem Blut Ihres Gemahls an seinem Schwert. Es war hoffnungslos. Hätte er sie nur sofort freigelassen!

Er gab das Zeichen zum Aufbruch. Schweren Herzens hatte er beschlossen, die drei Verwundeten in der Höhle zurückzulassen. Lentz und Utz waren mit ihren verletzten Armen ohnehin keine Hilfe, und Jeronimus konnte kaum laufen, war im Notfall nur ein Hemmnis. Also waren sie nur zu neunt, sieben Männer und zwei Frauen. Doch der Plan war gut. Wenn alles glattlief, konnten sie es schaffen.

Ein mehrstündiger Marsch durch die Nacht lag vor ihnen. Dabei waren sie erst vor zwei Tagen in ihrem Versteck unter der Ratzlburg angekommen. Doch es hatte Robert nicht viel Überredungskunst gekostet, die Männer für sein Vorhaben zu gewinnen. Sobald er davon gesprochen hatte, dass der Abt des

Klosters St. Mauritius angeblich einen Goldschatz in seiner Zelle versteckte, waren sie Feuer und Flamme gewesen.

Robert berührte die Pfote, die er bei der Familie gefunden hatte, die der falsche Marder ermordet hatte. Er hatte sie an seinen Gürtel gehängt, damit sie ihn tagtäglich daran erinnerte, wofür er das alles tat. Hoffentlich fanden sie das Gold!

Und den Brief!

***

Gero von Falkenstein taumelte zurück zum Bett. Auf einem Schemel standen Wein, Brot und eine Schale Suppe bereit, die inzwischen kalt geworden war. Gero wusste nicht, wann er die letzte Mahlzeit zu sich genommen hatte. Allein der Geruch von warmen Speisen drehte ihm den Magen um. Er erinnerte sich dunkel, dass Siebert ihm etwas eingeflößt hatte, aber er hätte nicht sagen können, ob das heute, gestern oder schon vor Tagen gewesen war.

Gero vergrub das Gesicht im Kissen. Draußen war es helllichter Tag, das konnte er durch die Ritzen im Fensterladen erkennen, doch es scherte ihn nicht. Tag und Nacht. Sommer und Winter. Freud und Leid. Ihm war alles einerlei. Er war eine verlorene Seele, und nur die Angst vor dem gerechten Zorn Gottes hielt ihn davon ab, sich vom höchsten Turm seiner Burg zu stürzen. Gottes Zorn und die Schmerzen in seinem Bein. Ohne Hilfe wäre er gar nicht die Treppe hinaufgekommen.

Gero richtete sich halb auf und tastete nach dem Fläschchen, das neben der Suppenschüssel stand. Leer!

»Siebert!«

Die Tür sprang auf, sein Knappe musste auf dem Korridor gewartet haben. »Herr?«

»Ich habe keine Tinktur mehr. Meister Gallus soll sofort neue bringen!«

Siebert biss sich auf die Lippe.

»Was denn?«

»Meister Gallus hat gesagt …«

Gero setzte sich im Bett auf. »Was hat Meister Gallus gesagt?«

»Meister Gallus hat gesagt, dass zu viel Schlafmohn Euch das Hirn vernebelt.« Mit festen Schritten marschierte der Alchemist ins Zimmer. »Und zu viel Dunkelheit ebenfalls.« Er machte Anstalten, die Läden zu öffnen.

»Wagt es nicht«, knurrte Gero.

Gallus drehte sich zu ihm um. Mit einer Handbewegung scheuchte er Siebert nach draußen. Der Knappe gehorchte sichtlich erleichtert.

»Mein Herr«, begann Gallus. »Ich weiß, wie sehr Ihr um Eure Tochter trauert. Keiner versteht das besser als ich. Denn auch mir war sie ans Herz gewachsen wie ein eigenes Kind. Aber Ihr habt Aufgaben. Knechte, Mägde, Leibeigene und anderes Gesinde, das auf Euch angewiesen ist. Ihr müsst in den Dörfern Recht sprechen und Euren Verpflichtungen gegenüber dem König nachkommen. Ihr werdet gebraucht, Gero.«

»Niemand braucht mich.«

»Falsch.«

»Ich habe mein Leben verwirkt, schon vor Jahren. Schon damals.«

»Das ist doch Unsinn!«

»Mein Leiden, nie hat es mich so sehr gequält wie in den letzten Tagen. Es wurde mir von Gott geschickt, um mich zu strafen. Der Herr hat mir die Dunkelheit des Gemüts als Buße auferlegt.«

Ambrosius Gallus senkte den Blick. »Ich bedaure zutiefst,

dass ich das Mittel gegen Eure Qualen noch nicht gefunden habe. Die Schlafmohntinktur lindert das Leid, aber sie heilt Eure Niedergeschlagenheit nicht.«

Gero hielt ihm das Fläschchen hin. »Ich brauche Nachschub.«

»Zu viel davon zieht Euch nur tiefer hinab in die Finsternis.«

»Glaubt mir, tiefer geht es nicht.«

»Da täuscht Ihr Euch, Gero von Falkenstein.«

Gero drückte dem Alchemisten das Fläschchen in die Hand. »Ich befehle Euch, mir mehr zu bringen.«

Seufzend griff der Alte danach. »Was würde Eure Tochter sagen, wenn sie Euch so sähe?«

»Haltet Euer verfluchtes Maul, und bringt mir, was ich verlange!« Gero schleuderte die Suppenschüssel nach Gallus.

Sie verfehlte ihr Ziel, prallte an der Wand ab und zerschellte. Ein hässlicher Fleck blieb zurück.

Siebert kam ins Zimmer gestürzt. »Alles in Ordnung, Herr?«

»Räumt das weg. Und dann verschwindet.« Gero ließ sich zurück ins Kissen sinken. Wie eine Woge dunklen Wassers schwappten die schwarzen Gedanken über ihm zusammen. Er schloss die Augen und wünschte, er wäre tot.

* * *

Veit war schon vor dem Morgengrauen aufgewacht. Seine Truhen liefen über von Dokumenten und Briefen, die gelesen und beantwortet werden mussten. Die Aufstellung seiner Einnahmen ging er besonders gründlich durch. Zacharias hatte ihm weitere Mittel versagt, weil er genau gewusst hatte, dass Veit auch so alles tun würde, um Friedrich zu befreien. Schließlich ging es nicht nur darum, dem rechtmäßigen König zu seinem

Amt zu verhelfen, sondern auch um Veits Ehre. Wenn nicht sogar um seinen Kopf.

Da die Ingredienzen für das Sprengpulver verloren gegangen waren, musste Veit sie ein zweites Mal bezahlen. Und der Händler aus Prag hatte einen unverschämten Preis verlangt. Einige Zutaten waren allerdings wirklich sehr teuer. Steinsalz der benötigten Güte war mit Gold aufzuwiegen und nicht leicht zu bekommen. Veit ließ Benedikt Hornum einen Kreditbrief siegeln, rief Gernot zu sich und erteilte ihm den Auftrag, die Ware entgegenzunehmen, zu prüfen und zu zahlen.

Gernot verneigte sich und verschwand.

Wiederum studierte Veit die Liste seiner Einnahmen. Zu wenig. Wie sollte er den Marder erlegen, wenn er nicht genug Leute hatte? Er brauchte Söldner, die das ganze Land durchkämmten, jeden Zoll nach dem Marder umgruben. Söldner waren teuer, und man durfte sie nicht unbeaufsichtigt lassen. Sie mussten von seinen Rittern kontrolliert werden. Eine schwierige Aufgabe, denn er durfte auch seine Burg nicht unbewacht zurücklassen.

Es half nichts, er musste für weitere Einnahmen sorgen. Er würde die Abgaben der Bauern von einem Zehntel auf ein Fünftel anheben. Die Wegzölle würde er verdoppeln, sie waren sowieso viel zu niedrig. Und seine Vasallen mussten sich ebenfalls anstrengen. Damit er schnell mehr Geld zur Verfügung hatte, sollte die Erhöhung der Abgaben rückwirkend für das letzte Jahr in Kraft treten. Das brachte ihm innerhalb des nächsten Monats einen anständigen Batzen ein.

Veit diktierte seinem Schreiber die entsprechenden Erlasse, dann befahl er, alles zum Aufbruch fertig zu machen. Er würde mit einer feinen kleinen Truppe losziehen und versuchen, den Marder aus seinem Bau zu scheuchen. Dafür würde er sich erneut die Dörfer vornehmen. Bestimmt gab es im Herrschaftsgebiet von Burg Megling noch viele Leute, die etwas wussten. Sie würden es ihm erzählen, denn inzwischen hatte sich herumgesprochen, was mit denen geschah, die den Marder deckten. Wenn er den Lumpenhund selbst aufspürte, brauchte er die Söldner nicht. Und sparte nicht nur Geld, sondern könnte den Triumph viel mehr auskosten.

Es klopfte, die Tür öffnete sich, ohne dass Veit seine Erlaubnis gegeben hätte. »Wer zum Teufel ...«

Es war Zacharias, der die Tür leise hinter sich schloss, direkt auf Veit zuging und ihm den Zeigefinger vor die Nase hielt. »Seid Ihr von Sinnen?«

Veit schluckte. »Was meint Ihr, was erlaubt Ihr ...«

»Ihr seid vergesslich, Veit von Amerang. Ich bin Friedrichs Stellvertreter, seine Macht ist meine Macht. Ich sehe alles, ich höre alles, ich weiß alles. Ihr wollt erneut losziehen und diesen Marder jagen.«

»Aber ...«

»Eure ganze Aufmerksamkeit muss unserem Plan gelten. Ihr müsst höchstselbst jeden Schritt Eurer Leute überwachen. Eure Jagd nach dem Marder ist so lange ausgesetzt, bis Ludwig dort ist, wo er hingehört. Teufelsarsch nochmal, kriegt Euch ein, erprobt Eure Männlichkeit an Euren Mägden, und gefährdet nicht die Pläne des rechtmäßigen Königs!« Er beugte sich vor und stützte die Hände auf dem Tisch ab. »Ich weiß gar nicht, warum Euch so viel daran liegt, diesen Galgenvogel einzufangen.« Seine Stimme hatte plötzlich etwas Lauerndes. »Er sorgt für Angst und Schrecken, führt allen vor Augen, was für ein schwacher König Ludwig ist. Der Marder spielt uns in die Hände, versteht Ihr? Also lasst ihn. Zumindest solange Ludwig noch an der Macht ist. Oder gibt es einen besonderen Grund für Eure Eile?« Zacharias schob sich ganz nah an Veit heran, sein Schweißgeruch bohrte sich in Veits Nase. »Bevor

Ihr fragt: Ja, was ich jetzt sage, ist eine Drohung. Es wird immer ein Messer in Eurer Nähe darauf achten, dass Ihr keinen Unsinn anstellt.«

Veit zitterte innerlich, aber er rang sich ein unverbindliches Lächeln ab. So hatte er es als Knappe gelernt: dem Herrn zu gefallen, der einen schlug. »Ich habe verstanden.«

Mehr brachte er nicht über die Lippen, doch es genügte, um Zacharias zum Rückzug zu bewegen. Kaum hatte er die Tür hinter sich geschlossen, schlug Veit die Faust auf den Tisch, dass das Tintenfass auf den Boden fiel. Den Schmerz spürte er nicht, aber den Zorn. Er würde sich von niemandem vorschreiben lassen, wie und wann er Robert Megling zur Strecke brachte. Aber er würde für einige Tage die Füße stillhalten. So lange, bis Zacharias abgereist war.

* * *

Marijana betrachtete die Zündschnüre. Sie sahen gut aus, dennoch hatte sie feuchte Hände.

»Marijana, kommt Ihr?«

Ein letztes Mal wollten sie den Plan durchgehen. Alles hing davon ab, dass jeder zur richtigen Zeit am richtigen Ort war. Marijana ließ sich neben Robert nieder, der ihr zunickte. Alle hatten sich versammelt, die Gesichter ernst.

Robert nahm einen dünnen Holzstock. In einer kleinen Sandkuhle hatte er den Plan des Klosters auf den Boden gezeichnet. Es war nicht irgendein Kloster, sondern eins der größten und reichsten in der Gegend. Die Kirche war mehr als hundertfünfzig Fuß lang und sechzig Fuß breit. Die Mönche bekamen nicht nur den Zehnt, sie erwirtschafteten vieles eigenhändig. Es gab eine Mühle außerhalb der Mauern, für die ein Bach umgeleitet worden war; es gab Stallungen, einen

Weinkeller, eine Schmiede und eine Schreinerei. Auf den Feldern, die das Kloster von zwei Seiten umschlossen, wuchs alles, was die Mönche brauchten, um über den Winter zu kommen. Auf den Weiden standen gut genährte Kühe, innerhalb der Klostermauern liefen Ziegen, Schweine und Hühner zwischen den Obstbäumen umher, auf denen Äpfel, Birnen und Kirschen heranwuchsen. Robert wusste nicht genau, wie viele Mönche im Kloster lebten, aber es mussten mehr als sechzig sein. Der Abt residierte in einem eigenen Trakt, in dem auch Gäste des Klosters untergebracht wurden. Genau auf dieses Gebäude hatten sie es abgesehen.

Ewalt und Drago hatten die Gegend ausgekundschaftet. Soweit sie hatten herausfinden können, hielten sich zurzeit keine Gäste im Kloster auf, weder bewaffnete noch unbewaffnete.

Robert zeigte mit dem Stock auf den Plan. »Hier ist das Haupttor, wo Hasso und Drago als Pilger verkleidet um Einlass bitten werden. Ewalt bezieht in dem Sumpfgebiet westlich des Tores Posten und behält es im Auge. Sobald Hasso und Drago auf dem Gelände sind, gibt Ewalt das vereinbarte Zeichen. In Ordnung?«

Zustimmendes Gemurmel.

»Urban, du bewachst das Stück Landstraße an der Nordmauer. Hier unten, an der Südstrecke der Klostermauer, befindet sich die sogenannte Himmelspforte. Sie liegt abseits der Straße und ist dem Quartier des Abtes am nächsten. Da versuchen Mathes und ich einzudringen. Und nun zu euch dreien.« Robert sah nacheinander Ursula, Roderich und Marijana an. »Ihr habt die wichtigste Aufgabe. Ihr sprengt die Mauer hinter der Kirche, sobald ihr Ewalts Signal hört. Das wird die Mönche in Panik versetzen, sie werden glauben, das Jüngste Gericht sei angebrochen. Drago und Hasso scheuchen die Mönche nach dem großen Krach in die Kirche, damit sie dort für ihr Seelenheil beten. So bekommen sie nicht mit, was draußen vor sich geht. Wenn alles vorbei ist, flieht jeder auf seinem eigenen Weg. Wir treffen uns hier wieder. Noch Fragen?«

Er wartete, niemand meldete sich.

Marijanas Herz hämmerte wild. Tausend Fragen schwirrten ihr im Kopf herum. Doch keine einzige davon hätte Robert ihr beantworten können.

»Gott möge uns schützen. Unser Leben liegt in Seiner Hand«, sagte Robert.

»Amen«, murmelten Hasso und Drago.

Marijana schlug das Kreuz, dann drehte sie sich um und winkte Roderich und Ursula.

***

Robert spähte zwischen den Stämmen hindurch ins Tal. Sie hatten das Kloster erreicht, von hier aus war es gut zu sehen. Die Gebäude lagen in einer Senke, so nah, dass Robert nicht nur die blühenden Kirschbäume, sondern auch die Mönche sehen konnte, die ihrem Tagewerk nachgingen. Im Norden und Osten verlief die Straße entlang der Klostermauer, im Süden glitzerte der Mühlbach, im Osten schloss sich ein undurchdringliches Sumpfgebiet an. Das erschwerte ihren Plan, denn es schränkte die Zahl der Fluchtwege ein. Aber es war nicht zu ändern. Robert kniff die Augen zusammen. Die meisten seiner Leute hatten bereits Posten bezogen, doch sie waren nicht zu sehen. Gut so.

Robert trat zurück zu den verbliebenen Männern. Hasso und Drago hatten inzwischen die Kleidung der Pilger angezogen, trugen die Hüte mit der Muschel und hielten die Stäbe in den Händen. Abgesehen davon, dass sie unter den Mänteln etwas zu kräftig gebaut waren, war die Verkleidung perfekt. Sie wirkten wie vornehme Herren, die sich auf eine Büßerreise begeben hatten. Glücklicherweise verflog die Täuschung nicht, wenn sie den Mund aufmachten. Hasso hatte als Ritter Latein gelernt, und Drago besaß nicht nur die fein geschnittenen Züge eines Edelmannes, er konnte auch dessen Sprache nachahmen. Dragos Familie stammte aus dem Osten, wo sie als Spielleute und Gaukler umhergezogen waren. Mit Schauspiel und Täuschung hatten sie ihren Lebensunterhalt verdient. Bis man die Sippe beschuldigt hatte, das Kind eines wohlhabenden Patriziers ermordet zu haben. Die braven Bürger hatten nicht lange gefackelt und alle gelyncht. Drago hatte als Einziger überlebt.

Robert gab ihnen ein Zeichen, und sie kletterten den Hang hinunter auf die Landstraße. Bald würden sie an der Klosterpforte um Einlass bitten.

Mathes trat an Roberts Seite. »Bist du bereit?«

»Wenn du es bist.«

»Was erwartet mich, Robert, Graf Megling?« Mathes' Stimme hatte einen seltsamen Unterton.

»Was ich sagte …«

Mathes unterbrach ihn.

»Es geht dir doch nicht um das Gold. Wir haben in letzter Zeit Vorräte erbeutet, die für Monate reichen. Warum also das Wagnis?«

»Willst du mir nicht sagen, worauf du hinauswillst?«

Mathes nahm seinen Bogen von der Schulter. »Ich möchte in deine Dienste genommen werden, wenn du wieder Herr von Megling bist.«

Robert erschrak. War sein Ziel so offensichtlich, waren seine Pläne so leicht zu durchschauen? Wer außer Mathes ahnte noch, dass er vorhatte, die Bande zu verlassen? Er blickte zur

Landstraße. Hasso und Drago hatten die Hauptpforte an der Nordwestecke fast erreicht. Sie gingen langsam und leicht gebeugt, so als hätten sie einen langen Marsch hinter sich.

Robert legte Mathes eine Hand auf die Schulter, die andere an sein Herz. »Ich verspreche dir, sollte ich meine Burg und meine Ehre zurückerlangen, nehme ich dich gern als Führer meiner Leibgarde in den Dienst. Ich wüsste keinen besseren Mann für diese Aufgabe.«

Mathes verbeugte sich. »Ich werde mit meinem Leben für das Eure stehen, Herr. Und ich werde Stillschweigen bewahren.«

* * *

Marijana richtete sich auf und schlich auf die Klostermauer zu, dicht gefolgt von Ursula und Roderich. Bevor Marijana aus dem Wald trat, schaute sie sich noch einmal um. Niemand zu sehen. Die Himmelspforte, durch die Robert und Mathes einbrechen wollten, befand sich weiter südlich hinter einem Knick. Die Kirche reckte sich genau vor ihnen jenseits der Mauer empor. Hier mussten sie das Sprengpulver zünden.

Unwillkürlich schlug Marijana das Kreuz. Gott würde ihr zürnen für ihren frevelhaften Angriff. Vielleicht würde er ihr vergeben, weil sie nicht aus Habgier oder Hass handelte.

Sie überquerten die Landstraße und knieten sich vor die Mauer. Worte waren nicht nötig, sie hatten den Plan oft genug besprochen. Roderich lockerte mit der Hand das Erdreich am Fuß der Mauer, Marijana und Ursula schafften es zur Seite. Sie mussten mindestens einen Fuß tief die Mauer von unten abtragen, damit das Sprengpulver seine zerstörerische Wirkung entfalten konnte. Und sie mussten schnell sein. Rasch geriet Marijana ins Schwitzen. Roderich schien sich kaum anzustrengen. Das harte Leben hatte ihn gestählt.

Sie hatten Glück. Schon bald ließ sich ein großer Block aus der Wand brechen. Dahinter bröselte das Füllmaterial herunter, so viel davon, dass Marijana die ganze Ladung Sprengpulver hineinstopfen konnte. Ihr Herz schlug wild. Sie hatte keinerlei Erfahrung mit der Sprengung von Mauern. Ursprünglich hatte sie das Pulver einfach vor der Wand platzieren wollen, aber dann war ihr eingefallen, wie der Baum umgestürzt war, und vor allem, warum. Sie hatte eins und eins zusammengezählt und beschlossen, das Sprengpulver so tief wie möglich in die Mauer einzubringen, damit es seine ganze Kraft entfalten konnte.

Sie schob die Tonkrüge behutsam zwischen die Steine, legte zwei Zündschnüre dazu und rollte sie aus. Vorsichtig bedeckte sie alles mit Geröll, achtete darauf, dass die Schnüre auf keinen Fall beschädigt wurden. Dann hievten Ursula und Roderich den großen Stein wieder an seinen Platz, damit bei der Explosion genug Druck entstehen konnte.

Die Zündschnüre reichten fünfzehn Fuß weit. Marijana schickte Roderich und Ursula zurück in den Wald, unterband Roderichs Protest mit einer schneidenden Handbewegung. Sie hatte das Pulver gemischt, sie würde dafür sorgen, dass es explodierte, egal, wie.

Ursula zog Roderich mit sich. Sie schenkte Marijana ein Lächeln, bevor sie zwischen den Stämmen verschwand.

Ein Fuchs bellte. Das Zeichen! Hasso und Drago waren ins Kloster eingelassen worden.

Marijana nahm die Feuersteine aus dem Beutel, schlug sie aneinander, die Funken stoben, die Zündschnüre zischten, Schwefelgeruch stieg auf. Marijana blieb stehen, schaute der feurigen Schlange hinterher, zählte langsam. Die sprühenden Funken verschwanden in der Mauer. Jetzt konnte sie nichts mehr tun. Sie rannte los, bei achtzehn musste sie in Deckung gehen. Als sie bei fünfzehn war, riss die Druckwelle sie von den Füßen, der Donnerschlag der Explosion machte sie taub, ein Stein traf sie am Kopf. Noch bevor sie den Schmerz spürte, war sie besinnungslos.

***

Die Himmelspforte war so massiv, wie Robert befürchtet hatte: Eichenbretter, Metallbeschläge, drei Schlösser, eiserne Zargen. Aber sie hatte auch eine Schwäche: Mit einem geeigneten Werkzeug konnte man sie aus den Angeln heben, denn sie war nicht in die Mauer eingelassen, sondern nachträglich von innen auf die Mauer aufgesetzt worden. Aus einer Speerspitze hatten sie mit einiger Mühe eine Art breite Schaufel geformt, mit der sie auf dem Boden zwischen Türschwelle und Türblatt ansetzen konnten. Mathes hatte ihm das Werkzeug gereicht, und es hatte perfekt gepasst.

Der Donner der Explosion ließ sie zusammenfahren. Was für eine ungeheure Macht steckte in diesem Sprengpulver! Hatte man genug davon, konnte man eine ganze Stadt vernichten, Tausende Menschen auf einen Schlag töten. Eine furchtbare Vorstellung. Robert musste all seine Willenskraft aufbieten, um nicht loszurennen und nach Marijana zu sehen. Hoffentlich war sie bei der Explosion nicht verletzt worden!

Mathes stieß ihn an der Schulter an. Robert fühlte den Stiel in den Händen, zählte bis drei. Mit aller Macht legten sie sich hinein und drückten. Wie ein riesiger Hebel wuchtete die Schaufel die Pforte aus den Angeln. Sie flog nach oben und kippte nach hinten weg. Im selben Moment schlug die große Glocke der Kirche, es folgten die anderen, die wild durcheinander ihre Botschaft riefen: »Tödliche Gefahr!«

Drago und Hasso würden die Angst schüren, würden beten

und immer wieder rufen: »Das Ende der Welt ist gekommen! Betet um Euer Seelenheil, versammelt Euch alle in der Kirche! Der Herr sei uns gnädig!«

Von der Himmelspforte waren es nur wenige Schritte bis zu dem Teil des Klosters, in dem sich die Gemächer des Abtes befanden. Gerade stürzten eine Handvoll Brüder durch eine schmale Seitentür hinaus, gestikulierten wild, die Gesichter von Angst entstellt. Was sie brüllten, konnte Robert nicht verstehen, die Glocken übertönten alles. Die Mönche eilten auf die große Kirche zu, die Eingangstür ließen sie sperrangelweit offen zurück.

Robert und Mathes stürmten, ohne zu zögern, in das Gebäude, der Geruch von Weihrauch und Schweiß schlug ihnen entgegen. Und noch etwas lag in der Luft: der Duft von schwerem Wein. Vor ihnen lag ein Gang, weiß gekalkt, eineinhalb Mann hoch und in einem Abstand von vielleicht sechs Fuß an den Wänden mit Fackelhaltern gespickt. Robert wähnte sich mehr in einer Festung als in einem Kloster. Er versuchte, sich zu orientieren.

In dem Moment knarrte es. Ein Mann trat in den Gang. Der Abt!

* * *

Ursula taumelte benommen rückwärts, bis zwei starke Arme sie festhielten. Sie drehte sich um. Roderich stand hinter ihr und lächelte verlegen.

Da begannen die Glocken zu läuten. Ursula strich sich die Haare aus dem Gesicht und wandte sich rasch der Landstraße zu. Die Explosion hatte ein riesiges Loch in die Mauer gerissen. Dahinter sah Ursula Menschen kopflos hin und her rennen. Jetzt mussten Drago und ihr Bruder dafür sorgen, dass sie sich alle in der Kirche versammelten. Ob es ihnen gelang, konnte Ursula von ihrem Platz aus nicht sehen, die Kirche verdeckte die Sicht auf den vorderen Bereich des Klostergeländes.

Ursula suchte die Straße ab. Von Marijana keine Spur. Hatten die herumfliegenden Steine sie etwa ...

Ursula wagte nicht, den Gedanken zu Ende zu denken. Noch bis vor wenigen Tagen hatte sie Marijana den Tod gewünscht. Doch das hatte sich geändert. Ursula wusste gar nicht mehr, wann es angefangen hatte. Als Marijana den wunderschönen Feuerzauber an den Himmel gemalt hatte? Oder als sie den Karren mit dem vornehmen Ehepaar überfallen hatte? Als die Grafentochter dem reichen Gecken furchtlos den Finger abgeschnitten hatte?

Plötzlich packte Roderich sie am Arm und deutete auf den Wegesrand. Da lag Marijana und rührte sich nicht. Blut sickerte aus einer Wunde an ihrem Hinterkopf. Ursula rannte los. Roderich versuchte, sie festzuhalten, doch sie riss sich los und stürzte auf die Straße.

Sie kam nicht weit. Als sie aus dem Wald trat, kamen von den Feldern nördlich der Landstraße drei Männer angerannt. Ein Bauer und zwei seiner Knechte. Ihre Spitzhacken schwingend stürzten sie auf Ursula zu.

»Schnappt die Teufelsbraut! Haltet sie fest!«, brüllte der Bauer. »Lasst sie nicht entkommen!«

Starr vor Schreck blieb Ursula stehen. Sie sollte wegrennen, sich im Unterholz verbergen, doch ihre Beine waren mit einem Mal schwach wie Strohhalme.

Es war wie auf dem Marktplatz, als sie von der fremden Frau erkannt und von Bütteln überwältigt worden war. Diesmal hatte niemand sie erkannt, aber die drei hatten gesehen, wie sie dem Teufel dabei zur Hand gegangen war, die Mauer des Klosters einzureißen. Zumindest glaubten sie das, und nichts und niemand würde sie davon abbringen. Ein langsamer, qualvoller Tod wartete auf sie. Es sei denn, sie hatte Glück und die Männer erschlugen sie auf der Stelle.

* * *

Der Abt starrte Robert und Mathes an. Er hielt einen Dolch in der Hand, doch seine Finger zitterten. Kurz entschlossen sprang Robert zu ihm, entwand ihm den Dolch, hielt ihm den Mund zu und drängte ihn in den Raum zurück, aus dem er gekommen war.

Mathes schloss die Tür, sodass der Lärm der Glocken gedämpft wurde.

»Ich nehme jetzt meine Hand von Eurem Mund«, sagte Robert. »Wenn Ihr schreit, erwürge ich Euch auf der Stelle.«

Mit einem schwachen Nicken signalisierte der Abt sein Einverständnis.

Robert ließ die Hand sinken. »Ich habe nicht viel Zeit, das könnt Ihr Euch vorstellen. Antwortet also schnell: Wo ist Eure Dokumententruhe?«

Der Abt kniff die Augen zusammen und schwieg. Robert ließ ihm seine Faust in den Magen fahren. Nicht zu fest, aber gut platziert. Der Abt knickte ein, würgte.

»Das ist nur eine Kostprobe. Ich kann Euch in sehr kurzer Zeit sehr große Schmerzen zufügen.« Robert bemühte sich, gelassen zu wirken. Je mehr Zeit verging, desto näher kamen die Reiter der Burg Obernberg. Die Glocken riefen sie herbei. Und nicht nur sie. Jeder waffenfähige Bürger würde sich auf den Weg machen, zu Pferde, zu Fuß, auf einem Esel oder mit dem Ochsenkarren, um das Kloster zu verteidigen. Das wusste auch der Abt, und deshalb würde er auf Zeit spielen.

Der Abt keuchte. »Die Hölle ist dir sicher, Bursche!«

»Erzählt mir etwas Neues, Abt. Wo ist Eure Dokumententruhe?« Robert hielt ihm den Dolch vor das Gesicht. »Ich zähle bis drei. Dann ist Euer rechtes Ohr dran. So machen wir weiter, bis Ihr redet. Ohren, Nase, und dann Euer Gemächt. Eins. Zwei. Drei.«

Der Abt blickte nur trotzig drein. Mit einem schnellen Schnitt trennte Robert ihm das rechte Ohr vom Kopf.

Der Alte schrie auf, presste die Hand auf die blutende Stelle.

»Ich muss wohl die Reihenfolge ändern.« Robert drückte dem Abt den Dolch in den Schritt.

Seine Augen weiteten sich. »Nein«, stammelte er. »Nicht das. Ich gebe Euch alles, was Ihr wollt.«

»Da werdet Ihr sogar höflich und sprecht mich standesgemäß an. Wunderbar. Ihr geht voran, auf geht's!«

Sie traten auf den Gang. Die Glocken riefen noch immer um Hilfe. Robert hätte sich am liebsten die Ohren zugehalten. Schweiß lief ihm den Rücken hinab. Die Zeit verrann unerbittlich. Er hörte eilige Schritte. So schnell? Das konnte nicht sein. Er schob den Dolch in den Gürtel und fasste sein Schwert, Mathes legte einen Pfeil auf die Sehne. Ewalt kam hereingestürzt.

»Zehn Ritter in voller Rüstung! Von der Burg. Sie reiten wie der Teufel.«

»Wie lange noch?« Robert verfluchte den Abt.

»Bis der Weinschlauch einmal am Feuer die Runde gemacht hat.«

Robert stieß den Abt vor sich her, kitzelte ihn mit dem Schwert zwischen den Rippen. Der Mann leistete keinerlei Widerstand. Er schien aufgegeben zu haben, die Angst, sein ihm wichtigstes Glied zu verlieren, beherrschte ihn voll und ganz. Er führte sie in eine fensterlose Kammer, in der nichts als ein Kruzifix an der Wand hing. Anscheinend ein Betraum. In der Mitte des nackten Bodens stand ein mächtiger, kunstvoll geschmiedeter Kerzenleuchter.

Der Abt rückte den Leuchter zur Seite und deutete auf eine Bodenplatte. Schweiß und Blut liefen ihm in den Nacken. Ewalt kniete nieder und hob die Platte ohne Mühe an. Einige Dokumente kamen zum Vorschein. Und mehrere Lederbeutel. Das Gold. Robert atmete erleichtert aus. Er befahl Ewalt, die Beutel zu nehmen und zu den anderen zu stoßen.

Als Ewalt fort war, hockte sich Robert vor das Loch und besah sich die Dokumente. Eines nach dem anderen nahm er in die Hand und betrachtete es. Das schwache Licht der Kerze ließ ihn nur mit Mühe die Schrift entziffern. Alle trugen verschiedene Siegel, manche groß und rot, manche winzig und von wächsernem Gelb. Wie sollte er in der Kürze der Zeit das richtige finden?

Robert hörte, wie Mathes unruhig von einem Fuß auf den anderen trat. Und dann noch etwas. Wiehern und Hufschlag. Die Ritter hatten den Klosterhof erreicht. Hastig schaufelte er die Dokumente beiseite. Eine Rolle fiel ihm ins Auge. Sie trug ein purpurfarbenes Siegel. Hatte Craiburg nicht von einem Siegel dieser Farbe gesprochen? Robert erkannte den Habsburger Löwen. Das musste es sein. Er erbrach das Siegel, überflog den Text, stockte, schloss die Augen und dankte Gott.

* * *

Ursula spürte, wie sie zur Seite gerissen wurde. »Lauf!«, rief eine Stimme. »Lauf, so schnell du kannst!«

Blindlings taumelte sie los. In den Wald. Sie stolperte über Wurzeln, Zweige peitschten ihr ins Gesicht. Doch sie blieb nicht stehen. Todesangst trieb sie voran.

Erst als sie die Kuppe erreicht hatte, hielt sie keuchend inne. Kein verdächtiges Knacken im Unterholz. Keine Schritte, kein Schnaufen.

Niemand war ihr gefolgt.

Vorsichtig trat sie an den Abhang, wagte einen Blick ins Tal und biss sich auf die Unterlippe. Herr im Himmel! Roderich kämpfte allein mit drei Männern! Der Bauer und seine Knechte hatten sich auf ihn gestürzt, nachdem er ihnen ihre Beute im letzten Augenblick vorenthalten hatte. Drei gegen einen. Auch wenn sie keine erfahrenen Krieger waren, schien es ein aussichtsloser Kampf.

Ursula faltete die Hände und betete. Roderich durfte nicht sterben. Nicht so. Ein Teil von ihr wollte zurücklaufen. Ihm beistehen. Aber sie wäre ihm keine große Hilfe. Und wenn auch sie starb, wäre sein Opfer umsonst gewesen.

Da gelang es Roderich, dem Bauern mit dem Messer in den Hals zu ritzen. Brüllend presste dieser die Hand auf die Wunde. Selbst von hier oben sah Ursula das Blut zwischen seinen Fingern hervorquellen. Im Nu wendete sich das Blatt. Ohne ihren Herrn verließ die beiden Knechte der Mut, nur noch halbherzig droschen sie auf Roderich ein. Der Bauer wankte und stürzte zu Boden, sein Körper zuckte, einer der Knechte stolperte über ihn und stürzte ebenfalls. Der zweite wich ängstlich zurück, machte sich bereit, die Flucht zu ergreifen.

Ursula presste die Hände vor den Mund. Roderich hatte es fast geschafft. Sobald die beiden Knechte außer Gefecht gesetzt waren, würde sie zu ihm hinunterlaufen und ihm helfen, Marijana in Sicherheit zu bringen. Falls sie noch lebte.

Nein, sie würde sofort zu ihm eilen, sie konnte den am Boden liegenden Burschen mit einem Knüppel erledigen, anstatt nutzlos hier herumzustehen.

Gerade als sie losrennen wollte, wurde Ursula von einem

Lichtblitz abgelenkt. Sie drehte den Kopf und entdeckte einen Ritter, der in blinkender Rüstung von der anderen Seite des Klosters herangaloppiert kam. In der rechten Hand schwang er ein Schwert.

Ursulas Blick verschwamm. Tränen machten sie blind. Sie hörte lautes Brüllen und das Klirren einer Klinge, dann sank sie benommen auf die Knie.

* * *

Marijana schlug die Augen auf. Über ihr spannte sich das Grün des Waldes. Die Blätter wiegten sich im Wind, der kräftig durch die Kronen fuhr. Doch etwas fehlte. Der Wind machte kein Geräusch. Nichts hörte sie – außer einem leisen Pfeifen, das in ihrem Kopf zu sein schien.

Ursula hockte neben ihr, machte hektische Zeichen. Marijana hätte nicht für möglich gehalten, dass sie sich eines Tages nur noch mit den Händen würde verständigen können. Ihr Hals wurde eng. Sie war taub. Entsetzt schaute sie Ursula an, die ihre Zeichen langsam wiederholte. Marijana hatte genug gelernt, um zu verstehen. Es drohte Gefahr. Ritter waren gekommen, um das Kloster zu verteidigen. Und noch etwas sagte Ursula.

Doch Marijana verstand es nicht. Sie runzelte die Stirn. »Wo ist Roderich?« Es war seltsam zu sprechen, ohne die eigene Stimme zu hören.

Ursula warf die Hände in die Luft, ihre Augen wurden feucht, dann machte sie wieder das Zeichen für Ritter.

Marijana erhob sich. Ihr Kopf hämmerte. Ein dumpfes Dröhnen hatte sich zu dem Pfeifen gesellt. Sie sah sich um. Sie war gar nicht im Wald. Die Landstraße war nur wenige Fuß entfernt. Ursula musste sie ins Unterholz gezogen haben, während sie bewusstlos war.

»Was ist mit Robert?«, rief sie.

Ursula hob die Schultern.

»Vielleicht braucht er Hilfe!« Sie wollte losrennen, doch Ursula hielt sie fest.

»Wir sollen zum Treffpunkt kommen«, gab sie Marijana zu verstehen. »Wir müssen uns an den Plan halten.«

»Der Plan ist mir egal!« Marijana riss sich los. Robert durfte nicht in die Hände der Ritter fallen.

Sie stürzte auf die Landstraße und rannte in die Richtung, in der die Pforte lag. Das Dröhnen in ihren Ohren wurde lauter. Marijana erkannte, dass es das Glockenläuten war. Ihr Gehör kehrte zurück. Wie durch ein dickes Federkissen hörte sie weitere Laute. Schreie. Schwerterklirren.

Marijana hielt erschrocken inne, als plötzlich zwei Männer vor ihr auftauchten. Dann erkannte sie Robert und Mathes und ließ erleichtert die Arme sinken.

»Zum Treffpunkt! Schnell!«, rief Robert.

Er wollte offenbar noch etwas hinzufügen, doch da ertönte hinter Marijana ein Brüllen und gleich darauf ein klägliches Wimmern. Sie erstarrten. Robert rannte zur Nordostecke der Mauer, warf sich auf den Boden und wagte einen Blick. Wie von einer Schlange gebissen zuckte er zurück. »Da sind zwei Ritter«, raunte er, als er wieder bei ihnen war. »Sie haben Urban. Er ist gefesselt, sitzt vor einem von ihnen auf dem Pferd.«

Mathes legte ohne Zögern einen Pfeil auf die Sehne.

»Du kannst sie nicht töten. Es ist kein Langbogen, er ist zu schwach, um die Rüstung zu durchschlagen«, gab Robert zu bedenken.

»Das ist richtig. Ich werde nicht die Ritter töten.«

Marijana erschrak. Aber sie sah ein, dass Mathes recht hatte. Urban war so gut wie tot, Mathes ersparte seinem Kameraden die Folter und beschützte zugleich den Rest der Gemeinschaft.

Vorausgesetzt, die Ritter hatten nicht noch jemanden gefangen. Marijana dachte an Roderich, ein heißer Schreck durchfuhr sie. Hastig drehte sie sich zu Ursula um, die ihr auf die Landstraße gefolgt war. Die junge Frau war weiß wie eine gekälkte Wand.

Die Königin der Diebe

Trotz des erfolgreichen Beutezugs war die Stimmung in der Höhle gedrückt. Noch einmal hatten sie zwei Männer verloren. Robert hatte nicht erzählt, wie Urban gestorben war. Und auch die beiden Frauen hatten geschwiegen. Er war in der Gewalt der Ritter ums Leben gekommen. Mehr musste niemand wissen.

Erst am Treffpunkt hatte Ursula berichtet, dass auch Roderich geschnappt worden war. Unter Tränen hatte sie die Arme durch die Luft fliegen lassen, so schnell, dass selbst ihr Bruder nicht jedes Wort verstanden hatte. Doch schließlich hatte er begriffen, dass Roderich sich geopfert hatte, um Ursula zu retten.

Seither war Ursula verändert. Bleich. In sich gekehrt. Verbittert.

Robert erhob sich und klatschte in die Hände. »Versammelt euch um das Feuer!«

Kurz darauf hockten alle auf dem nackten Fels. Die Flammen warfen Schatten über die verschmutzten, von Narben und Kampf gezeichneten Gesichter. Sieben Männer, mit Robert acht, und zwei Frauen. Ein Gedanke durchzuckte Robert. Wenn das so weiterging, brauchte er die Bande nicht zu verlassen, weil es sie bald nicht mehr geben würde.

War es seine Schuld? Setzte er das Leben der Männer unnötig aufs Spiel?

Robert wischte den Gedanken weg und klopfte auf einen der Lederbeutel, die vor ihm auf dem Boden lagen. »Das ist die Beute. Zweihundertzwanzig Goldmünzen. Hasso und Drago haben sie dreimal durchgezählt. Das macht zweiundzwanzig für jeden von uns.«

Ursula stieß einen zischenden Laut aus und schlug wütend mit einem Stein auf den Boden. »Zwanzig für jeden«, zeigten ihre Finger. »Wir sind elf!«

Robert seufzte. »Roderich wird nicht zurückkehren.«

»Woher willst du das wissen?« Ursula sprang auf.

Bevor Robert sich ebenfalls erheben konnte, war Hasso bei ihr und flüsterte beruhigend auf sie ein. Schließlich setzte sie sich wieder, doch ihre Miene war versteinert.

»Drago wird die Beute gleich verteilen. Doch vorher gibt es noch etwas zu besprechen. Wir müssen dieses Versteck auf unbestimmte Zeit aufgeben. Wir können nicht sicher sein, ob Roderich ...« Er brach ab, sah zu Ursula.

Sie starrte ihn finster an, doch sie schwieg.

»Heute Nacht sind wir noch sicher. Doch morgen sollten wir uns aufmachen.« Er blickte in die Runde. Keiner der Männer wirkte begeistert von der Aussicht, schon wieder das Lager abzubrechen.

»Und wo sollen wir hin?« Utz hielt sich den Bauch. Er trug noch immer den Verband, doch Robert war sicher, dass die Wunde längst verheilt war. »All unsere Verstecke sind verbrannt.«

Lentz starrte auf die Beutel mit dem Gold, dann auf seine Hände. Drei Finger fehlten ihm, zwei an der linken und einer an der rechten Hand. »Vielleicht sollten wir ab hier getrennte Wege gehen. Seit die Falkenstein-Metze bei uns ist, verlieren wir einen Mann nach dem anderen. Ich habe nicht vor, der Nächste zu sein.«

Robert sah ihn scharf an. Er hatte nicht vergessen, dass Lentz und Urban die Einzigen gewesen waren, die gegen Marijanas Aufnahme in die Gemeinschaft gestimmt hatten. »Niemand ist gezwungen, bei uns zu bleiben. Wenn du gehen möchtest, nimm deinen Anteil an der Beute und geh, Lentz. Aber vergiss nicht, dass du zeit deines Lebens an deinen Eid gebunden bist. Und zwar gegenüber allen Mitgliedern des Bundes!«

Lentz schwieg verstockt. Niemand sprang ihm bei.

Robert stieß erleichtert den Atem aus. Er blickte zu Marijana, die ihre Finger auf den Beutel an ihrem Gürtel gelegt hatte. Dann zu Ursula, die die Hände gefaltet hatte und weit weg zu sein schien. Und schließlich zu Hasso, der ihn abwartend ansah. Lag da etwas Lauerndes in seinem Blick? Ein Flackern in den Augen, das vorher nicht dort gewesen war?

Robert zögerte. Eigentlich hatte er noch etwas anderes zur Sprache bringen wollen. Doch es lag zu viel Spannung in der Luft. Nicht der richtige Moment für ein heikles Thema. Er würde sich mit Marijana besprechen. Er vertraute ihr. Obwohl sie erst vor wenigen Tagen in sein Leben getreten war, hatte er das Gefühl, sie schon ewig zu kennen.

***

Veit sah dem Reiter hinterher, der mit einem Tross Begleiter die Straße ins Trauntal hinunterritt. Zacharias würde sich schnurstracks zu Leopold begeben und ihm Bericht erstatten. Oder auch nicht. Jedenfalls war er weg. Der Spion der Habsburger hatte Veit im Nacken gesessen wie ein Geschwür. Nichts war in den letzten Tagen auf Burg Stein geschehen, ohne dass Zacharias davon erfahren hatte. Damit war jetzt Schluss. Endlich war Veit wieder Herr seiner Burg.

Zwar hatte Zacharias unmissverständlich deutlich gemacht, dass er mindestens einen Spitzel unter den Bediensteten hatte, aber das schreckte Veit nicht. Er selbst hatte nämlich ebenfalls Leute, die ihm berichteten, was in Leopolds Umfeld gesprochen wurde. Und daher wusste er, dass Zacharias zwar als unverzichtbar, aber auch als gefährlich galt. Leopold traute seinem eigenen Spion nicht recht über den Weg.

Veit blickte zu den Ställen, wo Knechte damit beschäftigt waren, Pferde zu satteln. Ludwig wollte ihn sehen. Gestern hatte ihn ein Brief erreicht, der ihn für Mitte der Woche nach Nürnberg zitierte, wo der König auf dem Weg von Frankfurt nach Regensburg einen Halt einlegen würde. Veit passte das gar nicht. Eigentlich hatte er sich sofort nach Zacharias' Abreise wieder auf die Suche nach dem Marder begeben wollen. Außerdem gefiel es ihm nicht, dass er keine Ahnung hatte, was der König von ihm wollte. Hatte er etwa von den Plänen gegen sein Leben Wind bekommen? Hatte er Veit im Verdacht? Unmöglich. Wenn dem so wäre, hätte er seine Häscher geschickt und Veit in Ketten nach Nürnberg bringen lassen. Es musste um den Marder gehen, um die Entführung und den Mord an Marijana. Bestimmt wollte Ludwig ihm seinen Beistand zusichern, womöglich sogar zusätzliche Geldmittel für die Jagd zusagen. Das käme Veit sehr zupass. Wenn Ludwig höchstselbst ihn dazu aufforderte, den Marder zu jagen, musste er dem Befehl

Folge leisten. Sonst würde seine Tarnung auffliegen. Das mussten auch Zacharias und Leopold einsehen.

Veit wollte eben in den Palas zurückkehren, als eine Staubwolke einen nahenden Reiter ankündigte. Wenige Augenblicke später preschte ein berittener Bote auf den Hof und ließ sich vom Pferd gleiten. Knechte eilten herbei, kümmerten sich um das Reittier und halfen dem schweißüberströmten Mann, den Brustpanzer abzulegen. Darunter kam ein Wams mit einem Wappen zum Vorschein, das Veit kannte. Der Bote kam von der Burg Obernberg, einem der letzten Vorposten Bayerns vor der Grenze zum Herzogtum Österreich. Das zumindest glaubte Ludwig. In Wahrheit war der Burgherr ein Anhänger des Habsburgers.

Genau wie Veit.

Der Bote verneigte sich vor Veit und überreichte ihm einen Brief.

Veit entrollte das Schreiben. Schon nach wenigen Sätzen begannen die Buchstaben vor seinen Augen zu tanzen. Das Kloster St. Mauritius war überfallen worden. Die Räuber hatten ein Vermögen in Goldmünzen erbeutet. Und ein Dokument …

Die Goldmünzen interessierten Veit nicht. Und der Graf von Obernberg hatte ihm nicht deswegen einen Boten geschickt. Auch wenn in dem Schreiben nicht näher bezeichnet war, um welches Dokument es sich handelte, begriff Veit sofort. Und er wusste ebenfalls, wer dem Kloster einen ungebetenen Besuch abgestattet hatte. Also hatte Craiburg, dieser feige Kuttenträger, tatsächlich geplaudert. Oder hatte er am Ende die ganze Zeit auf Meglings Seite gestanden? Immerhin war er einmal dessen Beichtvater gewesen. Womöglich hatte er dem Marder absichtlich seine Ladung zukommen lassen, samt der Information, wo der Beweis für dessen Unschuld zu finden war.

Veit knüllte das Pergament zusammen. Unzählige Fragen schwirrten in seinem Kopf umher. Warum hatte der unselige Abt das Dokument nicht vernichtet? Wie hatte Robert mit einer Hand voll Räuber das Kloster gestürmt? Warum hatten die Ritter von Obernberg nicht rechtzeitig eingegriffen? Was würde Robert als Nächstes tun? Veit streckte den Rücken durch. »Versorgt den Mann mit Essen und Trinken und einem Lager, um sich auszuruhen!«, rief er seinem Vogt zu, der gerade herbeieilte.

Nachdem Hartat mit dem Gast im Palas verschwunden war, begab Veit sich zur Burgkapelle. Er brauchte Beistand, er musste den Herrn im Himmel um Unterstützung anflehen. Denn eines war klar: Er musste den Marder finden und ihm den Hals umdrehen. Und er musste ihn als Erster erwischen. Denn nun waren es nicht mehr nur die Worte eines in Ungnade gefallenen ehemaligen Grafen, die ihm schaden konnten. Worte, denen vermutlich niemand Gehör geschenkt hätte. Nun hatte der Marder etwas in der Hand, mit dem er Veit dem Henker ausliefern konnte.

* * *

Über den Bäumen zeigte sich ein blauer Himmel, die Sonne stand noch tief, die Luft war eisig, aber Marijana fror nicht. Sie blickte aufs Wasser. Die Salzach hatte an dieser Stelle einen Nebenarm ausgebildet, in dem es fast keine Strömung gab. Weiden hielten ihre Äste tief ins Wasser.

Marijana betrachtete ihr Gesicht auf der Wasseroberfläche. Eine hässliche Narbe zog sich über ihre Wange. Sie würde mit der Zeit blasser werden. Aber verschwinden würde sie nie mehr. Eine für alle sichtbare Erinnerung daran, wie knapp sie dem Tod entronnen war. Wulf hatte ihr nicht nur ihre Unversehrtheit geraubt, sondern auch ihre Schönheit.

Sie presste die Lippen zusammen. In der Welt, in der sie nun lebte, brauchte sie nicht schön zu sein. Sie hob den Blick. Das Wasser plätscherte einladend. Sie zögerte nicht länger. Schnell entledigte sie sich ihrer Kleider. Die kühle Luft kitzelte an ihrer Haut, sie atmete zweimal tief ein und aus und ließ sich dann in das eiskalte Wasser gleiten. Ihr Herz raste los, sie schnappte nach Luft, der Kälteschock jagte ihr durch den ganzen Körper. Doch schnell schlug das Gefühl um, prickelnde Wärme stieg in ihr auf, als sie einige weite Züge durch den Fluss schwamm. Sie wusste, dass sie nicht zu lange im Wasser bleiben durfte. Ihr Körper spielte ihr nur vor, dass es nicht mehr kalt sei. Sie schwamm bis zur Mitte des Arms, dann drehte sie um und kehrte ans Ufer zurück.

Unter einem Busch lag das Kleid, das sie von der jungen Frau erbeutet hatte. Ein Zweig knackte. Erschrocken starrte Marijana den Hang hinauf. Der Eingang zur Höhle war nicht zu sehen. War einer der Männer ihr gefolgt?

Hastig schlüpfte sie in ihr Unterkleid. Es schmiegte sich an ihren nassen Körper, so eng und transparent wie eine zweite Haut.

Eine Gestalt trat zwischen den Stämmen hervor. Robert.

»Oh, ich wusste nicht, dass Ihr …« Er brach ab, stolperte zurück.

Marijana drehte sich hastig nach dem Kleid um. Als sie angezogen war, räusperte sie sich. »Ihr könnt jetzt herauskommen.«

Robert trat zu ihr, er wirkte verlegen, mied ihren Blick. Wortlos deutete er auf einen Felsbrocken, auf dem weiches grünes Moos wuchs. Sie ließen sich nieder.

»Ich brauche Euren Rat, Marijana«, sagte er.

Sie sah ihn überrascht an.

»Ich habe im Kloster gefunden, was ich gesucht habe. Aber

ich weiß nicht, wie ich dafür sorgen soll, dass es in die richtigen Hände gerät.«

»Der Brief, von dem Ihr spracht?«

Robert zog eine Pergamentrolle aus seinem Wams und reichte sie ihr. »Lest selbst.«

Erstaunt bemerkte Marijana, dass ihre Finger zitterten, als sie das Dokument entrollte. Es war tatsächlich ein Brief.

Mein verehrter, über alles geliebter Bruder Friedrich,

Ihr müsst nicht mehr lange ausharren, Hilfe ist nah. Doch nicht die Art Hilfe, die Ihr erwartet. Wenn mein Plan aufgeht, müsst Ihr gar nicht mehr in die Schlacht reiten, und diese bayrische Natter ist vernichtet, noch bevor die erste Klinge gezückt wurde.

Die Falle wird auf Burg Megling zuschnappen, wo Ludwig seinen zukünftigen Schwiegersohn besuchen will. Megling! Der brave Schleimlecker! Was für ein trefflicher Sündenbock!

Der hochgeschätzte, Euch unverbrüchlich zugetane Graf Veit von Amerang hat einen zuverlässigen, zu allem entschlossenen Mann gedungen, der dem falschen König das Lebenslicht ausblasen wird. Kein Schatten des Verdachts wird auf Euch fallen, geliebter Bruder. Sollte der Plan scheitern, was Gott der Allmächtige verhindern wird, wird Megling den Kopf hinhalten müssen, da der Anschlag nicht nur auf seiner Burg, sondern gar in seinem eigenen Schlafgemach stattfinden wird.

Es grüßt Euch untertänigst
Euer Bruder Leopold

Marijana ließ das Pergament sinken. »Seid Ihr sicher, dass das Schreiben echt ist?« Ihr schwirrte der Kopf. Veit? Ihr Verlobter hatte den König töten wollen?

Eine vage, dunkle Erinnerung stieg in ihr auf. Doch sie konnte sie nicht greifen.

»Seht Ihr den Löwen? Das ist das Habsburger Wappen.« Robert deutete auf das purpurne Siegel. »Außerdem hätte der Abt eine Fälschung nicht so gut versteckt.«

»Aber warum erreichte der Brief Friedrich nicht? Wie kam er in das Kloster?«

»Womöglich wurde der Bote abgefangen«, sagte Robert. »Oder es war zu spät, ihn zuzustellen. Seht, das Schreiben wurde zwei Tage vor der Schlacht verfasst. Ich vermute, den Boten hat unterwegs die Nachricht erreicht, dass der Anschlag auf Ludwigs Leben fehlgeschlagen ist. Vielleicht war er zu der Zeit gerade im Kloster St. Mauritius. Der Abt ist ein Anhänger Friedrichs. Er könnte den Boten mit einem frischen Pferd versorgt haben. Es wäre gefährlich gewesen, den Brief an Friedrich zu übergeben, nachdem Ludwig überlebt hatte. Und nachdem Friedrich in Gefangenschaft geraten war, war es völlig unmöglich.«

»Der Abt hätte ihn vernichten können.«

Robert hob die Schultern. »Vielleicht spielt er ein doppeltes Spiel. Oder er ließ sich sein Schweigen gut bezahlen. Irgendwoher muss ja das Gold stammen.«

Marijana schüttelte den Kopf. So viel Lügen und Betrug. So viel Gier. »Was wollt Ihr jetzt tun?«

»Ludwig muss das Schreiben sehen. Dann weiß er, dass ich nichts mit dem Anschlag auf sein Leben zu tun habe. Und er kann seinen wahren Widersacher festsetzen.«

Seinen wahren Widersacher. Das Dröhnen in Marijanas Schädel wurde immer lauter. Veit von Amerang. Ein Königsmörder. »Kennt Ihr jemanden, der Zugang zum König hat, und dem Ihr vertraut?«, fragte sie.

»Ja. Es gibt einen Mann. Bisher hatte ich keinen Grund, an seiner Loyalität zu zweifeln. Außerdem wird mein Anteil an der Beute ihn für seine Mühe entlohnen.« Robert starrte auf den Fluss. »Aber ich möchte Leopolds Brief ungern aus der Hand geben. Er ist meine Lebensversicherung.«

»Das braucht Ihr nicht. Euer Mittelsmann soll ein Treffen mit dem König ausmachen. Erst wenn Ihr Ludwig gegenübersteht, präsentiert Ihr ihm den Beweis.«

»Es bleibt ein Wagnis. Woher will ich wissen, dass Ludwig mich anhört und nicht einfach seine Schergen schickt, um mich festzusetzen?«

Marijana lächelte. »Da hätte ich eine Idee.«

Doch bevor sie Robert erklären konnte, was sie meinte, ertönte über ihnen Geschrei. Sie sprangen auf und kletterten in Windeseile den Hang hinauf.

»Haltet Euch hinter mir, Marijana«, keuchte Robert.

»Glaubt Ihr, dass es die Ritter von der Burg Obernberg sind? Dass sie das Versteck so schnell gefunden haben?«

»Wer sonst?« Robert hatte bereits das Schwert in der Hand. Er blieb stehen. »Wenn Ihr seht, dass die Lage aussichtslos ist, ergreift die Flucht. Und nehmt das hier an Euch.« Er drückte ihr den Brief in die Hand.

»Ich bin genauso an den Eid gebunden wie Ihr«, sagte sie.

»Es wäre ein sinnloser Tod«, gab Robert zurück. »Wenn Ihr den Brief in die richtigen Hände übergebt, könnt Ihr wenigstens die falsche Schlange vernichten, die der König an seiner Brust genährt hat.«

In dem Augenblick kam Ewalt auf sie zugesprungen. »Da bist du ja!« Er warf Marijana einen abschätzenden Blick zu. »Es ist Roderich. Er ist zurück!«

»Es ist ihm gelungen, sich aus der Gewalt der Ritter zu befreien?«

»Er ist schwer verletzt, hat sich mit letzter Kraft hergeschleppt.« Ewalt senkte den Blick. »Der Herr allein weiß, ob er überlebt.«

Robert stürmte auf den Eingang der Höhle zu. Marijana folgte ihm atemlos.

Die Männer hatten einen Kreis gebildet. Roderich lag am Boden, den Kopf auf Ursulas Schoß gebettet. Sie schluchzte und wischte ihm mit einem feuchten Tuch das Blut aus dem Gesicht.

Marijana sah, wie Robert einen Blick mit Hasso tauschte. Ursulas Bruder wirkte angespannt. Ihm wäre es wohl lieber gewesen, wenn Roderich nicht zurückgekehrt wäre.

Robert packte sein Schwert fester. »Roderich! Hast du irgendwem von unserem Versteck erzählt?«

Marijana hielt den Atem an. Was hatte Robert vor?

»Nein«, flüsterte Roderich. »Ich konnte dem Bauern und seinen Knechten entkommen, bevor der Ritter mich erwischt hat. Doch ich musste stundenlang reglos im Unterholz liegen, bis die Schweinehunde die Suche eingestellt haben. Und einer der Knechte hat mir die Spitzhacke in den Bauch gerammt.« Er hob die Hände an, die er die ganze Zeit auf den Bauch gepresst hatte. Eine hässliche Wunde kam zum Vorschein.

»Knie vor mir nieder!«, befahl Robert.

Ein erstauntes Raunen ging durch die Männer. Ursula starrte ihn mit tränennassen Augen an. Marijana wollte sich zwischen ihn und Roderich werfen, doch ihre Glieder waren starr vor Schreck.

Roderich gehorchte. Marijana sah, dass es ihm große Schmerzen bereitete, sich aufzurichten. Doch dann kniete er vor Robert.

Robert hob das Schwert. »Sei treu und beständig, sei freigiebig und demütig, sei mutig und voller Güte, achte auf dein Benehmen, sei mächtig zu den Herren, wohltätig zu den Armen, umgebe dich mit Waisen, fliehe überall die Törichten. Vor allem liebe Gott und richte weise gemäß seinem Gebot.«

Robert berührte Roderichs Schulter mit der Klinge. »Hiermit schlage ich kraft meiner von Gott verliehenen Macht dich, Roderich, zum Ritter. Ab sofort sollst du Roderich von Bergau heißen und mir treu bis in den Tod dienen.«

Marijana sank auf die Knie. Sie hatte Robert zugetraut, einen wehrlosen Menschen, noch dazu einen treuen Kameraden, einfach so zu ermorden. Sie hätte es besser wissen müssen, sie schämte sich, wie sie sich noch nie zuvor geschämt hatte. Der Boden schien sich unter ihr aufzutun.

Niemand bemerkte ihren inneren Aufruhr. Roderich sank ohnmächtig in Ursulas Arme, die ihn vorsichtig neben die Feuerstelle bettete und seine Wunde reinigte. Hasso schlug Robert auf die Schulter und murmelte: »Verfluchtes Schlitzohr!«

Die anderen Männer lachten und schüttelten die Köpfe und reichten Ursula Wein und frische Tücher.

Marijana wankte zum Höhlenausgang.

»Missbilligt Ihr meine Entscheidung, Marijana von Falkenstein?«

Marijana fuhr herum. Robert stand lächelnd vor ihr.

Sie erwiderte sein Lächeln. »Ihr überrascht mich immer wieder, Robert Megling.«

Er verneigte sich. »Ihr wolltet mir von Eurer Idee erzählen.«

***

Je näher die Stadt Ötting kam, desto unruhiger wurde Robert. Er hatte das Gefühl, in eine Falle zu tappen, doch er konnte nicht anders. Wieder und wieder tastete er nach dem Brief unter seinem Wams. Ein Schreiben an den König, eine Bitte um ein Treffen.

Wenn sein alter Freund, der Salzhändler Vitius von Hall, seine Gewohnheiten nicht geändert hatte, stand er heute am Stapelplatz, um zu überwachen, wie seine kostbare Fracht vom Schiff auf Wagen geladen wurde. Und vor allem, um sicherzustellen, dass die Öttinger das Stapelrecht nicht ausnutzten, um ihn übers Ohr zu hauen. Er musste ohnehin genug Silber in die gierigen Mäuler der Stadtoberen werfen.

Robert hatte die besten Kleider angezogen, die die Truhe mit den Beutestücken hergab. Marijana hatte sie extra vorher noch einmal gründlich ausgebürstet. Wams und Beinkleider stammten von dem feigen Edelmann, dem Marijana den Finger abgeschnitten hatte. Hoffentlich kein schlechtes Omen!

Ohne Zwischenfälle passierte Robert das Burghauser Tor. Er führte keine Waren mit sich, also war er für die Wachen uninteressant. Sein Pferd hatte er eine halbe Meile vor der Stadt in einem Heuschober untergestellt. Als hätte er nichts Besonderes vor, schlenderte er über den langgezogenen Marktplatz und bog dann ab, um hinunter zum Fluss zu laufen. Ein steiler befestigter Weg wand sich hinab zum Inn. Robert musste unzähligen mit Fässern und Säcken beladenen Karren ausweichen, sowie den Ochsentreibern, die ihre Lasttiere fluchend voranpeitschten.

Vitius von Hall war nicht zu übersehen. Breitbeinig stand er am Ufer, die Arme in die Hüften gestemmt. Der Hüne war noch größer und kräftiger als Hasso, doch das wellige blonde Haar, das er offen trug, reichte ihm bis zur Brust. Das kantige Gesicht wirkte durch den akkurat gestutzten Bart noch markanter. Vitius behauptete von sich, von Nordmännern abzustammen, und man glaubte es ihm sofort, wenn man ihn sah.

Nur ein winziges Zucken im Gesicht zeigte an, dass Vitius Robert entdeckt hatte. Unauffällig deutete er auf einen Stapel Fässer, die unbeaufsichtigt zum Verladen bereitstanden.

Robert drückte sich hinter die Fässer und wartete.

»Megling, ich fasse es nicht. Du bist wahrhaft tollkühn. Jeder Köter im Land sucht nach dir, der König hat fünfhundert Pfund Silber auf deinen Kopf ausgesetzt.« Vitius klopfte ihm mit seiner riesigen Pranke auf die Schulter.

»Schscht!«, wisperte Robert. »Ich wäre dir dankbar, wenn du meinen Namen nicht über den ganzen Stapelplatz brüllen würdest.«

Vitius schmunzelte. »Und wie soll ich dich nennen? Pelzpfötchen?«

Robert schnitt eine Grimasse.

»Entschuldige, alter Freund.« Vitius ließ sich auf einem Fass nieder. »Stimmt es, was man über dich erzählt? Dass du die Braut des Grafen Veit von Amerang ermordet hast?«

»Erzählt er das?«

»Ist es nicht wahr?«

»Weder ich noch einer meiner Männer hat ihr ein Haar gekrümmt.« Roberts Magen zuckte kurz, als er an Wulf dachte. Ganz der Wahrheit entsprachen seine Worte nicht. »Einer von Veits eigenen Männern hat den tödlichen Schuss abgegeben.«

»Und das kann Veit natürlich nicht zugeben. Verstehe.« Vitius rieb sich über den Bart. »Trotzdem hast du ein unschuldiges Burgfräulein entführt und bist für ihren Tod verantwortlich. Auch wenn ein anderer den Pfeil abgeschossen hat.«

Robert sah Vitius an. »Kannst du ein Geheimnis für dich bewahren? Wenigstens für ein paar Wochen?«

»Wenn ich das nicht könnte, und wenn ich dich nicht grundsätzlich für einen anständigen, gottesfürchtigen Kerl halten würde, würde ich nicht hier vor dir sitzen, sondern mir beim König die fünfhundert Pfund Silber abholen«, brummte Vitius.

Robert ließ sich neben ihm nieder. »Marijana von Falkenstein lebt.«

»Potz Blitz!« Der Salzhändler schlug sich mit den Händen auf die Schenkel. »Wie ist das möglich?«

»Veits Ritter haben einen meiner Männer ermordet, der Frauenkleider trug.«

»Du bist ein Teufelskerl, Robert.«

»Jemand überfällt Dörfer, schlachtet Menschen ab und gibt sich als Marder aus.« Robert trat nach einem Stück Holz. Es schlitterte über den Stapelplatz. »Ich weiß nicht, ob er mich einfach nur als Sündenbock benutzt oder ob er mich bei den Leuten in Verruf bringen will.«

»Ich habe davon gehört, dass der Marder neuerdings willkürlich mordet und brandschatzt. Er soll aussehen wie der Teufel, eine feuerrote Fratze haben.«

»Das ist doch Unsinn.«

»Vielleicht auch nicht. Es soll Menschen geben, die der Teufel auf diese Art gezeichnet hat. Vielleicht ist dieser falsche Marder durch ein solches Teufelsmal entstellt.«

»Hast du einen bestimmten Verdacht?«

»Dazu kann ich nichts sagen.«

»Vitius? Du verschweigst mir doch etwas!«

In dem Augenblick wurde es bei den Karren unruhig. Zwei Männer stritten sich.

»Ich muss zurück, Robert, also sag schnell: Was kann ich für dich tun?«

Robert zögerte. Er hätte dem Salzhändler gern noch mehr Einzelheiten entlockt. Andererseits war es riskant, seinen Aufenthalt in der Stadt mehr als nötig in die Länge zu ziehen. Er holte den Brief aus dem Wams. »Dieses Schreiben muss zum König. Wenn es geht, sollte es ihm persönlich überreicht werden.«

Vitius betrachtete das zusammengefaltete und versiegelte Dokument, machte jedoch keine Anstalten, es entgegenzunehmen. »Was ist das?«

»Ein Brief, in dem ich Ludwig bitte, sich mit mir zu treffen. Er soll Ort und Zeit bestimmen, ich verspreche, dass ich allein komme – und dass ich einen Beweis für meine Unschuld sowie die Namen der wahren Hintermänner des Anschlags auf sein Leben mitbringe.«

»Hast du diesen Beweis?«

»Ja.«

Vitius betrachtete ihn prüfend.

»Für dich besteht keine Gefahr, Vitius. Du bist nur der Bote.«

»Es wäre nicht das erste Mal, dass dem Überbringer einer schlechten Nachricht der Kopf abgeschlagen wird.«

»Es ist keine schlechte Nachricht. Im Gegenteil. Bitte, Vitius. Du reist doch regelmäßig nach Regensburg. Und der König kommt diese Woche dorthin.« Robert zog einen Beutel Münzen hervor. Sein Anteil an der Beute. »Und das ist für deine Umstände.«

»Wem hast du das geraubt?«

»Niemandem, dem es fehlt. Dem Abt des Klosters St. Mauritius.«

Vitius lachte schallend auf. So laut, dass die streitenden Männer innehielten und sie anstarrten. »Das warst du ebenfalls?« Wieder lachte er. »Das gefällt mir.« Er nahm Robert den Brief aus der Hand und ließ ihn in seinem Ärmel verschwinden. »Sei in einer Woche wieder hier, mein Freund, am kommenden Montag. Ich weiß nicht, ob ich dir dann schon eine

Antwort des Königs übergeben kann, aber zumindest weiß ich dann, ob er den Brief überhaupt entgegengenommen hat.« Der Salzhändler erhob sich. »Und behalte dein Geld. Beleidige einen Freund nicht dadurch, dass du versuchst, ihn für seine Dienste zu entlohnen.«

* * *

Veit von Amerang schob die hölzerne Tür auf, spähte um die Ecke und schreckte zurück, als er eine Gestalt sah.

»Kommt nur«, hörte er den anderen rufen. »Ihr stört mich nicht bei wichtigen Geschäften.« Ein meckerndes Lachen ertönte.

Zögernd trat Veit durch die Tür und achtete darauf, dass er den Riegel vorschob, nachdem er in den kleinen Raum geschlüpft war. »Seltsamer Treffpunkt«, murmelte er und sah sich irritiert um.

»Von drei Seiten Außenwände«, sagte sein Gegenüber. »Absolut abhörsicher. Nur darauf kommt es an.«

Veit ließ sich neben dem Mann auf der hölzernen Bank nieder. Zwischen ihnen lag der Deckel, den man normalerweise abnahm, bevor man sich setzte. Sie befanden sich im Abtritt im oberen Stock des Palas der Nürnberger Kaiserburg. Das stille Kämmerlein befand sich in einem Erker, unter dem Deckel gähnte ein Loch, durch einen hölzernen Kanal glitt alles, was man unter sich fallen ließ, an der Außenmauer entlang und landete im Burggraben. Bei Hitze herrschte unerträglicher Gestank in dem Aborterker, doch bei den milden Frühlingstemperaturen, die augenblicklich die Menschen verwöhnten, war kaum etwas zu riechen.

Aufmerksam betrachtete Veit den Mann, der neben ihm saß. Rohard von Metz war Ludwigs Schreiber und einer von dessen engsten Vertrauten, doch sein wahrer Herr war Friedrich von Habsburg.

Veit kam gerade von der Unterredung mit Ludwig. Genau wie er erwartet hatte, war es um Robert Megling gegangen. Der König hatte Veit jede Einzelheit aus der Nase gezogen. Er hatte genau wissen wollen, was bei der Übergabe schiefgegangen war und wer den tödlichen Bolzen auf Marijana abgeschossen hatte.

Veit war es abwechselnd heiß und kalt geworden. Er war standhaft bei seiner Version geblieben, in der die Übergabe ein Hinterhalt gewesen war und Megling die Geisel eiskalt ermordet hatte. Doch er hatte das Gefühl gehabt, nackt vor dem König zu stehen. Und dann hatte Ludwig ihm von dieser schwachsinnigen Regelung erzählt, dass die Burgherren für Schäden aufkommen müssten, die der Marder und seine Bande bei den Bauern anrichteten. Was für eine Schnapsidee! Aber natürlich hatte er Ludwig für seine Klugheit und Umsicht gelobt. Was war ihm anderes übrig geblieben?

Gerade als Veit gedacht hatte, das Gespräch sei zu Ende und er entlassen, hatte Ludwig zum letzten Schlag ausgeholt. »Wisst Ihr, dass man schon wieder plant, Uns zu meucheln?«

Veit hatte sich an seinem Wein verschluckt. »Wie das? Nein, unmöglich!«

Ludwig hatte den Kopf schief gelegt. »Ich habe Hinweise erhalten. Ihr wisst nicht zufällig etwas darüber? Ihr habt doch Eure Augen und Ohren überall, mein lieber Veit von Amerang.«

»Ich glaube nicht, dass jemand es wagen würde –«

»Papperlapapp! Natürlich würde es jemand wagen, wenn er die Gelegenheit bekäme. Irgendwo ganz in meiner Nähe muss es einen Verräter geben. So nah, dass ich ihn nicht sehe.«

»Glaubt mir, Herr«, hatte Veit mit rauer Kehle geröchelt.

»Davon höre ich zum ersten Mal. Aber ich werde meine Fühler noch weiter ausstrecken. Und wenn ich etwas zu hören bekomme, lasse ich es Euch unverzüglich wissen. Haltet Ihr denn trotzdem an Euren Reiseplänen fest?«

Ludwig hatte ihn lange angesehen. »Wer weiß«, hatte er schließlich gesagt. »Und nun schert Euch fort. Ich will, dass Ihr Eure Anstrengungen bei der Jagd nach Robert Megling verdoppelt. Jeder Tag, an dem dieser Schurke frei durch unsere bayerischen Wälder streift, ist eine Schande für das Reich.«

Veit war noch immer ganz benommen. Er kratzte sich am Kopf. »Ludwig ahnt etwas.«

»Schscht! Keine Namen!«

»Er hat den Verdacht, dass jemand in seinem unmittelbaren Umfeld ihn betrügt.«

Rohard bleckte die Zähne. »Da könnte er recht haben.«

»Habt Ihr eine Ahnung, wie viel er weiß?«

»Er weiß nichts.« Rohard schüttelte den Kopf. »Seit dem Anschlag vor zwei Jahren jagt er Phantome. Er hat Angst, aber er will es nicht zugeben.« Rohard fuhr sich über seinen halbkahlen Schädel. »Sind die Vorbereitungen abgeschlossen? Läuft alles nach Plan?«

Schon wieder wechselte Veits Körpertemperatur innerhalb von einem Wimpernschlag von heiß zu kalt und wieder zu heiß. »Alles wird bereit sein, wenn es so weit ist.«

Rohard senkte die Stimme. »Morgen geht es weiter nach Regensburg. Er will eine Woche bleiben, womöglich sogar eine zweite.«

Zwei Wochen! Das waren gute Nachrichten. Veit fächelte sich mit seinem Ärmel Luft zu. In dem Aborterker war es nicht sonderlich warm, doch der Schweiß lief ihm über die Stirn und den Rücken hinab. Wenn er wirklich zwei Wochen Zeit hatte, würde die Ware aus Prag rechtzeitig eintreffen, und niemand musste erfahren, dass ihm die erste Fuhre abhandengekommen war. Und vor allem nicht, durch wen.

Schritte ertönten. Jemand rüttelte an der Tür.

Rohard von Metz hob die Brauen. »Wenn Ihr warten wollt, werde ich zuerst … oder gibt es noch etwas?« Er wartete Veits Antwort gar nicht ab, sondern schob unter großem Getöse den Riegel zurück. »Man wird ja wohl noch in Ruhe sein Geschäft erledigen dürfen!«, fuhr er den Edelmann an, der draußen stand, und polterte davon.

Veit erhob sich ebenfalls.

Der Edelmann stieß einen überraschten Schrei aus, als er sah, dass ein zweiter Mann aus dem Abtritt stapfte.

Veit ignorierte das anzügliche Grinsen. Er hatte andere Sorgen.

***

Robert war gestern Abend nicht zurückgekehrt. Das musste nichts bedeuten, er hatte gesagt, dass er nicht wusste, ob und wann er seinen alten Freund ausfindig machen würde, und dass es dauern könnte. Trotzdem beunruhigte es Marijana.

Im Lager war die Stimmung explosiv, die Männer gerieten ständig aneinander, schon wegen Kleinigkeiten. Jeronimus und Utz hatten in der vergangenen Nacht im Hurenhaus in Burghausen mit Geld um sich geworfen und mit ihrem Vermögen geprahlt, niemand wusste, was sie im benebelten Kopf alles verraten hatten. Hasso lief mit versteinertem Gesicht herum. Robert hatte ihn in seiner Abwesenheit zu seinem Stellvertreter erklärt, doch das hatte nur zur Folge gehabt, dass er ständig in bellendem Ton Befehle erteilte. Und Lentz saß die ganze Zeit vor dem Höhleneingang und wetzte seine Messer.

Nur Ursula und Roderich schien das alles nicht zu scheren.

Ursula hatte die ganze Nacht bei dem Verletzten gewacht, ihm die fiebrige Stirn gekühlt und die blutigen Verbände gewechselt. Marijana hatte ihr geholfen, Salben und Kräuterpackungen für die Wunden anzufertigen. Tatsächlich war das Fieber allmählich gesunken. Seit den Morgenstunden sah es so aus, als würde Roderich überleben.

Bei dem Gedanken, wie Robert den jungen Burschen zum Ritter geschlagen hatte, musste Marijana schmunzeln. Mathes hatte ihr erzählt, dass Roderich ein Findelkind war. Sein Stiefvater hatte ihn täglich geprügelt, mit einem Stock, dem Gürtel oder der Pfanne. Über Jahre war das so gegangen, bis Roderich eines Tages zurückgeschlagen hatte, so heftig, dass der Stiefvater tödlich gestürzt war. Da hatte er fliehen müssen. Woher er wirklich stammte, wusste er nicht. Aber er besaß ein feines, besticktes Tuch, in das er angeblich gewickelt war, als er gefunden wurde. Vielleicht floss also tatsächlich edles Blut in seinen Adern.

Marijana schob sich eine Haarsträhne hinter das Ohr und ging zum Wasserfass. Schon wieder lag ein Haufen blutiger Verbände bereit, die ausgewaschen werden mussten. Doch das Fass war leer. Marijana sah sich um. In einer Nische war Ursula damit beschäftigt, Roderich ein paar Löffel heiße Suppe einzuflößen. Ansonsten war nur Utz in der Höhle.

Marijana seufzte. »Utz, das Wasserfass ist leer.«

»Was schert mich das?«

»Ich brauche frisches Wasser, um die Verbände auszuwaschen. Bitte steig runter zum Fluss und hol welches.«

»Seit wann hast du mir Befehle zu erteilen, Metze?« Utz war noch immer übellaunig, weil Jeronimus und er ganz schön hatten einstecken müssen, nachdem die Männer erfahren hatten, wie leichtsinnig sie sich im Hurenhaus angestellt hatten.

»Willst du etwa, dass ich das Wasser den Berg hinaufschleppe?« Ärgerlich verschränkte Marijana die Arme. »Dein Kamerad ist schwer verletzt, ich dachte, diese Gemeinschaft bedeutet euch etwas und ihr steht füreinander ein.«

»Ha! Das musst gerade du sagen! Was verstehst du davon, du verzärteltes Burgfräulein?«

Lentz kam in die Höhle geschlendert, offenbar angelockt durch den Lärm. Er spielte mit einem seiner Messer herum. »Gibt es Schwierigkeiten?«

»Die Falkenstein-Metze will mir Befehle erteilen.«

»Ach, ist sie jetzt unsere Herrin?« Lentz hob die Brauen. »Unsere Königin gar?« Er imitierte einen Hofknicks. »Eure Majestät.« Wie eine Katze sprang er auf Marijana zu und packte sie am Kinn. »Du gehörst vielleicht jetzt zu uns, aber das gibt dir noch lange nicht das Recht –«

»Was ist denn hier los?« Hasso stand breitbeinig im Eingang, hinter ihm drängten sich die anderen Männer.

»Die Metze meint, sie könnte uns herumkommandieren«, sagte Utz. »Sie wollte, dass ich ihr Wasser hole.«

»Nicht für mich, für Roderich.« Marijana zitterte, Wut und Angst zerrten an ihr. Sie wusste, wie schnell die Stimmung ganz kippen konnte. Doch sie musste ihre Stellung behaupten.

»Also ich finde –« Weiter kam Mathes nicht.

»Still!«, unterbrach Hasso.

In dem Augenblick baute sich Ursula vor ihm auf. Ihre Finger flogen durch die Luft.

Marijana verstand fast nichts, aber an Hassos Gesichtsausdruck erkannte sie, dass Ursula für sie Partei ergriff. Sie hielt die Luft an. Als sie den Schwur abgelegt hatte, hatte sie geglaubt, dass nun alles gut würde, dass die Mitglieder der Bande sie nun respektieren würden. Ein Irrtum. Die Männer vertrauten sich ja nicht einmal gegenseitig. Wie sollten sie da einer völlig Fremden vertrauen?

Ursula nahm Hasso in die Arme und bedeckte sein Gesicht mit Küssen, dann drehte sie sich lächelnd zu Marijana um und nahm sie ebenfalls in die Arme. Überrascht erwiderte Marijana die Umarmung.

»Nun denn«, sagte Hasso sichtlich verlegen. »Ich erinnere euch daran, dass niemand außer dem Anführer hier Befehle erteilt. Und der bin im Augenblick ich. Aber Marijana und Ursula pflegen den Verletzten, und die Übrigen müssen ihnen dabei helfen, so gut es geht. Das bedeutet, dass sie ihnen Dinge bringen müssen, die sie benötigen.« Er räusperte sich. »Und jetzt will ich, dass ihr das Wasserfass auffüllt! Auf der Stelle! Ihr wisst genau, dass es nie leer sein darf! Das hätte nicht passieren dürfen!«

Während die Männer sich um das Fass drängten, trat Marijana zu Ursula, die bereits wieder neben dem schlafenden Roderich kniete. Er hatte von dem Streit offenbar gar nichts mitbekommen. Marijana zog ihren Beutel auf und nahm die Puppe heraus. Ida. Ihre treue Freundin. Sie brauchte sie nicht mehr, sie hatte eine neue Freundin gefunden.

»Ursula?«

Hassos Schwester sah sie an.

»Die möchte ich dir schenken.«

Ursula starrte auf die Puppe. Tränen standen ihr plötzlich in den Augen. Dann breitete sich ein Lächeln auf ihrem Gesicht aus. Sie nahm die Puppe entgegen, küsste sie aufs Gesicht und drückte sie an sich. »Danke«, formten ihre Lippen. Sie legte ihre Hand auf ihre Brust, dann deutete sie auf Marijana.

Marijana erwiderte die Geste. Mit einem Mal war sie voller Hoffnung, dass doch noch alles ein gutes Ende nehmen würde.

* * *

Gero von Falkenstein taumelte auf den Gang. Niemand war dort, doch er wusste, dass sein treuer Knappe Siebert nicht weit sein konnte. Der Bursche wich ihm nicht von der Seite, versuchte, ihm jeden Wunsch von den Lippen abzulesen. Der alte Gero hätte sich geschämt, sich so vor seinen Untergebenen gehen zu lassen, doch der neue Gero, der Gero, der alles verloren hatte, war längst über diesen Punkt hinaus.

Mit unbeholfenen Schritten tappte er den Gang entlang. Seit Tagen hatte er sein Schlafgemach nicht verlassen, er fühlte sich wie ein Fremder in seiner eigenen Burg. Aber er musste seinen Alchemisten aufsuchen. Ambrosius Gallus versuchte ihn zu hintergehen. Das konnte er nicht zulassen. Ihm mochte zwar das Herz von Trauer und Schuld schwer sein, aber sein Verstand funktionierte noch.

Gero erreichte die Treppe und hielt abrupt inne. Diese verfluchten Stufen waren schuld am Elend seiner Familie. Hier hatte das Unglück begonnen. Und hier hatte es erneut zugeschlagen, als er so gestürzt war, dass er das Leben seiner Tochter in die groben Pranken von Veit von Amerang hatte übergeben müssen. Wäre er gesund gewesen, wäre Marijana noch am Leben, da war er sicher.

Vorsichtig näherte sich Gero der Treppe. Sie schien ihn zu rufen, zu locken. Die Stufen verschwammen vor seinen Augen, wisperten ihm zu: »Komm, Gero, komm zu uns. Ein Schritt, und all dein Leid hat ein Ende.«

Es erschien so leicht. In wenigen Augenblicken schon könnte er bei seiner Tochter sein. Und bei seinem geliebten Weib. Und bei seinem Sohn, den er nie zu Gesicht bekommen hatte. Alle würden an ein tragisches Unglück glauben. Hatten sie das damals nicht auch? Und die Stimmen in seinem Inneren würden endlich Ruhe geben.

Und wenn er überlebte? Zum Krüppel wurde?

Gero stützte sich an der Wand ab. Er sah sein Weib vor sich, seine wunderschöne Cecilia, ihre vor Entsetzen aufgerissenen Augen. Sie war nicht mehr erwacht, bevor sie starb. Die letzten Worte, die er zu ihr gesagt hatte, waren voller Bitterkeit gewesen. Wie oft hatte er sich danach gewünscht, sie zurücknehmen zu können.

Gretlin, Cecilias Kammerzofe, hatte damals plötzlich hinter ihm gestanden. »Es war ein Unfall, Herr«, hatte sie gesagt.

Er hatte sie fortgeschickt. Er hatte darüber nachgedacht, sie endgültig verschwinden zu lassen. Wer wusste schon, was sie herumerzählen würde? Ob sie, einmal in Sicherheit, immer noch von einem Unfall sprechen würde?

Es war die Wahrheit – und auch nicht. Er hatte Cecilia nicht umbringen wollen. Doch er hatte sie mit voller Absicht gestoßen. Aus Wut, weil sie sich seinem Willen nicht beugen wollte.

Und nun hatte sich all die Jahre später herausgestellt, dass es doch ein Fehler gewesen war, die Kammerzofe am Leben zu lassen. Denn Marijana hatte irgendwie erfahren, dass sie etwas über den Tod ihrer Mutter wusste. Und sie hatte keine Ruhe gegeben. Sie wollte mit Gretlin sprechen, die im »Roten Falken« als Magd arbeitete. Immer wieder hatte sie davon angefangen, auch wenn er ihr das streng untersagt hatte. Gero war sicher, dass Marijana an dem Tag, an dem sie entführt worden war, dorthin gewollt hatte. Um ihre letzte Gelegenheit zu nutzen, der ehemaligen Kammerzofe ihrer Mutter die Fragen zu stellen, die ihr auf der Seele brannten.

Schritt für Schritt stieg Gero die Stufen hinab. Sein Bein stach wie ein Hornissenschwarm, doch er biss die Zähne zusammen. Er würde sich nicht von dieser verfluchten Treppe aufhalten lassen. Ebenso wenig wie von Ambrosius Gallus.

Unten angekommen, überquerte er mit langen Schritten den

Hof. Einige Mägde und Knechte hoben erstaunt die Köpfe. Es scherte ihn nicht.

Er stieß die Tür zum Laboratorium auf. Gallus war nicht da. Umso besser. Wahllos begann Gero, Truhen zu öffnen und Regale zu durchstöbern. Er blickte unter Tisch und Schemel, öffnete sogar die Ofenklappe. Irgendwo musste der verdammte Giftmischer doch die Tinktur versteckt haben! Wut brodelte in Gero hoch. Dass er wie ein Dieb in seiner eigenen Burg alles absuchen musste! Gallus hatte ihm erzählt, dass kein Schlafmohn mehr da sei, dass er auf eine neue Lieferung warte. Doch Gero glaubte ihm kein Wort. Der Alte wollte ihn hinhalten. Er widersetzte sich seinen Befehlen!

Wütend wischte Gero mit dem Arm Tonkrüge und Phiolen aus dem Regal. Es war ihm egal, dass dabei kostbare Gefäße zu Bruch gingen und sich ihr Inhalt auf dem Boden ausbreitete. Er stieß den Tisch um, warf einen Schemel mit einem lauten Krachen gegen die Wand.

Die Tür flog auf. Gallus blieb abrupt stehen, als er Gero entdeckte. »Was hat das zu bedeuten?«

»Gebt mir die Tinktur! Sofort!«

»Ach? Habt Ihr deshalb so gewütet? Weil Ihr Euren Schlafmohn nicht gefunden habt? Sagte ich nicht, dass keiner mehr da ist?«

»Ihr lügt, Gallus! Rückt ihn sofort heraus oder …«

»Oder was, Herr? Wollt Ihr mich in den Kerker werfen? Oder auspeitschen lassen?« Er schüttelte traurig den Kopf. »Damit könnt Ihr vielleicht Eure Mägde und Knechte einschüchtern.«

»Überspannt den Bogen nicht!«, knurrte Gero. Ihm war merkwürdig schwindelig. Das musste an den Essenzen liegen, die sich auf dem Boden mischten und ihre vielfältigen Düfte verbreiteten.

Gallus trat näher. »Ich freue mich, Herr, dass Ihr Euch von Eurem Lager erhoben habt. Es ist schön, Euch auf Euren eigenen Beinen zu sehen. Nun fehlt nur noch, dass Ihr die Wut, die in Euch kocht, gegen den Richtigen richtet.«

Gero sperrte den Mund auf. Was bildete dieser Scharlatan sich ein? Er hatte ihm zu viel durchgehen lassen in den letzten Jahren, das stand fest. Er hatte es Marijana zuliebe getan. Und weil er die Hoffnung nicht hatte aufgeben wollen, dass der Alchemist das Wundermittel gegen die dunkle Krankheit fand. In gewisser Weise hatte er das ja auch. Die Schlafmohntinktur benebelte die Sinne zumindest so stark, dass der Schmerz nicht mehr zu spüren war. Mehr Heilung war wohl nicht möglich.

»Ihr werdet mir auf der Stelle eine frische Tinktur zubereiten«, befahl er.

»Das werde ich nicht. Wenn Ihr Euch unbedingt in die Hölle stürzen wollt, müsst Ihr Euch einen anderen Handlanger dafür suchen.«

»Was soll das heißen?«

Gallus öffnete eine Truhe und entnahm ihr einen großen Lederbeutel. Dann begann er, die Fläschchen, die noch heil waren, sorgfältig darin zu verstauen. »Ich werde nicht länger mit ansehen, wie Ihr das Andenken Eurer Tochter beschmutzt, Gero von Falkenstein. Wenn Marijana Euch so sähe, würde sie im Boden versinken vor Entsetzen und Scham. Mir geht es nicht besser. Richtet Euch meinetwegen zugrunde. Aber ich werde Euch nicht dabei helfen!«

»Blödsinn!« Geros Stimme überschlug sich. »Ihr könnt Euch nicht einfach selbst aus meinen Diensten entlassen!«

»Das werden wir ja sehen.« Gallus schloss den Beutel und hängte ihn sich über die Schulter. »Lebt wohl, Herr. Gott sei mit Euch.«

Gero packte einen Schemel und hob ihn hoch. Doch statt ihn dem Alchemisten über den Schädel zu ziehen, schleuderte er ihn gegen den Athanor. Holz splitterte, Ton zerdepperte. Als Gero sich wieder umdrehte, war Meister Gallus verschwunden.

Gero sank auf den Boden und heulte wie ein Säugling.

***

Robert spürte sofort, dass etwas nicht stimmte. Der Wald war unheimlich still, so als würden alle Tiere abwartend verharren. Und selbst der Wind hielt den Atem an. Dunkle Wolken brachten eine frühe Abenddämmerung. Es war kühl.

Ein Knacken ließ Robert herumfahren. Erleichtert bemerkte er, dass es Hasso war, der am Ufer der Salzach stand, die Stirn in Falten gelegt, ein Stöckchen im Mundwinkel.

»Wurde auch Zeit«, brummte er.

»Ich musste einige Umwege gehen, mich mehrere Male verstecken, Ritter der Burg Obernberg durchkämmen das Gebiet.«

»Und? War es das wert?«

Robert trat zu Hasso ans Ufer. »Was soll das heißen?«

»Was hast du vor, Robert?«, fragte Hasso zurück.

Robert wandte sich ab und starrte aufs Wasser. Er hatte der Bande nicht erzählt, was er vorhatte. Die Männer glaubten, er habe in Ötting ein Geschäft eingefädelt, um seinen Anteil an der Beute gut anzulegen. Sie hatten zwar darüber gespottet, es aber nicht infrage gestellt. Nur Hasso und Mathes hatten sich mit dieser Erklärung nicht zufriedengegeben. Mathes hatte gesehen, wie Robert den Brief gefunden hatte, und er kannte Roberts Plan, seine Unschuld zu beweisen. Ihm hatte Robert anvertraut, worum es wirklich ging, und er hatte das freudige Blitzen in Mathes' Augen gesehen.

Hasso hatte er ebenfalls reinen Wein eingeschenkt, teilweise zumindest. Ein ungutes Gefühl hatte ihn davon abgehalten, den Brief zu erwähnen. Daher wusste Hasso nur, dass Robert einen Verbündeten treffen wollte.

»Du weißt, dass ich meine Unschuld beweisen will.«

»Du willst uns dafür benutzen, deine Burg zurückzukriegen.«

»Es wäre nicht euer Schaden.«

»Ach ja? In den letzten Wochen sind drei von uns verreckt. Wenn das so weitergeht, ist am Ende niemand mehr übrig, der Nutzen daraus ziehen könnte, Graf Megling zu kennen.«

»Die Verluste hatten nichts mit meiner Mission zu tun.«

»Verkauf mich nicht für dumm, Robert!« Hasso spuckte sein Stöckchen aus und packte Robert bei den Armen. »Glaubst du, ich weiß nicht, warum du das Kloster überfallen hast? Hast du nicht die Maxime ausgegeben, keine Unschuldigen zu überfallen? Keine armen Bauern, keine Frauen und Kinder, keine Männer Gottes – ich erinnere mich gut, wie du uns darauf eingeschworen hast. Aber für das Kloster St. Mauritius galt das plötzlich nicht mehr. Warum wohl?«

»Du verstehst das nicht.«

»Ich verstehe sehr wohl! In meinen Adern fließt ebenso edles Blut wie in deinen. Ich weiß genau, was du verloren hast. Ich habe es auch verloren.«

»Das ist nicht das Gleiche!«, stieß Robert hervor. »Denn du hast es freiwillig aufgegeben. Für deine Schwester.« Und als dritter Sohn hättest du ohnehin nichts geerbt, setzte er in Gedanken hinzu.

»Ach ja, freiwillig? Glaubst du das? Du machst es dir sehr leicht, Robert.« Hasso hob einen Stein auf und schleuderte ihn ins Wasser.

»Wie geht es Roderich?«, fragte Robert, um Hasso auf andere Gedanken zu bringen.

Hasso fuhr herum. »Der Bastard hat Ursula völlig den Kopf verdreht. Tag und Nacht hockt sie bei ihm.«

»Er hat ihr das Leben gerettet.«

»Dafür bin ich ihm auch dankbar. Aber muss sie ihm deswegen gleich mit Haut und Haar verfallen?« Er kniff die Augen zusammen. »Du hast ihr damals auch das Leben gerettet. Ist das so ein Weiberding, sich in den zu vergucken, der einen beschützt?«

»Ich weiß es nicht«, gab Robert zu. Er musste an Marijana denken.

»Jedenfalls soll der Bursche sich nichts einbilden.«

»Er ist jetzt ein Ritter.«

Hasso legte den Kopf schief.

»Und vielleicht ist er ja sogar von edler Abstammung, schließlich weiß niemand, wer seine Eltern sind. Er könnte der Bastard eines Grafen sein.«

Hasso schnaubte. »Du willst sie also nicht mehr, ja?«

»Sie will mich nicht mehr, Hasso. Und vermutlich ist es besser so.«

Hasso zog verächtlich die Oberlippe hoch. »Deine Metze hat Ärger gemacht.«

Roberts Herz setzte einen Schlag aus. »Ärger? Was für Ärger?«

»Siehst du, du protestierst nicht einmal, wenn ich sie so nenne: deine Metze.«

Robert packte Hasso am Wams. »Was für Ärger?«

»Sie hat Utz zum Wasserholen geschickt, er wollte sich von ihr keine Anweisungen geben lassen. Ich musste schlichten. Sie bringt nichts als Ärger, Robert. Sie kann nicht bei uns bleiben.«

Robert rieb sich die Stirn. Hörte das denn nie auf? In einer Woche musste er noch einmal allein fort. Sollte er Marijana mitnehmen, damit sie sicher war? Oder gab es eine andere Lösung? »Sie wird auch nicht bei uns bleiben. Das ist kein Leben für sie. Doch im Moment geht es nicht anders.«

»Träumst du davon, sie als deine Braut auf deine Burg mitzunehmen, wenn der König dir großmütig verziehen hat?« Hasso spuckte auf den Boden.

Als seine Braut, als seine Gemahlin wäre Marijana vermutlich sicher. Roberts Herz schlug schneller bei dem Gedanken. Er blickte hoch zum Höhleneingang. Er war nicht zu sehen, doch Robert wusste, hinter welchem Strauch er sich verbarg. »Ich mache mich an den Aufstieg. Kommst du mit?«

Das erste Stück erklommen sie schweigend. An einer Eiche hielt Hasso inne. »Hast du wenigstens etwas ausrichten können? Bei deinem Informanten, meine ich.«

Robert rieb sich den Schweiß von der Stirn. »Ich habe etwas über den falschen Marder erfahren. Angeblich hat er ein Teufelsmal im Gesicht.«

Hasso starrte ihn an. »Ein Teufelsmal, sagst du?«

»So erzählte mein Freund es mir. Kennst du jemanden, der auf diese Art gezeichnet ist?«

»In der Tat.«

»Wer ist es?« Robert unterdrückte den Wunsch, Hasso zu packen und zu schütteln. »Lass dir nicht alles aus der Nase ziehen!«

Hasso hob die Schultern. »Ich dachte, du wüsstest es selbst.«

»Wer, zum Teufel?«

»Dein Nachfolger auf Burg Megling. Götz von der Au.«

* * *

Ursula spürte am Gewicht auf ihrer Schulter, wie schwach Roderich noch war. Ohne ihre Hilfe konnte er keinen Schritt gehen. Aber er lebte. Und es ging ihm von Tag zu Tag besser. Er hatte sie gebeten, ihm zu helfen, ein paar Schritte zu laufen. Er hatte es satt, sinnlos herumzuliegen und die Spötteleien der anderen über sich ergehen zu lassen, die ihm im Scherz unterstellten, er spiele den Schwerverletzten nur, um länger in den Genuss von Ursulas Pflege zu kommen. Niemand meinte es böse, doch Roderich litt mehr und mehr darunter.

Sie hatten einen Moment abgewartet, in dem niemand sonst in der Höhle war. Bis auf Mathes und Drago waren alle Männer zum Jagen in den Wäldern verschwunden. Die beiden sollten Wache halten und nutzten die Zeit, um in der Ruine der Ratzlburg ihre Schießkunst zu verbessern. Nicht, dass es bei Mathes noch etwas zu verbessern gab. Und Marijana wusch unten am Fluss Kleider.

Ursula war nassgeschwitzt, als sie den Höhlenausgang erreichten. Gerade ging die Sonne in leuchtendem Blutrot unter.

»Wie schön«, murmelte Roderich neben ihr. Sein Haar leuchtete mit dem Abendrot um die Wette.

Sie half ihm, sich auf einem Felsklotz niederzulassen. An seinem Gesicht sah sie, welche Schmerzen er litt. Sie setzte sich neben ihn und lauschte den Geräuschen des Waldes, dem leisen Rascheln im Laub, dem Zwitschern der Vögel, dem Keckern eines Dachses.

Schon früher hatte sie oft so dagesessen und sich vorgestellt, sie säße vor ihrem eigenen Haus, das Tagewerk wäre vollbracht, die Kinder im Bett und der Gemahl gerade aus der Küche zu ihr nach draußen getreten, um ihr einen Becher Wein zu bringen. In diesen Träumen war dieser Gemahl noch Robert gewesen.

Sie wusste jetzt, dass sie Robert nie geliebt hatte. Dass sie nie das gefühlt hatte, was sie in diesem Augenblick fühlte, mit Roderich an ihrer Seite. Behutsam berührte sie seine Hand. Er erwiderte den Druck, streichelte sanft ihre Finger.

Sie löste ihren Blick von der untergehenden Sonne und sah ihn an. Er beugte sich vor. Als ihre Lippen sich berührten, war es wie der Feuerzauber, den Marijana bei der Köhlerhütte in den Himmel gemalt hatte. Nur dass die Funken und Lichter in Ursula sprühten.

»Lass sie sofort los!«, brüllte eine Stimme über ihnen. Hasso!

Ursula sprang erschrocken auf. Roderich erhob sich ebenfalls, doch es dauerte länger. Sein Gesicht war schmerzverzerrt.

Hasso schien das nicht zu scheren. »Du wagst es, meine Schwester anzufassen, du hergelaufener Köter? Du Dreckstück!« Er hatte sein Schwert gezogen und fuchtelte damit herum. Nach und nach tauchten die übrigen Männer auf, Ewalt und Utz trugen einen Rehbock zwischen sich, den sie an einem Stock festgebunden hatten. Von Robert war nichts zu sehen.

Ursula baute sich vor Hasso auf. »Was fällt dir ein, so mit ihm zu reden!«, fuhr sie ihn in ihrer Zeichensprache an. »Er hat mir das Leben gerettet, und er ist jetzt ein Ritter – so wie du!«

Hasso schnaubte und verzog verächtlich die Mundwinkel.

»Da hat sie recht«, sagte Ewalt und verlagerte den Stock mit dem Wild auf die andere Schulter.

Ursula sah ihn erstaunt an. Sie ahnte seit Langem, dass einige im Lager ihre Zeichensprache besser verstanden, als sie es sich anmerken ließen, doch von Ewalt hatte sie das nicht gedacht. Andererseits war er einst Kaufmann gewesen und konnte ein wenig lesen und schreiben.

»Halt dich da raus!«, fuhr Hasso ihn an. »Haltet euch alle raus! Das geht nur mich und Ursula etwas an.«

»Und mich«, sagte Roderich mit fester Stimme. Er hatte es

endlich geschafft, sich gerade aufzurichten, und sah Hasso direkt in die Augen.

Ursula wäre am liebsten zu ihm hingesprungen, um ihn zu stützen, doch sie spürte, dass ihm das in diesem Moment nicht recht gewesen wäre. Zwischen den Bäumen nahm sie eine Bewegung wahr. Robert war nun auch da, seine Hand lag am Schwertknauf. Neben ihm stand Marijana, einen Korb mit Wäsche unter den Arm geklemmt.

»Wenn du nicht eh halbtot wärst, müsstest du jetzt dein Schwert ziehen, *Ritter.*« Hasso spuckte das letzte Wort aus wie ein schimmeliges Stück Brot.

Roderich besaß nicht einmal ein Schwert. Er deutete eine Verneigung an. »Ich, Roderich von Bergau, Ritter in den Diensten des ehrenwerten Grafen Robert Megling, bitte Euch, edler Hasso Bergh, um die Hand Eurer liebreizenden Schwester Ursula.«

Hasso klappte die Kinnlade runter. Die Männer raunten, einige lachten und klatschten in die Hände.

Ursulas Herz jubelte vor Glück, rasch stellte sie sich neben Roderich und ergriff seine Hand. Sie rührte keinen Finger, sah ihren Bruder nur an. Er musste doch sehen, was für ein guter Mann Roderich war!

»Was bildest du dir ein?«, brüllte Hasso. »Du hast wohl völlig den Verstand verloren!«

Roderich zuckte zusammen, doch er wich keinen Zoll zurück.

Ursula schossen die Tränen in die Augen. Sie drückte Roderichs Hand. Wie konnte sie ihrem Bruder nur begreiflich machen, dass Roderich alles war, was sie sich wünschte, dass er sie so glücklich machen würde, wie niemand sonst auf der Welt es vermochte?

Hasso erwiderte ihren Blick. Ursula erkannte, wie es in ihm

arbeitete, wie seine Wut allmählich verrauchte. Schließlich stieß er die Luft aus. »Und wie stellt ihr euch das vor? Sollen wir einen Pfaffen entführen, damit er euch traut?«

Ursula warf sich ihrem Bruder an den Hals und bedeckte sein Gesicht mit Küssen.

»Schon gut, schon gut«, brummte er verlegen. »Aber ich weiß wirklich nicht, wie das gehen soll.«

Ursula hörte ein Räuspern und drehte den Kopf. Da stand Robert und lächelte. Er fasste an sein Amulett, doch Ursula schüttelte den Kopf. Er sollte es behalten, es würde ihm Glück bringen. Das Glück, das sie bereits gefunden hatte.

Robert nickte und wandte sich an Hasso. »Meinen Glückwunsch, da hast du einen wahrhaft würdigen Gemahl für deine Schwester gefunden.« Noch bevor Hasso etwas erwidern konnte, fuhr er fort. »Und was die andere Sache betrifft: Derzeit kann niemand im Reich von einem Priester getraut werden, sei er nun reicher Herzog oder armer Bauer. Wir alle sind vom Papst gebannt. Kirchliche Hochzeiten sind verboten. Also wirst du deine Schwester nach altem Brauch ihrem Gemahl übergeben. Ich glaube nicht, dass Gott den beiden seinen Segen verweigert, nur weil der Papst und unser König im Streit liegen.«

* * *

Ludwig hob den Blick und sah zu den Fenstern. Draußen ging die Sonne unter, ein prächtiger Anblick, aber auch einer, der Gefahr verhieß. Den Tag über hatte er sich in Regensburg einigermaßen sicher gefühlt. Erst jetzt, mit Einbruch der Nacht, wurde ihm bewusst, in welche Gefahr er sich begeben hatte.

Er wandte seinen Blick vom Fenster ab und prostete erst dem Gumprecht und dann dem Auer zu. Die wohlhabenden

Regensburger Familien hatten zu seinem Willkommen ein Fest ausgerichtet, alle wichtigen Leute geladen und dem Volk ein buntes Spektakel mit fahrenden Spielleuten und allerlei Musikanten geboten. Jetzt saß Ludwig mit den einflussreichsten Männern der Stadt in der Wohnstube seines Gastgebers. Er logierte diesmal bei den Gumprechts. Ludwig achtete darauf, seine Gunst zwischen den Familien Gumprecht und Auer gleichmäßig zu verteilen. Die Gumprechts waren aufstrebende reiche Bürger, die Auers Patrizier, die Familien waren bis aufs Blut verfeindet.

Die einen waren so einflussreich wie die anderen, also musste Ludwig sich mit beiden gut stellen, ein Unterfangen, das so schwierig war wie das Überqueren einer vereisten Furt im Winter: Ein Fehltritt, eine falsche Einschätzung, und es wurde bedrohlich.

Aber auch die Regensburger wussten, dass die Gunst des Königs über den Wohlstand der Stadt mitentschied. Hätte Ludwig den Gumprechts das Münzrecht entzogen, so hätte die Stadt wohl die Hälfte ihrer Einnahmen verloren. Sie wussten allerdings auch, dass Ludwig keinen Grund hatte, so etwas auch nur in Erwägung zu ziehen. Einen Großteil der Truppen, die Ludwig den Sieg über Friedrich geschenkt hatten, waren von den Regensburgern bezahlt worden. Ludwig spuckte nicht in die Hand, die ihm half. Wichtig für ihn war, dass weder die Auers noch die Gumprechts die alleinige Macht in Regensburg an sich reißen konnten. Deswegen würde er das Münzrecht für die Gumprechts erneuern, damit sie im Machtkampf mit den Auers bestehen konnten. Und deswegen hatte er auch das Haus der Gumprechts als Herberge gewählt. Aber nicht nur deswegen.

Ludwig ließ seinen Blick durch die Wohnstube schweifen. An den Wänden hingen bunte Teppiche, die Fenster hatten

Scheiben aus Glas. Kaum eine Burg bot solch einen Luxus. Auch die Gemächer, die ihm zugewiesen wurden, wenn er hier nächtigte, waren hell, warm und bequem. An eine Übernachtung erinnerte er sich natürlich besonders: Nach der Schlacht von Mühldorf hatte er bei der Familie Gumprecht ein Dach über dem Kopf gefunden, und als besonderen Gast hatte er Friedrich als seinen Gefangenen mit sich geführt.

Die ganze Stadt hatte sich herausgeputzt, um ihn, den Sieger, den König, angemessen zu empfangen. Im Dom St. Peter hatte Ludwig einen Dankgottesdienst abhalten lassen und es Friedrich nicht erspart, daran teilzunehmen. Mit zusammengebissenen Zähnen hatte der die Danksagungen für den Sieg in der Schlacht über sich ergehen lassen, hatte den Bischof von Regensburg mit Blicken durchbohrt, als dieser das Ergebnis der Schlacht als die Krönung des rechtmäßigen Königs durch die Hand Gottes bezeichnet hatte. Ludwig hatte Mitleid mit Friedrich gehabt, am liebsten hätte er ihn nach Hause geschickt. Aber der Habsburger war nicht bereit gewesen, auf die Krone zu verzichten, war nicht bereit gewesen, Ludwig als seinen Herrscher anzuerkennen. Da war Ludwig nichts anderes übrig geblieben, als ihn gefangen zu nehmen.

Allerdings hatte sich Ludwig verschätzt. Er hatte geglaubt, dass Friedrich nach wenigen Monaten einknicken würde. Aber seit Mühldorf waren fast zwei Jahre vergangen, und Friedrich dachte nicht daran, klein beizugeben.

Friedrich Auer sagte etwas zu Ludwig und riss ihn so aus seinen Gedanken. Er murmelte zerstreut eine Erwiderung und versank wieder in Erinnerungen. Im Kopf rechnete er. Ein gutes Dutzend Mal hatte er bei den Gumprechts genächtigt, oder war es öfter gewesen? Fast genauso oft bei den Auers, einige wenige Male auf der Burg, die selbst im Sommer kalt und feucht war, und nur ein einziges Mal im Dominikanerkloster, das jegliche Annehmlichkeiten vermissen ließ. Oder doch zwei Mal? Hatte er nicht vor Jahren schon einmal in dem Kloster die Nacht verbracht?

Die Erinnerungen verschwammen, umso stärker, je mehr Zeit verging. Manchmal schien es Ludwig, dass die Tage davonjagten wie aufgescheuchte Rebhühner, manchmal dehnten sie sich endlos. Und wenn er zurückblickte, musste er feststellen, dass die Wochen, in denen nichts Besonderes geschehen war, sich anfühlten wie Stunden oder Tage. Die Zeiten jedoch, die angefüllt waren mit Ereignissen, vervielfachten scheinbar ihre Dauer. Die Schlacht bei Mühldorf war nach einem Tag zu Ende gewesen, aber es kam ihm vor, als hätte sie eine ganze Woche getobt. Anders war es auf Reisen. Die Stunden im Sattel dehnten sich ewig aus, doch im Nachhinein fühlte er sich um die Tage betrogen, die in seiner Erinnerung im Nebel versanken.

Der Hausherr erhob sich und ließ den König hochleben. Mehr Wein wurde ausgeschenkt. Erneut sah Ludwig zum Fenster. Die Sonne war fort, doch noch immer war es hell. Er war kein Kind von Traurigkeit, aber die letzten Wochen waren so anstrengend gewesen, dass er sich beizeiten in seine Kammer zurückziehen wollte.

Ludwig nahm den Pokal von seinem Vorkoster entgegen, trank und rief sich das Gespräch in Erinnerung, das er gestern in Nürnberg mit Veit von Amerang geführt hatte. Sein treuer Vasall hatte verunsichert gewirkt. Doch Ludwigs Spione wussten nichts Nachteiliges über ihn zu berichten. Sicherlich war es die Trauer um seine Braut gewesen und die Verbitterung, weil er den Mörder hatte entkommen lassen.

Das war wirklich eine Schande. Veit hatte Robert Megling gegenübergestanden. Der Verräter hätte ihm nicht entwischen dürfen! In der Tat ein Grund, sich zu schämen. Andererseits war die Übermacht der Räuber riesig gewesen. So hatte Veit es erzählt. Wie ein Heer aus der Hölle seien sie aus dem Boden gewachsen und von den Bäumen gesprungen. Veit war nur mit wenigen Männern gekommen, weil er sich an die Forderung des Entführers hatte halten wollen, um das Leben seiner Braut nicht zu gefährden. Und dann hatte ihm gerade dieses ehrenhafte Verhalten die Niederlage gebracht. Wie tragisch!

Ludwig überlegte. Er musste Veit Anerkennung zollen. Vielleicht konnte er ja die Position einnehmen, die Ludwig ursprünglich für Megling vorgesehen hatte. Aber erst musste Megling endlich gefangen und verurteilt werden. Die Probleme wollten kein Ende nehmen!

Jetzt und hier hatte Wachsamkeit höchste Priorität. Er hatte sich nach Regensburg begeben, obwohl er wusste, dass ihm bei einer der Familien der Feind auflauerte. Denn nur so konnte er ihn demaskieren.

Doch die wichtigste Frage war: Wo lauerte die Gefahr? Wer trug den verdeckten Dolch, um ihn zu ermorden? Oder war es Gift, das man ihm in den Wein oder ins Essen mischen wollte? Würde man ihn in eine dunkle Ecke zerren und mit bloßen Händen erwürgen? Wenn Götz von der Aus Spione zuverlässig waren, würde es ein Angriff aus dem Hinterhalt werden, von einem Bediensteten. Ludwig hatte alle Mägde und Knechte heimlich durchleuchten lassen, die der Gumprechts und die der Auers. Ohne Erfolg. Alle hatten tadellose Referenzen.

Vielleicht merkte er es erst, wenn es zu spät war? Ein kaum spürbarer Stich im Gedränge mit einer vergifteten Nadel? Gott wird es dich wissen lassen, hallte es ihm durch den Kopf. Seine eigenen Worte.

Endlich war es draußen dunkel. Ludwig erhob sich und erklärte, er müsse noch einige Dokumente diktieren und siegeln, bevor er sich zur Ruhe begeben konnte. Rohard begleitete ihn, und Ludwig bat ihn, noch auf ein Wort zu bleiben. Er brauchte den Rat des erfahrenen Mannes.

»Mein lieber Rohard«, sagte er, als die Tür hinter ihnen zugefallen war. »Was glaubt Ihr? Wäre Veit von Amerang aus Eurer Sicht ein möglicher Anwärter auf das Vitztum des Königs?«

Wie es Rohards Art war, antwortete er nicht sofort, sondern überlegte zuerst. »Ich würde nichts überstürzen, Herr. Er hat viele Qualitäten, aber er ist vielleicht ein wenig zu forsch in manchen Belangen.«

»Es fehlt ihm an Reife?«

»Es fehlt ihm manchmal am kühlen Kopf.«

Es pochte an der Tür. Rohard öffnete die Luke und fragte, wer Einlass begehre. Als Antwort steckte jemand ein Pergament durch die Öffnung. »Für den König persönlich.«

Ludwig hob die Brauen. Oft wurden ihm Dokumente zugespielt, die die seltsamsten Wege gegangen waren. In der Regel handelte es sich um Bitten, die Regalien betrafen. Manchmal aber rief jemand den König um Rechtsprechung an. So oder so war es nicht leicht, bis zu ihm vorzudringen. Wer auch immer es schaffte, die Aufmerksamkeit des Königs zu erlangen, verfügte entweder über viel Geld oder beste Beziehungen.

Rohard betrachtete das Siegel und schnitt eine Grimasse.

Ludwig entging Rohards Reaktion nicht. »Von wem ist der Brief?«

Rohard räusperte sich. »Das Siegel ist das derer von Megling. Die beiden Drachen und die Ähre.«

Er reichte den Brief Ludwig, der das Pergament wie eine giftige Schlange ansah. Dann griff er zu. Schon nach den ersten Zeilen begann Ludwig zu fluchen. »Hat der Hurensohn denn kein Gewissen? Ist er vollkommen irrsinnig geworden?«

Wieder setzte er an.

Mein erlauchtester Herr und Gebieter, mein König, dem ich die Treue geschworen und nie gebrochen habe!

Endlich kann ich meine Unschuld beweisen und habe Kenntnis davon, wer den Mordanschlag auf Euch in meiner Burg befohlen hat. Den Beweis kann ich nur Euch persönlich übergeben, denn in Eurer Nähe zischeln zu viele Nattern. Ich flehe Euch an, ich beschwöre Eure Güte und Weisheit. Trefft Euch mit mir an einem Ort, an dem man keinen Hinterhalt gegen Euch legen kann. Und nehmt nur die Männer Eurer Leibgarde mit, denen Ihr völlig vertraut. Niemand darf davon wissen, denn sonst kann ich nicht für Eure Sicherheit garantieren. Mein Gewährsmann wird mir Eure Antwort zukommen lassen. Herr, verzeiht mir den ungewöhnlichen Weg, doch mir bleibt keine andere Wahl.

Euer Euch zutiefst ergebener Diener
Robert, Graf Megling.
Gott schütze Euch und das Reich!

Ludwig warf Rohard den Brief zu. »Lest selbst!« Er verschränkte die Arme vor der Brust.

Rohard schürzte die Lippen und las. Ludwig beobachtete, wie es in dem Gesicht des Schreibers arbeitete. Schließlich rieb Rohard sich die Nase und begutachtete erneut das Siegel. »Kein Zweifel. Das Zeichen der Grafen von Megling.« Er drehte das Dokument um. »Hier steht noch etwas. In einer anderen Handschrift.«

»Zeigt her!« Ludwig überflog die wenigen Worte.

Lasst Eure Antwort zu Mitternacht am Richtplatz unter den mittleren Galgen legen. Das Gelände ist gut einsehbar, ich weiß also, wenn mich eine Falle erwartet.

»Nun, wer hätte das gedacht?« Um Rohards Mundwinkel zuckte es.

»Ihr findet das amüsant?« Ludwig streckte den Rücken durch. Seine Narben brannten. »Wie kommt dieser hinterhältige Bastard darauf, dass ich …? Er soll zur Hölle fahren!«

»Das soll er, mein Herr, ohne Zweifel. Aber wäre das nicht eine hervorragende Möglichkeit, den Marder zu fangen und ein für alle Mal unschädlich zu machen?«

»Ihr unterschätzt ihn, Rohard. Ich kenne Robert Megling. Er will uns zum Narren halten. Seit zwei Jahren entwischt er immer wieder meinen besten Männern, hat er mich mehr als einmal zum Gespött gemacht.«

»Das ist mir nicht verborgen geblieben, Herr. Wir müssen eben schlauer sein. Womöglich weiß er etwas, das uns von Nutzen sein könnte. Unter der Folter hat noch jeder geredet.«

Ludwig bezwang seine Wut. Gern hätte er den Worten des Briefes geglaubt. Wie froh wäre er gewesen, Robert Megling wäre tatsächlich unschuldig. Aber wie sollte das möglich sein? Er war auf frischer Tat ertappt worden und sofort geflohen. Alle Beweise, alle Zeugen sprachen gegen ihn.

Ludwig atmete tief durch. Er war König geworden, weil er auf Gott vertraute und in diesem Vertrauen immer wieder alles riskiert hatte. Weil er nie aufgab und auch Dinge in Betracht zog, die eigentlich unmöglich waren. Nun denn. Megling sollte die Möglichkeit bekommen, seine angeblichen Beweise vorzulegen. Und wenn er seinen König ein weiteres Mal zu hintergehen versuchte, würde er es bitter bereuen. Ludwig würde an ihm ein Exempel statuieren.

Er straffte die Schultern. »Rohard, Ihr habt recht. Wir werden dem Marder eine Audienz gewähren. Wenn er nicht die versprochenen Beweise vorlegt, kann ich ihn ergreifen und hinrichten lassen. Dann ist meine Ehre wiederhergestellt. Sorgt dafür, dass meine Antwort am vereinbarten Ort abgelegt wird. Und verfolgt den Boten nicht, wer immer es sein mag. Ich will den Marder und nicht seinen Handlanger. Und zwar lebend. Also schreibt!«

* * *

Marijana folgte Robert durch das Uferdickicht. »Wohin gehen wir, wo führt Ihr mich hin?«

»Habt Geduld, es ist nur noch ein kurzes Stück.« Robert nahm ihre Hand und zog sie weiter.

Marijana spürte ein Ziehen in der Magengrube. Was auch immer Robert vorhatte, es war gefährlich. Oder zumindest gewagt. Er hatte sie gebeten, sich heimlich aus der Höhle zu schleichen und darauf zu achten, dass niemand etwas bemerkte. Das war nicht schwer gewesen. Die meisten Männer schliefen noch, es war früh, die Sonne eben erst aufgegangen. Nur Ursula und Roderich waren schon wach, doch die waren allein miteinander beschäftigt und hatten für nichts anderes Augen.

Abrupt blieb Robert sehen. Er schob ein paar Zweige zur Seite. »Das ist die Stadt Burghausen.« Er deutete auf das andere Ufer des Flusses, wo sich Dächer, Zinnen und ein Stück Stadtmauer erhoben. »Dort leben anständige, königstreue Menschen. Und hier liegt ein Kahn.« Er zeigte auf das Schilf.

Tatsächlich machte Marijana die Konturen eines Bootes aus, ähnlich denen, die sie bei ihrer Ankunft zum Übersetzen benutzt hatten. »Ich verstehe nicht«, sagte sie, obwohl sie ahnte, worauf er hinauswollte.

»Ihr habt zwei Möglichkeiten. Das ist die eine.« Robert ließ die Zweige zurückgleiten und sah sie an. »Ich könnte Euch ans andere Ufer rudern. Die Tore sind gerade geöffnet worden, Ihr könntet in die Stadt laufen, beim Rat vorstellig werden und erklären, wer Ihr seid.«

»Aber –«

Er ließ sie nicht ausreden. »Macht Euch keine Sorgen wegen der Sache. Wegen des Überfalls, meine ich. Der Ort, wo Ihr das Paar ausgeraubt habt, liegt mehr als zehn Meilen von hier entfernt, wie die Krähe fliegt. Außerdem würden die beiden die schmutzige Diebin, die sie überfallen hat, niemals in der wunderschönen Marijana von Falkenstein vermuten, selbst wenn sie Euch begegnen und ihnen das Gesicht bekannt vorkommen würde.«

»Ihr wollt, dass ich gehe?« Marijana fiel es schwer, ihre Enttäuschung zu verbergen. Sosehr sie sich nach ihrem Vater sehnte, nach Falkenstein, nach Ambrosius Gallus, ihrem weichen Bett. Die Vorstellung, Robert nie wiederzusehen, zerriss ihr das Herz.

»Nein«, sagte Robert. »Ich will nicht, dass Ihr geht. Aber es wäre das Beste für Euch. Euch bei mir zu behalten, wäre eigensüchtig.«

»Ich verstehe nicht …«

»Ich muss noch einmal allein weg. Ich werde mich erneut mit Vitius von Hall treffen, der hoffentlich Antwort vom König bringt.«

»Aber doch nur für einen Tag!«

Robert senkte den Blick. »Das weiß der Herr allein, Marijana. Der König hält mich für einen Verräter und Mörder. Er wird versuchen, meiner habhaft zu werden. Er kann gar nicht anders handeln. Vitius ist zwar ein ausgefuchster Bursche, der nicht so leicht zu verfolgen ist; aber die Männer des Königs sind nicht minder mit allen Wassern gewaschen. Einige Ritter seiner Garde kenne ich persönlich. Glaubt mir, die Männer des Königs sind mir und Vitius ebenbürtig. Es ist möglich, dass ich von meinem nächsten Ausflug nach Ötting nicht zurückkehre. Nie mehr.«

Marijana schlug die Hand vor den Mund. An diese Möglichkeit mochte sie nicht denken.

»Wenn ich tot bin, kann ich Euch nicht mehr schützen, Marijana. Deshalb wäre es das Beste, wenn Ihr mein Angebot annehmen würdet. Ihr hättet genug Vorsprung. Bis die Männer merken, dass Ihr fort seid, wärt Ihr längst sicher in der Stadt.« Er nahm ihre Hände in seine und sah sie eindringlich an.

»Aber ich könnte doch mit Euch gehen.«

Robert schüttelte den Kopf. »Denkt an Ansgar. Niemand hat es gewollt, und doch ist er tot. Das Risiko werde ich nicht eingehen. Das müsst Ihr verstehen.«

Marijana sank der Mut. »Ihr spracht von einer zweiten Möglichkeit.«

Er hielt ihre Hände noch immer in den seinen. »Ich könnte Euch besser geschützt zurücklassen, wenn Ihr – wenn Ihr meine Frau wärt.«

Marijana wurde es schwindelig. Ihr Herz schlug mit einem Mal so heftig, dass sie glaubte, es müsse ihr aus der Brust springen.

Robert redete hastig weiter. »Wenn Ihr meine Frau wärt, müssten die Männer Euch ehren und achten. Mehr noch, Ihr wärt meine Vertreterin, solange ich nicht da bin. Sie müssten Euren Befehlen gehorchen. Es würde Euch zu so etwas machen wie ...«, Robert zerfurchte die Stirn, dann lächelte er leise, »... wie zur Königin der Diebe.«

Marijana schwirrte der Kopf. Die ganze Welt schien sich in rasender Fahrt um sie zu drehen. »Ihr wollt mich heiraten?« Veit hatte sie nie gebeten, seine Frau zu werden, ihr Vater hatte ihr eines Tages mitgeteilt, dass er mit dem Grafen von Amerang übereingekommen war. Obwohl sie genau das gewollt hatte, war sie erschrocken und zugleich aufgeregt gewesen, und ihre Gedanken hatten um ihre neue Stellung als Herrin einer großen Burg gekreist, um die Feste, die sie auszurichten, um die vielen neuen Aufgaben, die sie zu meistern haben würde. An nichts dergleichen dachte sie in diesem Augenblick.

Robert schaute ihr fest in die Augen. »Ja, ich will Euch heiraten, Marijana. Das wollte ich vom ersten Augenblick an, als ich Euch sah.«

Marijana zweifelte nicht einen Moment an seinen Worten. »Ich will es auch, Robert.«

Er lächelte, sein ganzes Gesicht schien zu strahlen. »Seid Ihr sicher? Ich bin ein geächteter Mann, verachtet von ...«

Marijana legte ihm einen Finger auf die Lippen. »Davon will ich nichts hören, Robert Megling.«

Er küsste ihren Finger. »Dann ist es abgemacht.« Er lachte. »Du machst mich sehr glücklich, weißt du das, Marijana? Mit dir an meiner Seite kann ich jedem Schicksal furchtlos ins Auge blicken.«

Marijana erschrak, nahm Roberts Kopf in ihre Hände und küsste ihn mit all der Liebe, die sie für ihn empfand, und flüsterte: »Beschrei es nicht, mein Liebster. Das Schicksal könnte dich hören.«

* * *

Als Gero zur Besinnung gekommen war, hatte Gallus das Burgtor längst hinter sich gelassen und vermutlich schon das

Dorf erreicht. Geros Bein hatte gebrannt, als wäre er durch Feuer gelaufen. Nach der langen Zeit im Bett war es mit der ungewohnten Anforderung nicht fertig geworden. Deshalb hatte er in Windeseile sein Pferd satteln lassen und war dem Alchemisten hinterhergaloppiert. Er hätte auch einen seiner Knappen schicken können, doch er hatte gewusst, dass Gallus sich nur von ihm selbst zur Rückkehr würde bewegen lassen.

Auch so war es ihm nicht gelungen, denn er hatte den Alchemisten schlicht und einfach nicht aufgespürt. Er war verschwunden, als hätte die Erde ihn verschluckt, und er blieb es. Sein Verlust schmerzte Gero zutiefst, doch er stieß ihn nicht zurück in das dunkle Loch. Im Gegenteil, seine Entschlossenheit, sich dem Schicksal zu stellen, wuchs sogar noch. Nie wieder würde Gero sich derart selbst erniedrigen. Als er in den Trümmern des Laboratoriums gestanden hatte, war ihm schlagartig klar geworden, was für eine erbärmliche Figur er abgab. Und wie er so das Andenken seiner geliebten Familie beschmutzte und sich damit ein weiteres Mal schuldig machte.

Das war vor zwei Tagen gewesen. Noch am Abend hatte er begonnen, Pläne zu schmieden. Er würde den Marder aufspüren und zur Rechenschaft ziehen, doch das war nicht die dringlichste Aufgabe. Zunächst musste er den Leichnam seiner Tochter finden und veranlassen, dass ihr ein anständiges christliches Begräbnis zuteilwurde.

Nicht so einfach in Zeiten wie diesen. Der Burgkaplan hatte sich bisher geweigert, die heilige Messe bei offener Tür abzuhalten, weil das eine unverhohlene Übertretung des päpstlichen Verbots gewesen wäre. Messen ohne Glockenläuten und bei geschlossener Tür waren hingegen erlaubt. Gero hatte ihn walten lassen, weil ihn erst die Hochzeitsvorbereitungen und dann Marijanas Entführung abgelenkt hatten. Doch jetzt berief er sich auf die Befehle seines Königs, der seine Untertanen unmissverständlich dazu aufgefordert hatte, dem Bann des Papstes nicht Folge zu leisten. Er hatte sich den Geistlichen bereits vorgeknöpft. Auf Marijanas Beerdigung würde er an ihrem Grab den Segen sprechen und die Totenglocke würde läuten.

So war das mit den Pfaffen: Zuerst riskierten sie die große Lippe, drohten mit den Qualen der ewigen Verdammnis, doch wenn man ihnen die Qualen des Diesseits vor Augen führte, krochen sie schnell zu Kreuze. Gut, dass Ludwig den Popanz aus Avignon in seine Schranken wies.

Gero blickte zu Siebert. Sie hatten an der Tafel in der großen Halle Platz genommen, in der er zuletzt mit Veit zusammengesessen hatte, bevor er die Treppe hinabgestürzt war und das Unglück seinen Lauf genommen hatte. Der junge Knappe saß an seiner Seite und half ihm und dem Hofmeister, die Angelegenheiten zu regeln, die in den letzten Tagen unerledigt geblieben waren. Gerade verlas der Hofmeister den Brief eines Pächters, der darüber klagte, dass Wölfe seine halbe Schafherde gerissen hätten. Schuld sei ein anderer Pächter, der das Rudel angeblich absichtlich auf sein Land getrieben hatte. Gero seufzte. Er hasste es, solch kleinliche Streitigkeiten zu schlichten. Andererseits hing für diese Menschen ihre Existenz von ihrer Herde ab – und somit nicht zuletzt auch seine eigene.

Ein Klopfen kündigte Besuch an. Der Kundschafter, auf den Gero sehnsüchtig wartete.

Gero winkte den jungen Mann zu sich heran. »Hast du Nachricht für mich, Bursche?« Gero hatte ihn damit beauftragt, Erkundigungen einzuziehen und herauszufinden, wo die gescheiterte Lösegeldübergabe stattgefunden hatte. Er wusste, dass der ursprüngliche Treffpunkt die aufgelassene Mühle im Priental gewesen war. Doch dort hatte nicht die tödliche Begegnung stattgefunden.

»Ich habe einen Mann ausfindig gemacht, einen Jagdaufseher. Der hat beobachtet, wie Ritter des Grafen Veit von Amerang drei Gräber ausgehoben und drei ihrer Männer dort beerdigt haben. Das war im Murner Filz, ganz in der Nähe des Teufelsfelsens.«

»Nur drei Gräber? Kein viertes für eine Frau?« Gero ballte die Fäuste.

»Drei Gräber für drei Ritter, so berichtete es der Mann.«

Gero schloss die Augen. Zwei Möglichkeiten. Entweder hatte Veit seine Braut heimgeholt und auf Burg Stein beerdigt. Oder die Räuber hatten den Leichnam mitgenommen und woanders verscharrt. Nein, nur eine Möglichkeit. Wenn Veit Marijana beerdigt hätte, hätte er Gero mitgeteilt, wo das Grab seiner Tochter zu finden sei. Gero rieb sich die Stirn. »Im Murner Filz, sagst du? Was ist das für ein Gelände?«

»Feucht. Sumpfig. Aber es gibt auch viele trockene Stellen. Der Teufelsfelsen liegt auf einer Anhöhe im Wald.«

Gero wandte sich an den Hofmeister. »Wir müssen Suchtrupps zusammenstellen. Ich will, dass jede Elle in dem Gebiet durchsucht wird.«

Der Hofmeister nickte. »Sehr wohl, Herr.« Eine Falte furchte seine Stirn.

»Ihr habt Einwände?«, fragte Gero mit scharfer Stimme.

»Natürlich nicht, Herr. Es ist nur …«

»Sprecht!«

»Wir wissen nicht, was die Räuber mit dem Leichnam gemacht haben, Herr.«

»Das ist mir klar. Er könnte Meilen von der Stelle entfernt liegen, an der die Übergabe stattfinden sollte.«

»Nicht nur das.«

»Was meint Ihr?« Gero schlug mit der Hand auf die Tischplatte. »Lasst Euch nicht alles aus der Nase ziehen, Mann!«

»Ich vermute, er will sagen, dass es womöglich keinen

Leichnam mehr gibt«, sagte Siebert. Er hielt den Kopf gesenkt, doch er sprach mit fester Stimme. »Wenn niemand Eure Tochter beerdigt hat, wurde sie höchstwahrscheinlich von wilden Tieren gerissen, die ihre Knochen in alle Himmelsrichtungen verschleppt haben.«

Gero verbarg das Gesicht in den Händen und stöhnte leise. Einige Wimpernschläge lang glaubte er, wieder in der schwarzen Woge zu versinken, sehnte er sich in seine dunkle Kemenate zurück, in den süßen Rausch des Schlafmohns. Doch dann sah er Marijana vor sich. Er drückte das Kreuz durch und hob die Stimme. »Wir werden dennoch nach ihr suchen«, verkündete er. »Und wir geben nicht auf, bevor wir jeden verdammten Zoll in diesem Filz durchkämmt haben.«

»Das wird vielleicht gar nicht nötig sein«, polterte eine tiefe Stimme von der Tür her. Da stand Meister Gallus, auf einen Stock gestützt, der Bart lang und zottelig, doch die Augen wach und klar.

»Ambrosius!« Gero erhob sich. Tränen trübten seinen Blick, aber er schämte sich ihrer nicht. »Welche Freude, Euch zu sehen, Meister!«

Der Alchemist kam lächelnd auf ihn zu. »Ich habe gehört, dass Ihr den Leichnam Eurer Tochter heimführen und dem Marder das Fell über die Ohren ziehen wollt. Wenn Ihr dabei die Hilfe eines störrischen alten Mannes brauchen könnt, bin ich gern dabei.«

»Es wäre mir eine Ehre«, sagte Gero und legte Gallus die Hand auf die Schulter. »Was, sagtet Ihr, sei nicht nötig?«

Der Alchemist zwinkerte. »Ich brauche ein Gewand Eurer Tochter ...«

* * *

Veit betrachtete das Mädchen, das nackt auf dem Bett lag und schlief. Jetzt war sie friedlich und still, kaum vorstellbar, was sie noch vor wenigen Stunden für ein Geheul und Gezeter veranstaltet hatte. Nur das Blut zwischen ihren Schenkeln passte nicht ganz in das friedliche Bild.

Veit erhob sich vom Lager, stellte sich ans Fenster und las den Brief ein zweites und dann ein drittes Mal. Er konnte es noch immer nicht fassen. So lange jagte er den Marder, so oft war der verfluchte Sohn einer Hure ihm in letzter Zeit entwischt, und jetzt ...

Unwillkürlich sah er wieder zu dem Mädchen. Die blonden Haare flossen über das Betttuch, und der Anblick ihrer kleinen prallen Brüste weckte erneut seine Lust. Einige mochten es vielleicht für pietätlos halten, dass er so kurz nach dem Tod seiner Braut das Lager mit einem anderen Weib teilte, genau in dem Bett, in dem sie eigentlich die Hochzeitsnacht hätte verbringen sollen. Doch das scherte Veit nicht.

Im Gegenteil. Er hatte sich extra eine Jungfrau kommen lassen, um wenigstens etwas für die entgangenen Freuden des Ehebetts entschädigt zu werden. Die Kleine war gerade vierzehn geworden, im besten Alter, um von einem Mann genommen zu werden. Dass sie die ganze Zeit geheult hatte, hatte Veits Freude kaum getrübt.

Eigentlich hatte es ihm sogar gefallen. Er hatte ihr ein Tuch über das Gesicht gelegt und sich vorgestellt, dass es Marijana wäre. Er hatte sich darauf gefreut, das verwöhnte Töchterlein des ach so noblen und widerwärtig königstreuen Gero von Falkenstein zu unterwerfen, ihr seinen Willen aufzuzwingen, und es ärgerte ihn, dass ihm dieser Spaß versagt geblieben war.

Veit wandte sich ab und konzentrierte sich auf das Schreiben. Es war von Rohard von Metz, seinen Augen und Ohren an Ludwigs Hof. Robert Megling wollte den König treffen, um ihm seine Version der Ereignisse zu schildern. Mehr noch, er wollte ihm Beweise vorlegen. Den verfluchten Brief, den dieser Abt schon vor zwei Jahren hätte vernichten sollen. Und schlimmer noch, der König hatte in das Treffen eingewilligt. Vermutlich wollte er Robert eine Falle stellen, Interesse vortäuschen, damit der Verräter ihm ins Netz ging. Aber das durfte trotzdem nicht geschehen. Denn wenn es Robert gelang, Ludwig den Brief zu übergeben, wäre alles verloren.

* * *

Marijana und Ursula waren seit Stunden fort. Zumindest kam es Robert so vor. Sie waren aufgebrochen, um auf den Wiesen, die einen kurzen Fußmarsch südlich der Burgruine lagen, Blumen zu pflücken. Robert hatte sie ungern gehen lassen. Zumal sie unbedingt hatten allein sein wollen.

Unruhig blickte er ins Tal. In seinem Rücken lag das alte Gemäuer, unter ihm die Höhle, vor ihm der Fluss und dahinter Wälder, Felder und Weideland. Der Hang war zu dicht bewachsen, als dass er viel vom anderen Ufer hätte erkennen können. Zur rechten Hand mündete die Salzach in den Inn. Auch das konnte er nicht sehen. Aber er wusste es.

Wie immer, wenn er hier oben stand, zerriss es ihm das Herz. Der Inn, der Fluss, auf den er von Burg Megling aus sein Leben lang täglich hinabgeschaut hatte, war so nah, und doch so anders, so fern.

Robert drehte den Kopf nach links und horchte. Noch immer kein Lebenszeichen von den beiden Frauen. Entschlossen stapfte er los. Doch schon nach wenigen Schritten hörte er Hufgetrappel und das Knacken von Zweigen, das langsam näher kam. Er hielt inne.

Die Straße, die auf dieser Seite des Flusses von Passau nach

Salzburg führte, lag hier etwa dreihundert Fuß vom Steilhang entfernt, die Reiter mussten viel Lärm machen, damit er sie auf die Entfernung gut hörte. Ritter? Er hielt die Luft an. Tatsächlich, jetzt hörte er auch das Klirren von Rüstungen und Schwertern.

Marijana! Was, wenn sie mit Ursula auf einer der Wiesen war, die direkt an der Straße lagen? Robert stürmte los. Obwohl es unwahrscheinlich war, dass die Ritter ihn hörten, versuchte er, möglichst wenig Geräusche zu machen, keine dicken Zweige zu zerbrechen, während er sich durch das Unterholz kämpfte.

Irgendwann wurden das Trappeln und das Klirren leiser, doch Robert wusste, das lag nur daran, dass die Straße hier eine Biegung machte, die sie vom Ufer der Salzach wegführte. Sie passierte weiter im Osten ein Dorf, bevor sie bei Burghausen wieder ganz nah an den Fluss heranführte. Dort gab es auch eine Brücke.

Mit einem Mal öffnete sich der Wald zu einer großen weiten Fläche. Felder dehnten sich hier aus, auf denen Emmer und Hirse angebaut wurden. Sie gehörten zu dem Dorf, dessen Dächer am Horizont in der Nachmittagssonne leuchteten. Hinter den Feldern begann Weideland. Blumen besprenkelten die Landschaft mit Farbflecken, am Rand der Felder blühten blaue Kornblumen, roter Klatschmohn und gelbweiße Kamille. Auf den Wiesen standen knallgelber Hahnenfuß und blasslila Wiesenschaumkraut.

Mitten in dem Blütenmeer stand Marijana.

Robert hielt die Luft an. Sie hatte das braune Haar zu zwei Zöpfen geflochten, deren Enden sie am Hinterkopf festgesteckt hatte. Im Arm hielt sie einen riesigen Strauß wilder Blumen. Meine wunderschöne Braut, dachte Robert, und sein Herz machte einen Satz. In diesem Augenblick war ihm alles andere egal. Der Anschlag auf den König, seine Verbannung, das Leben als Gesetzloser. Das alles war nichts im Vergleich zu dem Glück, das er so unerwartet gefunden hatte.

Er war sich lange nicht sicher gewesen, wie Marijana zu ihm stand. Ob sie seine Nähe suchte, weil sie sich in seiner Gegenwart sicher fühlte, geschützt vor den anderen Männern, oder ob sie genauso empfand wie er. Seit gestern hatte er Gewissheit.

Natürlich hatte Hasso richtig vermutet, er träumte davon, mit Marijana als seiner Frau auf Burg Megling zurückzukehren. Zwar würde ihre Verbindung nur eine Friedelehe sein, einen Ehevertrag würde es nicht geben, den hätte Gero von Falkenstein unterzeichnen müssen. Doch vielleicht würde er ihnen seinen Segen geben, wenn Roberts Unschuld bewiesen war und der König den Bann aufgehoben hatte.

Hufgetrappel riss Robert aus seinen Gedanken. Instinktiv zog er sich zwei Schritte tiefer in den Wald zurück. Doch er ließ die Wiese nicht aus den Augen. Jetzt sah er auch Ursula, die einige Schritte von Marijana entfernt auf einem Baumstumpf saß und einen Kranz aus Blumen flocht. Robert freute sich, die beiden Frauen in solcher Eintracht zu sehen, doch die nahenden Ritter trübten seine Freude. Die Straße schien genau an der Wiese entlangzuführen. Marijana und Ursula waren nicht in unmittelbarer Gefahr. Die Männer würden sie für Jungfrauen aus dem Dorf halten, doch ganz wohl war Robert nicht dabei.

Jetzt sah er die Ritter, fünf Männer in Rüstung, der erste hielt ein Banner hoch. Robert erkannte das Wappen von Burg Obernberg und hielt den Atem an. Sie suchten noch immer nach ihnen! Und es gab Zeugen, die gesehen hatten, dass zwei Frauen an dem Überfall beteiligt waren: die Bauern, die Ursula ergriffen hatten!

Kurz vor den Frauen drosselten die Reiter das Tempo. Die beiden hatten die Männer bemerkt und sich ihnen zugewandt. Nun standen die Pferde dicht vor den Frauen, der Bannerträger war zur Seite geritten, einer der anderen Männer stieg ab und sprach sie an.

Robert konnte nicht hören, was er sagte. Lautlos zog er das Schwert aus der Scheide. Fünf Rittern in voller Rüstung hatte er nicht viel entgegenzusetzen, doch er würde kämpfen bis zum letzten Blutstropfen, um Marijana zu schützen.

Er sah, wie Ursula den Kopf senkte und sich wegdrehte. Wenn er doch nur hören könnte, was die Männer sagten! Hatte der Bauer beim Kloster gemerkt, dass Ursula stumm war? Suchten sie nach einer stummen Frau?

Robert schlich so nah an den Waldsaum, wie es ging, und spitzte die Ohren. Doch er hörte lediglich eines der Pferde wiehern. Er rieb sich die Stirn. Das hatte er nun von seinen selbstsüchtigen Träumen! Er hätte darauf bestehen müssen, dass Marijana nach Burghausen übersetzte, dann wäre sie jetzt in Sicherheit. Schon auf dem Weg zu ihrem Vater. Er hatte nur an sich selbst, an sein Glück gedacht, nicht an den Preis, den Marijana für sein Glück zahlte. Selbst wenn sie diese heikle Situation heil überstand, würde es schon bald die nächste geben. Und die nächste. Und schon übermorgen würde er sie erneut allein lassen müssen, um sich mit Vitius von Hall zu treffen.

Jetzt packte der Ritter Ursula am Kinn und zwang sie so, ihn anzusehen. Marijana sprang dazu und redete auf ihn ein. Robert brach der Schweiß aus. Jede Faser in seinem Körper drängte ihn, das Schwert zu erheben und loszustürmen. Aber sein Verstand gebot ihm abzuwarten. Noch war nichts wirklich Bedrohliches geschehen. Es wäre dumm, vorzeitig die Deckung aufzugeben.

Endlich ließ der Ritter Ursulas Kinn los und wandte sich ab. Robert hätte beinahe laut aufgestöhnt vor Erleichterung. Der Mann saß auf. Er sagte noch etwas zu Marijana, dann gab er dem Pferd die Sporen. Kurz darauf waren die fünf Ritter verschwunden. Marijana nahm Ursula in die Arme, deren Schultern bebten.

Robert lockerte die Finger um den Schwertgriff. Sein ganzer Körper schmerzte, so sehr hatte er sich angespannt.

Er presste die Stirn gegen einen Baumstamm. Wie satt er dieses Leben hatte, dieses ständige Verstecken, diese nie endende Angst vor Entdeckung! Als Graf Robert Megling hätte er aus dem Wald hinaustreten und die Ritter auffordern können, die Frauen in Ruhe zu lassen. Als Räuber und Verräter, auf dessen Kopf eine Belohnung ausgesetzt war, war er gezwungen, feige im Verborgenen auszuharren.

Seine Ehre musste wiederhergestellt werden. Für Marijana. Nur so konnte er seine Frau schützen. Er musste den König wissen lassen, was vor zwei Jahren wirklich geschehen war. Und wenn es das Letzte war, was er tat.

***

Die Sonne blinzelte durch das Laub, ein anderes Dach besaß die ehemalige Kapelle der Ratzlburg nicht mehr. Von den Mauern existierte nur noch die Rückwand, die wohl einmal an die Burgmauer gegrenzt hatte. Drago hatte sie mit frischen Birkenzweigen geschmückt. Er stand davor und sang ein Lied in der Sprache seines Volkes. Es klang traurig und fröhlich zugleich, nie zuvor hatte Marijana Musik gehört, die sie mehr anrührte.

Robert und Roderich standen rechts und links von Drago und blickten ihnen entgegen. Die beiden Männer trugen ihre besten Gewänder, hatten Wams und Hemd gründlich ausgebürstet. Robert hatte eine Schärpe mit dem Wappen der Meglings umgelegt, seine Stiefel glänzten, sein Schwert war frisch poliert. Roderich hatte sich von Ewalt rasieren lassen. Er musste sich auf einen Stock stützen, doch er hielt sich gut.

Marijana und Ursula trugen Kränze aus frischen Blumen im Haar, das sie sich gegenseitig kunstvoll hochgesteckt hatten. Auch an ihren Kleidern hatten sie Blüten befestigt, Ursula gelbe Schlüsselblumen und Marijana blassrosa Wildrosen. Ursula wurde von Hasso in die Kapelle geführt, Marijana von Mathes, der sich kurzerhand zu ihrem entfernten Vetter erklärt hatte. Sein Hof, den die Raubritter zerstört hatten, lag tatsächlich nicht weit von Falkenstein entfernt.

Die anderen Männer standen rechts und links Spalier, alle hatten sich herausgeputzt, selbst Jeronimus, den Marijana noch nie in sauberen Sachen gesehen hatte, hatte sich das Gesicht und die Hände geschrubbt.

Als die Bräute vor ihren zukünftigen Ehemännern standen, beendete Drago das Lied.

Hasso übergab Ursulas Hand an Roderich. »Hiermit übergebe ich dir, Roderich von Bergau, meine Schwester Ursula zum Weibe. Sorg gut für sie und behandle sie anständig.«

»Das will ich«, erwiderte Roderich ernst.

Mathes übergab Marijana an Robert. »Hiermit übergebe ich dir, Robert Megling, meine Base Marijana von Falkenstein zum Weibe. Auf dass du sie lieben und ehren mögest.«

»Das werde ich«, versprach Robert und drückte Marijanas Hand.

Drago räusperte sich. »Willst du, Marijana von Falkenstein, Robert Megling zum Gemahl nehmen und ihn lieben und ehren?«

»Ja, das will ich.«

»Und willst du, Ursula Bergh, Roderich von Bergau zum Gemahl nehmen und ihn lieben und ehren?«

Ursula legte die Hand auf ihr Herz und verneigte sich.

»Das soll ja heißen«, brummte Hasso.

Drago lächelte und breitete die Arme aus. »Gott möge diese vier jungen Menschen segnen und schützend seine Hand über sie halten.«

»Amen«, ertönte es hinter Marijana.

»Dann dürfen die edlen Herren nun ihre Gemahlinnen heimführen!« Wieder stimmte Drago ein Lied an, diesmal klang es weniger getragen, sondern leicht und fröhlich. Er klatschte dazu in die Hände und drehte sich hin und her.

Marijana ließ sich von Robert aus der alten Kapelle führen, Ursula und Roderich folgten ihnen, dahinter schritten die anderen Männer. In einem weiten Bogen, damit sie den Hang nicht an der steilsten Stelle hinunterkraxeln mussten, stiegen sie zum Höhleneingang hinab. Hier wartete bereits der Rehbock auf sie, der sich seit den frühen Morgenstunden über dem Feuer gedreht hatte. Dazu gab es Wein, frisches Brot, das Ursula in der Glut gebacken hatte, eingekochte süße Birnen und Rüben. Alle aßen und tranken und feierten ausgelassen. Ewalt legte zu Dragos Klängen sogar ein Tänzchen hin. Am Ende seiner Darbietung verneigte er sich schnaufend, und die Männer brachen in tosenden Beifall aus.

Als die Nacht sich über das Salzachtal senkte, wurde es Zeit für die Brautleute, das Ehebett zu beschreiten. Marijana und Ursula hatten am Morgen alles vorbereitet, in zwei Nischen hinter den Vorhängen alles gründlich gekehrt, frisches Stroh ausgelegt und Laken darauf ausgebreitet, die sie mit Blüten bestreut hatten. Ursula und Roderich zogen sich kichernd hinter einen der Vorhänge zurück. Einige Männer protestierten lautstark, dass die Ehe nicht gültig sei, wenn es keine Zeugen gebe, die bestätigen konnten, dass die Eheleute das Lager geteilt hatten. Doch die beiden ließen sich davon nicht beirren, der Vorhang blieb geschlossen.

Marijana ließ sich von Robert in die andere Nische führen. Ihr war schwindelig, aber nicht vom Wein. Das fast niedergebrannte Feuer verbreitete warmes Licht in der Höhle, doch hinter dem Vorhang war es so dunkel, dass sie einander kaum sehen konnten.

»Nun bist du meine Gemahlin«, flüsterte Robert, umfasste Marijanas Gesicht und küsste sie. »Du hast mich heute sehr glücklich gemacht.«

»Das hast du mich auch, Robert.« Sie vergrub ihre Hände in seinem Haar.

»Ich weiß nicht, wie ich je ohne dich leben konnte.« Seine Hände wanderten über ihren Hals. »Ich lasse dich nie wieder los. Nie wieder.« Er nestelte an den Schnüren herum, die ihr Kleid an der Vorderseite zusammenhielten. Behutsam schob er den Stoff auseinander, streichelte ihre Brüste.

Marijana stöhnte leise. Es war, als würden kleine Flammen über ihre nackte Haut züngeln. Nie hatte sie etwas Derartiges gefühlt. Sie zog Robert enger an sich, fuhr mit den Händen unter sein Wams.

Nach und nach streiften sie einander die Kleider vom Leib. Robert glitt mit den Lippen über Stellen an Marijanas Körper, die sie selbst kaum je berührt hatte. Wohlig seufzte sie.

Plötzlich hielt er inne, nahm ihre Hand.

Sie suchte seinen Blick, seine Augen waren schwarz in der Dunkelheit. »Was hast du?«

»Deine Verletzung«, flüsterte er. »Ich möchte dir nicht wehtun.«

Marijana schloss die Augen. Sie wollte nicht ausgerechnet jetzt an Wulf denken, an das, was dieser Widerling ihr angetan hatte. Der Schnitt war verheilt, doch manchmal brannte die Narbe.

»Ich möchte, dass wir richtig Mann und Frau sind, Robert«, wisperte sie.

»Für die anderen sind wir das ohnehin schon längst. Niemand weiß, dass ich dich damals nicht angerührt habe.«

Marijana dachte an die erste Nacht in seinem Zelt, als er seinen Männern vorgespielt hatte, sie mit Gewalt zu nehmen. »Aber wir wissen es.«

»Du willst es also?«

Statt einer Antwort zog sie ihn zu sich heran und küsste ihn.

***

Die Auers wollten den Gumprechts eindeutig den Rang ablaufen: Sie hatten Rosenblätter gestreut, die Ludwig den Weg vom Haus der Gumprechts zu ihrem Wohnturm wiesen. Es war längst dunkel, Fackeln waren entlang der Straße aufgestellt. Die Garde hielt sich dicht bei Ludwig, zwei Männer gingen voran und leuchteten in jeden finsteren Hauseingang, jede Gasse, jeden Winkel.

Hinter dem König schritten die Mitglieder der Familie Gumprecht sowie weitere geladene Gäste. Die Einladung zum Fest war überraschend kurzfristig heute Nachmittag eingetroffen. Adebrandt hatte geraten, sie auszuschlagen. Zu wenig Zeit, um alles auf Sicherheit zu überprüfen.

Doch Ludwig hatte nicht auf seinen Rat gehört. Er konnte es sich nicht erlauben, die Auers derart zu düpieren. Sie mussten eben besonders achtsam sein. Als sie den Wohnturm erreichten, traten die Gebrüder Auer hinaus und überreichten Ludwig als Geschenk ein Schwert.

Ludwig bedankte sich, nahm es und prüfte es. Eine wundervolle Arbeit, in die Klinge war eingraviert: *Unserem allerliebsten König Ludwig in ewiger Treue.*

Ein wahrhaft königliches Geschenk. Ludwig hielt das Schwert als Zeichen seiner Dankbarkeit hoch in die Luft, alle klatschten und johlten, nur die Gumprechts hielten sich zurück.

Ein Barde trat aus der Tür, Ludwig erkannte Johannes Hadlaub. Was für eine angenehme Überraschung! Hadlaub hob zu singen an, und wie Ludwig erwartet hatte, trug er ein halb spöttisches, halb ehrerbietiges Lied über ihn vor.

Ludwig applaudierte, alle fielen mit ein, Hadlaub verneigte sich tief. Als Nächstes überreichte die jüngste Tochter der Auers Ludwig einen Blumenstrauß. Danach ging es in feierlicher Prozession in den großen Saal des Wohnturmes, in dem eine festliche Tafel in U-Form aufgestellt worden war. Der Platz für den König war auf einer kleinen Bühne am Kopfende eingerichtet worden.

Ludwig überlegte, welche Möglichkeiten ein Attentäter hier hatte. Es gab keine Galerie, sondern nur eine hölzerne Stiege, die in die nächste Etage führte. Der Wohnturm war zugleich Verteidigungsturm, standen Feinde in der Stadt, wurde die Stiege zerstört. Im Turm konnte man einige Zeit ausharren und sich mit wenigen Kämpfern gut verteidigen.

Ein direkter Angriff hätte keinen Erfolg gehabt, hinter Ludwig standen Armbrustschützen, zehn Mann seiner Garde nahmen vor der Tafel Platz und behielten die Gäste im Blick. Aber ein offener Angriff schien ja gar nicht geplant zu sein. Der Attentäter würde mit Heimtücke vorgehen. Das bedeutete vermutlich Gift. Ludwig nahm sich vor, besonders genau darauf zu achten, dass sein Vorkoster seine Arbeit gründlich machte.

Musik riss Ludwig aus seinen Gedanken. Flöten, Laute, Fiedel, Tambur und Rebec spielten fröhlich auf. Speisen wurden aufgetragen: Fasan, Spanferkel, Rüben und Kohl, Brot und Käse, alles, was die Küche zu bieten hatte. Der Wein floss reichlich. Man sprach über die Musik, den Gesang, über die schönen Worte der Dichter, und alle waren sich einig, dass Ludwig alle Künste zur Ehre und zum Wohlgefallen Gottes fördere.

Der Abend schritt voran, Ludwig ließ keine Speise aus, und schließlich musste er dorthin, wohin alle mussten, die aßen und tranken. Er winkte einen Diener zu sich und fragte nach dem Abtritt. Der versicherte ihm eifrig, man habe die Grube extra leeren lassen und Kräuter für einen guten Duft aufgehängt. Niemand außer dem König dürfe diesen Abtritt heute benutzen. Das gefiel Ludwig, er steckte dem Diener eine Münze zu, der sich untertänigst bedankte.

Drei Männer der Garde begleiteten Ludwig, dem es allmählich eilig wurde, sich der Speisen und Getränke zu entledigen. Der Diener ging vor, zu Ludwigs Freude musste er keine Treppen steigen. Der ersehnte Ort lag ebenso wie die große Halle im Erdgeschoss. An der Tür zum Abtritt hingen Girlanden und eine Fahne mit dem Wappen Ludwigs.

Selbst beim Scheißen erinnert man mich daran, dass ich König bin, dachte Ludwig belustigt und betrat den Verschlag, der mit einer breiten Holzbank ausgestattet war. Die drei Gardisten blieben vor der Tür zurück.

Tatsächlich duftete es nach frischem Stroh und nach etwas anderem, das Ludwig nicht benennen konnte. Zwei Talglampen, die von der Decke hingen, sorgten für ausreichend Licht. Er nahm den Deckel vom Loch, raffte seine Gewänder, setzte sich und wartete.

Nichts geschah. Verflucht! Noch vor der Tür hatte er geglaubt, nicht mehr an sich halten zu können, und jetzt das!

Verärgert erhob er sich. Noch bevor er wieder stand, hörte

er ein Geräusch hinter sich und fuhr herum. Eine angespitzte Metallstange schoss durch das Loch und verfehlte ihn um ein Haar. Ludwig taumelte zur Seite, verhedderte sich in seinen Beinlingen und stürzte. Noch im Fallen schrie er um Hilfe.

Der Dorn verschwand und schoss im gleichen Augenblick durch eine Ritze zwischen zwei Brettern an der Vorderseite des Podestes. Ludwig warf seinen Kopf zur Seite, die Spitze sauste knapp an seiner Nase vorbei. Sie glänzte schwarz. Gift! Ein Kratzer würde genügen, um ihn ins Jenseits zu befördern.

Gütiger Gott, wo blieb die Garde? Hatten die Männer ihn nicht gehört? Würde er als der König in die Geschichte eingehen, der auf dem Scheißhaus ermordet worden war? Wieder stieß die Stange durch das Holz. Gütiger Gott! Ludwig drückte sich in die äußerste Ecke des Abtritts. Nicht weit genug von dem Podest entfernt. Der nächste Stoß würde sein Schicksal besiegeln.

* * *

Robert klatschte in die Hände. »Hört zu, alle! Es ist wichtig.« Er stand an der Feuerstelle, trug bereits Stiefel und Schwertgurt.

Neugierig traten die Männer näher. Ursula schlug das Tuch zur Seite, sodass Roderich von der Nische aus zuhören konnte. Er war erschöpft, deshalb hatte er sich noch nicht vom Lager erhoben. Der gestrige Tag hatte ihn angestrengt, mehr noch vermutlich die vergangene Nacht. Robert musste schmunzeln, wie eng Freud und Leid doch beieinanderlagen!

»Ich muss noch einmal allein fort«, begann er.

»Du bist dein Weib aber schnell leid!«, frotzelte Utz.

Niemand lachte.

Robert räusperte sich. Er hatte entschieden, seinen Männern

eine abgewandelte Version der Wahrheit zu erzählen. Er musste ihnen etwas sagen, aber er wollte nicht, dass sie alles wussten. »Es geht um den falschen Marder. Als ich in Ötting war, habe ich erfahren, wer unter meinem Namen ganze Familien abschlachtet.«

Ewalt reckte die Faust in die Luft. »Warum hast du das nicht gleich gesagt? Wir schnappen uns den Burschen und machen ihn kalt!«

»Ganz so einfach ist es nicht.« Robert zögerte. »Es ist der Graf, dem der König Burg Megling übergeben hat, nachdem ich in Ungnade gefallen bin.«

Lentz kniff die Augen zusammen. »Du glaubst, er hat dir den Mordanschlag angehängt, um dein Nachfolger zu werden?«

»Das weiß ich nicht«, gab Robert zu. Bisher hatte er Götz von der Au für einen treuen Diener Ludwigs gehalten. Aber das hatte er auch von Veit gedacht. »Jedenfalls muss ich etwas unternehmen. Deshalb werde ich mich noch einmal mit meinem Freund treffen. Es ist möglich, dass ich einige Tage fort bin. Jedoch nicht mehr als zwei oder drei. In meiner Abwesenheit ist meine Gemahlin meine Stellvertreterin. Ich erwarte, dass ihr Marijana genauso folgt, wie ihr mir folgen würdet.«

Niemand sagte etwas. Nicht einmal Hasso. Doch mit dem hatte Robert vorher unter vier Augen gesprochen. Er hatte überraschend schnell eingelenkt. Vielleicht hatte das Glück seiner Schwester ihn versöhnlich gestimmt. Vielleicht schmiedete er aber auch bereits Pläne. Jetzt, wo er Ursula in guten Händen wusste, musste er nicht mehr dieses Leben führen. Er könnte sich als Söldner verdingen.

Robert bemerkte, dass einige Männer verstohlen zu Hasso blickten. Als der nichts sagte, schwiegen sie ebenfalls.

»Dann ist es abgemacht. Wünscht mir Glück!« Er trat zu Marijana. »Begleitest du mich bis zur Landstraße?«

Schweigend liefen sie nebeneinander her. Robert führte sein Pferd am Zügel. Er trug die selben Kleider wie gestern bei der Vermählung, so würde man ihn für einen Edelmann oder Gutsbesitzer halten.

Als die Landstraße in Sicht kam, blieb er stehen.

Marijana stand vor ihm, sie hielt den Kopf gesenkt. »Ich habe Angst«, sagte sie. »Etwas Schreckliches wird passieren, ich spüre es.«

»Unsinn«, stieß er hervor. »Nichts wird geschehen. Ich bin vorsichtig. Noch bevor du mich richtig vermisst, bin ich schon zurück.«

»Unmöglich, denn ich vermisse dich jetzt schon.« Sie hob den Blick.

Er küsste sie, hielt sie fest, hätte sie am liebsten nie wieder losgelassen. Schließlich löste er seine Arme und griff in die Tasche seines Wamses. Er zog den Gegenstand heraus, den er sonst immer in seinem Beutel trug, und drückte ihn ihr in die Hand. »Ich schulde dir noch die Morgengabe«, sagte er mit belegter Stimme. »Es ist nur eine Kleinigkeit, viel weniger als das, was einer Frau wie dir zustehen würde, viel weniger, als ich dir gern überreichen würde. Aber es ist ein Versprechen für mehr.«

Marijana betrachtete den Gegenstand. »Das ist ein Siegelring!« Sie betrachtete ihn genau. »Zwei Drachen und eine Ähre. Wunderschön. Ist es …«

»Ja, das ist der Siegelring der Grafen von Megling. Betrachte ihn als Anzahlung auf das, was dir gehören wird, wenn ich rehabilitiert bin und du als Gräfin auf Burg Megling lebst.«

»Aber brauchst du ihn nicht, um zu beweisen, wer du bist?«

»Der König kennt mich von Angesicht zu Angesicht. Ich brauche ihm keinen Ring zu präsentieren, damit er weiß, wer ich bin.«

»Du glaubst wirklich, dass er dich empfangen wird?«

»Ich hoffe es.« Er nahm ihre Hände in seine. »Und jetzt muss ich los. Es ist ein langer Ritt bis Ötting, und Hall kann nicht ewig auf mich warten.«

Er küsste sie ein letztes Mal, riss sich los und schwang sich aufs Pferd. Erst nachdem er durch das Dickicht auf die Straße durchgebrochen war, drehte er sich noch einmal um. Marijana stand reglos da, ihr Blick unendlich traurig.

Er presste die Lippen zusammen, drehte sich um und gab dem Pferd die Sporen.

Ohne Zwischenfälle gelangte er nach Ötting. Es war schon nach Mittag, als er sich dem Stapelplatz näherte. Anders als eine Woche zuvor, konnte er die auffällige Gestalt seines Freundes nirgendwo entdecken. Angst legte sich wie eine kalte Hand um seine Brust. So viele Dinge konnten schiefgegangen sein. Vitius von Hall konnte von Räubern überfallen und nie in Regensburg angekommen sein. Er konnte bei der Übergabe des Briefes festgenommen worden sein.

Robert stellte sich vor ein Schiff, das gerade entladen wurde, und tat so, als würde er die Arbeit der Männer beaufsichtigen. Unauffällig ließ er seinen Blick schweifen. Alles schien seinen normalen Gang zu gehen. Aber was wusste er schon darüber? Konnte er wirklich sicher sein, dass die beiden Burschen, die bei dem leeren Karren herumlungerten, wirklich Tagelöhner waren, die auf Arbeit hofften?

Plötzlich spürte Robert eine schwere Hand auf der Schulter. Er fuhr herum, seine Finger schossen zu seinem Schwert und griffen ins Leere. Er hatte es bei seinem Pferd zurückgelassen, da man die Stadt nicht bewaffnet betreten durfte.

»Hab ich dich erschreckt?«, donnerte Vitius.

»Mach das nie wieder!«

Vitius hob die Hände. »Gönn mir den Spaß, schließlich bin

ich für dich wie ein Irrer durch das Land galoppiert. Eigentlich wollte ich einen Boten schicken, aber dann dachte ich mir, diese Nachricht überbringe ich meinem alten Freund lieber selbst.«

»Welche Nachricht?« Roberts Magen zog sich zusammen. Vitius war nicht anzusehen, ob er Gutes oder Schlechtes zu vermelden hatte.

Mit einer dramatischen Geste zog Vitius einen Brief aus dem Ärmel. »Mit den besten Grüßen von unserem geliebten König.«

Ludwig hatte ihm zurückgeschrieben! Roberts Herz machte einen Satz. Mit zitternden Fingern griff er nach dem Brief und betrachtete das Siegel. Kein Zweifel. Dieser Brief kam von Ludwig.

»Nun mach schon auf!«

Robert erbrach das Siegel und faltete das Pergament auseinander. Die wenigen Worte verschwammen vor seinen Augen. Er presste Zeigefinger und Daumen auf die geschlossenen Lider und versuchte es erneut. Der König würde sich mit ihm treffen. Der Ort war zwar ungewöhnlich, ganz und gar nicht so, wie Robert es erwartet hatte, aber Ludwig würde seine Gründe haben. Das Treffen sollte am Sophientag stattfinden, also bereits morgen!

»Und?«, fragte Vitius.

»Er will mich treffen! Schon morgen!«

Der Salzhändler zog die Stirn in Falten. »Einfach so?«

Robert sah ihn an. »Warum nicht? Ihm muss doch auch daran gelegen sein herauszufinden, wer wirklich hinter dem Anschlag steckt.«

»Und wenn Ludwig gar nicht kommt? Wenn er einfach nur seine Häscher schickt?«

Robert seufzte. Das war das Risiko, das er eingehen musste.

Wichtig war, dass er dem König lebend vorgeführt wurde. »Dann habe ich noch immer beim Prozess die Gelegenheit, den Brief zu präsentieren, der meine Unschuld beweist.«

Vitius blickte noch immer skeptisch drein. »Führst du den Brief mit dir?«

»Ja und nein.« Robert lächelte. Das war Marijanas Einfall gewesen. Seine Lebensversicherung.

»Ich verstehe nicht.«

»Das brauchst du auch nicht.« Robert faltete das Schreiben des Königs zusammen und steckte es unter sein Wams.

»Wo wird er sich mit dir treffen?«, fragte Vitius.

Robert legte den Zeigefinger an die Lippen. »Es ist besser, wenn du nicht mehr weißt als nötig. Zu deinem eigenen Schutz.« Er spürte sein Herz schneller schlagen. Ludwig hatte in dem Brief zugesichert, dass er auf jeden Fall persönlich erscheinen werde. So weit, so gut. Nur warum ausgerechnet an diesem Ort?

Nun, er hatte keine Wahl, er durfte diese Möglichkeit, seine Ehre wiederherzustellen und sein altes Leben zurückzubekommen, nicht wegwerfen. Gerade jetzt nicht, wo es nicht mehr nur um ihn, sondern auch um seine Gemahlin ging, die er zu schützen geschworen hatte.

Er würde sofort zum vereinbarten Treffpunkt reiten und die Gegend gründlich auskundschaften. Er würde sich nicht leichtfertig in Gefahr begeben. Und wenn er dennoch in eine Falle tappte, hatte er immer noch die Lebensversicherung.

***

Ludwig erhob sich von der Tafel. Es wurde Zeit. Der Tag war schon weit fortgeschritten, die Stunde der Wahrheit nahte.

Er gab seiner Garde das Zeichen zum Aufbruch. Sein Gastgeber klatschte in die Hände, Mägde brachten ihm seinen Umhang und hielten ihm die Tür auf. Ludwig schritt nach draußen. Der Anschlag auf sein Leben hatte auch sein Gutes gehabt: Der alte Gumprecht überschlug sich fast vor Dienstfertigkeit, wohl um zu beweisen, dass er dem König treuer ergeben war als sein Erzfeind Auer.

Und die gesamte Familie Auer stand für alle Zeiten in seiner Schuld. Friedrich Auer hatte sein Leben angeboten, um die Schande zu tilgen, dass in seinem Haus ein Anschlag auf den König verübt worden war, doch Ludwig hatte abgelehnt. Seine Spione hatten ihm versichert, dass die Auers nichts mit dem feigen Attentat zu tun hatten. Lebend war Friedrich Auer für ihn bei Weitem mehr wert als tot.

Bei dem Gedanken an den gestrigen Abend bekam Ludwig eine Gänsehaut. Bevor der Dorn ihm den Todesstoß versetzen konnte, war die Garde in den Abtritt gestürmt und hatte ihn nach draußen gezerrt. Dann hatten sie das hölzerne Podest zertrümmert und eine heulende Magd aus der Grube gezerrt. Noch hatte sie kein Wort gesprochen, aber das würde sich bald ändern. Dann würde Ludwig erfahren, warum die Frau ihr Leben aufs Spiel gesetzt hatte, um ihn zu töten. Und vor allem, in wessen Auftrag sie gehandelt hatte. Das peinliche Verhör würde die Wahrheit ans Licht bringen. Niemand konnte der Folter auf Dauer widerstehen.

Das gesamte Gesinde war bereits befragt worden, aber gegen keinen hatte sich ein Verdacht ergeben.

Ludwig hatte darauf bestanden, die Befragung der Magd öffentlich abzuhalten und höchstselbst zu leiten. Alle sollten sehen, was mit denen geschah, die dem König nach dem Leben trachteten. Rohard würde alles dokumentieren, niemand sollte später sagen, der König habe sich nicht an Recht und Gesetz gehalten.

Ein Medicus hatte bestätigt, was Ludwig vermutet hatte: Der Dorn war vergiftet gewesen. Mit einer tödlichen Mischung aus fast allem, was Menschen umbringen konnte. Brechnuss, Einbeere, Bilsenkraut und Hundspetersilie. Der Medicus hatte das Gift an Katzen und Hunden ausprobiert und an den Auswirkungen die Zusammensetzung bestimmen können. Jede einzelne Zutat hätte ausgereicht, einen Ochsen zu töten.

Die Magd hatte auf Anordnung Ludwigs die Nacht im Kerker verbracht. Außer etwas Wasser hatte man ihr nichts gegeben. Und niemand hatte das Wort an sie gerichtet. Ludwig wollte der Erste sein, der mit ihr sprach.

Auf dem Marktplatz hatte er eine Tribüne für die Edlen und die Ratsherren der Stadt aufbauen lassen, ein gesondertes Podest gab es für ihn, Rohard, seine Garde sowie den Tisch mit den Folterinstrumenten, den Folterstuhl, den Henker und die Angeklagte. Zwischen dem König und dem Henker war ausreichend Platz, damit Ludwig nicht durch einen dummen Zufall mit dem unreinen Mann oder irgendetwas, das er angefasst hatte, in Berührung kam.

Der Bürgermeister und der Rat waren sofort damit einverstanden gewesen, dass Ludwig den Prozess führte, auch wenn das Halsgericht dem Rat zustand, da Regensburg eine Freie Reichsstadt war. Ludwig hatte sich bedankt und versichert, dass dies selbstverständlich eine Ausnahme sei und nichts an dem Status Regensburgs ändere.

Die Magd war seit dem Morgen an einen Pflock gekettet, wo das Volk sie ausgiebig mit faulem Gemüse und Obst beworfen hatte. Das Werfen von Exkrementen war heute verboten, der Gestank hätte den König beleidigt.

Die Angeklagte kniete auf dem Boden. Sie trug das weiße Büßerkleid und ließ den Kopf hängen. Ludwig schätzte sie auf etwa dreißig Jahre, ihre von grauen Strähnen durchzogenen schwarzen Haare berührten fast den Boden.

Genau als die Glocken zum Nachmittagsgebet schlugen, erreichte Ludwig mit seiner Garde das Podest und ließ sich auf dem thronartigen Stuhl nieder, den die Familie Auer in Windeseile besorgt hatte.

Der Marktplatz war bis auf den letzten Platz gefüllt, niemand wollte sich dieses seltene Spektakel entgehen lassen. Bis auf die Stadtwachen, die Garde und den Ausrufer verneigten sich alle. Ludwig gab ein Zeichen, der Ausrufer forderte das Volk auf, sich zu erheben und dem König zu lauschen.

Der hob den Gerichtsstab, sodass alle ihn sehen konnten, zeigte auf die Magd und begann mit der Anklage. »Dieses Weib, dessen Name Elsbeth lautet und das sich als Magd ins Haus Auer eingeschlichen hat, versuchte gestern, Uns mit einem vergifteten Dorn zu ermorden.« Er wandte sich der Magd zu. »Willst du ein Geständnis ablegen und die Namen der Verräter nennen, die in diese Verschwörung verwickelt sind?«

Die Magd hob den Kopf, sie schien keine Angst zu haben, und keinen Respekt. Sie sah Ludwig direkt in die Augen und rief: »Der Teufel soll Euch holen!«

Ein Raunen ging durch die Menge.

Ludwig schluckte angesichts von so viel Respektlosigkeit und gab dem Henker ein Zeichen. Der stieg vom Podest, zerrte die Frau hoch, nahm ihr die Ketten ab und stieß sie vor sich her die Stufen hinauf zum Foltertisch. Dort fesselte er ihre Hände vor dem Bauch und gab das Seil seinem Knecht in die Hand.

»Zeig ihr die Instrumente!«, befahl Ludwig.

Der Henker, ein Hüne von einem Mann, verneigte sich, nahm die Daumenschrauben und hielt sie der Magd hin. »Mit diesem Gerät werde ich deine Finger so lange quetschen, bis

Blut herausquillt und der Schmerz so groß ist, dass du nichts sehnlicher herbeiwünschst als den Tod. Sobald du bereit bist, etwas zu sagen, öffne ich die Daumenschrauben. Hast du das verstanden?«

Die Frau reagierte nicht. Der Henker verpasste ihr eine Ohrfeige, das Volk stöhnte lustvoll auf. Die Magd Elsbeth taumelte einen Schritt zurück, das Seil spannte sich. Der Henkersknecht stemmte sich dagegen, damit sie nicht umkippte.

»Ich habe verstanden«, sagte die Magd laut und deutlich, als sie wieder gerade stand. Ihre Stimme drang bis in den letzten Winkel des Platzes. Ohne eine Spur von Unsicherheit trat sie einen Schritt vor, hob die gefesselten Arme und hieb mit dem Zeigefinger in Ludwigs Richtung. Ihre Wange glühte rot. »Ich bin Josefa von Ehrenberg, Witwe des Grafen von Ehrenberg, den Ihr in der Schlacht von Mühldorf grausam ermordet habt!«

Die Menschenmenge schwieg. Alle warteten gebannt darauf, wie der König reagieren würde.

Ludwig fasste sich ans Kinn. Der Name Ehrenberg war ihm ein Begriff. Der Vasall Friedrichs war an den Raubzügen beteiligt gewesen, mit denen die Habsburger das Land überzogen hatten, und er war von Ludwigs Männern gefangen genommen und gegen Lösegeld wieder freigelassen worden, wie es die Tradition verlangte. Ludwig war dem Grafen später ein zweites Mal begegnet, aber nicht in der Schlacht von Mühldorf, sondern einige Zeit vorher. Viele Edle waren in der Schlacht ums Leben gekommen, das lag in der Natur der Dinge. Ehrenberg war sicher nicht darunter gewesen.

Zudem hätte Ludwig den Mann gar nicht eigenhändig umbringen können, denn er hatte nicht an den Zweikämpfen teilgenommen. Was wusste diese Frau wirklich über den Grafen von Ehrenberg? War sie tatsächlich seine Witwe? Vielleicht log sie, um ihren Kopf aus der Schlinge zu ziehen? Denn als Gräfin standen ihr Sonderrechte zu.

»Wie willst du den Beweis führen, dass du nicht lügst?«

Die Magd blickte auf die rauen Bretter, aus denen das Podest gezimmert war. »Das kann ich nicht.«

Ludwig winkte dem Henker. »Fahr fort!«

»Bist du nun bereit, ein Geständnis abzulegen?«, fragte der Henker erneut. Noch hatte er sein Gesicht nicht verhüllt. Das würde er erst tun, wenn er das Todesurteil vollstreckte.

Elsbeth lachte. »Warum sollte ich nicht zugeben, was von vielen Augen bezeugt wurde? Ja, ich habe mir Zugang verschafft zu der Sickergrube unter der Latrine, die für den König vorgesehen war. Ja, ich habe den vergifteten Dorn mit mir geführt und versucht, den König zu töten, so wie er es verdient hat.«

Wieder ging ein Raunen durch die Menge, das jedoch sofort verstummte, als Ludwig die Hand hob.

»Wer hat dir geholfen?«, fragte er. »Wer hat dir das Gift besorgt, wer die Stange mit dem Dorn?«

Die Magd presste die Lippen aufeinander.

»Wer ist dein Auftraggeber? Wie viele Silberlinge hast du dafür bekommen?«, fügte Ludwig hinzu.

Die Frau warf den Kopf in den Nacken. »Nichts habe ich genommen! Aus freiem Willen habe ich gehandelt.«

»Die Daumenschrauben!«, rief Ludwig.

Das Volk jubelte.

Der Henkersknecht zwang Elsbeth in den Folterstuhl, fixierte ihre Hände und Füße mit Eisenbändern, Blut sickerte darunter hervor. Die Magd stöhnte, wurde blass wie der Tod, aber ihre Miene verriet weiterhin Trotz und Stolz.

Mit einem Griff saßen die Daumenschrauben, der Henker zog sie sofort an, Elsbeth hechelte, die Augen traten ihr aus den

Höhlen, schließlich gellte ihr verzweifeltes Schreien über den Marktplatz. Die Menge grölte.

Der Henker löste die Daumenschrauben, der Schrei riss ab, machte dem Schluchzen der Magd Platz.

Ludwig widerte die Folter an, aber es gab keinen anderen Weg, die Wahrheit herauszufinden. Er musste dieser Elsbeth oder Josefa, oder wer auch immer sie war, zugestehen, dass sie einen starken Willen besaß. Mehr als die Daumenschrauben musste man in vielen Fällen nicht anwenden, um die Wahrheit aus einem Delinquenten herauszupressen. Die meisten machten sich schon nass, wenn der Henker sie böse ansah.

Ludwig versuchte es mit einer Finte. »Josefa von Ehrenberg. Ihr zeigt Mut und Entschlossenheit, deswegen wollen wir Euch vorerst glauben. Doch Ihr müsst uns sagen, wie und warum wir Euren Gatten ermordet haben sollen.«

Die Lippen der Gräfin zitterten. »Er war als Bote unterwegs, am Tag der Schlacht. Man nahm ihn gefangen, und auf Euer Geheiß hin hat man ihn zu Tode gefoltert.«

Ludwig erinnerte sich. Der junge Graf hatte erstaunlich lange der Folter widerstanden, doch dann hatte er Leopolds Pläne preisgegeben. Das war allerdings einige Wochen vor der Schlacht gewesen.

Diese Frau, wer immer sie sein mochte, warf die Ereignisse durcheinander, die Angst schien ihren Geist zu verwirren. Oder sie hatte nur ein Gerücht gehört und benutzte es jetzt, um glimpflich davonzukommen. Aber würde sie den König so unflätig beschimpfen, wenn sie ihren Kopf aus der Schlinge zu ziehen versuchte? Nein, ihre Geschichte musste stimmen. Nur die Abläufe hatte sie falsch in Erinnerung. Es war ein Versehen gewesen, dass Ehrenberg gestorben war. Der Chirurgicus hatte sein Möglichstes getan, ihn wieder zusammenzuflicken, aber die Verletzungen waren zu schwer gewesen. Kaum jemand wusste von diesem Missgeschick, und so sollte es auch bleiben, denn üblicherweise ließ man Boten nicht foltern. Man setzte sie fest.

Ludwig ließ seinen Blick über das Publikum schweifen. »Das ist eine Lüge«, donnerte er. »Kein Graf von Ehrenberg wurde auf Unseren Befehl hin gefoltert. Und auch kein anderer Bote.« Er blickte zu der Frau. »Weib! Mach deinem Leid ein Ende, und sag Uns, wer deine Auftraggeber sind.«

Die Frau spuckte auf den Boden. »Verflucht seid Ihr und Eure Brut auf immerdar!«

Ludwig stand auf. »Die glühende Zange wird dich gesprächiger machen!« Er hob einen Arm, ließ ihn jedoch sinken, als Bewegung in die Wachen kam. Rohard eilte zu den Männern, sprach mit einem Büttel, kehrte zu Ludwig zurück. »Ein Mann ist hier, der behauptet zu wissen, wer der Magd das Gift besorgt hat. Ich empfehle, ihn als Zeugen aufzurufen.«

Hoffentlich war das nicht bloß ein Wichtigtuer! »Lasst ihn vortreten, aber macht ihm klar, dass er auf der Stelle seinen Kopf verliert, wenn er Unsere Zeit vergeudet.«

Zwei Männer der Stadtwache brachten einen schmächtigen alten Mann auf das Podest. Der Kerl hinkte und hatte eine verkrüppelte Faust, die er anscheinend nicht öffnen konnte. Sein ganzer Körper zitterte. Angst? Oder die Zitterkrankheit? Ludwig hatte schon von diesem Leiden gehört. Ein grauenvolles Schicksal. Die Wachen platzierten den Alten vor dem Folterstuhl, so wie es üblich war. Der Zeuge sollte der Angeklagten in die Augen sehen, wenn er sie belastete. Er war gründlich auf Waffen untersucht worden und stellte keine Gefahr dar.

Der Alte wandte sich der falschen Magd zu, die den Kopf erhoben hatte und trotz der Schmerzen, die sie haben musste, gelöst wirkte, so als sei sie im Reinen mit sich und bereit, vor ihren Schöpfer zu treten. Sie blickte dem Mann in die Augen und lächelte.

Ludwig begriff, dass etwas nicht stimmte, doch es war zu spät. Schon hatte sich der Alte zu der Frau hinuntergebeugt und ihr aus der scheinbar verkrüppelten Hand etwas in den Mund gesteckt. Die Frau schluckte, einen Moment später begann ihr Körper zu zucken.

Der Alte hatte im selben Moment, als er der Angeklagten das Gift in den Mund gesteckt hatte, ebenfalls eine Pille geschluckt. Nun brach er zusammen, schreckliche Krämpfe verbogen seinen Körper, er rollte über das Podest, bis er plötzlich still lag. Die Gräfin kämpfte noch einen Moment länger, Schaum troff aus ihrem Mund, die Augen waren so verdreht, dass man nur noch das Weiße sah. Dann war auch sie tot.

Ludwig sprang aus seinem Stuhl, er spürte die Adern in seinen Schläfen pochen. Er war sprachlos vor Wut. Wer immer den Alten geschickt hatte, er hätte keine besseren Moment wählen können. Wieder war eine Gelegenheit vertan, die Verschwörung aufzudecken.

* * *

Gero blickte auf die zerklüfteten Felsen. Waren sie das Letzte, was seine Tochter gesehen hatte? War sie mit der Fratze des Teufels vor Augen gestorben?

Im rosa Licht des frühen Morgens sahen die bizarren Gebilde reichlich harmlos aus. Trotzdem fröstelte Gero. Er saß ab und winkte Siebert. Der Knappe führte die beiden Jagdhunde an der Leine. Die anderen Knappen sowie sechs Ritter der Burgwache waren ebenfalls mitgekommen. Und natürlich Ambrosius Gallus. Mochte Gott geben, dass der Plan des Alten funktionierte!

Gero öffnete den Lederbeutel. Darin lag eine Cotte aus Marijanas Truhe. Das Kleidungsstück war noch nicht gewaschen worden, seit sie es zuletzt getragen hatte. Gallus hatte darauf bestanden. Ein benutztes Kleidungsstück musste es sein, an dem noch der Geruch des Mädchens haftete.

Gero befühlte den Stoff, und eine Welle von Gefühlen überflutete ihn. Trauer. Wut. Wehmut. Womöglich machte er sich gerade lächerlich. Wie sollten die Hunde Marijana finden? Das Murner Filz war ein riesiges Gebiet, ihr Leichnam konnte überall verscharrt sein. Die Hunde waren darauf trainiert, Wild aufzustöbern. Doch die Gebeine eines Menschen …

Gero zog die Cotte aus dem Beutel. Und wenn schon! Seinetwegen mochte das ganze Reich über ihn lachen. Er würde nichts unversucht lassen, um Marijana zu finden und ihr ein anständiges Begräbnis in geweihter Erde auszurichten.

Gallus trat zu ihm. »Lasst sie daran schnüffeln. Sie müssen die Witterung aufnehmen. Und dann schickt sie los.«

Gero bückte sich und hielt den treuen Tieren die Cotte vor die Nase. Die beiden begannen freudig zu bellen. Sie erkannten den Geruch. Marijana hatte oft genug im Burghof mit ihnen herumgetollt.

»Sucht!«, forderte Gero die Hunde auf. »Sucht Marijana, auf, bewegt euch!« Er richtete sich auf und stopfte die Cotte zurück in den Beutel.

Die Hunde rannten kläffend auf der Lichtung hin und her. Schnupperten an den Felsen, dann auf dem Boden herum, liefen ein Stück in den Wald hinein und kehrten zurück. Siebert rannte hinter den Tieren her, die Leinen fest umklammert.

Geros Mut sank. Die Hunde wussten nicht, was sie tun sollten. Oder sie fanden keine Spur von Marijana.

Mit einem Mal bellte der eine Hund und stürmte zielstrebig

auf einen Pfad zu, der sich durch den Wald den Hügel hinunterschlängelte. Das andere Tier zog in die entgegengesetzte Richtung, Siebert wurde beinahe auseinandergerissen. Dann jagte der zweite Hund dem ersten nach, und Siebert stolperte hinterdrein.

Mit einer Handbewegung befahl Gero den beiden anderen Knappen, Siebert hinterherzulaufen. Er selbst und die Ritter folgten in etwas gemächlicherem Tempo, die Pferde am Zügel. Geros Bein schmerzte wieder, doch die Hoffnung war stärker als der Schmerz. Sie erreichten die ebene Fläche des Filzes. Wasserläufe durchzogen das Grün, dünne Birken und Schilfrohr bewegten sich im Wind. Die Knappen und die Hunde waren nicht mehr zu sehen, doch lautes Gebell verriet, in welche Richtung sie verschwunden waren.

Gero, Gallus und die Ritter stiegen auf ihre Pferde. Mehr als eine halbe Meile folgten sie den Knappen, dann hörten sie, wie das Bellen lauter wurde, wie Siebert die Hunde zurechtwies, sie aufforderte, Ruhe zu geben.

Gero trieb sein Pferd an. Es brach durch einige Sträucher auf eine weite feuchte Grasfläche. Die drei jungen Männer umringten einen Felsklotz.

Kaum hatte Gero sie erreicht, sprang er vom Pferd, ohne einen Gedanken an sein Bein zu verschwenden.

»Was ist da? Haben die Hunde etwas gefunden?« Er drängte sich vor und erstarrte. Dicht vor dem Felsklotz war die Erde nackt und locker und zu einem kleinen Hügel aufgeschichtet. So als wäre sie kürzlich ausgehoben worden. Die braune Fläche hatte die Form eines Grabes. Die beiden Hunde sprangen um das Stück Erde herum, versuchten, mit den Pfoten darin zu scharren.

»Schaff die Tiere zur Seite!«, herrschte Gero Siebert an.

Der Knappe gehorchte.

Gero drehte sich zu den Rittern um. »Ausgraben!«, befahl er mit heiserer Stimme.

Unwillkürlich faltete er die Hände, als die Männer die mitgebrachten Spaten von den Sätteln lösten. Unter diesem Haufen Erde konnte alles Mögliche liegen, aber er wusste, dass es nicht so war.

Stumm machten sich die Ritter ans Werk. Gallus trat neben Gero, er schien etwas sagen zu wollen, rückte aber nicht damit heraus.

»Was denn?«, herrschte Gero ihn an.

Gallus knetete seine Finger. »Der Tod verändert die Menschen. Deine Tochter sieht nicht mehr so aus –«

»Glaubt Ihr, das weiß ich nicht?«

Gallus senkte den Blick. »Ich wollte nur, dass Ihr vorbereitet seid, dass …« Er verstummte.

Wenig später kam ein Fetzen Stoff zum Vorschein. Gero erkannte sofort das grüne Gewand, das Marijana immer zum Reiten getragen hatte. Er stöhnte auf.

Gallus legte ihm den Arm um die Schultern. Der alte Mann war viel kleiner und schwächer als Gero, trotzdem gab ihm der Arm Halt.

Da schrie einer der Ritter auf.

»Beim Kreuze Christi, was ist das?«, rief ein anderer.

Wie besessen gruben sie weiter, mit bloßen Händen, um den toten Körper behutsam freizulegen. Sie knieten so dicht über der Grube, dass Gero nichts sehen konnte.

»Was ist denn los?«, fragte er beunruhigt.

»Es ist nicht Eure Tochter«, sagte einer und rieb sich den Schweiß von der Stirn. »Es ist ein junger Bursche in Frauenkleidern.«

»Was sagt Ihr da?« Gero schob den Ritter unsanft zur Seite. In der Grube lag ein Leichnam. Das Kleid war am Bauch braunrot verfärbt, der Stoff um die tödliche Wunde zerrissen. Die Haut des Toten war dunkel verfärbt, beinahe wie gegerbtes Leder, doch ansonsten war der Körper erstaunlich gut erhalten. Sogar das Gesicht war genau zu erkennen. Es trug die Züge eines jungen Mannes mit zartem Bartflaum an Oberlippe und Kinn.

Gero hielt die Luft an. Ein toter Mann, der Marijanas Kleid trug. Sein Herz machte einen Sprung. Konnte es sein, dass seine Tochter noch lebte?

* * *

Ludwig rutschte unruhig auf dem Sattel hin und her. Er hatte schlecht geschlafen. Im Traum war ihm ein Henker erschienen, der ihm ein glühendes Eisen vor die Nase gehalten und ihn aufgefordert hatte, zu gestehen. Ludwig hatte gefragt, wessen er angeklagt sei. Der Henker hatte laut gelacht, sein Schwert geschwungen und Ludwig mit einem Schlag den Kopf vom Rumpf getrennt. Davon war Ludwig aufgewacht, mitten in der Nacht, schweißgebadet.

Es hatte einige Zeit gebraucht, bis sein Herzschlag sich wieder beruhigt hatte. Seine Nerven lagen blank, er wusste nicht, wem er noch trauen konnte. Und nun war er im Begriff, sich erneut freiwillig in Gefahr zu begeben, um den Mann zu treffen, der ihn schon einmal zu töten versucht hatte.

Die ganze Affäre um den Anschlag im Hause Auer war äußert unerfreulich. Seine Leute hatten bisher nicht herausgefunden, wer außer der falschen oder auch echten Gräfin und dem Alten, der sich als verkleideter Dominikanermönch entpuppt hatte, noch hinter der Verschwörung steckte. Die selben Leute wie damals auf Burg Megling? Oder neue Gegner?

Jedenfalls glaubte er nicht an den persönlichen Rachefeldzug einer Frau, die ihren Mann auf gewaltsame Weise verloren hatte. Es mochte angehen, dass die Frau ihn hasste, weil sie glaubte, er habe ihren Gatten ermorden lassen. Doch niemals hatte sie den Plan allein ausgeheckt und durchgeführt.

Eine erneute Befragung des übrigen Gesindes der Familie Auer hatte nichts ergeben, was Ludwig nicht schon wusste. Die Magd Elsbeth war vor einem Jahr in die Dienste der Auers getreten, und an ihrer Arbeit war nichts auszusetzen gewesen. Auch ihre Empfehlungsschreiben waren tadellos gewesen. Kein Wunder. Der Alte hatte sie gefälscht. Er hatte sich Chuzpard genannt und als Gelegenheitsschreiber verdingt. Unter seinen Habseligkeiten hatten sie einen Brief gefunden, der ihn als Dominikanermönch auswies. Elsbeth hatte nichts besessen als ihre Kleider, nichts deutete darauf hin, dass sie tatsächlich die Gräfin von Ehrenberg gewesen war.

Diese Elsbeth und auch dieser Chuzpard mussten im Dienst eines mächtigen Feindes gestanden haben, der sich im Dunkeln verbarg. War es wirklich Friedrich, oder vielmehr sein Bruder Leopold, der hinter allem steckte? Wahrscheinlich. Hätte Ludwig einen Beweis dafür, dann könnte er Friedrich und Leopold vor den Reichstag zerren, wo man ihnen die Leviten lesen würde. Das würde seine Machtposition erheblich festigen.

Besaß Robert Megling diesen Beweis? Oder war das Treffen eine weitere Falle? Eine neue Finte in einem Spiel, das Ludwig nicht durchschaute?

Schon sehr bald würde er es erfahren. Der Treffpunkt war nicht mehr weit. Er lag am nördlichen Isarufer, nahe der Furt bei Landshut, abseits des Weges in einer Senke, wo sie den Wald im Rücken hatten. Rohard hatte bereits in der Nacht zum Freitag gemeldet, dass ein Mann den Antwortbrief am Galgenberg abgeholt hatte. Wie befohlen habe man ihn nicht verfolgt. Rohard gab an, er sei nach Süden geritten, ohne sich umzusehen.

Ludwig hätte auch einen Treffpunkt näher bei Regensburg vorschlagen können, doch er hatte es vorgezogen, den weiten Weg von fast drei Stunden im Galopp in Kauf zu nehmen, weil ihm dieser Ort mehrere Möglichkeiten bot: schnelle Flucht in eine sichere Stadt, sollten sie in einen Hinterhalt geraten, und freies Feld für einen Ritterkampf zu Pferde. Außerdem hatte der Gegner die Isar im Rücken, ein Rückzug über den Fluss würde Zeit in Anspruch nehmen, genug Zeit, damit die im Wald versteckten Reiter ihm den Weg abschneiden konnten.

Was immer der Marder plante: Wenn er kein mächtiges Heer mit sich führte, das unerwartet vor ihnen aus dem Boden wuchs, würde er das Treffen als Gefangener Ludwigs beenden.

Noch vor Sonnenaufgang waren sie aufgebrochen. Ludwigs Knappe hatte ihm beim Anlegen der Rüstung geholfen, Ludwig hatte den Burschen ein paarmal angeraunzt, weil er die Riemen zu fest zog. Wie sollte er sich bewegen, wenn man ihm keinen Raum dazu ließ! Wie so oft, wenn er unterwegs war, wies seine Rüstung nicht das königliche Wappen auf. Ein Mann der Garde, der eine ähnliche Statur wie Ludwig hatte, trug die königliche Rüstung. Pfeile aus dem Hinterhalt würden ihn treffen, nicht Ludwig.

Auf halber Strecke war ihnen ein Späher entgegengekommen. Im Umkreis von fünf Meilen um den Treffpunkt war keine Spur eines Heeres zu sehen. So weit, so gut.

Lange bevor die Sonne im Zenit stand, erreichten sie die Senke und bezogen Stellung. Ludwig ließ sich im frischen Gras nieder, im Kreis der Garde, die den falschen König umgab. Nur kurze Zeit später schlugen die Späher Alarm. Ein einzelner Reiter kam auf sie zu, er hatte eine Gugel tief ins Gesicht gezogen. Ludwigs Herz schlug schneller. Also kam Megling tatsächlich allein?

Die Knappen wuchteten die Ritter in Windeseile auf die Pferde, der falsche König gab das Zeichen zum Aufbruch, sie donnerten dem Reiter entgegen und umzingelten ihn. Sein Pferd scheute und warf ihn ab. Zwei leicht gerüstete Männer der Garde sprangen aus dem Sattel, zerrten den Mann hoch und rissen ihm die Gugel vom Kopf.

* * *

Auf der Straße tat sich etwas. Reiter näherten sich. Robert kniff die Augen zusammen, doch er konnte keine Details erkennen, sie waren noch zu weit weg.

Er blinzelte in den Himmel. Die Sonne war hinter einer düsteren Wolkendecke verborgen, doch es musste kurz vor Mittag sein. Robert spürte, wie sich Gänsehaut auf seinen Armen bildete. Die Stunde der Wahrheit war gekommen.

Gestern war er am frühen Abend am Treffpunkt angekommen und hatte so unauffällig wie möglich die Gegend erkundet. Eine Kirche auf einem bewaldeten Hügel. Das nächste Dorf außer Sichtweite. Das Gotteshaus war leer gewesen, und auch in den Wäldern entlang des Hanges hatte Robert niemanden entdeckt. Die ganze Nacht hatte er Wache gehalten, nichts hatte sich gerührt.

In den frühen Morgenstunden war er auf einen Baum ganz in der Nähe der Kirche geklettert, von wo aus er die Landstraße zu beiden Seiten überblicken konnte.

Die Reiter waren jetzt so nah, dass Robert sehen konnte, dass es mindestens drei Dutzend Ritter waren. Nervös rieb er die Finger gegeneinander. Verdammt viele Männer. Er hatte nicht ernsthaft erwartet, dass der König nur mit zwei Leibwächtern aufkreuzen würde, zumal er damit rechnen musste, dass Roberts Leute irgendwo im Hinterhalt lagen. Er konnte ja nicht ahnen, wie dezimiert die Bande war. Aber dass Ludwig gleich ein kleines Heer mitbrachte, schien ihm kein gutes Zeichen zu sein.

Inzwischen hatten die Ritter die Stelle fast erreicht, wo der Pfad hinauf zur Kirche abzweigte. Sie trugen dunkle Umhänge über ihrer Rüstung, sodass ihre Wappen nicht zu sehen waren. In ihrer Mitte ritt ein Mann ganz in Schwarz. Er hatte das Visier vor sein Gesicht geschoben. Das musste Ludwig sein. Er reiste häufig inkognito, vor allem, wenn es sich um solch heikle Missionen wie das Treffen mit einem Raubritter handelte.

Die Reiter sprengten den Berg hinauf, nur eine Hand voll blieb an der Weggabelung zurück. Donnernd ritten sie auf den gepflasterten Platz, der früher einmal der Hof der Burg Tengling gewesen war. Von dem Grafensitz, der vor zweihundert Jahren zerstört worden war, stand nur noch die Kapelle und diente den Menschen aus dem Dorf im Tal als Pfarrkirche.

Einer der Reiter löste sich aus der Menge. »Robert Megling, wenn Ihr da seid, zeigt Euch. Oder wollt Ihr Euren König warten lassen?«

Robert zögerte. Warum ließ Ludwig das Visier geschlossen? Traute er ihm so wenig? Glaubte er, Robert würde hier und jetzt einen weiteren Anschlag auf sein Leben versuchen?

Der dunkel Gewandete gab dem Ritter, der gerufen hatte, ein Zeichen.

Der nickte. »Megling!«, wiederholte er. »Ich fordere Euch nur noch einmal auf. Wenn Ihr Euch nicht augenblicklich zeigt, ist die Gelegenheit vertan.«

Robert gab sich einen Ruck. Der König hatte allen Grund, ihm zu misstrauen. Deshalb war er doch hergekommen: um das Misstrauen des Königs zu zerstreuen. Flink kletterte er vom Baum, klopfte sich den Dreck von den Kleidern und schritt aufrecht auf den Platz.

Zwei Ritter sprangen augenblicklich von ihren Pferden und entwaffneten ihn. Robert ließ es ohne Gegenwehr geschehen. Selbstverständlich durfte er sich dem König nicht bewaffnet nähern.

Wieder gab der schwarze Reiter dem Sprecher ein Zeichen. »Gebt den Brief heraus!«

»Den Brief gebe ich nur dem König persönlich.«

Der Schwarze machte nur eine winzige Handbewegung, schon richteten sich ein Dutzend Armbrüste auf Robert, und die Männer, die ihn entwaffnet hatten, zogen ihre Schwerter.

»Den Brief«, wiederholte der Sprecher.

Robert trat vor und verneigte sich vor dem schwarzen Reiter. »Majestät, bitte –«

»Durchsucht ihn!«, befahl dieser.

Robert erstarrte vor Schreck. Die Stimme hatte dumpf geklungen durch das Eisen, dennoch hatte er sie erkannt. Nicht Ludwig verbarg sich hinter dem Visier, sondern Veit von Amerang. Robert schloss die Augen. Verbitterung stieg in ihm auf. Warum hatte der König ausgerechnet Veit an seiner Stelle geschickt?

Die Ritter filzten seine Kleidung und seine Taschen. Schnell fanden sie, was sie suchten, und reichten es Veit.

Der nahm den Brief entgegen, betrachtete ihn und fluchte. »Höllenfurz und Satansarsch!«, brüllte er. »Wo ist die andere Hälfte?«

»An einem sicheren Ort«, erwiderte Robert und ballte die Fäuste, um das Zittern zu verbergen.

Veit sprang aus dem Sattel und zog sein Schwert. »Wo?« Seine Stimme überschlug sich.

»Wenn Ihr mich tötet, erfahrt Ihr es nie. Und die Person, der ich die zweite Hälfte des Briefes anvertraut habe, wird dafür sorgen, dass sie in die richtigen Hände gelangt, sollte mir etwas zustoßen.«

»Ach ja? Und wie wird sie das anstellen?«

»Ihr wisst, dass ich Freunde habe, die beim König vorgelassen werden. Das könnt Ihr nicht verhindern.«

Robert wusste nicht, ob Marijana es schaffen würde, ungehindert bis zum König vorzudringen, um ihm die zweite Hälfte des Dokuments zu präsentieren. Aber er war sicher, dass sie nichts unversucht lassen würde. Sie hatte das Pergament eigenhändig in zwei Hälften gerissen und eine davon eingesteckt, die Hälfte, auf der Veits Name genannt wurde. »Das ist deine Lebensversicherung«, hatte sie gesagt. »Für den Fall, dass du Veit oder einem seiner Verbündeten in die Hände fällst. Er wird dich nicht töten, solange er nicht weiß, wo die zweite Hälfte versteckt ist.«

Veit sprang vor, den Schwertarm ausgestreckt. Blanker Hass sprühte aus seinen Augen. Robert spürte die Klinge an seinem Hals. Ein brennender Schmerz durchfuhr ihn, heißes Blut sickerte ihm in den Kragen. Nur ein kleiner Kratzer, doch Robert war sich plötzlich nicht mehr so sicher, ob Veit ihn nicht trotz allem einfach umbringen würde.

Eine Weile standen sie so da, die Blicke ineinandergebohrt.

Veit rührte sich zuerst. Er senkte die Klinge. »Legt ihn in Ketten!«, befahl er. »Und bindet ihm das Maul zu. Er darf mit niemandem sprechen, hört ihr? Mit niemandem außer mir.«

Kurz darauf lag Robert bäuchlings auf einem Pferderücken. Die Ritter hatten ihm Arme und Beine zusammengeschnürt, einen Lappen in den Mund gesteckt und die Augen verbunden.

Robert wusste, dass Veit vor keinem Mittel zurückschrecken würde, um aus ihm herauszupressen, wo die andere

Hälfte des Briefes versteckt war. Er würde alles erdulden und nichts sagen. Nicht um seinetwillen, sondern für Marijana. Sie durfte nicht in Veits Gewalt geraten. Denn es gehörte nicht viel Fantasie dazu, sich auszumalen, was Veit mit seiner ehemaligen Braut anstellen würde, wenn er erfuhr, dass sie nicht nur die Seiten gewechselt, sondern obendrein seinen Erzfeind geheiratet hatte.

***

Ludwig stieß einen überraschten Laut aus. Auf der Wiese vor ihm hockte ein Glatzkopf, mindestens ein Jahrzehnt älter als Robert Megling. »Wer bist du?«, grollte er.

Der Glatzkopf schüttelte benommen den Kopf. »Mein Name ist Ägidius. Ich bin Schreiber und unterwegs zur Schauernburg. Dort benötigt man meine Dienste.«

»Durchsucht ihn«, befahl Ludwig. »Lügt er, lässt er seinen Kopf hier zurück.«

Der Schreiber wurde blass, machte aber keine Anstalten, Widerstand zu leisten, im Gegenteil. Willig zeigte er vor, was er mit sich führte: Tintenstein, Mörser, Tintenfass, Schreibgriffel, Schreibtafeln aus Wachs und Schiefer, Pergament und einige beschriftete Rollen. Aus einem gesiegelten Brief ging hervor, dass die Herren von Schauernburg seine Dienste angefordert hatten.

Ludwig fluchte vor sich hin. Das Unglück klebte an ihm wie Pech. »Lasst ihn laufen. Er ist der Falsche.« Er wandte sich dem Schreiber zu. »Kein Wort von dem, was dir widerfahren ist. Zu niemandem, verstanden?«

Der Schreiber beugte sein Haupt. »Selbstverständlich, Herr. Ich bin ein treuer Diener Ludwigs.«

Er verbeugte sich tief in Richtung des falschen Königs.

»So ist es recht«, sagte Ludwig. »Und nichts für ungut. Ich hoffe, du bist nicht verletzt?«

»Sollte es so sein, so wird die Begegnung mit dem König jede Wunde schnell heilen.«

»Du bist flink mit der Zunge, Ägidius. Du wirst den Herren von Schauernburg sicherlich gute Dienste leisten. Und denk an meine Worte.«

Der Schreiber verbeugte sich erneut, stieg auf sein Pferd und trabte gemächlich davon.

Ludwig und seine Männer kehrten in die Ausgangsposition zurück. Späher verfolgten Ägidius noch eine Weile, aber sie hatten nichts zu berichten. Der Mann war wohl das, was er zu sein vorgab.

Quälend langsam verstrich eine Stunde nach der anderen und mit jeder Minute verschlechterte sich Ludwigs Laune. Die Männer vertrieben sich die Zeit mit Kampfübungen, Ludwig wälzte immer und immer wieder denselben Gedanken: Warum kam Megling nicht? Was führte er im Schilde? Welchen Nutzen brachte es ihm, den König zu versetzen? Warum, warum, warum? Nichts ergab einen Sinn.

Schließlich wurde es Zeit, nach Regensburg zurückzukehren. Ludwig ließ fünf seiner besten Männer zurück, sie sollten bis morgen Abend hier wachen. Vielleicht war Megling nur aufgehalten worden. Aber er glaubte nicht daran. Jemand spielte mit ihm. Hielt ihn zum Narren. Es wurde Zeit, dass er der Welt zeigte, wer der König war.

Die Schicksalsburg

Marijana schreckte hoch. In der Höhle war es noch stockfinster, doch der Tag konnte nicht mehr fern sein. Sie hörte leises Vogelzwitschern, die Frühaufsteher waren schon wach.

Marijana fasste sich an die Stirn. Sie war schweißnass. Langsam fielen ihr die Bilder aus dem Traum wieder ein. Robert in einem finsteren, feuchten Loch, der entblößte Oberkörper mit roten Striemen übersät, die Finger verrenkt und blutig, die Augenhöhlen leer. Marijana versuchte, die Bilder abzuschütteln, aber sie hatten sich in ihrem Kopf festgesetzt. Sie hatte geträumt, dass Robert ergriffen und in den Kerker geworfen worden war, dass der Henker ihn folterte, um ihn dazu zu bewegen, den Unterschlupf der Bande und das Versteck der zweiten Briefhälfte zu verraten. Marijana hatte schon Menschen gesehen, die der peinlichen Befragung unterzogen worden waren, ihr jämmerlicher Anblick hatte sie wochenlang nicht losgelassen.

Sie presste die Lippen zusammen und erhob sich. Obwohl es noch so früh war, wollte sie keinesfalls wieder einschlafen. Nicht, wenn der Schlaf solche Träume mit sich brachte. So geräuschlos wie möglich schlich sie aus der Höhle. Lautes Schnarchen drang aus einer Ecke, ansonsten rührte sich nichts.

Draußen stieß sie auf Mathes, der die letzte Wache hatte. Er saß auf einem Stein, die Armbrust auf den Knien.

»Kein Lebenszeichen von Robert?«, fragte sie.

Er schüttelte den Kopf. »Gib ihm noch etwas Zeit. Er ist erst zwei Nächte weg.«

»Ich habe geträumt, dass er gefangen wurde.«

Mathes schaute hinunter ins Tal. »Du glaubst, dieser Vitius von Hall hat ihn reingelegt?«

»Ich weiß es nicht.« Marijana rieb sich mit den Händen über die Unterarme. Der Himmel wurde allmählich grau, keine Wolke war zu erkennen, es schien ein sonniger Tag zu werden. »Mein Verstand sagt mir, dass es noch zu früh ist, um sich Sorgen zu machen. Aber mein Herz ruft, dass Robert in Not ist.«

Mathes erwiderte nichts, fuhr nur stumm mit dem Finger über die Waffe.

»Ich gehe hoch zur Straße und von dort bis ins Dorf, vielleicht erfahre ich etwas.«

Mathes erhob sich. »Du solltest kein unnötiges Risiko eingehen.«

»Keine Sorge, ich passe auf mich auf.«

Bevor Mathes sie von ihrem Vorhaben abbringen konnte, kletterte Marijana den Hang hinauf, bis sie die Ruine erreichte. Von hier waren es nur etwa zwei Bogenschuss weit bis zur Landstraße. Bevor sie die Deckung aufgab, horchte sie. Nichts.

Ohne Zwischenfälle erreichte sie die Hochebene, auf der

das Dorf lag. Schon sah sie die Dächer zwischen den Feldern hervorblinken. Unterwegs hatte sie einen Armvoll trockene Zweige aufgelesen und ihr Haar unter einem Tuch versteckt. Sie trug nur die Cotte, in der sie geschlafen hatte. So sah sie aus wie eine Magd oder die Tochter eines leibeigenen Bauern, die im Wald Brennholz gesammelt hatte.

Sie hatte die ersten Häuser fast erreicht, als hinter ihr Hufschlag ertönte. Schnell warf sie sich hinter einen Busch. Sie musste daran denken, wie Ritter von der Burg Obernberg Ursula und sie angesprochen hatten, als sie Blumen für die Hochzeit gepflückt hatten. Erst hatten sie gedacht, dass sie erkannt worden und die Ritter gekommen wären, um sie zu ergreifen. Doch die Männer hatten gar nichts Böses gewollt. Erst Ursulas Schweigen auf ihre harmlosen Fragen hatte sie gereizt. Einer war regelrecht wütend geworden, hatte Ursula bedroht. Marijana hatte schließlich erzählt, Ursula sei so schüchtern, dass sie in der Gegenwart von Männern immer die Sprache verliere, dass sie ihr das nicht als Unhöflichkeit auslegen möchten. Die Männer hatten sich beruhigt, Ursula hatte sich tief verneigt, und die Ritter waren abgezogen.

Die Pferde kamen näher. Marijana konnte sie nicht sehen, doch es schienen nicht viele zu sein, zwei oder drei Reiter, die im Schritt ritten. Dann hörte sie Stimmen.

»Die haben ihren eigenen Mann abgemurkst, damit er nichts ausplaudern kann. Stell dir das vor.«

»Das sind ganz harte Kerle, ich sage es ja. Ein Kloster zu überfallen, das so gut gesichert ist, und noch dazu in Sichtweite einer Burg.«

»Das ist nicht mutig, sondern dumm!«, ätzte die erste Stimme.

Marijana hielt den Atem an. Die beiden waren jetzt genau auf ihrer Höhe, vielleicht erfuhr sie etwas Wichtiges.

»Aber sie haben es geschafft, und das mit nur einem Mann Verlust. Und sie haben sogar noch den Abt als gierigen Geldscheffler entlarvt. Er hatte ein geheimes Versteck voller Goldmünzen, stell dir das vor!«

»Sind die Pfaffen nicht allesamt elende Geizhälse? Uns predigen sie Mäßigung und Demut, und selbst leben sie in Saus und Braus.«

»Der Abt soll sogar regelmäßig das Hurenhaus besucht haben.«

»Sag ich's doch. Eigentlich sollte man die Männer dieser Räuberbande zu Rittern schlagen als Lohn für ihre Wohltat.«

Die Stimmen wurden allmählich leiser, doch noch waren sie gut zu verstehen.

»Ist der Anführer nicht sogar ein ehemaliger Ritter? Jedenfalls haben sie ihn jetzt geschnappt. Ich möchte nicht in seiner Haut stecken.«

Marijana unterdrückte einen Schrei. In ihren Ohren begann es zu rauschen, als donnere eine Flutwelle über sie hinweg.

»Das wird eine Hinrichtung, wie es sie lange nicht gegeben hat.« Die Stimme war jetzt so weit entfernt, dass sie kaum das Tosen in Marijanas Ohren übertönte. Trotzdem hörte sie die letzten Worte klar und deutlich.

»Sie werden ihn rädern und vierteilen. Seine Schreie werden über Meilen zu hören sein.«

* * *

Gero von Falkenstein betrachtete den Leichnam, den seine Männer in der Burgkapelle aufgebahrt hatten. »Was, glaubt Ihr, ist geschehen?«

Ambrosius Gallus räusperte sich. »Ein Pfeil erwischte ihn.

Auf kurze Distanz, schätze ich. Die Wunde ist tief, das Herz ist zerfetzt. Er muss sofort tot gewesen sein.«

»Das meine ich nicht.« Gero sah Gallus ungeduldig an.

»Ich weiß. Aber es ist Teil der Antwort.«

»Und der andere Teil?« Behutsam griff Gero nach dem Kleid, rieb den grünen Stoff zwischen seinen Fingern.

»Das ist keiner von Veits Männern. Zu jung für einen Ritter, zu mager für einen Knappen. Also ist es einer der Räuber.«

»So weit war ich auch schon«, stieß Gero ungeduldig hervor. »Aber warum trägt er Marijanas Kleid?«

»Ihr habt doch sicherlich eine Theorie?«

Gero strich sich über den kurz gestutzten Bart und trat von einem Fuß auf den anderen. Trotz der Strapazen des gestrigen Tages spürte er kaum Schmerzen im Bein. »Ich habe die halbe Nacht darüber nachgedacht. Mir sind zwei Möglichkeiten eingefallen. Entweder haben die Räuber einen ihrer Männer als Marijana verkleidet zum Übergabeort mitgenommen, damit Veit keine Finte versuchen kann. Die echte Marijana hätten sie erst freigelassen, wenn das Lösegeld in ihren Händen wäre.«

»Oder?«

»Oder Marijana war längst tot, als die Übergabe stattfand, und sie wollten trotzdem an das Geld.«

Gallus nickte. »So sehe ich das auch.«

»Aber müsste Veit nicht bemerkt haben, dass es nicht Marijana war? Und wer hat den Kerl erschossen? Die Räuber haben doch nicht einen ihrer eigenen Leute umgebracht.« Gero wandte sich von dem Leichnam ab. Der Anblick machte ihn wahnsinnig. Es war, als würde Marijana dort liegen. Gestern, als sie den Toten gefunden hatten, war er sicher gewesen, dass Marijana noch leben musste. Über Nacht hatte die Ungewissheit ihn eingeholt.

»Vielleicht hat einer von Veits Männern ihn erschossen, als

er merkte, dass es nicht Marijana ist«, sagte Gallus bedächtig.

»Aber warum hat Veit dann behauptet, dass Marijana tot ist? Wie hätte er das wissen können, wenn sie gar nicht am Übergabeort war?«

»Megling könnte es ihm gesagt haben. Als kleine Boshaftigkeit. Um ihn zu quälen.«

»Bevor er das Lösegeld in den Händen hielt?«

Gallus nickte. »Ihr habt recht. Das wäre sehr dumm von ihm gewesen.«

Gero klopfte Gallus auf die Schulter. »Kommt!«

Sie traten nach draußen vor die Kapelle. Die Sonne hatte den Zenit längst überschritten, die Schatten wurden länger. »Ich denke, mein Schwiegersohn schuldet mir eine Erklärung«, sagte Gero bedächtig. »Ich werde ihn aufsuchen. Meine Männer sollen sich bereit machen.«

»Gute Idee.« Gallus sah ihn an. »Etwas dagegen, einen alten Mann mitzunehmen?«

Gero verzog die Lippen zu einem Grinsen. »Ganz im Gegenteil.«

* * *

»Lasst mich allein mit ihm!« Veit winkte die Männer aus dem Verlies.

Eilig verzogen sie sich. Die Tür fiel krachend zu.

Veit ließ seine Finger knacken und wandte sich dem Gefangenen zu. Er hatte Robert Megling entkleiden und an das Gerät fesseln lassen, das er liebevoll »die Tänzerin« nannte, weil es den Delinquenten Bewegungen entlockte, die an elegante Tanzschritte erinnerten. Meglings Arme waren zusammengebunden und über dem Kopf an einer Art Galgen befestigt, seine Füße standen auf der Eisenkugel, an der seine Beine mit einer Kette befestigt waren. Um die Kugel herum waren Bretter ausgelegt, aus denen Nagelspitzen hervorschauten.

Wenn man den Gefangenen am Galgen hochhievte, wurde er zugleich von der Kugel nach unten gezogen. Die auseinanderstrebenden Kräfte zerrten am Körper. Und wenn man dann losließ, landeten die Füße zwar auf der Kugel, rutschten aber sofort davon herunter und knallten auf die Bretter, wo sich die Nägel in die Fußsohlen bohrten. Das war der Moment, in dem der Tanz begann. Denn alle versuchten verzweifelt, zurück auf die Kugel zu gelangen, doch das war nahezu unmöglich.

Veit stellte sich vor den Gefangenen. »Du hast ja keine Ahnung, wie sehr ich mich auf diesen Augenblick gefreut habe.«

Der Marder antwortete nicht.

Veit verzog das Gesicht. »Du wirst die Zähne noch früh genug auseinanderkriegen.«

Roberts Miene blieb starr.

»Ich verspreche dir einen schnellen, schmerzfreien Tod, wenn du mir sagst, was ich wissen will.« Ein Versprechen, das Veit nicht zu halten gedachte.

Noch immer sagte Megling kein Wort.

Veit zog seinen Gürtel aus. Mit genau so einem hatte der Ritter, bei dem er als Knappe in Diensten gewesen war, ihn gezüchtigt, wenn er seine Aufgaben nicht gut genug gemeistert hatte. Was sehr häufig der Fall gewesen war. Veit hatte sich nach Kräften bemüht, doch dem strengen Mann hatte er nie genügen können.

Er schlug mit dem Gürtel auf die behandschuhte Linke, dann ließ er ihn ohne Vorwarnung auf Roberts Unterleib knallen.

Der Gefangene stöhnte.

Noch einmal knallte der Gürtler auf die nackte Haut.

Wieder stöhnte Robert.

»Wo ist die zweite Hälfte?«

Keine Antwort.

Die Peitsche knallte, diesmal ein Stück tiefer, dort, wo es besonders wehtat.

Robert schrie.

»Wo?«, brüllte Veit. Speichel troff ihm aus dem Mund.

»Fahr zur Hölle, Veit!« Robert hechelte vor Schmerz, Tränen standen in seinen Augen, doch sein Blick war voller Verachtung.

Veit griff nach der Kurbel, die den Gefangenen nach oben zog. Er bewegte sie langsam, kostete jede Umdrehung bis ins Letzte aus.

Roberts Arme wurden nach oben gerissen, sein Körper streckte sich, die Kugel zerrte ihn an den Füßen nach unten. Er begann keuchend zu atmen.

Veit ließ los.

Robert landete mit den Füßen auf der Kugel, rutschte ab, knallte auf die Nägel. Er wimmerte. Doch statt wild herumzutanzen, rührte er sich nicht.

Schlauer Bursche. Wenn man stillstand und das Gewicht ausbalancierte, war der Schmerz erträglich.

Veit trat näher an den Gefangenen heran und betrachtete ihn. Sein Körper war muskulös und wohlgenährt. So schlecht konnte das Räuberleben nicht sein. Dieser Mann hätte beinahe alles zerstört, was Veit sich aufgebaut hatte. Er hatte ihm die Verlobte genommen und mit ihr die Besitztümer und die Macht derer von Falkenstein. Und dann hatte er auch noch diesen verfluchten Brief aufgetrieben, der Veit unter das Richtschwert bringen konnte.

Meglings Plan wäre beinahe aufgegangen. Der König war tatsächlich zum Treffpunkt gekommen, um mit Robert zu sprechen. Wäre Rohard von Metz nicht gewesen, stünde Veit jetzt womöglich an Roberts Stelle vor dem Folterknecht. Rohard hatte das Antwortschreiben des Königs vernichtet und einen zweiten Brief geschrieben, der Megling zum falschen Treffpunkt bestellte. So schnell konnte sich das Blatt wenden. Ab sofort war Schluss mit den Triumphen des Robert Megling.

»Du weißt, dass das erst der Anfang war, Megling. Also sprich: Wo ist die andere Hälfte des Briefes?«

Robert hob den Kopf und sah ihn an. Er öffnete den Mund, doch statt einer Antwort spuckte er Veit ins Gesicht.

Wütend schwang Veit den Gürtel.

In dem Augenblick donnerte es gegen die Kerkertür.

»Nicht jetzt!«

»Es ist wichtig, Herr!«

»Höllenarsch nochmal, was denn?«

»Ein Bote aus Regensburg.«

Veit erstarrte. Der Anschlag auf Ludwig. Er hatte nur noch an Robert gedacht, an den Brief, nicht mehr an den Plan. Er sah den Gefangenen an. »Ich komme wieder. Und zwar schon bald.«

Er trat aus der Tür. »Bringt ihn ins Loch!«

Das Loch war die tiefste Stelle des Kerkers. Dort war es feucht und dunkel, die Tür war nicht mehr als eine Luke knapp über dem Boden, kaum kniehoch, der Gefangene musste hineinkriechen.

Veit stürmte nach oben, der Bote wartete im Rittersaal. Er war hochrot und nassgeschwitzt. Schweigend reichte er Veit einen Brief. Hastig entfaltete er ihn und las.

Die Schlange lebt, der Plan wurde verraten. Die Frau ist tot. Die Ware aus Prag wurde nicht eingesetzt.

Veit stopfte das Schreiben in sein Wams und massierte sich die Schläfen. »Wer hat dir das übergeben?«, fragte er den Boten.

»Ein Ritter mit blondem Haar und Narbe auf der Stirn.«

Gernot. Dann stimmte es also. Veit winkte den Boten weg. Er hatte zum zweiten Mal gefehlt. Leopold würde ihm diese heikle Aufgabe kein drittes Mal anvertrauen.

***

Mathes knackte die Nuss mit seinen Zähnen, warf die Schale zu Boden und beugte sich vor. »Ist es wahr, was man sich erzählt? Der Marder wurde geschnappt?«

Marijana wagte kaum zu atmen. Die Gerüche des Marktes, Gewürze und Kräuter, gebratene Würste und frischer Fisch, die Schreie der Händler, all das machte sie ganz benommen. Und die Angst vor der Antwort des Tuchhändlers, dem Mathes zuvor einige Ellen Leinen abgekauft hatte, um den Schein zu wahren. Nachdem Marijana den anderen erzählt hatte, worüber die beiden Reiter gestern gesprochen hatten, und nachdem Robert auch heute Morgen nicht zurückgekehrt war, war sie mit Mathes nach Burghausen aufgebrochen, um sich umzuhören. Jeronimus war ebenfalls dabei, er spielte ihren Knecht und trug den Korb mit den Einkäufen.

»Graf Veit von Amerang hat ihn geschnappt. Er wird auf seiner Burg gefangen gehalten«, erzählte der Tuchhändler. »Angeblich wollte der Marder den König treffen. In einer Kirche. Ist das nicht unglaublich?«

Marijana schlug die Hand vor den Mund. Nur mühsam unterdrückte sie ein Schluchzen.

Mathes ließ sich nichts anmerken. »Dann haben wir ja jetzt endlich Ruhe vor diesem gierigen kleinen Raubtier.«

Der Tuchhändler wiegte den Kopf hin und her. »Man erzählt, der Marder habe nur von denen genommen, die mehr als genug besitzen. Ein richtiger Wohltäter soll er gewesen sein.«

»Ist das so?« Mathes legte den Kopf schief.

In dem Augenblick trat eine vornehm gekleidete Frau an den Stand und erkundigte sich nach dem Preis für blauen Samtstoff. Der Händler wandte sich ihr zu.

Marijana ließ sich von Mathes wegzerren. »Wir haben genug erfahren. Lass uns verschwinden.«

Jeronimus folgte ihnen vom Marktplatz weg in eine ruhige Gasse. »Woher wissen wir, dass der Händler nicht einfach irgendwelche Lügengeschichten nachplappert«, wisperte er, sobald sie das Treiben hinter sich gelassen hatten. »Robert wollte doch nicht den König treffen. So ein Blödsinn.«

Marijana sah Mathes an. Beide schwiegen.

Jeronimus blickte ungläubig von einem zum anderen. »Teufel noch eins! Das ist nicht euer Ernst!«

Eine Frau drängte sich an ihnen vorbei, sie war fast genauso breit wie hoch. Zwei Mägde hasteten hinter ihr her, beladen mit Einkäufen.

»Wir müssen verschwinden«, wisperte Mathes.

In dem Augenblick drehte die Frau sich um. Die Mägde prallten gegen sie, achtlos schob sie die Mädchen zur Seite. Sie stemmte die Hände in die Hüften und marschierte auf Jeronimus zu. »Büttel!«, kreischte sie. »Zu Hilfe! Büttel! Ein Beutelschneider!«

Jeronimus wurde blass.

Marijana fasste sich an den Hals und stolperte rückwärts. Sie wusste nicht, was sie tun sollte. Ihre Rolle weiterspielen oder machen, dass sie wegkam? Sie blickte zu Mathes, der hektisch hin und her schaute.

Vom Marktplatz her näherten sich Schritte. Auf der anderen

Seite stand die Frau und versperrte den Weg. Jeronimus war in sich zusammengesunken.

Mathes straffte die Schultern und stellte sich den Bütteln in den Weg, bevor sie sich Jeronimus greifen konnten. »Dieses Weib dort beschimpft meinen Diener!«

Marijana stellte sich neben ihn und versuchte, ein empörtes Gesicht zu machen.

Die Büttel tauschten verunsicherte Blicke.

»Was geht hier vor?« Ein Mann, dessen erlesene Kleidung zeigte, dass er in der Stadt etwas zu sagen hatte, schälte sich aus der Menschenmenge, die den Bütteln gefolgt war.

»Das ist ein Beutelschneider!«, keifte die Frau. »Er hat mir mein Geld gestohlen. Ich erkenne ihn wieder!«

»Unsinn!«, widersprach Mathes. »Unser Diener bestiehlt niemanden.«

»Dann habt Ihr doch sicher nichts dagegen, wenn die Büttel ihn durchsuchen?«, fragte der vornehme Herr.

Mathes öffnete den Mund, doch die Frau war schneller.

»Nicht heute. Es ist Jahre her. Aber das Gesicht habe ich nicht vergessen.« Sie stellte sich dicht vor Jeronimus. »Das ist der Mann. Ich weiß es sicher!«

Mathes lachte schallend. »Was für eine abenteuerliche Geschichte. Der gute Jeronimus hat Euch also vor Jahren bestohlen, und jetzt fällt es Euch plötzlich ein.« Mathes wandte sich an den Stadtoberen. »Mein Herr, dieser Mann ist seit nunmehr sieben Jahren in meinen Diensten und in denen meiner liebreizenden Gemahlin Ma-Maria.«

Der vornehme Herr musterte erst Marijana argwöhnisch, dann sah er zu Jeronimus. »Stimmt das, Bursche?«

»Ja, Herr.« Jeronimus hielt den Blick gesenkt.

»Ich fürchte, meine liebe Grete Allwieser, da ist Euch ein Irrtum unterlaufen.« Er scheuchte die Menge mit einer Handbewegung fort. »Weg mit euch, hier gibt es nichts zu sehen.« Er wandte sich an die Büttel. »Ihr auch!«

»Ich weiß, was ich weiß«, stieß die dicke Frau hervor. Ihr Kopf war hochrot. »Und er weiß es auch!« Sie zeigte auf Jeronimus.

Der Stadtobere verneigte sich vor Mathes. »Ihr müsst verzeihen, mein Herr …?« Er erhob fragend die Stimme.

»Henrichs, Herr. Mathias Henrichs. Aus dem Inntal bei Falkenstein. Auf der Durchreise. Zur Hochzeit einer Base.«

»Dann eine angenehme Weiterreise. Und meine besten Wünsche an die Base.« Der Mann nickte ihm zu. »Und verzeiht nochmal das Missverständnis. Tragt es der Grete nicht nach.« Er wandte sich ab, die Menge trollte sich, und auch die Frau watschelte nach einem letzten bösen Blick auf Jeronimus mit ihren beiden Mägden davon.

»Ich hätte nicht gedacht, dass sie mich wiedererkennt«, sagte Jeronimus, als sie um eine Ecke verschwunden war.

Mathes fuhr zu ihm herum. »Du hast sie tatsächlich bestohlen?«

Jeronimus hob die Schultern. »Kurz bevor ich zur Bande gestoßen bin, hab ich hier in der Gegend auf den Märkten gearbeitet. Das Weib hat mich erwischt, als ich in ihren Korb gegriffen hab. Hätte beinahe übel geendet, doch ich hatte meine Tricks, in einer Menschenmenge zu verschwinden.«

»Du hättest uns sagen müssen, dass man dich hier kennt!«

»Ist doch gut gegangen.« Jeronimus hob die Schultern.

Sie machten, dass sie aus der Stadt kamen. Marijanas Herz raste noch immer, als sie schon über die Salzachbrücke und vor dem Tor waren. Erst als sie sich in der Nähe des Dorfes ins Unterholz schlugen, hatte sie sich so weit beruhigt, dass sie nach vorne blicken und damit beginnen konnte, einen Plan zu schmieden.

Sie wusste, dass ihr eine schwere Aufgabe bevorstand. Sie musste die Männer dazu bewegen, Robert zu befreien. Sie musste sie davon überzeugen, dass es möglich war. Immerhin hatten sie es geschafft, das gut gesicherte Kloster zu stürmen. Dann musste es auch bei einer Burg funktionieren. Auch wenn sie mit Sicherheit zehnmal besser befestigt war als das Kloster.

Kaum waren sie in der Höhle, rief Marijana die Männer zusammen. »Robert wurde von Veit von Amerang gefangen genommen«, verkündete sie.

»Verflucht noch eins«, stieß Utz hervor. »Wie konnte das passieren?«

»Er wird uns alle verraten.« Lentz blickte zum Höhleneingang. »Wir müssen sofort von hier verschwinden.«

Die Männer begannen durcheinanderzureden.

»Ruhe!« Marijana hob die Hände. »Gebt Ruhe, ich bitte euch!«

Nur allmählich verebbte das Gemurmel.

Sie räusperte sich. »Wir müssen Robert befreien.«

»Was?«, rief Utz. »Bist du verrückt, Weib?«

»Ich dachte, wir stehen füreinander ein.«

»Wie stellst du dir das vor?«, fragte Ewalt. »Wie sollen wir mit einer Hand voll Männern und zwei Weibern eine Burg überfallen und jemanden aus dem Kerker befreien? Das geht nicht. Unmöglich.«

»Wir haben das Sprengpulver. Das ersetzt ein ganzes Heer«, gab Marijana zurück. »Und ich kenne die Burg. Ich war schon einmal dort. Ich weiß, wo ihre Schwachstelle ist.«

»Blödsinn, Weib!« Lentz spuckte auf den Boden.

Marijana blickte hilfesuchend zu Mathes, der sie mit zusammengepressten Lippen ansah. Sie wusste, dass er bereit war, ihr zu helfen, das hatte er ihr unterwegs versichert. Aber er hatte auch zu bedenken gegeben, dass er vermutlich der Einzige sein würde.

Ihre Augen wanderten zu Hasso, der gemächlich sein Stöckchen aus dem Mundwinkel nahm. »Unser Kodex besagt, dass wir niemanden retten, wenn dadurch der Rest der Bande in Gefahr gerät. Denkt an Urban.«

Marijana schloss die Augen. Ohne es zu wollen, sah sie Mathes vor sich, wie er den Pfeil auf die Sehne legte und auf Urban zielte. Sie hatte befürchtet, dass irgendwer das zur Sprache bringen würde. Und dabei wussten die anderen nicht einmal, wie Urban gestorben war. Was sollte sie tun? Sie brauchte die Männer. Ohne ihre Hilfe konnte sie Robert nicht retten. Wenn sie ihn im Stich ließ, würde Veit ihn langsam und qualvoll zu Tode foltern.

***

Ludwig lehnte sich zurück und strich sich über den Bauch. Er hatte die zweite Nacht schlecht geschlafen, hatte wieder Albträume gehabt, hatte mehrmals den Nachttopf benutzen müssen. Dass Robert Megling nicht am Treffpunkt erschienen war, fuchste ihn. Zumal er nicht herausgefunden hatte, wie es dazu gekommen war. War Megling aufgehalten worden? War er tot? Oder hatte er im letzten Moment die Falle gewittert? Und dann hatte der Koch der Gumprechts es gestern gewagt, ihm einen Braten aufzutischen, der versalzen war! Ludwig hatte ihn einen Löffel Salz schlucken lassen, gerade so viel, dass er nicht daran zugrunde ging, sich aber noch in zehn Jahren daran erinnern würde.

Heute hatte Ludwigs Leibkoch dafür gesorgt, dass es ihm schmeckte. Obwohl er keinen richtigen Appetit verspürte, hatte er kräftig zugelangt, denn sein Koch hatte Innereien vom

Kalb zubereitet, gegart in Honigsoße, eines von Ludwigs Leibgerichten.

Morgen musste er zurück nach Frankfurt reisen, mit einem Zwischenhalt in Sachsenhausen. Dort würde er erneut eine Appellation formulieren. Dieser Ketzerpapst hatte auf die beiden ersten nicht reagiert und sogar das Angebot einer außergerichtlichen Einigung abgeschlagen. Und obendrein hatte er den Kirchenbann über ihn verhängt. Dieser Starrkopf! Ludwig würde sich das nicht bieten lassen. Ein Papst, der selbst vom rechten Glauben abgekommen war, durfte sich wohl kaum anmaßen, über die Rechtgläubigkeit anderer zu urteilen!

Ludwig wusste natürlich, dass es weder dem Papst noch ihm selbst um einen Disput über den Glauben und das Armutsgebot Christi ging. Es ging um Macht. Also waren gute Argumente sinnlos vergeudet. Er musste den Papst unglaubwürdig machen und bekräftigen, dass er nicht klein beigeben würde. Inzwischen standen fast alle Edlen des Reiches auf seiner Seite, und, was besonders wichtig war, die Reichsstädte ebenfalls. Johannes hatte sich gründlich verrechnet. Wenn man ihre hart erkämpften und erkauften Rechte einzuschränken versuchte, reagierten die Reichsstädte wie eine Bärenmutter, deren Junges bedroht wurde. Ludwig musste keine Rebellion fürchten, wenn er dem Papst anständig ans Bein pisste.

Er nahm noch einen kräftigen Schluck verdünnten Weins, das beruhigte seine Eingeweide und schmierte seinen Verstand. Gerade als er nach einem Diener klingeln wollte, um den Tisch abräumen zu lassen, klopfte es an der Tür. Ludwig hatte angeordnet, niemanden in seine Gemächer vorzulassen, es sei denn, es sei dringend. Er seufzte. »Immer herein, wenn es gute Nachrichten sind.«

Die Tür schwang auf, eskortiert von einem Leibwächter trat

einer von Ludwigs Spionen ein und verbeugte sich. »Es ist eine gute Nachricht, zumindest teilweise, Herr ...«

»Schon in Ordnung.« Ludwig winkte die Wache nach draußen. »Schließt die Tür und berichtet.«

»Der Marder ist gefasst und liegt auf Burg Stein in Eisen.«

Ludwig sprang auf, der schwere Stuhl kippte nach hinten, es polterte, als fiele das Dach zusammen. Die Tür flog auf, vier Männer der Garde drängten mit gezogenen Schwertern herein.

Der Spion hob schützend die Arme, Ludwig schlug mit der Faust auf den Tisch. »Alles in Ordnung, Männer! Ich danke euch. Es war nur der Stuhl.«

Die Garde verzog sich murmelnd. Der Spion bat um einen Schluck Wein.

»Wir alle sind ein wenig nervös«, sagte Ludwig und reichte ihm einen Becher. »Ihr habt gute Arbeit geleistet. Trinkt schnell. Ich will sofort alles wissen.«

Der Spion stürzte den Wein hinunter, wischte sich mit dem Ärmel den Mund. »Veit von Amerang hat Megling eine Falle gestellt, heißt es, und der Marder ist hineingetappt. Mehr weiß ich nicht.«

»Wann?«

»Vor zwei Tagen.«

Ludwig hob den Stuhl auf und ließ sich darauffallen. Er nahm sein Messer und rammte es in eine Kalbsniere, so tief, dass es im Holzbrett stecken blieb. »Wie zum Teufel ist ihm das gelungen? Megling wollte *mich* treffen, mit *mir* reden, er hat *mich* versetzt. Und jetzt ist er Veit von Amerang einfach so ins Netz gegangen?« Irgendetwas stimmte nicht. Ludwig hatte keine Ahnung, was da vor sich ging, aber sein Instinkt schrie laut und deutlich: Du musst mit Robert Megling reden!

»Soll ich nach Burg Stein zurückkehren, Herr?«

Ludwig überlegte nicht lange. »Ja. Nehmt zwei Männer der

Garde mit. Richtet Veit aus, dass ich seinen Jagdinstinkt bewundere und dass ich baldmöglichst vorbeikommen und die fünfhundert Pfund Silber Belohnung mitbringen werde. Schärft ihm ein, dass ich Robert Megling lebend will! Er haftet mit seinem Kopf für das Leben des Marders.«

Der Spion verneigte sich und verließ die Kammer.

Ludwig betrachtete das Pergament, das vor ihm auf dem Tisch lag. Der Entwurf der Appellation. Er musste seine Pläne ändern. Er würde sich nicht nach Sachsenhausen, sondern auf Burg Stein an der Traun begeben und in aller Stille nach dem Rechten sehen. Da geschahen Dinge hinter seinem Rücken, die ihm nicht gefielen. Genauso wenig wie dieser unselige Streit mit dem Papst. Bei allen Heiligen und der Gnade Gottes, bei der Heiligen Lanze und beim Blut Christi! Dieser verfluchte Ketzer sollte spüren, was es bedeutete, sich mit dem bayerischen Löwen anzulegen!

Er zerknüllte den Entwurf der Appellation und feuerte ihn in den kalten Kamin. Dann griff er zu einem leeren Pergament und ließ die Feder tanzen. Er begann mit den üblichen Floskeln, dann ging er zum Angriff über.

In jeder seiner Handlungen tritt zutage, dass sich ...

Ludwig überlegte einen Moment und setzte dann den bürgerlichen Namen des Papstes in den Text.

... Jakob von Cahors nicht würdig erweist, Gott auf dieser Welt zu vertreten. Im Gegenteil. Dieser sittenlose Emporkömmling hat sich zum Ziel gesetzt, das Heilige Römische Reich zu zerstören. Er hat sich furchtbarer Verbrechen schuldig gemacht, hat das Blut unschuldiger Christen ver-

gossen. Schon deshalb kann er kein von Gott erwählter Papst sein. Sein größtes Verbrechen aber, die furchtbarste Schuld, die er auf seine Schultern geladen hat, besteht darin, dass er verbreitet, Jesus und die Apostel hätten an irdischen Gütern nicht nur Nutzungsrecht, sondern Eigentumsrecht besessen. Das ist der unumstößliche Beweis, dass Jakob von Cahors ein Ketzer ist, der verfolgt und zur Rechenschaft gezogen werden muss.

Ludwig ließ Rohard von Metz kommen und präsentierte ihm den zweiten Entwurf.

Der Schreiber riss erst die Augen auf, dann nickte er zufrieden. »Wohl formuliert, mein König.«

»Schärft meine Worte nach, wenn Ihr mögt, Rohard, fügt die notwendigen Belege und Argumente hinzu und verseht die Appellation mit Siegel und Datum. Aber nicht mit dem heutigen, datiert das Schreiben auf den 22. Mai zu Sachsenhausen. Ich muss Veit von Amerang einen Besuch abstatten. Doch das soll sich nicht herumsprechen. Meine Mission auf Burg Stein ist geheim.«

Rohard nahm den Entwurf, verbeugte sich und zog sich zurück.

Jakob von Cahors würde die Appellation nicht scheren, er würde weitermachen wie bisher. Aber mit diesen Worten besaß Ludwig eine scharfe Waffe gegen den Papst – zumindest in den eigenen Landen. Er würde dafür sorgen, dass jeder seiner Untertanen die Worte der Appellation hören und verstehen würde: Priester würden sie in den Messen vortragen, Ausrufer würden sie in jeder Stadt und in jedem Dorf verlesen. Bald würde der Papst nichts weiter sein als ein Popanz, über den sich der Spott des Reiches ergoss.

Ludwig erhob sich und trat ans Fenster. Jetzt konnte er sich voll und ganz auf Robert Megling konzentrieren. Er musste seinen Hauptmann anweisen, Reisevorbereitungen zu treffen. Sie würden erst ein Stück gen Nordwesten ziehen, damit es so aussah, als wären sie nach Frankfurt unterwegs. Und nach einem halben Tag würden sie nach Südosten abdrehen.

Wenn sie morgen aufbrachen, wären sie spätestens am Montag auf Burg Stein. Wehe, wenn Veit von Amerang seinem Gefangenen bis dahin auch nur ein Haar krümmte!

* * *

Marijana blickte die Männer nacheinander an, sie musste sie dazu bewegen, ihr zu helfen. Aber ihr gingen allmählich die Argumente aus. »Robert ist euer Anführer«, beschwor sie die Räuber. »Ihr schuldet ihm die Treue.«

»Vor dem Kodex sind alle gleich«, widersprach Hasso.

Zustimmendes Gemurmel ertönte.

»Dann ist es beschlossen«, stellte Hasso zufrieden fest. »Wir packen und verschwinden.«

»Heda! Wartet!«, rief Marijana. Verzweiflung umklammerte ihr Herz mit eiserner Faust. Doch sie war nicht bereit aufzugeben. »Ich bin Roberts Stellvertreterin. Ich bestimme, ob etwas beschlossen ist.«

Hasso schnitt eine Grimasse. »Ach ja?«

Marijana wollte etwas erwidern, doch da trat Ursula vor und begann, wild vor Hasso herumzugestikulieren. Marijana verstand kaum etwas, doch sie begriff, dass Ursula ihren Bruder daran erinnerte, wie Robert ihn und sie gerettet hatte. Einfach so. Ohne Kodex.

Hasso presste die Lippen zusammen.

Ursula zerrte an seinem Wams, doch er rührte sich nicht.

Roderich humpelte in die Mitte und stellte sich vor Marijana. »Ich bin noch schwach, kein guter Kämpfer, aber ich werde tun, was zu tun ist, um Robert zu befreien.«

Marijana schossen die Tränen in die Augen. »Danke.«

»Ich bin auch dabei.« Mathes trat vor.

Stille breitete sich aus.

Ursula blitzte ihren Bruder an.

»Meinetwegen«, stieß er zwischen den Zähnen hervor. »Es ist zwar glatter Selbstmord, aber was soll's? Ich hab sowieso noch eine Rechnung mit diesem Dreckskerl von Amerang offen, weil er Ansgar feige ermordet hat.«

»Auf mich könnt ihr auch zählen«, sagte Ewalt.

»Also gut.« Drago hob die Hand. »Auf mich auch.«

»Und auf mich«, murmelte Jeronimus. Er starrte auf den Korb mit den Einkäufen, der noch zu seinen Füßen stand. Marijana ahnte, was er dachte. Mathes und sie hätten ihn in Burghausen seinem Schicksal überlassen können. Aber sie waren bei ihm geblieben.

Fehlten nur noch Lentz und Utz. Marijana sah die beiden fragend an. »Was ist mit euch?«

»Wir sind ja wohl überstimmt«, knurrte Utz.

»Was wir vorhaben, ist so gefährlich, dass niemand gezwungen werden sollte, mitzumachen«, sagte Marijana. »Es steht euch also frei, zurückzubleiben.«

»Und als Feiglinge zu gelten?« Lentz zog verächtlich die Oberlippe hoch. »Niemals.«

»Dann ist es abgemacht.« Marijana lächelte Ursula dankbar an. Sie hob die Stimme. »Ich habe bereits einen Plan. Wir brauchen eine große Menge Sprengpulver. Roderich, kannst du mit Ursula alles vorbereiten? Du weißt ja, was ich benötige.«

* * *

Robert schlang die Arme um die angezogenen Beine. Ein zum Scheitern verurteilter Versuch, seinen geschundenen Körper gegen die Kälte zu schützen.

Heute Morgen hatte Veit ihn ein zweites Mal befragt. Zumindest glaubte er, dass es am Morgen gewesen war, das hatte er aus einer Bemerkung Veits geschlossen. In der Finsternis des Kerkers gab es keine Tageszeiten. Robert war nicht einmal sicher, ob er wirklich erst seit zwei Tagen hier unten hockte. Womöglich war bereits eine ganze Woche vergangen.

Ein Scharren ließ ihn aufhorchen. Kleine Füße trippelten über den Boden. Eine Ratte.

Bisher war es Veit nicht gelungen, Roberts Willen zu brechen. Er musste nur an Marijana denken, an die eine wunderbare Nacht, die sie als Mann und Frau miteinander verbracht hatten, und sein Geist floh aus der Enge des Kerkers.

Doch Robert wusste, dass es nur eine Frage der Zeit war. Hunger nagte an seinen Eingeweiden, Schmerzen fraßen sich in ihn hinein, höhlten seinen Willen aus. Nach der ersten Befragung hatten die Wachen ihm seine Cotte wiedergegeben. Sonst nichts. Keine Stiefel, kein Wams. Er hatte Streifen davon abgerissen und sie um seine wunden Füße gebunden. Der Rest des dünnen Stoffes wärmte kaum. Zweimal am Tag schob ihm jemand einen Becher stinkenden Wassers und einen harten Kanten Brot durch die Luke, die den einzigen Eingang zu dem Loch bildete, in dem er hockte.

Robert löste die Arme und streckte die Beine aus, so weit es ging. Ganz gerade bekam er sie nicht, dafür war die Zelle zu klein. Er konnte auch nicht aufrecht sitzen, ohne an die feuchte Decke zu stoßen. An den Gestank seiner eigenen Exkremente hatte er sich inzwischen gewöhnt. Er hatte versucht, seine Notdurft möglichst weit in der Ecke zu verrichten, einen Eimer gab es nicht.

Er würde sich schämen, Marijana so gegenüberzutreten, andererseits war die Vorstellung, sie überhaupt je wiederzusehen, so irrwitzig, dass er nicht darüber nachzudenken wagte. Alles, was er für sie noch tun konnte, war, so lange wie irgend möglich durchzuhalten. Einen winzigen Trumpf hielt er immerhin in der Hand. Er wusste, dass Marijana lebte. Nicht nur das, sie lebte und liebte ihn. Sie war seine Frau. Veit von Amerang konnte ihn foltern und quälen. Er konnte ihn töten. Aber er konnte ihm nicht Marijanas Liebe nehmen.

Schritte ertönten.

Robert schreckte auf.

Die Luke wurde aufgestoßen. »Rauskommen! Los, mach schon!«

Wortlos gehorchte Robert.

Kaum war er draußen, wurde er brutal hochgezerrt. Jemand verdrehte ihm die Arme auf den Rücken und band sie zusammen. »Mitkommen!«

Robert stolperte vor den Wachen her durch das Gewirr von Gängen. Jeder Schritt bereitete ihm höllische Schmerzen, da halfen auch die Verbände nicht. Es ging wieder in die Folterkammer. Sein Magen zog sich zusammen, ihm wurde übel. Er wappnete sich gegen die Schmerzen. Als er aufblickte, entdeckte er Veit, der bereits neben der »Tänzerin« stand.

Als die Wachen Robert auf die Kugel zerren wollten, winkte Veit ab. »Diesmal probieren wir etwas anderes.« Er deutete auf einen eisernen Stuhl. »Macht ihn dort fest, und dann lasst uns allein.«

Robert wurde auf den Stuhl gestoßen und mit Ledergurten festgeschnallt. Ein Schauder lief ihm über den Rücken, als er die dunklen Flecken auf dem Leder sah. Blut.

Die Wachen verschwanden.

Veit ließ die Finger knacken. »Dann wollen wir mal ...«

Obwohl Veit sich lässig gab, bemerkte Robert, dass er nervös war. Etwas hatte sich geändert. Wenn er nur wüsste, was!

Veit trat zur Seite und gab den Blick auf einen Tisch frei, auf dem allerlei Gerätschaften lagen: Zangen, Sägen, Messer.

Eine Woge von Übelkeit überrollte Robert.

Veit griff nach einem gezackten Messer. »Du hast einem meiner Männer ein Ohr abgeschnitten«, sagte er beiläufig. »Das war äußerst unhöflich.« Er wirkte mit einem Mal überhaupt nicht mehr nervös. Im Gegenteil.

Robert hatte sich geirrt. Es musste die Vorfreude gewesen sein, die Veit unruhig gemacht hatte. Er genoss es, seinen Widersacher zu quälen, er konnte es gar nicht abwarten. Wer weiß, vielleicht wünschte er sich sogar heimlich, dass Robert möglichst lange durchhielt.

»Ich denke, ein Ohr für ein Ohr ist nur recht und billig.« Veit setzte das Messer an.

Robert begann zu keuchen.

»Wolltest du etwas sagen, Marder?«

Entschlossen presste Robert die Lippen zusammen.

»Da muss ich mich wohl verhört haben. Also, wir beginnen mit den Ohren, dann kommen die Finger dran, jeder einzeln, so macht es mehr Spaß. Danach die Zehen. Und dann schauen wir mal, was du noch so alles entbehren kannst.« Veit berührte mit der Messerspitze Roberts Nase, ließ sie langsam über den dünnen Stoff der Cotte abwärts wandern und hielt im Schritt inne.

In Roberts Kopf begann es zu rauschen. Schweiß lief ihm den Rücken hinunter, er begann zu zittern.

Veit grinste breit. »Oder sollen wir hier unten anfangen?«

* * *

Als Marijana erwachte, spürte sie sofort, dass etwas nicht stimmte. Spannung lag in der Luft. Sie kroch aus der Nische, die Höhle war leer. Kein Wunder, die Sonne stand schon hoch. Sie hatte lange geschlafen. Bis spät in die Nacht hatte sie an dem Sprengpulver gearbeitet, sich keine Ruhe gegönnt. Trotzdem hatte sie geglaubt, dass sie vor Sorge kein Auge zutun könnte, als sie sich in ihre Nische zurückzog. Doch sie musste sofort eingeschlafen sein.

Vor der Höhle stieß sie auf einen Teil der Männer, sie waren damit beschäftigt, ihre Waffen zu schärfen. Ihr Blick begegnete Mathes', er machte ihr unauffällig ein Zeichen.

Sie nickte und erhob die Stimme. »Seht zu, dass um die Mittagszeit alle hier versammelt sind, dann erkläre ich den Plan.«

Die Männer brummten zustimmend.

Marijana machte sich daran, zum Fluss hinunterzuklettern. Es war ein warmer Tag, das Wasser glitzerte verlockend. Sie spritzte sich etwas ins Gesicht und wusch sich. Dann schaute sie nach den Tongefäßen mit dem Sprengpulver. Sie hatte angeordnet, es zur Sicherheit hier unten zu verstecken.

Plötzlich stand Mathes vor ihr.

Erschrocken fasste sie sich an die Brust. »Ich habe dich nicht kommen hören.«

»Ein Fehler«, sagte er mit versteinertem Gesicht. »Ich hätte ein Ritter aus Obernberg sein können. Oder einer von Veits Männern. Womöglich hat Robert unter der Folter bereits das Versteck verraten.«

»Sag so etwas nicht!«

»Aber es ist möglich.«

»Warum so ernst heute, Mathes?«, fragte sie verunsichert.

»Weil wir morgen vermutlich alle in den Tod gehen.«

»Glaubst du das wirklich?«

Er zuckte mit den Schultern.

Sie rieb die Handflächen gegeneinander. »Du wolltest mit mir sprechen?«

»Utz ist verschwunden.«

»Was? Seit wann?«

»Keine Ahnung. Er hatte die Wache vor mir. Als ich aufstand, war er nicht da. Erst dachte ich, er sei nur austreten, aber er ist nicht wieder aufgetaucht.«

»Glaubst du, er hat sich abgesetzt?«

»Er war dagegen, Robert zu befreien. Ich schätze, er wollte sich rechtzeitig in Sicherheit bringen.«

»Wird er uns verraten?«

»Nein. Aber er wird uns fehlen. Wir brauchen jeden Mann. Außerdem könnte einer der anderen auf die Idee kommen, es ihm nachzutun.«

Marijana sah auf die Tonkrüge hinunter. »Wissen sie schon Bescheid?«

»Keine Ahnung. Bisher hat niemand etwas gesagt.«

Sie blickte in den Himmel. »Es ist bald Mittag. Ich kontrolliere das Pulver, dann besprechen wir den Plan.«

Wenig später folgte sie Mathes nach oben. Die meisten hatten sich schon versammelt. Roderich und Ursula saßen auf einem Stein vor der Höhle und hielten sich an den Händen, die übrigen Männer hatten sich auf die schattigen Plätze unter den Bäumen verteilt.

Marijana ließ ihren Blick schweifen und zählte. Bis auf Utz fehlte niemand. »Wie ich sehe, sind wir vollzählig.«

»Utz ist nicht da«, warf Ewalt ein.

»Oh.« Marijana tat überrascht. »Er kommt sicherlich gleich.« Sie bemerkte, dass Lentz sie durchdringend ansah, und schaute rasch in eine andere Richtung. »Ich fange schon mal an. Bitte tretet näher!«

Mit einem Stock zeichnete sie den Grundriss der Burg Stein

in die Erde, so wie sie ihn in Erinnerung hatte. »Das ist die Burg. Ich war als Kind einmal da.« Erinnerungen durchströmten Marijana. Damals hatte ihre Mutter noch gelebt. Sie hatte verbotenerweise mit Veits kleiner Schwester die geheimen Ecken und Winkel der Burg erforscht. Veit war sie damals nicht begegnet, er hatte als Knappe oder junger Ritter auf einer anderen Burg gedient. Seine Schwester war längst tot, war mit vierzehn verheiratet worden und im Kindbett gestorben. »Unter der Burg ist ein ausgedehntes Höhlensystem, das bis hinunter ins Tal führt. Es gibt einen Zugang in der Burg selbst, der befindet sich im Palas, und einen weiteren im inneren Hof.« Sie deutete auf die Stellen. »Außerdem gibt es natürlich den Ausgang unten im Tal. Dort steht ein gut gesicherter Wachturm.«

»Da kommen wir nicht rein«, stellte Hasso fest.

»Wollen wir auch gar nicht«, gab Marijana zurück. »Denn es gibt noch einen vierten Zugang. Im Wald. Er wurde vor vielen Generationen zugemauert, aber die Mauer ist nicht dick.« Veits Schwester hatte ihr damals die Stelle gezeigt. Von innen. Und Marijana erinnerte sich, dass sie durch die Steine hindurch die Laute des Waldes gehört hatte. »Da gehen wir rein.«

»Wenn wir die Mauer mit dem Sprengpulver zum Einsturz bringen, hört man den Knall meilenweit«, gab Drago zu bedenken.

»Deswegen werden wir an anderer Stelle eine weitere Explosion zünden. Zur Ablenkung.« Marijana sah ihn triumphierend an.

»Und wie willst du an zwei Orten gleichzeitig sein?«, fragte Lentz.

»Ich denke, Roderich hat inzwischen so viel von mir gelernt, dass er in der Lage ist, die Zündschnüre für die zweite Explosion anzuzünden. Stimmt's?«

Roderich sah sie mit großen Augen an. Dann nickte er. »Das sollte ich wohl hinbekommen.«

Ursula legte den Kopf schief und sah Marijana auffordernd an.

Marijana lächelte. »Ursula wird dir zur Hand gehen, Roderich. Ihr beide werdet hier ein Stück der Mauer sprengen.« Sie zeigte auf eine Stelle auf der dem Flusstal abgewandten Seite der Burg. »An dieser Stelle sind einige Felsen, die euch Deckung geben, sodass ihr an die Mauer herankommt, ohne dass die Späher euch von der Burg aus bemerken. Es gibt keinen Wassergraben, außer auf der Südseite, wo das Haupttor mit der Zugbrücke ist. Natürlich werdet ihr nicht wirklich ein Loch in die Mauer reißen. Dafür reicht die Menge an Pulver nicht aus. Außerdem müsstet ihr es unter der Mauer vergraben, um eine derartige Wirkung zu erzielen. Doch dazu ist keine Zeit. Hauptsache, die Explosion lenkt die Burgbesatzung ordentlich ab.«

»Und zeitgleich sprengst du die Mauer zum Tunnelsystem.« Mathes nickte anerkennend.

»Wichtig ist, dass die Zündschnüre genau zum selben Zeitpunkt angezündet werden«, sagte Marijana. »Auf ein Zeichen.«

Hasso winkte ab. »Das ist kein Problem. Aber wie geht es dann weiter?«

»Roderich und Ursula fliehen sofort nach der Explosion, ihre Aufgabe ist damit getan. Wir anderen dringen in das Tunnelsystem ein. Ich weiß, dass es von dort eine Verbindung zu den Kerkern gibt. Viele Wachen werden da unten nicht sein. Und die Aufmerksamkeit der Ritter wird sich ohnehin auf die Burgmauer richten. Wir müssen das Verlies finden, in dem Robert gefangen gehalten wird, die Wachen außer Gefecht setzen und mit ihm durch die Tunnel fliehen.«

»Bis wir wieder draußen sind, wimmelt es sicherlich überall

von Rittern, die nach den Angreifern suchen.« Hasso kratzte sich nachdenklich am Kopf.

»Wir legen eine falsche Spur nach Süden und fliehen nach Norden.« Marijana fuhr mit den Fingern über die raue Rinde des Stocks in ihren Händen. Die Flucht war der Schwachpunkt an ihrem Plan.

»Ursula und ich werden in südlicher Richtung fliehen«, schlug Roderich vor. »Wir werden dafür sorgen, dass man uns sieht. Das gibt euch Zeit, in die andere Richtung zu verschwinden.«

»Sie werden euch ergreifen«, knurrte Hasso. Er sah zu Ursula, die Roderich ein Zeichen machte und auf ihr Kleid deutete.

»Das werden sie nicht«, erklärte Roderich. »Sie werden nach zwei Männern suchen. Doch Ursula wird sich unterwegs umkleiden. Wenn die Ritter auf einen Mann und sein Weib stoßen, die mit ihrem Bündel Habseligkeiten gen Süden ziehen und die ihnen von zwei Männern berichten, die kurz zuvor an ihnen vorbeigeritten sind, als wäre der Teufel hinter ihnen her, wird niemand sie verdächtigen.« Roderich lächelte.

»Mir gefällt das nicht.« Hasso brach einen Zweig vom Baum, knickte ein Stück davon ab und stopfte es sich in den Mund.

»Aber mir«, widersprach Mathes. »Es ist ein guter Plan. So kann es klappen.«

Hasso zögerte.

Niemand sagte etwas, alle sahen ihn gespannt an.

»Meinetwegen«, brummte er schließlich.

»Dann machen wir es so«, sagte Marijana erleichtert. »Wir brechen heute Abend auf und laufen an der Salzach entlang nach Süden. Noch Fragen?«

»Ja«, antwortete Ewalt. »Wo ist Utz?«

»Hat sich abgesetzt.« Lentz spuckte auf den Boden.

»Woher willst du das wissen?«, fuhr Jeronimus ihn an.

»Hat einer von euch ihn heute schon gesehen?«

Betretenes Schweigen senkte sich über die Männer.

»Das muss nichts heißen«, gab Marijana zu bedenken. »Wir sollten nach ihm suchen. Er hat noch immer die Wunde am Bauch, womöglich ist die Narbe aufgerissen, und er liegt irgendwo und braucht unsere Hilfe.«

Lentz schnaubte. »Der ist längst über alle Berge.«

»Wie kannst du da so sicher sein?«

»Weil er all seine Sachen mitgenommen hat. Sein Bündel ist fort.«

***

Sie brachen lange vor dem ersten Morgenlicht das Lager ab, das sie spät in der Nacht aufgeschlagen hatten. Von ihrem Rastplatz aus waren es nur noch wenige Meilen bis Stein. Sie führten zwei Pferde am Zügel mit, die das Sprengpulver trugen. Beim Anbruch der Dämmerung erreichten sie eine Anhöhe, von der aus die Burg zu sehen war.

Noch einmal besprachen sie, wer welche Aufgabe hatte. Da knackte es im Unterholz. Marijana fuhr zusammen, tastete nach dem Messer in ihrem Gürtel.

Hasso zog sein Schwert und stürzte auf die Gestalt, die zwischen den Bäumen hervortrat, hielt jedoch inne, als er Utz erkannte. »Du Hornochse, ich hätte dich beinahe geköpft. Was machst du hier? Wir dachten, du wärst längst über alle Berge.«

Er senkte den Blick. »Ich konnte euch doch nicht im Stich lassen.«

Hasso schüttelte den Kopf, dann klopfte er Utz auf die Schulter.

Die anderen Männer lachten und taten es ihm nach.

»Ruhe«, zischte Mathes. »Seid leise, um Himmels willen!«

Die Räuber verstummten betroffen.

»Willkommen zurück, Utz«, sagte Marijana leise. »Während wir weitergehen, erklärt Mathes dir den Plan.«

Ohne weitere Vorkommnisse näherten sie sich der Burg. An einer verfallenen Hütte blieben sie stehen.

»Hier müssen wir uns trennen«, sagte Marijana. »Ursula und Roderich gehen von Süden her zur Burg, wir anderen von Norden.« Sie trat zu Ursula und umarmte sie. »Danke für alles«, raunte sie. »Und viel Glück!«

Ursula ergriff die Hände ihres Bruders zum Abschied und küsste ihn auf die Wange. Dann trat sie neben Roderich, der das Pferd am Zügel führte. Nachdem sie einige Schritte gegangen waren, drehte Ursula sich noch einmal um und hob die Hand.

Marijana erwiderte den Gruß. Würden sie sich je wiedersehen? Konnte ihr Plan wirklich funktionieren, oder führte sie ihre Freunde und sich selbst in den Tod? Hastig wandte sich Marijana ab. Zu spät für Zweifel.

So leise wie möglich schlichen sie in einem nördlichen Bogen auf die Burg zu. Der zugemauerte Tunneleingang lag etwa zweihundert Fuß von der Burgmauer entfernt, kurz bevor der gerodete Streifen begann, der dafür sorgen sollte, dass niemand sich unbemerkt anschleichen konnte.

Plötzlich hörten sie Stimmen und das Klirren von Waffen. Wie versteinert blieben sie stehen. Eine Patrouille! Die Männer hatten sie offenbar nicht bemerkt, sie machten einfach nur ihren Rundgang.

Blitzschnell legte Mathes einen Pfeil auf die Sehne. Hasso zog lautlos sein Schwert. Auch die anderen hoben ihre Waffen. Die Stimmen kamen näher. Marijana hielt die Luft an und schickte ein Stoßgebet zum Himmel. Wenn die Männer sich etwas weiter südlich hielten, würden sie ihnen nicht begegnen.

Ihre Gebete wurden nicht erhört. Drei bewaffnete Ritter brachen aus dem Unterholz hervor und erstarrten verdutzt, als sie die Männer erblickten. Sie trugen leichte Brustpanzer ohne Waffenrock, auf denen das Wappen von Burg Stein prangte. Der Schreck währte nicht lange, blitzartig zogen die Männer ihre Waffen.

Doch Mathes war schneller. Einer der Ritter sank getroffen nieder, noch bevor er das Schwert heben konnte. Der Pfeil steckte ihm im Hals. Die anderen beiden stürzten sich auf die Räuber, bevor Mathes ein zweites Mal anlegen konnte. Einer rammte das Schwert Utz in den Unterleib, der sofort auf die Knie sank. Im gleichen Augenblick traf den Ritter Hassos Schwert an der Schulter. Die Waffe fiel ihm aus der Hand, Hasso schlug noch einmal zu, der Mann kippte mit gespaltenem Schädel zu Boden.

Hasso wandte sich dem dritten Mann zu, der jedoch umfiel, bevor er zustechen konnte. Mathes hatte ihn im Auge getroffen. Zuvor hatte der Mann Ewalt mit dem Schwert am Arm verletzt, mit schmerzverzerrtem Gesicht presste dieser die Hand auf die Wunde.

Marijana sah hinunter zu Utz. Er lag in seinem Blut und rührte sich nicht. Er war zu ihnen zurückgekehrt, um zu sterben.

Marijana krümmte sich, als hätte ihr jemand in den Magen geboxt. Sie kannte den Kampf nur als Spiel beim Turnier. Auch dort gab es manchmal Verletzte, ja sogar Tote. Aber einen echten Kampf auf Leben und Tod hatte sie nie zuvor erlebt. Und das war erst der Anfang. Sie führte die Männer ins Verderben – konnte sie daran noch zweifeln?

Sie spürte, wie Mathes sie an der Schulter packte. »Wir müssen weiter. Ewalt ist nur leicht verletzt, wir hatten Glück, dass wir die Ritter zuerst bemerkt haben. Sonst hätten wir mehr als einen Mann verloren.«

Sie deckten den Leichnam ihres Kameraden notdürftig mit Tannenzweigen ab. Hasso sprach mit leiser Stimme ein kurzes Gebet, dann liefen sie weiter.

Ohne weitere Zwischenfälle erreichten sie die Stelle. Hier erhob sich ein niedriger Hügel, der mit Gestrüpp bewachsen war. Die Männer zerrten die Zweige und Dornenranken an der der Burg abgewandten Seite weg und legten eine mit Moos bewachsene Mauer frei.

Marijana lud mit Hassos und Mathes' Hilfe die Krüge mit dem Sprengpulver vom Pferd. Die Männer schaufelten etwas Erde von der Mauer weg, sodass sie die Gefäße halb unter die Steine schieben konnte. Sie forderte die Männer auf, sich in sichere Entfernung zu begeben, und legte die Zündschnüre aus. Als sie fertig war, erhob sie sich.

Lentz war auf einen Baum geklettert. Er würde das Zeichen geben, einen langgezogenen Pfiff. Hoffentlich waren Roderich und Ursula nah genug, um ihn zu hören! Hoffentlich hatten sie es geschafft, das Pulver unbemerkt zu platzieren! Und hoffentlich hatten die beiden alles richtig gemacht! Marijana hatte Roderich mehrfach erklärt, worauf er achten musste. Trotzdem war es ein Wagnis. Er wusste nicht, was zu tun war, wenn es nicht auf Anhieb klappte. Marijana zog die Feuersteine aus ihrem Beutel. Das Gelingen des Plans hing davon ab, dass beide Explosionen zeitgleich stattfanden. Beide Schnüre waren von exakt derselben Länge, und Marijana hatte mehrfach mit Roderich gemeinsam ein Feuer entfacht, bis sie etwa gleich lange dafür brauchten.

Marijana kniete sich vor die Zündschnur und nickte Mathes

zu. Der hob den Arm. Das war das Zeichen für Lentz. Wenige Augenblicke später schrillte der Pfiff über die Ebene.

* * *

Der Pfiff! Ursula zerrte Roderich am Ärmel, obwohl sie wusste, dass es nicht nötig war. Sie hatte gesehen, wie er zusammengezuckt war.

Alles war schwerer gewesen, als sie es sich vorgestellt hatten: das Pferd lautlos an die kleine Felsgruppe heranzuführen, die bis dicht an die Burgmauer reichte; die Krüge abzuschnallen und an die Mauer zu tragen, ohne bemerkt zu werden, denn die letzten zwanzig Schritte mussten sie ohne Deckung zurücklegen. Und das fast ein Dutzend Mal.

Glücklicherweise schienen die Wachen mehr in die Ferne zu schauen als auf das, was direkt unter ihnen geschah. Sie hielten nach einem Heer Ausschau, nicht nach zwei einzelnen Personen, und um die Angreifer so dicht an der Mauer zu erspähen, hätten sie sich vorbeugen und über die Zinnen nach unten blicken müssen. Trotzdem hatten Ursula so die Hände vor Angst gezittert, dass sie beinahe eines der Tongefäße fallengelassen hätte.

Am Schluss hatten sie die Schnur ausgelegt, genau wie Marijana es ihnen gezeigt hatte. Glücklicherweise reichte sie bis hinter die Felsen, sodass sie ungesehen Feuer machen konnten.

Roderich hatte sofort begonnen, die Steine aneinanderzuschlagen, als der Pfiff ertönte. Ursula hätte am liebsten gejubelt, als die ersten Funken sprangen. Kurz darauf begann die Schnur zu sprühen und zu zischen. Mit den Augen folgte Ursula der Feuerschlange. Sie wollten hinter den Felsen warten, um sicherzugehen, dass alles klappte. Dort waren sie vor der Explosion geschützt. Erst danach würden sie in Richtung Süden fliehen.

An einem Baumstumpf etwa acht Bogenschuss entfernt im Wald lagen Ursulas Kleider. Dort hatte sie sich vorhin rasch alte Sachen von Roderich übergestreift, die Haare hochgesteckt und eine Mütze darübergezogen. Aus der Nähe sah man, dass sie eine Frau war, doch aus einiger Entfernung ging sie mühelos als Mann durch.

Wer sie fliehen sah, glaubte, dass es sich bei den beiden um zwei Männer handeln musste. Sie hoffte, dass es nicht die Ritter auf der Burgmauer waren. Die hätten ihnen einfach in den Rücken geschossen, egal ob Mann oder Frau. Doch sie mussten die Deckung der Felsen erst verlassen, wenn sie schon fast am Wald waren, beinahe außer Reichweite der Geschosse.

Ursula nahm Roderichs Hand und küsste sie. In dem Augenblick erlosch das Feuer an der Schnur. Ursulas Herzschlag setzte aus. Marijana hatte ihnen gesagt, dass das passieren könnte. Und sie hatte ihnen eingebläut, wie gefährlich es war, sie noch einmal weiter vorn anzuzünden. Das Feuer konnte sich ungesehen weiterfressen, und das Pulver zündete trotzdem. Oder das Stück Schnur war zu kurz, und man konnte sich nicht mehr rechtzeitig in Sicherheit bringen. Sie hatten Marijana versprechen müssen, sich in diesem Fall unverrichteter Dinge zurückzuziehen. Dann würde es eben keine zweite Explosion zur Ablenkung geben.

Roderich sprang auf. Ursula griff nach ihm, doch er war schon zu weit weg. Sie wollte ihn zurückrufen, nur einmal im Leben wollte sie sprechen können, ihn anflehen, bei ihr zu bleiben. Sie hasste ihre Zunge dafür, dass sie so nutzlos in ihrem Mund herumrollte, und ihre Kehle, die keinen einzigen Laut produzierte.

»Duck dich!«, zischte Roderich im Laufen, ohne sie anzusehen. »Ich komme gleich wieder!«

Voller Angst blieb Ursula hinter dem Felsen zurück. Sie

wollte alles gleichzeitig, auf ihn warten, wie er sie gebeten hatte, ihm helfen, ihn zurückzerren. Roderich kniete bereits vor der Schnur und schlug die Steine aneinander. Schon sprühten wieder Funken.

Ursula rannte los, sie hielt es nicht mehr hinter dem Felsen aus. Sie wollte bei Roderich sein, lieber mit ihm sterben, als ohne ihn leben. In dem Augenblick ertönte von Norden her ein donnerndes Krachen aus dem Wald. Und schon explodierte auch die Welt vor Ursula. Es knallte mehrfach, Steine und Erde flogen durch die Luft, ein Schrei gellte.

Dann wurde es still. Ursula hörte nichts mehr. Sie stürzte zu Roderich, der bäuchlings auf dem Boden lag, und berührte seinen Arm. Nichts. Mit zitternden Händen drehte sie den reglosen Körper auf den Rücken. Roderich sah sie an. Er lebte!

Ursula sprang auf, fasste ihn unter den Achseln und zerrte ihn auf den Felsen zu. Er war schwer wie ein Sack Mehl, und es schien endlos zu dauern. Noch immer war die Welt wie in dicke Samttücher gehüllt, sie hörte nichts. Sie wagte nicht, zu den Zinnen hochzublicken, denn sie wollte gar nicht sehen, was dort geschah.

Endlich konnte sie Roderich sicher hinter dem Felsen ablegen. Atemlos kniete sie sich neben ihn. »Du schaffst das«, wollte sie ihm sagen. »Wir schaffen das, du wirst sehen.« Stattdessen strich sie ihm Staub und Dreck aus dem Gesicht. Dabei entdeckte sie die Wunde an seinem Kopf. Ein riesiges Loch, mit Blut und Dreck beschmiert. Ihr Herz krampfte sich zusammen.

Roderichs Lippen bewegten sich. Sie konnte die Worte nicht hören, doch sie waren nicht schwer zu lesen. »Flieh, lauf weg!«

»Ich lass dich nicht allein zurück.«

»Bitte! Tu es für mich!« Er atmete keuchend. Blut sickerte

aus seinem Mund. »Ich liebe dich.« Sein Kopf kippte zur Seite, seine Augen wurden leer.

Ursula schluchzte auf. Sie presste ihre Lippen auf seine Stirn. Als sie sich aufrichtete, bemerkte sie, dass die Welt wieder Laute von sich gab, nur gedämpft, doch deutlich vernehmbar. Männer schrien, eine Glocke schlug, Waffen klirrten. Am liebsten hätte sie sich neben Roderich gelegt. Was sollte sie noch auf dieser Welt ohne ihn?

Doch da war noch ein anderer Gedanke: Ihm konnte sie nicht mehr helfen. Den anderen schon. Sie bewegte die Lippen und formte einen unhörbaren Satz: »Wir sehen uns wieder. Bei Gott.«

Sie küsste ihn ein letztes Mal, dann erhob sie sich und rannte los, immer an den Felsen entlang nach Süden. Erst als sie den Waldsaum erreichte, merkte sie, dass etwas merkwürdig war. Ihr war mit einem Mal ganz schummerig. Als sie an sich hinunterblickte, entdeckte sie das Blut. Ein Stein musste sie getroffen haben, sie hatte es nicht einmal gespürt. Erst jetzt setzten die Schmerzen ein.

Sie musste zu den anderen, ihnen sagen, dass es keine falsche Fährte nach Süden geben würde und sie nicht nach ihr und Roderich zu suchen brauchten. Sie sah das Pferd, das bei der Explosion in den Wald geflüchtet sein musste. Nach drei vergeblichen Versuchen gab sie es auf; sie schaffte es nicht aufzusteigen. Also versetzte sie dem Tier einen kräftigen Klaps, und es galoppierte in südlicher Richtung los. Vielleicht reichte das ja, um die Ritter in die Irre zu führen.

Mit jedem Schritt verlor Ursula an Kraft. Sie sah nur noch geradeaus etwas, rechts und links von ihr war die Welt verschwommen. Sie wusste nicht einmal, ob sie in die richtige Richtung ging.

Da entdeckte sie die anderen. Die Männer waren damit beschäftigt, die schweren Steine vom Eingang wegzuschieben, offenbar war das Loch, das die Explosion in die Mauer gerissen hatte, nicht groß genug.

Hasso sah sie als Erster. Seine Augen weiteten sich, als er sie erblickte. »Ursula!«, schrie er und stürzte auf sie zu.

Erschöpft sank sie in seine Arme. Ihr großer Bruder, er hatte sie immer beschützt. Jetzt würde sie ihn verlassen. Benommen spürte sie, wie Hasso sie auf dem Boden ablegte.

Plötzlich war Marijana über ihr und ergriff ihre Hände. »Roderich?«

Ursula schüttelte schwach den Kopf.

»Es tut mir so leid!«

Ursula tastete nach ihrem Beutel. »Puppe«, formten ihre Lippen.

Marijana verstand, zog die kleine Puppe hervor und drückte sie Ursula in die Hand.

Doch Ursula schob sie zurück. »Ich brauche sie nicht mehr.« Sie schloss die Augen, es kostete zu viel Kraft, sie offen zu halten. Alles kostete so unendlich viel Kraft. Sie spürte Hassos raue Hände auf ihrem Gesicht.

Es war das Letzte, was sie mitbekam. Etwas hüllte sie ein, eine weiche warme Dunkelheit, ohne Schmerz, ohne Angst. Sie ließ sich fallen in der Gewissheit, dass sie im nächsten Moment Roderich in die Arme schließen würde.

***

Benommen vor Schmerz taumelte Marijana hinter Mathes durch den Gang. Nie zuvor hatte sie sich so elend gefühlt. Drei Menschen waren ihretwegen gestorben, weil sie um jeden Preis Robert hatte retten wollen. Sie hatte gewusst, dass es gefährlich war, dass sie ihr Leben aufs Spiel setzten. Doch sie hatte nicht erwartet, dass es so schnell gehen würde. Und dass ausgerechnet Ursula und Roderich unter den Ersten sein würden. Im Gegenteil, sie hatte gehofft, dass wenigstens die beiden sich in Sicherheit bringen könnten, falls es kein Entkommen aus dem Tunnelsystem gab.

Nun waren beide tot, für ein sinnloses Ablenkungsmanöver, das vermutlich nicht einmal funktioniert hatte, denn es hatte eine Verzögerung zwischen den Explosionen gegeben. War das der Grund? War das Feuer an der Zündschnur erloschen und die beiden hatten versucht, es neu zu entzünden? Marijana hatte ihnen eingeschärft, das nicht zu tun. Oder waren sie von den Geschossen der Burgwache niedergestreckt worden? Nein, Ursulas Wunde hatte kein Pfeil verursacht. Irgendetwas war bei der Sprengung entsetzlich schiefgegangen.

Marijana hatte Hassos Blick gemieden, als er sich von seiner toten Schwester abgewandt hatte. Sie wusste auch so, dass er sie von nun an hassen würde. In seinen Augen trug sie die Schuld an Ursulas Tod.

Nicht nur in seinen.

Vor ihr im Gang tat sich etwas. Sie mussten inzwischen unter dem Burghof sein. Drei Fackeln hatten sie dabei, die unruhiges Licht auf die grob in den Fels gehauenen Wände warfen. Ewalt, Lentz und Drago liefen voran, in einigem Abstand folgten Mathes und Marijana, Hasso und Jeronimus bildeten die Nachhut.

Plötzlich stand Drago vor ihnen. »Weiter vorn ist der Gang eingestürzt.«

Marijanas Mut sank. »Es geht nicht weiter? Auch kein Abzweig vorher?«

»Nur dieser eine Gang«, antwortete Drago leise. »Aber er ist nicht völlig verschüttet, es gibt einen Durchschlupf. Einer könnte hindurchkriechen, nachsehen, wie weit man kommt.«

Sie folgten Drago bis zu der Stelle. Hier bestanden die Wände des Tunnels nicht mehr aus behauenem Fels, sondern aus gemauerten Steinen. Vor ihnen war die Decke eingestürzt. Nur an der Seite war ein Stück erhalten geblieben, das unmittelbar an die Mauer grenzte. Allerdings lag der Schutt so hoch, dass der Durchschlupf, der etwa in Augenhöhe lag, nur etwa so groß war wie ein Wagenrad. Ewalt leuchtete mit der Fackel hinein. Weiter hinten schien es noch enger zu werden, das Ende war nicht zu sehen.

Inzwischen waren auch Hasso und Jeronimus zu ihnen gestoßen.

»Sackgasse«, brummte Hasso.

»Glaube ich nicht.« Mathes deutete auf etwas Braunes. »Hier war ein Tier, seht ihr? Ein Dachs oder Iltis. Über den Weg, den wir genommen haben, kann er nicht gekommen sein, in der Mauer war kein Loch.«

»Keiner von uns ist so schmal wie ein Iltis«, zischte Lentz. »Nicht einmal die Metze.«

Marijana betrachtete das Loch. »Einer von uns muss es wagen. Wenn wir jetzt aufgeben …« Sie ließ das Ende des Satzes in der Luft hängen. Sie brauchte es nicht auszusprechen. Wenn sie unverrichteter Dinge umkehrten, waren Utz, Roderich und Ursula umsonst gestorben. »Ich mache gern den Anfang, wenn –«

»Ich versuche es«, unterbrach Ewalt und drückte Lentz die Fackel in die Hand. »Ich bin nicht sehr groß und habe schmale Schultern.«

»Du könntest stecken bleiben«, wandte Drago ein. »Weitere Steine könnten sich lösen und dich lebendig begraben.«

Ewalt sah ihn an. »Danke, dass du mir Mut machst!«

»Ich wollte nur, dass du weißt, worauf du dich einlässt.« Er klopfte Ewalt auf die Schulter. »Viel Glück, Junge!«

Ewalt legte den Gürtel ab, nahm das Messer zwischen die Zähne und kletterte auf den Schutthaufen. Auf allen vieren krabbelte er in das Loch. »Hier ist eine Biegung«, rief er nach einer Weile. »Wenn ich heil am anderen Ende ankomme, hört ihr den Fuchs dreimal bellen.«

Sie vernahmen noch eine Weile das Grollen der Steine, die unter seinem Gewicht verrutschten, dann wurde es still.

Keiner sprach. Reglos horchten sie auf das Signal.

Da! Ein heiseres Fuchsbellen drang aus dem Durchschlupf zu ihnen. Die Männer reckten die Fäuste in die Luft.

»Dann bin ich wohl der Nächste«, murmelte Lentz und kletterte auf das Loch zu.

»Vergiss das Signal nicht«, raunte Marijana ihm hinterher.

Während sie warteten, sah Marijana mehrmals unruhig hinter sich. In dem Gang tat sich nichts. Sie hatten den Eingang zum Tunnel notdürftig von innen mit Zweigen bedeckt, nachdem sie hineingestiegen waren, sodass das Loch nicht sofort auffiel. Aber die herumliegenden Steine hatten sie nicht wegräumen können. Wenn die Wachen das Gelände absuchten, war es nur eine Frage der Zeit, bis sie den frisch gesprengten Zugang fanden. Alles hing davon ab, wie gut die Ablenkung funktionierte.

Marijana zuckte zusammen, als das Bellen ertönte.

Drago trat vor. Er war deutlich größer und kräftiger als Ewalt und Lentz. »Wünscht mir Glück.« Schon war er verschwunden.

Es dauerte länger als bei den beiden anderen, bis das Bellen ertönte. Mathes stürzte auf das Loch zu, doch Hasso packte ihn am Arm. »Hast du nicht mitgezählt? Zweimal, nicht dreimal. Er hat nur zweimal gebellt.«

Marijana starrte ihn an. »Bist du sicher?«

»Bis drei zählen kann ich noch.«

»Vielleicht hat er sich vertan?«

Jeronimus schüttelte den Kopf. »Hat er nicht. Er wollte uns warnen.«

»Wie kannst du da so sicher sein?« Marijana wollte die Hoffnung nicht aufgeben.

»Wir wissen es nicht sicher.« Hasso blickte auf das Loch. »Aber das Risiko ist zu groß.«

Marijana trat vor. »Für euch vielleicht, aber nicht für mich. Ich bin eine Frau, ich bin Marijana von Falkenstein, Veits Verlobte. Sie werden mir nichts tun.«

»Und was hast du vor?« Hasso zog verächtlich die Oberlippe hoch. »Glaubst du, sie händigen dir Robert einfach so aus, wenn du sagst, wer du bist?«

»Natürlich nicht.«

Hassos Gesicht nahm einen lauernden Ausdruck an. »Oder willst du womöglich zu deinem Veit zurück? Ist es das? Willst du ihm vorspielen, dass wir dich zu allem gezwungen haben?«

»Das ist doch Blödsinn!«, fuhr Mathes dazwischen.

Marijana straffte die Schultern. »Ich werde Veit einen Handel anbieten.«

»Was denn für einen Handel?« Mathes zog die Stirn in Falten.

»Das kann ich euch nicht in allen Einzelheiten erklären. Es würde zu lange dauern.« Marijana sah ihn an. »Ich krieche jetzt durch den Durchlass. Wenn ihr irgendetwas anderes hört als dreimaliges Fuchsbellen, ergreift ihr die Flucht. Beobachtet die Burg von einem sicheren Ort aus. Wenn mein Plan funktioniert, werdet ihr Robert herauskommen sehen.«

»Und du?«, fragte Mathes.

»Macht euch um mich keine Sorgen.« Ohne eine Antwort abzuwarten, löste sie ihren Gürtel und stopfte den Beutel in ihren Ausschnitt. Sie hob ihren Schutzstein an und küsste ihn, dann kletterte sie den Schutthaufen hoch und kroch in das Loch. Erst konnte sie noch auf allen vieren krabbeln, doch dann kam eine Biegung, und danach wurde es so eng, dass sie über den steinigen Untergrund robben musste. Panik rollte über sie hinweg. Was, wenn sie stecken blieb? Wenn sie in diesem finsteren Loch elend verreckte? Sie ermahnte sich, dass sogar Drago es hindurchgeschafft hatte, doch ganz ließ sich die Panik nicht vertreiben.

Schneller, als sie gedacht hatte, wurde es vor ihr heller. Licht flackerte. Irgendwo musste eine Fackel brennen, doch die drei Männer, die vor ihr durch das Loch gekrochen waren, hatten keine mitgenommen.

Sie quetschte sich durch eine letzte enge Stelle, dann schob sie sich aus dem Loch. Vorsichtig richtete sich auf und sah sich um. Das schwache Licht einer einzelnen Fackel in einem Wandhalter erhellte einen kleinen Raum, von dem zwei Gänge abzweigten. Keine Spur von Ewalt, Lentz oder Drago. Auch sonst war niemand zu sehen. Sie horchte. Alles war still. Vorsichtig näherte sie sich dem ersten Gang und spähte hinein.

In dem Moment schossen zwei Arme vor und packten sie, eine Hand presste sich auf ihren Mund. Entsetzt sah sie, wie ein zweiter Mann aus dem gegenüberliegenden Gang sprang, sich dem Loch näherte und dreimal heiser bellte.

Verzweifelt trat sie um sich. Der Mann ließ sie nicht los, doch für einen Wimpernschlag löste er seine Hand von ihrem Mund.

»Nicht nachkommen!«, schrie sie, so laut sie konnte. »Flieht! Verschwindet, es ist eine Fa–«

Die Hand drückte sich brutal auf ihr Gesicht. »Halt's Maul, du dumme Metze!«, zischte eine Stimme.

Sie wurde durch den Gang geschleift, bis sie einen weiteren unterirdischen Raum erreichten. In der Ecke lagen drei leblose

Körper, achtlos hingeworfen, die Kleidung blutdurchtränkt. Ewalt, Lentz und Drago.

Marijana schossen die Tränen in die Augen. Sie musste daran denken, wie Drago auf ihrer Hochzeit gesungen hatte. Sie schlug mit der freien Hand das Kreuz und sprach ein stummes Gebet für die drei tapferen Männer. Schon wurde sie weitergezerrt, bis sie einen Raum erreichten, in dem ein Tisch und ein Stuhl standen. Fackeln steckten in Haltern an den Wänden, ein Tintenfass stand auf dem Tisch, daneben lag ein Ring mit Schlüsseln.

Ein Mann saß auf dem Stuhl. Überrascht blickte er auf, als die Wache Marijana in den Raum schubste. »Nanu, wen haben wir denn da?«

»Die Kerle hatten ein Weib dabei. Ich wusste nicht, ob wir sie auch sofort kaltmachen sollten. Sie hat den Rest der Bande gewarnt.«

Der Kerl auf dem Stuhl lächelte. Er hatte eine Narbe auf der Stirn. »Das macht nichts. Es sind bereits Männer unterwegs, die sie am anderen Ende des Tunnels abfangen. Niemand wird entkommen.«

Marijana stöhnte verzweifelt auf.

»Wolltest du mir etwas mitteilen, Weib?« Der Kerl mit der Narbe sah sie mit hochgezogenen Brauen an.

Marijana stieß einen Fluch aus, doch kein verständliches Wort drang durch die Pranke des Wachmanns.

Das Narbengesicht wedelte mit der Hand. »Lass die kleine Wildkatze los. Ich würde gern hören, was sie zu sagen hat.«

Marijana schnappte gierig nach Luft, als ihr Mund frei war, dann streckte sie den Rücken durch. »Ich bin Marijana von Falkenstein, und ich möchte auf der Stelle zu meinem Verlobten Veit von Amerang gebracht werden.«

* * *

Das Zittern war so heftig, dass es Robert regelrecht durchschüttelte. Seine Zähne klapperten aufeinander, sein ganzer Körper bebte.

Außerdem brannte sein Finger, besser gesagt der Stumpf, wo der rechte Zeigefinger gewesen war.

Veit hatte letztlich doch beschlossen, mit den Fingern zu beginnen. Der Schmerz war grauenvoll gewesen, Robert hatte gebrüllt, und dann war ihm plötzlich schwarz vor Augen geworden. Der Hunger, die Entkräftung, die Kälte und dann auch noch der Blutverlust. Ihm waren die Sinne geschwunden.

Als er wieder zu sich gekommen war, hatte er zusammengerollt in dem Loch gelegen. Die Wunde an seiner Hand hatte pulsiert. Lange hatte er nicht gewagt, nach weiteren Verletzungen zu suchen, er wusste ja nicht, welche Gliedmaßen Veit ihm womöglich während seiner Ohnmacht noch abgetrennt hatte. Er hatte keine Schmerzen an anderen Körperstellen gespürt, aber das hatte seine Angst kaum gedämpft.

Als er die Ungewissheit nicht mehr ausgehalten hatte, hatte er seinen Mut zusammengenommen und behutsam seinen Körper abgetastet. Alles war noch da gewesen, bis auf den Finger. Jemand hatte den Stumpf sogar notdürftig verbunden. Robert konnte sich nicht vorstellen, dass es Veit selbst gewesen war.

Plötzlich hörte er draußen Schritte.

Oh nein, nicht schon wieder! Er presste die Augen zu, wünschte sich die Ohnmacht zurück. Und wenn er vortäuschte, ohne Bewusstsein zu sein? Aber zitterte man so, wenn man besinnungslos war? Klapperten einem die Zähne?

Die Luke wurde aufgestoßen. »Raus mit dir, Bürschchen!«

Robert rührte sich nicht.

»Nun mach schon, beweg dich!«

Robert spürte etwas in seinem Rücken, etwas Kaltes, Hartes. Er verharrte reglos.

»He, wird's bald? Muss ich dich erst mit meinem Schwert kitzeln?«

Etwas Spitzes bohrte sich in Roberts Nacken. Es hatte keinen Sinn. Stöhnend richtete er sich auf und krabbelte auf die Luke zu. Als er auf wackeligen Beinen aufrecht im Gang stand, entdeckte er einen zweiten Wachmann, der Roberts Kleider in der Hand hielt.

Eine dunkle Ahnung stieg in ihm auf. Hatte Veit beschlossen, ihn umbringen zu lassen? Wenn er Robert in seinen eigenen Kleidern ermordete, konnte er es als Unfall hinstellen, als versehentlichen Todesschuss bei einem Fluchtversuch, oder als Notwehr. Es gab unzählige Wege.

Veit würde alles tun, um einen öffentlichen Prozess zu verhindern, in dem Robert vor den Augen der Welt seine Version der Ereignisse schildern konnte. Selbst wenn ihm niemand glaubte, selbst wenn er keine Beweise vorlegen konnte, könnte es ihm gelingen, Zweifel zu säen. Das würde Veit nicht riskieren.

Doch warum die Eile? Noch hatte Veit längst nicht alle Möglichkeiten der peinlichen Befragung ausgeschöpft, um Robert zum Reden zu bringen. Warum setzte er sie nicht fort? Dafür konnte es nur eine Erklärung geben: Es hatte sich herumgesprochen, dass Robert gefangen worden war. Vielleicht war Ludwig auf dem Weg hierher, um dem Mann, der ihn zu töten versuchte, höchstselbst den Prozess zu machen.

Der Wachmann warf Robert die Kleider zu. »Anziehen! Schnell!«

Robert schaffte es vor Zittern kaum, den Gürtel zu schließen. Am schlimmsten jedoch waren die Stiefel. Noch immer waren seine Fußsohlen wund. Doch schließlich war er fertig und folgte dem Wachmann in den Hof der Burg.

Erstaunt sah Robert, dass dort ein gesatteltes Pferd bereitstand, das von einem Knecht am Zügel gehalten wurde.

»Aufsitzen!«, befahl der Wachmann.

»Wo geht es hin?«, fragte Robert mit brüchiger Stimme.

Bestimmt wollten sie ihm von den Zinnen aus in den Rücken schießen. Auf der Flucht, so wie er vermutet hatte. Immerhin bestand ein winziger Funke Hoffnung, dass sie nicht richtig trafen, ihn nicht tödlich verletzten, bevor er außer Reichweite der Pfeile war.

»Wohin auch immer Ihr wollt, Graf Megling.« Der Wachmann verneigte sich mit einem spöttischen Lächeln.

Robert vermeinte, eine Bewegung hinter einem der Fenster des Palas zu erkennen. Veit beobachtete ihn. Seltsam. Er hätte vermutet, dass Veit auf den Zinnen stand, um zuzusehen, wie der tödliche Pfeil ihn traf. Andererseits hatte man vom Palas aus einen weiten Blick durch das Burgtor, solange es offen stand. Veit würde also nichts verpassen.

»Worauf wartet Ihr, Graf?« Der Wachmann deutete auf das Pferd.

Robert sah sich um. In der Ecke standen Männer der Garde, die ihn genau im Blick hatten. Und auch auf den Zinnen hatten sich Wachleute versammelt. Es blieb ihm nichts anderes übrig, als aufzusteigen. Er griff nach dem Sattel und zog sich hoch, doch seine Arme waren zu schwach, er rutschte ab.

Der Wachmann nickte dem Knecht zu. »Hilf ihm.«

Robert unternahm einen zweiten Versuch, der Knecht schob von hinten, und schon saß er im Sattel. Er blickte ein letztes Mal zu dem Fenster, hinter dem er Veit vermutete, dann trat er dem Pferd unvermittelt in die Seiten. Das Tier sprengte los, seine Hufe klapperten über das Pflaster des Hofs, dann über die Holzbohlen der Zugbrücke und stampften schließlich über federnde Erde. Sein Galopp war weich und gleichmäßig. Robert beugte sich vor, legte sich so tief wie möglich auf den Hals des Pferdes und überließ es ihm, die Richtung zu wählen. Dann wartete er auf den tödlichen Pfeil.

* * *

Marijana sah zu, wie der Reiter immer kleiner und schließlich vom Wald verschluckt wurde. Auch als sie nichts mehr erkennen konnte, heftete sie weiterhin ihren Blick auf die Stelle, an der er verschwunden war.

Sie spürte, wie sich zwei Hände auf ihre Schultern legten. »Zufrieden?«, raunte ihr eine Stimme ins Ohr. Die Stimme des Mannes, den sie mehr hasste als jeden anderen Menschen auf der Welt.

»Ja«, presste sie hervor.

Veit ließ seine Hände von ihren Schultern in ihren Ausschnitt gleiten. »Ich auch.« Er presste sich von hinten gegen sie. »Ich habe meinen Teil der Abmachung erfüllt, jetzt bist du dran, Liebste.«

Marijana versteifte sich.

»Komm mit!« Er packte sie grob am Arm.

Ein letztes Mal blickte Marijana hinunter auf den Hof, wo Robert das Pferd bestiegen hatte. So schwach und niedergeschlagen hatte sie ihn in all den Wochen nicht gesehen. Die Folter musste ihn gebrochen haben. Widerwillig ließ sie sich von Veit aus dem großen Saal führen. Sie würde Robert nie wiedersehen. Aber er würde leben. So lautete die Abmachung.

Als die Wachleute sie zu Veit geführt hatten, hatte er sie zunächst ungläubig von allen Seiten betrachtet. »Aber Ihr seid tot«, hatte er immer wieder gesagt.

»Euer Ritter hat einen der Räuber erschossen, der mein Kleid trug«, hatte sie erwidert.

Er hatte sie am Kinn gefasst. »Dann sollte ich mich freuen, dass ich Euch zurückhabe.«

»Wenn Ihr mich noch wollt, werde ich Euch heiraten«, hatte sie gesagt. »Dann bekommt Ihr alles, wovon Ihr geträumt habt. Alle Besitztümer der Falkensteins werden Euch und Euren Nachkommen gehören.«

Er hatte sie lauernd angesehen. »Aber?«

»Ich habe eine Bedingung: Ihr lasst Robert Megling auf der Stelle frei und sucht nie wieder nach ihm.«

Veit war in schallendes Gelächter ausgebrochen. »Ihr müsst mich für vollkommen verrückt halten! Habt Ihr den Verstand verloren? Was hat dieser Kerl getan, um Euch so zu verhexen?«

»Es ist mein Ernst.«

»Habt Ihr Euch ihm etwa ...«

»Wie könnt Ihr es wagen!« Marijana hatte die Empörte gespielt.

»Warum wollt Ihr dann, dass ich ihn schone?«

»Er kann Euch keinen Schaden mehr zufügen.« Marijana hatte sich zu einem wissenden Lächeln gezwungen. »Ich habe das, was Ihr sucht.«

Er war blass geworden. »Die andere Hälfte des Briefes?«

»Ist gut versteckt. Nur ich kenne den Ort. Sobald ich Robert Megling in Sicherheit weiß und sobald ich vor Gott und der Welt Eure Gemahlin bin, werde ich Euch das Versteck verraten.«

»Wieso sollte ich Euch das glauben?«

Sie hatte ihm einen kleinen Streifen Pergament hingehalten, den sie von dem Brief abgerissen hatte.

Er hatte einen Blick darauf geworfen. »Wo ist der Rest?«

»Ihr kennt meine Bedingungen.«

Die Adern an seinen Schläfen hatten pulsiert, doch sie hatte gewusst, dass ihm keine Wahl blieb. Er durfte Marijana keine

Gewalt antun, nicht über das hinaus jedenfalls, was ein Ehemann seiner Frau zufügen durfte, um sie zu züchtigen. Die Gefahr, dass durchsickerte, dass er die Tochter von Gero von Falkenstein gefoltert hatte, war zu groß. Also hatte er schließlich eingewilligt, doch er hatte darauf bestanden, dass sie den Handel auf seine Art besiegelten, sobald Robert frei wäre.

Veit hatte dafür gesorgt, dass Marijana ein Bad nehmen konnte, bevor sie bei Roberts Freilassung zusehen durfte. Und er hatte ihr saubere Kleider besorgt. Taub vor Angst stieg sie hinter Veit die Stiege hinauf. Noch vor wenigen Wochen hatte sie geglaubt, ihm auf diesem Weg als seine überglückliche Braut in seine Gemächer zu folgen. Noch vor wenigen Wochen war sie ein einfältiges Mädchen gewesen, das nichts von der Welt gewusst hatte.

Veit öffnete eine Tür und stieß sie in eine Kammer. »Ich bin nicht dumm, Marijana«, sagte er. »Ich weiß, dass nicht einmal die Hälfte von dem, was du mir vorhin erzählt hast, der Wahrheit entspricht. Aber dafür weiß ich nun etwas, das du mir nicht erzählt hast.« Er packte sie grob an den Haaren. »Du würdest alles tun, um diesem stinkenden kleinen Marder zu helfen, ist es nicht so?«

Marijana keuchte, halb vor Schreck, halb vor Schmerz.

Veit ließ sie los. »Du musst nicht antworten, ich weiß es auch so.«

Marijana sah sich in der Kammer um. Ein Bett, ein Schemel, eine Truhe, auf der ein Krug Wein und zwei Becher standen. »Wo sind meine Sachen?«, fragte sie. »Ich hatte die Magd gebeten, sie für mich bereitzulegen.«

»Ich habe ihr gesagt, dass sie das alte Zeug verbrennen soll.«

Marijana fasste sich an die Brust. »Nein«, flüsterte sie fassungslos.

»Natürlich habe ich vorher alle Falten und Säume durchsuchen lassen. Und auch den Beutel.«

Marijanas Herz schlug wie ein Schmiedehammer.

»Dabei habe ich das hier gefunden.« Er hielt einen Ring hoch. »Den Siegelring der Meglings.«

Marijana antwortete nicht. Was auch immer sie als Erklärung vorbrachte, er würde ihr ohnehin nicht glauben.

»Warst du deshalb so besorgt?« Veit warf den Ring auf die Truhe und trat noch dichter an sie heran. Sie konnte riechen, dass er bereits reichlich dem Wein zugesprochen hatte.

»Nein«, flüsterte sie. »Der Ring bedeutet mir nichts. Es ist – es ist die Puppe. Ich habe sie, seit ich ein kleines Mädchen war.« Sie senkte den Blick. »Eine Erinnerung an meine Mutter.«

Und an Ursula.

Und an noch etwas. Ein verfallenes Dorf, ihr Pony, zwei Stimmen. Todesangst.

Veit umschlang ihre Hüften. »Die Puppe also. Ich werde sehen, ob die Magd sie ebenfalls verbrannt hat. Aber erst nachher.« Er fuhr mit dem Finger über die Narbe auf ihrer Wange. Die Geste war beinahe zärtlich. »Die Kerle waren nicht gerade zimperlich«, murmelte er. »Dein Vater wird etwas drauflegen müssen dafür, dass ich die beschädigte Ware nehme.«

Seine Finger wanderten tiefer, zogen mit einem Ruck das Kleid über ihrer Brust auseinander, so fest, dass die Naht riss.

Erschrocken bedeckte sie ihre Blöße mit den Händen.

»Na, na, nicht so schüchtern.« Er packte ihre Arme und bog sie nach unten. »Wir sind schließlich verlobt.«

Einen Moment lang betrachtete er sie wortlos, dann riss er ihr das Kleid ganz vom Leib. Zitternd stand sie vor ihm. Seine Hand wanderte über ihren Hals, ihre Brüste, zwischen ihre Beine.

Marijana zuckte zusammen. Sie versuchte, mit ihren Gedanken an einen anderen Ort zu reisen, auf die Wiese, wo sie mit Ursula Blumen für ihre Hochzeit gepflückt hatte. Aber Veits Stimme holte sie zurück auf Burg Stein.

»Du hast ja keine Ahnung, wie lange ich von diesem Augenblick geträumt habe.« Er nestelte an seinen Beinkleidern herum. Dann warf er sie aufs Bett und war im gleichen Moment über ihr. Als er mit einem harten Stoß in sie eindrang, schrie sie auf.

»Ja, das gefällt dir«, ätzte Veit und stieß erneut zu. Schweiß schimmerte auf seiner Stirn. »Du willst hart rangenommen werden, das dachte ich mir schon.«

Marijana schluckte die Tränen hinunter, schloss die Augen und kehrte zurück auf die Blumenwiese.

Entscheidung am Pfaffenkopf

Veit winkte Gernot zu sich heran. Der Ritter war vor zwei Tagen zurückgekehrt, er hatte sich sofort auf den Weg gemacht, nachdem er den Boten mit der Nachricht von dem misslungenen Anschlag losgeschickt hatte. Veit war froh, ihn um sich zu haben. Er stand im großen Saal am Fenster, genau dort, wo er gestern mit Marijana gestanden hatte.

Es war noch früh am Morgen. Marijana schlief, zumindest tat sie so. Er selbst hatte kaum ein Auge zugetan, zu viele Dinge wollten erledigt, Pläne wollten geschmiedet werden. Der König hatte sich für morgen angekündigt, einerseits eine Gelegenheit, die Scharte auszuwetzen. Womöglich die letzte. Andererseits durfte er nichts überstürzen. Er musste einen Schritt nach dem anderen tun, um nicht über seine eigenen Beine zu stolpern. Erst der Brief. Dann Megling. Und danach der König.

Gernot verneigte sich. »Mein Herr.«

»Gute Arbeit gestern. Wir scheinen einen Großteil von Meglings Bande erwischt zu haben.«

»Leider haben die Bastarde auch drei von uns erwischt. Wachmänner. Draußen im Wald. Ein toter Räuber lag in der Nähe. Einen weiteren haben wir vor der Burgmauer entdeckt. Dort, wo es den großen Knall gab.«

»Verflucht! Was noch?«

»Beim Eingang zum Tunnelsystem wurde eine zweite Frau gefunden. Tot.«

Veit hob die Brauen. »Doch nicht noch ein Entführungsopfer?«

»Wir wissen es nicht.«

»Wie viele sind entkommen?«

»Soweit wir wissen, außer Megling selbst nur die drei, die noch im Tunnel waren. Eure Anweisung, sie laufen zu lassen, kam gerade noch rechtzeitig, ich hatte bereits Männer am Ausgang postiert.«

»Ist es unseren Leuten gelungen, den Kerlen ungesehen zu folgen?«

Gernot grinste. Die Narbe auf seiner Stirn schimmerte perlmuttfarben, wie sie es immer tat, wenn sein Gesicht vor Aufregung gerötet war. »Allerdings. Sie haben die Nacht auf einer Lichtung einige Meilen östlich von hier verbracht, in der Nähe der Salzach.«

»Und Megling?«

Das Grinsen wurde breiter. »Jetzt kommt das Beste: Die drei haben etwa eine Meile von hier auf einer Anhöhe gewartet und die Burg beobachtet, so als wüssten sie, dass Megling nachkommt. Dann haben sie ihn abgefangen. Er ist bei ihnen.«

Veit rieb die Handflächen aneinander. »Sorgt dafür, dass meine Männer die Burschen im Auge behalten. Ich will über alles, was sie tun, unterrichtet sein. Aber sie sollen erst zuschlagen, wenn ich es befehle. Ihr selbst bleibt auf Stein und haltet Euch bereit. Es könnte sein, dass ich später noch einen Auftrag für Euch habe.« Er schickte Gernot weg und nickte dem Vogt zu. »Werdet Ihr rechtzeitig fertig?«

»Alle geben ihr Bestes, Herr. Aber die Anweisung kam sehr kurzfristig.«

»Dem König soll es an nichts mangeln, ist das klar, Hartat?«

»Selbstverständlich. Für wann genau werden seine Majestät denn morgen erwartet?«

»Ich weiß es nicht. Im Laufe des Tages, nehme ich an.«

»Und die Anweisungen für Eure ...?«

Veit blitzte ihn an. »Marijana verlässt die Kemenate nur auf meinen ausdrücklichen Befehl! Und keinesfalls ohne Begleitung!« Als er das erschrockene Gesicht seines Vogtes sah, fügte er etwas sanfter hinzu: »Es ist zu ihrer eigenen Sicherheit. Sie ist verwirrt, steht unter Schock. Sicherlich habt Ihr sie gestern schreien gehört.« An dem hastig gesenkten Blick erkannte Veit, dass er richtig vermutet hatte. Wahrscheinlich hatte das halbe Gesinde in der Nähe der Kammertür gestanden und gelauscht. »Albträume. Ihr habt ja keine Ahnung, was die Ärmste in der Gewalt dieser Verbrecher durchgemacht hat.«

Der Vogt verneigte sich wortlos.

Veit drehte sich zum Fenster und signalisierte damit, dass die Unterredung beendet war. Obwohl es gut für ihn lief, war er unzufrieden. Marijana zu unterwerfen, hatte ihm nicht die erwartete Befriedigung bereitet. Er hatte damit gerechnet, dass sie sich wehren würde, dass sie wie ein Kätzchen die Krallen ausfahren würde, dass er sie ohrfeigen, ihre Hände mit seinem Gürtel würde festbinden müssen. Stattdessen hatte sie alles wehrlos über sich ergehen lassen. Wie ein Opferlamm.

Natürlich war genau das Teil ihres Abkommens. Trotzdem war er enttäuscht. Und er nahm ihr nicht ab, dass sie gebrochen war. Sie führte etwas im Schilde. Und wenn schon. Er hatte sie in der Hand, er kannte ihre verwundbare Stelle. Er konnte alles von ihr verlangen, wenn er ihr im Tausch Meglings Leben versprach. Dieses dämliche Luder hatte sich doch tatsächlich in dieses Stück Dreck verguckt. Lächerlich, aber nützlich. Im Laufe der Nacht hatte sich ein Plan in seinem Kopf geformt, und je länger er darüber nachdachte, desto mehr gefiel er ihm.

Er hatte dafür gesorgt, dass nur eine Hand voll seiner treuesten Bediensteten wusste, wer die Metze in seinen Gemächern war. Alle anderen hielten sie für ein Mädchen aus dem Dorf. Er würde sie erst der Öffentlichkeit präsentieren, wenn der Brief vernichtet und Robert Megling tot war. Dann konnte sie erzählen, was sie wollte. Sie war ein verwirrtes, gequältes Ding, ein dummes Weib, das nicht wusste, wovon es sprach. Niemand würde ihr glauben, niemand würde ihr auch nur zuhören. Außer ihrem Vater vielleicht. Aber der hatte längst seinen Biss verloren, sich in seinem Selbstmitleid ersäuft. Vielleicht ergab sich ja auch noch eine Möglichkeit, den König loszuwerden, während er hier zu Gast war. Nein. Er verwarf den Gedanken. Zu gefährlich.

Veit schnupperte an seinen Fingern, die noch nach Marijana rochen. Sie würde ihn auf ewig hassen, und er würde es genießen, sie jeden Tag ihres Lebens aufs Neue zu demütigen.

* * *

Nun hatte es doch noch vier Tage gedauert, bis alles zum Abmarsch vorbereitet war. Gero wäre am liebsten sofort aufgebrochen, um Veit zur Rede zu stellen, doch Ambrosius hatte ihm eindringlich abgeraten.

»Wir müssen uns vorbereiten, Herr«, hatte er gesagt und dabei einen Zeigefinger vor Geros Nase gehalten. »Wir zwei alten Männer können nicht einfach so bei Veit von Amerang aufkreuzen und Antworten verlangen. Außerdem ist das Reisen gefährlich. Was, wenn uns Räuber über den Weg laufen? Oder das Wetter plötzlich umschlägt? Der Mai ist launischer geworden, in den letzten Jahren ist es immer öfter vorgekommen, dass der Wonnemonat auf den Höhen über Nacht Schnee gebracht und die Wege in glitschige Rutschbahnen verwandelt hat.«

Gero hatte die Zähne aufeinandergebissen, zugehört und Ambrosius recht geben müssen. Obwohl der Alchemist den Hauptgrund gar nicht ausgesprochen hatte: Was, wenn Veit ein Verräter war? Wenn sie Marijana aus seiner Gewalt befreien mussten?

Zwar mochte Gero noch immer nicht glauben, dass er sich so in dem alten Freund getäuscht hatte. Aber die Möglichkeit bestand. Und wenn er sich ins Gedächtnis rief, wie besessen Veit davon gewesen war, den Marder zu ergreifen, wie viel wichtiger ihm das gewesen war, als Marijana sicher zurückzubringen, erschien ihm mit einem Mal alles möglich.

Also hatte Gero von den Burgen, die seiner Herrschaft unterstanden, Männer, Vorräte und Waffen kommen lassen. Er selbst hatte die Vorbereitungen überwacht. Die Schmerzen in seinem Bein waren fast verschwunden. Ambrosius hatte allerdings Zweifel geäußert, dass es sich um eine vollständige Genesung handeln könnte. »Der Herrgott steht Euch bei, Herr, damit Ihr Euer Kind retten könnt. Er wird Euch die Schmerzen zurückschicken, sobald Eure Aufgabe erfüllt ist. Alles andere«, hatte er bissig hinzugesetzt, »käme einem Wunder gleich.«

Gero war von Tag zu Tag unruhiger geworden. Jede Stunde, die sich ihr Abmarsch hinauszögerte, konnte Marijana das

Leben kosten – wenn sie noch lebte. Immer wieder kreisten Geros Gedanken um diese zwei Möglichkeiten. Manchmal war er überzeugt davon, dass seine Tochter noch leben musste, manchmal war er der Verzweiflung nahe, weil er das für unmöglich hielt. Wie sollte sie so lange in der Wildnis überlebt haben, wenn sie überhaupt hatte fliehen können? Und wäre sie dann nicht ins nächste Dorf geeilt und hätte sich zu erkennen gegeben? Gero hatte all seine Vernunft aufbringen müssen, um nicht, nur von seiner Leibwache eskortiert, einfach loszupreschen.

Doch nun waren sie endlich unterwegs. Nach der Morgenmesse waren sie aufgebrochen, als die Sonne über dem Inntal noch lange Schatten geworfen hatte. Vierzig Helme, allesamt kampferprobt und Gero treu ergeben, die Hälfte von ihnen mit Armbrüsten ausgerüstet. Sie alle hatten geschworen, jeden niederzumachen, der Marijana bedrohte. Keiner von ihnen zweifelte daran, dass sie noch lebte, und Gero hatte ihnen nicht widersprochen.

Nach der Messe war Gero einen Augenblick allein in der Kapelle zurückgeblieben und hatte ein Gelübde abgelegt: »Lieber Gott, wenn Du mir meine Tochter Marijana lebend zurückgibst, werde ich, Gero von Falkenstein, vor sie treten und ihr die Wahrheit sagen über das, was ich ihrer Mutter und ihrem Bruder angetan habe. Dann soll sie über mich richten, und ich werde ihr Urteil klaglos annehmen, wie es auch ausfallen möge. Dies schwöre ich, o Herr, bei meinem Seelenheil.«

Er hatte das Gesicht zum Himmel gehoben und das Kreuz geschlagen. Dann war er zu seinen Männern gestoßen, aufgestiegen und hatte seinem Ross mit einem Kriegsschrei die Sporen gegeben. An der Spitze seiner Männer war Gero über die Zugbrücke geprescht, so wie es sich für den Herrn von Falkenstein ziemte.

Sie waren schon fast bei Obing. Gero wollte von Westen her zur Burg Stein vordringen. So hatte er sie im Blick, lange bevor er ihr zu nahe kam. Und wenn er das Gefühl hatte, dass etwas nicht stimmte, konnte er nach Norden ausweichen und sich von dort durch die Wälder ungesehen nähern. Wenn er erst einmal vor der Burgmauer stand, konnte ihn so schnell niemand mehr vertreiben.

Gero schüttelte den Kopf über seine eigenen Gedanken. Wer sollte ihn vertreiben wollen? Ihm fiel nur eine Antwort ein, die ihm nicht besonders gut gefiel. Bestätigte sich sein Verdacht, konnte durchaus ein Kampf in der Luft liegen.

Kaum hatten sie den Obinger Wald hinter sich gelassen, kamen die Späher angesprengt. Gero holte tief Luft. Das bedeutete nichts Gutes. Der gemütliche Teil des Ausflugs war zu Ende.

* * *

Robert hatte das Gefühl, jeder Knochen in seinem Körper müsste gebrochen sein. Sein Schädel hämmerte und ihm war übel. Die Männer hatten ihn gestern großzügig mit Essen versorgt, das er jedoch sofort erbrochen hatte. Beim zweiten Versuch hatte er sich mit einem Schluck Wein und einem Stück Brot begnügt, dann war er auf der Stelle eingeschlafen, zu schwach, um sich zu wundern, warum sie ihn erwartet hatten, oder um zu fragen, wo der Rest der Bande steckte.

Unter Schmerzen richtete er sich auf. Etwas abseits saßen Hasso, Mathes und Jeronimus und unterhielten sich leise. Robert erhob sich ächzend und wankte auf die drei zu. Mathes sprang auf und half ihm. Als Robert auf einem Stein Platz genommen hatte, reichte Jeronimus ihm wortlos den Weinschlauch. Robert trank gierig, doch nach wenigen Schlucken setzte er ab, er musste einen klaren Kopf behalten. Und er hatte Fragen. Viele Fragen.

»Wo sind die anderen? Wo ist Marijana?«, begann er.

Die drei sahen sich schweigend an.

Robert packte Hasso am Kragen. »Was ist passiert?«

Doch Hasso drehte sich weg.

Mathes legte Robert die Hand auf die Schulter. »Wir wollten dich befreien ...«

Robert starrte ihn an.

»Es war Marijanas Idee, aber wir haben uns alle freiwillig bereit erklärt, ihr zu helfen. Wir haben einen zugemauerten Zugang zu dem unterirdischen Tunnelsystem gesprengt. Zur Ablenkung haben wir eine zweite Ladung von dem Teufelspulver an einer anderen Stelle gezündet. An der Burgmauer. Erst schien alles gut zu gehen ...«

»Und dann?«, würgte Robert hervor. Ein einziger Gedanke rauschte durch seinen Kopf und erstickte alle anderen. Marijana. War sie tot? Seinetwegen gestorben? Er presste die Hände an seine hämmernden Schläfen. Der Stumpf an der rechten Hand pulsierte schmerzhaft. Marijana. Er wollte nicht leben, wenn sie tot war.

»Sie sind tot, Robert«, sagte Mathes leise. »Alle sind tot.«

Robert stieß einen gequälten Laut aus.

»Alle bis auf Marijana«, ergänzte Jeronimus.

»Marijana lebt?« Robert packte Jeronimus bei den Armen. »Wo ist sie?«

»Wir wissen nicht sicher, ob sie lebt«, sagte Mathes. »Sie hat sich gestellt, als wir gemerkt haben, dass wir entdeckt sind, dass wir es nicht schaffen, dich zu befreien. Sie wollte Veit einen Handel anbieten.« Mathes sah zu Boden. »Er scheint darauf eingegangen zu sein.«

»O nein!«

»Immerhin lebt sie noch«, stieß Hasso hervor, der bisher geschwiegen hatte.

Robert sah ihn an. »Es tut mir unendlich leid wegen Ursula.«

»Ach ja?«

»Sie war so glücklich mit Roderich.« Jedes Wort, das Robert sagte, erschien ihm unpassend. Er hatte Ursula geliebt – wie eine Schwester.

»Jetzt ist sie tot.«

»Dafür bin ich verantwortlich, ich weiß.« Robert hatte Schuld auf sich geladen, die er nie wiedergutmachen konnte, die ihn noch mehr zu Boden drückte als seine Verletzungen.

»Das war's dann ja wohl.« Hasso klopfte sich unsichtbaren Dreck von seinem Wams und machte Anstalten aufzustehen.

Robert hätte erwartet, dass Hasso ihm die Kehle durchschneiden würde, und er hätte sich nicht gewehrt. Dass er ihn beschimpfen würde, dass er ihn wenigstens ohrfeigen würde. Dass Hasso einfach so gehen wollte, verwirrte ihn. »Was meinst du?«

»Zeit für uns, getrennte Wege zu gehen.«

»Was hast du vor?«, fragte Mathes.

»Ich werde mich als Söldner verdingen. Solltest du auch. Ein so guter Bogenschütze wie du wird immer gebraucht.«

Robert sprang auf. Ein Schwindel wogte durch seinen Kopf, er wankte, doch er fing sich rasch wieder. »Ihr könnt doch jetzt nicht einfach weglaufen! Was ist mit Marijana?«

Hasso sprang zu ihm, zog sein Messer und hielt es Robert an die Kehle. »Siehst du, Robert Graf Megling, selbst jetzt denkst du nur an dich und dein Wohl! Eigentlich sollte ich dich entmannen und danach mit bloßen Händen erwürgen. Aber du bist gestraft genug mit deiner Eitelkeit und deiner Selbstsucht. Du hast nichts begriffen.«

Robert starrte ihn an. Fast war er erleichtert. Der Wutausbruch war ihm lieber als die Trauermiene. »Es geht doch nicht um mich«, wandte er ein. »Es geht um Marijana!«

Hasso ließ ihn los. »Marijana ist da, wo sie hingehört, begreifst du das nicht?«

»Das ist nicht dein Ernst!«

»Sie war schon mit ihm verlobt, als sie dich noch gar nicht kannte.« Hasso steckte das Messer weg. »Und sie ist freiwillig zu ihm zurückgekehrt.«

»Sie hat sich geopfert, um mich zu retten! Deshalb hat Veit mich gehen lassen.«

»Hasso hat nicht ganz unrecht.« Mathes berührte ihn am Arm. »Vielleicht ist es besser, sie zu vergessen.«

Robert sah hinunter auf seine Hände, auf den blutdurchtränkten Verband. Etwas Kaltes griff nach seinem Herzen, etwas dunkles Kaltes, das ihm mehr Angst machte als der Kerker auf Burg Stein.

»Dir fehlt ein Finger, aber du bist noch immer ein verflucht guter Kämpfer, Robert«, fuhr Mathes fort. »In Frankreich oder Italien wird niemand nach deiner Geschichte fragen. Es war ein schöner Traum, deine Ehre wiederherzustellen und deine Braut heimzuführen auf deine Burg. Aber es war ein Traum. Jetzt bist du erwacht. Blick nach vorn, Robert. Ich wäre liebend gern Hauptmann deiner Wache geworden. Aber auch das war ein Traum. Ein eitler Traum. Wenn du als Ritter in den Dienst eines fremden Herrn trittst, komme ich mit dir. Wenn du es willst, als dein Diener, dein Knecht, was auch immer.«

Nacheinander sah Robert die drei Männer an: Hasso, der störrisch an ihm vorbeistarrte; Mathes, der ihn aufmunternd ansah; Jeronimus, der mit hängenden Schultern dasaß, auf seine Stiefel starrte und kein Wort herausbrachte.

»Dann ist das das Ende?«, fragte er tonlos.
Mathes lächelte. »Das Ende und ein neuer Anfang.«

* * *

Noch bevor Gero sein Pferd pariert hatte, rief einer der Späher: »Ein Überfall! Raubritter! Mindestens zwei Dutzend! Sie plündern einen Hof, direkt hinter der Kuppe.« Der Späher zeigte auf eine Erhebung von vielleicht hundert Fuß.

Gero schlug sich mit der Faust in die Handfläche. Raubritter. Verflucht noch eins! Noch dazu zwei Dutzend. Eine ernst zu nehmende Streitmacht. Aber die Räuber rechneten nicht damit, vierzig zu allem entschlossenen Rittern in die Arme zu laufen. Die Späher berichteten, dass der Hof in einer Senke liege, die nur von zwei Seiten zugänglich sei. Von dieser Seite über die Kuppe des Berges, von der gegenüberliegenden Seite durch ein langgezogenes Tal. Die Hänge rechts und links waren zu steil und dicht bewachsen. Eine gute Nachricht!

Gero winkte die Hauptleute zu sich. Er musste nicht viel erklären. Er wollte den Räubern einen gehörigen Schrecken einjagen und das Gefühl vermitteln, ein ganzes Heer stürme auf sie zu. Wahrscheinlich würden die Kerle fliehen, wenn sie das Banner von Falkenstein erblickten. Und genau das sollten sie tun. Denn einer der Hauptleute würde sich mit den Armbrustschützen am Talausgang postieren, um den Raubrittern den einzigen Fluchtweg abzuschneiden. Bevor sie wüssten, wie ihnen geschah, würden sie im Bolzenhagel niedergestreckt werden.

Die Schützen preschten davon. Gero ließ ihnen einen kleinen Vorsprung, dann schickte er den Fahnenträger voraus und gab das Zeichen zum Angriff. Das Blut pulsierte durch seine Adern. Wie vor jeder Schlacht bat er Gott um die Vergebung seiner Sünden. Und er bat ihn inständig, seine Tochter zu beschützen.

Sie donnerten die Kuppe hinauf. Was Gero von dort sah, entfachte seinen Zorn. Die Raubritter hatten die Felder verwüstet, die Gerste war von Hufen plattgetrampelt. Aus der Scheune stieg Rauch auf, Flammen schlugen aus dem geöffneten Tor. Ein Reiter in schwarzem Umhang trieb eine schreiende Magd vor sich her, schwang das Schwert, setzte an und schlug ihr mit einem Hieb den Kopf ab.

Gero konnte nicht an sich halten. Er vergaß den Plan, zog sein Schwert und sprengte auf den Feigling zu, ohne auf seine Männer zu warten.

Der Raubritter bemerkte Gero, wendete sein Pferd und galoppierte ihm entgegen. Sein Umhang löste sich.

Gero hätte fast sein Schwert fallen lassen. Auf dem Waffenrock prangten zwei Drachen und eine Ähre. Das Wappen der Meglings!

»Heiliger Josefus steh mir bei«, murmelte er, ließ das Schwert ein wenig sinken und verlagerte sein Gewicht auf sein gesundes Bein.

Hinter sich hörte er seine Männer rufen, er solle abdrehen, doch die sahen nicht, was er sah: einen der Verbrecher, die seine Tochter entführt hatten.

Gero wollte diesen Galgenstrick tot sehen. Und so, wie der Raubritter auf ihn zustürmte, würde es auch nicht mehr lange dauern, bis sich sein Wunsch erfüllte. Das Schwert am geraden Arm vor sich ausgestreckt, wollte der Mann Gero im Vorbeireiten einen Hieb verpassen. Wie töricht! Gero war keine wehrlose Magd, er war gepanzert wie eine Schildkröte, ebenso wie sein Gegner. Der Raubritter hätte eine Lanze haben müssen, um Gero ernsthaft zu verletzen.

Als sie auf gleicher Höhe waren, ließ sich Gero halb nach

rechts aus dem Sattel gleiten. Der Hieb seines Feindes ging fehl, nicht aber Geros. Denn er kannte die Schwachstelle jeder Rüstung: Am Übergang von der Hüfte zum Rücken öffnete sich ein Spalt, sobald man zu Pferde saß.

Gero spürte den Ruck, mit dem ihm das Schwert aus der Hand gerissen wurde. Sein Feind fiel nur wenige Meter weiter vom Pferd, Geros Schwert steckte tief in seinem Leib. Gero riss sein Pferd herum, sprang aus dem Sattel, zog das Schwert aus dem zuckenden Körper heraus, bückte sich und öffnete das Visier. Er kannte den Mann nicht, der stumm die Lippen bewegte.

»Bereust du deine Sünden?«, fragte Gero. Der Ritter schloss kurz die Augen, was Gero als Zustimmung deutete. »Dann soll Gott über dich richten.« Er setzte das Schwert an der Kehle an, lehnte sich auf den Knauf und stach zu. Ein letztes Zittern ging durch den fremden Ritter, dann war er tot.

Gero richtete sich auf, hörte Kampflärm. Teufel! Die Raubritter waren nicht geflohen, sie boten seinen Männern die Stirn. Dieser Galgenstrick Megling! Er war ein erfahrener Heerführer, und er hatte die Lage sofort erfasst, die Falle gewittert. Statt den Bolzen der Schützen entgegenzureiten, versuchten er und seine Männer, sich den anderen Fluchtweg freizukämpfen.

Gero machte einen Schritt, knickte ein. Das verfluchte Bein! Ließ es ihn schon wieder im Stich? Er humpelte zu seinem Pferd und zog sich in den Sattel, er musste seinen Männern beistehen.

Sein Ross sprengte los, Gero kam keinen Moment zu früh. Mehrere Männer lagen bereits am Boden, einige verletzt und vor Schmerzen wimmernd und schreiend, einige tot. Die verbliebenen Kämpfer, die noch auf ihren Pferden saßen, standen sich in zwei Reihen gegenüber. Zwölf gegen zwanzig. Gero reihte sich ein, jetzt waren sie dreizehn, ein schwacher Trost. Und die Verstärkung wartete außer Sicht- und Rufweite, was für ein Fehler!

In der Mitte der gegnerischen Reihe fiel Gero ein großer Ritter auf, der ebenfalls das Wappen der Meglings trug und laut seiner Helmfedern der Anführer war. Das musste der Marder sein, Robert Megling. Aber warum hatten sich ihm so viele Ritter angeschlossen? Wo lagerten sie? Bisher hatte es immer geheißen, die Bande des ehemaligen Grafen bestehe aus einem Haufen dahergelaufener Lumpen.

Bevor sich Gero darüber weiter Gedanken machen konnte, gab der Marder das Zeichen zum Angriff. Die Ritter trieben ihre Rösser an, Gero drängte nach innen, er wollte die Begegnung mit dem Marder, er wollte den Entführer und vielleicht auch Mörder seiner Tochter mit eigener Hand erlegen.

Mit voller Wucht prallten die Reihen aufeinander, das Metall einer Rüstung donnerte gegen Geros Bein, Schmerz blitzte auf, es riss ihn vom Pferd, er überschlug sich und landete auf dem Rücken im Gras. Der Aufprall raubte ihm fast die Besinnung, sein Blick verschwamm, ihm blieb die Luft weg. Er öffnete das Visier, um atmen zu können, dann fiel sein Arm kraftlos zu Boden. Robert Megling trat in sein Blickfeld. Jetzt erst bemerkte Gero, dass er sein Schwert verloren hatte. Megling hielt es in der Hand. Gero versuchte, sich aufzurappeln, aber seine Beine gehorchten ihm nicht.

»Es gibt wohl nichts Schändlicheres, als mit dem eigenen Schwert in die Hölle geschickt zu werden«, grollte der Marder.

Gero starrte ihn an. In seine Todesangst mischte sich etwas anderes: Verwirrung. Er kannte Robert Megling, er kannte dessen Stimme. Und es war nicht die Stimme des Mannes, der vor ihm stand. Aber er trug das Wappen der Burg Megling!

Gero dämmerte es. Vor ihm stand Meglings Nachfolger, Graf Götz von der Au. Also war Robert Megling gar nicht der Marder? Nicht der Entführer seiner Tochter?

Die Spitze des Schwertes näherte sich dem Spalt zwischen Helm und Brustpanzer. Der Marder nahm genau Maß und hob die Klinge an.

***

Das Lager war zu weich. Und der Wald zu still. Kein Rascheln, kein Rauschen, kein Vogelgesang. Marijana schlug die Augen auf, sah die Truhe mit den Weinbechern, den Schemel, das zerrissene Kleid auf dem Boden, und schlagartig fiel ihr alles wieder ein. Im gleichen Augenblick spürte sie den brennenden Schmerz. Sie stöhnte auf und rollte sich zusammen.

War das nun ihr Leben? Würde sie tagein, tagaus Veits Quälereien ertragen müssen? Über Wochen, Monate, Jahre? Sicherlich würde er ihrer eines Tages überdrüssig werden. Oder nicht?

Noch gab es einen Hoffnungsschimmer, an den wollte sie sich klammern. Ruckartig setzte sie sich auf. Die Puppe! Hatte die Magd sie tatsächlich ins Feuer geworfen? Sie hatte es nicht gewagt, Veit noch einmal danach zu fragen, sie wollte nicht zu viel Interesse an dem alten Spielzeug erkennen lassen. Nicht, dass Veit ein Verdacht kam. Lieber hatte sie sich schlafend gestellt, damit er sie in Frieden ließ. Ohne Hoffnung, dass ihr etwas Ruhe vergönnt sein würde. Bis sie irgendwann tatsächlich eingenickt war.

Marijana erhob sich und sah an sich hinunter. Blut klebte auf ihren Schenkeln. Letzte Nacht war die Wunde wieder aufgerissen. Immerhin mochte Veit nun denken, dass sie noch Jungfrau gewesen war. Sie sah sich um. Keine Waschschüssel, keine frische Wäsche. Das zerrissene Kleid wollte sie nicht mehr anziehen, also wickelte sie sich das Laken um und wankte auf unsicheren Beinen zur Tür. Sie ließ sich nicht öffnen.

Marijana hämmerte mit den Fäusten gegen das Holz. »Heda! Hört mich jemand?« Sie horchte, vermeinte hastige Schritte zu vernehmen. Wieder schlug sie die Fäuste gegen die Tür.

Gerade als sie aufgeben wollte, wurde draußen ein Riegel zurückgeschoben. Gestern war er ihr nicht aufgefallen, Veit hatte ihn wohl heute in aller Frühe anbringen lassen. Eine Magd stieß die Tür auf und trug eine Schüssel Wasser herein.

Hinter ihr stolzierte Veit in die Kammer. »Na, mein Täubchen, ausgeschlafen?«

Marijana zwang sich zu einem Lächeln. »Ich bin noch immer sehr erschöpft, es war nicht leicht bei –«

»Hier ist Wasser, damit du dich waschen kannst. Gleich kommen frische Kleider und etwas zu essen.« Er schloss die Tür hinter der Magd.

Marijana kam ein Verdacht. Hatte Veit sie unterbrochen, weil die Magd nicht wissen sollte, wer sie war? Ihre Kehle fühlte sich plötzlich an wie zugeschnürt. Wenn niemand wusste, wer sie war, wenn niemand wusste, dass Marijana von Falkenstein noch lebte ...

»Du siehst blass aus, mein Kind.« Veit fasste sie unter dem Kinn und begutachtete sie kritisch.

»Hast du einen Boten zu meinem Vater geschickt? Er muss wissen, dass ich noch lebe, dass es mir gut geht.« Sie biss sich auf die Lippe, als ihr einfiel, dass ihr Vater nicht zur Übergabe erschienen war. »Warum ist er nicht gekommen, um das Lösegeld zu übergeben?«

Veit schnitt eine Grimasse. »Was glaubst du?«

»Er hätte mich nicht einfach so meinem Schicksal überlassen«, flüsterte sie.

»Ach ja?« Veit hielt ihr Kinn so fest, dass es wehtat. »Der

Trottel ist die Treppe hinuntergestürzt, genau wie deine Mutter. Hat mir die ganze Arbeit überlassen.« Er ließ sie los.

Marijana berührte ihr schmerzendes Kinn. »Ist er tot?«, fragte sie tonlos.

»So gut wie. Er hat das Bett seither nicht verlassen, suhlt sich in seinem Leid.«

»Bitte schick einen Boten!« Sie legte ihre Hände auf seine Brust, obwohl sie die Berührung anwiderte. »Bitte.«

»Alles zu seiner Zeit.«

Es klopfte, die Magd kehrte mit einem Tablett zurück, hinter ihr tauchte eine Kammerzofe auf, die das Kleid einer Magd über dem Arm trug.

»Legt es auf dem Bett ab!«, befahl Veit.

»Soll ich denn nicht beim Ankleiden –«

»Raus!« Veits Stimme donnerte durch die Kammer.

Die Zofe knickste und stürzte hinaus. Die Magd folgte ihr.

Veit wandte sich wieder zu Marijana um und sah sie lange schweigend an. »Wo ist der Brief?«

»Die Absprache lautete, dass ich es dir sage, wenn ich vor Gott und der Welt deine Gemahlin bin.«

Er umfasste ihren Hinterkopf. »Die Bedingungen haben sich geändert. Ich werde dich erst heiraten, wenn ich den Brief habe. Wenn du mich belogen hast, werde ich dich irgendwo im Wald in ungeweihter Erde verscharren lassen, aber vorher werde ich deinen Kopf abschlagen und ihn in ein tiefes Loch werfen. Der Himmel wird dir für immer versperrt bleiben. Für die Welt bist du ohnehin tot. Niemand wird dich vermissen. Also raus mit der Sprache!«

Marijana wurde schwindelig. So viel zu ihrem schlauen Plan. Sie wusste ja nicht einmal, ob der Brief nicht längst vernichtet war. Was sollte sie tun? Sie musste Zeit gewinnen. Und auf ein Wunder hoffen. »Der Brief ist an einem sicheren Ort.«

»Das sagtest du bereits.«

»Robert – ähm ... der Marder, er hat mir die Hälfte des Briefes direkt nach dem Überfall auf das Kloster anvertraut.«

Veit verzog das Gesicht zu einem hässlichen Grinsen. »Das Stinktier hat ihn dir anvertraut, ja?«

»Ich habe ihn versteckt«, fuhr sie fort. »Noch vor Ort. Ich dachte, es sei das Beste.«

»Im Kloster?«

»Nicht direkt.« Marijana versuchte, sich zu erinnern, wie es um das Kloster herum aussah. »Da ist eine Mühle, die zum Kloster gehört, sie steht direkt an der Mauer. Dicht beim Mühlrad liegt ein Haufen Steine. Dazwischen steckt der Brief, eingewickelt in eine Hülle aus Leder, damit er keinen Schaden durch Feuchtigkeit nehmen kann.«

Veit ließ ihren Kopf los. »Das ist die Wahrheit?«

»Ja.« Sie kreuzte die Finger hinter dem Rücken. »Ich schwöre es.«

»Also gut. Ich werde meinen besten Mann zum Kloster St. Mauritius schicken. Spätestens morgen Abend ist er zurück. Wehe dir, wenn du gelogen hast.«

* * *

Gero konnte sehen, dass Götz von der Au seine ganze Kraft in den Stoß legte. Und plötzlich wurde er völlig ruhig. Einerseits verfluchte Gero den Marder, weil er nun sein Gelübde, Marijana zu finden und ihr die Wahrheit zu sagen, nicht halten konnte. Andererseits hatte sich Gero zeit seines Lebens gefragt, wie das Himmelreich wohl aussähe. Gleich würde er es wissen. Er flüsterte noch einmal den Namen seiner Frau und seiner Tochter, dann war er bereit.

Es klang, als schlüge ein Schmied mit seinem mächtigsten

Hammer auf den Amboss. Doch die Spitze des Schwertes, seines Schwertes, das ihn gleich töten würde, fuhr nicht herab, sondern zitterte wie eine Blüte im Wind. Die Waffe fiel träge auf seine Rüstung, von der Au schrie vor Schmerzen und stolperte rückwärts. Seine Arme hingen nutzlos herunter. Kein Wunder: Je ein Armbrustbolzen steckte in seiner rechten und linken Schulter.

Gero war gleichzeitig nach Lachen und nach Weinen zumute. In seine Beine kehrte Gefühl zurück. Sein Herzschlag beruhigte sich. Er rollte sich auf die Seite, stützte sich mit einem Arm ab und drückte sich hoch. Er schwankte hin und her, Schwindel ergriff ihn, doch nur kurz. Pferde kamen näher, Gero drehte sich um. Es waren vier seiner Männer und, Gott möge ihn schützen, Ambrosius. Er musste geahnt haben, dass Gero in die eigene Falle getappt war, und war ihm mit den besten Schützen zu Hilfe geeilt. Seine Ritter preschten weiter, um den anderen Männern zu helfen, Ambrosius sprang aus dem Sattel.

»Herr, seid Ihr verletzt?« Sein langer Bart wehte im Wind, er mutete Gero an wie ein Druide aus den alten Legenden.

»Meine Ehre hat Schaden genommen, kein Zweifel. Ansonsten geht es mir nicht wesentlich schlechter als heute Morgen.«

»So schlimm steht es um Euch?« Der Alchemist zwinkerte schelmisch mit den Augen.

Gero legte Ambrosius beide Hände auf die Schultern. »Ich stehe tief in Eurer Schuld, Ambrosius Gallus.«

Ambrosius blickte Gero fest in die Augen. »Ihr könnt Eure Schuld abtragen, indem Ihr Marijana findet und nach Hause bringt.«

»Bei meinem Leben! Das werde ich.«

Gero hob sein Schwert auf, obwohl er am ganzen Leib höllische Schmerzen litt, und schaute sich kampfbereit um.

Nachdem die Armbrustschützen in den Kampf eingegriffen hatten, war das Ende für die Raubritter schnell gekommen. Wie die Rebhühner schossen seine Männer die Räuber ab. Einer nach dem anderen fielen sie vom Pferd, entweder tot oder kampfunfähig. Doch auch Geros Männer hatten Blutzoll zahlen müssen: Zehn Ritter waren tot, zwei verletzt, einer davon so schwer, dass er den nächsten Tag wohl nicht erleben würde.

Ambrosius versorgte Götz von der Au, Gero kümmerte sich um die Überlebenden des Hofes. Drei waren es. Der Großvater, die Mutter und ein Mädchen von vielleicht vier Jahren. Verdammter Marder! Sechs Menschen hatte er abgeschlachtet wie Vieh. Es bestand kein Zweifel, dass Götz von der Au für die schändlichen Verbrechen verantwortlich war, die man Robert Megling vorwarf. Von der Au hatte über dem Herd sein Zeichen hinterlassen: Auf einem Stück Pergament prangte der blutige Abdruck einer Marderpfote.

Zu dumm, dass der Kerl das Bewusstsein verloren hatte! Sobald er erwachte, würde Gero ihn nach Marijana fragen. Und wehe, von der Au versuchte, ihm irgendwelche Lügenmärchen aufzutischen!

Gero schenkte der so hart geprüften Bäuerin einige Silbermünzen. Damit konnte sie ihre Toten würdig bestatten lassen und zumindest über das nächste Jahr kommen. Zeit genug, einen neuen Mann zu finden, der mit ihr den Hof weiter bewirtschaften würde. Mehr konnte er nicht für sie tun.

Gero dachte nach, aber es gab keinen Ausweg. Er konnte nicht einfach weiterreiten. Er musste die Burg Megling im Namen des Königs unter seine Kontrolle bringen. Das sollte nicht schwerfallen, denn er hatte den Burgherrn in seiner Gewalt, dessen Fahne war in seinem Besitz. Außerdem war Gero kein Feind. Man würde ihn arglos einlassen, seine Ritter würden die Burgwache entwaffnen und festsetzen, bis deren Loyalität geklärt war.

Damit war allerdings sein Plan dahin, Burg Stein noch heute zu erreichen. Bis Megling waren es drei Meilen, sie mussten den Inn überqueren und hatten Tote, Verletzte und Gefangene bei sich. Mit Glück würden sie die Burg bei Anbruch der Nacht erreichen. Dort musste Gero einige Männer als Bedeckung zurücklassen. Bis der König einen neuen Lehnsmann eingesetzt hatte, mussten sie Recht und Ordnung garantieren.

Immerhin war der Marder außer Gefecht gesetzt, endlich würde Ruhe in der Gegend einkehren, die Wege würden wieder sicher sein, der Landfriede konnte gewährleistet werden. Gero dankte noch einmal Gott, dass er ihm im rechten Moment Ambrosius geschickt und den Marder vor die Füße geworfen hatte. Nun würde er dafür sorgen, dass der Mann, der seine Tochter geraubt hatte, seine gerechte Strafe bekam. Und er würde endlich erfahren, was wirklich geschehen war.

* * *

Robert lockerte seine geschundenen Glieder. Seit Stunden lagen sie auf der Lauer. »Hätte ich nur fünfzig Männer, vier Zimmermänner und zwanzig Knechte. Burg Stein wäre so gut wie eingenommen«, raunte er Mathes zu und duckte sich hinter einen dichten Busch, um nicht von den Händlern gesehen zu werden, die auf das Tor der Burg zustrebten.

Für einen kurzen Moment hatte Robert gestern tatsächlich mit dem Gedanken gespielt, als Söldner nach Frankreich zu gehen und Marijana zu vergessen. Wäre es nicht besser so für sie beide?, hatte er gedacht.

Doch sein Herz war ihm fast aus der Brust gesprungen bei dem Gedanken, sie ihrem Schicksal zu überlassen. Im Kerker hatte Robert Veits wahres Gesicht erblickt. Der Graf war grausam und herrschsüchtig. Er würde Marijana Tag für Tag demütigen und leiden lassen, selbst wenn er niemals erfuhr, was zwischen ihr und Robert vorgefallen war. Das konnte er keinesfalls zulassen. Lieber wollte er tot sein, als in dem Wissen zu leben, dass Marijana irgendwo unglücklich war.

Mathes hatte sich sofort bereit erklärt, ihm beizustehen. Hasso und Jeronimus hatten es vorgezogen, ihrer Wege zu gehen. Robert war es recht so, er stand ohnehin viel zu tief in ihrer Schuld.

Robert konzentrierte sich wieder auf das Geschehen vor dem Burgtor. Ochsen zogen zweirädrige Karren, auf denen Käfige mit gackernden Hühnern festgebunden waren. Ein anderer Karren transportierte ein Fass. Wahrscheinlich Wein. Der Fuhrknecht rief seinem Herrn etwas zu. Robert verstand kein Wort, es klang italienisch. Als er noch am Hofe Ludwigs ein und aus gegangen war, hatte er diese Sprache öfter gehört. Ludwig pflegte enge Beziehungen zu den italienischen Städten.

Mathes zupfte ihn an der Gugel, sie zogen sich vom Wegesrand in den Wald zurück und kletterten auf einen Baum, wo sie sicher vor neugierigen Blicken waren.

»Wenn wir es schaffen –«, Robert kam nicht dazu, den Satz zu vollenden.

Mathes hob einen Finger. »Dann haben wir immer noch die gesamte Burgwache zwischen uns und Marijana. Zwei oder drei kann ich abschießen. Aber in den Gängen und auf den Treppen ist es eng, da nutzt mir der Bogen nicht viel. Außerdem haben wir keine Ahnung, wo Marijana sich aufhält. Veit könnte sie in den Kerker geworfen haben.«

»Oder in seine Kemenate«, grollte Robert. »Ich weiß.« Er biss sich auf die Lippe. Er konnte die rasenden Gedanken einfach nicht abstellen: Was würde Veit mit Marijana anstellen?

Was hatte er ihr bereits angetan? Hatte er sich an ihr vergangen? Mit Sicherheit. Robert spürte Blut auf seiner Lippe. Dafür würde Veit alle Qualen der Hölle erleiden. Aber damit es dazu kam, musste Robert einen kühlen Kopf bewahren. »Ich habe nicht die Absicht, gegen die Wache anzutreten«, erklärte Robert. »Das wäre in der Tat aussichtslos. Ich habe einen anderen Plan. Ich will Veit als Geisel nehmen. Dann können wir Marijana gegen ihn austauschen. So muss es gelingen. Sein Leben ist ihm das Liebste auf der Welt, glaub mir.«

»Und wie willst du an ihn rankommen? Er hat eine Leibgarde, die ihm nicht von der Seite weicht. Ich nehme an, er ist von Kraftprotzen umgeben, die mit einer Hand einen Ochsen erschlagen können.«

»Gut, dann können sie vor Kraft nicht laufen.« Robert schaute Mathes an. »Im Ernst, mein Freund, wir müssen ihnen etwas vorspielen.«

»Bei allen Heiligen, was hast du vor?«

»Ich möchte darum ersuchen, zu Veit vorgelassen zu werden. Ganz offiziell.«

»Wir werden beide sterben.«

Robert legte Mathes die Hand auf die Schulter. »Das ist sehr gut möglich, mein Freund. Du musst nicht mit mir kommen. Ich habe keine andere Wahl. Und wenn ich heute sterbe, dann soll es so sein. Aber solange ich atme, werde ich versuchen, Marijana zu retten und Veit zur Strecke zu bringen!«

Mathes schnaufte. »Du bist ein Dickkopf. Aber ich bin dabei.«

»Dann auf!«

Robert und Mathes kletterten von ihrem Baum herab, wobei sie darauf achteten, dass niemand in der Nähe war, und machten sich in einem Bogen auf zur Burg Stein. Unterwegs erklärte Robert seinem Freund, was er vorhatte. Sein Plan war so einfach wie riskant. Sie würden sich als Boten Leopolds ausgeben. Und sie würden darauf bestehen, nur mit Veit persönlich zu sprechen. Dabei würde Robert im Hintergrund bleiben, das Haupt verhüllt, um möglichst nicht erkannt zu werden.

Mathes würde behaupten, sein Herr sei inkognito unterwegs, niemand außer Veit dürfe ihn sehen. Natürlich würde man sie auf Waffen untersuchen, aber das war kein Problem. Robert wusste von einer tödlichen Waffe, die er bei einem Henker gesehen hatte und die sich als solche erst zu erkennen gab, wenn es zu spät war.

Sie wollten an der Mannpforte auf der Rückseite der Burg Einlass begehren. Alles sollte heimlich anmuten, möglichst wenige Wachleute sollten Robert oder Mathes zu Gesicht bekommen.

Kurz vor dem Ziel trafen sie die letzten Vorbereitungen. Robert ließ sich von Mathes Pergament und Tinte geben. Zum Glück führte der beides in seinem Beutel mit sich. Hastig formulierte er ein Schreiben, von dem er hoffte, dass es genug brisantes Wissen enthielt, um Veit zu täuschen. Nur wenn sein Widersacher glaubte, dass Robert und Mathes tatsächlich von Leopold kamen, würde er sie in seine Nähe lassen.

Danach bastelte Robert die Waffe und führte Mathes vor, wie sie funktionierte. Mathes war beeindruckt. Bevor sie weitergingen, schärfte Robert ihm noch einmal ein, wie er sich zu verhalten hatte, damit die Wachen keinen Verdacht schöpften.

Dann war es so weit. Vorsichtig schlichen sie auf die Mannpforte zu. Robert spürte jeden einzelnen Knochen, sein ganzer Körper schien eine einzige Wunde zu sein, der Stumpf seines Zeigefingers erinnerte ihn ständig an die furchtbarsten Stunden seines Lebens. Zur Burg Stein zurückzukehren, war, als würde er freiwillig ins Fegefeuer hinabsteigen.

Sie erreichten den Waldrand. Hundertfünfzig Fuß gerodete Fläche lag vor ihnen. Mathes hob die Hand. Sie blieben stehen und blickten in alle Richtungen. Auf den Zinnen patrouillierten Wachen. Sonst war niemand zu sehen.

Robert lief es eiskalt über den Rücken. Gelang seine Täuschung nicht, würde Mathes mit etwas Glück einen schnellen Tod sterben. Und danach würde Veit zuerst ihm und dann Marijana die Hölle auf Erden bereiten.

* * *

Ludwig fragte sich, ob er nicht doch zu milde mit seinen Untertanen verfuhr und es ihnen deshalb an Respekt ihm gegenüber mangelte. Vor ihm auf dem Weg stritten sich zwei Wagenknechte um das Recht, zuerst die Engstelle zu passieren, die einen Steinwurf weit vor ihnen lag. Dahinter ging es zur Furt über die Traun. Ludwig konnte schon den Bergfried erkennen, auf dem das Banner der Grafen von Amerang in der frischen Brise flatterte. Seit er seinen Spion mit zwei Rittern losgeschickt hatte, waren keine Neuigkeiten mehr eingetroffen. Hoffentlich waren die drei heil angekommen!

Rohard musterte ihn von der Seite. »Herr, meint Ihr nicht, wir sollten uns Respekt verschaffen und weiterziehen?«

Ludwig war heute nicht streitlustig. Er ließ sein Pferd vor den Dickköpfen anhalten, lauschte ein wenig den erfrischenden Schimpfwörtern, mit denen sich die beiden gegenseitig bedachten, wobei »Hundsarsch« und »Pisskopf« noch die schmeichelhaftesten waren.

Bisher hatten die beiden nicht die geringste Notiz von dem König und seinem Gefolge genommen. Da er der Garde befohlen hatte, nicht wie die Holzfäller durch die Lande zu reiten und mit Gewalt jedes Hindernis beiseitezuräumen, sondern auf das Volk ein wenig Rücksicht zu nehmen, hatten seine Männer angehalten und Ludwig gefragt, wie sie vorgehen sollten.

Ludwig räusperte sich, doch die beiden Streithähne beharkten sich weiter, ohne ihn zu beachten.

Da zog Ludwig sein Schwert und schlug damit dem einen auf die Schulter. Der zuckte zusammen, drehte sich zu Ludwig um, riss erschrocken die Augen auf und beugte schnell das Knie. Immerhin.

»Ihr wisst, wer Wir sind?«, fragte Ludwig.

Der Fuhrknecht nickte eifrig, hielt den Kopf jedoch weiter gesenkt. Der andere war blass geworden, er stand da wie ein Ölgötze und glotzte Ludwig an, die Faust in den weit aufgesperrten Mund gestopft.

Ludwig rieb sich das glatt rasierte Kinn. Sein Scher hatte gute Arbeit geleistet, nicht einen Schnitt hatte Ludwig davongetragen. »Wäre es zu viel verlangt, wenn du deinem König Passage geben würdest?«, fragte er den Eifrigen.

»Immer gern, Eure Hoheit, aber davon habe ich nichts auf meinem Wagen und auch nichts in meinem Haus.«

Ludwig hörte Rohard und die Männer der Garde lachen. Er schlug mit der eisenbewehrten Faust auf seinen Panzer. Sofort kehrte Schweigen ein. »Lass Uns einfach vorbei, das würde Uns schon genügen.«

»Auch das, mein König, liebend gern. Aber wie Ihr seht«, der Fuhrknecht zeigte auf sein Gegenüber, »liegt es nicht an mir, sondern an der Brechnuss da, die in der Hölle schmoren soll für alle Zeiten, weil sie mir das Recht streitig macht, zuerst die Furt zu durchqueren.«

Ludwig traute seinen Ohren nicht, aber er wollte noch nicht dreinschlagen. Auf gewisse Art gefiel ihm der Disput. Die beiden waren wie Hofnarren, es war ein heiteres Spiel, nichts weiter. Er wandte sich an den Ölgötzen. »Und wie soll es jetzt weitergehen? Willst du deinem König den Rest des Tages im Weg stehen? Sollen wir alle gemeinsam hier das Nachtlager aufschlagen?«

Der Ölgötze nahm die Hand aus dem Mund. »Herr, verzeiht, Herr, aber nein. Sobald der schrundige Mistkäfer seinen Wagen zur Seite gefahren hat, werde ich die Furt durchqueren, und Ihr könnt mir sogleich folgen.«

Ludwig musste grinsen ob dieser Unverfrorenheit. Diese beiden Knechte waren entweder sehr dumm oder sehr schlau. Auf jeden Fall fürchteten sie Ludwig nicht. »Kommt her, beide!«

Die Fuhrknechte drängten sich gegenseitig fast vom Weg, belegten sich eifrig weiter mit Flüchen und Verwünschungen aller Art und blieben schließlich vor Ludwigs Pferd stehen.

»Uns fällt es schwer, hier Recht zu sprechen, da Wir nicht wissen, wer von euch beiden zuerst hier war. Und da ihr beide darauf beharrt, dieses Vorrecht innezuhaben.«

Die Fuhrknechte glotzten Ludwig an, als hätte er die Sprache der Venezianer gesprochen. Oder Latein. Sie begriffen nichts. Seine Worte gingen auf der einen Seite in die Köpfe hinein, auf der anderen wieder hinaus. Er musste es einfacher machen und den beiden eine kleine Lektion erteilen.

»Seid ihr mit einem Gottesurteil einverstanden? Ihr seid doch brave Christen und glaubt an Gott?«

Beide nickten eifrig.

»Gut. So soll es sein. Welche Waffen wählt ihr?«

»Waffen?«, fragte der eine.

»Ich habe keine Waffe«, sagte der andere. »Das ist uns verboten. Wir sind nur Fuhrknechte, Leibeigene des Grafen Herrenfeld.«

»So lautet aber die Regel bei Gottesurteilen: Ihr kämpft, bis einer tot ist oder aufgibt. Der andere hat recht. Denn Gott hat es so entschieden.«

Die Fuhrknechte schluckten.

»Reicht uns zwei Schwerter, Knappe.«

»Herr, wartet!«, rief der Ölgötze. »Ich meine mich zu erinnern, dass ich es nicht ganz so eilig habe.« Der Mann trottete zu seinem Ochsengespann und fuhr es zur Seite.

Ludwig wartete nicht, bis der andere auf die Idee kam, die Lücke zu füllen. Schnell brachte er sein Pferd an die Engstelle und winkte seine Männer zu sich.

Adebrandt verneigte sich vor Ludwig. »Meine Hochachtung, Herr. Ihr habt uns vor einem schweren Kampf bewahrt. Das nenne ich Reisediplomatie feinster Art.«

»Hoffentlich ist Euer Schwert genauso geschliffen wie Eure Zunge, Hauptmann«, erwiderte Ludwig. »Denn Ihr sollt den entgangenen Kampf bei nächster Gelegenheit auf dem Turnierplatz nachholen.«

Er trieb sein Pferd in die Fluten der Traun. Fast bis zum Sattel ging das Wasser, aber die Strömung war kaum zu spüren. Der Fluss war zwar kalt, aber nicht mehr eisig, eine willkommene Erfrischung nach dem langen Ritt. Als Erster erreichte Ludwig das gegenüberliegende Ufer. Seine Männer eilten ihm hinterher und rahmten ihn bald wieder ein.

Ludwig hob seinen Blick zur Burg Stein. Die Unruhe, die er verspürte, seit er von Robert Meglings Ergreifung gehört hatte, verstärkte sich. »Adebrandt, schickt eine Eskorte zur Mannpforte auf der Rückseite der Burg. Man weiß ja nie.«

»Wie Ihr befehlt, Herr.« Der Hauptmann deutete auf acht Männer. »Ihr habt gehört, was der König gesagt hat.«

Die acht Ritter scherten aus der Formation aus und galoppierten los.

Wieder hob Ludwig den Blick zum Banner der Grafen von Amerang. Was ihn dort wohl erwartete? Ein neuerlicher Anschlag? Erfüllte sich auf Burg Stein sein Schicksal?

***

Robert und Mathes traten aus dem Wald heraus und überquerten die gut einhundertfünfzig Fuß breit kahl geschlagene Fläche bis zur Mannpforte mit langen Schritten.

»Wer seid ihr?«, bellte die Wache von den Zinnen herab, noch bevor sie die Pforte erreichten. »Warum schleicht ihr euch wie die Wölfe an?«

Robert linste unter dem Stoff der Gugel nach oben. Der Wachmann war ein grobschlächtiger Kerl, von der Sorte, die zuerst jemanden erschlug und dann Fragen stellte. Gut so. Diese plumpen Söldner musste man nur richtig anfassen, dann kuschten sie.

Robert hatte versucht, Mathes auf die Schnelle zu lehren, wie ein Herr mit einem Untergebenen üblicherweise umsprang, hatte ihm einige Wendungen beigebracht, die ein Graf verwendete, wenn sich ein Untertan unbotmäßig verhielt. Er hatte ihm eingeschärft, seine Stimme hart klingen zu lassen und in nichts nachzugeben. Schließlich mussten die Wachleute davon überzeugt werden, dass sie es mit zwei vornehmen Herren zu tun hatten, die in geheimer Mission unterwegs waren. Unauffällig stieß er Mathes an.

Der reagierte sofort. »Bist du von allen guten Geistern verlassen, Mann?«, rief er. »Was erlaubst du dir? Willst du auf dem Rad enden? Ich muss mit Veit von Amerang sprechen, und zwar unverzüglich. Mein Anliegen duldet keinen Aufschub. Öffne die Pforte, und ich will sehen, ob ich bei ihm ein gutes Wort für dich einlegen kann. Oder hast du dich schon vollgepisst vor Angst ob der ungeheuren Übermacht, die vor dir steht und die Burg schleifen will?«

Die Wache zuckte zusammen. »Verzeiht, Herr, ich konnte ja nicht wissen ...«

Mathes machte seine Sache wirklich gut, doch jetzt kam der Moment, vor dem sich Robert fürchtete. Sie mussten sich als Männer Leopolds zu erkennen geben. Und hoffen, dass Veits Wachleute über die wahre Loyalität ihres Herrn unterrichtet waren.

»Leopold schickt mich, der Gebieter und Wohltäter deines Herrn. Er hat neue Befehle und wichtige Nachrichten für ihn. Ich führe ein Schreiben Leopolds mit mir, das dies bestätigt. Und jetzt öffne, oder ich lass dir die Haut in Streifen vom Rücken ziehen.«

Schlagartig setzte sich der Wachsoldat in Bewegung. Gott sei Dank! Robert schöpfte Hoffnung. War das nicht schon Beweis genug für Veits Schändlichkeit? Aber niemand würde es bezeugen. Und weder Mathes noch ihm würde man auch nur ein Wort glauben.

Die Pforte öffnete sich quietschend, der Wachmann verbeugte sich tief. »Verzeiht, Herr, ich konnte ja nicht wissen ...«

»Schon gut«, herrschte ihn Mathes an. »Dadurch, dass du es wiederholst, wird es nicht besser. Ruf Veit von Amerang. Und er soll allein kommen. Niemand darf wissen, dass wir hier sind. Wag es also nicht, jemand anderem als ihm von unserer Ankunft zu erzählen!«

Sich immer wieder verbeugend verschwand der Wachmann. Robert schaute sich um. Sie standen in einem ummauerten Hof, es gab zwei Wege hinaus: durch die Mannpforte zurück nach draußen und durch ein eisernes Tor in die Burg hinein. Diesen Weg nahm der Wachmann – und versperrte das Tor hinter sich. Sie waren gefangen wie Vögel in einem verdammten Käfig. Der Wachmann hatte natürlich richtig gehandelt. Solange er sich nicht sicher sein konnte, wer die beiden Besucher waren, musste er sich zwar respektvoll verhalten, durfte ihnen aber keinen Zugang zur Burg ermöglichen.

Eine Ewigkeit schien zu vergehen, bis das Tor wieder aufgesperrt wurde. Zeit genug, sich vorzustellen, was Veit ihm abschneiden würde, wenn er Roberts Plan durchschaute.

Es war nicht der Wachmann von eben, der durch das Tor kam, sondern ein Mann, den Robert schon einmal gesehen hatte. Er hatte mit finsterem Blick im Hof gestanden, als der Stallknecht ihm aufs Pferd geholfen hatte. Seine Haltung konnte Robert nicht deuten, sein Gesicht war ausdruckslos.

»Hartat von Selb, Vogt im Dienst des edlen Veit von Amerang«, stellte er sich vor. »Mein Herr entbietet Euch beste Grüße und ein herzliches Willkommen auf Burg Stein.« Er verbeugte sich tief. »Er wird sogleich zu Euch stoßen, edle Herren. Wäre es vorher möglich, das Schreiben zu sehen? Ich bitte vielmals um Verzeihung, aber …«

Mathes wischte mit der Hand durch die Luft und zog das gefälschte Schreiben hervor. »Selbstverständlich, Vogt. Hätte der Wachmann danach gefragt, hätten wir es ihm mitgegeben.«

»Ich werde ihn bestrafen lassen, er hat in der Tat alles falsch gemacht.«

»Tut das«, sagte Mathes mit fester Stimme. »Er hat es verdient.«

»Verzeiht, Herr, wie ist Euer Name? Der Tölpel hat Euch nicht danach gefragt, weswegen ich die Rutenschläge verdoppeln werde, die er sich beim Henker abholen kann.«

Robert gefiel das Geschwätz nicht. Dieser Hartat wollte sie hinhalten, das war alles.

»Ich bin Mathias Henrichs von Bergau«, sagte Mathes.

Robert musste schlucken. Damit es gut klang und ihm zugleich einfach von der Zunge ging, hatten sie vereinbart, dass er Roderichs Namen annehmen sollte. Robert musste an Ursula denken, an die Trauung in der Ruine. Wie kurz war ihr Glück gewesen! Wie glücklich hätten sie sein können. Und wie gern hätte er sie auf seiner Burg aufgenommen.

»Und Euer werter Begleiter, hat er auch einen Namen?«

»Das ist Graf Megling, der Marder.«

Robert erstarrte. Veits Stimme. Männer strömten in den engen Hof und auf die Zinnen über ihnen. Mathes wurde augenblicklich zu Boden geworfen, der Vogt riss Robert die Gugel vom Kopf. Durch die Mannpforte tauchten drei Männer in Roberts Rücken auf, die seine Hände fesselten.

Aus dem Schatten eines Mauerwinkels, den Robert nicht hatte einsehen können, trat Veit von Amerang und schüttelte den Kopf. »Ich fasse es nicht. Ihr taucht hier auf und glaubt, mit Euren Ammenmärchen Eindruck schinden und mich überlisten zu können! Ihr kommt im Auftrag von Leopold? Allein dafür gebührt Euch der Tod auf dem Rad. Grundgütiger! Wie dumm kann ein Mann denn sein? Ich habe Euch nicht einen Moment aus den Augen gelassen, seit Ihr aus meiner Burg geritten seid. Glaubt Ihr wirklich, ich hätte Euch einfach so ziehen lassen? Ich hätte Euch so oder so wieder eingefangen. Wie zuvorkommend, dass Ihr mir diese unangenehme Arbeit abgenommen habt.«

***

Gero raufte sich die Haare und trat auf den Burghof, wo seine Männer auf ihn warteten. Es war zum Auswachsen! Er saß auf heißen Kohlen, und ständig taten sich neue Probleme auf. Das hatte schon mit der Einnahme von Burg Megling am Vortag begonnen. Ganz so einfach, wie er gedacht hatte, war es nicht gewesen. Kaum waren sie in den vorderen Burghof geritten, als von der Au trotz seiner schweren Verletzungen kurz zur Besinnung gekommen war und Alarm geschrien hatte. Wären nicht die Armbrustschützen gewesen, die geistesgegenwärtig die Männer an der Zugbrücke zum inneren Hof abgeschossen hatten, hätten sie erneut in der Falle gesessen. Danach war der Kampf kurz gewesen, Götz von der Aus Männer hatten schnell eingesehen, dass die Burg verloren war, und die Waffen gestreckt.

Dennoch hatte es zwei weitere Verletzte unter Geros Männern gegeben. Gero musste sie in der Burg zurücklassen, zusammen mit den Rittern, die die Burg bis zum Eintreffen der Verstärkung bewachen sollten. Noch gestern Abend hatte Gero Boten zu seinen vertrauenswürdigsten Verbündeten entsandt, mit der Bitte, die Besatzung der Burg schnell mit einigen ihrer Männer aufzustocken. Götz von der Aus Wachen saßen allesamt im Kerker, eingezwängt wie Schafe in einem zu engen Stall.

Gero trat zu seinem Pferd. Von den vierzig Männern, mit denen er aufgebrochen war, waren nur noch gut zwei Dutzend übrig, um ihn zur Burg Stein zu begleiten. Sie genügten, um ihn unterwegs zu schützen. Doch wenn sich sein ungutes Gefühl in Bezug auf Veit von Amerang bestätigte und ihm auf Burg Stein eine bewaffnete Auseinandersetzung bevorstand, wäre er hoffnungslos in der Unterzahl.

Gero saß auf und blickte zurück zur Burg Megling. Von der Au war wieder ohne Bewusstsein, zumindest tat er so. Gero hätte ihn am liebsten wachgerüttelt, aber der Schurke rang ohnehin mit dem Tod, auf keinen Fall sollte er sterben, bevor ihm der Prozess gemacht werden konnte. Ursprünglich hatte

Gero ihn als seinen Gefangenen mitnehmen wollen, aber das hätte von der Au wohl nicht überlebt. Also musste sich Gero wie geplant an Veit halten, um die Wahrheit herauszufinden.

***

Veit betrachtete Robert Megling abschätzend. Zu gern hätte er gewusst, was dieser Bastard im Schilde führte. Warum war er zurückgekehrt? Was wollte er auf Stein? Hatte er womöglich erfahren, dass der König im Anmarsch war, und seine Chance gewittert, sich bei ihm Gehör zu verschaffen?

Vom Bergfried her erklang eine Fanfare. Verflucht! War das etwa schon Ludwig? Das hatte ihm gerade noch gefehlt!

Veit sah das erleichterte Aufblitzen in Meglings Augen. Er grinste breit. »Oh ja, der König. Aber er ist noch ein Stück entfernt. Weit genug, dass Ihr Euch auf der Flucht vom Turm stürzen könnt. Euer Freund Ludwig wird nicht begeistert sein, aber wie sollte ich wissen, dass er Euch um jeden Preis lebend haben wollte?« Veit dachte an die drei Männer des Königs, die er hatte verschwinden lassen, damit er glaubwürdig versichern konnte, dass Ludwigs Botschaft ihn nicht erreicht hatte. Er seufzte gespielt. »Ist das Leben nicht manchmal grausam?«

Er trat näher an Megling heran, sodass niemand mithören konnte. »Übrigens, die kleine Marijana ist eine echte Wildkatze. Man muss sie allerdings zu nehmen wissen, sie braucht eine harte Hand, wenn Ihr versteht, was ich meine.« Veit griff sich in den Schritt. »Wegen ihr seid Ihr doch hier? Sprengt die Lust Euch die Lenden? Das kommt davon, wenn man sich nicht rechtzeitig nimmt, was man will. Sie hat geblutet! Sie war noch Jungfrau! Ihr habt keine Ahnung, was Ihr versäumt habt. Megling, Ihr seid ein Trottel, und Ihr passt nicht in diese Welt. Und weil das so ist, werde ich die Welt von Euch erlösen.«

Megling zerrte an seinen Fesseln, sein Gesicht war rot vor Zorn. Auf Veits Zeichen rammte ihm eine Wache die Faust in den Magen. Er knickte zusammen.

»Führt ihn auf den Turm!«, befahl Veit.

»Wartet!«, rief Megling, mühsam nach Atem ringend.

»Was denn noch? Ich habe keine Zeit für Eure Spielchen!«

»Ihr wollt doch sicher die andere Hälfte des Briefes, nicht wahr? Wenn Ihr mich jetzt tötet, werdet Ihr sie nie bekommen.«

Veit verschränkte die Arme. »Woher wollt Ihr wissen, dass ich sie nicht längst habe?«

Meglings Lider flackerten, nur für einen winzigen Augenblick. Doch das genügte Veit. Er wusste, was er wissen musste. Marijana hatte zumindest zum Teil die Wahrheit gesagt. Robert Megling hatte die zweite Briefhälfte nicht. Ob Marijana ihm auch das richtige Versteck verraten hatte, würde er bald erfahren. Er hatte Gernot zu dem Kloster geschickt. Mit etwas Glück würde er noch heute zurückkehren.

»Ihr könnt den Brief nicht haben«, stieß Megling hervor.

»Und wenn schon. Bald wird es keinen König mehr geben, der mich aufgrund irgendwelcher Briefe verurteilen könnte.« Veit trat einen Schritt zurück. »Schafft ihn weg.«

Im selben Augenblick flog die Mannpforte auf. Die Männer, die hinter Megling und seinem Kumpan hereingekommen waren, hatten sie nicht wieder verriegelt. Ritter drangen ein, auf ihren Waffenröcken prangte das Wappen des Königs.

Veit unterdrückte einen Fluch.

Einer der Ritter öffnete das Visier. »Was geht hier vor? Warum ist die Mannpforte nicht verschlossen?«

Veit gab seinen Leuten ein Zeichen, doch sie waren nicht schnell genug.

»Ich bin Robert Megling, der Marder!«, rief Megling.

Dieser verdammte Satansarsch!

Einer von Veits Wachleuten wollte ihn trotzdem rasch durch das Tor schleifen, doch der Ritter des Königs trat vor, das Schwert erhoben. »Ich erkenne Euch, Megling. Wie könnte ich Euer verfluchtes Antlitz je vergessen. Ich bin der Mann, der Euch daran hinderte, unseren König zu ermorden. Ihr könnt von Glück reden, dass Ludwig Befehl gegeben hat, Euch lebend zu fangen. Bei Gott, nie ist es mir schwerer gefallen, ihm zu gehorchen.«

»Ich erkenne Euch ebenfalls wieder. Und ich begebe mich willig in Eure Gewalt.«

Der Ritter betrachtete Megling argwöhnisch. »Im Namen des Königs nehme ich Euch, Robert Graf Megling, fest. Ihr seid angeklagt, Euch gegen König Ludwig verschworen und versucht zu haben, ihn hinterrücks zu erdolchen. Außerdem seid Ihr des Raubrittertums und des mehrfachen Mordes verdächtig.«

Veit trat vor. Er durfte sich nicht das Heft aus der Hand nehmen lassen. »Gott schütze den König. Endlich kann der Schuft nicht mehr entkommen. Ich hoffe inständig, dass unser geliebter König kurzen Prozess mit ihm macht.«

Er wandte sich Robert zu, legte sich die flache Hand an die Kehle, ohne dass es sonst jemand sehen konnte, und formte mit den Lippen ein einziges Wort: »Marijana.«

***

Marijana schreckte hoch. Die schwere Tür der Kemenate wurde aufgestoßen. Zwei Wachen traten ein, griffen sie grob an den Oberarmen und stießen sie in den Flur. Marijana wehrte sich nicht. Gegen diese muskelbepackten Kerle konnte sie nichts ausrichten. Der eine hatte eine Narbe quer über das ganze Gesicht, und ihm fehlte ein Ohr.

»Wohin bringt ihr mich?«, fragte sie mit weicher Stimme. Vielleicht ließen sich die beiden mit ein wenig Freundlichkeit einlullen.

»In Sicherheit, ins Turmverlies.«

»In Sicherheit? Steht der Feind vor den Toren?«

Der Einohrige lachte, während er Marijana über einen Hof zum Bergfried zerrte. Er stieß die Tür auf und schubste sie eine Treppe hinauf. »Er ist schon in der Burg, und zwar gleich doppelt, der eine in Nerz gehüllt, der andere in Eisen gelegt.«

Der zweite Wachmann schüttelte den Kopf. »So ein Holzkopf. Ich wäre längst über alle Berge.«

Marijanas Herz schlug schneller. »Ein Holzkopf? Wer?«, säuselte sie.

»Dieser Marder. Robert Megling. Er ist zurückgekommen, dieser Strohkopf. Wollte unseren Herrn abstechen.«

Der Einohrige schlug seinem Kumpel auf den Hinterkopf. »Er hatte gar kein Messer, du Pfeife! Immer musst du was dazuerfinden. Ganz so dumm war er nicht. Er hatte eine viel gefährlichere Waffe dabei. Der Henkersknecht hat sie entdeckt. Der Marder trug Schmuck um den Hals, eine Kette. Die war aus scharfem Draht gemacht, mit einem Griff an jedem Ende. Damit kannst du einem den Kopf im Handumdrehen runtersäbeln. Ludwig, der Ketzer, wird ihm hier und heute den Prozess machen! Und das Urteil steht schon fest. Das wird ein rechter Spaß.« Beide lachten meckernd.

Robert war zurückgekehrt! Warum? Dafür konnte es nur einen Grund geben: Er hatte versucht, sie zu retten. Marijana kämpfte mit den Tränen. Alles war umsonst gewesen. Veit würde Robert nicht ein zweites Mal gehen lassen. Im Gegenteil. Er würde ihn so schnell wie möglich hinrichten lassen. Vermutlich hätte er es schon getan, wenn der König nicht gekommen wäre. Nun musste er den Prozess abwarten.

Die Wachen stießen Marijana in ein Verlies, in dem es nichts gab außer einer achtlos hingeworfenen Decke aus Ziegenhaar. Sie stolperte und fiel der Länge nach hin. Die Tür schlug zu, Schlüssel rasselten. Marijana rappelte sich hoch, Tränen brannten ihr heiß in den Augen. Durch zwei winzige vergitterte Fenster in unerreichbarer Höhe sickerte Licht. Selbst wenn sie es dahin schaffte, wären die Öffnungen zu eng, um sich hindurchzuzwängen.

Es gab nur eine Möglichkeit, der Rachsucht ihres Peinigers zu entgehen. Sie musste sterben, und Robert musste es erfahren, damit auch er beruhigt sterben konnte. Im Tod würden sie vereint sein, so wie Ursula und Roderich. Marijana beneidete die beiden. Sie waren in Freiheit gestorben, sie hatten die letzten Stunden ihres Lebens gemeinsam verbracht.

Aber wie sollte sie in diesem Loch ihrem Leben ein Ende setzen? Sie hatte ja nichts dabei außer den Kleidern auf ihrem Leib. Marijana ließ sich auf dem Boden nieder und schlug die Hände vors Gesicht.

Versehentlich streiften ihre Finger ihren Schutzstein, der noch immer um ihren Hals hing. Aus unerfindlichen Gründen hatte Veit ihn ihr nicht weggenommen. Sie musste an Meister Gallus denken, an ihren Vater, an alles, was sie von den beiden gelernt hatte, und schämte sich plötzlich dafür, dass sie so feige und gottlos aus dem Leben scheiden wollte. So etwas durfte sie nicht einmal denken!

Außerdem gab es noch Hoffnung. Der König war hier, oder zumindest wurde er erwartet. Was hatten die Wachen gesagt? Der König würde Robert hier und heute den Prozess machen. Marijana begriff. Veit verheimlichte auch Ludwig, dass sie lebte und dass sie hier gefangen war. Deshalb hatte er sie ins Verlies werfen lassen. Natürlich. Veit ließ den König in dem Glauben, Robert habe sie getötet.

Sie musste sich bemerkbar machen. Ihr würde der König glauben, zumal sie der lebende Beweis dafür war, dass Veit ihn angelogen hatte. Sie streckte das Kreuz durch und hob den Kopf. »Ich bin Marijana von Falkenstein! Solange ich atme, werde ich nicht aufgeben.«

Sie kniff die Augen zusammen. Über ihr hatten die Bauherren eine Luke eingelassen. Ein letzter Fluchtweg, der vermutlich auf das zinnenbewehrte Dach des Bergfrieds führte und von dort vom Turm hinunter?

Der Prozess würde bestimmt auf dem Burghof abgehalten. Und alle würden dort versammelt sein, dieses Schauspiel würde sich niemand entgehen lassen. Vielleicht gelang es ihr, unbehelligt nach Ida zu suchen. Wenn sie die Puppe fand, konnte sie mit dem Beweis für Roberts Unschuld vor den König treten. Dann würden sie beide leben, und Veit würde hingerichtet werden.

Doch um die Luke zu erreichen, hätte sie eine Leiter haben müssen – oder fliegen können. »Gott hat mir die Luke geschenkt und den König zu mir geführt«, flüsterte Marijana. »Dann wird er mich auch das Fliegen lehren.«

***

Robert und Mathes nahmen den verdünnten Wein dankbar an. Zwei Ritter der königlichen Garde standen vor dem Kerker und ließen niemanden zu ihnen. Der König hatte es befohlen, und er hatte auch befohlen, beide gut zu behandeln. Ohne es zu wissen, hatte Ludwig Veits Plan vereitelt.

Trotz allem Unglück schien Gott noch immer seine Hand über Robert zu halten. Er spürte Schmerzen in seinem rechten Zeigefinger. Von anderen Rittern hatte er gehört, dass Glieder schmerzen konnten, die gar nicht mehr da waren, selbst wenn sie schon seit Jahren fehlten. Robert fragte sich, ob mit seinem Finger ein Teil seiner Seele bereits auf dem Weg in den Himmel – oder in die Hölle war. Ob die Schmerzen daher rührten, dass die Seele gleichsam in zwei Teile zerrissen war.

Rufe drangen durch das winzige vergitterte Fenster in der Tür des Kerkers und rissen ihn aus seinen Überlegungen. Robert zog sich hoch, machte zwei Schritte, dann hielt ihn die Kette auf, die an sein Fußgelenk geschmiedet war. Metall rasselte, die Tür schwang auf, die beiden Wachen traten ein und drückten Robert sanft, aber bestimmt an die Rückwand des Kerkers, dann auf die Knie. Ebenso verfuhren sie mit Mathes.

Roberts Herz raste. Er konnte nicht verhindern, dass er bei dem Gedanken an Veit und die Folter die Kontrolle über seinen Körper verlor. Mein Fleisch ist schwach, doch mein Wille ist stark, sagte er sich immer wieder, trotzdem zitterten seine Hände und rumorten seine Eingeweide.

Doch es war nicht Veit, der in den Kerker trat. Es war Ludwig. Robert rang mit den Tränen. Vor ihm stand sein geliebter König. Aber was sollte er ihm sagen? Was durfte er ihm sagen, ohne Marijanas Leben zu gefährden? Veits Drohung war unmissverständlich gewesen, und Robert zweifelte keinen Moment daran, dass er sie in die Tat umsetzen würde, wenn es darauf ankam. Schon allein, um die unliebsame Zeugin loszuwerden.

Ludwig schwieg eine Weile, dann trug er die Anklage vor: der Mordanschlag auf ihn, die Raubüberfälle, die Mordbrennerei und nicht zuletzt die Entführung und Ermordung von Marijana.

Robert hörte an Ludwigs Stimme, dass er sich mühsam beherrschte. »Steht auf und äußert Euch zu der Anklage, Robert Megling!«, befahl er schließlich.

Die Wache zog ihn hoch, er hatte Mühe stehen zu bleiben. Langsam hob er den Kopf und blickte Ludwig in die Augen. Dort entdeckte er nichts als Verachtung und Hass, aber auch eine winzige Spur Bedauern.

»Mein König«, begann Robert. Seine Zunge war schwer und dick. Er musste jedes Wort genau abwägen, obwohl die Wahrheit mit Macht aus ihm herausdrängte. »Ich gebe zu, geraubt zu haben, aber nicht, um mich zu bereichern, sondern aus Not. Und ich gebe zu, dass ich mich ›Marder‹ nannte, aber ich habe keine unschuldigen Menschen getötet, und ich habe es auch nicht befohlen.« Robert musste husten, seine Kehle war trocken wie Staub, trotz des Weins, den sie bekommen hatten. »Ich weiß, dass es einen anderen Mann gibt, der als Marder mordet und plündert und mir die Taten anhängt.«

Eine der Wachen schnaubte verächtlich.

Der König hob die Hand. »Gebt Ihr zu, die Tochter des Grafen Gero von Falkenstein entführt zu haben? Gebt Ihr zu, ein Lösegeld erpresst zu haben? Sie vor den Augen des Bräutigams hinterhältig ermordet zu haben?«

»Nein!« Robert fiel auf die Knie und schlug die Hände vors Gesicht. Durfte er sagen, dass er Marijana nichts angetan hatte? Dass sie noch lebte? Er blickte auf. »Ich habe Marijana kein Leid zugefügt. Im Gegenteil. Ich habe sie gerettet und beschützt. Ich gebe zu, dass meine Männer sie entführt haben. Ich wollte sie gegen Lösegeld ihrem Vater übergeben. Unversehrt. Es war nicht meine Schuld, dass die Übergabe gescheitert ist.« Er senkte den Blick. Bestimmt hatte er schon viel zu viel gesagt. Wenn er sicher gewusst hätte, dass niemand mithörte, der Veit unverzüglich berichten würde, was gesprochen wurde, hätte er dem König alles erzählt. Ludwig hätte Marijana beschützt. Aber es war zu gefährlich. Veit könnte Marijana umbringen und ihren Leichnam verschwinden lassen, bevor Ludwig auch nur den Kerker verlassen hatte, um Roberts Worte zu überprüfen.

»Wenn Ihr Marijana von Falkenstein nicht getötet habt, wer dann?«

»Niemand«, flüsterte Robert tonlos.

»Sie lebt? Wo ist sie?«

»Ich weiß es nicht.«

»Warum sollte ich Euch glauben? Ihr seid ein Mörder, Ihr wolltet mich, Euren König, hinterrücks meucheln. Jedes Wort, das über Eure Lippen kommt, ist nichts als verlogener Dreck.«

Robert verließ jegliche Kraft. Es war sinnlos.

»Warum?«

Überrascht sah Robert auf. »Ich habe Euch kein Leid angetan. Es war und ist eine Verschwörung gegen Euch und gegen mich. Doch ich kann es nicht beweisen. So ergebe ich mich in mein Schicksal und bitte um die Gnade eines schnellen Todes.«

Ludwig schwieg. Robert wusste nicht, was er noch tun oder sagen sollte. Eins fiel ihm noch ein. »Herr, verschont meinen Gefährten. Er ist mir arglos gefolgt, ich habe ihn angelogen, ich habe ihn erst gestern kennengelernt. Er hat nichts mit den Schandtaten des Marders zu tun.«

»Ihr seid auch noch ein schlechter Lügner, Megling«, stieß Ludwig hervor. »Und selbst wenn es so wäre – dieser Mann hat schon deshalb den Tod verdient, weil er vorgab, einen Adelstitel zu tragen, und weil er sich unter einem Vorwand Zugang zur Burg verschaffen wollte. Es ist bedauerlich, Megling, dass Ihr nicht einmal einen letzten Funken Ehre besitzt und von Euch aus reinen Tisch machen wollt. Aber gut. Das ist Eure Entscheidung. Schon bald wird der Henker Euch die Zunge lösen, und dann werden wir ja sehen, wessen Ihr schuldig seid.«

Der König wandte sich abrupt so und stürmte aus dem Kerker. Erst als Robert seine Schritte nicht mehr hörte, ließen die Wachen ihn und Mathes los, traten zurück und verließen ebenfalls den Raum. Die Tür krachte ins Schloss.

»Vielen Dank für deine Bemühungen«, sagte Mathes. »Hast du wirklich geglaubt, der König würde bei mir Gnade walten lassen?«

»Es tut mir so leid …«

»Schweig. Ich bin froh, wenn alles vorüber ist. Gott soll mich richten, denn die Menschen taugen nicht dazu. Ludwig ist blind für die Wahrheit, blind wird er in den Tod gehen. Ich bin müde, verstehst du? Ich sehne mich nach Ruhe und nach Frieden. In dieser Welt kann ich weder das eine noch das andere finden.«

Robert wusste nichts zu sagen. Er ließ den Kopf hängen, schloss die Augen, sah Marijanas Gesicht vor sich.

»Gib niemals auf«, sagte sie. »Niemals!«

***

Marijana kniete in der Mitte des Turmverlieses. Nicht ein Ton drang durch die Mauern ihres Gefängnisses. Sie war blind und taub für alles, was außerhalb vor sich ging.

»Lieber Gott, Herr im Himmel, schenke mir Kraft und Weisheit. Vergib mir meine Sünden, und beschütze meinen Vater und Robert und Meister Gallus. Beschütze auch Mathes, Hasso und Jeronimus, denen hoffentlich die Flucht gelungen ist. Nimm Ursula und Roderich und die anderen braven Männer auf in Dein Reich, und geh nicht zu hart mit ihnen ins Gericht.« Sie schlug das Kreuz und blickte zur Luke hoch.

Gott hatte ihr nicht nur das Loch in der Decke geschenkt, sondern auch einen Metallhaken, der daneben eingemauert war. Der diente wahrscheinlich dazu, eine Leiter einzuhängen – oder ein Seil.

Marijana öffnete die Schnürung ihres Kleides, zog es sich über den Kopf und betrachtete es: das Gewand einer Magd. Diesmal hatte Veit ihr mit seiner Gehässigkeit einen Dienst erwiesen: Das Kleid war aus grobem, starkem Leinen, das sich gut reißen ließ und einiges aushielt, wenn man es zu einem Seil drehte.

Marijana schätzte, dass der Abstand bis zur Luke zehn bis zwölf Fuß betrug, etwa doppelt so viel, wie sie groß war. Die Wände verjüngten sich nach oben. Selbst wenn sie am rauen Mauerwerk Halt gefunden hätte, wäre es unmöglich gewesen, hinaufzuklettern. Aber es gab einen anderen Weg.

Vorsichtig riss Marijana das Kleid in Streifen, verdrehte sie und knüpfte sie zu einem Seil aneinander. Dabei summte sie ein Lied, das ihre Amme ihr immer vorgesungen hatte. »Kindlein, liebes Kindlein, schließ die Augen schnell, lass die Träume zu dir kommen, bevor es wird wieder hell.«

Es war nicht der schönste Reim, aber Marijana war immer selig darüber eingeschlafen. Und jetzt beruhigte er sie.

Erinnerungen stiegen in ihr auf: wie sie mit ihrem Vater auf der Jagd gewesen war; wie sie im Winter am Kaminfeuer lateinische Wörter gelernt hatte; wie sie in der Küche Gelbrüben gestohlen hatte, um sie ihrem Pony zu geben; wie sie sich verirrt und Ida, ihre Puppe, gefunden hatte; wie sie nur um Haaresbreite den beiden furchtbaren Männern entkommen war. So viele Jahre hatte sie nicht mehr an jenen Tag gedacht, jetzt fielen ihr sogar die Worte wieder ein, die die Fremden gesprochen hatten.

»... der bayerischen Schlange muss der Kopf abgehauen werden, bevor sie ihren Giftzahn in uns schlägt ...« Das hatte der Ältere der beiden gesagt. Seine Stimme hätte sie jederzeit wiedererkannt. Nie wieder war ihr seither jemand begegnet, der mit diesem seltsam fremden singenden Klang gesprochen hatte.

Der andere war jünger gewesen. Leider erinnerte sie sich nicht an seine Stimme. Aber dafür war ihr jetzt, zehn Jahre nach dieser Begegnung, klar, dass die Männer den Tod des Königs geplant haben mussten. Hätten sie Marijana entdeckt, wäre sie an jenem Tag gestorben.

Damals hatte sie der Zufall gerettet. Und Gottes schützende Hand. Heute musste sie selbst handeln. Wo war Ida? War sie wirklich ins Feuer geworfen worden? Hatte Veit die zweite Hälfte des Briefes gefunden? Wann kehrte sein Späher mit der Nachricht zurück, dass Marijana gelogen hatte? Sinnlose Fragen. Die einzig wichtige Frage war: Hielt das Seil?

Marijana schlang ein Ende zu einer Schlaufe. Sie stellte sich unter die Luke, nahm die Schlaufe in die rechte, das andere Ende des Seils in die linke Hand. Es sah so nah aus. Sie zielte, legte alle Kraft in den Wurf und verfehlte den Haken um mindestens eine Elle. Wie ein toter Vogel klatschte das Seil auf den Boden.

»Nicht aufgeben«, murmelte Marijana. »Niemals aufgeben.«

Sie warf erneut, wieder daneben. Fast ein Dutzend Mal versuchte sie es, und immer ging der Wurf fehl. Woran lag es? Es musste der Winkel sein, in dem sie zum Haken stand. Marijana trat zwei Schritte zurück und warf die Schlaufe erneut. Fast! Nur einen Fingerbreit daneben. Das war es. Sie musste versetzt unter dem Haken stehen, nicht darunter. Sie trat noch einen Schritt zurück, warf – die Schlaufe legte sich über den Haken! Endlich!

Marijana zog das Seil fest, ruckte daran. Es hielt. Mit beiden Händen griff sie so weit oben wie möglich zu, zog sich hoch und winkelte die Beine an. Mit den Füßen hangelte sie nach dem Seil, das hin und her pendelte, erwischte es und wickelte es sich um die Knöchel. Jetzt konnte sie sich mit der Kraft ihrer Oberschenkel nach oben abdrücken. Nie hätte sie gedacht, dass das so anstrengend sein würde. In ihrem Bauch zog es, Schweiß lief ihr den Rücken hinunter. Aber sie hatte das erste Stück geschafft!

Das Seil hielt, auch wenn es leise ächzte. Schnell fasste Marijana mit den Händen nach. An ihren Schenkeln spürte sie Blut. Egal. Entschlossen drückte sie sich hoch. Nach drei weiteren Zügen konnte sie die Falltür mit der Hand erreichen. Sie drückte. Nichts passierte, die Tür bewegte sich nicht einen Zoll.

Panik überflutete Marijana. Sie war so kurz vor dem Ziel! Lagen Steine auf der Luke? War sie zugenagelt?

»O Herr, lass mich jetzt nicht im Stich.« Sie krümmte sich am Seil hängend zusammen, brachte ihre Schulter unter die Falltür und drückte mit aller Kraft. Das Holz knarzte, die Tür gab ein wenig nach. Wahrscheinlich waren die Scharniere eingerostet, nichts weiter. Noch einmal presste sie die Schulter gegen die Luke, sie öffnete sich ein winziges Stück weiter. Ja! Langsam wurden die Scharniere wieder gängig.

Marijana atmete mehrmals tief ein und aus, legte ihre ganze Kraft in den nächsten Stoß. Doch das Geräusch, das sie hörte, kam nicht von den Scharnieren. Das Seil riss. Sie hatte sich zu stark abgedrückt.

Kopfüber fiel sie, angelte im Fallen mit einer Hand nach dem losen Ende des Seils. Heißer Schmerz fuhr ihr durch den Arm, ihre Handfläche brannte wie Feuer, sodass sie loslassen musste.

Immerhin waren nun ihre Beine unten, und sie prallte mit beiden Füßen auf den Boden. Als sie aufschlug, klang es, als hätte eine riesige Faust den Turm getroffen. Sie kippte zur Seite und knallte mit dem Kopf auf die Holzbohlen. Die Luft blieb ihr weg, ihr wurde schwarz vor Augen.

* * *

Gerade als Ludwig seine Wachen losschicken wollte, den Burgherrn herzubringen, trat Veit von Amerang in den großen Saal des Palas, wo Ludwig sich eingerichtet hatte. Die Wände waren mit Teppichen behängt, sein Stuhl mit einem Bärenfell ausgelegt, der Wein vorzüglich, und auch die Fasanenpastete ließ nichts zu wünschen übrig. Aber Ludwig war nicht in Feierlaune. Er wollte Antworten, er wollte diese leidige Sache hinter sich bringen, so schnell es eben ging.

»Verzeiht, mein König, dass ich Euch warten ließ.« Veit von Amerang verbeugte sich tief. Etwas Lauerndes lag in seinem Blick, sein linkes Auge zuckte.

»Schon gut. Setzt Euch. Ich habe mit Megling gesprochen.«

Veit zeigte keine Reaktion, nur das Zucken wurde stärker. Er setzte sich dem König gegenüber; die Wachen ließen ihn nicht aus den Augen. Ludwig hatte seinen Männern eingeschärft, niemandem zu trauen. Und weil es ansonsten heute nicht viel zu lachen gab, hatte er hinzugefügt: »Auch mir nicht.« Seine Männer hatten ihn fassungslos angestarrt, bis er in schallendes Gelächter ausgebrochen war. Da erst hatten sie verstanden und waren eingefallen.

»Interessiert Euch nicht, was er zu sagen hatte?«

Veit faltete die Hände. »Es würde mich interessieren, wenn es ausnahmsweise keine Lüge wäre.«

»Er behauptet, dass er Marijana von Falkenstein nicht getötet hat, und gibt vor, nicht zu wissen, was aus ihr geworden ist.«

»Seht Ihr? Schon wieder gelogen.« Veit strich sich das Haar

glatt. Ludwig sah, wie es hinter seiner Stirn arbeitete. Legte er sich eine Geschichte zurecht? »Erklärt Euch, geschätzter Veit!«

»Er hat sie tatsächlich nicht getötet. Ich habe es allerdings erst kürzlich erfahren, als ich ihren Leichnam suchen ließ. Er brachte einen seiner Männer zum Übergabeort mit, der in Marijanas Gewändern steckte und einen Sack über dem Kopf trug. Ich habe mich täuschen lassen.« Veit senkte den Blick.

Irgendetwas stimmte an der Geschichte nicht. Ärger stieg in Ludwig auf. Warum versuchte jeder, ihn zum Narren zu halten? »Und wer hat die falsche Grafentochter erschossen?«

»Megling.«

»Warum sollte er einen seiner eigenen Männer umbringen?«

Veit zuckte mit den Achseln. »Wir wissen doch, wie es um seine Loyalität bestellt ist.«

Ludwig verlor langsam die Geduld. »Und wo ist die Tochter des Grafen von Falkenstein? Ich bitte Euch, Veit, fasst Euch kurz.«

»Der Marder hat mir gegenüber behauptet, er wisse, wo sie sich aufhält. Und er hat mir den Ort genannt. Ich habe bereits einige meiner besten Männer losgeschickt, sie zu suchen. Wir werden bald wissen, ob er die Wahrheit gesprochen oder wieder gelogen hat. Ich fürchte, er hat mir ein Märchen aufgetischt, um seine Verurteilung hinauszuzögern. Deswegen habe ich weder Euch noch Gero von Falkenstein darüber informiert. Ich wollte keine falschen Hoffnungen wecken.«

Ludwig nickte. »Verzeiht, wenn ich etwas unwirsch bin, aber die ganze Sache geht mir gehörig auf die Nerven.«

»Ich bitte Euch ...«

»Eins treibt mich noch um, werter Veit von Amerang. Ich hörte, Megling sei auf freiem Fuß gewesen und erst heute wieder zur Burg zurückgekehrt?«

Wieder das Zucken. »Ah, ja! Ich habe ihn laufen lassen, aber er stand unter Beobachtung, er konnte nicht fliehen. Meine besten Späher haben ihn nicht aus den Augen gelassen. Ich dachte, er würde sie vielleicht zum Versteck der Bande führen. Immerhin sind noch mindestens zwei Männer auf freiem Fuß. Bedauerlicherweise ist mein Plan fehlgeschlagen.« Veit setzte ein zerknirschtes Gesicht auf. »Hauptsache, diese Landplage Robert Megling wird ein für alle Mal ausgerottet.«

Ludwig überlegte. Er verwarf den Gedanken, Veit zu fragen, wie es ihm gelungen war, Megling zu fangen. Er würde nur noch mehr fragwürdige Geschichten hören. Da hielt er sich besser an Megling selbst. Der würde spätestens unter der Folter die Wahrheit ausspucken.

Aber was war die Wahrheit? Er hatte mit Adebrandt, dem Hauptmann seiner Leibgarde, darüber gesprochen.

Der hatte ihn sofort durchschaut. »Euch ist nicht wohl bei dem Gedanken, Megling hinzurichten?«

»Ich weiß einfach nicht mehr, wem ich trauen kann, Adebrandt, Euch ausgenommen. Ihr hättet hundertfach mein Leben nehmen können, ohne dass der Verdacht auf Euch gefallen wäre. Nein, es geht nicht um die Garde. Es geht um die Grafen, die Fürsten, die Ministerialen, die Schreiber. Megling hat mir vor Augen geführt, dass niemand hinter die Stirn des anderen sehen kann. Ich hätte meine Hand für ihn ins Feuer gelegt. Versteht Ihr, Adebrandt. Es ist nicht so sehr die Enttäuschung über Megling, ich habe das Gefühl, meine Menschenkenntnis lässt mich im Stich.«

Adebrandt hatte Ludwig ernst angesehen. »Nur Gott weiß, was in den Köpfen und den Seelen der Menschen vor sich geht. Glaubt nicht, dass Ihr das auch könnt. Jeder in Eurer Umgebung könnte ein Verräter sein. Es ist nicht die Frage, ob es möglich, sondern nur, wie wahrscheinlich es ist. Fragt Euch:

Wie wahrscheinlich ist es, dass Megling Euch töten wollte? Warum? Hätte er einen Vorteil davon?«

»Das habe ich mich schon hundertmal gefragt. Ich habe keine Antwort gefunden.«

»Dann nehmt es hin«, hatte Adebrandt geraten. »Überlasst Gott den letzten Richtspruch.«

Ludwig hatte eingesehen, dass sein Hauptmann recht hatte, doch zufrieden war er nicht. Ächzend erhob er sich und fasste Veit ins Auge.

Der Graf sprang von seinem Stuhl auf.

»Wir, König und Mehrer des Reiches, Beschützer des Volkes und von Gottes Gnaden eingesetzter Herrscher, verkünden hiermit: Zur Mittagsstunde des heutigen Tages soll Robert Graf Megling der Prozess gemacht werden. Wir werden als Blutgericht hier und heute auf Burg Stein das Urteil über ihn fällen und vollstrecken lassen. Veit von Amerang, Ihr sorgt dafür, dass im Hof alles hergerichtet wird, wie es sich ziemt. Könnt Ihr einen Henker kommen lassen?«

»Wie es der Zufall will, ist er bereits auf der Burg. Ich werde alles zu Eurer Zufriedenheit besorgen, Herr.«

»Dann auf!«

Veit eilte aus dem Palas. Ludwig ließ sich zurück auf das Bärenfell sinken und ergriff den Pokal. Er blickte hinein, und auf der glitzernden Oberfläche des Weins schien sein Gesicht zu verlaufen wie schmelzendes Blei. Genauso erschienen ihm die Gesichter der anderen. Veit. Robert. Friedrich. Immer wenn er glaubte, die Wahrheit in ihrem Blick lesen zu können, zerflossen die Konturen und formten sich zu einem neuen Bild.

***

Veit trat ans Fenster seiner Kemenate und starrte nach draußen. Von den Vorbereitungen war von hier aus zwar nichts zu sehen, doch er sah Handwerker und Knechte hin und her eilen. Da der innere Burghof zu eng war, hatte er angeordnet, auf dem äußeren Hof alles für den Prozess vorzubereiten. Zimmerleute errichteten in aller Eile ein Podest, der Henker reinigte und schärfte seine Gerätschaften. Es war einer von diesen Scharfrichtern, die von Ort zu Ort zogen. Veit hatte ihn schon vor zwei Tagen kommen lassen, nur für alle Fälle.

Er wandte sich vom Fenster ab. Eben hatte er jemanden ins Verlies geschickt, doch Ludwigs Wachen ließen niemanden zu dem Gefangenen vor. Er musste sich etwas einfallen lassen, um Megling daran zu hindern, unter der Folter die Wahrheit zu sagen. Aber was? Verflucht. Wie konnte es sein, dass er nicht einmal mehr Herr in seiner eigenen Burg war!

Und nun war auch noch dieser Teufel Zacharias von Trient aufgetaucht. Wie aus dem Nichts. Veit wusste, dass Leopolds bester Spion überall Ohren und Augen hatte, trotzdem war ihm unheimlich, wie schnell und unauffällig der sich von Ort zu Ort bewegte. Als wäre er mit dem Teufel im Bunde. Wundern würde es Veit nicht.

Zacharias war allerdings im Augenblick sein geringstes Problem. Er musste Megling das Maul stopfen. Ihm kam eine Idee. Hastig griff er zu Feder und Pergament und schrieb einige Worte nieder. Viel war nicht nötig.

Ein Wort darüber, was in dem Brief steht oder wo die kleine Wildkatze sich aufhält, und sie wird bis an ihr Ende für deine Geschwätzigkeit zahlen.

Veit betrachtete das Schreiben. Selbst wenn es einem Unbefugten in die Hände fiel, konnte er nichts damit anfangen. Doch Robert Megling würde wissen, was gemeint war. Er griff zu einem Brotkanten, der auf dem Tisch lag, und stopfte das gefaltete Pergament in das weiße, weiche Innere. Dann rief er einen Wachmann herbei, dem er vertraute.

»Bring den beiden Gefangenen Essen und Trinken. Sorg dafür, dass dieses Stück Brot dabei ist. Es ist wichtig, dass Megling es bekommt.«

Der Wachmann sah ihn an. »Ihr könnt Euch auf mich verlassen, Herr.«

Kaum war die Tür hinter ihm zugefallen, wurde sie erneut aufgestoßen.

Veit fuhr herum. »Wer wagt –«

»Verzeiht, Herr.« Gernot verneigte sich. Sein Gesicht war hochrot, die Narbe schimmerte. Er musste soeben angekommen sein. »Aber ich hörte, dass Megling noch heute der Prozess gemacht werden soll, und was ich zu sagen habe, duldet keinen Aufschub.«

Veit starrte ihn an. »Der Brief?«

»Ich habe alles abgesucht. Nichts.«

Veit donnerte mit der Faust auf das Schreibpult, das Tintenfass kippte um, Tinte ergoss sich über das abgegriffene Holz. »Dacht' ich's mir doch! Dieses verfluchte Luder will mich zum Narren halten. Na warte! Das wird sie mir büßen!«

Er marschierte auf die Tür zu.

Gernot packte ihn am Arm. »Herr! Überlegt, was Ihr tut!«

»Ihr wagt es!« Veit funkelte ihn wütend an und schüttelte ihn ab.

»Ich bitte Euch, bedenkt, was Ihr …«

Eine plötzliche Ruhe überkam Veit. Er winkte ab. »Ihr habt ja recht, Gernot. Warten wir den Prozess ab. Wenn Megling tot ist, knöpfe ich mir das Miststück vor. Ich schwöre Euch, sie wird sich wünschen, sie wäre nie geboren worden.«

* * *

Marijana schreckte hoch. Ihr Schädel dröhnte, im rechten Knöchel pochte der Schmerz. Wie lange war sie ohnmächtig gewesen? Durch die Fenster sickerte noch immer Tageslicht. Es konnte nicht viel Zeit vergangen sein. Sie schaute nach oben. Der Haken war leer, die Schlaufe hatte sich gelöst, die zwei Hälften des Seils lagen neben Marijana auf dem Boden. Hätte sie nicht so viel Kraft aufgewendet, um die Luke aufzustoßen, wäre es nicht gerissen. Sie musste nur die zwei Hälften miteinander verknoten, eine neue Schlaufe binden, sie wieder über den Haken werfen und die Luke langsam aufdrücken. Danach würde sie das Seil hochziehen und sich an der vom Hof abgewandten Seite auf die Balustrade hinunterlassen, die den Turm auf halber Höhe umgab.

Draußen rasselten Schlüssel, Schritte näherten sich. Der Schreck fuhr Marijana in die Glieder. War es Veit, der sich noch einmal an ihr vergehen wollte, bevor er Robert ermorden ließ? Wie würde er reagieren, wenn er sie halbnackt vorfand, das Kleid in Streifen gerissen? Er würde nur einen Wimpernschlag brauchen, um zu begreifen.

Sie sprang auf, ignorierte den Schmerz im Knöchel und griff nach der Decke. Mit dem Rücken an die Wand gelehnt, setzte sie sich wieder und warf die Decke über sich.

Die Tür schwang auf, aber nicht Veit trat herein, sondern ein älterer Mann mit Halbglatze, den sie noch nie gesehen hatte. Er drehte sich zu den Wachen um: »Lasst mich mit ihr allein!«

Marijana gefror das Blut in den Adern. Die Stimme, die sie nie vergessen hatte. Der seltsame Singsang. Kein Zweifel, das war der Mann, den sie als Kind im Dorf der toten Seelen gehört hatte!

Herr im Himmel! Wusste er etwa, dass sie ihn belauscht hatte? Kam er, um sie zum Schweigen zu bringen? Sie durfte sich nichts anmerken lassen. In was für ein Natternnest war sie da nur geraten? Dagegen waren die Räuber geradezu Ehrenmänner gewesen. Und wie sehr musste Gott Ludwig lieben! Seit mindestens zehn Jahren trachteten ihm diese Verräter nach dem Leben, bewegten sich in seiner unmittelbaren Nähe und hatten ihm doch nichts anhaben können. Der Allmächtige hielt seine Hand über den König, daran bestand für Marijana nicht der geringste Zweifel. Aber hielt er auch seine Hand über sie?

Der Verräter wandte sich Marijana zu. »Friert Ihr, mein Täubchen?«

Marijana versuchte, sich ihre Angst nicht anmerken zu lassen. »Wer seid Ihr und was wollt Ihr? Ich bin die Tochter des Grafen von Falkenstein und werde hier gefangen gehalten. Lasst mich augenblicklich mit dem König sprechen oder Ihr seid des Todes!«

»Oh, ja, aber selbstverständlich.« Der Alte grinste. »Seht Ihr mich vor Angst bibbern?«

Marijana zog die Decke enger um sich. »Wollt Ihr Euch ebenso an mir vergehen wie Veit von Amerang? Seid Ihr genauso ehrlos wie er?«

»Seid nicht albern. Ich vergehe mich nicht an wehrlosen Frauen. Und schon gar nicht, wenn sie im Besitz eines treuen Gefolgsmannes sind.«

Mit dem Gefolgsmann musste Veit gemeint sein. Plötzlich begriff Marijana, wer der zweite Mann an jenem Tag in dem Dorf gewesen war. Veit von Amerang. Schon damals hatte er gegen den König paktiert. Sie war sich nun sicher, dass keiner von beiden wusste, dass sie damals belauscht worden waren, geschweige denn, von wem. Sie konnten es nicht wissen, sie hatten sie ja gar nicht gesehen.

Erleichtert stieß sie die Luft aus. »Wer seid Ihr?«

»Ihr wollt wissen, wer ich bin?« Ein Schmunzeln zuckte in seinen Mundwinkeln, als würde ihn die Frage amüsieren. »Zacharias von Trient ist mein Name. Ich bin ein enger Vertrauter des Grafen Leopold, Bruder von Friedrich, dem rechtmäßigen König des Heiligen Römischen Reiches.« Er kam einen Schritt näher, heftete seinen Blick auf Marijana. »Ich verlasse mich darauf, dass Ihr meinen Namen sofort wieder vergesst. Anderenfalls wäre es Euer sicherer Tod.«

Daran zweifelte Marijana nicht einen Wimpernschlag lang. »Ich habe Euren Namen noch nie gehört.«

»Seid froh.« Der Verräter trat zurück. »Ich begegne vielen Menschen. Den meisten davon nur einmal, immer dann, wenn sie um ihr Leben flehen.« Er lachte meckernd. »Keine Angst, mein Kind, ich bin nicht gekommen, Euch zu töten. Ich will nur ein Wörtchen mit Euch reden. Veit ist ein Heißsporn, er schießt oft übers Ziel hinaus. Ich möchte Euch einen Handel vorschlagen: Ihr sagt mir, wo die zweite Hälfte des kompromittierenden Briefs wirklich ist, und als Gegenleistung hole ich Euch hier raus. Ich kann Euch einen Platz in einem Kloster in den Landen meines Herrn besorgen, wo Ihr frei von Angst Gott dienen könnt und sicherlich schnell zur Äbtissin aufsteigen werdet. Was sagt Ihr? Ist das ein gutes Geschäft?«

Marijana glaubte dem Verräter kein Wort. »Ich will, dass Robert Megling freigelassen wird.«

Zacharias von Trient hob bedauernd die Hände. »Ach, mein Kind. Das geht nun wirklich nicht. Megling ist des Todes, daran ist nicht zu rütteln.«

Marijana dachte an ihren Plan. Ihr lief die Zeit davon, sie

musste den Kerl loswerden. »Das dachte ich mir. Er hat in der Tat zu viel Schuld auf sich geladen.«

»Glückwunsch. Ihr habt verstanden. Also, was sagt Ihr zu meinem Angebot?«

Marijana lächelte verhalten. »Darf ich mir ein wenig Bedenkzeit ausbitten?«

Zacharias ballte eine Faust, öffnete sie, seine Stimme wurde hart. »Bei Sonnenuntergang will ich wissen, wo der Brief ist. Bedenkt: Veit hat Euch bisher nur ein wenig unritterlich angefasst. Bei mir kommt Ihr nicht so glimpflich davon. Ich werde Euch alle Folterinstrumente spüren lassen, die ich kenne, und glaubt mir, ich kenne viele. Meinen Handel biete ich Euch nur an, weil ich Mitleid mit Euch habe.«

Er drehte sich um und schlug gegen die Tür, die sofort aufgeworfen wurde. Er wandte den Kopf, hob einen Zeigefinger. »Es ist nicht mehr lange bis Sonnenuntergang. Überlegt also schnell.«

Er überschritt die Schwelle, warf ihr noch einen letzten bösen Blick zu, dann wurde die Tür wieder verriegelt.

Marijana atmete tief durch. Der Verräter versuchte, sie reinzulegen, kein Zweifel. Sobald er den Brief in Händen hielt, würde er dafür sorgen, dass sie für immer schwieg. Wütend warf sie die Decke zur Seite, knüpfte das Seil zusammen, traf mit dem ersten Wurf den Haken und zog sich bis unter die Luke. Der Zorn schenkte ihr Kraft.

Vorsichtig drückte sie gegen das Holz. Die Luke gab nach. Mit einem kräftigen Ruck klappte sie auf, gleißendes Licht blendete Marijana. Der Verräter hatte gelogen, natürlich. Der Tag war noch nicht so weit fortgeschritten, wie er behauptet hatte. Marijana lauschte. Nichts zu hören. Niemand hatte mitbekommen, wie die Luke aufgekracht war.

Jetzt musste sie sich nur noch durch die Öffnung hangeln.

Sie packte mit einer Hand die Kante, atmete tief durch und löste die andere Hand vom Seil. Abrupt schwang sie zur Seite, ihr ganzes Gewicht hing an ihren Fingern. Lange würde sie das nicht durchhalten!

Blickartig griff sie mit der anderen Hand zu, zog sich hoch, brachte ihren Oberkörper über die Kante. Das Schwerste war geschafft. Mit beiden Händen zog sie sich auf das Dach, blieb flach liegen, atmete keuchend. Jeder Muskel schmerzte. Sie versuchte, in die Hocke zu gehen, doch ihre Beine versagten den Dienst. Sie musste sich zuerst erholen, dann konnte sie ihre Flucht fortsetzen und Ida suchen. Denn ohne ihre geliebte Puppe konnte sie Robert nicht vor dem Richtschwert bewahren.

***

Robert massierte sich die Fußgelenke. Die Eisen waren ihnen auf die nackte Haut gesetzt worden, sie scheuerten, die Gelenke schwollen an. Mathes lehnte mit geschlossenen Augen an der Wand und schwieg. Er hatte das Essen, das ihnen eben gebracht worden war, nicht angerührt.

Robert fühlte sich schuldig. Er hatte das Leben dieses braven Mannes leichtfertig aufs Spiel gesetzt. Resigniert hockte er sich auf den Boden und griff nach dem Brotkanten. Nachdenklich biss er ein Stück ab und kaute. Plötzlich stieß er auf etwas Zähes und spuckte. Er warf den Kanten weg und beugte sich über den Brocken, den er ausgespuckt hatte. Zum Teufel! Ein Stück Pergament.

Hastig faltete er es auseinander. Er ertappte sich bei dem Wunsch, dass es von Marijana war, dass sie einen Rettungsplan ausgeheckt hatte. Doch seine Hoffnung wurde rasch enttäuscht.

Ein Wort darüber, was in dem Brief steht oder wo die kleine Wildkatze sich aufhält, und sie wird bis an ihr Ende für deine Geschwätzigkeit zahlen.

Robert warf die Nachricht in die Ecke. Veit, dieser gottlose Verräter! Niemals hatte Robert jemandem so sehr den Tod gewünscht.

»Was ist los?«, fragte Mathes.

»Eine Botschaft vom Hausherrn. Er erinnert mich daran, dass Marijana in seiner Gewalt ist.«

Mathes spuckte auf den Boden. »Gibt es denn keinen Weg, mit dem König zu reden, ohne dass Veit davon erfährt?«

»Wenn es einen gab, habe ich ihn vorhin verschenkt, als Ludwig hier war.«

Die Kerkertür schwang auf. Vor ihnen stand Adebrandt, der Hauptmann der Leibgarde Ludwigs. Er warf Robert eine lange, weiße Tunika hin. »Dies wird das letzte Gewand sein, das Ihr in dieser Welt benötigt.«

Robert scharrte es mit dem Fuß zur Seite. »So ist das Urteil bereits gefällt? Wozu dann der Prozess? Tötet mich hier und jetzt. Schlagt mir mit einem sauberen Hieb den Kopf ab, dieses Recht dürft Ihr mir nicht verwehren.«

Adebrandt packte Robert am Arm. »Ihr habt Eure Rechte verwirkt, als Ihr den König töten wolltet.«

Robert nahm alle Kraft zusammen und stieß den Ritter zurück. »Ihr könnt mich foltern, Ihr könnt mich töten, aber ich werde nie zugeben, dass ich dem König nach dem Leben trachtete.«

Adebrandt ohrfeigte ihn. »Zieht Euch die Tunika über, und du auch, Bursche!« Er zeigte auf Mathes. »Der König wird Recht sprechen. Wachen! Nehmt ihnen die Ketten ab. Sollten sie einen Fluchtversuch wagen, schlagt sie nieder, aber lasst sie am Leben.«

Die Wachen eilten herbei, schlugen die Nieten aus den Beinringen und zwangen Robert in das weiße Gewand. Mathes legte es sich selbst an.

Der Henker und seine zwei Knechte erschienen. Adebrandt und die Wachen machten Platz, niemand wollte mit ihnen in Berührung kommen. Der Henker fesselte Robert und Mathes mit Seilen und zog sie hinter sich aus dem Kerker.

Es ging eine steinerne Treppe hinauf, über den inneren Burghof und durch ein Tor auf den äußeren. Robert musste die ganze Zeit blinzeln, so hell war es. Die Sonne schien ihn auszulachen. Mit zusammengekniffenen Augen sah er sich um. Irgendwo in dieser verfluchten Burg musste Marijana eingesperrt sein. War sie hinter einer der Fensteröffnungen? Konnte sie ihn sehen?

Der Hof wimmelte von Bewaffneten, etwa die Hälfte waren Männer des Königs, die andere Hälfte die Besatzung der Burg. Ludwig war nicht klar, dass er in Lebensgefahr schwebte, dass er in der Höhle des Bären saß. Was hielt Veit davon ab, den König hier und jetzt in Stücke zu hauen? Wahrscheinlich nur Ludwigs Leibwache, die bekanntermaßen aus den besten Kriegern des Reiches bestand. Ein Mann der Garde konnte es mit drei anderen aufnehmen. Außerdem gab es zu viele Zeugen, und somit bestand die Gefahr, dass einer von ihnen entkommen könnte.

Auf einem Podest saß bereits der König, in prächtigen Gewändern, die Krone auf dem Haupt, flankiert von Rohard von Metz, seinem Schreiber, und dem Burgherrn, Veit von Amerang. Sechs Männer der Garde schützten den König. Zufrieden sah Robert, dass auch die Zinnen je zur Hälfte mit Männern der Garde und der Burg besetzt waren. Der König war also nicht leichtsinnig. Veit würde sich hüten, hier loszuschlagen.

Mitten im Hof stand ein Tisch, auf dessen Platte vier Lederriemen befestigt waren, mit denen man den Delinquenten fixieren konnte. Neben dem Tisch stand eine Truhe, auf der allerlei Gerätschaften bereitlagen, die Robert lieber nicht näher in Augenschein nehmen wollte.

Der Henker stieß Robert vor dem König auf die Knie.

Ludwig hob den rechten Arm. Der Prozess hatte begonnen. Noch einmal zählte Ludwig auf, was Robert vorgeworfen wurde, dann fragte er: »Robert Graf Megling, gesteht Ihr Eure Verbrechen?«

Robert hob den Kopf und schielte zu Veit. Ihre Blicke trafen sich. Unwillkürlich zuckte Robert zusammen. Es war, als würde ihm ein Dolch in den Leib fahren. Er hatte eine Entscheidung getroffen, noch im Kerker. Es gab nur eine Möglichkeit. Einen winzigen Hoffnungsschimmer. Er musste die Folter dreimal aushalten. Dann galt er als unschuldig. Veit würde ihn der Lüge bezichtigen, aber als Unschuldiger hatte er das Recht, Veit zum Zweikampf zu fordern.

Robert erhob seine Stimme. »Mein König. Was ich Euch im Kerker sagte, gilt noch immer. Weder plante noch führte ich je einen Anschlag auf Euer Leben, noch habe ich unschuldige und wehrlose Menschen getötet, noch habe ich Marijana von Falkenstein ein Leid angetan.« Damit hatte er sich an das gehalten, was Veit von ihm gefordert hatte, denn er hatte weder den Brief noch Marijanas Aufenthaltsort erwähnt.

Mit Genugtuung sah er, dass Veit blass wurde vor Zorn. Er hatte wohl geglaubt, Robert würde sich geschlagen geben und er könne einen leichten Sieg einfahren.

Ludwig stöhnte und rieb sich die Augen. »Henker! Walte deines Amtes.«

Robert wurde auf die Beine gezogen und auf den Foltertisch gespannt. Der Henker stellte ihm die Instrumente vor, mit denen er ihm die Zunge lösen wollte, und schilderte ihm bildreich die unvorstellbaren Schmerzen, die Robert dabei erleiden würde. Nur mit Mühe konnte Robert sich beherrschen, nicht sofort zu gestehen, was man von ihm hören wollte. Veit hatte ihn unsäglich gefoltert, doch was der Henker ihm antun würde, wagte er sich nicht vorzustellen.

»Gesteht Ihr?«, fragte der König von seinem Podest.

Robert schwieg, biss sich die Lippen blutig, um nicht um Gnade zu wimmern.

Der Henker zögerte nicht lange, platzierte die Daumenschrauben und zog sie fest an. Robert versuchte nicht, seine Schmerzensschreie zu unterdrücken. Das hätte es nur schlimmer gemacht. Der Schmerz füllte sein ganzes Sein aus. Er riss den Mund auf und brüllte all seine Verzweiflung und all seinen Zorn hinaus.

***

Marijana schreckte hoch. Der Schrei ging ihr durch Mark und Bein. Robert! Man folterte ihn! Und sie lag hier auf dem Dach des Turms und ruhte sich aus! Sie musste den Brief finden. Sie musste zum König, bevor das Urteil gesprochen wurde.

Schnell zog sie sich an der Brustwehr hoch, holte tief Luft, schaute zwischen den Zinnen hindurch. Der innere Burghof war verlassen. Die Männer auf den Wällen wandten ihr den Rücken zu, nur ein einzelner Ritter in voller Rüstung mit dem Wappen des Königs auf dem Waffenrock spähte in die andere Richtung über die Mannpforte hinweg übers Land. Durch den Sehschlitz seines Helmes konnte er nicht sehen, was rechts und links von ihm vor sich ging. Er ahnte ja auch nicht, dass der Feind in der Burg lauerte.

Marijana wechselte die Seite, der Turm fiel steil ab bis in den Burggraben. Aber von hier konnte sie auch die Brustwehr erreichen, die den Bergfried in halber Höhe umgab. Sie band das Seil um eine Zinne, wodurch es um ein gutes Stück kürzer wurde. Um auf die Brustwehr zu gelangen, würde sie sich vom Ende des Seils fallen lassen müssen. Vorsichtig ließ sie sich abwärts gleiten. Sie begann zu schwitzen. Ihre Handflächen brannten.

Als sie das Ende des Seils erreicht hatte, baumelten ihre Füße gute fünfzehn Fuß über den Planken der Brustwehr. Marijana dachte nicht lange nach und ließ los. Diesmal wusste sie, wie sie den Sturz abfangen musste. Sie landete unversehrt, nur der verstauchte Knöchel schickte einen heißen Schmerz durch ihren Körper. Aber sie hatte es geschafft.

Wieder erscholl ein Schrei, etwas gedämpfter als der erste, vermutlich, weil sie jetzt auf der Außenseite der Burg war. Er war jedoch noch immer eindringlich genug, um ihr die Tränen in die Augen zu treiben. Robert litt unsäglich. Und sie vertrödelte das bisschen Zeit, das ihm blieb.

Die Brustwehr führte einmal um den Turm herum. Marijana rannte bis zum nächsten Fenster und stieg ein. Der Raum war leer bis auf ein Stehpult samt Schreibzeug. Die Tür zur Treppe stand offen, Marijana hörte Schritte, fischte einen kurzen Federkiel vom Pult und duckte sich in eine Ecke.

Eine Magd trat in den Raum.

Marijana sprang auf, schlang ihr einen Arm von hinten um den Hals und presste ihr den Federkiel in den Rücken.

»Ein Mucks, und du bist tot!«

Die Magd schluckte und schwieg.

»Wo sind die Sachen, die der Gefangenen abgenommen wurden? Das Kleid, die Puppe? Du weißt schon!«

Die Magd zitterte am ganzen Leib. »Ich weiß nicht, wovon Ihr sprecht.«

»Lüg nicht! Ich habe keine Zeit für deine Ausflüchte. Sag es mir, und dir wird nichts geschehen!«

»I-i-im Weinkeller«, stammelte die Magd. »Wir sollten alles verbrennen, aber die Sachen waren so schön ...«

Marijana hätte vor Erleichterung am liebsten aufgeschluchzt. Die Puppe war nicht verbrannt worden! »Hör genau zu. Wenn du mich dorthin führst und mir die Sachen gibst, werde ich dafür sorgen, dass du nicht bestraft wirst. Was immer dein Herr dir erzählt haben mag, in Wahrheit bin ich Marijana von Falkenstein, Tochter des mächtigen Grafen Gero von Falkenstein. Bald wird mein Vater hier sein und jeden, der mir geholfen hat, reich entlohnen.«

»Ihr seid Marijana von Falkenstein?« Die Magd drehte den Kopf, um sie anzusehen. »Aber – aber seid Ihr nicht tot? Wie ist das möglich?«

»Das kann ich dir jetzt nicht erklären. Die Zeit drängt, der König ist in höchster Gefahr.«

»Dann ist es wahr, dass mein Herr es mit dem Habsburger hält?« Die Magd machte ein entschlossenes Gesicht. »Ich werde Euch freiwillig helfen, Gräfin. Ich stehe treu zu König Ludwig.«

Marijana war sich nicht sicher, ob sie der Magd glauben sollte, aber sie hatte keine Wahl. »Du gehst vor. Und denk an das Messer in deinem Rücken.«

Die Magd nickte und setzte sich in Bewegung. Sie gingen die steilen Stufen des Turms hinab, die Marijana am Morgen hinaufgestiegen war. Nur wenige Fuß über ihr standen Veits Männer vor ihrem Gefängnis Wache. Marijana schlug das Herz bis in den Hals. Wenn die Magd um Hilfe rief, wäre sie verloren.

Doch sie erreichten ohne Zwischenfälle die Tür zum inneren Hof und dann eine Pforte im Palas. Die Magd zog einen Schlüssel hervor und schloss auf. Ein paar Stufen waren zu sehen, die nach unten führten, in die Finsternis.

»Oh«, sagte die Magd. »Das habe ich ganz vergessen vor lauter Aufregung. Wir brauchen ein Talglicht, da unten ist es dunkel wie in einem Hundsarsch.« Sie räusperte sich. »Wir müssen in die Vorratskammer. Dort lagern die Talglichter, und im Ofen in der Backstube ist Glut für einen Kienspan.«

Marijana zögerte. War das ein Trick, um sie den Wachen auszuliefern? Sie spähte nach unten. Die Magd hatte recht. Nichts weiter zu sehen als ein schwarzes Loch. Die Stufen waren vom Gebrauch abgeschliffen, ein Fehltritt und sie würden sich das Genick brechen.

Sie pikte die Magd mit dem Federkiel in den Rücken. »Also gut. Los geht's. Mach schnell!«

Die Magd lief mit großen Schritten voraus, auf eine größere zweiflüglige Tür zu. Marijana hatte Mühe hinterherzukommen. Im Inneren des Palas wechselten sie mehrmals die Richtung, Marijana hatte schon bald die Orientierung verloren.

Sie erschrak zu Tode, als aus dem Halbdunkel ein Wachmann hervortrat.

»Ja schau an, wen haben wir denn da?« Er bleckte die Zähne, zückte ein Messer. »Geh zur Seite, Trude. Ich kümmere mich um das entflogene Täubchen. Und sieh nur! Sie hat sich schon ihres Gewandes entledigt. Sie kann es wohl gar nicht erwarten!«

Die Magd zögerte nicht, brachte sich hinter dem Wachmann in Sicherheit. Also doch eine Verräterin, dachte Marijana verbittert und sah die Messerspitze auf ihr Herz zielen.

* * *

Der Henker löste die Daumenschrauben. Robert ließ den Kopf zurück auf den Tisch fallen. Jeden Muskel hatte er angespannt, der Schweiß rann ihm vom ganzen Körper. Langsam bewegte er seine Daumen. Sie waren nicht gebrochen, die Gelenke nicht zerquetscht, doch sie schmerzten, als wäre ihm ein Felsklotz daraufgefallen, und der Stumpf an seiner Hand fühlte sich an, als sei der Finger gerade erst abgeschnitten worden.

Erstaunlich schnell verebbten die Schmerzen, nur ein hartes Pochen unter den Fingernägeln blieb zurück. Der Henker verstand sein Handwerk. Wäre nicht der Stumpf gewesen, würde er kaum noch etwas spüren.

Die Henkersknechte lösten die Ledergurte um die Handgelenke, richteten Robert auf und gaben ihm zu trinken. Gierig schluckte er den verdünnten Wein, der stark nach Nelken schmeckte. Ein kostspieliger Trunk für einen zum Tode Verdammten. Aber er war ein Graf, und da galten andere Regeln.

»Robert Megling!« Die Stimme Ludwigs donnerte über den Hof. »Seid Ihr nun bereit, Eure Taten zu gestehen?«

Robert wollte etwas sagen, aber aus seinem Mund drangen nur kehlige Geräusche. Er hatte so laut geschrien, dass er heiser war. Also schüttelte er nur den Kopf.

Ludwig schlug mit der Faust auf die Armlehne seines Stuhles. Die Krone auf seinem Haupt verrutschte. »Ihr seid verstockt, Megling. Oder glaubt Ihr wirklich, dass Ihr der dreifachen Folter widerstehen könnt? Und selbst wenn, bildet Ihr Euch ein, dass Euch das retten würde?«

Roberts Kopf ruckte hoch. »Aber …«, krächzte er. Mehr bekam er nicht heraus.

»Ihr habt Euch gegen mich und das Reich verschworen, und ich werde Euch so lange foltern lassen, bis Ihr die Wahrheit sprecht!«

Ein Raunen ging durch die Reihen der Männer.

Robert entging nicht, dass Ludwig »ich« sagte und nicht »wir«, wie es bei einem solchen öffentlichen Auftritt angemessen gewesen wäre. Hier ging es um seine ganz persönliche Abrechnung.

Robert ließ den Kopf hängen. War das nur eine leere Drohung, oder würde der König den ritterlichen Ehrenkodex tatsächlich verletzen?

»Löse ihm die Zunge, Henker!«, rief Ludwig und warf Robert einen hasserfüllten Blick zu.

Der Henker verneigte sich, drückte Roberts Oberkörper zurück auf den Tisch und band dessen Hände mit einem Lederriemen über dem Kopf zusammen.

Erneut ergriff Robert das Zittern am ganzen Körper. Nie in seinem Leben hatte er so große Angst gehabt. Der Tod schreckte ihn nicht, aber der Weg dahin war furchtbarer, als er es sich jemals hätte träumen lassen. Er wusste, was jetzt kam. Die Henkersknechte lösten die Fesseln an seinen Füßen und legten Schlaufen um die Knöchel.

»Robert Graf Megling«, sagte der Henker und schaute Robert tief in die Augen. »Was jetzt kommt, hat noch jeden zum Sprechen gebracht. Ich werde Euren Körper so lange strecken, bis die Sehnen reißen und die Gelenke aufspringen. Danach werdet Ihr Euch nur noch an Krücken fortbewegen können, und der Schmerz wird bis zu Eurem Tode Euer treuer Begleiter sein. Wollt Ihr also vor Gott und dem König endlich die Wahrheit sprechen?«

Robert starrte dem Henker ins Gesicht und schwieg. War da ein Funke Mitleid zu sehen? Tat es dem Henker leid, ihn foltern zu müssen? Hatte er deshalb die Daumenschrauben nicht ganz angezogen?

Der Henker wandte sich Ludwig zu, der mit der flachen

Hand durch die Luft schnitt. Sofort begannen die Knechte an den Kurbeln zu drehen, die mit den Seilen verbunden waren, die Roberts Füße umklammerten. Robert versuchte mit aller Kraft dagegenzuhalten, in seinen Armgelenken knackte es, langsam steigerte sich der Schmerz, er wollte schreien, doch es gelang ihm nicht. Die Angst schnürte ihm die Kehle zu.

Der Henker heftete seinen Blick auf ihn. »Lasst los und schreit, mein Graf, schreit um Euer Leben!« Jetzt fiel es Robert wie Schuppen von den Augen. Er kannte diesen Mann, hatte ihn schon einmal gesehen.

Robert war mit Mathes, Roderich und Jeronimus auf Erkundung gewesen. Sie hatten zwei Ritter vertrieben, die sich über eine Gruppe Bauern hermachen wollten, anscheinend zum Zeitvertreib. Zwei mutige Männer, die sich den Rittern entgegengestellt hatten, hatten bereits tot am Boden gelegen, als sie auf die Gruppe stießen. Die feigen Ritter hatten schnell die Flucht ergriffen, als sie gemerkt hatten, dass sich ihnen jemand ernsthaft in den Weg stellte. Der Henker war einer der braven Männer gewesen, die von den Rittern angegriffen worden waren. Robert und er hatten nach dem Kampf einen kurzen Blick getauscht. Damals hatte er nicht gewusst, wer der Mann war und womit er seinen Lebensunterhalt verdiente, denn er hatte nicht seine Berufstracht getragen. Deswegen hatte er ihn auch nicht sofort wiedererkannt.

Und doch half es ihm nicht, dass der Henker ihm wohlgesinnt war. Der König würde ihn in Stücke reißen lassen, wenn er sich weigerte zu gestehen. Robert versuchte dennoch, auf den Rat des Mannes zu hören. Er entspannte seine Muskeln, und tatsächlich ließ der Schmerz nach, seine Kehle wurde frei, er brüllte aus Leibeskräften.

Die Seile spannten sich immer stärker. Robert war sich sicher, dass es ihn jeden Moment in der Mitte zerreißen würde.

Sein Blick wurde trüb vor Schmerz, nur verschwommen erkannte er, dass der Henker ein weiteres Wort mit den Lippen formte.

»Ohnmacht.«

Robert dankte Gott. Natürlich, sobald er ohnmächtig wurde, musste die Folter unterbrochen werden. Robert bäumte sich auf, ließ seine Muskeln erschlaffen, obwohl alles in ihm schrie, dass er jetzt erst recht auseinandergerissen würde. Dann schloss er die Augen und ließ den Kopf zur Seite fallen.

Nichts geschah. Es war hoffnungslos. Er hielt es nicht mehr aus. Er würde alles gestehen, was der König hören wollte.

***

Der Wachmann setzte Marijana das Messer auf die Brust und leckte sich die Lippen. »Bevor ich dich abliefere, werde ich mein Späßchen mit dir haben. Du bist ja eh eine Hure, da fällt es nicht auf.«

Marijana stolperte einen Schritt zurück, doch der Mann presste ihr das Messer an den Hals. Mit der anderen Hand grapschte er nach Marijanas Unterkleid und zerrte daran.

Da bewegte sich etwas im Dämmerlicht hinter ihm. Es krachte und knackte, der Wachmann machte ein dummes Gesicht und stolperte nach vorne, ließ das Messer fallen. Marijana sprang zur Seite. Wie ein Mehlsack kippte der Angreifer um, aus seinem Schädel sickerte Blut.

»Der Teufel soll deine Seele fressen«, zischte Trude. »Du wirst keiner mehr an die Wäsche gehen.« In ihren Händen hielt sie eine schwere Eisenpfanne, an deren Unterseite Blut und Haare klebten.

Marijana rieb sich benommen über den Hals. Sie nahm

Trude die Pfanne ab. »Du hast mir das Leben gerettet. Das werde ich dir nicht vergessen.«

Trude sah sie an. »Könnt Ihr mich in Sicherheit bringen? Vor Veit schützen?«

»Was hat er dir angetan?«

Trudes Augen wurden feucht. »Er ist über mich hergefallen, wieder und wieder.« Ihr Unterkiefer bebte. »Bis mein Leib anschwoll und ich sein Kind zur Welt brachte. Er hat es in die Traun werfen lassen und behauptet, dass es meine Schuld sei, weil ich zugelassen hätte, es zu empfangen.«

Marijana zog es die Kehle zusammen. Dieses Ungeheuer hatte sie aus freien Stücken heiraten wollen! Wie dumm sie gewesen war. »Keine Sorge, Trude. Ich verspreche dir, dass Veit dich nie wieder anrühren wird. Aber jetzt müssen wir uns sputen. Sonst sind wir beide verloren.«

Trude stürmte in die Küche, kehrte mit einem brennenden Talglicht zurück und führte Marijana ein zweites Mal zur Kellertür.

Hand in Hand stiegen sie die steile Treppe hinab und liefen bis zum Ende des langgezogenen Gewölbes. Hinter zwei Fässern lag ein Leinenbeutel.

Trude zeigte darauf. »Was darin ist, gehört Euch, verzeiht mir, dass ich ...«

»Das ist jetzt nicht wichtig«, sagte Marijana und schüttete den Beutel aus. Das Kleid, das sie bei der fehlgeschlagenen Rettungsaktion getragen hatte, fiel heraus. Jemand hatte fein säuberlich alle Säume aufgetrennt. Wie gut, dass sie den Brief nicht dort versteckt hatte! Auf dem Kleid landeten ihr Beutel, ihre Stiefel, ihr Messer – und Ida!

Marijana griff nach der Puppe, hob das Kleidchen an, rieb den Leim von der Stelle, wo sie als Kind ein Loch in den hölzernen Körper gebohrt hatte, um nachzusehen, ob die Puppe ein Herz hatte. Zu einem winzigen Viereck gefaltet, kam die Hälfte des Dokuments zum Vorschein, das Roberts Unschuld bewies. Marijana schluchzte vor Erleichterung.

»Was fehlt Euch, Herrin?«, fragte Trude besorgt.

»Nichts. Im Gegenteil! Jetzt wird alles gut.« Sie hielt der Magd das Pergament hin. »Das hier beweist unumstößlich, dass Veit von Amerang ein Verräter ist und dass er König Ludwig töten wollte. Damit bringen wir ihn zu Fall.«

»Dann sollten wir nicht länger warten«, flüsterte Trude.

»Führ mich zum äußeren Burghof!«

Trude wurde blass. »Der ist abgesperrt, niemand kommt an den Wachen vorbei.«

Das war doch nicht möglich! Sie war so kurz vor dem Ziel! »Gibt es keinen anderen Zugang?«

Trude überlegte. »Nein, einen anderen Weg gibt es nicht. Aber ich weiß, wer uns helfen wird. Es gibt hier noch jemanden, der König Ludwig treu ergeben ist. Folgt mir.«

Eilig zog Marijana ihre Stiefel an. Das Kleid war wegen der aufgetrennten Säume leider unbrauchbar geworden. Sie musste dem König im Unterkleid gegenübertreten, anders ging es nicht. Bevor sie die Kellertreppe hinaufstiegen, griff Marijana schnell noch nach ihrem Messer und ließ es in ihrem Stiefel verschwinden.

Oben angekommen, horchte Marijana, bevor sie auf den inneren Hof trat. Draußen war alles still. Auch vom äußeren Hof war nichts zu hören. Hoffentlich lebte Robert noch!

Rasch folgte sie Trude, die in Richtung Bergfried rannte und dann um den Turm herum, wo es durch einen Torbogen auf einen weiteren, sehr engen Hof ging.

Ein Mann, der vierzig Lenze zählen mochte und schlohweiße lange Haare hatte, stand dort Wache.

Marijana erschrak, doch Trude trat zu ihm hin und flüsterte

ihm etwas ins Ohr. Er fuhr zusammen, dann winkte er Marijana.

Marijana trat auf ihn zu. »Ich bin –«

»Ich weiß, wer Ihr seid.«

»Ich muss zum König, sofort.«

»Ja, das sagte Trude bereits. Veit hat den äußeren Hof abgeriegelt. Aber ich habe eine Idee. Kommt mit mir, Marijana von Falkenstein.« Er wandte sich Trude zu. »Geh ins Dorf. Sag, du musst Kräuter besorgen, falls dich jemand anhält. Wenn unser Plan scheitert, flieh, so weit dich deine Füße tragen.« Er zog einen Beutel unter dem Wams hervor. »Nimm das. Es ist nicht viel, aber es reicht eine Zeit lang.«

Trude rührte sich nicht. Der Weißhaarige drückte ihr den Beutel in die Hand. »Geh, bevor er es zu spät ist.«

Trude schlug die Hände vor den Mund und nickte. Sie machte kehrt und verschwand.

»Ich muss Euch fesseln, Marijana.« Der Wachmann zog ein Seil hervor. »Nur zum Schein. Ihr könnt die Fessel mit einer Bewegung abwerfen.«

Sie zögerte kurz, dann hielt sie ihm die Hände hin. Sie hatte keine Wahl, sie musste ihm vertrauen. Er schlang das Seil locker um ihre Handgelenke. »Folgt mir, Gefangene!«

Marijana hinter sich herziehend, strebte der Wachmann quer über den inneren Hof um den Palas herum auf ein kleines Tor zu, das zum äußeren Hof führte. Zwei Männer standen davor, sie beäugten den Wachmann misstrauisch.

»Heda, was soll das?«, fragte der Kleinere der beiden. »Wieso bist du nicht auf deinem Posten? Hast du den Befehl des Vogts nicht verstanden? Niemand rührt sich von der Stelle, es sei denn, Hartat von Selb ordnet es an.«

»Klar hab ich verstanden. Aber die Metze hier führt Beweise mit sich, die den Marder endgültig überführen. Der König wird sich freuen, und unser Herr ebenfalls. Lass mich durch. Oder führ sie selbst zum König und hol dir die Belohnung. Mir ist es gleich.«

Der Kleine rümpfte die Nase. »Ist das nicht die neue Hübschlerin des Grafs? Von wegen Beweise! Bist du verrückt geworden? Unser Herr macht uns einen Kopf kürzer, wenn er sieht, dass sie hier frei herumspaziert. Los jetzt, mach dich vom Acker, und nimm die Metze mit! Hier kommst du nicht vorbei.«

Der andere Wachmann zeigte auf das Seil. »Willst du uns verscheißern? Die ist ja gar nicht richtig gefesselt.« Er zog sein Schwert. »Verdammter Hurensohn!«

Er hob die Klinge, doch Marijanas Verbündeter war schneller. Mit einem Dolch schlitzte er seinem Gegner die Kehle auf. Blut sprudelte hervor.

Der Kleine stand etwas weiter weg. Er hatte Zeit genug, sein Schwert zu heben und dem Weißhaarigen in die Seite zu rammen. Lautlos brach dieser zusammen und riss Marijana mit sich zu Boden.

Der Wachmann zog das blutige Schwert aus dem toten Leib seines Opfers, bleckte die Zähne und holte erneut aus.

* * *

Schlagartig ließ die Spannung in den Seilen nach. Robert schaffte es, keinen Laut von sich zu geben, sondern wie tot liegen zu bleiben. Letztlich hatte ihn der Schmerz davor bewahrt, Dinge zu sagen, die er nicht sagen wollte.

»Sieh nach, ob er noch lebt, Henker«, zischte Ludwig. »Wenn nicht, landest du unter deinem eigenen Richtschwert.«

Hände klatschten Robert ins Gesicht, sein Kopf flog hin und her, aber er öffnete nicht die Augen.

»Verdammt seist du, Henker! Nimm das rote Eisen und kitzle ihn wach!«, hörte Robert Ludwigs wütende Stimme.

Robert wusste, was das bedeutete. Um zu prüfen, ob der Delinquent die Bewusstlosigkeit nur vortäuschte, stach man ihn mit einem glühenden Eisen. Selbst Ohnmächtige waren dadurch wieder zu sich gekommen. Robert musste es wenigstens einmal über sich ergehen lassen, sonst würde offenbar, dass der Henker heimlich auf seiner Seite stand.

»Der Feigling simuliert doch! Schlagt ihm endlich den Kopf ab, dann hat das elende Spektakel ein Ende!« Veits Stimme überschlug sich. Er musste Höllenqualen ausstehen vor Angst, dass Robert unter der Folter die Wahrheit herausrutschte.

»Nichts da!«, ertönte Ludwigs Stimme. »Wir halten uns an Recht und Gesetz!«

Stille kehrte ein. Robert hörte das Kratzen von Eisen auf Eisen, Glut knisterte, dann murmelte der Henker kaum hörbar: »Gebt acht. Jetzt.«

Die Daumenschrauben waren nichts gewesen gegen die glühende Eisenstange. Sie schien sich in seine Brust zu bohren wie ein Feuerstrahl. Robert bäumte sich auf, seine Augen wollten ihm aus den Höhlen quellen, seine Kehle brachte nichts als Gurgeln hervor. Die Berührung war nur kurz gewesen, aber Robert wusste jetzt, wie sich das Fegefeuer anfühlen musste.

»Bei allen Heiligen, Megling. Gesteht endlich!« Dem König bereitete die Folter offensichtlich kein Vergnügen.

Robert setzte sich mit der Hilfe des Henkers auf und erblickte Veit, der gehässig grinste. Dabei mussten ihm vor Angst die Knie schlottern.

Ludwig schlug sich ärgerlich auf die Oberschenkel. »Ich werde Euch einen schnellen Tod gewähren, was immer Ihr auch verbrochen haben mögt, wie oft soll ich das noch sagen?

Beendet dieses unwürdige Schauspiel. Besinnt Euch auf Euren Stammbaum, auf das Blut, das in Euren Adern fließt.«

Robert blickte Ludwig in die Augen. »Das tue ich, mein König. Ich werde das Ansehen meiner Ahnen nicht beschmutzen, indem ich gestehe, was ich nicht getan habe. Mein Vater hat mir die ritterlichen Tugenden beigebracht, hat mich gelehrt, ehrlich zu sein, die Schwachen zu schützen und Gott und dem König zu gehorchen. Genauso halte ich es noch immer.« Robert staunte, wie flüssig ihm die Worte über die Lippen gingen. Zwar kratzte sein Hals noch immer, aber seine Kehle fühlte sich nicht mehr so zugeschnürt an. Vielleicht war es die Gewissheit, das Schlimmste überstanden zu haben.

Ludwig verdrehte die Augen und warf hilflos die Hände in die Luft. »Henker! Schneidet ihn!«

Unter Robert gab der Boden nach. Von wegen das Schlimmste überstanden! Niemand ertrug es, wenn ihm bei lebendigem Leib die Haut in Streifen abgezogen wurde. Das war das Ende. Ein Ritter musste wissen, wann er besiegt war.

»Herr! Da Ihr willens seid, mich auch der grausamsten Folter zu unterziehen, die ich weder ertragen noch überleben kann, will ich Euch den Gefallen tun und gestehen, was immer Ihr von mir hören wollt.«

»Ich verlange keinen Gefallen von Euch, Megling. Ich verlange die Wahrheit«, donnerte Ludwig.

»Die Wahrheit wollt Ihr nicht hören und nicht sehen, mein König. Aber vielleicht werdet Ihr sie eines Tages erkennen. Gott hat uns hier hergeführt, auf dass sich unser Schicksal erfülle. Meines ist es, die Schuld eines anderen auf mich zu nehmen, Eures ist es, mit dem Zweifel zu leben, einen Unschuldigen der Folter und dem Tod übergeben zu haben.«

Wieder wunderte sich Robert über sich selbst. Nicht nur seine Kehle, aus der die Worte nur so hervorsprudelten, sein ganzer Körper fühlte sich leicht und kraftvoll an. Das musste an der Entscheidung liegen, zu gestehen, was der König hören wollte, an der Aussicht, rasch zu sterben. Ein schneller Tod erschien ihm tröstlich. Auch wenn er dafür seinen König und seine geliebte Marijana zurücklassen musste. Aber er konnte ihnen nicht mehr helfen.

Er blickte erst zum Henker, dann zu Mathes, der mit zusammengepressten Lippen und traurigen Augen neben einem der Knechte stand. Zwei treue Menschen waren ihm geblieben, die zu ihm hielten, und es waren nicht die edelsten, sondern die niedrigsten: ein Henker und ein Räuber. Hielt Mathes ihn für einen Feigling, weil er der Folter nicht länger standhielt?

Ihre Blicke trafen sich. Nein. In Mathes' Augen lag keine Spur von Verachtung, nur große Trauer und Mitgefühl.

»Schreiber!«, rief Robert entschlossen. »Frisch auf, spitzt Eure Feder, denn jetzt werde ich ein Geständnis ablegen, so sauber und rein wie der erste Winterschnee. Ich, Robert, Graf von Megling, habe am Vorabend der Schlacht von Mühldorf in meiner eigenen Burg versucht ...«

»Nein!«

Roberts Verstand setzte aus. Marijana!

Er wandte seinen Kopf in die Richtung, aus der der Ruf gekommen war. Im Unterkleid, blutbesudelt von der Brust bis zu den Stiefeln, taumelte sie mitten auf den Hof, in der einen Hand ein Messer, in der anderen ein Stück Pergament.

Der Brief!

»Schafft die Verrückte hier weg!«, brüllte Veit.

Doch Marijana schwang das blutige Messer. »Ich bin Marijana von Falkenstein, und ich klage Veit von Amerang des Mordes, des Hochverrats und der Entführung an. Er hat mich hier gefangen gehalten und mich entehrt.« Sie schwenkte das Pergament. »Hier ist der Beweis seines Hochverrats. Ein Brief von Leopold an seinen Bruder, in dem er ihm ankündigt, dass sein Stiefellecker Veit von Amerang den König ermorden wird.« Marijana sank auf die Knie, verneigte sich und hielt das Pergament hoch.

»Blödsinn! Blödsinn!« Veit sprang auf und fuchtelte mit den Armen herum.

Die Männer von Ludwigs Leibgarde zogen die Schwerter und gingen in Stellung.

Robert zerrte an seinen Fesseln. Er musste Marijana zu Hilfe eilen!

Der König erhob sich, sein Gesichtsausdruck zeigte nichts als Verwirrung. »Was zum Teufel geht hier vor? Marijana von Falkenstein, ist das wahr? Gott sei ewig gedankt, Ihr lebt! Wie ist das möglich, und warum seid Ihr hier?«

»Glaubt ihr kein Wort, mein König!« Veit zog blank. »Wachen! Bringt die Irre zu mir. Und das Dokument.«

Ludwig stolperte rückwärts, seine Männer stürzten sich zwischen ihn und Veit, die Waffen erhoben.

Zwei von Veits Leuten liefen auf Marijana zu.

Robert legte sich mit aller Kraft in die Fesseln, doch sie gaben nicht nach.

Veits Augen glühten wie im Fieber. Er funkelte Ludwig an. »Glaubt Ihr tatsächlich, dass Ihr meine Burg lebend verlassen werdet? Ich werde Euch mit in den Tod nehmen und damit mein Vermächtnis erfüllen.« Er reckte die Faust in die Luft.

Sofort setzte von den Zinnen her der Beschuss ein. Veits Männer zielten auf den König und dessen Garde. Die Leibwächter stießen Ludwig zur Seite, ein ganzer Strauß Bolzen schlug neben ihm ein, einen Mann erwischte es am Hals.

Der Henker nahm seine Axt, hob sie und ließ sie viermal auf Robert niedersausen. Er war frei! Auch Mathes' Fesseln fielen.

Auf den Zinnen hatte bereits ein Kampf Mann gegen Mann begonnen, die Ritter des Königs, die nur mit Schwertern bewaffnet waren, versuchten, die Schützen auszuschalten, doch noch immer sausten die Bolzen herab.

Robert zeigte auf einen von Veits Armbrustschützen, der im Hof stand, abseits der anderen. Der Henker begriff, schleuderte seine Axt und fällte den Mann. Mathes sprang hinzu, ergriff die Armbrust, prüfte sie kurz, legte einen Bolzen auf die Sehne und erledigte den ersten Schützen auf den Zinnen. Damit zog er das Feuer vorerst auf sich. Geschwind sprang er hinter einen Mauervorsprung.

Robert rollte sich über den Tisch ab und packte das Schwert des Henkers. Aber es war nicht für den Kampf gemacht, es war zu schwer und hatte keine Spitze.

Er ließ es fallen und stürmte unbewaffnet los. Er kannte nur ein Ziel: Marijana. Sie kniete mitten auf dem Hof, die Geschosse, die für den König bestimmt waren, zischten über sie hinweg. Sie war so nah, und doch unerreichbar.

Robert musste in Deckung gehen, um nicht getroffen zu werden. Veits Wachen versuchten, durch den Bolzenhagel auf Marijana zuzustürzen. Doch der Weg zu ihr war ihnen ebenso versperrt wie Robert.

Mathes schickte Bolzen um Bolzen in die Angreifer und richtete ein wahres Blutbad an. Aber die Feinde wurden nicht weniger. Schoss er einen ab, nahm sofort ein anderer dessen Stelle ein. Die Männer der königlichen Leibgarde hatten inzwischen aus Bänken und Teilen der Tribüne eine Barrikade errichtet und dahinter Deckung gesucht, den König in ihrer Mitte. Er schien unverletzt.

Der Kampf auf den Zinnen war vorerst zum Erliegen gekommen, hinter einem Berg Leichen kauerten zehn Ritter des Königs, von Veits Schützen, die auf der gegenüberliegenden

Seite des Hofs standen, in Schach gehalten. Der Beschuss hörte auf, bis auf das Stöhnen der Verletzten kehrte Ruhe ein.

Veit, der sich hinter seinen Wachleuten verschanzt hatte, brüllte über den Hof. »Gebt auf, Ludwig! Ihr seid in der Unterzahl. Wenn ich gewusst hätte, dass es so einfach ist, Euch zu fangen, hätte ich schon früher zugeschlagen, aber ich habe Euch überschätzt. Ich schlage Euch ein Geschäft vor. Ihr verzichtet auf die Krone, hier und heute, und begebt Euch als mein Gefangener zu Leopold. Und Ihr siegelt ein Dokument, das Friedrich aus der Kerkerhaft entlässt und ihn als rechtmäßigen König anerkennt.«

Die Antwort kam prompt. Ludwigs Gelächter donnerte wie Gewitter über den Hof. »Veit von Amerang, Ihr seid das übelste Geschmeiß, das ich kenne. Und noch dazu dumm. Glaubt Ihr wirklich, ich würde mich ergeben? Glaubt Ihr wirklich, Ihr könnt einfach so den rechtmäßigen König absetzen? Ihr mögt richtig damit liegen, dass ich diese Mauern nicht lebend verlassen werde, aber ich werde Euch mit in den Tod nehmen und jede Made, die Euch zu Diensten ist.« Ludwig hielt seine Krone über die Barrikade. »Wir, Ludwig, König von Gottes Gnaden, Mehrer des Reiches und Beschützer des Volkes, gewähren allen, die jetzt die Waffen niederlegen und sich Uns ergeben, umfängliche Gnade. Wer jedoch weiter gegen Uns kämpft, ist des Todes.« Die Krone verschwand wieder hinter der Barrikade.

Noch immer kniete Marijana zwischen den Fronten. Wenn sie sich zu bewegen versuchte, zischten ihr von den Zinnen Geschosse vor die Füße. Veits Männer hatten offenbar Order, sie in Schach zu halten, aber nicht zu töten. Die beiden Wachen, die sie ergreifen sollten, lagen in ihrem Blut. Mathes hatte sie unschädlich gemacht.

Marijana war Veits letztes Pfand. Er musste doch wissen,

dass er die Männer des Königs nicht überwinden konnte. Es stand unentschieden. Über kurz oder lang würden Reisende ans Tor klopfen und feststellen, dass Männer des Königs mit Männern der Burg im Kampf lagen. Dann würde es nicht mehr lange dauern, bis Entsatz kam. Allerdings konnte Veit auch beschließen, erneut anzugreifen. Trotz der geringen Aussicht auf Sieg. Das konnte den Tod für alle bedeuten. Marijana würde im Geschosshagel als Erste sterben.

Robert hörte dreimal den Fuchs. Mathes. Er hatte sich zu den Männern des Königs auf die Zinnen gesellt, zeigte auf sich, dann auf Marijana, dann auf Veits Schützen, die sie im Visier hatten. Robert begriff. Vom Foltertisch nahm er eine Ahle und rannte los.

Im selben Augenblick trat Mathes vor, eröffnete das Feuer und sprang dabei hin und her. Dennoch verfehlte keiner der Bolzen sein Ziel. Jetzt zeigte sich, dass Veits Männer Feiglinge waren. Nachdem Mathes zwei von ihnen abgeschossen hatte, blieben sie in Deckung und feuerten blind über die Zinnen. Die Männer des Königs spornten Mathes an, johlten und grölten, auch um die Gegner abzulenken.

Doch dann tauchten alle feindlichen Schützen gleichzeitig auf. Robert erkannte, dass er Veits Männer unterschätzt hatte und dafür mit dem Leben bezahlen würde. Sie legten an, Robert ließ sich fallen, machte sich auf den Einschlag der Geschosse gefasst.

Doch bevor sie auch nur einen Schuss abgeben konnten, fielen sie in einem Hagel von Pfeilen, die von jenseits des Walls kamen. Eine Fahnenlanze flog über die Mauer und blieb zitternd nur wenige Fuß neben Robert im Boden stecken. Das Wappen Falkensteins!

Veits Männer stoben davon, Robert sprang auf und rannte weiter, doch er kam zu spät. Veit hatte die Verwirrung genutzt und sich Marijana gegriffen. Er hielt ihr das Schwert an den Hals. Fünf seiner treuesten Ritter flankierten ihn. Sie wichen zurück und verschwanden durch das Tor in den inneren Hof. Robert stürzte hinter ihnen her. Hilflos musste er mitansehen, wie Veit mit Marijana im Bergfried verschwand und die Pforte krachend hinter ihnen zuschlug.

***

Marijana stolperte hinter Veit die Treppe hinauf. Die gleiche Treppe, die sie heute Morgen schon einmal hinaufgestoßen worden war. Tränen der Verzweiflung brannten in ihren Augen, das Blut des Wachmanns klebte an ihrem Unterkleid, der süße Gestank des Todes benebelte sie.

Nachdem ihr Helfer sie mit sich zu Boden gerissen hatte, hatte sie blitzschnell ihr Messer aus dem Stiefel gezogen. Veits Wachmann hatte sich breitbeinig über sie gestellt, sicher, dass die Gefangene ihm wehrlos ausgeliefert war. Marijana hatte ihm das Messer von unten zwischen die Beine gerammt. Ihr Angreifer war mit einem tierischen Schrei über ihr zusammengebrochen. Mit letzter Kraft hatte sie den Leichnam weggedrückt und war auf den Hof gelaufen.

Mit einem Blick hatte sie sich versichert, dass es Robert gut ging. Danach hatte ihre ganze Aufmerksamkeit dem König gegolten, denn ihn hatte sie überzeugen müssen. In dem Durcheinander, das folgte, war sie wie gelähmt gewesen vor Entsetzen. Geschosse waren durch die Luft gezischt, doch wie durch ein Wunder hatte keines sie getroffen.

Nicht einen Moment lang hatte sie auf Veit geachtet. Ein fataler Fehler.

Sie erreichten die Ebene, auf der sich die Balustrade um den Bergfried wand.

Veit drehte sich zu seinen Leuten um. »Wartet hier und deckt uns den Rücken!«

»Was habt Ihr vor?«, fragte Marijana, als er eine Tür aufstieß, die nach draußen führte.

»Abwarten, mein Wildkätzchen.« Er zog sie nach draußen, trat aber nicht an die Zinnen, sondern presste sie unvermittelt gegen die Mauer. »Du hast mich belogen, du Dreckstück!«

»Ich – ich …«

»Dafür wirst du bezahlen.« Er umfasste mit einer Hand ihren Hals und drückte zu. »Sobald ich dich nicht mehr brauche. Du hast ja keine Ahnung, wie sehr ich mich darauf freue!«

***

Verzweifelt hämmerte Robert gegen die Pforte. Vergebens, das massive Holz gab nicht nach. Er lehnte sich mit dem Rücken dagegen und hielt nach etwas Schwerem Ausschau, das er als Ramme benutzen konnte. Im Staub des Hofes schimmerte etwas Weißes. Das Pergament! Marijana hatte es unbemerkt fallen lassen!

Robert sprang hin und hob es auf. Gerade als er sich wieder aufrichtete, strömten durch das große Tor Falkensteins Ritter auf den äußeren Hof. Es waren nicht viele, knapp zwanzig Mann, doch sie hatten Veits Männer von hinten überrascht und schnell überwältigt. Die wenigen Überlebenden trieben sie auf dem Hof zusammen und entwaffneten sie.

Widerstrebend kehrte Robert auf den äußeren Hof zurück. Er musste Marijana helfen, doch allein schaffte er es nicht. Vorerst musste er darauf vertrauen, dass Veit ihr nichts antun würde, weil er sie als Faustpfand brauchte.

Gerade als Robert wieder auf den Hof trat, sah er Adebrandt, den Hauptmann des Königs, hinter der Barrikade hervortreten, um die Lage in Augenschein zu nehmen. Falkensteins Ritter saßen ab, Robert entdeckte Gero und erschrak. Der Graf humpelte und schien um ein Jahrzehnt gealtert, seit er ihn das letzte Mal auf dem Reichstag gesehen hatte.

Gero entdeckte ihn, kam auf ihn zu und hielt ihm die Hand hin. Robert verstand nicht, warum er ihn so freundlich anlächelte. Musste er nicht davon ausgehen, dass der Entführer und Mörder seiner Tochter vor ihm stand?

Zögernd schlug er ein.

»Ich habe frohe Kunde für Euch, Graf Megling.«

»Was kann noch besser sein als Euer Eingreifen? Ihr habt dem König das Leben gerettet!« Robert blickte durch das innere Tor zum Bergfried, seine Haut prickelte. Was sollte das Geplänkel? »Ihr habt wohl nicht gesehen, dass der Verräter Veit von Amerang Eure Tochter in seiner Gewalt hat? Lasst uns keine Zeit vergeuden. Marijana ist in Lebensgefahr. Veit kennt weder Freund noch Feind.«

»Ist das wahr? Und ist es auch wahr, dass Veit den König ermorden wollte? Wie konnte ich mich nur so in dem Mann täuschen?« Er kniff die Augen zusammen und musterte den Bergfried. »Glaubt mir, Graf Megling, ich würde alles tun, um meine Tochter zu retten. Aber wir müssen mit Bedacht vorgehen.«

Robert musste Gero recht geben. Sie durften jetzt nichts übereilen. Aber es kostete ihn fast den Verstand, nichts tun zu können.

Mathes kam angelaufen, er blutete am Arm. Bevor Robert fragen konnte, beschwichtigte Mathes ihn. »Nur ein Kratzer. Gott sei Dank sind Veits Schützen dahergelaufene Strauchdiebe und keine ausgebildeten Kämpfer. Sonst wären wir alle schon tot.«

Robert nahm Mathes in den Arm, drückte ihn, ließ ihn los.

Mathes lächelte verlegen. »Wir müssen …«

»Wir müssen Marijana befreien, das sehe ich genauso.«

»Und ich ebenfalls.« Gero beugte sich vor. »Vorher habe ich noch ein Geschenk für den König – und für Euch, Graf Megling. Ich habe fette Beute gemacht. Der wahre Marder ist mir ins Netz gegangen. Es ist Euer Nachfolger auf Megling, Götz von der Au. Auf frischer Tat habe ich ihn ertappt. Fast hätte er mir den Garaus gemacht.«

»Götz von der Au ist der wahre Marder?« Adebrandt war hinzugetreten, sein Schwert locker in der Hand. Er ließ Robert nicht aus den Augen. »Niemals! Der wahre Marder steht hier.« Er deutete auf Robert. »Daran besteht kein Zweifel. Er mag gerade für den König gekämpft haben, aber er hat Eure Tochter entführt und Lösegeld gefordert.«

Geros Miene verfinsterte sich.

Robert massierte sich die Schläfen. Götz von der Au. Der Mann mit dem Feuermal. Dann stimmte es also. Er wandte sich an Gero. »Es ist wahr. Ich habe als Marder gestohlen und geraubt. Und ich habe Eure Tochter entführt.« Es war nicht genug Zeit, Falkenstein zu erklären, dass seine Männer Marijana ohne sein Wissen entführt hatten. »Aber Götz von der Au hat in meinem Namen ein grausames Spiel getrieben. Er wollte sich bereichern und gleichzeitig meinen guten Ruf bei den einfachen Leuten zerstören. Das ist ihm jedoch nicht gelungen. Wer mich kannte, wusste, dass ich niemals Unschuldige ausrauben und abschlachten würde.« Robert zog das Pergament hervor. »Alles hat hiermit begonnen.« Er reichte es Gero von Falkenstein, der zuerst einen Schritt zurückwich, es aber dann annahm.

Gero las, schnitt eine Grimasse und reichte das Schreiben an Adebrandt weiter, der die Zeilen überflog, das Siegel begutachtete und dann einen saftigen Fluch ausstieß.

»Das muss der König lesen. Sofort.« Adebrandt beäugte Robert. »Ich muss Euch wohl trauen, nach allem, was vorgefallen ist, und nach dem, was hier geschrieben steht.« Adebrandt wandte sich um und verschwand hinter der Barrikade.

Robert wandte sich an Gero. »Ich bedauere zutiefst, was mit Marijana geschehen ist, aber ich schwöre, dass ich ihr kein Leid zugefügt habe. Jedenfalls sollten wir jetzt nicht darüber streiten, sondern sie gemeinsam Veits Klauen entreißen.«

Gero starrte ihn an. »Was ist an Euren Klauen besser als an denen von Veit von Amerang? Wie könnte ich Euch trauen?«

»Herrgott nochmal, jetzt reicht es aber!« Mathes war die Zornesröte ins Gesicht gestiegen. Er zeigte auf Robert. »Dieser Kerl da ist der edelste und aufrechteste Mensch, den ich kenne. Er hat mehr Mut bewiesen als wir alle zusammen. Er war gerecht, hat sich um uns gesorgt und wäre, ohne zu zögern, für Marijana – und den König – in den Tod gegangen. Ihr habt ihm verflucht nochmal Respekt zu zollen, Graf Gero!«

Robert wollte sich schon schützend vor Mathes stellen, denn kein Mann niederen Standes durfte so mit einem der mächtigsten Grafen des Reiches reden. Aber Gero von Falkenstein grinste und schlug Mathes auf die Schulter. Zu Robert sagte er: »Wer einen so treuen Mann in seinem Gefolge hat, kann kein ganz schlechter Mensch sein. Verzeiht, Graf Megling, aber in diesen Zeiten ist es schwer, die Guten unter den Schlechten zu erkennen.«

»Das ist wahrhaftig nicht leicht, und ich habe darin vollständig versagt.«

Robert fuhr herum. Vor ihm stand Ludwig, der ihm die Hand reichte. »Verzeiht einem alten Narren, der blind war. Ich hätte es besser wissen müssen. Hiermit lasse ich alle Anklagepunkte fallen und setze Euch wieder in Amt und Würden. Da Götz von der Au bald unter dem Richtschwert für seine Sünden büßen wird, soll Burg Megling wieder Euch gehören.«

»Seid Ihr bald fertig mit Eurem widerlichen Geschwätz?« Veit stand hinter den Zinnen des Bergfrieds, vor sich Marijana, ein Messer an ihrer Kehle.

Robert stürzte zurück in den Innenhof. Hinter sich hörte er die übrigen Männer. »Wenn du ihr auch nur ein Haar krümmst …«

Veit schnitt eine Grimasse. »Mit dem Stinktier verhandle ich nicht.« Von den vier Männern, die Veit in den Bergfried begleitet hatten, war nichts zu sehen. Doch sie konnten von dort oben ohnehin nichts ausrichten, sie führten weder Bogen noch Armbrust mit sich. »Hört meine Forderungen: Freies Geleit für mich und meine Männer. Keine Verfolgung. Wenn ich sicher auf der Friedburg eingetroffen bin, lasse ich das Täubchen fliegen.«

Robert trat einen Schritt vor, aber der König hielt ihn zurück. »Überlasst das mir.«

Sofort stellte sich Adebrandt vor den König, der aber schob ihn beiseite. »Warum sollte ich Euch auch nur ein Wort glauben, Veit? Ihr seid ein Lügner, ein Betrüger, ein Verräter, ein Mörder. Sobald Ihr in Sicherheit seid, werdet Ihr Marijana von Falkenstein entweder töten oder Ihr werdet sie behalten als Pfand für weitere unverschämte Forderungen.«

Veit drückte Marijana das Messer noch fester an die Kehle. Sie stöhnte auf, ein Blutstropfen rann ihr den Hals hinunter.

»Ich werde Euch eigenhändig die Haut vom Leibe ziehen!«, brüllte Gero von Falkenstein. »Ihr werdet tausend Tode sterben und wer immer Euer Blut in sich trägt, wird in meiner Folterkammer unter grausamen Qualen sterben.«

Robert hatte genug. Er winkte Mathes zu sich. »Hast du noch einen Bolzen übrig?«

Mathes zog einen hervor. Schwarze Federn zierten sein Ende.

»Könntest du Veit damit unschädlich machen?«

»Nicht von hier, und nicht, solange der Feigling sich hinter einem Weib versteckt.«

»Verfluchte Höllenbrut!«, zischte Robert. Er traute dem König nicht. Im Zweifelsfall würde er Marijana opfern, um an Veit heranzukommen.

»Ich brauche eine Sicherheit, ansonsten werden wir nicht einig«, sagte Ludwig gerade. »Ich mache Euch einen Vorschlag. Ich lasse fünf Eurer Männer mit Marijana ziehen. Ihr bleibt hier. Wir vereinbaren einen Treffpunkt, an dem wir Euch gegen die Tochter des Grafen austauschen, auf freiem Feld, ebenfalls nur fünf Mann meiner Garde. Ich gebe Euch mein königliches Ehrenwort. Ihr mögt mein Todfeind sein, doch wenn Ihr nicht wisst, dass ich mein Wort halte, dann ist Euer Schicksal besiegelt.«

Robert starrte gebannt auf Veit. Würde er sich auf den Handel einlassen? Und würde der König sein Wort halten? Natürlich. Er musste. Sonst würde er es nie wieder in die Waagschale werfen können. Ein Wortbruch des Königs sprach sich schnell herum. Der König würde sich an das halten, was er versprochen hatte, nicht mehr und nicht weniger. Außerdem konnte er Marijana nicht vor den Augen ihres Vaters opfern. Schon allein deshalb musste er Veit einen ernst gemeinten Handel anbieten. Aber Ludwigs Versprechen barg durchaus eine Hintertür. Robert musste zugeben, dass der König mit allen Wassern gewaschen war.

Tatsächlich hatte Veit für den König keine große Bedeutung mehr. Der Verräter war entlarvt, das Pergament stellte Leopold bloß, die Mitläufer würde Ludwig schnell gefasst haben. Insofern konnte er es sich leisten, sich zunächst auf den Handel einzulassen.

Veit atmete schwer, trat von den Zinnen zurück. Eine Weile hielten alle die Luft an, dann bewegte er sich wieder nach vorne, Marijana immer noch als Schutzschild vor sich. »So sei es. Ich werde beobachten, wie meine Leute mit dem Täubchen die Burg verlassen. Sie bekommen eine Nacht Vorsprung. Die Übergabe findet morgen bei Sonnenaufgang in der Gegend von Tittmoning statt. Dort gibt es eine Hügelkuppe ohne Bäume. Man nennt sie auch den Pfaffenkopf.«

Robert hielt die Luft an. Marijana sollte eine ganze Nacht in der Gewalt von Veits Leuten bleiben! Das gefiel ihm gar nicht. Andererseits stand die Sonne schon tief. Eine Übergabe bei Nacht wäre viel zu gewagt. Abgesehen von allen anderen Unwägbarkeiten konnte man im Dunkeln Freund und Feind nicht auseinanderhalten. Aber auch der Treffpunkt behagte Robert nicht. Viel zu weit im Salzburger Herrschaftsgebiet. Perfekt für Veit, keine Frage. Von Tittmoning aus konnte er über die Salzach fliehen und sich auf die Friedburg retten.

»So soll es sein«, sagte Ludwig.

Robert sah erstaunt zu ihm hinüber. Er hätte nicht gedacht, dass Ludwig sich so schnell mit Veit einigen würde. Was hatte er vor?

Adebrandt wandte sich an die Wache. »Macht den Hof frei, und sattelt fünf Pferde! Niemand hält die Männer mit der Geisel auf. Wer gegen den Befehl des Königs handelt, ist des Todes!«

Robert hatte nicht vor, dem Befehl des Königs zuwiderzuhandeln, er hatte aber auch nicht vor, Marijana ohne Schutz ziehen zu lassen. Er wusste, wie man auf Schleichwegen zum Pfaffenkopf gelangte. Und er wusste, dass er niemandem trauen konnte. Der König verfolgte seine eigenen Pläne, und welche Rolle Marijana darin spielte, konnte er nicht einschätzen.

Mit zusammengepressten Lippen sah er zu, wie Veits Männer auf die Pferde stiegen. Einer ließ Marijana vor sich Platz nehmen, hielt ihr dabei ein Messer an die Kehle. Robert blickte zu Mathes, der die gespannte Armbrust bereithielt. Es kostete ihn all seine Kraft, stumm den Kopf zu schütteln. Aber es war zu gefährlich. Eine plötzliche Bewegung des Gauls oder seines Reiters, und der Bolzen traf Marijana.

Kaum waren die Reiter durch das Tor verschwunden, zog Robert Mathes mit sich. Sie stürzten zu den Ställen und sattelten zwei Pferde. Mathes tauschte die Armbrust gegen einen Langbogen, der eine größere Reichweite hatte, dann verließen sie die Burg unbemerkt durch die Mannpforte.

* * *

Marijana saß eingeklemmt zwischen dem Ritter und dem Hals des Pferdes. Der Knebel schmerzte, in ihren Beinen hatte sie kaum noch Gefühl, sie glühte am ganzen Leib wie im Fieber. Es war noch dunkel, doch der Himmel wurde langsam grau.

Den Teil der Nacht, den sie nicht geritten waren, hatten sie auf einer Lichtung im Wald verbracht. Immerhin hatten die Männer sie nicht angerührt, ihr sogar etwas Wein und Brot gereicht und ihr dafür kurz die Fesseln gelöst. Offenbar hatten sie Order, sie anständig zu behandeln. Allerdings hatten sie ihr nach dem Imbiss sofort wieder die Arme auf den Rücken gebunden, sodass an Flucht nicht zu denken gewesen war.

Es gluckerte, ein Bachlauf kam in Sicht, der Ritter parierte sein Pferd in den Schritt zurück. Er lockerte den Griff um Marijanas Hüfte und ließ das Pferd ins Wasser laufen.

Das war die Möglichkeit, auf die Marijana gehofft hatte. Sie wartete, bis sie mitten in dem Gewässer waren, dann ließ sie sich fallen.

Der Ritter konnte sie nicht halten, sie klatschte in den Bach. Das kalte Wasser war ein Schock und gleichzeitig eine Erlösung. Es kühlte ihre fiebrige Haut und wusch gleichzeitig den Großteil des Blutes aus dem Stoff des Unterkleides.

Der Ritter fluchte, sprang vom Pferd, zog Marijana hoch. »Was soll der Blödsinn, Metze?«

Marijana brachte nur unverständliche Laute hervor.

»Nehmt ihr doch endlich den Knebel ab«, rief einer der anderen Männer. »Bei Gott, sie kann niemandem mehr etwas verraten. Und wenn das Täubchen zu schreien versucht, stopft Ihr ihm halt wieder das Maul.«

Der Ritter zerrte den Knebel aus ihrem Mund.

Sie atmete tief ein und aus. »Ich danke Euch!« Ohne Gegenwehr ließ sie sich wieder aufs Pferd heben.

Marijana war froh, dass Veits Ritter noch einen letzten Rest Anstand in den Knochen hatten. Sie waren besser als ihr Herr, aber leider waren sie ihm treu ergeben. Sie wusste, warum Veit dem König diesen Handel angeboten hatte. Kaum waren sie außer Sichtweite der Burg gewesen, hatte einer der Ritter sich abgesetzt, einer, der in Wahrheit gar kein Untergebener des Grafen war: Zacharias von Trient.

Der undurchsichtige Alte würde Veits Verbündete informieren und irgendeinen Hinterhalt organisieren, da war Marijana sicher. Der König war auf dem besten Weg, in eine Falle zu tappen. Und Robert und ihr Vater mit ihm.

Aber immerhin hatte Marijana ihre Stimme wieder. Sie würde brav sein, den Männern keinen Anlass bieten, sie wieder zu knebeln. So bekam sie vielleicht eine Gelegenheit, ihre Retter zu warnen.

* * *

Robert biss die Zähne zusammen. Er hatte befürchtet, dass es passieren würde, doch dass es so schnell kommen würde, damit hatte er nicht gerechnet. Kaum waren sie gestern losgeritten, da war er vom Pferd gestürzt und zu Tode erschöpft im Gras liegen geblieben. Er hatte einen Moment verschnauft und danach versucht, wieder aufzusteigen. Nach einem Dutzend vergeblicher Versuche hatte Mathes ihn überredet aufzugeben.

»Ruh dich ein paar Stunden aus, Robert. In dem Zustand kannst du Marijana nicht helfen. Wir haben bis zum Sonnenaufgang, das ist mehr als genug Zeit.«

Robert war da nicht so sicher gewesen. Wer wusste, ob sich wirklich alle an die Vereinbarungen hielten? Aber selbst wenn er gewollt hätte, er wäre nicht in der Lage gewesen, sich wieder in den Sattel zu schwingen. Also hatte er sich hingelegt. Er hatte sich vorgenommen, nur etwas zu ruhen, doch er musste sofort eingeschlafen sein. Als Mathes ihn schließlich wachgerüttelt hatte, war die Nacht schon nicht mehr schwarz gewesen.

Nun ging es ihm besser, doch er war noch immer erschöpft. Und seine Daumen brannten. Obwohl der Henker sie nicht vollständig zerquetscht und damit unbrauchbar gemacht hatte, schienen sie Feuer gefangen zu haben, jede Berührung sandte Schmerzwellen durch seinen Körper. Seine Schultergelenke knackten bedrohlich, als er seine Arme lockern wollte. Jede Faser in seinem Leib schrie nach Ruhe. Wie sollte er so kämpfen? Sein Griff war so schwach, dass jeder Knappe ihm einfach das Schwert aus der Hand schlagen würde.

Endlich hatten sie den Wald beim Pfaffenkopf erreicht. Sie saßen ab und schlichen im Bogen auf den Treffpunkt zu. Nach einer Weile lichtete sich das Unterholz. Ein kleiner, von undurchdringlichem Wald umgebener Hügel tauchte zwischen den Stämmen auf. Der Pfaffenkopf erhob sich nur so weit, dass der Waldsaum ringsum von überall zu sehen war.

Die letzten Meter robbten Robert und Mathes. Auf dem Hügel war niemand zu sehen. Der Himmel war jetzt hellgrau, in wenigen Augenblicken würde die Sonne aufgehen und die Kuppe in goldenes Licht tauchen.

Mathes hielt einen Finger vor den Mund. Jetzt hörte Robert es auch. Pferdehufe. Er hob den Kopf, die ruckartige Bewegung schickte ein Stechen durch seinen Körper, als wäre er zwischen Hammer und Amboss geraten. Übelkeit stieg in ihm auf, er schluckte.

Aus dem Wald zur Linken tauchten vier Reiter auf. Es waren Veits Ritter. Nur vier? Ein heißer Schreck durchfuhr Robert. Was war geschehen? Wo war der fünfte Mann? Immerhin schien es Marijana gut zu gehen. Sie saß vor einem der Ritter im Sattel.

»Gott sei gelobt!«, flüsterte Robert. »Sie lebt.« Seine Finger zuckten zu seinem Schwert.

Mathes legte ihm eine Hand auf die Schulter. »Vier Ritter. Voll bewaffnet, ausgeschlafen und in Rüstung. Wir können sie nicht besiegen.«

Aus dem Nichts tauchten Schwerter neben Mathes und Robert auf. »Das werdet ihr auch nicht, so schwerhörig, wie ihr seid.«

Robert fuhr herum – und schrie beinahe laut auf vor Überraschung. »Hasso, verdammt, du sollst mich nicht so erschrecken!«

»Ihr seid so leicht zu fangen wie Rebhühner.« Jeronimus ließ sich neben Mathes auf dem Waldboden nieder.

Hasso legte sich neben Robert. »Man kann euch einfach nicht allein lassen.«

Robert schwirrte der Kopf. »Woher …«

»Ich gebe zu, wir sind nicht wegen deiner schönen Augen hier, Marder. Uns ist zu Ohren gekommen, dass der König dich tatsächlich wieder zum Burggrafen von Megling gemacht hat.«

»Aber wer ...«

»Ein glaubwürdiger Zeuge, dem es recht wäre, wenn wir Veit von Amerang in kleine Stücke zerlegen würden, so wie er es mit dir machen wollte.«

»Wer?«

»Er hat dich für zu kurz befunden und ein wenig in die Länge gezogen, wenn ich richtig gehört habe.«

»Der Henker!«

»So ist es. Er ist im allgemeinen Durcheinander aus der Burg geschlüpft und uns über den Weg gelaufen.«

»Wenn du uns hilfst, gebe ich –«

»Du glaubst, ich bin hier, weil ich Gold will, oder ein Amt?«

Robert öffnete den Mund und schloss ihn wieder.

»Ich will Veit von Amerang töten. Deswegen bin ich hier. Nicht du bist für Ursulas Tod verantwortlich, sondern diese verfluchte Natter. Ich will verdammt sein, wenn ich nicht den Tod meiner Schwester räche.«

»Das wird schwierig«, sagte Robert. »Ich rechne mit einem Hinterhalt. Selbst zusammen mit den fünf Männern des Königs können wir nichts gegen die Übermacht auf Veits Seite ausrichten.«

Jeronimus spuckte auf den Boden. »Das ist richtig. Aber wir haben ein paar Leute mitgebracht, die ebenfalls noch etwas mit Veit von Amerang zu verhandeln haben.«

Hinter Robert raschelte es im Unterholz. Ein gutes Dutzend Männer, darunter auch der Henker, krochen auf sie zu. Robert seufzte. »Tapfere Männer, aber sie haben weder Rüstung noch Schwert. Sie sind leichte Beute für Veits Ritter.«

»Mehr sind unterwegs«, sagte Jeronimus.

»Aber werden sie rechtzeitig da sein?« Robert überlegte. »Wir könnten es schaffen, wenn wir den richtigen Moment erwischen.«

»Was meinst du?«, fragte Hasso.

»Hört zu!«, flüsterte Robert.

* * *

Als sie sich dem Waldrand näherten, musste Marijana an Ansgar denken, der sich für sie ausgegeben und dafür mit dem Leben bezahlt hatte. Wiederholte sich jetzt das Schicksal? Doch diesmal gab es niemanden, der für sie den Kopf hinhielt.

Der Ritter hatte ihr nicht nur den Knebel entfernt, sondern auch die Hände vor dem Körper zusammengebunden, damit sie besseren Halt hatte. Die Füße waren nach wie vor gefesselt, sie saß quer vor dem Ritter, beide Beine auf der linken Seite des Tieres. Wenn es ihr gelänge, sich vom Pferd gleiten zu lassen, während der Ritter abgelenkt war, konnte sie die Fußfesseln mit den Händen öffnen und fliehen – oder kämpfen. Allerdings hielt der Mann die Zügel so, dass seine Arme ihren Körper umschlangen; aus dieser Umklammerung musste sie sich erst einmal befreien.

Sie ritten aus dem dichten Wald auf die Mitte der Erhebung zu. Der Pfaffenkopf. Er sah wirklich aus wie die Tonsur eines Mönchs. Eine weite, nahezu runde Fläche mit nichts als Gras, das knöchelhoch stand, sodass es nicht die Sicht versperrte.

Schritt für Schritt strebten sie der Mitte zu. Etwa auf halber Strecke lösten sich von der gegenüberliegenden Seite ebenfalls Reiter. Sechs an der Zahl. Veit und seine Bewacher. Langsam ritten sie aufeinander zu. Beim Näherkommen fiel Marijana auf, dass die Pferde von Veits Eskorte merkwürdig aussahen.

Die Schabracken beulten sich aus, als hätten die Tiere Koliken. Marijana ahnte, was das zu bedeuten hatte.

Genau in der Mitte der Freifläche sollte die Übergabe stattfinden. So lautete die Vereinbarung. Doch wer oder was sich hinter den Bäumen verbarg – darüber war nicht gesprochen worden.

Marijana bemerkte, wie die ersten Sonnenstrahlen über die Wipfel der Bäume blinzelten. Die Männer des Königs würden sie im Gesicht haben und kaum erkennen können, was auf der anderen Seite der Lichtung vor sich ging. Veit hatte genau gewusst, warum er das Treffen zu dieser Zeit an diesem Ort wollte.

Marijana erkannte, dass hinter den Männern des Königs weitere Ritter am Waldsaum auftauchten. Einige trugen das Wappen des Königs, andere das von Falkenstein. Marijana kniff die Augen zusammen, doch von ihrem Vater war nichts zu sehen. Auch nicht von Robert. War er nicht mitgekommen? Hatte der König ihm etwa nicht geglaubt und ihn wieder ins Verlies werfen lassen?

Veits Männer mussten das kleine Heer am Waldrand ebenfalls gesehen haben, doch es schien sie nicht zu stören. Sie waren jetzt so nah, dass Marijana Veit erkennen konnte. Er war geknebelt, trug weder Rüstung noch Helm. Die Männer der königlichen Leibgarde hatten ebenfalls keine Rüstung an. War das nicht leichtsinnig?

Endlich standen sie einander gegenüber.

Einer der Wachleute hielt die Armbrust auf Veit gerichtet. »Sobald Ihr das Messer von Marijanas Kehle nehmt, werde ich meine Armbrust senken«, sagte er ruhig.

Veits Ritter bewegte zollweise die Hand mit dem Messer von Marijanas Hals weg, der Ritter des Königs ließ seine Armbrust sinken.

In dem Moment hörte Marijana ein Zischen, ihr Pferd wieherte und stieg. Ohne nachzudenken, handelte sie.

* * *

Mathes war auf eine Fichte geklettert. Er hatte lange gebraucht, denn er hatte sich nicht dadurch verraten wollen, dass er die Äste zu sehr in Bewegung versetzte. In seinem Köcher steckten zwei Dutzend Pfeile. Einen davon hatte er geküsst. »Der ist für Veit von Amerang«, hatte er gesagt und sich in den Baum geschwungen, den Langbogen immer senkrecht vor sich her schiebend.

Die Sonne stand jetzt im Osten über den Wipfeln, sie verbarg für die Ritter des Königs, die von Westen gekommen waren, alles, was dort vor sich ging. Robert fragte sich, was Ludwig im Schilde führte. Dass der König einen Plan hatte, bezweifelte Robert nicht. Doch wie sah er aus? Und welche Rolle hatte er für Marijana vorgesehen?

Inzwischen war noch ein weiteres Dutzend tapfere Bauern eingetroffen und hatte sich hinter Robert versammelt, bewaffnet mit Dreschflegeln, Heugabeln und Keulen. Immerhin würden sie eine Menge Lärm veranstalten, eine willkommene Ablenkung. Und wenn es ihnen gelang, einen Ritter niederzuwerfen, konnten sie ihm den Helm abnehmen und ihn dann erschlagen. Robert schätzte, dass trotzdem keiner von ihnen einen Kampf überleben würde.

Bis jetzt war auf dem Pfaffenkopf alles genau nach Plan verlaufen, und Robert schöpfte Hoffnung, dass sie gar nicht eingreifen mussten. Endlich hatte der Ritter das Messer von Marijanas Kehle genommen, und der Mann des Königs hatte seine Armbrust gesenkt.

Da brach die Hölle los. Jemand brüllte: »Achtung! Angriff!«

Und schon schwirrten Pfeile aus den Bäumen am östlichen Waldrand auf die Mitte der Lichtung. Es mussten Verbündete von Veit sein, vermutlich Männer von Leopold, die im Geäst saßen und auf die kleine Gruppe auf der Wiese schossen.

Veits Bewacher ließen sich vom Pferd fallen und hatten plötzlich schwere Schilde vor sich, die sie gegen die Pfeile schützten. Also hatte der König mit genau diesem Hinterhalt gerechnet. Die Schabracken hatten die Schilde verborgen.

Robert hatte Mathes eingeschärft, keinen Pfeil zu vergeuden, sondern immer auf Marijana zu achten. Als das Sirren der Pfeile eingesetzt hatte, hatte Mathes im selben Moment das Pferd angeschossen, auf dem sie und der Ritter saßen. Ein Meisterschuss! Er hatte das Tier in die Seite getroffen, es war gestiegen, die Pfeile der Gegner hatten Marijana verfehlt.

Zwei von Veits Männern hatten weniger Glück gehabt, sie waren von ihren Pferden gestürzt, die eigenen Schützen hatten sie niedergestreckt.

Das also war der Plan. Marijana sollte der Lockvogel sein, und zwar für beide Seiten. Leopold versuchte, Ludwigs Männer auf die freie Fläche zu locken, indem er auf Marijana feuerte, und Ludwig hatte vermutlich genau das vorausgesehen. Er wollte den Kampf, das Kräftemessen mit dem Bruder seines Widersachers. Und wenn Marijana dafür geopfert werden musste, nahm er das in Kauf. Deshalb hatte Robert Gero von Falkenstein nicht unter den Männern am Waldsaum ausmachen können. Der König hatte ihn nicht mitgenommen, um seinen Plan nicht zu gefährden.

Aber er hatte nicht mit Robert gerechnet! Robert stieß die Faust in die Luft und sprang auf. Die abrupte Bewegung brachte ihn ins Straucheln, Hasso und Jeronimus fingen ihn auf. Er riss sich los und rannte auf die Wiese zu, fast dreißig

Bauern und ein Henker stürmten hinter ihm her. Wahrhaft ein großartiges Heer. Die Ritter würden sich totlachen.

Aber vielleicht genügte das ja. Sie mussten die Schützen ablenken, die Aufmerksamkeit auf sich ziehen, damit Marijana aus der Schusslinie kam und sich in Sicherheit bringen konnte.

Roberts kleine Truppe fächerte sich auf. Pfeile gingen nieder, die ersten Bauern wurden getroffen, Schreie gellten über den Pfaffenkopf. Doch für Robert gab es nur ein Ziel: Marijana.

* * *

Marijanas Bewacher beging einen tödlichen Fehler: Er ließ die Zügel los, um sich für den Sturz bereit zu machen. Marijana zögerte nicht, sie ergriff die Zügel, drehte sich zur Seite und schlang sie dem Ritter um den Hals. Sobald die Zügel festsaßen, ließ sie sich nach hinten fallen, sodass sie seitlich aus dem Sattel gleiten konnte. Noch einmal stieg das Pferd, der Ritter versuchte, die Zügel loszumachen, aber je stärker er an ihnen zog, desto mehr geriet das Pferd in Panik.

Marijana purzelte mit einer Rückwärtsrolle zu Boden. Der Aufprall war hart, raubte ihr für einen Moment den Atem. Sie sah, wie der Ritter mit den Zügeln kämpfte. Er konnte sich nicht länger auf dem Pferderücken halten, kippte zur Seite, das Pferd riss den Kopf hoch, die Zügel spannten, der Körper des Ritters erschlaffte. Sein Genick war gebrochen.

Das Pferd stürzte, zwei Pfeile steckten in seinem Hals, mehrere in seiner Seite. Es hatte die Geschosse abgefangen, die für Marijana bestimmt gewesen waren. Marijana rollte sich weg, das Pferd schlug auf den Boden, genau da, wo sie eben noch gelegen hatte. Sie löste die Fesseln um ihre Füße und robbte an das tote Tier heran, sein Körper bot ihr Deckung, zumindest für den Augenblick.

Geschrei drang an ihre Ohren, sie spähte über den Hals des Pferdes. Aus dem Wald seitlich von ihr stürmten zerlumpte Gestalten auf die Lichtung. Eine davon erkannte sie: Robert!

***

Robert blickte hektisch hin und her. Er sah Marijana nicht mehr. Wo steckte sie? War sie getroffen? Hatte das Pferd sie unter sich begraben?

Nach wie vor sirrten Geschosse über den Pfaffenkopf. Zwar hatte Mathes zwei Feinde aus den Bäumen geschossen, aber es waren noch immer viel zu viele übrig. Immerhin mischten sich nun die Ritter des Königs in das Kampfgeschehen ein. Hinter ihren Schilden geschützt, arbeiteten sie sich Fuß um Fuß vorwärts auf die Mitte der Freifläche zu. Gleichzeitig preschten von beiden Seiten Dutzende Reiter aufeinander zu. Die Schlacht war nun in vollem Gange. Noch lag der Vorteil eindeutig auf Seiten der Feinde, denn sie hatten die Schützen in den Bäumen. Wer kein Schild besaß, wurde niedergestreckt.

Robert schlug Haken wie ein Hase. Noch immer konnte er Marijana nicht entdecken. Vielleicht war das ein gutes Zeichen, vielleicht hatte sie sich in Sicherheit gebracht.

Dafür entdeckte Robert etwas, das ihm gar nicht gefiel. Einer von Veits Männern hatte seinen Herrn von den Fesseln befreit und ihm ein Schwert gegeben. Anstatt Deckung zu suchen, gab er seinem Pferd die Sporen und galoppierte zurück in die Mitte der Lichtung, und Robert sah, wohin er wollte.

Marijana kauerte hinter einem toten Pferd. Ihre ganze Aufmerksamkeit galt den Pfeilen, die über ihren Kopf hinwegsirrten. Welches Unheil sich von hinten näherte, bemerkte sie nicht. Veit würde sie jeden Moment erreichen. Zu Fuß war Robert niemals schnell genug, um vor ihm bei Marijana zu sein. Verzweifelt hob er den Blick und schaute zurück zu der Fichte.

Mathes gab ihm ein Zeichen. Er hatte die Gefahr bereits erkannt. Robert sah, wie er einen Pfeil aus dem Köcher zog. Aber er war sehr weit weg. Um Veit mit seinem Bogen zu erreichen, musste er die Sehne ganz ausziehen. Und das bedeutete, dass er seine Deckung aufgeben musste. Er schob sich nach vorne auf einen dicken Ast, ging leicht in die Knie, legte den Pfeil auf, zielte und ließ die Sehne los. Im selben Augenblick schlug ein Pfeil in seine Brust. Er taumelte, sackte zusammen, stürzte.

Robert blieb das Herz stehen. Er unterdrückte den Impuls, seinem Freund zu Hilfe zu eilen, und drehte sich zu Veit um.

Braver Mathes! Mitten in der Bewegung war Veits Gaul stehen geblieben, wohl weil sein Reiter unwillkürlich die Zügel angezogen hatte. Mathes' Pfeil steckte in Veits linker Schulter. Er war nicht lebensgefährlich verletzt, sein Schwertarm noch intakt, aber er rutschte vom Gaul, der sich schüttelte und davonstob.

Inzwischen hatten die Ritter des Königs die Phalanx der Schilde verstärkt und Armbrustschützen herangeführt. Sobald sie in Schussweite waren, würden die Bogenschützen des Feindes wie Fallobst aus den Bäumen purzeln. Dennoch war die Gefahr nicht vorüber. Immer mehr Ritter beider Seiten strömten auf die Wiese. Robert erkannte Wappen von Grafen, die Friedrich und Leopold treu ergeben waren.

Von den tapferen Bauern waren nicht mehr viele übrig, vielleicht ein Dutzend. Wer nicht von den Pfeilen hinweggerafft worden war, starb im Kampf mit Veits Rittern. Jeronimus wehrte sich erbittert, ebenso der Henker, der seine Axt schwang und zwei Gerüstete in Schach hielt. Die Ritter des Königs waren zu weit weg, um ihnen zu Hilfe zu kommen.

Veit hatte sich wieder aufgerichtet und den Pfeil abgebrochen. Die Spitze steckte noch in seiner Schulter, aber er rannte los. Bald würde er Marijana erreichen.

Robert stürmte ebenfalls los. Doch Hasso überholte ihn. Er war frisch und ausgeruht und nicht von der peinlichen Befragung gezeichnet. Hasso schnitt Veit den Weg ab, bevor dieser Marijana erreichte.

Die beiden Männer standen sich gegenüber, Hasso hielt das Schwert hoch erhoben, Veits Klinge berührte fast den Boden, sein Oberkörper hing vornüber, als würde er gleich umfallen.

Robert wurde es kalt ums Herz. Erkannte Hasso nicht, dass es eine Finte war? Robert hob die Hand, wollte schreien, aber es war zu spät. Hasso drang auf Veit ein, ließ seine Klinge von oben mit aller Kraft durch die Luft zischen, um Veit den Schädel zu spalten. Doch dieser ließ sich einfach auf die Seite fallen und stieß sein Schwert dabei schräg nach oben.

Hassos Zorn hatte seine Urteilskraft getrübt. Die Wucht des fehlgegangenen Hiebes zog ihn mit sich. Veits Klinge durchbohrte ihn mühelos. Hasso kippte vornüber und war tot.

Veit rollte ihn zur Seite, zog sein Schwert aus dem toten Körper heraus und schaute sich um. Marijana lag noch immer bewegungslos hinter dem Pferd.

***

Veit taumelte auf Marijana zu. Seine Schulter brannte wie tausend Höllenfeuer. Aber er würde nicht aufgeben. Wenn er hier und heute seinem Schöpfer gegenübertreten musste, würde Marijana mit ihm gehen. Er ließ keine offenen Rechnungen zurück.

Plötzlich schob sich eine andere Gestalt in sein Blickfeld. Robert Megling. Was machte der verfluchte Bastard hier? Er trug noch immer das Büßerhemd, in dem er gestern hätte hingerichtet werden sollen. Also war er nicht offiziell mit den Männern des Ketzerkönigs hergeritten. Er musste sich abgesetzt haben. Sein Fehler.

Veit umfasste das Schwert fester, an dem noch immer das Blut des blonden Hünen klebte. Jetzt begriff er auch, wer sein Angreifer gewesen sein musste: einer von Meglings Spießgesellen. »Endlich wird es entschieden, Marder. Du wirst ebenso sterben wie dein Kumpan.«

»Glaub nicht, dass ich auf deine faulen Tricks hereinfalle, du Versager.« Meglings Augen sprühten blanken Hass. »Nichts hast du erreicht. All deine Pläne sind fehlgegangen, weil du ein gottloser Verbrecher bist, nichts weiter. Und jetzt wirst du für alles bezahlen, was du verbrochen hast.«

Veit erwiderte nichts, er hatte nicht vor, sich von Megling provozieren zu lassen. Sollte dieser Schwachkopf seine Kraft doch an seine Zunge verschwenden statt an seine Schwerthand. Ihm war das nur recht.

Megling hob das Schwert.

Veit tat es ihm gleich. Er machte einen Ausfallschritt und ließ seine Klinge wie ein Henkersbeil niederfahren, so schnell, dass sein Gegner nicht reagieren konnte. Die Schwertspitze erwischte Megling an der Seite. Die weiße Tunika riss, Blut quoll aus der Wunde hervor, Robert Megling geriet ins Straucheln.

* * *

Bevor seine Leibwache ihn davon abhalten konnte, kletterte Ludwig auf einen Baum, um das Schlachtfeld zu überblicken. Auf der linken Seite hatte sich ein Häuflein Bauern einen tapferen Kampf mit den Rittern Leopolds geliefert, sechs waren übrig, als ihnen seine eigenen Ritter endlich zu Hilfe eilen konnten. Ludwig fragte sich, woher die Männer stammten und was sie veranlasst hatte, sich in eine Schlacht zu werfen, die nicht die ihre war. Hatte es mit dem Marder zu tun? Robert Megling war gestern zusammen mit seinem Bogenschützen in dem allgemeinen Durcheinander aus der Burg Stein verschwunden, und Ludwig hatte nicht viel Fantasie gebraucht, um darauf zu kommen, was er vorhatte. Deshalb hatte es ihn nicht gewundert, als der Graf plötzlich mit wehender Tunika aus dem Wald zu seiner Linken hervorgestürmt war.

Ludwig kniff die Augen zusammen, aber er hatte Robert aus den Augen verloren. Dafür drehte sich einer der Bauern so, dass er ihm das Gesicht zuwandte. Teufel noch eins! Das war der Henker, der Robert gefoltert hatte. Was machte der hier? Und wie sollte er mit dem Mann verfahren? Es war ein schweres Vergehen für einen Henker, vor seiner Arbeit davonzulaufen und sich unerkannt unters Volk zu mischen. Ihm gebührte die Todesstrafe.

Andererseits stand Ludwig in seiner Schuld. Am einfachsten wäre es, er ließe ihn einfach flüchten. Er nahm sich vor, den entsprechenden Befehl zu geben. Die überlebenden Bauern sollten entschädigt werden, sie hatten tapfer gekämpft. Ob für Robert Megling oder für den König, wollte er lieber nicht wissen.

Im Zentrum des Schlachtfeldes hielten seine Ritter Leopolds Truppen stand, die feindlichen Schützen waren endlich ausgeschaltet. Es ging nicht vorwärts und nicht rückwärts. Eine vertrackte Situation. Mehr Männer konnte er nicht herbeiführen, genauso ging es Leopold. Es stand unentschieden. Was für ein sinnloses Blutvergießen! Er hatte sich verschätzt. Einerseits hatte er darauf spekuliert, dass Leopold höchstselbst hier auftauchen würde, andererseits hatte er mit einem schnellen Sieg gerechnet. Dazu würde es nicht kommen.

Immerhin hatte Ludwig herausgefunden, dass Rohard von Metz, sein Schreiber, die Natter war, die er an seinem Busen nährte. Einige von Veits Bediensteten, die ihren Herrn insgeheim hassten, hatten ihm berichtet, dass Rohard schon oft allein auf der Burg Stein gewesen war. Bei diesen Gelegenheiten sei er auch mit einem Mann zusammengekommen, den Ludwig zwar nur vom Hörensagen kannte, doch umso mehr fürchtete: Zacharias von Trient. Rechte Hand Leopolds und Stachel im Fleische Ludwigs.

Angeblich war auch er gestern auf Burg Stein gewesen, aber falls die Gerüchte stimmten, war er ihm entwischt. Vermutlich hatte er Leopold herbeigerufen. Ludwig fiel ein, dass es nur vier Reiter gewesen waren, die Marijana von Falkenstein zum Treffpunkt geleitet hatten, und er begriff.

Wenigstens hatte er Rohard nicht lange auffordern müssen, bis er gestand, seit Jahren als Veits und Leopolds Spion zu arbeiten. Und dass es Veit gewesen war, der den Anschlag in Regensburg geplant hatte. Mehr noch, Rohard hatte auch dafür gesorgt, dass das Treffen zwischen Ludwig und Robert scheiterte, indem er beide zu unterschiedlichen Treffpunkten lockte. Dort, wo Robert den König zu treffen geglaubt hatte, hatte Veit von Amerang ihn erwartet. So war auch dieses Rätsel gelöst.

Ludwig ließ seinen Blick noch einmal über das Schlachtfeld schweifen. Noch immer war keine Entscheidung in Sicht. Er kletterte vom Baum herunter und befahl, die Parlamentärflagge aufzuziehen. Ein Knappe ohne Rüstung und Waffen nahm sie auf und preschte in die Mitte des Pfaffenkopfes. Schoss Leopold ihn ab, hatte er keine Lust auf Verhandlungen.

* * *

Robert sah nur noch Schemen, seine Sinne begannen zu schwinden. Einzig der Gedanke an Marijana hielt ihn aufrecht. Kaum nahm er wahr, wie Veit zurück in die Ausgangsposition ging. Noch ein solcher Angriff wie der gerade, und Robert wäre tot.

Robert sammelte seine Gedanken. Was konnte er gegen diesen Kämpfer ausrichten? Wie konnte er ihn ausschalten, obwohl er ihm in seinem Zustand hoffnungslos unterlegen war?

Da kam ihm der rettende Gedanke: Veit war Rechtshänder, Robert aber beherrschte die Klinge mit beiden Händen. Was Veit nicht wusste. Robert verlagerte seinen Stand auf das andere Bein, führte die Klinge aber weiter mit der rechten Hand. Für Veit musste es so aussehen, als mache Robert aus Schwäche einen entscheidenden Fehler.

In Veits Augen blitzte es auf. Die Klinge fuhr herab.

Darauf hatte Robert gewartet. Er wechselte die Hand, parierte Veits Schlag, unterlief dessen Deckung, da er jetzt auf dem richtigen Fuß stand, und traf ihn mit der flachen Seite mit voller Wucht am Kopf.

Veit konnte seine Klinge nicht mehr halten, sie flog weg. Er wirbelte einmal um die eigene Achse, verdrehte die Augen und stürzte der Länge nach hin.

Robert sank auf die Knie, er vermochte nicht mehr aufzustehen. Er blutete aus mehreren Wunden, vor seinen Augen verschwamm alles. Er musste Marijana schützen, das wusste er noch. Er musste Veit töten. Im Knien hob er sein Schwert ein letztes Mal und ließ es auf Veit niedersausen. Dann wurde ihm schwarz vor Augen, alles drehte sich, ein helles Licht erschien.

Das musste das Ende sein. »Herr, beschütze Marijana und vergib mir meine Sünden«, murmelte er.

Das Licht füllte sein ganzes Sichtfeld aus, er ließ sich fallen und begab sich in Gottes Hand.

* * *

Der Knappe erreichte unbehelligt das Zentrum, stellte sich in die Steigbügel und schwenkte die Fahne.

Am gegenüberliegenden Waldrand löste sich ein Reiter aus den Bäumen. Ludwig atmete auf. Auch er trug die Parlamentärflagge.

Ludwig schwang sich aufs Pferd und ritt auf die Lichtung, das Visier geöffnet. Er musste gegen die Sonne blinzeln, die ihm voll ins Gesicht schien. Das war der gefährlichste Moment. Jetzt wusste Leopold mit Sicherheit, dass der bayerische Löwe gekommen war. Gedeckt von vier Männern seiner Leibgarde, erreichte er die höchste Stelle des Pfaffenkopfs.

Erst jetzt sah er, wie viele Verluste die Schlacht gekostet hatte. Veit lag in seinem Blut, Robert unweit von ihm, ebenfalls leblos. Hinter einem toten Gaul entdeckte Ludwig Marijana, auch sie rührte sich nicht. Bei Gott, wie sollte er das dem alten Falkenstein beibringen? Er hatte Gero auf der Burg Stein festsetzen lassen, weil er vollkommen außer sich geraten war, als Ludwig ihn in seinen Plan eingeweiht hatte.

»Ihr wollt meine Tochter als Köder für Leopold einsetzen?«

»Es ist eine wunderbare Gelegenheit, den Hund unter die Erde zu bringen.«

»Er wird mit einem Heer anrücken!«

»Wird er nicht«, hatte Ludwig ihm geantwortet. »Das kann er gar nicht. Er kann die Besatzungen einiger nahe gelegener Burgen zusammenziehen, vielleicht hundert Mann, mehr nicht.«

»Weniger, als wir aufbieten können.«

»Wir fechten für eine gerechte Sache.«

Gero hatte gotteslästerlich geflucht, und Ludwig war nichts anderes übrig geblieben, als ihn mit sanfter Gewalt daran zu hindern loszustürmen. Wenn Marijana zu den Toten zählte, würde Gero sich von Ludwig lossagen, das war sicher. Hatte er falsch entschieden? Nein. Wenn er nicht eingegriffen hätte, wäre Marijana mit Sicherheit ermordet worden. Die Schützen in den Bäumen hatten ganz offenbar einen klaren Auftrag gehabt.

Ludwig seufzte. Jetzt musste er sich erst einmal auf die Verhandlungen konzentrieren. Erst wenn er mit Leopold einig war, konnten die Toten geborgen und die Verletzten versorgt werden.

Er musste nicht lange warten. Leopold kam im vollen Galopp über die Lichtung, als wollte er Ludwig über den Haufen reiten. Erst im letzten Moment parierte er sein Pferd durch.

»Was habt Ihr Eurem König zu sagen?«

Leopold spuckte auf den Boden; Ludwig hob eine Hand, damit seine Männer sich nicht auf diesen unverschämten Emporkömmling stürzten.

»Ich habe nur zu sagen, dass Ihr besser abziehen solltet, wenn Euch Euer Leben lieb ist.«

»Das will ich gern, aber vorher müsst Ihr Euch so weit zurückziehen, dass Ihr keine Gefahr mehr darstellt.«

»Ihr gebt also zu, dass Ihr besiegt seid!«

Ludwig lachte schallend. »Denkt an Mühldorf. Ihr seid zu spät gekommen und habt die Krone für Euren Bruder damit verspielt. Heute seid Ihr zu früh gekommen und verliert Euer Leben, wenn Ihr starrsinnig bleibt.«

»Und Ihr das Eure.«

Ludwig grinste, legte so viel Überlegenheit in seine Stimme, wie es nur ging. »Träumt weiter, Leopold.« Er zog ein Pergament hervor und deklamierte: »Der hochgeschätzte, Euch unverbrüchlich zugetane Graf Veit von Amerang hat einen zuverlässigen, zu allem entschlossenen Mann gedungen, der dem falschen König das Lebenslicht ausblasen wird. Kein Schatten des Verdachts wird auf Euch fallen, geliebter Bruder. Sollte der Plan scheitern, was Gott der Allmächtige verhindern wird, wird Megling den Kopf hinhalten müssen, da der Anschlag nicht nur auf seiner Burg, sondern gar in seinem eigenen Schlafgemach stattfinden wird.«

Leopold wurde blass. Sein Mund öffnete sich, doch kein Wort löste sich von seiner Zunge.

Ludwig verstaute den Brief wieder in seinem Ärmel. »Hier mein Vorschlag: Ihr zieht Euch ohne Bedingungen zurück, ich vergesse die ganze leidige Affäre, nehme mit, was von Veit von Amerang übrig ist, und verzichte darauf, Euch vor den Kronrat zu zerren. Friedrich bleibt, wo er ist. Ich nehme an, dass er nicht über die Tollheiten seines Bruders unterrichtet ist. Ansonsten müsste ich ihn hinrichten lassen.« Ludwig zog sich die Hand über die Kehle. »Und vergesst nicht: Wenn ich Euch wieder einmal in meinen Landen antreffen sollte, ohne dass ich Euch eingeladen hätte, werde ich Euch höchstselbst das Fell über die Ohren ziehen.«

Leopold bleckte die Zähne und schaute sich um, schätzte die Lage ein. »Ich will das Dokument!« Seine Kiefer mahlten.

»Vergesst es!«

»Dann will ich wenigstens die Burg Stein zurück. Sie steht auf Habsburger Land. Sie soll zurückgehen an die Herren von Törring.«

Ludwig überlegte. Er musste Leopold entgegenkommen, damit der auf seine Bedingungen einging. Die Burg war kein großer Verlust.

»Meinetwegen«, sagte er. »Ihr sollt Burg Stein an der Traun zurückhaben. Das hässliche Gemäuer hat mir ohnehin kein Glück gebracht. Aber nur, wenn Ihr all meine Forderungen annehmt. Entscheidet Euch. Jetzt sofort, oder ich werde Euch und Euren Bruder und die ganze Habsburger Brut vernichten!«

Ludwig hoffte inständig, dass er Leopold genug eingeschüchtert hatte, um ihn zum Einlenken zu bewegen.

Leopold nickte kaum merklich, wandte sein Pferd um und sprengte davon.

Ludwig atmete tief durch und wartete, bis Leopold verschwunden war und dessen Männer abzogen. Jubel brach auf der Lichtung aus. Ludwig dachte an die Fehler, die er begangen hatte, und die Menschen, die seinetwegen hatten sterben müssen. Er hatte keinen Grund zum Jubeln.

Epilog

Der Bischof von Regensburg ließ den Blick schweifen; man konnte ihm ansehen, dass er diese Worte nicht ganz freiwillig sprach und dass er nicht ganz freiwillig die Gedenkmesse in diesen Mauern zelebrierte.

Aber der König hatte es gewünscht, und dem König schlug man keinen Wunsch ab, selbst wenn man aufmüpfiges Bauernpack ehren musste. »So gedenken wir der tapferen Männer, die am Pfaffenkopf ihr Leben für König und Reich gegeben haben.« Der Bischof begann, die Liste der Gefallenen vom Pfaffenkopf zu verlesen, und bat Gott nach jedem Namen, den entsprechenden Mann ins Himmelreich aufzunehmen.

Zuerst verlas er die Namen der siebenundzwanzig Bauern, die von Leopolds Rittern in Stücke gehackt worden waren. Er legte ein ziemliches Tempo vor. Dann verlas er die Namen der königstreuen Ritter, die im Kampf gefallen waren, und ließ sich deutlich mehr Zeit, machte nach jedem Namen eine Pause, ließ seine Bitte an Gott, sie ins Himmelreich aufzunehmen, in der Kapelle nachklingen.

Marijana kannte einige der Namen vom Hörensagen, doch keinem der Ritter war sie vor der Schlacht leibhaftig begegnet. Jetzt allerdings würde ein Name verlesen werden, der ihr die Trauer mit voller Wucht zurückbringen würde.

Der Bischof blickte sie an, Marijana wusste, dass Ludwig ihn gezwungen hatte, wusste, dass der Bischof keinem Räuber, der sich am Eigentum der Kirche vergangen hatte, aus freien Stücken verziehen hätte, mochten seine Beweggründe auch noch so ehrenhaft gewesen sein. Doch der König dachte anders.

»Hasso Bergh«, sagte der Bischof, und seine Miene ließ keinen Zweifel an seinen Gedanken zu. »Möge der Herr seiner Seele gnädig sein. Wir anempfehlen ihn unserem Schöpfer und bitten den Herrn, die Tore des Himmels für ihn zu öffnen.«

Die Menschen antworteten mit einem dumpfen »Amen«.

Marijana blickte zu Mathes, der auf eine Krücke gestützt neben Jeronimus stand. Mathes war vom Baum gestürzt, aber die Äste hatten den Sturz abgemildert. Der Pfeil hatte keine lebenswichtigen Organe verletzt. Ludwigs Leibärzte hatten ihn zusammengeflickt, und nach einigen Tagen des Bangens war das Fieber gesunken, und Mathes war wieder zu sich gekommen.

Weitere Namen folgten, dann endlich rief der Bischof: »Führt den Bräutigam zu mir.«

Marijanas Herz begann schneller zu schlagen. Heute war es so weit, sie würde offiziell vermählt werden. Der König hatte ihren Gatten bestimmt, und ihr Vater hatte sich einverstanden erklärt, obwohl er noch immer grollte, weil Ludwig ihn daran gehindert hatte, am Pfaffenkopf für seine Tochter zu kämpfen. Marijana musste sich dem Willen des Königs fügen, sein Wort war Gesetz. Aber sie hatte sich gewünscht, die Trauung mit einer Messe für die Seelen der Gefallenen vom Pfaffenkopf zu verbinden, und der König hatte ihr die Bitte nicht abgeschlagen.

Niemand außer Mathes und Jeronimus wusste, dass Marijana bereits verheiratet war, und das war gut so. Das Gelübde, das sie Robert gegenüber in der Ruine der Ratzlburg abgelegt hatte, würde sie niemals brechen.

Marijana trug das Kleid ihrer Mutter. Ihr Vater hatte ihr eine Überraschung versprochen und ihr das Kleid in die Arme gelegt. Es war aus blauer Seide, mit goldenen Stickereien versehen. Es war wunderschön, und Marijana waren die Tränen gekommen, als sie über den weichen Stoff gestrichen hatte. Doch ihr Vater hatte noch eine ganz andere Überraschung für sie gehabt.

»Ich habe einen Eid geleistet vor Gott«, hatte er gesagt und sich mit einem Tuch die schweißnasse Stirn abgetupft. »Du sollst nun erfahren, was in der Nacht passiert ist, in der deine Mutter und dein Bruder starben. Und was immer du willst, dass ich dann tue, werde ich tun.«

Marijana war zu Tode erschrocken. Sie hatte immer geahnt, dass ihr Vater ihr etwas verschwieg, deshalb hatte sie ja an jenem Tag die ehemalige Zofe aufsuchen wollen. Doch nun befürchtete sie das Schlimmste.

»Ich habe mich mit deiner Mutter gestritten, damals. Wegen einer Nichtigkeit«, hatte Vater stockend erzählt. »Sie konnte so ...« Er verstummte, Weinen schüttelte ihn.

»Du hast sie die Treppe hinuntergestoßen?«, hatte Marijana mit bebender Stimme gefragt.

Ihr Vater war auf die Knie gesunken, hatte ihre Beine

umklammert. Er hatte geschluchzt. »Es tut mir so leid, so unendlich leid. Es war ein Moment des Zorns, unbedacht, ich sah nicht, dass sie so nah am ... ich wolle sie nicht ... ich habe sie so sehr geliebt ...« Er hatte sie mit tränennassem Gesicht angesehen. »Ich bitte dich, meine Tochter, verzeih mir.«

Marijana war ebenfalls auf die Knie gesunken und hatte ihren Vater in die Arme genommen. »Gott hat dich lange genug büßen lassen, Vater. Ich verzeihe dir, denn ich liebe dich. Und wer bin ich, über dich zu richten?«

Ihr Vater hatte noch eine Weile geweint, Marijana aber hatte eine tiefe innere Ruhe gespürt. Was ihr Vater getan hatte, war furchtbar. Aber er hatte nicht in böser Absicht gehandelt. Und er hatte sich seither jeden Tag mit Kummer und Selbstvorwürfen gequält.

Eine Fanfare erscholl und riss Marijana aus ihren Erinnerungen. Sie wandte sich um. Der König trug Purpur. Zobel und Nerz lagen um seinen Hals und auf seinen Schultern. Prächtig sah er aus, und trotz seiner derben Gesichtszüge besaß er unverkennbar die Würde eines Herrschers. In der einen Hand hielt er den Reichsapfel. Mit der anderen Hand führte er den Bräutigam von dem Stuhl, auf dem er gesessen hatte, nach vorne. Er schien mit sich zufrieden, schien die Zeremonie zu genießen und sich wirklich für sie und Robert zu freuen.

Marijana fragte sich, was es Ludwig gekostet hatte, den Bischof dazu zu bringen, diese Trauung im Namen der Kirche zu vollziehen. Der Gottesmann musste den Bräutigam hassen.

Vorne angekommen, trat Ludwig zur Seite. Robert Graf Megling tat die letzten Schritte allein. Noch zog er sein rechtes Bein etwas nach, aber das würde sich mit der Zeit legen. Er kniete nieder, küsste den Ring des Bischofs und erhob sich wieder.

»Nun lasst die Braut vortreten!«, befahl der Bischof. Seine

Augen waren kalt und wässrig. Doch das scherte Marijana nicht. Sie würde Robert heiraten, zum zweiten Mal. Ihr Vater führte sie nach vorn, bis sie neben Robert stand. Auch sie kniete nieder und küsste den Ring. Als sie sich wieder erhob, sah sie Robert an. Das Herz wollte ihr aus der Brust springen. Diesen Mann würde sie auch noch hundert Mal heiraten, wenn es nötig sein sollte.

Robert blickte ernst drein, so als glaube er nicht, was gerade geschah, so als rechne er jeden Augenblick damit, dass Veit von Amerang über ihn herfallen und ihn erneut foltern würde. Marijana wusste, dass er fast jede Nacht von Albträumen heimgesucht wurde. Aber sie war sicher, dass sich das bald geben würde. Denn Veit von Amerang hatte das Schlachtfeld auf der Totenbahre verlassen.

Marijana blickte zum König. Seit der Schlacht am Pfaffenkopf hatte sie ihn nicht mehr gesehen. Als sie aus der Ohnmacht erwacht war, hatte er vor ihr gekniet. »Es freut mich, dass Ihr wohlauf seid, Marijana von Falkenstein.«

Sie hatte gar nicht richtig hingehört, hatte das Schlachtfeld nach Robert abgesucht.

Das war dem König nicht entgangen. »Er lebt, meine Ärzte kümmern sich um ihn«, hatte er geflüstert. »Habt keine Angst. Es ist für alles gesorgt.« Er hatte sie einen Moment lang angesehen, dann war er aufgestanden, hatte sich entschuldigt und war davongeeilt.

Ihr Vater hatte ihr erzählt, was in der Zwischenzeit passiert war. Der Schreiber des Königs, Rohard von Metz, war als Verräter entlarvt worden und hatte gesungen wie ein Vögelchen. Er war ohne Aufsehen beseitigt worden. Ludwig wollte die Schmach, dass er jahrelang einen Verräter an seiner Seite gehabt hatte, nicht in aller Munde wissen. Ein anderer Verräter jedoch, dessen Name nur hinter vorgehaltener Hand ausgesprochen wurde, war entkommen. Sie wusste, dass damit Zacharias von Trient gemeint war. Der Mann, den sie für den Rest ihres Lebens an seiner Stimme erkennen würde.

Ansonsten hatten sich die Wogen geglättet, vorerst zumindest. Leopold hielt still, denn als Friedrich von seinen Ränken gehört hatte, hatte er vor Wut einen Schemel an der Wand zerschmettert und sich bei Ludwig für seinen Bruder entschuldigt.

Die überlebenden Bauern waren großzügig abgefunden worden, nur der Henker war spurlos verschwunden.

Marijana wandte ihren Blick vom König ab und sah Robert tief in die Augen. Er streichelte ihr mit vier Fingern über die Wange, den Stumpf des Zeigefingers schützte eine grüne Lederkappe.

»Nichts kann uns mehr trennen«, flüsterte er. »Ich liebe dich über alles.«

»Ich liebe dich wie mein Leben«, antwortete sie. Für das Glücksgefühl, das sie durchströmte, fehlten ihr die Worte.

Der Bischof fragte, ob sie Mann und Frau werden wollten, ob sie einander ehren und alles teilen wollten.

Marijana dachte nur, dass der Bischof ja keine Ahnung habe, und rief laut und deutlich, sodass es bis in den letzten Winkel der Kapelle zu hören war: »Ich will und ich werde, das schwöre ich vor Gott, dem Allmächtigen.«

Robert wiederholte ihre Worte. Seine Gesichtszüge waren weicher geworden, seine Augen leuchteten.

Der Bischof legte ein Brokatband über ihre Hände, vergoss ein paar Tropfen geweihtes Wasser und winkte dem Messdiener, der das Kissen mit den Ringen hielt. Der Messdiener trat vor, beugte das Haupt, hob das Kissen.

Robert nahm Marijanas Ring und steckte ihn ihr an den rechten Ringfinger. Marijana nahm Roberts Ring und steckte ihn ihm an den rechten Ringfinger. Auf die Innenseiten beider Ringe hatten sie ihr gemeinsames Wappen eingravieren lassen: den Drachen, über dem der Falke kreiste, und die Ähren, die sich mit dem Schwert kreuzten.

Der Bischof verkündete, dass sie nun vor Gott verbunden seien, bis dass der Tod sie scheide, und dass der Mensch nicht trennen dürfe, was Gott zusammengefügt habe.

Marijana wusste, dass Robert dasselbe dachte wie sie: Es war nie anders gewesen. Nur Tod und Gewalt hatten sie trennen können. Niemals wieder würde das geschehen. Sie lächelte Robert an, er lächelte zurück, nahm ihren Kopf in die Hände und küsste sie, als wäre es der letzte Kuss, den sie tauschen durften.

Die Hochzeitsgäste, Edle aus dem ganzen Reich, brachen in tosenden Applaus aus. Robert löste sich, Blumen regneten auf das Brautpaar nieder, sie wandten sich dem Ausgang zu und traten vor die Kapelle. Der ganze Burghof war voll mit Menschen, der Jubel ohrenbetäubend. Wappenfahnen flatterten auf den Zinnen. Ludwig hatte an nichts gespart. Eine Woche lang würde auf Burg Megling gefeiert werden, schließlich hatte man ein verpatztes Fest nachzuholen.

Fackeln erleuchteten den Hof, die Nacht war bereits angebrochen. Tief unten im Tal schimmerte der Inn. Die Leibgarde des Königs sicherte die Wälle. Für einen Moment erfasste Marijana Angst, doch sie verflog, als Robert ihre Hand ein wenig fester drückte.

»Willst du unseren Gästen nicht zeigen, wozu du fähig bist, Liebste?« Er griff in seinen Surcot und reichte Marijana zwei Feuersteine. »Meine Brautgabe.« Er schmunzelte.

»Was kann sich eine Frau mehr wünschen als die Liebe und den Respekt ihres Gatten? Ich danke dir, mein Liebster.« Sie nahm die Steine entgegen, wog sie in der Hand und spähte zu den Zinnen der Vorburg. Sie entdeckte Ambrosius, der ihr winkte.

Alles war vorbereitet. Ihr Vater war zwar fast verrückt geworden, als sie ihm erzählt hatte, womit sie ihre Trauung feiern wollte, aber er hatte sich letztlich nicht eingemischt und sich an sein Versprechen gehalten, ihr nie wieder Vorschriften zu machen.

Die Menschenmenge öffnete ihr eine Gasse, sie sah das Ende der Zündschnur, kniete sich hin, entzündete sie mit dem ersten Funken und rannte zurück zu Robert. Er legte ihr einen Arm um die Hüfte, sie schmiegte sich an ihn.

Ludwig war hinter sie getreten. »Ich bin gespannt auf Eure Künste, Gräfin von Megling. Man erzählt sich Wunderliches.«

Bevor Marijana antworten konnte, erschütterte eine Explosion die Burg. Die Menschen schrien auf, Marijana aber blieb ruhig, denn sie hatte es so geplant. Einige Donnerschläge sollten die Gäste glauben machen, die Burg stürze ein. Ein zweiter Schlag ließ die Mauern erzittern, die Menge stöhnte.

Der dritte Schlag aber übertraf alles. Mit Ambrosius hatte sie es ausgetüftelt. Sie hatten es fertiggebracht, eine Treibladung in ein leichtes Schilfrohr zu packen. Es war fast sechzig Fuß hoch geflogen und dann explodiert. Genau das geschah jetzt. Der Lärm war ohrenbetäubend, und gleichzeitig entfaltete sich am Himmel eine kleine Sonne.

Viele Menschen schlugen das Kreuz, einige ließen sich auf den Boden fallen, anderen blieb der Mund offen stehen. Jetzt ging es Schlag auf Schlag. Eine Explosion nach der anderen malte Blumen aus Feuer in den Himmel, in Rot und Blau, Grün und Gelb.

Marijana vergaß alles um sich herum, presste sich noch enger an Robert. Nichts konnte sie jetzt noch trennen – nicht einmal der Tod.

Nachwort

Fakten und Fiktion

Wie immer haben wir sorgsam recherchiert und die Lücken und Unzulänglichkeiten der Geschichtsschreibung mit unseren eigenen Ideen gefüllt.

Marijana von Falkenstein ist unserer Fantasie entsprungen, nicht aber die Burg, auf der sie aufwuchs: Burg Falkenstein liegt auf 536 Metern über dem Dorf Flintsbach am Inn und heißt heute Burg Unter-Falkenstein oder auch Neu-Falkenstein.

Auch Marijanas Vater Gero von Falkenstein ist keine historische Persönlichkeit. Dass Gero von Falkenstein seine Tochter wie einen Sohn erzog, ist jedoch vorstellbar. Eine Reihe von Herrschern ohne männlichen Nachwuchs haben ihre Töchter wie Söhne aufgezogen.

Auch dass Geros erfundener Alchemist Ambrosius Gallus

das Rezept für die Herstellung von Sprengpulver kannte, ist gut möglich. Das Sprengpulver, das übrigens erst im 19. Jahrhundert den Namen Schwarzpulver bekam, um es vom weißen Nitropulver zu unterscheiden, wurde spätestens 1250 in Europa erfunden bzw. eingeführt. Die ersten Feuerwaffen waren bereits im Jahre 1334 nachweislich im Einsatz und läuteten endgültig das Ende der traditionellen Ritterschlachten ein.

Historische Persönlichkeiten sind der Wittelsbacher Ludwig der IV. und sein Konkurrent um die deutsche Krone, der Habsburger Friedrich III., Herzog von Österreich und der Steiermark, sowie dessen Bruder Leopold I. von Österreich.

Auch die beiden verfeindeten Familien in Regensburg, die Gumprechts und die Auers, die um die Gunst des Königs buhlen, hat es tatsächlich gegeben.

Ludwig IV., von seinen Gegnern auch abfällig »der Bayer« tituliert, ist bis heute in seiner Heimat Bayern eine Ikone. Er war ab 1314 römisch-deutscher König und ab 1328 bis zu seinem Tod 1347 Kaiser. Die Cousins Ludwig und Friedrich waren gemeinsam erzogen worden, man kann davon ausgehen, dass Ludwig seinen Widersacher Friedrich mochte. Denn Ludwig hätte ihn 1322 als Sieger in der Schlacht bei Mühldorf bzw. Ampfing einfach töten können, statt ihn auf Burg Trausnitz im Tal in ritterliche Haft zu nehmen. Die Schlacht entschied den Streit um die deutsche Krone vorerst zu Ludwigs Gunsten. Es ist anzunehmen, dass auch Friedrich Ludwig nicht nach dem Leben trachtete. Ganz anders Leopold, Friedrichs Bruder. Er war zeit seines Lebens erklärter Todfeind Ludwigs. Mehrere Mordanschläge auf Ludwig, auch mit ungewöhnlichen Methoden, sind verbrieft; alle scheiterten, Ludwig starb bei einem Jagdunfall am 11. Oktober 1347.

Ludwig war wie alle deutschen Herrscher des Mittelalters

ein Reisekönig. Regelmäßig besuchte er Nürnberg, Frankfurt, München, Regensburg und viele weitere Städte. Meistens reiste er mit seinem relativ kleinen Hof, aber wenn er es eilig hatte, auch nur mit seiner Leibgarde und einigen Beamten.

Wir haben uns erlaubt, ihn von seinem Reiseplan im Jahr 1324 abweichen zu lassen, allerdings so, dass es bei Historikern unbemerkt geblieben sein könnte. Wir ließen ihn die dritte Appellation im Rechtsstreit mit Papst Johannes XXII. um den Kirchenbann gegen ihn nicht in Sachsenhausen bei Frankfurt verfassen, sondern in Regensburg, kurz bevor er zur Burg Stein aufbrach, um Veit von Amerang zu treffen, den Widersacher von Marijana und Robert. Wer weiß, vielleicht ist es ja genau so geschehen. Dass Dokumente aus strategischen Gründen vor- oder nachdatiert wurden oder der Ausstellungsort geändert wurde, ist jedenfalls erwiesen.

Auch die Burg Stein an der Traun existiert. Allerdings haben wir ein Ereignis eingefügt, das so in den Geschichtsbüchern nicht zu finden ist, was nicht bedeutet, dass es nicht so gewesen sein *könnte*: Die Burg liegt auf einem Felsgrat, der sich fast dreißig Meter über das Flusstal erhebt. Viele Jahre lang war die Kante des Grats die Grenze zwischen dem Herzogtum Österreich und dem Herzogtum Bayern. Burg Stein lag auf österreichischem Gebiet. Doch nach unserer Geschichtsschreibung geriet sie nach der Schlacht von Gammelsdorf 1311 in bayerische Hände, nichts Besonderes für eine Grenzburg, die je nach Burgherrn die politische Seite wechseln konnte wie ein Ritter seine Bettgenossin. Der von uns erfundene Veit von Amerang war von Ludwig dort hingesetzt worden, um die Grenze zu bewachen und die Zölle einzutreiben. Als Ludwig einen Frieden mit Leopold aushandelte, gab er die Burg als Zeichen seiner Kompromissbereitschaft wieder an Österreich zurück.

Eine schwierige Aufgabe war es, den Charakter von Ludwig

IV. zu erfassen. Geholfen hat uns der Geschichtsschreiber und Zeitgenosse Ludwigs, Matthias von Neuenburg, der Ludwigs Charakter mit Gegensatzpaaren beschrieb: »... töricht und zugleich klug, achtlos und sorgenvoll, träge und ungestüm, kleinmütig und tapfer ...«

In unseren Augen war Ludwig vor allem ein gottergebener, menschenfreundlicher, immer zu einem Scherz aufgelegter, gebildeter und lebensfroher König mit einem eisernen Willen, der Risiken abwog und sich nicht scheute, der Gefahr ins Auge zu blicken. Selbst bei Todfeinden ließ er Gnade walten, und das nicht immer aus politischem Kalkül. Nichtsdestotrotz hatte er stets seine Krone im Blick, sei es als König oder Kaiser, und bediente sich natürlich auch der Verhörmethoden seiner Zeit. Ludwig IV. bereitete das Feld für die Goldene Bulle seines Nachfolgers Karl IV., die bestimmte, dass der Papst keinen Einfluss mehr auf die Wahl des deutschen Königs hatte. Dafür blieb Ludwig IV. bis zu seinem Tod exkommuniziert.

Dass Ludwig seine Tochter Mechthild oder auch Mathilde von Bayern mit Robert Megling verheiraten wollte, ist frei erfunden, denn Robert Megling ist frei erfunden – nicht aber die Burg Megling. Sie thront hoch über dem Inn und war ein wichtiger und lukrativer Stützpunkt zur Überwachung des Handels auf dem Fluss. Historisch korrekt ist, dass Ludwig seine Tochter zuerst einem anderen versprochen hatte, dann aber seine Pläne änderte und sich dadurch neue Feinde machte. Mechthild heiratete schließlich – allerdings erst vier Jahre nach unserer Geschichte – im Alter von fünfzehn Jahren den Markgrafen von Meißen.

Robert wird zum »Raubritter«, doch er raubt nicht aus Gier, sondern aus Not, und er tötet keine Unschuldigen. Die »echten« Raubritter und Räuberbanden im Spätmittelalter waren eine rechte Landplage. Als Vorwand für ihre Raubzüge brachen sie oft Fehden vom Zaun. Sie scherten sich um kein Gesetz, mordeten, vergewaltigten, plünderten und machten so die Handelswege unsicher. Einige Mitglieder von Roberts Bande entsprechen diesem Bild.

Eine systematische Fahndung nach den Tätern gab es praktisch nicht. Räuber wurden in der Regel während ihrer Raubzüge gefangen oder getötet, zum Beispiel wenn sie die Schutztruppe eines Handelszuges unterschätzten. Wer gefasst wurde, dem drohten drakonische Strafen, wie zum Beispiel das Rädern, eine der furchtbarsten Hinrichtungsmethoden des späten Mittelalters. Diese Strafen wurden gegen räuberische Ritter ebenso verhängt wie gegen plündernde Bauern. Götz von der Au ist ein Beispiel für den »normalen«, wenn auch verdeckt handelnden Raubritter, der auf frischer Tat ertappt wird.

Heiraten geschahen im Mittelalter selten aus Liebe, vor allem beim Adel. Eheschließungen erfolgten aufgrund kühler Erwägung, Kinder waren Verhandlungsmasse, die sich in die Entscheidungen der Eltern nicht einzumischen hatten.

Das Eheversprechen von Marijana und Robert im Wald ist zwar vor Gott und in Liebe geschlossen, aber kirchenrechtlich nicht legal. Es ist eine Winkelehe, eine heimliche Ehe. Seit 1225 wurde die kirchliche Heirat Pflicht, wer dagegen verstieß, beging eine Todsünde. Was aber nicht heißt, dass solche Ehen nicht weiterhin geschlossen wurden.

Und das Feuerwerk? Auch das war zu dieser Zeit schon möglich, die Rezepturen gab es. Wir glauben, dass Marijana und Robert allen Grund hatten, ihre Hochzeit, ihre Liebe und ihre Freiheit mit einem großartigen »fliegenden Feuerzauber« zu feiern.

Gegeben im Jahre des Herrn 2016
Sabine Martin

Glossar

Adept: Ein Adept ist eine Person, die in eine Geheimlehre, Geheimwissenschaft oder in Mysterien eingeweiht worden ist. Ein Adept ist noch kein Meister, aber auch kein Anfänger mehr.

Alchemie: Alchemie ist eine mittelalterliche Geheimlehre, in der Elemente der Chemie mit Zauberkunst und Religion vermischt sind. Lange Zeit musste die Alchemie vor der Kirche verborgen werden und blühte nur im Geheimen. Die Umwandlung von unedlen zu edlen Metallen war nur ein kleiner Bereich der Alchemie.

Amethyst: Heilstein, der sowohl männliche als auch weibliche Energie besitzt. Dem Amethyst werden äußerst vielseitige Heilwirkungen nachgesagt, die auf seiner reinigenden Wirkung aufbauen.

Die Griechen trugen den Amethyst gegen Zauberei und böse Gedanken. Er sollte vor falschen Freunden bewahren, Gefahren abwenden und schlechte Gedanken ins Gegenteil verkehren.

Athanor: Ofen der Alchemisten

Bergfried: Seit dem 12. Jahrhundert ist der Bergfried der unbewohnte Wehrturm einer Burg, der in Friedenszeiten oft als Gefängnis genutzt wurde. Als dauerhaft bewohnter Hauptturm wird er als Wohnturm (Donjon) bezeichnet.

Fuß: Regional unterschiedliches Maß von ca. 30 cm.

Hofmeister: Hofmeister (auch Majordomus oder Hausmeier) ist zum einen das Amt eines Haus- und Hofverwalters. Der Hofmeister übernahm dabei in Vertretung seines Herrn die Verwaltung am Fürstenhof. Er vertrat den Fürst/König auch bei Gericht. Der Hofmeister ist an kleineren Höfen oder auf Burgen auch eine Art Hauslehrer, der für die Erziehung und den Unterricht der Knappen zuständig ist.

Jungfrau: Die Bezeichnung wurde nicht wie heute, sondern für alle jungen Frauen auf einer Burg verwendet, im Unterschied zur Altfrau, der Burgherrin und Ehefrau des Ritters.

Meile: Die bayerische Meile betrug 7420,4 Meter.

Michaelis: Fest des heiligen Erzengels Michael, das am 29. September gefeiert wird.

Panacea: Auch Panazee genannt; ein mythisches Allheilmittel, das die Alchemisten zu finden versuchten.

Rebec: Die Rebec ist ein hochmittelalterliches Saiteninstrument, das als Vorläufer der heutigen Violine gilt. Sie wird mit einem Bogen gespielt und klingt wärmer und tiefer als die Fiedel. Sie wurde für Profan- und Sakralmusik verwendet.

Regalien: Regalien waren die Hoheits- und Sonderrechte eines Königs oder anderen Herrschers bzw. des Staates, die gegen Geld verliehen oder veräußert wurden. Historische Regalien sind z. B. die öffentlichen Wege, die schiffbaren Flüsse und ihre Quellflüsse, die Hafengelder, die Uferzölle, die Abgaben, die gemeinhin Zölle genannt werden, die Münzen und die Erlöse aus Bußen und Strafen.

Reiten: Bis zum Ende des 13. Jahrhunderts saßen Männer und Frauen beim Reiten rittlings in normalen Sätteln. Erst im 14. Jahrhundert kam mit der Entwicklung des Damensattels der seitliche Sitz bei adligen Frauen in Mode. Da die ersten Damensättel unsicher und unbequem waren, saßen Frauen nach wie vor beim Galoppieren, Springen oder im Gelände rittlings im Sattel. Erst mit der Einführung des Gabelsattels am Übergang vom Mittelalter zur Neuzeit konnten Frauen sicher im Seitsitz mit ihren Pferden galoppieren und springen.

Scher: Scher ist die Abkürzung für Feldscher. Der Begriff entstand im 14. Jahrhundert und bezeichnet ungelernte Landärzte bzw. »Chirurgen«, die auch so profane Dienste leisteten wie Rasieren, Hautpflege etc. Manche verstanden ihr Handwerk aus Erfahrung ganz gut, andere erhöhten die Sterblichkeit der Menschen erheblich.

Sprengpulver: Das Pulver ist in der Regel eine Mischung aus Salpeter, Holzkohle und Schwefel. Entscheidend ist die Qualität der Holzkohle. Schlüsselsubstanz ist der Salpeter.

In Europa wurde das Sprengpulver sehr wahrscheinlich in der ersten Hälfte des 13. Jahrhunderts erfunden. In dem Buch *Liber ignum comburandum hostes – Das Buch vom Feuer, um Feinde zu verbrennen*, das unter Pseudonym verfasst wurde, wird die Herstellung von Sprengpulver exakt beschrieben. Es datiert auf das Jahr 1250, wobei es sein kann, dass das Buch eine Abschrift älterer Werke ist.

Auf keinen Fall wurde das Sprengpulver von einem Mönch namens Berthold Schwarz erfunden. Der Name Schwarzpulver taucht erst um 1890 auf, um es vom weißen Nitropulver zu unterscheiden. Das Sprengpulver des 14. Jahrhunderts war hell- bis dunkelgrau.

Der erste geschichtlich bezeugte Einsatz von Kanonen geschah zur Verteidigung von Meersburg am Bodensee, Sitz des Freiburger Bischofs Nikolaus I., im Jahre 1334.

Vitztum: Vitztum war die Amtsbezeichnung für einen hohen Stellvertreter oder Statthalter des Souveräns (Landesherrn), ursprünglich in geistlichen, später auch in weltlichen Fürstentümern. Die Macht eines Vitztums konnte, je nach Befugnissen, fast an die Macht seines Herrn heranreichen.

Vogt: Der Vogt war ein adliger Beamter, der die Verwaltung und Gerichtsbarkeit als Vertreter eines Landesherrn innehatte. Burgvögte waren die Vertreter des jeweiligen Burgherrn.

Unser besonderer Dank gilt Dr. Michael Elsen, 1. Vorsitzender des Vereins der Freunde der Burg Stein, und Andreas J. Schulte für die schönen Schimpfwörter.